아기는 악당을 키운다

Babies raise villains

리샤 장편소설

3

아기는 악당을 키운다 3

초판 1쇄 발행 2022년 7월 29일
초판 1쇄 발행 2022년 8월 30일

지은이 리샤
발행인 오광백
편집 편집부
표지 내지디자인 디자인그룹 헌드레드
내지 편집 오정인
제작 조하늬

펴낸곳 (주)삼양출판사 · 피오렛
주소 서울시 강북구 도봉로 173
대표 전화 02-980-2112 팩스 / 02-983-0660
편집부 전화 02-980-2116 팩스 / 02-983-8201
블로그 blog.naver.com/dan_gul
출판등록 1999년 3월 11일 제9-00046호.

ISBN 979-11-283-7177-6 (04810) / 979-11-283-7174-5 (세트)

fi ret 은 (주)삼양출판사의 로맨스 판타지 문학 브랜드입니다.

아기는
악당을
키운다

Babies raise villains

리샤 장편소설 **3**

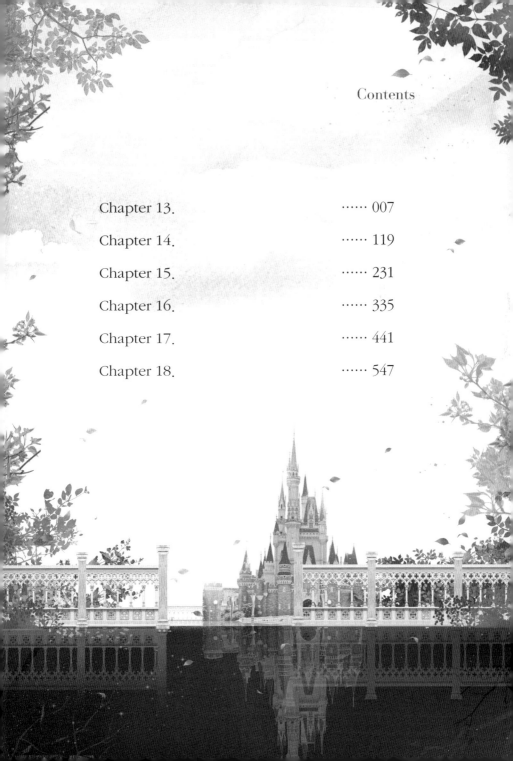

Contents

Chapter 13.

황제궁에서 나온 난 의장을 돌아보았다.

"감찰대에 듀블레드의 사람이 있나?"

"집행관 중에 듀블레드의 지원을 받은 자가 있습니다."

"린다를 잘 살펴 주라고 전해. 감찰대장에게도 뇌물 조로 돈을 집어 주고. 옥지기도 몇 사람 포섭해 놔. 내가 황제와 거래를 끝내기 전까지 린다에게 생채기 하나 생겨선 안 돼."

"예."

마차에 오른 난 이마를 짚었다.

린다가 일 년 치 예산을 들고 날랐다던 영지가 슈헤일령이었다는 것을 떠올려서 다행이다. 그랬기에 난 요한을 빼내기 위해 산 제물로 슈헤일 후작을 택할 수 있었다.

본래대로라면 노델리 후작을 재투옥시켜야 하지만, 노델리 가문은 이미 망가질 대로 망가져서 이번 죄까지 얹는다면 파멸을 면치 못할 것이다.

'그렇게 되면 노델리가 앙심을 품고 절대로 내 손을 잡으려 하지 않을 거야.'

"황제에게 군사 훈련 허가는 받으신 겁니까?"

의장의 물음에 나는 고개를 끄덕였다.

"그래. 황제가 수원을 찾았다는 말에 혹했거든. 귀찮은 제약이 붙긴 했지만."

"제약이라면?"

"훈련 내용을 황궁과 공유하기로 했어. 황궁 결계 강화 비용은 우리 쪽에서 대고."

"어차피 목적은 마르슈와 그의 휘하 귀족들을 겁먹게 하려는 것이었으니, 우리에겐 나쁠 것이 없겠군요."

황궁이 있는 제도엔 특별한 법이 있다. 저택 안, 혹은 가문 소유의 병영지에선 진검 훈련이 가능하지만, 그 밖에선 허가받은 호위만이 창, 검을 소지할 수 있다는 것이다.

하지만 군사 훈련 허가가 내려지면 전군이 제도 내에서 날붙이의 소지가 가능하다. 그 말인즉슨, 내가 정신이 나가서 귀족을 공격하라고 지시하면 상대는 십중팔구 죽는다는 소리다. 저들이 허가받은 소수의 호위만으로 듀블레드 전군을 상대할 수 없을 테니까.

그렇다고 상대측에서도 군사 훈련을 한다고 나설 순 없다. 훈련 허가를 받기는 몹시 까다로울뿐더러, 이미 허가받은 가문이 있다면 타 가문에선 군사 훈련이 금지된다. 반역을 대비한 일이었다.

"가뜩이나 지금은 어린 내가 전권을 쥐고 있는 상황이야. 더 무서울 수밖에 없지. 어린 애들은 이성적이지 못하다고 생각하잖아."

"한시름 놓았군요. 하면 수원은 어찌하실 생각이십니까. 정말로 황제에게 넘기실 요량입니까."

"설마."

나는 의장을 보며 비죽, 입꼬리를 올렸다.

"난 수원을 찾았다고 했지, 수원을 정제까지 해 준다고 말한 적은 없어. 정제하지 못한 수원은 쓸모없는 돌멩이일 뿐이잖아?"

광산에서의 일을 들은 의장이 실소를 흘렸다.

"황제는 님프만이 수원을 정제할 수 있다는 것은 상상도 하지 못할 테지요. 한데, 이상합니다."

"뭐가?"

"아기님의 이전 삶에선 노델리 가문이 수원을 유통했다지 않았습니까. 그들이 어떻게 에스톤 광산의 돌을 수원으로 정제할 수 있었던 걸까요."

"아마 테슬라 때문이겠지."

"용사, 테슬라?"

"님프가 그랬어. 테슬라가 가짜 수원을 만들었다고. 만약 노델리와 마르슈가 테슬라의 가짜 수원 제조법을 찾았다면 가능한 일이야. 그런데 말이야. 왜 마르슈는 하필이면 수원 사업을 노델리 후작과 도모했을까?"

미간을 좁히고 곰곰이 생각하던 의장이 고개를 번쩍 들었다.

"설마, 노델리가 가짜 수원 제조법을 가지고 있단 말입니까? 그걸 어떻게 확신하십니까?"

"그러니까 확인해 봐야지. 진짜 수원을 찾아와서 노델리 앞에 들이밀며 말이야."

가짜 수원 제조법이 쓸모없어진다면 노델리 후작은 결국 입을 열 수밖에 없을 테니까.

나는 손을 쥐었다 펴기를 반복했다.

'이 정도면 악마를 소환할 수 있을까.'

돌아오자마자 요한 일이 터져 버려서 제대로 쉬지 못했더니, 목표치만큼 신성력을 회복하지 못했다.

나는 치맛자락을 꾹 말아쥐었다. 마음이 조급하다. 앙리와 이샤크는 님프들에게 둘러싸여 있고, 요한은 아직 풀려나지 않았다. 아빠가 전투지에서 어떻게 지내는지도 확인하지 못했다. 그리고 린다는…….

> "그러니까 린다, 나는 너를 황궁에…… 황궁에…….."
>
> "가겠습니다. 저를 발고하십시오."
>
> "차분하게 생각해. 강요하려는 게 아니야. 어쩌면 내가 너를 다시 데려오지 못할 수도 —"
>
> "단지 아기님께서 데리러 오시길 기다릴 뿐인 일이라니. 이토록 쉽고, 이만큼 설레는 일이 어디에 있단 말입니까."

나는 불안한 얼굴로 창밖을 바라보았다.

*   *   *

저택에 돌아오니 고모가 와 있었다. 요한이 추포되고 고모는 고모 나름대로 그를 구명하기 위해 뛰어다녔다.

고모는 작위를 받았지만, 듀블레드의 분가이기에 가주인 아빠가 있는 한 대귀족 회의에 참여할 수 없었다. 할 수 있는 일은 사교계의 거두들과의 접촉뿐이었다.

"르블레인."

"고모. 전 지금 바로 광산으로 다시 가야 해요."

"너 대체 —"

"앙리와 이샤크가!"

마음이 급해 고모의 말허리를 뚝 잘라먹은 나는 흠칫, 어깨를 움츠렸다.

"죄송해요. 그런데 오빠들이 기다려요. 님프에게 둘러싸여 있어서 언제 위험해질지……!"

발을 동동 구르며 말하자 고모는 내 어깨를 붙든 채로 미간을 좁혔다.

"진정해라."

"……"

"너는 지나치게 홀로 움직이려는 경향이 있어. 고아 시절의 버릇 때문이라는 건 짐작하고 있다. 하지만 르블레인."

"……"

"여긴 보육원이 아니야. 네가 기댈 사람들이 있어."

노스와 레아, 그리고 뒤보스 자작을 비롯한 가신들이 고모의 뒤로 다가왔다.

고모는 흔들림 없는 목소리로 말했다.

"상황을 말해 다오. 우리가 널 도울 수 있을 거다."

고모의 곧은 눈빛을 본 나는 입술을 사리물었다.

'나는 바보야.'

왜 자꾸만 홀로 모든 것을 하려고 할까.

우리는 비록 내부에서 사소하게 다툴지라도, 서로서로 버팀목이자 최고의 아군이다.

"유진 노스."

"예, 영애."

"노스는 지금 당장 영지군을 에스톤 광산으로 보내. 에스톤 광산의 님 프들은 강력해서 이리조차 상대하기 버거워. 그리고……."

나는 아빠가 내게 준 인장을 고모의 목에 걸어 주었다.

"고모는 레아와 함께 제도군을 통솔해 주세요. 황제 폐하로부터 군사 훈련 허가를 받았어요. 또, 뒤보스 자작은 요한 오라버니가 풀려나는 즉 시 아빠를 대신해 국무 회의에 참석할 수 있도록 손을 써 줘."

뒤보스 자작이 고개를 끄덕였다.

"예, 영애님."

나는 듀블레드 사람들을 돌아보며 말했다.

"지금부터 비상령을 선포한다. 듀블레드의 가주께서 돌아오실 때까지 우리는 우리의 세상을 지킨다."

"영애의 명을 받잡습니다."

고모가 가장 먼저 무릎을 굽히자, 이어 저택 내 모든 이들이 부복했 다.

"명 받잡습니다!"

고개를 끄덕인 나는 의장과 함께 방으로 돌아왔다. 다시 님프를 만나 러 가기 전에 필요한 물품을 챙기던 나는 의장을 돌아보았다.

"의장은 내가 없는 동안에 고모를 지원…… 왜 그런 표정으로 봐?"

의장이 희미하게 웃고 있었다. 내가 고개를 갸웃 기울이자 그가 웃음 기 어린 목소리로 말했다.

"아십니까?"

"무엇을?"

"듀블레드의 모든 이들이 이제 당신을 아기님이라고 부르지 않습니다.”

“아…….”

아기님이라는 호칭은 내게 몹시 익숙한 것이었다. 운명의 아이라는 의미로 더는 아기가 아닐 때도 '아기님'이라고 불렸기 때문에.

듀블레드 사람들은 모두 나를 영애라고 불렀다. 이제 이들에게 나는 단지 운명의 아이가 아니라 가주의 딸이라는 의미였다.

“듀블레드 사람들에게 아기님이라고 불리는 거 난 싫지 않았어.”

누군가에게 나를 아기님이라고 부르는 일은 조롱과 같았다. 가짜가 과한 호칭으로 불린다며 힐난하는 것이었다.

하지만 듀블레드 사람들은 애정을 담아서 말해 주었다. 언제나 정말로 아기라도 되는 양 다정하게 불러 주었다.

“압니다. 하지만 이젠 아기님보다는 역시 아가씨 쪽이 더 어울리십니다.”

“그런가.”

“보호받기보다 보호하는 쪽이 어울리시니까요.”

“……의장은 민망한 말을 잘도 하네.”

민망해진 내가 부러 투덜거리듯 말하자, 의장이 내 앞에 무릎을 굽히고 손등에 입을 맞췄다.

“무사히 귀가하십시오, 아가씨.”

“그래.”

물건을 빵빵하게 담은 가방을 “으쌰!” 하는 소리와 함께 둘러멘 나는 활기차게 웃으며 이동진을 꺼냈다.

찌익, 카드가 찢어지는 소리와 함께 눈을 떴을 때 나는 다시 에스톤 광산에 있었다.

“꼬맹이!”

"르블레인."

"모, 모험자."

나는 씩씩하게 늙은 님프의 앞으로 걸어갔다.

"거래합시다. 주인을 소환해 주겠어요. 대신 당신들은 내게 수원을 줘요."

"우, 우리 종족 서, 성스러운 눈물을 거래하지 않는다!"

님프들이 분개해 소리쳤다.

"두 번째 모험자 나쁜 모험자와 같다!"

"신의 계시 따르지 않는다. 물욕 우선한다. 쓰레기!"

"쓰레기!"

늙은 님프의 눈이 검게 일렁였다.

"타락한 모험자, 신의 종이 아니다. 신의 종이 아닌 인간, 돌려보내지 않는다!"

카아악 — !!

늙은 님프가 날카로운 이빨을 드러냈을 때, 나는 까치발을 들고 그의 멱살을 쥐었다. 순식간에 내게 끌려와 반쯤 허리를 굽힌 그가 눈을 휘둥그레 떴다.

"맞아. 난 나빠. 타락했어. 목숨을 가지고 협박도 무척 잘하지."

"우리 종족, 강하다. 모험자의 생각보다 훨씬. 모험자 우리 종족 죽이지 못한다!"

늙은 님프의 멱살을 놓은 난 허리에 차고 온 단검을 겨누었다.

내 목에.

"수원을 내놓지 않으면 콱 죽어 버린다!"

"……!"

늙은 님프가 당황했다.

"모, 모험자, 바보인가?"

다른 님프들도 제 목숨을 가지고 협박하는 해괴한 광경에 우왕좌왕했다.

"내가 이대로 죽어 버리면 주인은 누가 소환해 주지? 테슬라 이후로 모험자가 나타난 건 천 년 만이야. 세 번째 모험자가 나타나기까지 그보다 더 긴 세월이 걸릴 수도 있어."

물론 죽을 생각은 요만큼도 없다. 하지만 님프에겐 먹히겠지.

늙은 님프가 흠칫했다. 나는 비열하게 웃으며 덧붙였다.

"하지만 수원을 주면, 주인을 소환해 줄뿐더러ー"

가져온 가방을 뒤집은 난 안에 있던 내용물을 우르르 쏟아 내며 말했다.

"ー땅콩을 주겠다!"

앙리와 이샤크, 그리고 자카리와 세토가 기가 막힌 표정으로 날 쳐다봤다.

"쟤들이 아무리 답 없는 바보더라도 땅콩에 혹할 리가 없잖아. 꼬맹아, 일단 검은 내려놔. 베이면 어쩌려고. 차라리 형에게 들이밀어!"

"르블레인, 일단ー"

그런데 그때였다. 늙은 님프의 눈이 휘둥그레졌다.

"따, 땅콩!"

"땅콩!"

"땅콩이다!"

님프들이 우르르 몰려왔다. 특히 새끼 님프들이 제일 빨랐다.

"그것뿐만이 아니라고. 나는 더한 것도 줄 수 있어."

양손에 땅콩을 쥔 늙은 님프가 충격받은 표정을 지어서 나는 오만하게 선언했다.

"아몬드도 있다."

"……!"

님프들이 크게 술렁였다. 이샤크는 "답 없는 바보들이었군." 하며 고개를 주억거렸고, 앙리가 이제껏 고생한 것이 어처구니없는지 허탈한 실소를 흘렸다.

'엄청나게 굶주렸겠지.'

새끼 님프들만 해도 어마어마한 양을 먹는다. 하지만 에스톤 광산은 채굴하며 산을 너무나 훼손시켜서 먹을 게 하나도 없다. 산짐승 하나 보이지 않는 것이 증거였다. 혹시나 해서 땅콩을 잔뜩 가져오길 잘했다.

늙은 님프는 와들와들 떨리는 눈으로 날 보다가 마른침을 꼴깍 삼켰다.

"주, 주인님을 보는 것이 우선이다."

그의 말에 나는 고개를 끄덕였다. 그리고 님프들이 내게 건네준 칼세도니아를 쥐었다. 신성력을 가볍게 불어넣었다. 그때,

콰과과과과광 — !!

엄청난 굉음과 함께 광산이 크게 흔들렸다. 그와 함께 엄청난 두통이 느껴졌다.

'큰일이다. 신성력이 부족해……!'

당황한 내가 신성력 공급을 끊어 내려 했을 찰나,

[계시자여.]

빛나는 기둥과 함께 나타난 아름다운 사슴을 본 순간 머리가 아찔해졌다. 이건 신성력의 고갈이 미친 영향은 확실히 아니었다.

나를 지그시 바라보던 그가 우아한 걸음걸이로 내게 다가왔다.

[영겁의 고통 속에서 나를 해방해 준 데에 감사를 표하오.]

앞서 소환했던 부네나 파이몬, 글라샬라볼라스와는 다른 느낌의 악마였다. 그는 부네처럼 떨떨…… 친근하지도 않고, 파이몬이나 글라샬라볼라스와 같이 오만하거나 폭력적이지도 않았다.

오히려 정말로 악마가 맞나 싶을 만큼 정중하고 온화하다. 어딘가 모르게 기시감이 느껴졌다. 멍하니 그를 올려다보며 머릿속으로 기억을 더듬던 난 불현듯 떠오른 장면에 숨을 들이켰다.

아미티에가의 풀이 무성한 정원, 낡은 그네에 앉은 미나, 그리고 그 곁을 지키고 있던 사슴…….

"옳지, 착하다. ……르."

'미나의 사슴!'

나라에 끔찍한 이변이 생길 때마다 미나의 곁에서 그녀를 지키던 검은 사슴이었다.

[나는 평화를 이룩한 왕, 72 기둥을 소유한 왕의 청렴과 정의이며, 서른네 번째의 숫자를 하사받은 자.]

그가 마치 인사하듯 내 앞에 고개를 조아리고 가볍게 주둥이로 뺨을 문질렀다. 님프들은 감격하며 우아하고도 아름다운 사슴 앞에 부복했다.

하지만 그의 말을 알아듣지는 못하는 모양인지, 몇 번이나 그가 말하는 도중에 "주인, 주, 주인……!" 하며 눈물을 글썽였다.

[아아, 가여운 나의 종속들이여.]

늙은 님프가 무릎으로 걸어 그의 앞에 낮게 엎드렸다.
"느, 늙은 종이 주인께 인사드립니다. 계시를 완성하여 우리 종족의 족쇄를 풀어 주십시오!"
사슴은 안타까운 눈으로 님프들을 바라보다가 나를 향해 고개를 돌렸다.

[계시자여. 나의 종속들을 가엽게 여겨 주시오. 하여 오직 버려진 산속에서만 안식을 얻을 수 있는 자들에게 세상을 선물하여 주시오.]

"당신의 소원이 님프들의 해방인가요?"

사슴은 가련하게 고개를 끄덕였다.

[이들을 해방하기 위해선 특별한 힘이 필요하다오. 가여운 자들을 위해 눈물을 흘릴 줄 아는 뜨거운 심장이 말이오. 정의로운 계시자에게 나, 서른네 번째가 읍소하오. 부디 그대의 숨결로 비탄에 빠진 나의 종속들을 해방하여 주시오.]

말은 어렵게 하지만, 요지는 '심장'이었다. 즉, 악마가 필요로 하는 것은 계시자, 그러니까 나의 심장이라는 소리였다.

"님프들을 해방하기 위해선 내 목숨이 필요하다는 말이지요?"

내 말에 앙리와 이샤크, 그리고 자카리가 달려왔다.

"그게 무슨 소리야!"

"저 사슴이 네게 뭘 달라고 한 거야!"

이전의 악마들과 달리 사람에게도 모습이 보이는 모양이다.

'여기가 저 악마의 권속들이 있는 공간이기 때문인가.'

나는 대답하지 않고 가느다랗게 뜬 눈으로 사슴을 바라보았다. 사슴은 구슬피 울었다. 검고도 반짝이는 눈에서 투명한 눈물이 털을 적시고 떨어졌다.

[애달프구나. 하지만, 계시자. 우리가 전쟁에서 패한 이후로 나의 종속들은 오직 어둠 안에서 웅크려 있었다오. 저 작고, 유약한 어린 종속을 보아 주시오. 햇볕의 다정함도, 생의 기쁨도 모른 채로 계시자가 나타나기 전까지 천년의 악몽 안을 헤맸소.]

"……."

[생명의 무게를 어찌 가늠하겠소. 하나, 이들에겐 이제 기회가 없다오. 내 이름을 걸고 맹세하지. 계시자가 나의 소망을 이루어 준다면, 그대 목숨의 대가로 일족에게 천년의 부흥을 선물하겠소.]

사슴이 울먹이는 작은 님프들을 쳐다봤다. 마치 내게 호의를 구하듯이. 나는 사슴에게 물었다.

"그런데 당신의 이름은 뭐지요?"

[종속조차 거두지 못하는 내게 이름은 과분하지. 이름은 버린 지 오래요…….]

내가 "흐음." 신음하자 사슴이 엎드려 가늘게 떨었다.

[간곡히, 애타게 청하오. 부디 ─]

"헛소리하고 앉았네."
신랄한 말에 사슴이 번쩍 고개를 들었다. 잘못 들었다는 표정이라 나는 빙그레 웃었다.
"그렇죠?"

[어찌 종속들을 위한 나의 마음을 비난하는 것이오……. 계시자여, 이 비탄한 마음을 이해해 주시오.]

"거짓말쟁이."
다시 말하지만, 나는 그를 알고 있다.
사기꾼들의 왕. 진실을 말하게 하기 위해선 이름을 알아야 하는, 숨소리 빼곤 모두 거짓말인 악마. 그리고 다시 말하지만, 나는 그를 알고 있다.
진실을 말하게 하는 그의 진명조차도.
'푸르푸르.'
속으로 이름을 부르자 화들짝 놀란 사슴이 네 발로 펄쩍 뛰었다.

[어, 어떻게, 미물 따위가……!]

그야 미나에게서 들었으니까.

미나는 그를 '푸르'라고 불렀다. 아마 애칭으로 그렇게 부른 게 아닐까 싶었다.

그러던 찰나였다.

번쩍!

눈 부신 빛이 사방을 휘감았다. 나는 팔뚝으로 눈을 가렸다가 빛이 사그라진 후에 겨우 사슴을 쳐다보았다.

그런데.

"어?"

"'어?'는 무슨 '어?'야! 너 때문이잖아. 너 때문이야. 다 너 때문이라고. 으아아앙 —!"

벌꿀처럼 달콤한 금발. 넘실거리는 곱슬머리의 조그만 꼬마 남자애가 날 원망스럽게 쳐다보며 앙앙, 소리 높여 울었다. 사내애의 머리엔 커다란 사슴뿔이 달려 있었다.

"설마, 너……."

"너 따이가 오또케 내 징몽을 아는 고야! 으아앙! 으아아앙! (너 따위가 어떻게 내 진명을 아는 거야! 으아앙! 으아아앙!)"

떼쟁이처럼 발을 마구 구르며 우는 그 애를 멍청하게 쳐다보던 나는 헛웃음 흘렸다.

그렇구나.

미나가 저 애를 '푸르'라고 부른 건 애칭이기 때문만이 아니었다.

'진명을 부르면 본모습으로 되돌아가는 거구나…….'

그리고 저 악마는 인간의 모습을 아주 싫어하는 것 같았다.

'이거 써먹을 수 있겠는데.'

나는 히끅히끅, 딸꾹질까지 해 가며 발버둥 치는 악마를 보며 히죽 웃었다.

＊　　　＊　　　＊

"뇨, 뇨아아아악 − !!"

나는 자카리에게 한쪽 팔로 덥석 안겨서 난리를 치는 악마를 보며 고개를 절레절레 흔들었다.

무슨 악마가 어린애보다 더 떼쟁이람.

이리 중 한 사람이 그의 이마를 퉁기며 말했다.

"가만히 있어, 인마."

"두꼬 시퍼? (죽고 싶어?)"

"그래, 그래."

푸르푸르는 씩씩거리며 앙증맞은 양팔을 마구 흔들었다. 하지만 인간체로 변한 후엔 정말로 인간 꼬맹이처럼 약해져서, 어른인 데다가 웬만한 인간보다는 훨씬 강한 이리의 악력을 이길 순 없었다.

그리고…….

"기저귀부터 갈자고. 아이고, 냄새야."

"노으라니까! 으아아앙! (놓으라니까! 으아아앙!)"

……쟤는 오줌도 못 가린다. 이리들이 쫄딱 젖은 천 기저귀를 벗기려고 했는데 손길이 영 엉성했다.

'하기야 평생 검만 잡고 산 남자가 기저귀를 갈아 봤을 리가 없지.'

그냥 두면 억지로 끌어내리다가 여린 아기 피부가 다 쓸릴 것 같아서 내가 나섰다.

나는 "이리 나와 봐." 하며 푸르푸르를 바닥에 눕혔다.

"이거 노으라거 − (이거 놓으라고 −)"

'푸르푸르.'

이름을 부르자 흠칫하더니 울상을 짓는다.

"얌전히 있어. 기저귀가 다 젖어서 불편하잖아."

"니가 징몽을 불러서다나! (네가 진명을 불러서잖아!)"

"그야 자꾸만 거짓말을 하니까 그렇지."

"잉간은 몽텅해서 정이룰 웅운하면 목숨도 내어 주능데, 너눈 사아캐! 사아캐! (인간은 멍청해서 정의를 운운하면 목숨도 내어 주는데, 너는 사악해! 사악해!)"

"네, 네."

나는 아무렇지 않게 대답하고 익숙한 손길로 기저귀를 벗겼다. 그리고 수건으로 궁둥이를 슥슥, 닦아서 여행용 짐에 있던 깨끗한 천을 꺼내 잘 묶었다.

내가 기저귀를 갈고 있노라니 이리들을 뒤로 물린 앙리와 이샤크가 다가와 물었다.

"꼬맹이, 너 어떻게 이런 걸 할 줄 알아?"

"보육원에서 곁눈으로 보기도 했고, 또 지난 삶에서 거지로 살 때 보모 일을 한 적이 있거든."

"어린애한테 보모를 시킨다고?"

"평민들은 가난해서 유모를 구하지 못하잖아. 그런데 또 일은 해야 하고. 그래서 어린애 손이라도 간절하거든. 우리는 밥이나 얻어먹으면서 동네 애들을 봐줬지."

"……"

"……"

앙리와 이샤크의 눈빛이 흐려졌다. 내 이전 삶의 이야기를 들으면 늘 저런 표정이었다.

'난 괜찮은데?'

보모 일이라도 할 수 있으면 행운이다. 보통 보호자가 없거나, 거리에서 사는 애한테는 신문 돌리는 자리조차 주지 않는다.

기저귀를 갈아 주고 엉덩이까지 토닥토닥 두드려 주니 악마는 기분이 좋아졌는지 "히유⋯⋯." 하며 한숨을 쉬다가 흠칫하고 카아아악! 양팔을 휘저었다.

나는 "옳지, 옳지." 하며 푸르푸르를 안아서 등을 토닥여 줬다.

"배고픈가? 우유 먹고 싶어?"

"응. ⋯⋯아냐!"

"그래, 그래. 돌아가면 우유를 줄게. 제도에선 젖 유모도 구할 수 있을 거야."

푸르푸르는 다른 아기들보다 돌보기 쉽다.

기저귀가 필요한 어린 애들은 의사소통도 제대로 되지 않아서 어디가 불편한지, 무엇을 원하는지 모르지만, 푸르푸르는 말이라도 통하지 않는가!

'애의 환심을 사서 소원은 쉬운 걸로, 이능은 강력한 걸로 얻어 내야지.'

운이 좋으면 미나처럼 이 애를 권속으로 삼을 수 있을지도 모른다.

'그런데 애는 무슨 힘이 있을까.'

미나의 능력이 뭐가 있었는지 고민했다. 푸르푸르도 분명 그중 하나에 기여했을 거다. 상대군을 압도하는 강력한 무력, 재해 피해 수습, 치유. 그리고, 그리고⋯⋯.

곰곰이 생각하던 난 무심코 푸르푸르의 등을 쓰다듬다가 흠칫했다.

"털!"

푸르푸르에게 아까진 없던 털이 생겼다. 그것도 처음 보았던 사슴

모습의 검은 털이다. 얼마 지나지 않아 푸르푸르가 내 품에서 폴짝 뛰어 내렸다. 그리고 다시 빛과 함께 거대한 사슴이 되었다.

'진명을 부르면 약 한 시간가량 인간의 모습이 되는구나.'

그동안은 정말로 인간 아이처럼 힘이 없어지는 모양이다.

'이 정도 리스크를 가진 악마라면 강력한 힘을 가지고 있는 게 아닐 까.'

소원을 이뤄 주고 얻는 이능이 이전의 악마들과는 궤가 다른 강력한 힘일지도 모른다.

"있잖아. 넌 무슨 이능이 있어?"

[없어.]

"또 진명을 부를까?"

[이익……!]

내가 사슴이 된 푸르푸르와 격렬한 눈싸움을 하고 있을 때였다. 늙은 님프가 또 다른 칼세도니아를 가져왔다.

"모, 모험자, 원하는 것을 가져왔다."

나는 푸르푸르를 돌보는 동안 님프에게 수원을 정제해 오라고 시켰는 데, 벌써 완성한 모양이다.

'이 푸른 칼세도니아가 수원이구나.'

나는 고개를 끄덕이고서 주머니에 가득 넣어 온 아몬드를 그에게 한 줌 쥐어 주었다.

늙은 님프가 뛸 듯이 기뻐하며 와구와구 아몬드를 씹었다.

"내 종속이란 자가 부끄러움도 없이……! 구차한 자는 목숨을 거둔다!"

"하, 하지만, 주인. 우리는 배가 고픕니다……."

"적에게 구걸할 바에야 굶어 죽어!"

"주인, 못됐다. 못된 주인."

그러자 지금껏 계속 저를 구하지 못한다고 푸르푸르에게 욕먹었던 다른 님프들도 조그만 목소리로 그를 욕했다.

"못됐다."

"주인, 나쁘다."

"개새X……."

푸르푸르가 대번에 이빨을 드러내며 으르렁거렸다.

"뗵! 님프들을 괴롭히지 마."

그러자 님프들이 감격한 표정으로 날 쳐다봤다.

"모험자, 착하다."

"우리에게 먹을 것을 준다."

"착한 모험자."

새끼 님프가 내 팔에 얼굴을 비비며 히히 웃었다.

나는 눈을 데루룩 굴렸다.

'이것도 써먹을 수 있겠는데?'

* * *

거지 시절에 알게 된 두 가지 진리가 있다.

첫째는, '굶어 죽어갈 때 음식을 준 사람은 신으로 보인다.'

난 성인(聖人) 저리 가라 하는 표정으로 님프들에게 땅콩과 아몬드,

그리고 짐마차에 있는 모든 말린 과일과 채소를 나누어 주었다.

"모험자, 우리의 동지."

"우정을 나눈다."

"모험자!"

"모험자!"

배가 빵빵해진 님프들은 무척 호의적이었다. 그렇게 뵙게 해 달라 부르짖던 주인에게보다 더.

어떻게 보면 당연한 일이었다.

님프들이 완성하고픈 게시는 〈신의 종이 영겁의 고통 속에서 풀려날 때, 신의 눈물 속에 잠든 혼들이 빛을 맞이하리라〉라는 것이었다. 즉, 잠들지 않고 세상에 나서는 게 그들의 소망이었던 거다.

새끼 님프의 말에 따르면 잠들어 있을 적엔 광활한 어둠 속에 홀로 떨어져 있는 것만 같다고 했다. 그래서 깨어나 만난 동족들을 그렇게나 아끼는 것일 터다.

나는 신의 종을 영겁의 고통 속에서 해방할 존재. 거기다 먹을 것도 주었다. 이 얼마나 은혜롭단 말인가.

배가 빵빵해진 님프들은 산에서 뭉뚝한 돌멩이를 잔뜩 주워 왔다. 그리고 수원으로 정제했는데, 님프라고 해서 모두 정제가 가능한 건 아니었다. 새끼 님프들, 그리고 여성체 님프들만이 산의 모든 것을 수원으로 정제할 수 있었다.

나는 님프들이 정제하는 것을 보며 속으로 고개를 끄덕였다.

'새끼와 여성체를 보호하기 위해 동굴 속에 가둬 놓은 게 아니었구나.'

특별한 힘을 가진 님프들이라 우월하다고 여겨진 것이다. 마치 귀족이 호위를 받듯이.

나는 잔뜩 쌓여 가는 푸른 칼세도니아를 보며 "으으으." 황홀하게 신음하다가, 님프들을 돌아보았다.

'내 복덩이들.'

"오구오구, 많이 먹어. 고생했어."

내가 새끼 님프의 등을 토닥이던 중에 앙리가 눈을 갸름하게 뜨고 수원을 살폈다.

"왜?"

"……왜 아직 마도구를 사용할 수 없지?"

"그야 님프들이 '허가'하지 않았기 때문이겠지."

이샤크가 대답하자 앙리가 고개를 가볍게 저었다.

"이상하지 않아?"

"대체 무엇이?"

"개인의 마나도 아니고, 마도구를 사용할 수 없는 것 말이야. 마도구는 사람의 힘처럼 분출구를 틀어막는다고 해서 없어지는 게 아니잖아. 이미 분출해서 나온 마력을 단지 마도구에 담아 둘 뿐이라고. 그런데 어떻게 특정 사람이 마도구를 사용할 수 있게끔 허가할 수 있는 거지?"

듣고 보니 그랬다. 나는 푸른 칼세도니아를 매만지며 생각에 잠겼다.

이샤크가 말했다.

"뭐, 특정 마도구를 사용할 수 있게끔 허가했다면……."

나는 미간을 좁힌 채로 고개를 저었다.

"내가 가지고 있던 장거리 이동진만 여덟 장이었어. 그중에 내가 뭘 사용할 줄 알고 특정 마도구의 사용을 허가했겠어."

그제야 이샤크도 이해했는지 홱, 고개를 돌려 여전히 땅콩에 심취해 있는 님프들을 쳐다봤다.

"그래, 가능한 일이 아니야. 대체 어떻게 한 거지?"

마도구의 발동은 기본적으로 이러한 과정을 거친다.

시동언, 혹은 동작으로 매개물 안의 계산식을 발동한다.
계산식이 매개물 내부의 마력과 결합.
발동.

여기엔 그 어떤 마나도 개입하지 않으므로 개인을 특정하여 마도구를
사용하지 못하도록 하는 건 오직 물리적으로 시동언, 혹은 동작을 못 하
게 하는 경우밖에 없다.
나는 얼른 아몬드를 씹고 있는 늙은 님프에게 달려가 어깨를 흔들었다.
"마도구 발동 어떻게 허가하는 거야? 응?"
"마, 마도구, 그릇된 신물이다. 신의 터전에선 사용할 수 없다."
"여기에서만 사용하지 못하는 거야?"
"신의 힘이 밴 모든 것이 그릇된 신물을 망가뜨린다. 우리 님프, 신에
게 소망하여 그릇된 신물의 발동을 허가하는 것이다."
동화 같은 소리만 하는 님프를 보고 답답해진 난 가슴을 쿵쿵 두드렸
다. 그러자 잔뜩 골이 난 표정으로 엎드려 있던 푸르푸르가 말했다.

[전제부터 틀렸다고. 너희 인간은 상식엔 너무나 얽매이는 바보들이
지. 그게 잘못된 상식이라고 해도.]

"잘못된 상식이라니?"

[너희 인간이 마도구를 발동할 때 마나를 사용해.]

"말도 안 돼!"

내가 버럭 소리치자 우리의 대화를 알아듣지 못하는 앙리와 이샤크가 어리둥절한 표정을 지었다.

[말이 안 되는 건 신성력이나, 마력이 아닌 한 마나를 분출할 수 없다고 생각하는 너희 인간들이다.]

"마나가 분출되어 신성력과 마력으로 나뉘는 게 아니란 말이야?"

[흥, 여전히 삿된 사도들의 농간에 휘둘리다니. 고대 인간들이 봤다면 땅을 칠 거다. 인간은 마나를 분출할 수 있어. 특별한 인간만이 특별한 마나, 그러니까 신성력과 마력으로 마나를 변질시키는 거지!]

"그럼 님프들은······."
내가 멍하니 중얼거리자 푸르푸르가 코를 씰룩이며 대답했다.

[너희가 마도구를 발동할 때 쓰는 시동언, 시동 행동 모두가 마나를 분출하는 행동인 거다. 숨 쉬듯 당연해서 깨닫지 못할 뿐이지. 님프들은 마나의 분출을 막은 거야!]

나는 딱딱하게 굳어져서 푸르푸르를 바라보았다. 머릿속에서 많은 것들이 엉켜 갔다.
"꼬맹아."
"르블레인?"

내가 악신을 봉인하기 위해 제물로 선택된 것은 미나와 비슷한 질의 신성력을 가지고 있었기 때문이다. 본래 봉인 의식에서 악신에게 잡아먹혀야 하는 미나 대신, 나를 제물로 바친 것이었다.

만약 푸르푸르의 말이 사실이라면, 사람들의 마나를 모아 미나의 신성력으로 변질시킬 수 있으므로 내가 제물로 택해질 이유가 없었다.

'그렇다면 첫 번째 삶에서의 나는 대체 왜 죽어야 했던 거지.'

제물로 바쳐질 때의 고통을 떠올린 난 입술을 꽉 깨물었다. 온몸의 구멍에서 피를 콸콸 쏟으며 차라리 죽여 달라고, 어서 목을 베어 달라고 빌던 첫 번째 삶의 내가 떠오르자 난 침잠해졌다.

'……잠깐만.'

"미나 님께선 굉장하시지요. 이토록 빠른 신성력의 증량이라니. 과거에도 없고, 앞으로도 없을 일입니다."

"놀라운 분이시지요. 그래서 운명의 아이인 것이 아닙니까!"

미나는 어떻게 그리도 빠르게 신성력을 증량시킬 수 있었던 걸까.

과거에도 없고, 앞으로도 없을 일이란 건 다시 말해 '가능하지 않은 일'이라는 소리다. 신성력을 증량시키기 위해 아주 어릴 때부터 필사적으로 발돋움했던 나야말로 잘 알고 있다. 그만큼 빠르고, 강력한 증량은 절대로 불가능한 일이었다.

그래서 난 그것이 '아드리안의 힘'이라고 생각했다. 아드리안은 엄청난 신성력의 소유자로 본인의 신성력을 남에게 줄 수 있는 아주 특별한 힘을 가지고 있었다. 그래서 뒤에서 미나를 지원해 준 게 아닐까, 막연하게 생각했던 것이었다.

"저, 저기!"

"응, 르블레인. 무슨 일이야?"

"미, 미나, 부탁이 있는데, 저기, 혹시 내게도 신성력을 증량시키는 방법을 알려 줄 수 있어? 아, 아니, 물론 넌 바쁘겠지만, 혹시 괜찮으면 나도 널 도울 수 있을지도 모르니까……."

"아……. 미안. 정말로 미안해. 그분과 약속했거든. 수련의 방법은 그 누구에게도 알려 주지 않기로."

"그렇구나……."

"너무 상심하지 마. 르블레인, 너는 지금도 충분히 잘하고 있어. 나는 알아. 네가 이곳의 사람들을 위해 얼마나 애쓰고 있는지."

"고, 고마워……."

"넌 내게 무척 자랑스러운 자매야."

수련의 방법. 그분.

나는 아득, 이를 갈았다.

모든 인간이 마나를 분출할 수 있다는 것은 신전조차 알지 못했다. 그것을 신전이 알았더라면, 현재의 교황이 성마 전쟁에서 아드리안에게 신성력으로 밀려 권위를 상실할 리 없지 않은가.

'푸르푸르가 알려 준 거야. 수원을 찾으러 온 사람에게!'

이제껏 머릿속에서 흐트러졌던 퍼즐이 스스로 짜 맞춰졌다. 용사의 기록을 가진 노델리가 수원을 찾았고, 기록을 통해 푸르푸르를 소환한 거다.

'노델리는 이미 푸르푸르의 이름을 알고 있었어.'

그렇지 않고서야 악마를 전혀 모르는 미나가 그의 이름을 알고 있을 리 없었던 거다. 분명 그녀가 나타난 이후, 노델리나 마르슈가 이름을 가르쳐 준 거겠지.

하지만 당시엔 모험자가 없기에 님프는 여전히 잠들어 있었고, 그래서 노델리와 마르슈는 기록을 통해 가짜 수원을 만들어 낸 것이었다.

'애초에 수원이 있는 곳을 광산이라고 특정할 수 있었던 것도 기록의 도움이겠지.'

나는 치맛자락을 꽉 움켜쥐었다.

"혹시 네가 깨어나면 님프들처럼 이곳 산의 모든 것이 마나의 분출을 막는 건가?"

[그래. 님프들보다 더 강력하지. 나는 엄청난 존재라고!]

푸르푸르가 우쭐하여 대답했다.

나는 실소를 흘렸다.

"르블레인?"

"대체 무슨 얘기를 했기에 이렇게 새파랗게 질린 거야!"

이샤크가 내 차가워진 뺨을 양손으로 꾹꾹 누르며 걱정스럽게 물었다.

'역시 마나로 신성력을 만들어 낼 수 있다는 걸 마르슈와 노델리는 알고 있었어.'

그렇다면 그들은 어째서 누구에게도 기대지 못하는 가엾은 어린 소녀를 제단에 바친 것일까. 나는 왜 죽어야 했는가.

'죽어? 아니, 살해당한 거야.'

"아, 아버지, 아버지 살려 주세요! 미나야, 아아, 성하. 제발!"

피눈물을 흘리며 애원하던 첫 번째 삶에서의 내가 떠올랐다.

"첫 번째 삶에서 마르슈 공작이 나를 죽였어."

내가 멍하니 앙리와 이샤크를 돌아보며 말하자 그들이 굳어졌다.

"뭐라고?"

"꼬맹아, 그게 대체 무슨 소리야."

"모든 인간은 마나를 분출해. 미나는 마나를 신성력으로 변화시킬 수 있었어. 나는 제물이 되어 죽을 이유가 없었던 거야!"

내가 분노로 몸을 떨며 말하자 앙리가 어깨를 잡았다.

"진정해."

"그때의 나는 단지 힘없고 불쌍한 사람이었을 뿐인데, 마르슈 공작이, 미나가……."

"르블레인!"

앙리가 드물게 격앙된 어조로 나를 불렀다.

내가 밀려온 설움을 삼키며 그를 쳐다보았다. 앙리는 따뜻한 손으로 내 손을 꽉 그러쥐며 말했다.

"이성적으로 생각해. 우리가 모르는 무언가가 있어."

"……."

"그건 그 일을 모두 겪은 너만이 알 수 있는 거야. 여기서 중요한 건 까닭이야. 제물이라는 이유가 없었더라면 그들이 왜 너를 죽여야만 했을까."

나는 덜덜 떨리는 손을 입을 틀어막았다. 내가 죽어야만 했던 이유. 그들이 나를 살해한 까닭. 머릿속을 더듬던 난 흠칫, 앙리의 팔을 잡았다.

"있어. 한 가지 이유."

나는 회귀자가 되며 여러 가지 리스크가 생겼다. 어린애 몸일 적엔 어른의 사고를 하기 쉽지 않다는 것이 대표적인 예였고, 다른 것은 기억력이 너무 좋아져서 고통스러운 삶을 또렷하게 기억한다는 것이 있다.

하지만 후자의 경우는 이점도 있다. 고통스러운 삶을 또렷하게 기억한다는 건, 다시 말해 기억력이 무척 좋다는 뜻이었으니까.

네 살 무렵, 막 듀블레드성에 왔을 적에 분명히 읽은 기억이 있다.

'악신의 기록.'

동화책 사이에 덩그러니 끼어 있던 그 책.

> *[건국 황제 프리드 1세의 가장 거룩한 업적은 악신(惡神)의 권속인 이반을 물리친 일일 것이다.*
>
> *(중략)*
>
> *이반의 기록에 따르면 악신의 이능이 발현되기 위한 조건은 두 가지이다.*
>
> *첫 번째로는 잠재된 힘을 깨우는 열쇠인 신물과의 접촉, 그리고 힘을 발휘할 수 있게 하는 매개물의 습득인데…….]*

최악의 반역자라 불렸던 이반이 악신의 이능을 이용한 것. 그건 내가 악마를 불러내게 된 경위와 매우 비슷하다.

난 잠재된 힘을 깨우는 열쇠인 신물 '뉴이트'와 접촉했고, 힘을 발휘할 수 있는 매개물 '에트왈'을 얻음으로써 이전 삶과는 다른 힘을 발휘했다.

'만약 내가 이반과 같은 악신의 권속이라면…….'

나는 늙은 님프에게 물었다.

"첫 번째 모험자의 이름이 혹시 '이반'인가."

땅콩을 양손에 쥔 늙은 님프는 나를 빤히 처다보았다. 이내 그가 어리둥절한 목소리로 물었다.

"사, 상냥한 모험자는 어떻게 처, 첫 번째 모험자의 이름을 알고 있지?"

"……."

"이반 셰이먼 테슬라. 첫 번째 모험자의 이, 이름이다."

"이반 셰이먼 테슬라……."

이름을 중얼거리자 앙리와 이샤크가 흠칫, 나를 바라보았다. 이반이라는 이름은 너무나 유명했기에 제국민, 아니, 이 세계의 사람이라면 모를 수가 없었다.

신에게 반기를 든 자, 사도(邪道) 이반.

하지만 그것보다 더 중요한 건—

"셰이먼이라니…… 꼬맹아, 너 대체 무슨 소리를……."

"르블레인, 다른 사람이 들었으면 네가 듀블레드 영애든, 운명의 아이이든 간에 즉결 처형됐을 거야."

건국 황제의 진명(眞名), 프리드 에니시스 셰이먼 칼리어드.

황궁은 기를 쓰고 건국 황제의 진명을 숨기려 했다. 이 '셰이먼'이라는 미들 네임이 악신의 피조물이라 일컬어지는 부족의 후손임을 나타냈기 때문이다.

'이반도 건국 황제와 마찬가지로 처음엔 영웅이라 불리던 자였어.'

두 개의 에트왈. 두 명의 영웅.

나는 눈을 꽉 감았다.

"에트왈을 가진 두 명의 영웅 중 승자만이 역사에 기록되고, 패자는 사도가 되어 역사의 뒤안길로 사라진 거야."

"뭐?"

앙리가 굳은 얼굴로 나를 쳐다보았고, 난 혼란스러운 표정으로 이마를 짚었다.

"이반과 건국 황제가 같은 부족이었어. 영지에서 건국 황제의 기록을 살펴봐야겠어. 분명히 듀블레드성에서 본 기억이 있거든. 있잖아. 나는…… 앙리, 이샤크, 나는 어쩌면……."

그때였다.

갑자기 아찔해지며 삐이이익－! 하는 이명이 머릿속을 가로질렀다.

[……기야.]
[나의…… 아기야.]

그래, 맞아. 왜 잊고 있었지?

첫 번째 삶에서 제물이 되어 죽어 가는 나를 애타게 부르던 목소리를.

'뉴이트를 만졌을 때 들리던 목소리와 같아.'

순간, 다리에 힘이 빠지더니 몸이 균형을 잃었다. 휘청, 쓰러진 나는 좁아지는 시야로 내게 달려오는 앙리와 이샤크를 보았다. 그게 마지막 기억이었다.

*   *   *

단풍잎 같은 손, 프랑크 소시지 같은 짤뚱한 팔, 푸스스한 곱슬머리.

어린 나였다.

'회귀한 건가.'

나는 절망에 빠져 무릎에 얼굴을 묻었다.

곁엔 아무도 없다. 외롭고 외로운 공간. 나는 언제까지 홀로 삭막함 속에 잠겨 있어야 하는 걸까.

자꾸만 눈물이 샘솟아서 무릎이 온통 젖어 들었다.

[……이야.]

순간, 허공에서 목소리가 들렸다. 마치 반딧불이의 무리처럼 실낱같은 빛이 허공을 맴돌았다. 그것은 곧 어린 소년의 모습으로 변해 내 앞에 다가왔다.

[……님.]
[그래, ……야.]
[눈이 부셔서 얼굴이 보이지 않아요. 신 님, 손을, 제 손을 잡아 주세요.]
[가여운 아이. 여전히 고단한 사명에 매어 있구나.]

나는 그의 앞에 고개를 조아린 채 울먹였다.

[돌아가고 싶지 않아요. 세상은 무섭고도 따분해요.]
[너를 위해 길을 안배해 놓았단다. 고단한 짐을 내려놓고, 상냥한 목자의 나라로 떠나려무나. 자, ……야. 이리로.]

손을 뻗었지만, 소년은 내 손을 잡아 주지 않았다. 나는 홀린 듯 그를 따라 걸었다. 사위가 조금씩 어두워지고 종국에 어둠에 갇힐 때까지.

[……님, 이곳은 어둡고 추워요. 따뜻한 곳으로 가고 싶어요.]
[머지않아. 너는 곧 부드러운 초목과 다정한 이들이 있는 곳에서 안식을 찾을 수 있지. 자, 아이야, 저 빛이 보이는 곳으로 가자.]

눈앞에 새하얀 빛무리가 보였다. 얼굴이 밝아진 나는 그곳을 향해 달려갔다.

'아아, 이제 곧 안식을 찾을 수 있을 거야. 홀로 외로워하지 않아도 되는 평화의 땅이 저기에 있어.'

빛무리를 향해 손을 뻗으려는 순간,

[아가‼]

누군가가 나를 끌어당겼다. 훌쩍 크고, 허름한 옷을 입은 이는 금방이라도 균열할 것처럼 아슬아슬했다.

[돌아……가…… 가족이 있는…… 아가, 부디……‼]

아주 간절하지만 다정한 목소리였다. 나는 이 목소리를 알고 있다.

소년의 입매가 우그러졌다. 반듯하고 아름답던 입술이 벌어지기 무섭게 무수히 많은 날카로운 이빨이 드러났다.

[세르가, 너는 또 ……을 내게서 빼앗아가려 하느냐!]

소년의 몸에서 검은 진물이 흘러 바닥에 고였다. 그는 곧 거대한 어둠이 되어 허름한 옷을 입은 자를 덮쳤다.

[가. ……가야. 나의, 나의 아……가…… 가족이 있는 곳으로!]

그때, 멀리서 익숙한 목소리가 들려왔다.

"르브."

"······르블레인!"

*   *   *

번쩍 눈을 뜬 나는 주변을 둘러보았다.

저택의 내 방이다.

"르블레인!"

곁엔 아빠가 있었다. 몹시 걱정 어린 눈빛의 그를 본 나는 밭은 숨을 내쉬며 손으로 눈을 덮었다.

'회귀하지 않았어.'

살아 있어.

식은땀으로 젖은 몸이 바들바들 떨렸다. 아빠가 커다란 손으로 내 뺨을 쓸어내렸다.

"괜찮으냐."

자꾸만 눈물이 샘솟아서 나는 대답을 할 수 없었다. 또 회귀한 것일까 봐, 다시는 가족을 만날 수 없을까 봐 불안하고 두려웠다. 아빠는 펑펑 우는 나를 끌어안고 등을 두드려 주었다.

그제야 침대를 빙 둘러 있던 사람들이 보였다.

내 하녀들과 레아, 자카리, 의장, 고모, 그리고 오빠들. 눈이 붉어진 이샤크가 내 머리를 쥐어박았다.

"무슨 잠을 그렇게 자. 놀랐잖아!"

"어허어엉."

안심되어 엉엉 소리 내 울자, 앙리와 요한이 이샤크의 뒤통수를 내리쳤다.

"악!"

"또 한 번 손대 봐라."

"르블레인, 괜찮아?"

나는 아빠의 목에 얼굴을 묻은 채로 훌쩍였다.

"제가 얼마나 잤어요?"

"스무 날 하고도 이틀을 더."

뭐?

너무 놀라서 눈물이 쏙 들어가 버렸다.

나는 입을 쩍 벌리고 아빠에게서 떨어져서 탁상을 더듬어 달력을 찾았다. 요한이 추포되었다는 소식을 들었던 게 이달 3일. 오늘은 24일이다.

"미쳤나 봐!"

내가 빽 소리치니, 그제야 가족들과 고용인들은 안심이 되는 듯 너털웃음을 지었다.

"깨어나서서 다행입니다."

의장의 말에 나는 고개를 끄덕이며 몸을 내려다보았다.

'이만큼 누워 있었으면 몸이 엉망일 텐데 아무렇지도 않잖아. 수원은? 악마는 어떻게 된 거지?'

푸르푸르 생각을 하자 머릿속에 목소리가 들려왔다.

[멍청한 인간! 네가 잠든 바람에 끔찍한 인세에 보름이 넘게 있었다고! 이대로 인세에 갇히게 될까 봐 얼마나…… 에이 씨!]

'악마의 상태도 괜찮은걸.'

신성력이 부족한 느낌도 전혀 아니었다. 스무 날이 넘게 악마의 통로를 열고 있었으면 진즉 숨이 꼴딱 넘어갔을 텐데.

"나, 왜……."

"왜? 역시 몸이 안 좋아?"

앙리가 미간을 좁히며 나를 살폈다.

"아니, 그게 아니라 평소보다 더 멀쩡해서. 그 있잖아, '그거'. 그걸 불러내면 나 엄청 힘든데 22일이 다 되도록 불러 놨는데도 말짱해."

사람들이 많은 곳에서 악마를 불러냈다고 말할 수가 없어서 '그거!' 하며 팔을 번쩍 들자, 가족들이 이해하여 고개를 끄덕였다.

"그건……."

앙리와 요한이 곤란한 표정으로 시선을 교환했다.

'오빠들은 뭘 알고 있나?'

깍지 낀 손으로 머리를 받치고 있던 이샤크가 투덜거렸다.

"말해 주지? 은혜를 입은 건 맞잖아."

"……."

역시 뭐가 있다.

나는 눈을 가늘게 뜨고서 오빠들을 닦달했다.

"뭔데. 뭐길래 그래?"

"버려진 황자가 매일 왔었어."

"아드리안이?"

"네가 쓰러진 후 사흘째부터 상태가 안 좋았어. 매우. 그런데 그걸 어디서 들었는지 저택에 직접 왔더라고. 무슨 수작인가 싶어서 처음엔 꼬맹이, 네가 악…… '그것'에게 들었던 대로 마나를 어떻게든 네게 집어넣어 보려고 했는데, 네가 의식을 찾지 못해서 신성력으로 변환이 안 되더라고. 그래서 황자의 도움을 받았지."

"그렇구나. 아드리안의 힘으로도 가능한 일이 아닌데, 정말로 고생했겠어."

고맙다고 해야겠다.

지금 당장 가 보고 싶지만, 이미 해가 저물어서 황궁에 들어갈 수 없었다. 내가 아드리안의 호위가 되겠다고 한 이후, 그는 대부인의 저택을 나와 황궁에서 지내고 있다.

'오늘은 일단 내가 알아낸 것을 가족들과 공유하는 게 우선이야.'

나는 아빠의 소맷부리를 꽉 그러쥔 채 말했다.

"고용인들을 물려 주세요. '그 일'로 드릴 말씀이 있어요."

아빠가 고개를 끄덕이곤 고용인들에게 눈짓했다. 고모도 눈치 빠르게 "이따 보자." 하며 고용인들과 함께 나섰고, 방엔 내가 회귀자임을 아는 사람들만이 남았다.

"아빠, 있잖아요. 저 어쩌면……!"

"이반의 후예일 수도 있다는 건가."

"……어떻게 아세요?"

"네가 말했다던 이반의 기록을 살펴봤다. 한데, 이상하더구나."

"어떤 것이요?"

"듀블레드는 이반의 기록을 소유한 적이 없어."

"뭐라고요?"

"우리가 사들이지 않고, 기록하지 않은 책이 우리의 서고에 있다는 말이다."

요한도 말을 보탰다.

"심지어 도서관의 책 목록에도 없던 거야. 우리가 그걸 찾기 전까지 그걸 읽은 사람은 오직 너뿐이야. 마치 책이 주인인 너를 찾아온 것 같지."

"역시 내가 악신의 권속이 맞는 건가……."

앙리가 곤란한 표정으로 말했다.

"르블레인. 우리는 네가 악신의 권속이라도 상관없어. 그러니까 괜한 걱정은……."

"나, 듀블레드에 정말로 잘 어울리는 사람이었잖아!"

내가 손뼉을 짝! 치며 말하자 가족들이 눈을 홉떴다. 나는 이히힛 웃으며 말했다.

"천하의 악당이라는 듀블레드의 딸이 악신의 권속이라니. 너무 잘 어울려요. 그렇지요?"

아빠는 픽, 웃곤 머리를 흐트러뜨렸다.

"그래서 할 말은 그것뿐이냐?"

"알아낸 건 더 있어요."

"무엇이?"

"어쩌면 마르슈는 네리아드 신이 내린 운명의 아이가 누구인지 아직 모르고 있을 수도 있다는 거요. 이걸 이용하면, 노델리를 죽이고 마르슈 공작을 약화할 수 있어요."

"그럼……."

"네, 이제 복수하러 가요."

아주 처절하게 울부짖게 해 주지.

나는 주먹을 꽉 쥐었다.

*   *   *

나는 가족들에게 내가 깨달은 것들을 공유했다.

내용은 이러하다.

1. 네리아드 신과 악신은 각각 운명의 아이를 내렸다.

천 년 전에는 건국 황제 프리드와 이반, 이번엔 미나와 나이다.

네리아드 신 – 프리드 – 미나.

악신 – 이반 – 나.

우리는 위와 같은 순서로 이어져 있었다.

1회차 삶에서 미나는 악신 봉인 의식 전에 네리아드 신의 문양을 발현했다. 그러니 그녀가 네리아드 신이 내린 운명의 아이라는 건 확실하다.

2. 내가 악신이 내린 운명의 아이이기 때문에 그들은 나를 제
물로 삼아야 했다.

신전이 확실한 운명의 아이인 미나를 두고도 나를 폐기하지 않은 이유는 제물인 나를 그들 손아귀에 쥐고 싶어서일 것이다.

악신이 내린 운명의 아이가 있다는 걸 밝힐 순 없었을 거다.

애초에 네리아드교는 악신의 손아귀에서 제국을 수호하기 위해 국교로 채택된 것이다. 악신이 제국에 권속인 나를 내렸고, 그들이 악신의 아이를 '운명의 아이'라고 부르며 비호해 온 것은 이루 말할 수 없는 커다란 실책이었다.

그러니 밝히지 않는 대신 제물로 삼아 날 살해한 것일 터다.

1회차 삶에서 미나가 진짜 운명의 아이임이 밝혀진 뒤, 네리아드교의 사제들이 나를 그토록 혐오한 것은 이 때문이었다.

3. 마르슈 공작은 어떤 이유에서인지 네리아드 신이 내린 운
명의 아이를 돕고자 한다.

이유는 확실하지 않다. 신전과 결탁했을 수도 있고, 본인의 개인적인 욕망 때문일 수도 있다.

다만 분명한 건 그는 신탁이 내려오기 전보다 더 이전, 그러니까 나와 미나가 태어나기도 전부터 네리아드 신이 내린 운명의 아이를 위해 준비를 하고 있었다.

기를 쓰고 수원을 찾아서 상단을 부흥시켰으면서, 그 상단을 미나에게 통째로 넘긴 것만 봐도 그렇다.

4. 마르슈 공작과 신전은 아직 네리아드 신이 내린 운명의 아이가 누구인지 정확히 알지 못한다.

그가 미나를 돕는다면 제물이 될 나를 본인 수중에 두려 할 것이다. 그렇다면 나를 손에 넣는 제일 쉬운 방법은 입양이다.

하지만 그는 입양의 뜻을 비치지 않았고, 황태후는 사촌인 마르슈 공작의 뜻을 존중하여 마르슈 공작가를 입양처 후보에 넣지 않았다.

아마도 그건 그가 네리아드 신이 내린 운명의 아이가 누구인지 모르기 때문이 아닐까.

신전 또한 같은 이유에서 나를 운명의 아이로 발탁한 것일 터다. 확실하게 운명의 아이를 특정할 수 없기에 일단 곁에 두고 날 지켜본 거다.

내 이야기를 가만히 듣고 있었던 앙리가 말했다.

"신전과 마르슈가 결탁했을 가능성이 크군. 그런데 이상해. 왜 신전은 움직이지 않지?"

"응?"

"마르슈 공작이 노델리 후작에게 휘둘린 이유는, 노델리에서 용사 테슬라의 기록을 가지고 있기 때문일 거야."

"맞아."

"마르슈가 신전과 결탁하고 있다면, 신전의 도움을 받아 노델리에게서 기록을 빼앗으면 돼."

"빼앗는다고?"

"용사 테슬라는 악신과 관련된 자. 네리아드교는 악신과 관련된 모든 기록을 소유할 권리가 있어. 그런데 왜 신전의 도움을 받지 않았지?"

생각에 잠겨 있던 요한이 입을 열었다.

"결탁은 하고 있되, 서로 모든 내용을 공유하는 건 아니군. 아마 목표가 다르기 때문이 아닐까."

"목표?"

"마르슈 공작가의 제1 목적이라면 하나잖아. 안드레 황자를 황제로 옹립하는 것."

"······아!"

내가 깨달은 듯 눈을 흡뜨자 요한이 말을 이었다.

"하지만 신전은 외려 아드리안 황제를 옹립하고 싶을 거다. 강력한 신성력을 타고난 신성 황제를 만들어서 신전의 지위를 더 높이고 싶을 테니까."

"그렇다면 마르슈가 신전과 결탁한 이유는 확실하네."

"그래, 안드레를 황제로 옹립하려 신이 내린 운명의 아이를 황후로 만들려는 거야."

안드레는 정통성이 없는 황자. 하지만 네리아드가 내린 운명의 아이와 결혼하여 아이를 낳으면 신의 핏줄을 잇게 된다. 그건 아드리안이 가진 것보다 우월한 정통성을 갖게 된다는 것이다.

하지만 신전은 아드리안을 밀려고 할 테니, 혹시 모를 사태를 대비하여 운명의 아이를 완전히 제 편으로 만들려는 것이었다.

앙리의 입꼬리가 비죽, 솟아올랐다.

"재밌게 됐네."

나는 고개를 끄덕였다.

"내가 네리아드 신이 내린 운명의 아이를 연기한다면, 마르슈 공작가는 내게 꼼짝도 못 한다는 의미야."

지금껏 툭, 툭, 테이블을 두드리며 상황을 가늠하던 아빠가 입을 열었다.

"일단 그 잘난 용사 테슬라의 기록부터 찾아서 불사르도록 할까."

아빠의 표정이 악당처럼 잔악해졌다.

*　　*　　*

이튿날.

노델리 후작저는 고요했다. 공주와 이혼 전엔 사람들이 몰려와 문전성시를 이루었지만, 가문이 휘청이기 시작하니 얌체처럼 자취를 감췄다.

해가 지기 전부터 술을 퍼먹던 노델리 후작이 끅, 끅, 딸꾹질하며 서류를 내던졌다.

"이자를 높이겠다고! 감히 내게!"

분을 토하는 후작을 보며 노델리 후작저의 집사는 마른침을 삼켰다.

"주인님 소유의 상단은 이미 기능을 하지 못하고, 고용인 월급까지 밀렸습니다. 이 상황에서 누구 하나라도 빚을 변제하라고 나서면 저택까지 팔아야 할지도 모릅니다. 차라리 이자를 내서 변제일을 늦추는 것이……."

쾅ー!!

술잔을 내던진 노델리 후작이 번들거리는 눈으로 집사를 노려보았다.

"내가 누군데! 필립 노델리야, 내가!"

잉그리드 공주가 다이아몬드 광산을 빼앗아 간 뒤로 모든 게 바뀌었다. 아니, 그 망할 듀블레드와 대적한 이후로 바뀐 것이다.

듀블레드 공작을 위협한 일이 대귀족 습격 사건으로 둔갑되질 않나, 그 일이 당혹스러워 계집에게 마음을 기댄 일이 탄로 나질 않나, 아내에게 이혼당하질 않나!

짜증스러운 신음을 뱉으며 의자에 주저앉은 노델리 후작이 이마를 감쌌다.

"아빠."

신음하는 그에게 엘리자베스가 다가가자 집사가 얼른 아이를 붙들었다.

"아가씨, 주인님의 심기가 불편하시니 하실 말씀이 있다면 내일 —"

"오, 엘리자베스. 내 귀여운 종달새!"

노델리 후작이 딸을 끌어안으며 아이의 뺨에 턱을 비볐다.

"으으, 따가워. 면도는 언제 하신 거예요?"

"에잉, 제 애미 닮아서 까칠하기는. 그래, 그래. 우리 공주, 무슨 일로 아비를 찾아왔을까. 나를 찾아 주는 건 역시 우리 딸뿐이로구나."

"드레스요! 숍에 가기로 했잖아요!"

"아아, 그렇지. 숍에 가기로 하였지."

"르블레인, 그 못된 애가 산 것보다 더 예쁜 걸 살 거예요. 그리고 요한 님을 뵈러 갈래요. 아버지, 저 요한 님과 결혼하고 싶어요. 네? 네에 — ?"

엘리자베스가 칭얼거리자 노델리 후작이 입매를 비틀었다.

"쳐죽일 놈의 핏줄이 뭐가 좋다고. 걱정하지 마라. 우리 공주에게는 그보다 더 멋진, 나를 닮은 공자와 혼약시켜 줄 테니까. 뭣하면 마르슈 공작의 아들이라도 —"

"요한 님이 아니면 싫어요! 생각해 보세요, 아버지. 제가 미래의 듀블레드 안주인이 되면 그 재산이 다 우리 거예요. 그럼 다이아몬드 광산이 무슨 필요가 있어요. 평생 떵떵거리면서 살 텐데."

그도 맞는 말이다.

지금이야 테오도르 듀블레드가 걸리지만, 고귀한 핏줄을 타고 태어난 아비와 아들은 무릇 경쟁자인 법. 요한의 머리가 굵어지면 테오도르를 끌어내면 그만이다.

엘리자베스의 뺨에 몇 번이나 입을 맞춘 노델리 후작이 비틀비틀 몸을 일으켰다.

"그래, 가자. 내가 우리 부녀의 미래를 위해 드레스값 정도를 투자하지 못할까!"

"주인님!"

집사가 희멀게진 얼굴로 그를 뜯어말렸다.

"고용인들 월급도 밀렸습니다. 아가씨 마음에 드는 드레스를 구매하려면 웬만한 지방 저택 값은 우스울 터인데 어찌……!"

"마르슈 공작이 있잖은가! 그에게 융통하면 될 일이지!"

"지난번에 보낸 편지에 답장조차 없질 않습니까."

"음흉한 영감탱이. 이제껏 나를 이용해 먹은 주제에, 내 청을 거절해?"

3장까지 알려 준 기록으로 수원이 있다는 것을 알아낸 주제에 은혜를 모르는 무도한 영감탱이다.

'4장부터는 악신의 기록이 있다고…….'

"당장 가서 전해라. 4장엔 그 영감이 그리도 알고 싶어 하는 테슬라의 진명이 써 있 —"

그가 버럭 소리쳤을 때였다.

"아직 넘기지 않았다니 다행입니다."

낯설고도 달콤한 목소리가 귓바퀴에 휘감겼다. 흠칫 놀란 노델리 후작이 고개를 돌리자 앙리가 빙그레 미소 지었다. 그의 뒤에 서 있는 훤칠한 소년들을 본 엘리자베스의 얼굴이 밝아졌다.

"요한 님!"

듀블레드의 세 공자가 모두 노델리저를 찾았다. 아이는 아버지의 품에서 뛰어내려 요한에게 다가갔다. 앙리가 진노한 노델리 후작을 보며 빙그레 미소 지었다.

"저희가 사지요. 그 물건."

"이 무슨 무례한 짓인가! 예고도 하지 않고, 주인 허락 없이 저택에 쳐들어오다니!"

그러는 동안 엘리자베스는 "저, 정말로 오랜만이에요. 뵙고 싶었⋯⋯." 하며 종알거렸으나, 대꾸 없이 서재로 걸어 들어간 요한은 저보다 한 뼘은 작은 노델리 후작의 어깨를 지그시 잡았다.

요한의 손에서 검은 기운이 넘실거리는가 싶더니 우지끈, 소리와 함께 노델리 후작의 비명이 터졌다.

"아아악一!"

"길게 말하는 것을 싫어합니다."

"끄흐으⋯⋯."

노델리 후작이 주저앉자 집사는 허둥지둥 설렁줄을 찾아 달려갔다. 그가 줄을 당기려 하자, 이샤크가 투덜거리듯 말했다.

"헛수고하지 마. 우리가 어떻게 저택에 들어왔다고 생각하는 거야?"

그러고 보니, 듀블레드 막내 공작의 손에 시동인이 떠올라 있었다. 바짓자락에 핏자국이 선연했다. 집사와 노델리 후작의 얼굴이 딱딱하게 굳어졌다.

"귀, 귀족 살해는 주, 중죄一"

희멀겋게 질려 어물거리는 후작을 바라본 요한이 몸을 낮추었다. 젊은 날 보았던 듀블레드 공작과 몹시 닮은 얼굴의 소년이 말했다.

"다시 말하지만, 말을 길게 하는 것을 그다지 좋아하지 않습니다."

"……."

"쉽게 말씀드리죠. 테슬라의 기록을 넘겨주십시오."

"그, 그럴 순—"

팟—!

순식간에 쇄골 아래로 깊은 자상이 생겼다.

"부디 제가 중죄를 짓지 않도록 선처해 주십시오."

"그, 그런…… 그런……."

"말로 하는 건 여기까지야, 후작."

＊　　＊　　＊

"세 분 도련님께서 테슬라의 기록을 찾으러 노델리 후작가로 쳐들어 가셨단 말입니까?"

의장이 당황한 얼굴로 나를 쳐다봤다. 난 심각한 표정으로 종이에 그림을 그리며 대충 대답했다.

"응."

"아무리 저쪽 권세가 이쪽보다 못하다고 해도 대귀족 가문입니다. 황제가 가만두고 볼 리가 없지 않습니까. 테슬라의 기록을 빼앗긴 것을 알면 저들이 아기님을 악신이 내린 운명의 아이라 확신할 겁니다. 마르슈 공작이 안다면 무어라 하실 겁니까."

"아빠를 습격한 건 노델리 후작이었다고."

그러자 의장이 눈을 크게 떴다. 종이 위에 그림을 완성한 난 그를 힐끔 올려다봤다.

"대귀족 습격 사건의 수괴는 슈헤일 후작으로 정리하시려던 게 아닙니까?"

나는 일전에 슈헤일 후작을 대귀족 습격 사건의 범인으로 만들었다. 그래서 린다까지 발고하지 않았던가.

난 어깨를 으쓱하고 크레파스를 놓았다.

"슈헤일 후작을 지목한 건 단지 마르슈 공작에게 타격을 주려고 한 거야. 그의 뒷배가 마르슈 공작이니까. 아빠가 전투에서 돌아올 때까지 시간을 벌려고."

"하면……?"

"처음 아빠를 공격한 건 노델리인걸. 애초에 아빠가 돌아오는 즉시 노델리에게서 얻을 것만 얻고, 그를 범인으로 만들려고 했어."

"하지만 마르슈 공작이 우리의 목적을 의심할 텐데요."

"그래서—"

나는 종이를 들고 내가 그린 그림을 의장에게 보여줬다.

"—이게 필요한 거지."

"그건……?"

때마침 노크 소리가 들렸다. 내가 "들어와." 하고 말하자 트리곤이 입실했다.

"부르셨습니까?"

"응. 시킬 일이 있어."

"무엇입니까."

"이 그림. 내 몸에 새길 수 있어? 필요할 때만 떠오르게 하고 싶은데 가능할까?"

"어려운 일은 아니지요. 그런데 그게 대체 뭐기에……?"

의장과 트리곤은 의아한 표정이었다. 나는 히죽, 입꼬리를 올리고 대답했다.

"네리아드 신이 내린 운명의 아이가 가진 문장."

미나의 발등에 나타나, 그녀가 진짜 운명의 아이임을 증명했던 그 빌어먹을 문양 말이다.

'운명의 아이'의 조건은 세 가지다.

2월 29일생일 것.
신성력이 있을 것.
신의 문장을 발현할 것.

나는 1, 2번 조건을 충족하여 운명의 아이가 되었으나, 3번을 충족하지 못하여 진짜가 될 순 없었다.

그런데 내 몸에서 신의 문장이 발현한다면?

'진짜 운명의 아이가 누구인지 모르는 마르슈와 신전은 날 진짜라고 생각할 수밖에 없을 거다.'

미나가 오기 전까지 신의 문장을 아는 것은 아주 소수였다.

역대 교황과 역대 황제뿐.

'교황이라면 이해가 가는데 황제는 어떻게 알고 있을까 했더니, 이 문장이 건국 황제에게도 있었던 거야.'

그는 미나 이전에 네리아드 신이 내린 자였으니까.

내가 악독하게 웃자, 의장의 눈이 가늘어졌다. 머릿속으로 주판알을 두드리고 있는 것이 분명했다. 셈을 끝낸 의장의 입가에도 나와 비슷한, 간사한 미소가 떠올랐다.

"하기야 테슬라의 기록이 필요한 것은 악신의 아이뿐만이 아니지요. 네리아드 신의 아이라면 더욱 그것이 필요할 겁니다."

"맞아."

"훌륭하십니다."

"내가 생각해도 그래."

그러고 나서 우린 트리곤을 쳐다봤다.

"자, 그려 봐. 완벽하게!"

내가 발등을 내밀자 트리곤이 한숨과 함께 무릎을 굽혔다.

문장을 발등에 새기는 건 어려운 일이 아니었다. 겨우 몇 분 만에 첫 번째 삶의 내가 그토록 바랐던 신의 문장을 만들어 낼 수 있었다.

난 트리곤이 만들어 낸 검은 문양 위로 신성력을 불어넣었다. 문양이 빛나며 테이블 위 화병에 장식된 꽃이 생기를 되찾았다.

내가 첫 번째 삶에서 보았던 미나의 문장과 조금도 다르지 않았다.

"아이고, 죽겠다……."

가뜩이나 푸르푸르를 유지하고 있는데, 신성력까지 발휘하니 온몸의 힘이 쭉 빠지는 기분이었다.

'마나라도 어디서 뺏어 와야지, 안 되겠네.'

그렇게 생각하던 난 여전히 멀뚱멀뚱 서 있는 의장과 트리곤을 보며 인상을 찌푸렸다.

"뭐 해?"

"예?"

"네……?"

"당장 가서 내가 신의 문양을 발현했다고 소문내야지!"

내 말에 멍하니 눈을 끔뻑이고 있던 두 사람은 "아." 하며 온실을 뛰쳐나갔다.

* * *

제국은 발칵 뒤집혔다.

듀블레드의 화려한 뒷공작으로 듀블레드 공작을 공격했던 노델리 후작은 대귀족 습격 사건의 수괴로 둔갑했다.

옥사에서 오랫동안 고신을 받던 슈헤일 후작이 풀려났으나, 호사가들은 그가 노델리와 협심하여 대귀족을 노린 것이라 떠들었다. 슈헤일 후작은 억울함을 토로했으나 믿는 사람은 없었다.

노델리의 집사가 대귀족 습격 사건 전부터 노델리 후작과 슈헤일 후작 간에 미묘한 분위기가 있었노라 떠든 것이다. 물론 이 또한 듀블레드의 화려한 뒷공작의 힘이었다.

요한은 듀블레드의 위용을 이용해서 노델리 후작의 만용에 질린 노델리 가문의 집사를 손쉽게 포섭했고, 여론전의 귀재인 앙리가 분위기를 주도했다.

하지만 더 큰 소란은…….

"듀블레드 영애에게 신의 문장이 발현했다면서요? 문장을 발현한 충격으로 보름간 쓰러졌답니다."

"세상에나. 결국 듀블레드 영애가 진짜였던 것이군요."

"신전이 너무하지 않나요. 신의 문장과 관련된 일을 숨긴 탓에 듀블레드 가에서 그리 속을 끓였잖아요."

"사실 정확한 신탁을 모르는 백성들이 왜 듀블레드 영애를 가짜라고 생각했겠어요. 신성력이 부족해서? 아니지요. 신전에서부터 그녀가 가짜일지도 모른다는 이야기가 나왔잖아요."

"어린아이가 가엽기도 하지. 사실 신전은 신자에게 헌금이나 강요할 뿐, 제대로 돌아가는 일이 없어요."

"그런데 이상하죠? 왜 운명의 아이에게 신의 문장이 발현할 것이라는 이야기는 세간에 숨긴 걸까요? 가짜라는 이야기가 신전에서 나온 걸 보면 신의 문장에 관한 일을 몰랐을 리는 없을 텐데요."

"운명의 아이가 아닐지도 모른다고 생각하면서 만들어 낸 게 아니겠어요? 그들도 확신할 수 없으니까 그리 쉽게 떠든 거죠."

"아이를 이용했군요. 끔찍해라."

운명의 아이가 신의 문장을 발현했음에도 네리아드교의 신성함을 추종하는 사람이 생기긴커녕, 험담이 주를 이뤘다. 운명의 아이를 이용해 권력을 잡고자 하는 신전의 민낯이 드러난 것이다.

세간의 안타까움과 신성함은 모두 르블레인에게 향했다. 신전을 통하지 않고 그 아이를 만나고자 하는 신자들마저 생기는 형국이었다.

*   *   *

나는 황태후와 열혈 네리아드 신자들에게서 온 편지를 보며 씩 웃었다.

'좋아, 좋아. 일이 잘 돌아가고 있다.'

네리아드교의 영향력이 축소되고, 대신 내 위상이 높아졌다. 대귀족에 황족들까지 나를 만나고 싶어 하는 사람을 헤아릴 수 없었다.

'물론 발등에 불 떨어진 신전에서도.'

언제나 점잔을 빼던 교황청에선 추기경까지 직접 보내 나를 찾았다. 교황이 날 보고 싶어 한단다.

"아가씨, 오늘도 추기경 로암 경이 오셨습니다. 언제나처럼 거절할까요?"

레아의 물음에 나는 쿠키를 입에 쏙 넣으며 말했다.

"응. 나 과식해서 아파."

"아프세요?!"

그러자 하녀들과 저택의 고용인들이 펄쩍 뛰며 난리가 났다.

"의사!"

"아가씨께서 아프시다!"

"당장 의사를!"

……왜 우리 고용인들은 시간이 갈수록 이상해져 갈까.

나는 흐리게 뜬 눈으로 "추기경이 이유를 물으면 그렇게 말하라고……." 하고 대답했다. 그제야 눈에 띄게 안심한 고용인들이 "현명한 아가씨!" 하며 룰루랄라 방을 나섰다.

그 후에 난 침대에서 폴짝 뛰어내렸다.

"이만하면 마르슈 공작이 제대로 똥줄 탔겠지?"

"노델리 집사더러 신전에다가 도련님들이 노델리에게서 테슬라의 기록을 강탈해 간 것을 흘리라 일렀습니다. 신전은 지금까지 테슬라의 기록이 노델리 손에 있었는지도 몰랐으니, 마르슈의 의도를 의심하고 있겠죠."

"좋아, 그럼 가자."

"마르슈에게 말입니까."

"그래. 제대로 약 올려 줘야지."

물론 얻을 건 얻고.

난 신전 모르게 마르슈 공작저를 찾았다.

앙리와 이샤크는 혹시나 마르슈에서 내게 무슨 짓을 할까 봐 걱정했지만, 아빠는 다녀오라고 말해 줬다. 내 과거를 공유한 이후로, 아빠는 무조건 날 믿어 줬다.

내가 찾아왔다는 말에 마르슈 공작은 날 즉시 저택에 들였다.

'푸르, 내게 일이 생기면 바로 현신해.'

[칫.]

푸르는 퉁명스럽게 혀를 찼지만, 그렇게 하겠다는 의미라는 걸 이젠 안다. 쟤는 속마음을 투덜거리는 것으로 표현하는 악마였다.

"안녕하세요, 공작님."

"……영애가 무슨 일로 나를 찾았지?"

"궁금한 게 있어서요."

나는 한껏 순진한 표정을 지으며 일부러 양손을 꼭 말아줘었다.

"영애가 내게?"

"왜인지 모르겠지만, 이게 생긴 이후로 자꾸만 공작님이 꿈에 나와요."

"……."

아이고, 너무 구식 작업 멘트 같았나.

공작이 눈이 가늘어져서 난 얼른 말을 바꿨다.

"그러니까 정확히 말하면 공작님과 닮은 사람이요."

테슬라의 기록으로 알았다. 그와 함께 모험을 떠났던 사람 중 하나가 마르슈 공작의 선조였다는 것을.

'당당하게 초대 가주의 이름을 기록해 놨지 뭐야.'

미친 줄 알았잖아.

하기야, 나라도 여러 발을 걸쳐 놨을 거다. 악신의 아이와 네리아드 신의 아이 중 누가 이길지 모르니까. 마르슈의 초대 가주도 악신의 아이가 승리할 것을 점치고 대놓고 제 이름을 걸어 놓은 게 아닐까.

'하긴, 마르슈의 초대 가주는 이반과 건국 황제의 전쟁 막바지에 건국 황제 측으로 붙었다고 했지.'

그래서 알았다. 마르슈 공작이 노델리 후작에게 전전긍긍한 것이 마르슈 가문의 치부인 테슬라의 기록을 없애기 위해서일지도 모른다고.

'개국공신으로 알려져 있는데, 사실 이반을 도왔다고 하면 이런 망신이 따로 없지.'

가뜩이나 이본느 황비의 권세를 축소하고 싶어 하는 황제는 옳다구나 기뻐하며, 마르슈가 공신으로서 하사받은 영지의 절반쯤은 빼앗으려고 할 거다.

'하지만 만만치 않은 할아버지네.'

마르슈 공작은 얼굴에 전혀 속내를 드러내지 않았다. 오빠들이 테슬라의 기록을 강탈해 온 것 때문에 속이 탈 텐데도 여전히 초연한 표정이다.

'그래 봤자 소용없지만.'

나는 속으로 웃음을 삼키며 눈썹을 늘어뜨렸다.

"마르슈 공작님과 닮은 사람이 자꾸만 테슬라의 기록을 달라고 하지 뭐예요?"

"나와 닮은 사람이라……."

"후대를 위해서 테슬라의 기록을 없애 달라고 했어요."

"……."

"노델리의 손에 있다고. 그래서 저희가 기록을 가져왔거든요."

나는 가방 안에서 테슬라의 기록을 꺼냈다.

그것을 본 공작의 눈이 커졌다.

"하여, 나와 거래를 하자는 건가."

"아니요."

"하면 나를 조롱하려는 것이냐."

맞아!

나는 그렇게 생각했지만, 시침을 딱 떼고 슬픈 표정을 지었다.

"드리려고 했는데, 싫으시다면……."

내가 슬쩍 책에 손을 얹자 마르슈 공작이 황급히 내 손목을 덥석 잡았다.

'급한 거 다 알아, 할배.'

"이걸 왜 내게 준다는 것이냐."

"저는 그냥……. 그냥 이게 마르슈 공작님께 도움이 되면 좋을 것 같아서……."

"뭐?"

"고모가 그랬어요. 아빠가 바쁘신 건 마르슈 공작님이랑 사이가 안 좋아서 그렇대요."

할아버지가 발루아령 때문에 우리 아빠랑 자꾸 싸우는 거 말이야. 알지?

"……그래서?"

"그러니까 친해지고 싶어요. 공작님과 친해지면 아빠가 바쁘지 않을 거예요. 또, 공작님은 외로워 보이시니까……."

"무슨 뜻이냐."

"아빠가 그랬어요. 무소불위의 권력자일수록 외롭다고요."

"……."

"저는 잘 모르지만, 외로운 사람은 친구가 있어야 해요. 제가 공작님의 친구가 되어 드릴게요!"

나는 해맑게 웃었고, 그런 나를 빤히 쳐다보던 마르슈 공작은 이내 희미하게 웃었다.

"자식보다 낫군……."

"친구가 되어 주실래요?"

"신의 문장을 보여 주겠느냐."

나는 슬그머니 발등을 내밀었다. 내 구두를 조심스럽게 만지던 그의 눈이 가늘게 떨렸다.

'문장이 진짜 같지, 할배?'

이 문양을 자세하게 떠올린다고 머리가 쪼개지는 줄 알았어.

"운명의 아이와 친구가 된다면 영광이지. 난 네가 태어나기 이전부터 우리가 만날 날을 고대하고 있었단다."

"와아―!"

"기록은 고맙게 받으마. 꼭 필요한 것을 주었으니 보답을 하고 싶은데. 바라는 게 있나?"

나는 손가락을 꼼질거리며 당황한 척했다.

"괜찮으니 편히 말하려무나."

"저기……. 린다는 나쁜 하녀가 아니에요."

"슈헤일 후작을 발고한 그 하녀 말인가."

"나쁜 짓을 한 줄 알았는데, 아니래요. 아빠가 그러셨어요. 아마도 린다는 저를 도와주고 싶었을 거라고. 그래서 나쁜 짓을 했다고 거짓말을 했대요……."

내가 시무룩하게 말하자 마르슈 공작이 내 어깨를 툭, 툭 두드렸다.

"염려 마라. 내가 해결해 주지."

나는 와! 소리치며 팔을 번쩍 들었다.

'고마워!'

그리고 미안.

사실 그 기록 가짜야.

*   *   *

나는 방 안에서 이리저리 걸으며 이제나저제나 누군가 오기를 기다렸다. 안절부절 창문 밖으로 목을 빼꼼 내밀었을 때.

"아기님."

기다리던 목소리가 들려왔다. 나는 얼른 문을 뛰쳐나가 그녀를 환대했다.

"린다!"

"잘 지내셨나요? 쓰러지셨다는 이야기를 듣고 얼마나 놀랐는지요."

"나보다 넌? 너는 괜찮은 거야? 다친 곳은 없어? 고신을 당하지는 않았어? 성안에 있는 우리 사람이 잘 챙겨 준 거야? 밥은? 밥은 먹었어?"

걱정되는 마음에 쉬지 않고 와다다 질문하자 린다는 쿡쿡 웃었다. 나와 함께 그녀를 기다리던 다른 하녀들도 까르르 웃으며 "그러다 숨넘어가시겠어요." 하고 농담했다.

농담까지 할 정도로 린다는 말짱했다.

"저는 괜찮아요. 옥사가 쾌적하지 뭐예요? 밥 벌어먹기 힘들면 차라리 마음에 안 드는 대귀족의 멱을 따고 옥사에 들어가서 사는 것도 나쁘지 않겠더라고요."

린다는 뺨을 한 손으로 감싼 채 중얼거렸고, 다른 하녀들이 "호오." 하며 고개를 끄덕였다.

"그런가요? 그럼 퇴직하면 저도 한 번……."

"저도 멱 따는 것엔 일가견이 있는 편이라……."

나는 흠칫했다. 듀블레드 무적의 범죄 사단에서 머리를 담당하는 린다라면 정말로 그럴지도 모른다는 생각이 들었기 때문이다.

"다들 이제 손 씻기로 했잖아……?"

내가 걱정되는 목소리로 말하자 린다와 하녀들이 까르륵 웃었다.

"농담입니다."

"우리 아가씨, 귀엽기도 하셔라."

그런 농담 하지 마!

범죄 경력이 화려한 당신들이 그런 말을 하면 심장이 철렁한다고. 린다야 다행히 멀쩡하지만, 다른 죄인들이 어디 정말로 쾌적하게 지내겠는가.

린다가 멀쩡한 건 나와 호프 상단, 듀블레드가 치안대장부터 옥사 간수에 이르기까지 뇌물을 펑펑 써재긴 덕분이었다.

'역시 뇌물이 최고야.'

뭐, 린다가 무사한 가장 큰 이유는 내가 황제에게 수원을 약속한 것 때문이지만.

> "저희 의장이 대귀족 습격 사건과 관계된 일은 폐하께 고해야
> 한다고 해서 린다를 데려왔지만, 제게 린다는 정말로 소중한 사
> 람이에요."

황제는 대번에 내 속내를 알아차리고 린다가 무사히 황궁을 나설 것임을 약조해 줬다. 그러니까 나는 황제와 수원으로 린다의 안위를 거래한 것이다. 이조차 뇌물이나 다름없었다.

'그나저나 마르슈 공작이 대단하긴 하네.'

아빠였어도 린다를 이렇게 빨리 빼내진 못했을 것이다. 린다는 내가 마르슈 공작에게 가짜 기록을 전해 주고서 단 사흘 만에 저택으로 돌아왔다.

'그런 마르슈 공작이 내 손에 들어오면……'

살아 있는 다이아몬드 광산!

나는 양 주먹으로 입가를 가린 채로 킬킬 웃었다.

나는 내 네 번째 로또가 된 다이아몬드 할배⋯⋯ 아니, 다이아몬드 광산을 떠올리며 히죽히죽 웃었고, 그런 날 보며 의장은 고개를 절레절레 흔들었다.

*　　　*　　　*

나는 아주 오랜만에 호프 상단으로 갔다. 내가 네 번째 삶을 사는 회귀자라는 걸 아는 측근들이 모두 모여 있었다.

의장과 세리아, 트리곤, 자카리까지.

난 음산한 얼굴로 세리아를 쳐다봤다.

"셋째라 세토인 줄 알았어."

"세 번째로 들어온 아이라 세토였답니다."

그걸 말해 줬으면, 아니, 세토가 열다섯인 걸 알려 줬다면 님프 혼혈인 걸 더욱 쉽게 알았을 거다.

난 아휴, 하며 한숨을 푹 쉬고 상석에 앉았다. 지난번 삶에서 거지로 살며 의자에 앉을 기회조차 잘 없던 내가 상석이 익숙해지다니. 괄목할 만한 성과다.

"좋아, 회의 시작. 세리아부터 보고해."

"아기님이 쓰러져 계신 동안 의장님의 지휘로 움직였습니다. 님프의 광산에서 수원을 옮겨 오는 것은 제가 전담했고요. 세토는 정제법을 익히도록 광산에서 머물게 했지요. 앞으로도 수원을 계속 정제해 올 겁니다."

"당장 쓸 수 있는 수원의 수는?"

"족히 2천 점. 지방 한둘쯤에서 일어나는 가뭄은 방비할 수 있습니다."

"듀블레드용의 수원은 따로 저장해 둬. 남의 새끼 구하겠다고, 우리 새끼들이 고생하면 안 되지."

"1천 점은 듀블레드로 보내 놓겠습니다."

그러고서 난 의장을 쳐다봤다.

"황제가 원하는 수원은 얼마나 되지?"

"수량이 아니라 수원의 독점을 노리고 있겠지요. 가뜩이나 대가뭄과 영주들의 만행으로 민심이 들끓고 있으니, 이번 기회에 완전히 잠재우고 싶을 겁니다."

"음……."

"어찌하실 겁니까?"

"가짜 수원을 주려고 했지만, 이번 기회에 황실과 관계를 다져 놓는 게 이득이겠어. 아빠와 논의해서 황제와 결판을 내. 이 일은 의장에게 전권을 줄게."

"예."

그다음 트리곤.

"내가 없는 동안 놀고먹은 건 아니겠지?"

"……수원을 조사하고 있었습니다."

"어떻게 됐어?"

"재밌는 사실을 알아냈습니다."

"그게 뭔데?"

"님프의 광산이 아니라도 일정량의 수원이 있는 곳에선 마나를 사용할 수 없습니다. 다만, 신성력과 마력으로 변질하여 나오면 완벽하게 막지는 못합니다. 그러나……."

"그러나?"

"약화합니다. 대폭."

역시!

'신성력이나 마력뿐 아니라 오러도 약하게 나오는 거야. 그러니까 우리 이리들이 님프들에게 맥을 못 춘 거지!'

얼른 자카리를 쳐다봤다.

"당연히 전략엔 엄청난 효용이 있지. 나라면 백 개의 전술도 짤 수 있어. 물론 승률은 백 프로."

스피넬을 독점했으니 최고의 무구를 만들 수 있다. 오러 사용자 집단인 이리의 전투력은 제국 제일. 거기다가 신성력과 마력을 사용할 수 없는 구역을 만들 수 있다니. 크으……!

'군사력이 엄청나게 증강될 거야.'

사랑스러운 님프님들 만세다!

나는 황홀한 표정으로 뺨을 감쌌다.

"대륙에서 제일 강력한 군대가 생기겠어……."

"대륙에서 제일 강력한 군대로 무얼 하시려고요?"

"협박해야지. 우리 아빠가 발루아령을 못 갖게 하는 대귀족 놈들, 앞으로 귀찮게 하면 다 죽었어."

내가 낄낄거리자 의장과 세리아, 트리곤과 자카리가 웃음을 터뜨렸다.

"자, 그럼 남은 건 하나인가."

"예."

"그렇습니다."

의장과 세리아가 각각 대답하자, 나는 아주 얄밉게 웃었다.

"수원 팔러 가자. 다들 귀족들 집의 기둥 하나씩은 뽑아 가지고 와~!"

내 말에 측근 넷 모두 허리를 굽혔다.

이로써 광산행은 끝났다. 내가 알던 세상이 무너지고, 린다를 잠시 빼앗겼지만, 대륙 최강의 군대와 수원을 얻었다.

듀블레드와 나의 상승은 이제부터 시작이었다.

*　　*　　*

한여름의 어느 날, 아빠와 황제가 한 판 붙었다.

"정식으로 항의하겠습니다."

"항의? 짐이 무엇을 어쨌다고 듀블레드 공씩이나 되는 인사가 항의를 한단 말인가."

"진상 규명의 기회조차 주지 않고 제 아들을 구금하신 것. 제대로 귀족 회의에 의제로 올려 황궁의 사과를 받아 내야겠습니다."

"그건 신고가 들어왔기에 마땅히 조사한 것이지 짐이 무슨 억하심정으로 듀블레드 공자를 추포하였겠나. 짐은 절차를 따른 것뿐이었네."

"솔직해지시죠. 신고만으로 제 아들을 추포하신 것이 정말 절차를 따르신 겁니까. 이번 기회로 불손한 듀블레드 공작의 고개를 꺾으려 하신 것이 아닙니까."

"이 사람이 정말……!"

"듀블레드는!"

"……"

"듀블레드는 싸움을 피하지 않고, 저는 지는 전투를 하지 않습니다. 사문화된 법규의 지워진 한 구절까지 걸고넘어질 겁니다.

제 아들을 추포한 일에 관련된 자는 개미 새끼 하나 그냥 두지 않
겠습니다."

황제는 코웃음을 쳤다. 하지만 아빠가 누구던가. 뱉은 말은 절대로 번
복하지 않는 뚝심의 공작님이시다.

듀블레드 정예 쌈닭(……이라고 쓰고 행정관과 학자들이라 읽는다)들
은 정말로 모든 법전의 토씨 하나까지 걸고넘어졌다.

거기에 요한 추포 사건에 얽힌 이들이 사라지거나, 머리가 깨지거나,
뼈 하나씩은 부러지기 시작했다.

황제는 당연히 아빠의 짓이라고 생각하고 눈을 부릅뜨고 뒤를 털었지
만, 범죄자의 소굴 듀블레드에는 증거 인멸에 천부적인 재능이 있는 사
람들이 아주 많았다.

황제가 노이로제에 걸렸고, 결국…….

"짐이 뭘 어찌하란 말인가……."
"포기하시죠. 수원."
"그건 아니 될 말이야!"
"하면 끝까지 가는 수밖에 없겠죠."

그리고 그때 내가 등장했다. 난 아빠의 채찍질에 상처투성이가 된 황
제 폐하를 어루만지는 당근이었다.

"아빠, 너무하세요! 제가 폐하와 약속했는걸요. 아빠는 저를
약속을 지키지 않는 나쁜 어린이로 만드실 건가요?"
"고작 아홉 살 어린애가 뭘 안다고. 나서지 말라."

"하지만, 하지만……. 귀하고 소중한 것은 폐하께 먼저 진상하는 거라고 했어요."

"수원은 다른 문제야. 폐하께서 수원을 독점하신다면 우리는 우리의 영지민을 지킬 수 없다. 가뜩이나 대가뭄의 전조로 어수선한 이때, 수원의 독점은 절대로 아니 될 말이다."

"그럼 폐하께 일부 드리고, 우리도 일부 가지면 되지 않나요? 사이좋게 반반!"

본래 황제가 노린 건 수원 독점이었다. 하지만 아빠는 되레 한 개도 줄 수 없다고 너무나 완고하게 저지했다. 이대로 하나도 얻지 못하는 건가 싶을 때, 내가 등장해서 무려 반이나 나눠 준다고 한 거다.

'눈 돌아가게 기쁘겠지.'

그리고 독점 이야기는 영영 머릿속에서 사라질 테고.

황제는 우리의 예상에 들어맞았다. 수원의 반만 받기로 하고 욕심을 거둔 거다. 부녀 사기단의 열정적인 연기에서 기인한 결과였다.

그런데 문제가 하나 있었다.

황태후를 만나러 황궁에 온 나는 당황해서 눈을 끔뻑였다. 황태후궁에 가려는 나를 가로막은 황제가 우루루까꿍, 아이 어르듯 내 뺨에 얼굴을 마구 문대며 말했다.

"오, 아가야. 이리 오려무나. 그래, 그래. 귀엽기도 하지. 황궁에 자주 찾아와 주렴."

……황제가 나를 미친 듯이 좋아하기 시작했다.

'아니, 아저씨는 또 왜 이래.'

그냥 사기당해 준 걸로 우리 관계는 여기서 청산하면 안 될까?

"오는데 힘들진 않았느냐. 오, 오늘 보니 부쩍 자란 것을 알겠구나. 마냥 어린애 같던 아이가 자라니 기특하지만 아쉽기도 해."

언제부터 날 그렇게 챙겼다고?

나는 어이없는 속내를 숨기며 치맛자락을 잡았다. 가볍게 무릎을 굽힌 후에 명랑한 목소리로 대답했다.

"감사합니다, 폐하."

"영애가 짐에게 감사한 일이 있나?"

"만백성의 어버이이신 폐하께서 제국을 자애롭게 통치해 주신 덕에 아이들이 안심하고 자랄 수 있는 거라고 했어요. 그러니까 폐하께 항상 감사드려야 하는 거지요."

'이게 바로 인생 4회차의 처세술이다, 인마.'

지난번 삶에서 거지 패 동료들에게 인증받은 아부 실력을 유감없이 드러내자, 황제가 껄껄 웃음을 터뜨렸다.

"영애는 참으로 짐을 기쁘게 하는군."

"영광이에요."

"오냐, 오냐. 돌아갈 적엔 황궁 마차를 타고 가거라. 듀블레드의 마차 보단 편히 돌아갈 수 있을 것이다."

나는 사양하지 않고 "와ー!" 하고 소리치며 감사 인사를 올렸다. 원래 윗사람이 뭘갈 베풀면 사양하는 것보다, 받고 기뻐하는 것이 더 예뻐 보이는 거다.

역시 황제는 흐뭇한 얼굴로 껄껄 웃었다.

"황궁에서 즐거운 시간 보내거라. 모후께 내 안부를 전하고."

"네. 그럴게요."

황제는 인자한 얼굴로 고개를 끄덕이곤 날 지나쳐 걸었다. 그러자 내 시중을 들기 위해 함께 온 로라가 기쁜 얼굴로 속삭였다.

"폐하마저도 아기님이 예뻐서 어쩔 줄 모르십니다."

물론 예쁘겠지.

신의 문장까지 발현해서 진짜 운명의 아이가 된 난 이용해 먹을 곳이 많으니까. 그리고 나도 이걸 이용해 먹을 거다.

나는 흘깃 주변을 둘러보았다. 황제를 쫓아 걷는 궁인들이 바쁘게 눈알을 돌리고 있었다.

'그래, 딱따구리들아. 가서 황제가 날 엄청나게 예뻐한다고 소문을 내 버려라.'

내게 황제는 능글맞은 노랑이 영감탱이었지만, 다른 이들에겐 제국의 태양이다. 황제가 날 예뻐한다는 이야기 하나만으로 나의 위상은 끝을 모르고 상승할 터였다.

'좋아, 좋아.'

나는 흥얼흥얼 콧노래를 부르며 황태후궁으로 향했다.

"제국에 광영을. 제국의 어머니를 뵙습니다."

내가 치맛자락을 넓게 펼치며 말하자 황태후는 얼른 내 손을 잡았다.

"우리 사이에 지나친 예는 필요 없지. 자, 아기야. 이리 앉으려무나. 아기는 어떤 차를 즐기려나. 아삼? 다즐링? 네가 좋아한다던 초콜릿 스콘은 이미 준비해 두었단다."

'신의 문장은 정말 대단하네.'

나는 속으로 혀를 내둘렀다.

얼마 전까지 황태후는 나를 꺼림하게 여겼다. 황태후와 척 진 카밀라 대부인이 나의 대모가 된 것도 그렇고, 외손녀인 엘리자베스와 불편한 사이가 된 데다가, 잉그리드 공주의 이혼에도 내 영향이 있었기 때문이다.

그런데 신의 문장이 발현했다는 소문이 돌자마자 손바닥 뒤집듯 태도를 바꾸었다.

"쓰러졌다는 이야기는 들었다. 얼마나 힘들었니."

황태후는 걱정이 담뿍 담긴 목소리로 말하며 내 손등을 부드럽게 쓰다듬었다.

"걱정해 주셔서 감사합니다. 하지만 이제 괜찮아요."

"그래, 그래. 나의 아기는 씩씩하지. 한데, 혼절한 까닭이……?"

황태후는 은근한 어조로 물으며 내 발을 힐끔 쳐다보았다. 신의 문장을 보고 싶어서 애가 닳은 모양이었다.

나는 아무것도 모르는 척 앙큼하게 대답했다.

"의사들의 말로는 신의 문장을 발현한 충격 때문이래요."

"신의 문장! 호, 혹시 내게 보여 줄 수 있겠니?"

나는 고개를 끄덕이고 조심스럽게 구두를 벗었다. 속으로 하나, 둘, 셋, 신호를 세어 마음의 준비를 하고 트리곤이 그려 준 문신을 따라 신성력을 흘려보냈다.

황태후는 내 발등에 떠오른 문장을 떨리는 눈으로 보다가 입을 틀어막았다.

"세상에나……."

'진짜 신의 문장이랑 똑같지?'

교황과 막역한 데다가 황제의 모후인 그녀는 신의 문장을 알고 있을 가능성이 크다고 생각했는데, 예상대로였나 보다.

"이럴 줄 알았지. 아기야, 나는 너를 의심한 적이 없단다. 제국에 홍복을 불러올 신의 딸이라 믿어 왔지. 아아, 감격스럽구나!"

황태후는 양손으로 입가를 가리기도 하고, 붉어진 얼굴에 손부채질하기도 하며 흥분을 삭이려 애썼다. 한동안 어쩔 줄 모르던 그녀는 냉수 한 컵을 모조리 비운 후에야 다시 입을 열었다.

"저…… 아기야."

"네, 폐하."

"나는 늘 궁에서만 지내지 않니. 항상 같은 일상을 보내니 무료하기 짝이 없어. 그러다 보니 내게 여러 가지 이야기를 해 주는 사람이 꽤 있단다."

'무슨 이야기를 하려고 이렇게 사설이 길지?'

내가 눈을 끔뻑이고 있자, 황태후가 묘하게 눈을 내리깔며 물었다.

"카밀라의 손자와 막역한 사이라고?"

"대모님의 손자…… 아, 리오넬이요?"

대모라는 말에 인상을 찌푸리던 황태후가 가까스로 표정을 가다듬고는 고개를 끄덕였다.

"그래. 그 아이가 널 꽤 잘 따르는 모양이던데. 젊은 연인의 기념일에 꽃까지 바칠 정도로?"

'아하, 혹시 대부인의 손주와 내가 이어질까 봐 걱정했구만.'

신의 문장을 발현한 운명의 아이를 아내로 맞는 황족은 그 누구보다 신성한 정통성을 갖게 될 거다. 혹시나 내가 리오넬과 이어져서 제 아들, 혹은 손주의 정적이 될까 봐 염려한 모양이었다.

"아니에요. 제가 대공 비와 우연히 친해지게 되어서 리오넬이 절 누나처럼 따를 뿐인걸요."

"역시 그렇지?!"

황태후가 기쁜 얼굴로 고개를 끄덕였다. 그러다가 속내가 너무 드러난 것을 깨닫고 어색하게 웃는다.

"영애의 안부가 궁금했을 뿐인데, 이야기가 샜군. 잘 지냈니?"

나는 그녀의 검은 속내를 모른 척 고개를 끄덕였다.

"그럼요. 잘 지냈지요."

"최근엔 외출 소식이 없던데. 무얼 하고 지내니?"

"책을 읽기도 하고, 그림을 그리기도 해요."

"날이 좋은데, 꽃구경은 가지 않고?"

"꽃구경은 온실에서 해요. 제가 제비꽃을 좋아해서 정원사들이 사계절 내내 제비꽃을 피워 두거든요."

"잘됐구나. 황궁의 온실에도 제비꽃이 있거든. 구경하겠니?"

"저는 기쁘지만, 그래도 될까요?"

"물론이지."

나는 황태후의 안내로 온실에 도착했다. 그런데 도착하자마자 황태후의 시종이 곤란한 표정으로 우리에게 달려왔다.

"황제궁에서 소란이 생겼답니다."

"소란이라니. 감히 누가."

"이본느 황비님께서……."

"무슨 일로?"

시종이 내 눈치를 보며 황태후에게 속삭였다. 황태후는 한숨을 내쉬곤 날 쳐다봤다.

"볼일이 생겼구나. 잠시 구경하고 있으렴. 금방 돌아올 테니."

"전 염려하지 마시고, 편히 일 보셔요."

"착하기도 하지."

황태후는 후후 웃곤 내 머리를 쓰다듬었다. 그리고 온실을 나섰는데, 꽤 긴박한 일인지 표정이 굳어 있었다.

'무슨 일이지?'

나는 의장에게 지시해서 내용을 알아보기로 하고 온실 안으로 들어갔다.

'황궁 온실은 정말로 오랜만이네.'

두 번째 삶에서 마지막으로 보았으니, 정말로 오랜만인 것이다.

제국에서 가장 존체 높은 사람들의 정원인 만큼 무척이나 아름다운 곳이다.

잘 손질된 정원수, 투명한 물이 졸졸 흐르는 인공 폭포며, 온갖 종류의 꽃이 자아내는 오색찬란한 풍경, 달콤한 꽃내음을 따라 모여든 나비. 어느 한 곳 흠잡을 데가 없었다.

'이렇게 예쁜데도 왜인지 삭막해 보인단 말이야.'

그런 생각을 하며 걷던 때였다.

"내 말 안 들려?! 이 버러지 같은 새끼!"

막 변성기가 지난 듯 미묘하게 걸걸한 고함이 들려왔다. 난 깜짝 놀라서 목소리가 들리는 방향으로 고개를 돌렸다.

장미 넝쿨로 이뤄진 담장 위로 짙은 쪽색의 곱슬머리가 얼핏 보인다. 감히 황족의 온실에서 고함을 지를 수 있는 소년인 데다가 이본느 황비와 같은 색의 머리칼이라면 하나뿐이다.

'안드레 황자.'

성격 더럽기로 유명하고, 나도 첫 번째 삶에서 저 꼬마에게 된통 당한 적이 있어서 옷깃만 봐도 인상이 찌푸려지는 종자다.

나는 고개를 절레절레 흔들고 발길을 돌렸다.

'안드레 황자하곤 되도록 마주치지 않는 게 좋지.'

그렇게 생각하며 도망치려던 때였다.

"넌 여전히 주제 파악을 못 해, 아드리안."

아드리안?

나는 깜짝 놀라서 고개를 돌렸다. 그리고 넝쿨 담장의 아래를 내려다보자 익숙한 금발 머리가 드문드문 보였다.

"좋은 말로 할 때 부황께 말씀드려. 네가 검술 대련에서 이긴 건 전부 꼼수였다고."

"꼼수를 부린 건 너겠지. 심판을 매수하고, 내 검에 장난까지 치면서 말이야."

"이 새끼가……!"

흥분한 안드레가 앉아 있던 아드리안의 멱살을 잡아 일으켰다. 두 사람은 같은 해에 태어났고, 이본느 황비의 과보호를 받는 안드레 쪽이 영양 상태가 훨씬 좋을 텐데도 키는 아드리안이 훨씬 크다.

"헛소리하지 말고 하란 대로 하지 못해! 너 뭘 믿고 입을 놀리는 거야? 평민 고아 계집애가 네 호위가 되겠다고 한 게 듀블레드 공작의 후광이라도 등에 업은 것 같아? 정신 차려. 어머니 말씀을 잊었어? 주제 파악 못 하는 것들은 명이 짧은 법이라고."

"취소해."

아드리안의 목소리가 소름 끼치도록 낮아졌다. 몹시 위압적이었다. 안드레가 흠칫할 정도로. 안드레는 제가 아드리안에게 움찔한 것이 자존심 상하는지 얼굴이 붉어졌다.

"뭘 취소하란 거야. 내 말이 틀렸어? 주제 파악 못 하는 것들은 죽어야 한……!"

"평민 고아 계집이 아니야. 르블레인이다."

"……뭐?"

안드레는 어이없다는 듯 헛웃음을 터뜨렸다.

"내 말이 맞잖아. 운명의 아이 어쩌고 해도 결국은 천박한 핏줄인 거야. 황족, 귀족들이 쓰고 버리기 좋게 평민으로 태어난 도구에 불과한 계집애ㅡ"

퍽!!

둔탁한 마찰음과 함께 안드레가 바닥에 나뒹굴었다. 아드리안은 싸늘하게 안드레를 내려다보았고, 안드레는 어안이 벙벙한 듯 아드리안을 올려다보았다.

"너, 너어······."

아드리안은 아주 어릴 때부터 숨소리조차 내지 못하고 살았다. 황후가 죽고, 이본느 황비가 내궁을 장악한 상황에서 무턱대고 나서면 안 된다는 걸 본능적으로 알고 있었기 때문이리라.

그런데······.

"가, 감히 날 때려?"

울먹이던 안드레의 코 밑으로 붉은 피가 뚝, 뚝 흘러내렸다. 무심코 코를 훔친 안드레는 제 코피를 확인하고 기절할 것 같은 표정이었다.

나는 비명이라도 지르고 싶은 심정이었다.

'야, 이 바보야! 잘 참다가 그깟 일로 터지면 어떻게 해!'

그러던 찰나였다.

"영애, 여기에 있었구······ 세상에."

"안드레!!"

황태후와 함께 이본느 황비가 들어왔다. 그녀들의 뒤로 어이없다는 표정의 황제까지 있었다.

사람들이 들어오고 나서야 내가 이곳에 있었다는 걸 알아차린 아드리안이 눈을 홉떴다.

"2황자, 대체 이게 무슨······!"

"어, 어머니······."

안드레가 불쌍한 척 울상을 지었을 때, 나는 울음을 터뜨렸다.

"어허어어어엉······!"

일단 아드리안부터 구하고 보자.

놀란 황태후가 내게 다가왔다.

"무슨 일이냐."

"어허어엉……!"

이본느 황비마저 코피를 줄줄 흘리면서 주저앉은 안드레를 살피다 말고 나를 쳐다봤다. 순식간에 관심 대상에서 제외된 안드레가 인상을 쓰며 이본느 황비의 소맷자락을 잡았다.

열넷의 소년이 할 법한 행동은 아니었다.

'하기야, 다 자라서도 저러지.'

안드레는 제국에서 제일 유명한 마마보이였던 것이다.

"어, 어머니, 저 자식이 제게 ─"

안드레가 황비에게 아드리안의 일을 일러바치려는 찰나,

"허어엉, 아빠……!"

비장의 카드인 아빠까지 부르며 자지러지게 울자 사람들은 몹시 당황하여 시선을 교환했다.

황제가 입을 열었다.

"영애."

"예, 폐하……."

"대답해라. 무슨 일이냐."

"아, 아드, 아드리안…… 꺼억, 꺽! 아드리안 황자님…… 형형…… 나쁘지 않아요……!"

필살기인 딸꾹질까지 하니, 황제와 황비의 표정이 묘해졌다.

"울지 말고 침착하게 말해 보아라. 대뜸 아드리안이 나쁘지 않다고 하면 짐이 어찌 전후 사정을 파악하겠느냐."

"제가 나빠요. 제가 천박한 평민이라…… 귀족들이 쓰고 버리기 편하도록 평민으로 태어나서……!"

그렇게 말하며 안드레 황자를 쳐다보자 그가 당황하여 펄쩍 일어났다.

"그, 그게 아닙니다, 폐하!"

나는 속으로 고개를 절레절레 저었다.

'바보 아니야?'

거기서 그렇게 당황하면 네가 평민 운운한 쓰레기라는 걸 자백하는 꼴이다. 역시나 황제와 황비, 황태후가 매우 놀라 안드레를 쳐다봤고, 나는 쐐기를 박기로 했다.

"안드레 황자님께서 저를 천박한 평민이라고 해서 아드리안 황자님이 화가 나셨어요."

"이익……!"

안드레의 얼굴이 붉으락푸르락 달아올랐다. 할 말은 없는데, 내가 빼도 박도 못하게 궁지에 몰아 버리니 약이 바짝 오른 모양이었다. 하지만 난 아무렇지 않게 말을 이었다.

"아드리안 황자님께서 단어를 정정해 달라고 정중하게 말씀하셨는데, 안드레 황자님이 평민은 귀족의 도구라고 하셨어요……."

날 보고 있던 황제가 흠칫, 안드레에게 시선을 돌렸다.

그럴 것이다.

'평민은 귀족의 도구'라니.

귀족의 입에서 나와도 민심이 들끓을 말이다. 그런데 황족, 그것도 황위와 가장 가까운 황자라는 안드레의 입에서 나오지 않았는가.

가뜩이나 뒤숭숭한 시기에 이런 말을 했다는 소문이 돈다면 백성들이 각지에서 들고일어날 거다.

나는 아무것도 모르는 척 눈을 동그랗게 떴다.

"평민은 귀족의 도구라는 말이 몹시 나쁜 말인가 봐요. 아드리안 황자님은 안드레 황자님이 나쁜 말씀을 하셔도 계속, 계속 참으셨는데 이렇게 화를 내시는 걸 보면요. 그렇지요, 폐하?"

"영애!"

이본느 황비가 당황하여 제 아들을 놓고 내게로 달려왔다.

"분명 영애가 잘못 들은 게야. 평민은 귀족의 도구라니. 안드레가 그런 말을 할 리 없지 않으냐."

"그건……."

"그렇지?"

황비는 아주 다급해 보였다.

그럴 만도 했다. 황제의 표정이 악귀처럼 일그러져 있었으니까.

황비와 황태후는 불안한 얼굴로 황제를 쳐다봤고, 안드레는 희게 질려 어찌할 바를 몰랐다. 모든 시선이 황제에게 집중되었을 때, 나는 슬쩍 아드리안의 옷깃을 흔들었다.

나를 보는 그에게 입을 벙긋거렸다.

'죄송하다고 말씀드려.'

"……."

'얼른!'

내가 오만상을 찌푸리며 눈치를 주자 아드리안이 입을 열었다.

"소란을 피워 송구합니다."

"네가 소란을 피우지 않았다면 짐이 더 곤란했겠지."

"……."

아드리안이 말없이 고개를 수그리자 안드레가 잔뜩 볼멘 목소리로 말했다.

"폐, 폐하, 어쨌든 아드리안은 황궁에서 손을 휘두른 놈입니다. 가만히 두시면 안 됩니다. 기강을 잡아야ー"

"1황자!"

황비가 비명을 지르듯 안드레의 말을 가로막았다.

'세상에나……. 멍청하다고 생각하긴 했지만 이렇게까지 바보일 수가.'

혀를 내두를 정도의 눈치 없음이다. 오죽했으면 눈치 없기로 둘째가라면 서러운 황태후까지 일이 뭔가 잘못 돌아가고 있다는 것을 느끼고 있겠나.

황제의 입매가 비틀렸다.

"1황자의 스승들에게 큰 상을 내려야겠군."

"……?"

"대단한 자신감을 심어 줬어."

"예?"

"잘못된 상식에 수치스러워하지 않는 교만, 제국의 내일은 안중에도 없는 비대한 방만."

"폐하, 무슨 말씀을 하시는……."

"감히 제국의 태양에게 명을 내리는 오만!!"

황제의 입에서 벼락같은 고함이 터져 나왔다. 안드레는 그제야 일이 단단히 틀어졌음을 깨달았고, 황비는 얼른 아들의 목덜미를 잡고 고개를 수그리게 했다.

"어서 부황께 잘못을 빌지 못하겠니!"

황제가 가라앉은 눈빛으로 희게 질린 황비를 쳐다봤다.

"되었소. 안드레의 짧은 생각으론 제 잘못을 인지조차 하지 못할 거요. 마음 없는 사죄 따위 받아서 무얼 하겠소."

"그런……! 폐하!"

"모자가 참으로 대단해. 어찌 이리 대견한지."

황비의 표정이 서늘해졌다. 그녀가 입술을 꾹 깨물었다.

'오, 본격적인 부부 싸움인가 보다.'

그때, 황제가 황비에게 시선을 고정한 채로 아드리안에게 명했다.

"아드리안은 네 궁으로 돌아가라. 가는 길에 영애를 마차까지 데려다 주고."

"……예, 폐하."

'싸움 내용을 들어야 하는데. 그래야 황제 편을 들어서 정치적 이득을 얻어야 할지, 황비 편을 들어서 물질적 이득을 얻어야 할지 각이 서는데……!'

무척 아쉬웠지만, 아드리안이 날 살며시 끌어당겨서 어쩔 수 없이 온실을 벗어났다.

온실을 벗어나자마자 아드리안이 나를 쳐다봤다. 나도 눈을 가늘게 뜬 채로 그를 쏘아봤다.

"거기서 코피를 터뜨리면 어떻게 해? 때릴 거면 겉으로 티 안 나게 때려야지! 아니, 그 전에 네 상황이라면 웬만해선 주먹질하지 말아야…… 말아야…… 이 바보가."

나는 눈썹을 늘어뜨리며 인상 썼다.

얘는 정말이지 바보다. 날카롭게 소리치며 훈계하는 내게 다가온 아드리안이 소매로 내 눈가를 조심스럽게 닦아 주었다.

"가짜로 운 거야."

"가짜라도 울지 마."

"……."

"네가 울면 어떻게 해야 할지 모르겠어."

아드리안의 목소리가 아주 낮아졌다. 바람결에 녹아들 듯 아름다운 금발의 머리칼이 아주 안타깝게 흔들렸다.

나는 금방이라도 깨질 것 같은 유리를 매만지듯 매우 조심스럽게 눈물을 닦아 주는 아드리안을 가만히 쳐다봤다. 손에 상처가 가득하다.

"이 상처는 뭐야? 누가 때려?"

"오늘 대련 때문에 수련 강도를 높였어."

문득 떠올랐다.

지금 아드리안은 누구에게 수업받고 있는 걸까?

'원래대로라면 내가 네 살 때, 아드리안의 외조부가 반란을 일으켜서 저 애는 궁에서 쫓겨나는데.'

대륙을 떠돌다가 우연히 교황청의 성기사단장이었던 사내와 만나, 그의 제자가 된다.

'그 인연을 계기로 추기경이 되고.'

3회차 삶까지는 언제나 똑같이 일어난 일이다. 그런데 이번 삶에선 아니었다. 그의 외조부는 반란을 일으키지 않았고, 오히려 아드리안을 없는 사람인 듯 모른 척하고 있었다.

'미래가 바뀌는 경우는 하나야. 내가 개입했을 때.'

결국, 내가 듀블레드로 향한 일이 나비의 날갯짓이 되어 아드리안에게 폭풍을 몰고 온 것일 터다. 그래서 난 항상 이 아이에게 미안했다. 아드리안은 황궁에서 사느니 차라리 떠돌이로 지내는 삶이 훨씬 편안할 테니까.

나 또한 아미티에 공작가와 발루아 공작가라는 산지옥을 건너 봤기에 확신할 수 있었다.

내가 시무룩해지자 아드리안이 희미하게 웃었다.

"오늘 내가 이겼어."

"……."

말수도 없는 주제에 내 기분이 좋아 보이지 않으니 최선을 다하는 것이다. 이 애의 마음을 알기에 나는 어쩔 수 없다는 듯 웃어 버렸다.

"그런 것 같더라. 잘했어. 잔뜩 때려 줬어?"

"정강이 세 번, 명치 한 번, 머리 일곱 번."

"제일 아픈 곳만 때렸네. 잘했어."

내가 머리를 쓰다듬기 위해 까치발을 들자, 그가 자연스럽게 허리를 굽혀 주었다.

"밥은 잘 먹고 있어?"

"응."

"혹시 누가 괴롭힐 땐 어떻게 하라고 했지?"

"목숨이 아깝지 않은가 보군. 미래를 어떻게 확신할 수 있지? 재수가 없으면 팔다리 한 짝으론 안 끝날 텐데."

아드리안은 내가 가르쳐 준 말을 토씨 하나 틀리지 않고 기억하고 있었다. 나는 흐뭇한 표정으로 고개를 끄덕였다.

"잘했어, 잘했어."

어깨를 토닥여 주었다. 그러다가 그의 뒤로 얼핏 마차 대여소를 보았다.

'이제 슬슬 가야겠다.'

호프 상단에 들르려면 지금 나서야 했다.

"난 이제 가 봐야겠다. 잘 지내고 있어. 다음에 또 올게."

손을 붕붕 흔들고서 멀어지려 하던 찰나, 아드리안이 내 소매를 잡았다.

"……?"

"……."

"왜?"

"……아니야. 조심해서 가."

"으응……."

아드리안이 먼저 등을 돌려서 난 고개를 갸웃한 채로 그의 그림자를 쳐다보다가 마차 대여소로 걷기 시작했다.

'뭔가 분위기가 미묘했는데.'

뭘까. 어디 아픈가? 그런 것 같진 않은데.

팔짱을 끼며 고민하던 나는 흠, 신음했다.

'잘 모르겠네. 아, 그보다 오늘 상단에 결재해 줘야 하는 것들이 있는데, 가을이 오기 전에 두꺼운 옷감을 사 둬야 해. 오늘이 며칠이더라……'

머릿속에서 날짜를 헤아리던 나는 우뚝, 걸음을 멈추었다. 그리고 얼른 뒤돌아서 아드리안에게 달려갔다.

9월 1일.

오늘은 아드리안의 생일이다.

"야, 이 바보야!"

내가 달려가 등을 퍽, 때리자 아드리안이 눈을 동그랗게 뜨고 날 돌아봤다.

"생일이면 생일이라고 말을 해야 할 것 아냐."

"……어떻게 알았어?"

그야, 아드리안은 미래에 황태자가 되니까. 황태자 탄신일엔 황궁에서 화려한 파티가 열려서 다들 알게 된다. 하지만 그걸 말할 순 없어서 나는 어물쩍 말을 돌렸다.

"황궁 밖으로 갈 수 있어?"

"응."

"그럼 나가자."

"어딜?"

"상점가. 케이크 먹으러."

내가 개구쟁이처럼 웃자 아드리안의 얼굴이 환해졌다.

                    *   *   *

그 시각, 듀블레드저.

듀블레드 삼 형제는 공작의 집무실에 모여 각자 할 일 중이었다. 무심코 시계를 확인한 앙리가 입을 열었다.

"곧 르블레인이 올 시간이군요."

공작은 서류를 볼 때 가끔 쓰는 안경을 벗으며 대답했다.

"상점가에 들렀다 온다더군."

"상단 말입니까?"

"그래."

턱을 괴고 있던 이샤크가 말했다.

"데리러 갈까?"

"뭐……. 나쁘지 않은 제안이야."

앙리가 웃으며 몸을 일으키자 요한도 차남, 막내를 따라 일어났다.

"아버님은 어찌하시겠습니까?"

테오도르 듀블레드는 의자에 걸쳐 둔 외투를 집어 들고, 가장 먼저 방을 나섰다.

듀블레드 2차 팔불출 전쟁의 시작이었다.

                    *   *   *

대륙의 패자인 위그젠트라 제국. 제국에서도 가장 번화한 제도의 상점가. 거짓말 조금 보태 구경하는 데만 일주일이 걸린다는 풍문이 있을 정도로 거대한 곳이라, 사람들은 이곳을 일컬어 상점 지구라 부를 정도였다.

사람이 적은 오전에 와도 거대한 위용에 기가 질리지만, 제도 상점가의 진가는 오후에 와야 알 수 있다. 대부분의 가게가 영업을 시작한 오후의 상점가는 별천지와 비교해도 모자라지 않을 터였다.

아드리안은 외딴 섬에 떨어진 사람처럼 주변을 둘러보며 걸었다. 상점가를 처음 보기 때문은 아니었다. 일전에도 나를 찾아 상점가로 온 적이 있었고, 몇 년 전부터 카밀라 대부인의 저택에서 살았으므로 종종 이곳에 드나들 기회가 있었다.

저 애가 놀란 이유는 내가 이끈 곳이 평민들이나 다닐 법한 허름한 길이기 때문이었다.

"골목에 이런 길이 있었구나."

어두운 골목을 둘러보며 중얼거리는 말에 내가 물었다.

"메인 스트리트만 다녔어?"

"응."

난 고개를 끄덕였다.

'하기야 황자님께서 이런 뒷골목을 다닐 일은 없겠지.'

메인 스트리트는 제도 귀족이 다니는 곳. 후문 쪽은 제도로 유랑 온 귀족 여행객, 혹은 돈깨나 만지는 졸부들이 다니는 곳. 그리고 이런 깊은 골목엔 평민들이 다닌다.

나도 아미티에 영애, 발루아 영애로 살 적엔 이런 곳이 있는 줄도 몰랐다. 내가 이곳을 알게 된 건 거지로 살았던 지난 삶에서였다.

"저 코너를 돌면 정말 맛있는 케이크를 파는 곳이 있어. 메인 스트리트의 케이크보다 맛있을걸? 날 믿어도 좋아."

내가 으스대듯 말하자 아드리안은 희미하게 웃으며 "그래." 하고 고개를 끄덕였다. 나는 그의 호응에 힘입어 한층 더 활기차게 걸었다.

얼마 지나지 않아 간판이 반쯤 떨어진 몹시 허름한 가게가 보였다.

〈조니 제과점〉

거지였던 내가 식빵을 늘 얻어먹던 가게이다.

제과점 주인인 조니는 괴팍해 보이지만, 사실 마음이 여리다. 그래서 배곯은 거지 아이들이 두 손을 내밀면 호통과 함께 빵을 던져 주곤 했다.

> "이놈들 내 가게에서 썩 꺼지지 못해! ……빵은 가져가야 할 거 아냐!"

문을 열자 짤랑, 풍경 우는 소리가 들렸다.

"어서 오세요."

크리스티!

제과점의 직원인 저 크리스티도 참 착한 사람이었다. 조니 모르게 아몬드나 땅콩을 한 주먹씩 거지 아이들에게 주곤 했다.

"어머나, 작은 손님이 오셨네. 주문하시겠어요?"

"음, 으음……!"

나는 신이 나서 아드리안의 소매를 탁, 탁 흔들었다.

"뭐 먹을래? 뭐가 좋아? 초콜릿 케이크도 맛있고, 라즈베리 파이도 맛있어. 아! 버터크림 케이크다. 이거 진짜 맛있는데!"

"그럼 그걸로 할게."

나는 까치발을 들고 계산대에 은화 하나를 올려놨다.

"버터크림 케이크."

"조각으로 드릴까요?"

"아니, 통째로!"

"탁월한 선택이에요."

"아, 그리고⋯⋯."

내가 그녀의 귓가에 무어라 속삭이자 크리스티가 후후, 웃으며 고개를 끄덕였다. 그녀는 곧 우리를 자리로 안내해 줬다.

'와, 낡아빠진 의자.'

기억 속의 의자와 조금도 변함이 없었다. 의자에 앉으니 끼이익, 끽, 하는 정겨운 쇳소리가 났다.

"흐음, 흠. 흠."

신이 나서 다리를 까딱까딱 흔들고 있으니, 크리스티가 케이크 한 판과 우유 두 잔, 그리고 길쭉하고도 얇은 종이봉투 하나를 가져왔다.

"고마워."

"별말씀을."

봉투 안엔 내가 크리스티에게 부탁한 초가 들어 있었다. 나는 초를 꺼내서 케이크에 쿡, 쿡, 꽂았고, 크리스티는 능숙하게 촛불을 붙여 준 후에 다시 계산대로 돌아갔다.

"뭐 해? 소원 빌어야지."

"소원⋯⋯."

"생일엔 소원을 빌고 초를 부는 거야."

내가 깍지를 끼며 아드리안이 입을 열길 기다리자 그가 잠시 망설였다.

"소원이 없어?"

"응⋯⋯."

"잉?"

어떻게 우리 나이 때에 소원이 없을 수 있단 말인가!

나는 충격받은 얼굴로 그를 쳐다봤다.

"오러를 발현하고 싶다든가, 시험에서 좋은 성적을 받고 싶다든가. 그런 소원 있잖아."

"그런 건 하고자 하면 할 수 있는 거잖아."

아드리안이 어리둥절한 듯 말해서 나는 좀 떨떠름해졌다. 왜인지 거지 패 동료였던 남자애가 했던 말이 떠오른다.

"이래서 재능 있는 것들이란……."

하마터면 눈살을 찌푸릴 뻔했는데, 아드리안의 상처투성이 손과 커프스단추가 곧 떨어질 것처럼 덜렁덜렁 흔들리는 소매를 보고 깨달았다.

저 애는 돌봐 주는 사람이 없다. 주변엔 매번 매섭게 몰아붙이는 사람들뿐이고, 하루하루가 죽지 않기 위한 전쟁이었다.

나 또한 소원을 떠올릴 여유조차 없는 삶이 무엇인지 잘 알고 있었기에 가슴에 묵직한 돌이 얹힌 것만 같았다.

"그러면 생각해 보자. 소원으로 뭘 빌면 좋을지. 음, 키가 2미터쯤 자라는 건 어떨까?"

"……."

"엄청나게 잘생겨진다든지."

"……."

"부자가 된다든지."

"……."

"아니면 좀 욕심을 내도 좋아. 생일은 욕심쟁이가 되어도 괜찮은 날이거든. 키가 훌쩍 큰 엄청나게 잘생긴 부자가 되어서 세상에서 제일 귀여운 여자친구를 사귀게 해 달라는 건 어때?"

"……너도 좋아해?"

"응?"

"키가 훌쩍 큰 엄청나게 잘생긴 부자."

아드리안의 눈이 어쩐지 진지해졌다. 나는 고개를 갸웃하며 대답했다.

"기왕이면 그런 쪽이 좋긴 하겠지?"

"그럼 그게 좋아."

"어?"

"그걸로 할게."

"……."

"키가 훌쩍 큰 엄청나게 잘생긴 부자가 되고 싶어."

왜인지 묘한 기분이었다.

'이 애, 설마 나를…….'

난 아드리안을 빤히 쳐다봤다. 아드리안의 눈이 다정했다. 이 제과점의 어떤 케이크보다도 아주 달콤하다.

그리고 난 매우 흐뭇해졌다.

'벌써 그럴 때구나.'

그래, 그래. 첫사랑을 시작할 때지. 아이고, 우리 황자님. 다 컸네.

동생의 풋풋한 성장 일기를 지켜보는 누나의 기분이었다. 나는 인자한 표정으로 고개를 끄덕였다.

"그래, 그래. 얼른 소원을 빌어."

아드리안은 어설프게 나를 따라 깍지를 꼈다. 그리고 썩 진지한 표정으로 소원을 빌었다.

'귀여워라.'

후, 촛불을 분 후에 나는 초를 빼서 쟁반에 잘 놓아두고 빵 칼을 잡았다. 조심스럽게 자르자 고소한 버터크림 속의 촉촉한 스펀지가 드러났다.

그리고 제일 큰 조각을 들려고 했는데, 자꾸만 빵 칼에서 미끄러진다.

"아니, 이게 왜……."

아드리안이 내 손을 가볍게 잡았다. 그리고 칼을 대신 들더니 한 번에 케이크를 집어서 내 접시에 내려놓았다.

"제일 큰 건 아드리안 주려고 했는데."

"나는 두 번째로 큰 게 좋아."

"그래도 생일인데……."

"난 늘 두 번째가 좋아."

"……."

"네가 첫 번째인 게 좋아."

왜인지 목구멍이 가렵다.

"……너, 그렇게 착하게 살면 손해 본다?"

"괜찮아. 난 네게만 착한 사람이니까."

"거짓말은. 네가 다른 사람에게 퍽 못되게 굴겠다."

이 애는 착해도 너무 착하다.

케이크를 양보하는 일 때문만이 아니었다.

내가 사람들의 눈이 적은 곳으로 간다는 건, 어쩌면 이본느 황비의 견제를 받는 황자와 얽히고 싶어 하지 않는 것으로 보일 수도 있는데, 저 애는 나와 함께 케이크 가게에 온 것만으로 기쁜 모양이었다.

"이거 먹고서 선물 사러 가자."

"선물?"

"응. 생일 선물."

아드리안이 환히 웃었다.

　　　　　*　　　*　　　*

　이샤크는 삐딱한 자세로 상점가 입구에서 대기 중인 듀블레드의 마차를 바라보았다.

　"뭐야?"

　날건달 같은 어투에 마부가 찔끔, 모자를 말아쥐었다.

　"예, 예?"

　"꼬맹이는 어디 가고 너희 전부 여기에 있느냐고."

　호위로 붙여 준 이리들이 모두 마차에 있었다. 심지어 호위인 자카리마저도 이곳에서 대기 중이다.

　앙리가 마부와 이리들을 뒤로 물린 후, 자카리에게 속삭였다.

　"르블레인이 상단에 혼자 간 건가?"

　그 애가 호프 상단주라는 건 가족들과 최측근밖에 모르므로, 혼자 움직이는 게 이상한 일은 아니었다.

　다만, 르블레인의 정체를 알고 있는 자카리를 대동하지 않은 건 의아했다. 르블레인은 조심성이 많은 아이라 긴박한 일이 아니라면 호위를 물리지 않는다.

　자카리는 힐끔, 상점가를 쳐다보았다.

　"상단으로 가신 건 아닌 듯싶습니다."

　"아니라니? 그럼 어디로 간 건데?"

　이샤크가 인상을 쓰며 물었다. 앙리와 요한, 듀블레드 공작도 자카리를 쳐다봤다. 네 남자의 짐승 같은 감은 말했다.

　어쩐지 기분이 더러워.

　자카리가 침묵하자 듀블레드 공작이 아들들의 앞으로 나섰다.

　"대답해라. 내 딸은 어디에 있는 거지?"

94 아기는 악당을 키운다

"목적지는 듣지 못했습니다."

"한데 상단으로 가지 않았다는 것을 어떻게 확신하지?"

"……마차에 동승하신 분과 함께 나서셨으니 상단은 아닐 겁니다."

"누가 감히."

"2황자 아드리안 님과 함께 계십니다."

멀찍이 서 있던 마부가 흠칫, 뒷걸음질 쳤다.

늦여름, 가을의 초입임에도 주변이 서늘하다. 듀블레드 성을 가진 사내들의 표정이 몹시 험악해진 탓이었다.

"……아드리안 루에르그."

요한이 중얼거리자 이샤크가 대번에 인상을 찌푸렸다.

"그 새끼, 자꾸 거슬리네."

"르블레인이 호위가 되겠다고 택한 황자……."

앙리가 무언가를 가늠하듯 싸늘하게 중얼거렸다.

요한은 부친을 바라보며 입을 열었다.

"카밀라 대부인저에서 그 새…… 그자가 르블레인을 끌어안고 있던 적이 있습니다."

"뭐?"

"뭐?! 그걸 왜 이제 말해! 사지가 절단되고 싶어서 작정한 거야? 왜 남의 동생을 끌어안고 있어!"

이샤크가 길길이 날뛰고, 앙리와 요한의 눈빛이 검게 일렁였다. 아들들이 잔뜩 흥분하던 찰나, 듀블레드 공작이 느른히 이리들을 돌아보았다.

"십 분 주지. 찾아와."

르블레인의 호위대장의 눈빛이 가늘게 떨렸다.

십 분이라니. 설마 아가씨를? 돌아보는 데 일주일이 걸린다는 우스갯

소리가 있는 상점가에서?

"시, 십 분은 무, 무리일 듯 —"

"서둘러라. 십 분이 지난다면 내가 정말로 무리하고 싶어질 테니."

얼굴이 새파래진 이리들이 정신없이 달려 나갔다.

"비상!"

"비상! 비상!"

"전군! 아가씨와 호랑 말코를 찾아라!"

*   *   *

'음, 선물을 뭘 해 주지?'

나는 케이크 가게를 나서며 몹시 진지한 얼굴로 고민했다.

"있잖아. 아드…… 뭐 해?"

어떤 것이 가지고 싶으냐고 물어보기 위해 고개를 돌린 나는 눈을 동그랗게 떴다. 아드리안이 케이크 크림이 묻은 초를 챙기고 있었기 때문이다.

"……왜?"

그러고서도 뭐가 문제냐는 얼굴이라 나는 고개를 절레절레 저었다.

'선물은 내가 고르는 게 좋겠어.'

처음으로 친구와 함께 생일을 축하해 본 순도 백 프로의 황자님은 내가 길가의 돌멩이를 쥐여 주더라도 기뻐할 터였다.

아드리안은 손수건에 초를 잘 감싸서 주머니에 넣은 후에 날 따라왔다.

"가고 싶은 데 있어?"

내가 묻자 아드리안은 고개를 끄덕였다.

"이 제과점 같은 곳."

"이 제과점 같은 곳……. 평민들이 가는 데?"

"응, 너만 알고 있는 곳이 좋아."

평민 체험이 꽤 마음에 들었나 보네.

'그러면, 보자…… 어디로 갈까.'

턱을 문지르며 고민하던 난 아드리안에게 물었다.

"평범한 코스가 아니어도 돼?"

"어떤 코스인데?"

"예를 들어, 이 근방 거지 아이들의 꿈 체험 같은."

거지라는 말이 나올 줄은 몰랐는지, 아드리안의 동공이 약간 좁아졌다. 그러나 내가 눈을 빛내니 그는 희미하게 웃으며 고개를 끄덕였다.

나는 "좋아." 하며 히죽 웃었다.

"제가 풀 코스로 모시지요, 황자님."

아드리안의 입매가 다정한 호선을 그렸다.

나는 일단 케이크 가게 근처에 있는 포목점으로 향했다. 포목점의 점원은 짤랑, 풍경 소리가 들리는데도 일어나지 않고, 계산대 위에서 턱을 괴고 있었다.

아드리안이 내게 물었다.

"천을 사려고?"

"아니, 망토."

"하지만 여긴 의상실이 아닌데."

"팔고 남은 자투리 천을 기워서 망토를 만들어 팔거든. 그래서 엄청 저렴하지만, 따뜻하고 예뻐."

거지 시절엔 이런 자투리 망토 하나를 얼마나 가지고 싶었는지 모른다.

내가 망토가 걸린 곳으로 가자 아드리안은 멀뚱히 서서 물었다.

"……예뻐?"

그야 황자님 눈엔 누더기처럼 보일 수도 있겠다. 이본느 황비는 아드리안을 황궁에서 천대하더라도, 남들 눈엔 번듯하게 보이도록 옷은 항상 화려한 것을 입혔다.

"겨울에 이거 하나 입으면 이 근방 애들이 얼마나 부러워하는데!"

이 근처 굴다리에서 사는, 보호자가 없고 가난하며 병든 아이들은 허기를 때우는 데 바빠서 옷 같은 걸 살 정신이 없다.

보육원에서 버리는 옷 같은 걸 주로 입는데, 셔츠나 바지는 그것으로 해결된다고 하더라도 외투가 문제였다.

거위 털이나 토끼털, 혹은 두툼한 천이 사용되는 외투는 비싸서 찢어지더라도 기워 입고, 동생에게 물려주고, 털을 빼서 다른 외투에 옮겨 쓰곤 한다. 버리는 외투를 구하는 날은 운이 트인 날이었다.

'구한다고 하더라도 그걸 입을 수 있느냐는 다른 문제였고.'

평민들의 의상실에서는 거위 털, 토끼털, 단추를 산다. 그래서 먹을 것을 구하지 못하는 날이면 털을 빼다가 팔고, 단추를 떼어다가 팔아서 정작 겨울엔 입을 게 없다.

'힘센 아이가 뺏어 가기도 하지.'

그래서 겨울에 이런 자투리 망토를 입은 아이는 행운아였다.

'그땐, 이게 샤런의 옷보다 귀해 보였는데…….'

나는 자투리 망토를 매만지며 추억에 잠겼다.

"보기엔 이래도 따뜻해. 그리고 잘 뒤지면 예쁜 망토를 구할 수도 있어. 여기 망토는 포목점 주인이 취미 삼아 만드는 건데, 가끔 열정이 생겨서 예쁜 망토를 만들 때도 있거든."

"이런 거?"

아드리안이 파스텔 톤의 천을 기워서 만든 '잘 우기면 그러데이션이라고 부를 수도 있을 것 같은' 분홍색 망토를 잡았다.

"맞! ……아."

반갑게 소리치던 내가 말꼬리를 늘리며 주먹을 쥐자, 아드리안이 날 쳐다봤다.

"……르블레인."

"……."

"르블레인?"

난 분홍색 망토를 매만지다가 미간을 좁혔다.

'그 애의 망토야.'

"봐, 르브. 예쁘지?"

"와! 와아아－! 이런 걸 어디서 구했어? 예뻐."

"여름부터 막스 모르게 돈을 모아서 산 거야."

"예뻐. 진짜 예쁘다. 공주님 같아!"

"내가 얼마나 우스워 보였니."

"이걸로 살까?"

아드리안이 물었다. 난 고개를 저었다.

"……아냐."

이게 아직 남아 있다는 건 곧 그 애가 이 포목점에 들를지도 모른다는 의미였다.

"다른 것으로 하자. 아, 이 단추가 여섯 개 달린 망토는 어때?"

"입어 봐."

"하지만 여기서 제일 예쁘잖아. 너도 입고 싶지 않아?"

"제일 예쁜 건 네가 하는 게 좋아."

하여간에 착한 애다. 내가 망토를 두르고 모자까지 눌러쓰자 아드리안이 고개를 끄덕였다.

"귀여워."

"그래? 그럼 나는 이걸로 하고……."

그때였다.

짤랑 —

풍경 소리가 울리더니 명랑한 아이들의 목소리가 들려왔다.

"돈 가져왔어요. 내 망토 주세요!"

열 살쯤 되어 보이는 밝은 아이보리색 머리의 여자아이가 계산대로 돈을 내밀자, 점원은 동전을 하나씩 세다가 고개를 끄덕였다. 아이들은 얼른 자투리 망토가 걸려 있는 쪽으로 다가왔다.

"5프랑을 어디서 구했어?"

"머리를 쓰면 못 구할 것도 없지."

"막스 모르게 돈을 빼돌린 거야?"

"막스는 덩치만 커다란 바보야. 그런 주제에 우리보다 제일 나이가 많다고 동냥해서 얻은 돈 대부분을 가져가잖아. 원래 내가 가져야 했을 몫을 챙긴 것뿐이라고."

"돈을 빼돌린 게 들켜서 우리를 쫓아내면 어떡하려고."

"트리, 넌 겁쟁이야."

"하지만 막스가 없으면 다른 패거리 애들이 우리를 못살게 굴 거야."

"굴라지, 뭐. 곧 우리 아빠가 날 데리러 올 거야. 그때가 되면 이 지긋지긋한 굴다리도 안녕이라고."

"열 살이 되도록 안 찾아온 걸 보면 네 존재도 모른다는 거야. 포기해, 에뮬린."

"시끄러워."

나는 굳어져서 망토 자락을 꼭 말아쥐었다.

　"르브, 르브! 어디 갔다 왔어? 조금 전에 듀블레드 마차가 지나
　갔어. 앙리 님도 타고 계셨을까? 아아……. 참! 내가 네 몫의 빵을
　받아 놨어."

순하고 착한 트리.

　"르브, 이 바보! 거기가 어딘지 알고 따라가? 하지 말란 짓은
　하지 말라는 이유가 있는 거야! 멍청하긴!"

새침데기 같지만 똑똑한 에뮬린.

'……친구들이야.'

"봐, 내가 봐 두었던 옷이……."

에뮬린이 아직 아드리안의 손에 들려 있던 분홍색 망토를 쳐다봤다.
그때까지도 나는 굳어져 있었고, 에뮬린은 입술을 삐죽였다.

"그거 내가 지난달부터 골라 둔 거야."

아드리안이 대답하지 않자, 그 애가 인상을 쓰며 우리에게 다가왔다.

"못 들었어? 내가 먼저 예약한 옷이라니까."

트리는 뺨이 붉어져서 아드리안을 힐끔힐끔 쳐다보며 "에, 에뮬
린……." 하며 그 애를 말렸다.

"귀족 도련님인 것 같은데 그렇게 말하면……."

"바보니? 귀족 도련님이 왜 이런 데에 와? 귀족 가문의 하인쯤 되겠지."

"하인이 저렇게 좋은 옷을 입어?"

"대귀족 가문의 하인은 그래. 3등 집사도 번듯한 옷을 입는다고. 트리, 넌 모르겠지만."

에뮬린이 홍, 콧방귀를 뀌고는 손을 내밀었다.

"줘. 내 거야."

아드리안이 미간을 좁혔다. 그가 무어라 말하려는 듯 입을 달싹였을 때, 난 그의 소매를 꽉 잡았다.

"……."

'제발.'

희게 질린 내 얼굴을 본 아드리안이 분홍색 망토를 옷걸이에 걸어 두었다. 에뮬린은 얼른 망토를 받아들었고, 아드리안은 내 어깨를 잡은 채로 부축하듯 계산대로 향했다.

우리를 본 점원이 머리를 빙글빙글 꼬며 말했다.

"10프랑."

"……."

아드리안이 점원을 빤히 쳐다보자 점원은 어깨를 으쓱이며 팔짱을 꼈다.

"그건 자투리 천으로 만든 게 아니라 비싸. 단추도 여섯 개나 달렸고, 천이 거칠긴 하지만 듀블레드령에서 넘어온 거라……."

아드리안이 1,000프랑짜리 은화를 내려놓았다. 잠깐 멈칫한 것이 10프랑 단위의 돈은 가지고 있지 않기 때문인가 보다.

이런 동네에선 1,000프랑짜리, 그것도 은화를 볼 일이 없다. 평민들은 보통 1프랑 단위의 지폐를 쓴다.

이전까지만 해도 지루한 표정이었던 점원이 눈을 휘둥그레 떴다.

"자, 잠깐, 거스름돈이 부족…… 기, 기다려 주세요!"

"거스름돈은 됐어."

"예, 예?!"

아드리안은 대꾸 없이 나를 데리고 나왔다. 이전 삶의 친구들을 만나고 굳어져 있던 나는 가게를 나오자마자 그를 붙들었다.

"거스름돈 받아야지."

아까워!

"다시 가서 달라고 해야……."

"저 포목점에 있고 싶지 않았잖아."

"……."

"지금은 괜찮아?"

"……응."

"그러면 됐어."

아드리안이 다정하게 머리를 쓰다듬어 주었다.

'아드리안과 있으면 마음이 편해져.'

나는 웃으며 그의 소매를 잡았다.

"고마워."

"가자. 가고 싶은 곳이 있어?"

"그러면 우리 잡화점에 가서……."

우리가 막 포목점 앞을 벗어나려던 찰나.

"저기!"

다시 에뮬린의 목소리가 들려왔다. 분홍색 망토를 입은 그 애가 정신 없이 포목점의 짧은 계단을 뛰어와서 아드리안에게 손을 내밀었다.

"가져가."

990프랑. 거스름돈이다.

아드리안이 미간을 좁히자 에뮬린은 그의 손목을 잡아서 손 위에 지폐 다발을 쥐어 주었다.

"아깝잖아."

그러며 머리칼을 귀 뒤로 넘기더니 큼, 헛기침하곤 슬쩍 허공을 쳐다봤다.

"난 에뮬린이야."

"……."

"에뮬린 리스데버. 이 근처에 살아. 이번에 네가 망토를 양보해 줬으니까 괜찮으면 다음에 보답할게. ……얘, 상대가 이름을 알려 줬으면 너도 이름을 대야지."

"네 이름이 궁금한 적 없어."

"뭐?"

"꺼져."

나는 처음 듣는 서늘한 목소리였다. 난 놀라서 눈을 휘둥그레 떴고, 에뮬린은 붉어진 얼굴로 어버버했다.

"무, 무슨 말을 그렇게……!"

그때였다.

"아가씨를 찾아라!"

"샅샅이 뒤져!"

……우리 집 기사들이다!

*　　　*　　　*

'어디야. 어디에 있는 거지?'

나는 다급하게 주변을 둘러보았다. 이쪽 길에 있는 건 아니었다. 아마도 골목 밖에서 날 찾아 돌아다니는 모양이었다.

'아니, 왜 쫓는 거냐고!'

황궁까지 날 호위했던 이리들과 자카리에게 한두 시간가량 자리를 비우겠다고 말했다.

이리들은 조금 불안하게 여겼지만, 내가 푸르와 연결되어 있어서 언제든지 저택에 있는 그를 불러낼 수 있다는 걸 아는 자카리는 이해하고 있었다.

그런데 갑자기 날 찾는다는 건.

'……아빠다. 아빠가 왔어.'

이리들이 내 명보다 우선하는 명이라면 아빠의 명령뿐이다.

순간 머릿속에서 찰칵, 찰칵 소리와 함께 불길한 미래가 그려졌다. 아드리안과 함께 있는 나를 발견한 이리들. 붙잡힌 아드리안과 나. 이리들 사이로 걸어오는 아빠와 오빠들.

'아드리안, 살해당할지도……!'

아드리안을 보는 아빠와 오빠들의 표정까지 떠오르자 오스스 소름이 돋았다. 내가 아드리안을 부르려던 그때, 입술을 꽉 깨물며 그를 노려보던 에뮬린이 숨을 크게 들이켰다.

"너……!"

"에뮬린, 에뮬린!"

막 포목점에서 나오던 트리가 황급히 달려와 에뮬린을 붙들었다.

"이거 놔!"

"은화를 아무렇지 않게 쓰는 사람이라고. 귀족일 가능성이 크단 말이야. 이러다 큰일나!"

은화 · 금화처럼 단위가 큰 돈을 소지하고 다니는 건 귀족이나 크게 출세한 졸부뿐이었다. 게다가 사실 아드리안은 황자. 관례대로라면 평민, 그것도 거지 패 아이가 말을 걸 수도 없는 존재다.

"글쎄, 귀족이 미치지 않고서야 이 골목에 왜 오냐니까! 기껏해야 졸부대 아드님이시겠지."

"에뮬린……."

"돈 많은 집 귀한 아드님이 예의는 배우지 못하셨나 보지? 제일 중요한 건데 말이야. 〈상대를 얕잡아 보지 말라. 뭉뚝한 막대라 여긴 것이 어느 순간 칼날이 되어 내 목을 노려 올 수도 있음을 역사는 경고한다〉 몰라?"

아드리안의 눈이 가늘어졌다. 그럴 만도 한 것이 거리의 아이 입에서 나올 만한 문장이 아니었기 때문이다. 저건 귀족 아이들이 어릴 때 으레 배우는 〈노블십〉의 한 문장이었다.

에뮬린은 흥, 콧방귀를 뀌며 팔짱을 끼었다.

"나는 너를 호의로 대했어. 그런데 넌 꺼지라는 말로 수치스럽게 했잖아. 사과해."

"〈타인의 무례를 지적하기 전에 스스로 돌아보라〉는 구절은 기억하지 못하는 모양이지."

"……뭐라고?"

반쯤 흘러내린 내 후드를 잘 씌워 준 아드리안이 차디찬 눈으로 에뮬린을 쳐다봤다.

"에스코트 중이라는 뜻이다."

여성을 에스코트하던 중에 다른 이성과 대화를 나누는 건 무례한 행동이다.

난 후드를 쓰고 있었지만, 긴 머리카락이 옷 밖으로 흘러나온 데다가 포목점을 나온 후엔 아드리안과 대화하고 있었으므로 에뮬린은 내가 여자라는 걸 모를 리 없었다.

'그렇다고 해도 난 아홉 살이지만요.'

에뮬린은 얼굴이 붉어져서 "그, 그건……!" 하고 소리쳤고, 아드리안은 한쪽 팔로 날 가볍게 감쌌다.

"내 파트너에게 무례를 범한 자를 찢어 죽이지 않은 것만으로 난 예의를 다한 게 아닌가."

"……."

"알았으면 꺼져."

에뮬린은 주먹을 꽉 쥔 채로 바르르 떨었고, 아드리안은 그녀를 쳐다도 보지 않은 채로 지나쳤다.

뒤에서 트리가 에뮬린을 다독이는 소리가 들렸다. 에뮬린은 여전히 화가 나는지 "뭐 저런 게 다 있어!" 하고 소리쳤다.

*   *   *

포목점이 있는 구역을 벗어난 나는 한숨을 쉬며 후드를 벗었다. 기사들의 워커 소리가 더는 들리지 않는다.

'여기까지는 오지 않겠지?'

귀족 영애가 골목 깊은 곳까지 들어갈 거로 생각하진 못할 거다. 그것도 황자를 데리고서는.

첫 번째 삶에서 요한과 아드리안은 마주치기만 하면 서로를 죽일 듯이 굴었다. 실제로 죽일 뻔한 적도 있고. 그런 점을 잘 알고 있는 나는 점점 더 초조해졌다.

'황족을 때리게 할 순 없어.'

이샤크는 눈 뒤집히면 어떤 짓을 할지 모른다. 혹시 아드리안이 얻어맞으면 황제가 무얼 요구할지 알 수 없다. 황제에게 보상해 주는 것보다 더욱 걱정되는 건, 그가 아들에 대한 애정으로 보상을 요구하지 않을 거란 확신 때문이었다.

'아드리안이 상처받을지도.'

주먹을 불끈 쥐고 있자 아드리안이 물었다.

"괜찮아?"

"응?"

"불안해 보여서."

나는 걱정 어린 표정의 아드리안을 빤히 쳐다봤다.

"이렇게 보면 세상에 이만큼 착한 애가 없는 것 같은데 말이야."

그 애가 무슨 말이냐는 듯 눈을 끔뻑여서 나는 픽 웃었다.

"아까 에뮬린에게 꺼지라고 할 때 깜짝 놀랐어. 엄청 무서워 보여서."

"⋯⋯넌 무서운 사람이 싫어?"

난 고개를 갸웃했다.

"아니?"

"⋯⋯?"

"바보같이 착해서 당하기만 하는 것보다 낫지. 나한텐 좋은 사람인데 뭐 어때."

한동안 말이 없던 아드리안이 부드럽게 눈매를 접었다.

"왜?"

내가 물으니 그가 대답했다.

"항상 예상과 다른 대답을 해서."

나는 조금 전에 했던 아드리안의 질문을 장난스럽게 따라 했다.

"예상과 다른 대답을 하는 사람은 싫어?"

"아니. 좋아."

"그럼 됐지, 뭐."

난 킥킥 웃고서 주변을 둘러봤다.

'선물. 얼른 선물을 사고서 돌아가자. 아드리안은 뭐가 필요하려나.'

때마침 만년필 상점이 보였다. 여긴 골목에 있는 상점 중에 몇 없는 전문 상점이다. 골목의 상점들은 먹고살기 어려워 이런저런 것들을 모두 떼 와서 팔기 때문에 한 집 걸러 한 집이 잡화점이었다.

'괜찮은 게 있을 거야.'

난 아드리안의 손목을 잡고서 만년필 상점을 가리켰다.

"저건 어때? 네 선물 말이야."

"좋아."

나는 활짝 웃고 "그럼 가자!" 하며 씩씩하게 상점으로 들어갔다. 우리는 점원의 인사를 받으며 만년필 진열장을 함께 들여다보았다.

"검은색도 예쁘다. 저기 뱀 무늬가 세공된 거."

"응. 예뻐."

"빨간색은 어때? 무늬는 없지만, 없어서 더 깔끔한 것 같은데?"

"좋아."

"저 군청색도……."

"그걸로 할게."

나는 눈을 가늘게 뜨고 아드리안의 등을 철썩 때렸다. 그러자 그가 눈을 동그랗게 뜨고 쳐다봤다.

"예뻐, 좋아. 그런 말 말고 마음에 드는 걸 골라. 네 의사를 표현해도 된다고, 바보!"

"……."

속이 상한다. 이 애는 아직 소년이었다. 아드리안 또래의 사내애들은 사고를 치는 일이 빈번해서 제국엔 '마의 13세'라는 말이 있을 정도였다.

태어나자마자 모후를 잃고 황제의 무관심 속에서 오직 사는 것만이 목표였던 이 애는 자연스럽게 자신의 의사를 죽이며 살아왔을 것이다.

"골라. 천천히!"

아드리안은 떨리는 눈으로 나를 보다가 진열장으로 시선을 돌렸다. 천천히 상품을 살피던 그가 진열장 가장 구석에 있는 만년필을 가리켰다.

푸른색의 만년필. 연한 갈색의 스트랩이 달려 있었다.

"그게 마음에 들어?"

"응."

"가장 저렴해서 고른 거 아냐? 더 좋은 것도 있어."

저렴한 만큼 디자인이 약간 촌스러운 편이기도 했다.

"이게 좋아."

드물게 고집스러운 얼굴이었다. 나는 그 애의 눈을 빤히 보다가 픽 웃으며 고개를 끄덕였다.

'어쨌든 본인이 고른 거니까.'

"한 번 쥐어 봐. 편한지 보게."

내가 점원에게 진열용 만년필을 써 볼 수 있냐고 묻자 그녀는 "그럼요!" 하고 답하며 양피지를 가져왔다.

아드리안은 점원이 잉크를 넣어 준 만년필을 조심스럽게 잡았다.

'손이 정말 예쁘다.'

"어우, 도련님 손이 너무 아름다우셔요."

나만 그렇게 생각하는 게 아니었는지 점원이 호들갑을 떨었다.

'맞아, 맞아.'

길고 매끈한 손가락이 가볍게 움직이는 건 보고만 있어도 즐거웠다.

그러고 보면 이 애는 어디 하나 못난 구석이 없다. 외모는 물론이고, 목소리는 듣고 있으면 잠이 솔솔 올 만큼 감미로운 데다가 손톱 모양마저 기가 막히게 아름다운 아이. 신이 공들여 빚은 예술품 같다.

"어때? 쓰기 편해?"

"응."

"어허! 솔직하게!"

"……펜대가 조금 두꺼운 것 같아."

그러자 점원이 상냥하게 웃으며 "저희 상점은 커스텀도 된답니다. 펜대를 얇게 만들 수도 있어요." 하고 말해 줬다.

"둘레별로 잡아 볼 수 있을까요?"

"물론이죠. 모양도 여러 가지예요."

점원은 여러 가지 펜대를 보여 줬다. 나는 한쪽이 납작한 펜대를 가리키며 아드리안을 보았다.

"이거 잡아 볼래? 편할 거야."

왜냐면 몇 년 후에 이런 모양의 펜대가 유행하거든. 아드리안이 어색하게 펜대를 잡았다. 납작한 부분을 엄지로 받치지 않아서 엉성해 보인다.

"그게 아니라. 납작한 부분을……"

내가 그의 손을 쥐고, 잡는 법을 고쳐 주었을 때였다.

"신수 좋으십니다. 내 딸과."

껄렁한 표정의 네 남자가 문을 박차고 들어왔다.

뭐야, 이 양아치 같은 포즈는.

"아, 아빠……"

"이리 와라."

"아빠 이건……"

"그 손 놓고."

나는 마른침을 꼴깍 삼켰다. 내가 굳어서 움직이지 않으니, 가족들이 가라앉은 표정으로 재차 말했다.

"이리 와라, 르브."

"손 놔."

"르블레인."

"꼬맹이!"

내가 엉거주춤 가족들에게 다가가자 이샤크가 내 손을 홱 잡아끌어서 제 코트에 벅벅 비벼 닦았다.

"어디 사람 무서운 줄 모르고 막 쫓아가, 어?"

"쫓아간 게 아니라 내가 데리고 온 건데……."

이샤크가 눈을 부릅뜨고, 앙리가 엄청나게 화사하게 웃었다. 요한은 평소와 같은 표정이었지만, 눈빛은 아드리안을 찢어 죽일 듯했다. 진짜 무섭다.

아빠는 아드리안에게 시선을 고정한 채로 내게 말했다.

"여기서 뭘 하고 있었지?"

"아드리안의 생일이라서 제가 데리고 나왔어요. 만년필을 사 주려고……."

그러자 가족들의 시선이 일시에 내게 집중되었다. 몹시 이글이글한 눈빛이었다.

"아드리안?"

"아 — 드 — 리 — 안?!"

"이름으로 불러?"

"……."

요한, 이샤크, 앙리, 아빠의 순이었다. 나는 당황해서 "아, 아니, 2황자 님……." 하고 얼른 말을 고쳤다.

나는 친구의 생일 선물을 사 주러 온 것뿐인데 왜 범죄가 발각된 범죄자 같은 기분을 느껴야 하는가…….

"선물이라고……."

"만년필? 나도 꼬맹이한테 못 받았는데?!"

"기가 막히는군."

"……."

이번에도 순서는 같았다. 억울하다. 가족들의 생일 때도 꼬박꼬박 선물했다. 만년필이 없었을 뿐이지.

이 일을 어떻게 해결해야 할까.

내가 고민하는 사이, 아드리안이 아빠에게 허리를 깊게 숙였다.

"송구합니다."

"무엇이 말입니까."

"연락 없이 안전하지 않은 곳에 함께 나와 귀댁에서 걱정이 크셨을 줄 압니다. 르블레인은 저를 배려했을 뿐이니 책망은 제게 하십시오."

매우 정중한 사과였다. 황제의 아들, 그것도 제국 유일한 적출 황자가 이만큼 사죄한다는 건 절대로 일반적인 일이 아니었다.

나는 안절부절못하고 아빠의 팔에 매달렸다.

"아니에요. 제가 고집을 부려서 나온 거예요. 정말이에요!"

아빠는 싸늘한 얼굴로 여전히 고개 숙이고 있는 아드리안을 주시했다.

"앞으로 내 딸을 만나지 마십시오."

"아빠!"

"스스로 사정을 모를 만큼 아둔해 보이지는 않습니다. 황자님의 처지에 내 딸은 과분하디과분한 아이란 것을 항상 염두에 두십시오."

"아―"

내가 인상을 찌푸리자 이샤크와 앙리가 날 붙들었다.

"아버지 말씀이 틀리지 않아. 황자께서 칼을 맞을 때 함께 맞는 건 결코 우정이 아니야."

"그래, 꼬맹이."

나는 울컥 소리쳤다.

"정말로 아드리안이 나오겠다고 한 거 아니란 말이야. 내가 나오자고 했어. 선택한 건 나니까 책임을 지는 것도 나야. 나는 아기가 아니란 말이야! 그런데 오빠들은 날 친구에게 내 책임을 떠넘기는 치사한 애로 만들고 있어."

"르브."

아빠가 날 엄히 불렀고, 요한이 손목을 끌어당겼다.

"가자."

나는 오빠들에게 붙잡혀 나오면서 아드리안을 쳐다봤다. 홀로 우두커니 서 있는 그 애를 보자 목구멍이 따끔따끔해졌다.

*　　　*　　　*

나를 찾느라 저택은 한바탕 뒤집혔다고 한다. 마법사들이 소집되고 듀블레드의 제도군이 상점가를 이 잡듯 뒤졌단다.

"아주 혼나, 꼬맹이!"

이샤크가 엄한 표정으로 나를 다그쳤다. 나는 뚱한 얼굴로 소파에 앉아 날 둘러싸고 있는 아빠와 오빠들을 쳐다봤다.

"친구랑 놀러 간 거예요."

"가족들을 걱정시키고."

아빠가 서늘하게 말했다. 평소라면 찔끔했겠지만, 이번엔 나도 물러서지 않았다.

"상점가는 매번 가는 곳이에요. 아빠는 저를 믿으니까 자유롭게 돌아다녀도 된다고 하셨어요."

"호위와 함께라는 제약이 붙었었지."

"푸르가 있었어요. 푸르를 소환하는 게 이리들의 호위보다 더 강력해요!"

내가 삐죽 토라진 표정으로 소리치자 아빠와 오빠들이 흠칫했다. 이만큼 아빠에게 반항한 적이 없기 때문이었다.

아드리안은 오늘 생일이었다. 처음으로 누군가 챙겨 준 생일. 환히 웃으며 초 하나도 소중하게 챙기던 모습과 홀로 상점에서 우두커니 서 있던 모습이 교차 되어 떠오르자 목에 가시가 걸린 듯했다.

앙리가 날 달래듯이 말했다.

"하지만 2황자와 함께였잖아. 그는 적이 많아서……."

"듀블레드도 적이 많아. 아드리안보다 더 많을 거야. 그럼 난 어디도 가지 못하고 항상 집에만 있어야 하는 거 아냐?"

"하지만……."

"가족들이 날 사랑하는 걸 알아. 하지만 그렇다고 해서 남에게 상처 입혀선 안 돼."

할 말이 없는지 앙리가 입을 다물었다. 네 사람은 잠시 시선을 교환했다. 다혈질인 이샤크가 울컥한 얼굴로 말했다.

"어쨌든 안 돼! 2황자는 더더욱. 그 새끼는 다른 새끼보다 더 기분 나쁘다고!"

"하녀들이나, 사교계의 다른 레이디들과는 된다고 하면서 왜 아드리안은 안 된다는 거야!"

"사내새끼잖아!"

"이샤크도 사내잖아. 그럼 이샤크랑도 놀지 말아야지."

"안 된다면 안 돼! 사내놈들은 하나같이 다 음흉하다고! 꼬맹이, 너한테 청혼할 기회만 노리고 있을걸!"

"아니야."

"맞아! 넌 세상에서 제일 귀여우니까!"

말이 안 통한다. 이상한 논리만 주장하니, 대화할 기력이 생기지 않았다. 평소 같으면 헛소리하지 말라고 했을 가족들이 조용하다.

나는 그들을 흘겨보며 벌떡 일어났다. 그리고 발을 쿵, 쿵, 구르며 방으로 올라갔다. 가족들이 날 따라 방에 들어왔다.

"르블레인, 우리는 네가 걱정되었을 뿐이야."

"그래, 꼬맹이. 화내지 말고 아이스크림 먹자. 네가 좋아하는 사과 셔벗이 있어."

"연어도."

이번엔 날 살살 달래려는 모양이었다. 하녀에게서 사과 셔벗을 받아든 이샤크가 고개를 갸웃했다.

"······뭐 하는 거야?"

나는 이불을 덮지 않은 채 관 속에 누운 것처럼 가지런히 양손을 모으고 누워 있었다. 그러고서 난 눈을 감은 채로 가족들에게 대답했다.

"오늘부터 이불을 덮지 않고 자겠어요."

"뭐?"

"꼬, 꼬맹아!"

"······!"

"······."

당황한 가족들이 침대로 달려왔지만, 난 아무렇지 않은 투로 말했다.

"감기에 걸리겠지요. 콜록콜록."

"비, 비겁하다!"

"르블레인!"

"진정하고 대화로 해결하자."

"르브!"

가족들은 어쩔 줄을 몰랐고, 주변에선 통곡 소리가 흘러나왔다.

"아이고, 아가씨!"

"아이고, 아이고!"

슬쩍 실눈을 뜨자 고용인들이 무릎을 꿇은 채로 곡하고 있었고, 가족들은 청천벽력이라도 들은 양 덜덜 떨었다.

내 방 근처를 지나가던 의장이 못 볼 꼴을 봤다는 듯 고개를 절레절레 저었다.

Chapter 14.

"어쩌면 말이다. 어쩌면 우리가 그 빌어먹을 금발에게 잘못을…… 잘못을……."

침대에 걸터앉은 난 흐린 눈으로 이샤크를 쳐다보았고, 이샤크는 혀를 깨무는 것 같은 표정으로 한 자, 한 자 억지로 말했다.

"……잘못했……을지도…… 몰라."

"그럼 대화는 여기까지."

나는 얼른 다시 예의 관 속의 어린이 포즈로 침대에 누웠다. 손을 가슴 위에 가지런히 모으는 것도 잊지 않았다.

"잘못했어!"

"이샤크의 말이 맞아, 르블레인."

"그래."

"……."

나는 다시 슬그머니 일어났다. 가족들의 표정이 몹시 시무룩해서 약간 마음이 약해졌지만, 애써 눈을 부릅떴다. 여기서 약해지면 앞으로 호위를 백 단위로 데리고 다녀야 할지도 모른다.

다른 사람이 들으면 기가 막히는 상상이었지만, 내가 1－2시간가량 사라졌다고 장거리 이동진을 이용해 정예 마법 부대를 데려온 가족들을 봐서는 영 신빙성 없는 이야기는 아니었다.

"아드리안은 오늘 생일이었어요."

"2황자."

요한이 날카롭게 단어를 정정해 주어서 난 지친 얼굴로 고개를 끄덕였다.

"그래요. 2황자. 2황자가 오늘 생일이어서 선물을 하려고 잠시, 아주 잠시 나갔던 것뿐이에요. 제가 데리고 나온 것이니 혼도 제가 나야겠지요?"

"……."

"……."

"……."

"……."

네 사람은 불만 많은 얼굴이었지만, 내가 다시 이불 없이 침대에 누울까 봐 대꾸하진 못했다.

'말이 안 통하는데.'

저들 눈에 낀 콩깍지가 너무 두꺼운 탓이었다.

'이렇게 되면 최후의 방법을 써야 하나.'

최후의 방법인 가출 협박이 처음이자 마지막으로 사용된 건 2년 전이었다.

나는 신전에서 신성 마법 수련을 받을 수 없었기 때문에 듀블레드의 마법사들이 날 도왔다. 마력과 신성력은 마나에 뿌리를 두었을 뿐, 궤가 다른 힘이라 마력을 사용하는 마법사들은 신관처럼 완벽하게 신성 마법을 이해할 순 없었다.

그런 까닭에 수련 중 큰 화상을 입고 며칠이나 사경을 헤맸던 적이 있었다.

아빠와 앙리, 이샤크는 이성을 상실한 것처럼 길길이 날뛰었다. 내가 겨우 눈을 떴을 땐 지도 마법사의 목이 뎅겅 잘릴 위기였다. 그래서…….

"꼬맹아. 몸이 아직 회복되지 않았는데 쉬어야지. 뭐 하는 거야?"

"짐을 싸고 있어요."

"짐이라니?"

"르블레인은 이만 진짜 엄마, 아빠를 찾아 떠나려 합니다."

"뭐?!"

"안녕, 아빠. 안녕, 앙리와 이샤크."

"자, 자, 자, 잠깐, 잠깐……!"

당시, 아련한 얼굴로 가방을 둘러멘 나를 보고 아빠와 앙리, 이샤크, 그리고 고용인들이 뒤집혔다. 그리고 듀블레드는 내가 가방을 내려놓을 때까지 유례없는 대환장기를 겪어야 했다.

'그건 정말로 피곤한데. 아, 어떻게 할까.'

내가 어떻게 할까 고민하고 있자, 눈치 빠른 앙리가 얼른 말했다.

"그래. 우리가 성급했어. 인정할게."

그러곤 내가 유심히 쳐다보던 벽에 걸린 가방을 휙, 끌어내려 이샤크에게 던졌다. 이샤크는 그제야 내가 최후의 방법을 고심 중이라는 것을 깨달았는지 희멀게져선 황급히 가방을 등 뒤에 감추었다.

나는 눈을 가늘게 뜨고서 고개를 모로 꼬았다.

"정말?"

"정말."

"그럼 2황자에게 못되게 말한 걸 사과할 거야?"

그 말에 이샤크가 큼, 헛기침했다.

"그렇게 못된 말은 아니었을걸⋯⋯?"

"황자의 처지에 나는 과분하디과분하다고 하고, 황자가 칼 맞을 때 내가 함께 맞을 거라고 했잖아."

"봐! 쌍욕은 아니었네!"

이샤크가 기쁜 얼굴로 고개를 끄덕였다. 그러며 "참아서 다행이야." 하는 걸 보니 속으로 쌍욕을 했나 보다.

"황자를 벌레처럼 쳐다보고, 처지를 비난했어. 나쁜 짓이야."

내가 눈을 부릅뜨자 앙리가 곤란한 얼굴로 아빠와 요한에게 시선을 돌렸다.

요한의 눈은 이샤크의 등 뒤에 감춰진 내 가방에 고정되어 있었다. 워낙 무표정한 사람이라 티가 나지 않는데, 눈빛이 가늘게 떨리는 걸 보면 적잖이 충격받은 모양이었다.

하기야, '가출할 거야' 사건 때 요한은 없었으니 처음 겪는 그로선 몹시 당황스러울 터였다.

오빠들이 꿀 먹은 벙어리가 된 순간, 어른의 관록으로 무장한 사내가 나섰다. 제국 최고의 거부, 퍼도 퍼도 마르지 않는 서부 황금 맥의 주인, 듀블레드 공작이 말이다. 인장을 척, 치켜든 그가 말했다.

"돈으로 해결하지."

예?

나는 어이없는 표정으로 아빠를 쳐다봤다.

"사과를 돈으로 하신다고요?"

"그래."

"어떻게?"

"2황자에게 가장 필요한 것으로 보상하겠다."

아빠의 말에 오빠들의 표정이 밝아졌다.

"그러면 되겠네!"

"그래."

"해결됐군."

그러면서 날 침대에 눕히곤 이불을 덮어 주었다. 아주 홀가분한 표정이다.

"이불 꼭 덮고 자라."

"이불 차지 마."

"이불 더 필요하면 말해."

이불을 목 끝까지 올려 준 가족들이 방을 나서자 고용인들도 기뻐하며 "쉬세요!" 하곤 따라갔다.

홀로 방에 남은 난 기가 막힌 얼굴로 방문을 쳐다봤다.

*　　*　　*

며칠 후.

의장에게서 말을 전해 들은 난 주스를 마시다가 켁, 하고 기침했다.

"황후궁 재건?"

"그렇습니다."

아드리안의 모후인 엘자 황후가 죽고 황후궁은 10년이 넘도록 방치되었다. 설상가상 재작년 태풍이 덮친 후 외관이 크게 상했다.

본래라면 황실의 위엄을 위해 즉시 수리해야겠지만, 엘자 황후가 죽고 내궁의 중심이 이본느 황비가 되었다. 그래서 황후궁은 사람들의 기억 속에서도, 황제의 관심에서도 잊혔다.

"굳이 지금 황후궁을 재건할 이유가 없잖아. 황제가 무슨 생각으로……."

"황제의 생각이 아닙니다."

"설마……."

나는 불안한 얼굴로 의장을 쳐다봤고, 의장은 가볍게 고개를 끄덕였다.

"각하와 도련님들이십니다."

'아이고, 머리야…….'

나는 이마를 쥐었다. 아드리안에게 돈으로 보상하겠다더니 이거였구나. 돈으로 귀족들을 선동해서 황후궁 재건을 국무 회의에 안건으로 올린 모양이다.

"설마 재건 비용까지 이쪽에서……?"

물으니 의장은 지긋지긋한 표정을 지으며 "그렇습니다." 하고 대답했다.

이 일은 아드리안에겐 여러모로 이득이었다. 황후궁이 재건된다는 소식을 들은 사람들은 모두 황후의 아들인 아드리안을 생각할 거다. 그리고 자연스럽게 그가 황궁의 유일한 적출임을 떠올리겠지.

아드리안이 가진 최고의 강점이 사람들의 머릿속에 강하게 박히는 것만으로 그의 위상은 드높아질 터였다.

물론 황제도 황후와 연관 지어 아드리안을 생각할 터. 더욱이 아드리안이 공으로 듀블레드에서 재건 비용을 벌어 왔으니, 수전노인 황제가 얼마나 기뻐하겠는가. 그의 관심을 받는다면 이본느 황비도 그를 쉽게 건드리지 못할 거다.

무엇보다 황후궁 재건 이야기를 꺼낸 게 듀블레드 공작이란 점이 중요했다. 아드리안을 지지할 수도 있다는 의사를 내비친 것이나 다름없으니까.

'아빠가 과하게 보상했네.'

아드리안에겐 좋은 일이지만.

'바보들아…….'

나는 속이 터졌다.

정말로 사과시킬 생각은 없었다. 나는 그냥 곤란하게 만들어서 다시는 날 위한다고 타인을 깔아뭉개는 일은 하지 않아야겠다고 깨닫게 하려던 것뿐이었는데 대체 얼마를 쓴 거란 말인가.

"정말로 사과하기 싫었나 봐……."

내가 중얼거리자 의장이 "절대로 말이죠." 하고 덧붙였다.

'아드리안에겐 잘된 일이지만, 굳이 재건이어야 했던 거야?'

돈을 덜 쓰고, 더 좋은 효과를 불러오는 방법도 있었을 텐데. 우리에게 넘쳐나는 장거리 이동진을 준다든가, 황실과의 수원 거래량을 조금 더 높인다든가!

황제에 뒤지지 않는 수전노인 나는 피눈물이 났다.

'친구는 친구고, 돈은 돈 아닙니까.'

나는 친구를 돈으로 사고 싶지는 않다. 물론 수전노이기도 하지만요.

눈을 희번덕 뜨며 의장을 쳐다봤다.

"거둬들여야겠어."

"예?"

"아빠가 뿌린 돈, 내가 듀블레드의 이익으로 거둔다."

"……어떻게 말입니까?"

그렇지 않아도 슬슬 듀블레드 독립 준비에 박차를 가할 때였다.

"문제, 황궁에 번듯한 빈 궁이 생기면 뭐가 필요할까요?"

"그야 궁의 주인이 필요한…… 설마!"

의장이 미간을 좁혀서 나는 히죽 웃었다.

"이본느 황비와 대적시킬 황비가 필요해. 듀블레드의 입맛에 맞는. 황후로 만들 수 있다면 더욱 좋겠지."

"하지만 아가씨는 이미 마르슈 공작가의 지지를 얻고 계시지 않습니까. 마르슈 공작의 지지가 있다면 이본느 황비도 아가씨 입맛에 맞게 움직여 줄 텐데요."

"미나가 올 때까진 그렇겠지."

미나가 온다면 내가 진짜 운명의 아이가 아니란 것을 마르슈 공작이 알아차릴 거다. 그렇게 되면 막강한 정적이 생긴다. 미나가 올 때까지 듀블레드가 마르슈를 넘어서는 권력가로 부상해도, 마르슈에게 황위와 가장 가까운 황자인 안드레가 있는 한 언제 우위가 뒤집힐지 모른다.

"나는 아드리안을 황제로 만들 거야. 안드레는 안 돼."

걔는 정말 미친놈이거든.

운 좋게 듀블레드가 독립해도 그 미친놈이 황제가 되면 복속하겠다고 전쟁을 벌일 거다.

"아드리안 황자를 지원할 수 있는 황비가 필요하시단 거군요."

"그래. 황제에게 선물 하나 주자고. 그렇게 원했던 내궁의 권력을 배분시켜 주자."

의장이 악당다운 표정으로 씩 웃었다.

"후보자 명단을 준비하겠습니다. 아, 그런데 아가씨."

"응?"

"상점가의 만년필 상점에서 호프 상단으로 결제서가 왔던데요."

"아, 그거 내가 구매한 게 맞아."

황궁에 보냈거든. 아드리안이 아주 기뻐하더라고.

의장은 명단을 작성하기 위해 떠났고, 나는 세리아에게 다른 지시를 하기 위해 통신석을 들었다.

그런데 그때, 빛과 함께 사슴인 푸르가 나타났다.

[나를 언제까지 붙잡아 둘 거야! 소원을 이뤄 줘야 내가 돌아갈 것 아냐!]

최근에 정신이 없어서 잊고 있었다. 아드리안이 신성력을 넘겨준 덕분에 다른 악마를 유지할 때보다 수월해서 신경 쓸 필요가 없었기도 하고.

"소원이 뭔데?"

묻자 푸르의 얼굴이 환해졌다.

[네 심장.]

"응, 안 돼."

그렇게 말한 나는 손을 휘둘러 푸르를 사라지게 했다.

'다른 소원을 생각하란 말이야.'

며칠 후, 의장이 명단을 작성하여 가져왔다. 휙, 휙, 종이를 넘기던 난 어떤 레이디의 자료에 이르러 고개를 갸웃했다.

"황비로 삼기엔 가문이 부족한걸. 다른 후보자들과는 판이할 정도로. 이분은 왜 후보가 된 거야?"

"동부에서 영향력이 있는 레이디입니다. 신관은 아니지만, 신성력이 있어서 병들고 가난한 백성들을 치유하고 있죠. 어차피 어떤 레이디든 이본느 황비의 마르슈 공작가와 견줄 수 있는 가문 출신은 아닙니다. 그렇다면 백성들의 지지라도 굉장한 숙녀가 낫지 않겠습니까?"

[세실리아 올가.]

이름을 유심히 보던 난 "아하." 하며 고개를 끄덕였다.

"성녀 세실이구나."

이름보다 〈성녀 세실〉이라는 명칭으로 더 많이 불리는 사람이라 바로 떠올리지 못했다. 난 그녀의 자료를 천천히 읽었다. 정말이지 좋은 사람이었다.

'아드리안의 보호자 역할로 좋겠어. 훌륭한 후보인…… 어?'

"이 사람 아빠와 인연이 있어?"

"그렇습니다. 젊었을 적 주인님의 휘하에서 일한 적 있는 기사입니다."

나는 딱딱하게 굳어서 창밖 너머 아빠의 집무실을 바라보았다.

[최근 보육원에 빈번히 들러 아이를 찾고 있음. 찾고 있는 아이의 이름은…….]

'이름이 트릴로니라고?'

턱을 괸 나는 성녀 세실의 서류를 툭, 툭, 두드렸다.

"있지, 내 이름은 사실 트릴로니야. 거지 트릴리라는 동화 때문에 애들이 놀릴까 봐 트리라고 얘기했는데 나는 트리라는 이름이 좋아. 여름엔 그늘이 되고, 겨울엔 땔감이 되어 주는 소중한 사람이 되고 싶으니까!"

트릴로니는 성서에 등장하는 도시의 이름으로 절대 흔한 이름이 아니었다. 성서는 고대어로 적혀 있어서 지금까지 전부 해석된 적이 없다. 거기다 트릴로니가 등장하는 부분은 굉장히 뒤쪽.

귀족 외 백성들에게 전해지는 부분은 고작 앞부분으로 귀족이 아닌 한 '트릴로니'를 자식의 이름으로 붙이지 않을 것이다. 제국에선 거지 트릴리라는 동화가 아주 유명해서 누구나 트릴리를 연상할 테니까.

내가 미간을 좁히고 있으니, 의장이 물었다.

"세실리아 올가를 만나 보시겠습니까?"

"그렇긴 하지만 아직은 보류. 설득할 수 있을 거란 자신이 없어."

"흠……."

"아빠 휘하의 기사였다면 한미한 귀족가의 자녀로 태어난 사람은 상상도 하기 힘든 돈을 손에 쥐었을 텐데, 박치고 나간 걸 보면 재물이나 권력으로 설득하지 못한다는 거야."

"그렇겠지요."

"괜히 접촉했다가 거절당하면 수습하기 힘들어. 내가 황비 후보를 물색한다는 게 알려지면 이본느 황비, 그리고 마르슈와 관계가 틀어지니까."

그러니 접촉할 명단부터 작성한 게 아닌가.

의장은 고개를 끄덕이고, 다른 서류를 내밀었다.

"하면, 베스티아 백작 영애가 가장 적합합니다. 황제가 새 황비를 들이겠다는 소문에 가장 먼저 반응한 사람이기도 하고, 최근에 베스티아 백작이 딸과 황제의 만남을 주선해서 황제가 이본느 황비와 마찰이 생긴…… 아가씨."

의장이 생각에 잠긴 날 빤히 쳐다보았다.

"응."

"고민이라도 있으신지요."

나는 두 손으로 머리를 짚으며 끙, 신음했다.

"르블레인, 너도 민간 보육원 출신이야?"

"으응……."

"나도! 난 저기 웨스티안 지방 보육원에서 왔어."

성녀 세실이 치유를 시작한 곳이 웨스티안 지역, 트릴로니라는 이름, 보육원에서 나온 트리…….

'아무리 봐도 막스 거지 패의 트리가 맞는 것 같은데.'

이럴 땐 회귀의 이점인, 빌어먹도록 좋은 기억력이 싫단 말이지.

"난 정말로 거지 패 아이들과 접촉하고 싶지 않아."

"하지 않으셔도 됩니다. 지금껏 그 아이들을 찾지 않는 이유가 있으신 게 아닙니까?"

그 애들은 마치 아미티에 공작 같다. 밉지만, 완벽하게 미워할 수 없는 아이들이었다.

"세 번째 삶에서 신관들이 기어코 나를 찾아냈어."

"어떻게 말입니까? 당시 아기님은 보육원을 뛰쳐 나와서 신성력 검증을 받지 않으셨을 텐데요."

"거지 패 아이들이 말했어. 신관들에게서 음식과 옷을 얻으려고."

당시 신전에선 눈에 불을 켜고 '청안을 가진 테레사 보육원 출신의 13

살 아이'를 찾았다. 2월 29일생 아이 중 신성력 검증을 받지 않은 아이는 내가 유일하다는 이유였다.

"내가 아사한 건, 거지 패에서 나와 도망쳤기 때문이야."

"예?"

"그때 전염병이 터져서 누구도 거지 아이와 접촉하려 하지 않았어. 황궁에서 제도에 굶주린 아이들에게 지원 사업을 시작해서 거지 패에 있으면 빵 한 조각이라도 얻을 수 있지만, 홀로는 불가능했거든."

"……."

"빵을 얻으러 가서 부모 없는 고아란 걸 밝히면 신전에서 날 찾을 테니까."

의장의 표정이 매서워졌다.

"만나지 마십시오. 도우려고도 하지 마시고요. 아기님이 죽는 데 일조한 녀석들이 아닙니까."

나는 한숨을 내쉬었다.

"때리지 마! 르브를 때리지 마! 르브는 아팠을 뿐이야. 그래서 동냥에 나가지 못한 거야!"

트리는 할당량을 채우지 못했다고 막스에게 얻어맞는 나를 감싸고 함께 맞았다. 혹시나 보호소에 가서 신관에게 들킬까 봐 가지 못한 내게 빵을 나눠준 것도 트리와 에뮬린이었다.

그리고 트리는 항상 가족을 갈망했다.

"에뮬린은 좋겠다. 기다리는 사람이 있어서."

'전염병이 터질 때까지 성녀 세실과 만나지 못한 건, 그녀가 트리를 찾지 못했다는 뜻이야.'

"한스와 듀크, 상단 사무실에 있지?"

"항상 열심이더군요."

"거지로 분장시켜서 막스 거지 패에 보내. 트리가 성녀 세실이 찾는 아이일 수도 있어."

나는 한숨을 푹 내쉬었다.

*   *   *

일주일 후, 나는 상단 사무실을 찾았다. 한스와 듀크에게 보고를 받기 위해서였다. 소파에 잠시 앉아 기다리고 있으니, 얼마 지나지 않아 아이들이 들어왔다.

"억……."

나는 흠칫해서 거지왕 같은 행색의 아이들을 쳐다봤다.

"완벽한 잠입을 위해서 꾸며 봤습니다!"

"그렇습니다!"

씩씩하게 이야기하는 애들을 보고 나는 눈을 끔뻑였다.

'그래도 그 정도로 추레하진 않은데…….'

애들은 포대 자루를 뒤집어쓰고, 얼굴에 온갖 검댕을 묻히고 있었다.

세리아는 한 손으로 뺨을 감싸며 곤란한 표정을 지었다.

"애들이 잠입에 대한 로망이 있더라고요."

"……안 들켰으면 됐지, 뭐."

"그건 걱정하지 마세요. 저희는 거지가 아니지만, 거지처럼 살아온 사람들이라 생활 연기가 가능합니다."

생글생글 웃는 세리아를 보고 나는 약간 당황했다. 자카리가 나를 당황하게 하는 사람도 있냐면서 낄낄 웃었다.

'세리아는 강적이란 말이야.'

"좋아, 그럼 알아 온 것들을 보고해."

그러자 한스와 듀크가 아주 진지한 얼굴로 척! 수첩을 꺼냈다.

"트리는 웨스티안 지방 출신이 맞습니다. 두 살 때까지 어머니와 함께 살다가, 어머니가 죽고 보육원으로 갔답니다."

"웨스티안 지방은 엄청 먼데, 보육원 원장이 매일 때려서 탈출했대요! 짐마차에 숨어서. 대단해!"

"대단해!"

나는 눈을 동그랗게 뜨고 서로를 보는 애들을 한 손을 휘저어 말렸다.

"그리고?"

"에뮬린과는 매일 싸워요."

"에뮬린은 이상한 애예요. 자꾸 짜증만 내고……. 아니, 동냥에 나오지 않아서 막스한테 혼날까 봐 트리가 감싸 줬거든요? 그런데 트리에게 막 화를 내더라고요. 난 이런 거 이제 안 할 거야! 이러면서요."

"맞아. 만날 성질만 내요."

나는 눈을 동그랗게 떴다.

"에뮬린이 챙겨 주지 않았어?"

에뮬린은 새침데기 같은 면이 있지만, 잔정도 있는 아이라 패거리에 새로 들어오는 애들을 챙겨 준다. 트리처럼 알아보기 쉽게 챙겨 주는 건 아니지만, 거리 생활에 익숙해지도록 이런저런 것을 가르쳐 주었다. 그래서 거지 패 애들은 엄마 같은 트리, 언니 혹은 누나 같은 에뮬린이라고 불렀다.

"예! 어제는 막스를 할퀴어서 쫓겨날 뻔했다니까요? 트리가 말리지 않았으면 쫓겨났을 거예요."

"트리는 착한 애예요. 빵을 나눠줘요. 조금 바보 같지만."

"응. 아주 조금. 트리는 글자도 모르고 계산도 자꾸 틀려요. 그런데 힘은 좋아요. 그리고 동물이 아프면 치료하는 법도 알······."

세리아가 "얘들아." 하며 짝! 손뼉을 치자 한스와 듀크가 다시 진지해졌다.

"트리는 가족을 가지고 싶어 하는데, 없대요."

"아니야. 이모가 있댔어. 그런데 엄마랑 사이가 좋지 않아서 장례식에도 안 왔대. 이모는 트리를 찾지 않을 거래. 그래서 기다릴 수 없다고 했어."

난 함께 온 의장과 시선을 맞추었다. 그가 미간을 찌푸리며 고개를 끄덕였다. 그러는 동안 한스와 듀크는 "우리는 이모는 없지만, 누나가 있어. 세리아 누나!"하고 이히히 웃었다.

세리아는 아이들의 머리를 쓰다듬었다. 그리고 날 쳐다봤다.

"아무래도 맞는 것 같군요."

"성녀 세실과 만나 봐야겠어."

"호프 상단의 이름으로 자리를 주선하겠습니다. 어쩌면 우리는 아가씨의 '동료' 덕에 완벽한 황비 후보를 얻을 수 있을지도 모르겠군요."

세리아의 눈빛이 반짝였고, 나는 고개를 끄덕였다.

* * *

그 시각, 상점가의 깊은 골목.

"에뮬린, 정말로 안 먹을 거야? 이틀째야. 굶어 죽으려고 그래?"

음식을 들고 온 트리가 모포를 머리끝까지 덮어쓴 에뮬린을 흔들었다. 한참 침묵하고 있던 에뮬린이 벌컥 성을 냈다.

"안 먹어! 그냥 굶어 죽을 거야! 꺼져 버리라고!"

"너 정말……!"

"이렇게 살아 뭐 해!"

버럭 소리치자 폐건물 속에 있던 어린애들이 음식을 먹다 말고 에뮬린의 눈치를 보았다.

"얘가 정말……. 동생들이 무서워하잖아!"

"동생은 무슨 동생. 같은 패거리 동료라고 다 동생이야? 너희도 잘 들어! 어차피 너희는 평생 이 모양 이 꼴로 살아야 해. 보호자 없는 애는 취직도 못 하고, 기껏해야 건달 아니면 저 먼 농장에 팔려 가는 것밖에 답이 없어! 다 같이 죽는 게 나을……!"

짝!

에뮬린의 고개가 돌아갔다. 그녀는 불이 붙은 듯 화끈한 뺨을 감싸고 트리를 노려보았다. 트리는 울먹이며 인상을 썼다.

"어떻게 그런 말을……. 아직 어린애들이야. 일곱 살도 안 된 애들한테 그런 저주를 하는 게 어디 있어."

"……내 말이 맞잖아."

"포목점에서 그 도련님을 만난 후로 이상해, 너."

"……끄러워."

"때린 건 미안해. 하지만 에뮬린, 이제 그만……."

"시끄러워! 시끄러워! 이모한테도 버려진 네가 뭘 알아! 나는 너와 달라! 아빠가 날 찾으러 온다고 했잖아!"

트리를 밀친 에뮬린이 바닥에 누워 휙, 모포를 끌어 올렸다.

자꾸만 차갑게 돌아서던 소년의 모습이 눈앞에 아른거렸다. 그렇게 아름다운 남자애는 처음 봤다. 귀족 영애가 된 자신을 상상할 때면 그려지는 그런 소년이었다. 옆에 여자애가 있다는 걸 알고 있었지만, 그게 무슨 상관이란 말인가?

소년 곁에 있던 여자애는 포목점의 망토를 걸치고 있었다. 신세는 자신과 비슷할 터였다. 그렇다면 저보다 나을 리 없다. 게다가 자신은 아버지를 찾으면 언젠가 호화롭게 살게 될 귀족이었다.

'내가 아직 귀족이 아니라서.'

아버지가 오지 않아서, 나를 무시한 거야?

"네가 열 살이 되면 아버지께서 오실 거야, 에뮬린."

거짓말쟁이. 오지 않잖아.

'열 살이 되었는데도 아빠가 오지 않잖아.'

자꾸만 열등감이 샘솟았다. 기다리던 가족은 오지 않고, 저는 평생 이 어둡고 허름한 뒷골목을 전전하며 동냥이나 받아 살아갈 것만 같았다.

트리는 짙은 한숨을 내쉬며 가늘게 떨리는 에뮬린의 등을 바라보았다.

* * *

능력 좋은 세리아는 상단 측 인물, 고위 귀족을 만나지 않는 세실리아에게서 손쉽게 대화의 기회를 얻어 냈다. 그리고 오늘이 바로 세실리아를 만나기로 한 날이다.

거울을 살피고 막 방을 나서려고 하는데 아빠가 들어왔다.

"지금 나가는 거냐."

나는 멀찍이 선 고용인들을 힐끔 쳐다보고 아빠에게 속삭였다.

"네. 세리아랑 의장, 그리고 자카리와 함께 올가 양이 있는 곳으로 갈 거예요. 아빠도 아시지요? 세실리아 올가."

"그래."

"아빠 휘하의 기사였다면서요?"

"리세트의 호위였지."

공작 부인의 이름이 나와서 나는 깜짝 놀랐다.

'레아랑 같은 공작 부인의 호위였다고…….'

레아에게 시선을 돌리자 그녀가 무슨 일이냐는 듯 빙그레 웃었다.

"그녀를 만나면 전해 줘라. 이제 우리를 걱정하지 않아도 된다고."

무슨 의미인지 모르겠지만, 아빠의 눈이 가라앉아 있어서 난 천천히 고개를 끄덕였다. 아빠는 희미하게 웃으며 내 머리를 쓰다듬었다.

"외출 인사를 해 줘야지."

그러며 나를 번쩍 안아 올려서 난 아빠의 볼에 뽀뽀하고서 말했다.

"다녀오겠습니다!"

"그래."

오빠들에게도 인사하고서 온실로 향했다. 노인으로 분한 채 은밀히 저택을 찾아온 세리아, 그리고 의장과 함께 장거리 이동진을 찢었다.

눈 부신 빛이 몸을 감싸고, 다시 눈을 떴을 땐 객점으로 보이는 곳의 응접실 안이었다. 소파에 앉아 있던 검은 머리칼의 여성이 몸을 일으켰다.

"호프 부상단주 되십니까?"

세실리아는 세리아와 함께 온 의장을 보고 몹시 당황한 듯 굳어져 있었다. 듀블레드에서 지낸 만큼 의장을 알고 있었을 것이다.

"누아노크 공이 이곳엔 왜……."

나는 한 발 앞으로 나서며 챙이 넓은 모자를 벗었다.

"안녕하세요, 올가 양."

나를 본 세실리아의 표정이 묘해졌다. 내가 이 자리에 온 이유를 파악하기 위해 급히 세리아를 쳐다본다.

"설마 이 아이가 제 조카입니까?"

그 말에 의장이 대답했다.

"올가 경, 이분은 내가 소개하겠네."

"……기사의 이름은 버린 지 오래입니다."

"아직도 리세트 님을 지키지 못했다는 죄책감에 시달리나. 그래서 레아 샤바놀 경처럼 검을 쥐지 않는 것인가?"

"……아이부터 소개하시죠. 이분이라니. 공이 존칭하는 분이 대체 누굽니까?"

"듀블레드 영애시네."

세실리아의 얼굴이 일그러졌다.

"운명의 아이란 말입니까. 공! 대체 무슨 생각으로……! 주군께서 신전이 내세운 아이를 자식처럼 아끼신다는 것도 기가 막힐 지경인데, 리세트 님의 충복이었던 제 앞에 이 아이를……!"

세실리아는 목에 핏대를 세우고 분노하다가 흠칫, 나를 바라봤다. 흥분해서 앞뒤를 가리지 못했지만, 내 앞에서 그런 이야기를 해선 안 된다고 생각하는 모양인지 얼굴에 낭패감이 짙었다.

"이건, 아기님, 저는…… 아기님의 탓이란 게 아니라…….."

"알아요."

"……."

"알아요, 세실리아. 나를 미워할 수 있어요."

리세트 님이 사망하신 건, 아빠에 의해 밀려난 선대가 다시 권력을 쥐기 위해 군사를 끌어들였기 때문이다.

그리고 그 군사 중엔 성기사가 하나 섞여 있었다. 가호를 받은 자가 아니라 확신할 순 없지만, 레아는 분명히 신성력을 느꼈다고 했다. 리세트 님 주변의 사람들은 선대와 신전이 결탁했다고 확신했다.

그래서 리세트 님을 끔찍이 아낀 고모가 날 보며 괴로워했던 거다. 아이를 미워할 수 없지만, 날 보면 신전이 떠올라서. 하지만 난 아무렇지 않았다. 난 1회차 삶 때부터 지겹게 미움받았다.

미움에 나만큼 내성 있는 어린이가 있으면 나와 보라고 해!

속으로 씩 웃고서 양손으로 세실리아의 손을 잡고 악수하듯 흔들었다.

"하지만 제 말은 믿어 주세요. 전 알아요. 세실리아의 조카가 어디에 있는지."

"……."

"저는 제도 보육원에 있었거든요. 그래서 고아 친구들이 있어요. 그 애들이 그러더라고요. 막스의 거지 패에 '트리'라는 애가 있대요."

내가 회귀자란 사실을 밝힐 수 없어서 교묘히 거짓말을 섞어서 말했다. 세실리아는 "트리?" 하고 중얼거렸고, 난 고개를 끄덕였다.

"그 애의 진짜 이름은 트릴로니예요."

그래서 기억하고 있었어.

─그런 의미로 쳐다보자 세실리아가 외투 자락을 꽉 말아쥐었다.

"트릴로니……."

"웨스티안 지방 보육원에서 자란 트릴로니."

"……!"

세리아는 화가를 통해 미리 그려 온 트리의 초상화를 건넸다. 세실리아와 매우 비슷하게 생긴 데다가, 그녀의 언니에게 있었던 턱 밑의 점을 가진 아이의 초상화.

세실리아가 입을 틀어막았다.

의장, 세리아와 시선을 교환한 나는 속으로 씩, 웃었다.

내가 조카를 찾아 줬어. 그러니까 친하게 지내자? 되도록 아주아주 친하게.

'그리고 부디 전염병의 위험에서 트리를 구해 줘요, 트리의 이모.'

"이 돈으로 깨끗한 셔츠를 사. 그래야 신전에 가서 무시당하지
않지."

"하지만 이건 트리, 네가 3년을 모은 돈이잖아."

"돈은 또 모으면 돼! ……있잖아, 르블레인. 나는 네게 미움받
아도 좋아. 행복해지길 바라니까."

그 애의 나쁜 배려는 결국 날 죽게 했지만, 좋은 기억이 도무지 지워지
지 않더라고. 나쁜 배려로 나를 구렁텅이로 밀어 넣었던 그 애가 절실히
이해될 만큼.

나는 쓰게 웃었다.

＊　　＊　　＊

"트리는…… 아, 듣자 하니 스스로 트리라고 부른대요. 착하고, 귀엽
고, 상냥한 아주 좋은 아이예요."

"그렇군요……."

세실리아는 가늘게 떨리는 손으로 트리의 초상화를 쓰다듬으며 말했
다.

"어른의 보호 없이 자랐는데도 그토록 좋은 아이라니. 강인한 언니를

어쩌면 이렇게도 닮았는지."

아주 다정한 얼굴이었다.

"그런데 어째서 트리를 잃어버린 거예요?"

"언니는 제가 검을 드는 것을 반대했어요. 반대를 무릅쓰고 듀블레드의 기사단에 들어갔을 때 신성력이 발현했어요. 더더욱 마음에 들지 않았겠지요. 신성력이 있다면 신관이 되어 편히 살 수 있을 텐데, 굳이 사선을 넘나드는 기사가 되길 바라지 않았을 거예요."

"……."

"의절하다시피 언니와 연락을 끊었어요. 그리고 '그 사건'이 일어났죠."

"리세트 님과 아기새가……."

세실리아가 고개를 끄덕였다.

"괴한에게 공격당해 우리는 리세트 님과 막내 아가씨를 잃었고, 저는 사경을 헤맸습니다. 보름 동안이나요. 그때 언니가 전염병에 죽었고, 마을 사람 누구도 조카의 행방을 알지 못했어요."

트리의 어머니도 전염병으로 돌아가셨구나…….

충성하던 주인과 소중한 아기새를 지키지 못했는데, 언니마저 전염병에 죽고 조카를 잃어버렸다니. 세실리아의 삶이 너무나 기구하고, 서글펐다.

"퇴역하고 조카를 찾아다녔습니다. 주군께선 긴 휴가를 주겠노라 제의해 주셨지만, 다시 검을 잡을 자신이 없었어요. 어떤 것도 지키지 못하는 기사는 필요하지 않으니까요."

"세실리아……."

"재작년에 웨스티안 지방 보육원에서 트릴로니가 지냈다는 걸 알았어요. 하지만 이후 행방은 오리무중이었고, 거의 포기했죠. 조카를 대신해 그 애 또래의 아이들을 위해 살아가려 했습니다."

"……."

"아기님의 덕이에요. 정말로, 정말로 감사합니다."

한 차례 깊게 허리를 굽혔던 세실리아가 결기 어린 어조로 말했다.

"이 은혜는 언젠가 목숨을 걸고 보답하겠습니다. 한때 기사였던 자의
맹약이에요, 아기님."

"그렇다면 오래될 것 없이 지금 갚아 주세요."

"……예?"

난 첫 번째 삶에서 선의와 대의, 정의를 믿는 아미티에 공작의 딸로 살
았다. 슬프고 고통스러웠지만, 우습게도 그 덕에 배운 게 있었다.

나는 이런 타입의 사람에게 가장 잘 먹히는 말을 알고 있거든.

"트리를 찾으며 보육원에 다닐 때, 그곳 아이들을 보았겠지요?"

"……끔찍하더군요. 민간 보육원의 대부분은 지원금에만 눈 벌건 쓰
레기들이 있는 곳이에요."

으득, 이 가는 소리가 들렸고, 난 고개를 끄덕였다.

"그래서 말인데, 세실리아. 세상을 바꾸고 싶지 않나요?"

"예?"

　"르블레인, 그리고 미나. 아비는 꿈꾼단다. 욕망보다 정의가
　우선되는 세상을."

"욕망보다 정의가 우선되는 세상을 만들 수 있어요."

세실리아의 눈이 파르르 떨렸다.

"아이들이 배곯지 않는 세상."

"……."

나는 아주아주 인자한 얼굴로 양손으로 세실리아를 가리켰다.

"세실리아 올가가 만듭니다."

국민 여러분의 깨끗한 한 표…… 아니, 백성 여러분의 지지를!

"……."

세실리아는 눈을 동그랗게 떴고, 의장은 이마를 짚었으며, 세리아는 "똑 부러지기도 하시지!" 하며 기뻐했다.

긴 침묵이 이어졌다. 그리고,

"풋."

세실리아는 입가를 가린 채로 어깨를 가늘게 떨었다.

"그것참 건실한 카피로군요. 요새 세상엔 절대 먹히지 않겠어요."

"먹히게 만드는 건 이쪽이 합니다."

나는 기세등등하게 가슴을 땅땅 두드렸다.

우리는 여론전의 귀재 앙리와 제국에서 제일 돈 많은 후원자 듀블레드 공작님이 있거든!

"아기님은 아주 특별한 분이신가 보군요. 여러모로."

여러모로라는 말의 어감이 묘했다. 절대로 아홉 살 아이를 보는 눈이 아니었다.

'세상에, 눈치도 빨라!'

그러고서 난 세실리아에게 가장 중요한 질문을 했다.

"그래서 말인데, 세실리아."

"예."

"전과가 뭐예요?"

황비로 만들기 전에 수습하게 빨리 말해.

세실리아는 말했다. 어린 시절에 시장에서 노파를 희롱하는 건달들의 목을 꺾었노라고.

"폭행 전과가 있어요. 다른 사람들에 비하면 약과지요."

"그렇네요. 아주 건전한 죄예요."

이거라면 수습하기 어렵지 않겠다. 부풀려서 백성들의 지지를 더 얻게 하는 수단으로 쓸 수도 있겠고.

"그러면 곧 사람을 보낼게요. 준비하고 있어요."

대화를 마무리한 후, 나는 소파에서 몸을 일으켰다. 의장, 세리아와 함께 세실리아를 지나치려는 나에게 그녀가 소리쳤다.

"아기님을……!"

깜짝 놀라 돌아보니 그녀가 입술을 꾹 깨물었다.

"아기님을 미워하지 않아요. 아기님께선 죄가 없습니다."

"……."

"그러니 더는 미움을 당연히 여기지 마세요, 꼬마 아가씨."

희미하게 웃는 세실리아를 보고 나는 따라 웃었다.

'아, 나는 정말 듀블레드의 기사들이 너무 좋아.'

고모도, 레아도. 세실리아마저.

                    *   *   *

그릇을 앞에 둔 트리는 어깨를 끌어안았다. 얻어맞은 것처럼 몸이 떨렸다. 가을이 되어 일교차가 큰 탓에 감기에 걸린 모양이었다.

막스 작곡, 작사의 구걸 노래를 신명 나게 부르는 아이들 사이에서 트리는 끙끙거렸다. 열이 올라서 눈앞이 뿌옇게 변했지만, 나오지 않을 수 없었다.

에뮬린이 숙소에 틀어박혀 있는 만큼 자신이 더 벌어야 했다. 그렇지 않아도 막스가 에뮬린을 더 봐주지 않을 것 같은데, 저마저 쉰다면 그 애는 쫓겨날지도 모른다.

"우리는 배가 고프다네. 아침도, 점심도 못 먹어 등가죽에 배가 붙었다네."

"배가 고프다네!"

"지나가는 아저씨, 1프랑만 주세요. 오늘은 빵을 먹고 싶어요. 배가 고프다네. 우리는 배가 고프……."

자꾸만 훌쩍훌쩍 눈물이 나서 음이 뭉개진다. 애들 사이에서 춤을 추던 막스가 "야!"하고 달려왔다.

"죽고 싶어서 환장했나. 재수 없게 자꾸 울 거야? 애들이 따라 울잖아!"

"아, 아파서 그래……."

"여기 안 아픈 사람이 어디 있어! 확, 씨!"

"허어엉…… 우리는 배가 고프다네…… 지나가는 아저씨…… 허어엉!"

엉엉 울며 노래를 부르는 트리를 보고 막스는 손을 치켜들었다.

"오냐, 오늘 타작하고 싶다는 거지? 그래 어디 한 번 에뮬린 몫까지 맞아 봐…… 악!"

누군가 동냥 그릇을 들어 막스의 뒤통수를 내리쳤다.

"뭐야?!"

막스가 꽥 소리치며 고개를 돌렸을 때였다. 해그림자에 가려져 있던 폭행범의 얼굴이 드러났다.

"왜 때려. 아프다는데 왜 때려!"

머리를 하나로 땋아 늘어뜨린 여자아이였다. 골목에선 보기 힘든 호화로운 드레스를 입은.

"뭐, 뭐야, 넌."

"애들이 번 돈은 네가 혼자 다 독식하면서, 너 혼자 매일 배에 기름 끼게 먹고 노름하면서 왜 아픈 애를 쉬지도 못하게 해!"

"네, 네가 뭔데……!"

"당장 꺼져."

"이게 진짜! 죽고 싶어?!"

여자아이는 동냥 그릇을 마구 휘저었다. 그러곤 열 받은 막스가 주먹을 움켜쥐고 달려드니 잽싸게 다리를 걸어 넘어뜨리곤 소년에게 올라타 폴짝폴짝 뛰었다.

"마, 막스가 맞고 있네."

"우, 우와……."

아이들이 눈을 동그랗게 뜨고 통통한 소년을 야무지게 두들기는 소녀를 쳐다보았다. 결국, 맞다 지친 막스가 허둥지둥 도망쳤다.

"너, 너 진짜 죽어. 죽일 거야……!"

도망치면서도 끝까지 소리치는 막스를 보고 소녀는 주먹을 한 번 더 움켜쥐었다.

"거기 서, 이놈의 자식!"

"이씨!"

막스가 꽁무니를 빼고도 여자애는 한참을 씩씩거렸다.

"거지 패일 때 때리는 패턴을 다 파악했다고."

조그맣게 중얼거린 아이가 당황해 있는 트리를 쏘아보았다.

"모, 목소리…… 포목점에서……."

아름다운 소년과 함께 있던 그 애가 분명하다.

소녀는 콧물을 소매로 슥 닦고서 트리 앞에 무릎을 굽혔다. 당황한 트리는 무심코 늘 거리에서 부르는 동냥 노래를 읊었다.

"우, 우리는 배가 고프……."

그리고 그 애는 픽! 하고 트리의 어깨를 내리쳤다. 하나도 아프지 않았다.

"부르지 마!"

"……."

"왜 나와. 아픈데 왜 나와!"

"……."

"왜 속상하게 만들어, 이 바보!"

트리는 화려한 드레스와 어울리지 않게 얼굴을 엉망으로 일그러뜨리고 우는 아이를 멍하니 바라봤다.

이 애는 처음 본 자신을 보고 어째서 이토록 서럽게 우는 걸까.

트리가 입술을 삐죽이며 눈물을 참자, 아이는 말했다.

　　"안녕, 르블레인. 만나서 반가워. 나는 트리야!"

"안녕, 트리. 만나서 반가워. 나는, 르블레인이야."

처음으로 언니가 생긴 날에 들었던 그 인사를.

* 　 * 　 *

눈이 퉁퉁 부어서 트리의 손을 잡고 상단 사무실로 들어가자 의장과 세리아, 트리곤이 벌떡 몸을 일으켰다.

"아가씨 행색이……!"

격렬한 전투로 온통 더러워진 드레스를 본 세리아가 기겁하며 다가왔다.

"싸웠어."

"예?"

"내가 이겼어."

"예?!"

나는 의기양양하게 턱을 척, 치켜들었다.

막스는 덩치가 커서 근방 거지 패들에겐 두려움의 대상이지만, 뜯어 보면 그렇게 무섭지만도 않다. 지난 삶에서 막스에게 빈번히 얻어맞은 난 그의 공격 패턴을 꿰고 있었다.

'이제 안 맞는단 말이지.'

거지 패로 살 때는 매일 배가 고파서 어른의 사고가 잘되지 않아 두들겨 맞은 거지, 지금은 머리가 팽팽 잘 돌아간다. 가상전을 치르며 이샤크에게 지옥 훈련을 받아서 회피 기술도 남다르다.

나는 잘못 맞아서 얼얼한 코를 야성적으로 문지르며 트리를 돌아봤다.

"뭐 먹을래?"

트리는 기죽은 얼굴로 어른들을 둘러봤다.

"아, 아니⋯⋯."

그렇다고 하기엔 꼬르륵 소리가 난다.

'어른들이 무서운가 봐.'

생각해 보니 내 측근들은 인상이 매우 더러웠다. 산전수전을 다 겪은 나도 익숙해지기 전엔 시선만 받아도 움찔거리곤 했을 정도였다.

노인으로 분한 세리아가 인자하게 웃으며 트리를 바라봤다.

"꼬마 숙녀님께선 어떤 주스를 좋아하실까요? 오렌지 주스? 우유나 초콜릿도 있답니다."

"저, 저는⋯⋯."

트리가 한참을 웅얼거려서 나는 그 애의 손을 잡고 흔들었다.

"초콜릿 마셔. 초콜릿. 우유를 넣어서 데워 마시면 정말로 맛있어."

둘이 먹다가 셋이 죽어도 그러려니 하는 맛이다.

"그럼 초콜릿으로……."

세리아는 다정하게 고개를 끄덕였고, 나는 트리에게서 조금 떨어져서 세리아에게 속삭였다.

"몸살약도 가져다줘. 그리고 주소를 줄 테니까 애들 좋아하는 음식을 보내 주고. 쿠키나 파이, 푸딩, 고기 같은 거로."

"예, 아기님."

그러고서 트리와 함께 소파에 앉았다. 세리아는 금세 주전부리와 초콜릿 우유를 가져왔다. 조심조심 우유를 마신 트리의 얼굴이 확 밝아졌다.

"맛있어!"

그렇지? 나도 처음 먹고서 눈물을 줄줄 흘렸다.

트리는 게 눈 감추듯 음식을 해치우고 손에 묻은 초콜릿도 쪽쪽 빨아 먹었다. 그 후에야 세리아가 입을 열었다.

"반갑습니다, 트릴로니 님. 저는 호프 상단의 부단주 세세입니다."

"어, 어떻게 제 이름을…… 그, 그리고 저는 말을 높일 사람이 아닌데요……."

"응당 예를 갖춰야지요. 귀한 분의 조카이시니까요."

"조카요?"

내가 사무실과 이어진 작은 통로에 서 있던 자카리에게 눈짓하자, 그가 태피스트리를 들추었다. 그 안에서 걸어 나온 사람은 세실리아였다.

세실리아는 트리를 보기 전부터 눈시울이 붉어져 있었다. 트리에게 다가온 그녀가 조심스럽게 손을 뻗었다.

"안녕, 트릴로니."

"어……."

트리는 혼란스러운 얼굴로 주변을 둘러봤다. 정말인지 확인하려는 듯 눈동자가 다급히 굴러간다. 내가 고개를 끄덕이자 트리가 꼴깍, 침을 삼키고 천천히 입을 열었다.

"우, 우리 이모예요?"

"……그래."

"어, 엄마와 이모는 사이가 좋지 않았다고 했는데……. 원장님이 그래서 제가 버려진 거라고, 분명히, 어, 분명히……."

세실리아가 울먹이며 깡마른 트리를 끌어안았다. 어쩔 줄 모르고 세실리아의 옷깃을 잡고 있던 트리는 제 어깨가 젖어 들수록 얼굴이 일그러졌다. 엉망으로 인상을 쓴 트리는 엉엉 울었다.

"우, 우리 이모예요? 정말로 이모가 마, 맞아요?"

"너무 늦게 찾아서 미안해……."

잘됐다. 정말로 잘됐어.

세실리아는 트리를 아껴 줄 좋은 사람이었다.

*   *   *

얼마나 울었는지 트리는 기운이 쭉 빠진 얼굴이었다. 초콜릿을 마시고서 몸살약도 함께 먹어서 더욱 힘이 없을 거다.

"이제 이모와 같이 살자. 네가 먹고 싶은 것을 먹고, 하고 싶은 일을 하고, 자고 싶을 때 잘 수 있도록 내가 널 도울 거야."

"하, 하지만 패거리의 애들이……."

"애들이 편하게 살 수 있도록 도울 거야. 일단 모여 살 집을 구해 주고, 음식을 지원하기로 했단다."

"그렇다면…… 그런데 당장 가야 하는 건 아니죠?"

"될 수 있으면 빨리 가는 게 좋지."

"인사를 하고서 가고 싶은데…… 그리고 자매처럼 지내는 애가 있는데 제가 말도 없이 가 버리면……."

"그야 물론이지. 인사하고 오렴."

세실리아가 부드럽게 웃자 트리는 뛸 듯이 기뻐했다.

"그럼 지금 가도 돼요?"

"혼자서? 위험해."

"저는 여기서 자랐는걸요. 구석구석을 잘 알아요. 하나도 위험하지 않다고요."

잠시 고민하던 세실리아가 어쩔 수 없다는 듯 고개를 끄덕였다. 트리는 말릴 새도 없이 뛰쳐나가려 했다.

그런 트리를 희망의 집에서 자라며 동생들 돌보는 데에 이골이 난 세리아가 능숙하게 붙들었다. 그러곤 아이용의 질 좋은 외투를 걸쳐 주었다.

"감기에 걸리신 분이 이렇게 춥게 입고 다니시면 이모님께서 속상하실 거예요."

세실리아가 "고마워요." 하고 고개를 숙였고, 트리도 헤헤 웃으며 인사하곤 얼른 상단 사무실을 나섰다.

창밖으로 신이 나서 뛰는 트리의 모습이 작게 보였다. 한참을 지켜보던 세실리아가 치맛자락을 꽉 말아쥐었다.

"처음 아기님께서 제안하셨을 땐, 사실 자신이 없었어요. 황비라니. 감히 제가 꿈꿀 수 없는 영역이라고 여겼죠."

"……."

"하지만 해야겠어요. 내 조카가 이토록 열악한 환경에서 자란 것을 직접 눈으로 보니 끔찍한 심경이에요."

자선 사업은 황비궁에서 주관한다. 늘 복지 기금이 전달되지만, 단 한 번도 제대로 불우한 아이들에게 전달된 적이 없었다.

황비에게 그것은 아들을 황위에 올릴 정치자금이었다. 모두가 알고 있으나, 모두가 침묵했기에 복지 기금은 공공연한 뇌물로 여겨졌다.

"황비가 되겠어요. 되고 싶어요."

나를 바라보는 세실리아의 눈에 결기가 어렸다. 내가 생긋 웃자 세리아가 탁자 위에 무언가를 올려 두었다. 연명구였다.

"제대로 거래하죠."

"⋯⋯거래? 대의에 거래가 있을 수 있나요? 협력의 시작은 신뢰랍니다, 아기님."

"사람을 마냥 신뢰할 수 있다면 계약서라는 건 애초에 존재하지 않을 거예요."

세실리아의 입매가 부드럽게 휘었다.

"정말이지 듀블레드에 꼭 어울리는 분이시군요."

"첫째, 우리는 세실리아 님께서 황비가 되는 데에 모든 노력을 기울일 거예요. 그리고 모든 일에 세실리아 님의 의사를 존중하죠. 다만, 듀블레드에 해가 되지 않는 선에서."

"좋아요."

"둘째, 세실리아 님께서 황비궁에 들어가시면 저는 당신에게 세 가지 요구를 할 수 있어요. 그게 무엇이 되었든, 설혹 세실리아 님의 의사에 반하더라도 제 요구를 들어주셔야 합니다."

"그건 너무 위험한 조건인데요."

"결론이 황비님께 해가 되지는 않을 겁니다. 절대로. 맹세해요."

"두 번째 조건엔 협상의 여지가 없나 보군요. 그래요."

"셋째, 황비님은 어떤 경우에서든 아드리안 황자에게 해를 입혀선 안 됩니다."

세실리아의 눈이 가늘어졌다.

"아드리안 황자?"

"저는 세실리아 님이 새로운 제국의 태양에게 완벽한 보호자가 되길 바라요."

새로운 제국의 태양. 차기 황위를 언급하는 단어에 세실리아가 실소를 흘렸다.

"저를 황비로 만들려는 이유가 그것이었군요."

정확히 말하면 듀블레드 독립을 위한 준비 작업 중 하나지만, 나는 속내를 능숙히 감추고 고개를 끄덕였다.

"이본느 황비궁에서 황제가 나오는 것보다야 제국의 장래가 밝아지겠죠. 받아들이겠습니다."

"마지막, 나에 관한 그 어떤 것도 외부에 흘릴 수 없습니다."

"맹세합니다."

"세실리아 님께서 원하는 조건은요?"

"저는 하나뿐이에요."

"하나?"

"나와 친하게 지내 줘요."

"……네?"

"나는 아기님이 마음에 들거든요."

눈을 동그랗게 뜨던 난 고개를 끄덕였다.

"좋아요!"

내가 먼저 연명구에 손을 올리자 세실리아가 내 손등 위로 손을 포갰다. 마법사 트리곤의 입회하에 서약이 이루어졌다.

순간, 폐가 꽉 조여진 듯했다. 그리고 빛이 사슬이 되어 세실리아와 나의 몸을 휘감은 뒤 이내 사라졌다. 그 후에야 제대로 숨을 쉴 수 있었다.

세실리아는 미간을 좁히고, 가슴을 꾹 눌렀다.

"두 번째인데도 영 적응이 되지 않네요."

연명구가 두 번째라고?

나는 그게 무슨 소리냐는 듯 세실리아를 쳐다보았고, 트리곤은 미간을 좁히며 물었다.

"이건 황실과 듀블레드, 신전만이 가진 성물입니다. 혹시 듀블레드에서 연명구 사용을 강요합니까?"

"이건 듀블레드의 성물이 아니에요."

"예?"

"리세트 님이 가지고 계셨던 거라고요. 아마 사후에 레아가 챙겨서 듀블레드로 돌아간 거겠죠."

"그게 무슨……."

"산에서 추적당하며 레아와 저, 그리고 레아의 언니인 레이나 님은 이 연명구에 맹세했어요. 목숨 걸고 아기새님을 지키겠다고 말이에요."

말도 안 돼.

나는 딱딱하게 굳어져서 세실리아를 쳐다보았다.

"그럴 리 없어요. 리세트 님이 돌아가실 적에 호위한 건 레아와 레이나 두 사람뿐인데 왜 세실리아가……."

"무슨 말씀을 하시는 거예요? 산에서 리세트 님의 곁을 지킨 건…… 지킨 건…… 누구였지."

세실리아가 이마를 짚었다.

"레아와 레이나야."

난 멍하니 중얼거리는 세실리아의 어깨를 흔들었다.

"레아와 레이나가 곁을 지켰는데, 어떻게 세실리아가 연명구를 사용한 거예요!"

"그건……. 전투지, 산…… 아기새님…… 윽!"

세실리아가 이마를 쥔 채 고통스러워했다. 목부터 새파란 핏줄이 올라왔는데, 마치 나뭇잎이 무성히 매달린 나뭇가지 같은 형태였다.

"세실리아!"

세리아가 얼른 그녀를 부축했다. 나는 의장을 쳐다봤다.

"어떻게 된 거야. 이게 무슨 소리냐고!"

"모르겠습니다. 레아의 보고로는 호위대는 성에서 전멸. 세실리아 올가 경은 산 초입에서 낙오됐고, 리세트 님과 산으로 올라간 건 레아와 레이나가 전부였습니다."

"그럼 레아가 거짓말을 했다고? 그럴 리가 없잖아. 그리고 세실리아는 왜 이러는 건데. 마치……!"

소리치던 나는 멈칫하고 고통에 몸부림치는 세실리아를 쳐다봤다.

"마치…… 금술에 걸린 사람처럼……."

내 말에 의장이 물었다.

"이런 금술이 있습니까?"

우리 모두 마법사인 트리곤을 쳐다봤다. 트리곤은 당황해서 어물거렸다.

"그런 마법이 있기는 하지만……."

"있다고?"

"트리곤이…… 그러니까 제가 아니라 진짜 트리곤 말입니다. 그 녀석이 목숨을 걸고 실험했던 마법이라면……."

"그 마법이 대체 뭔데!"

내가 소리치자 트리곤이 마른침을 삼키고 대답했다.

"기억 조작입니다."

"말도 안 돼……."

"하, 하지만 이것도 가능성이 그리 크지는……. 대가는 술사의 목숨이고, 시전할 수 있는 자는 그 녀석이 유일합—"

허둥지둥 말하던 트리곤이 흠칫 입을 다물었다. 말은 이어지지 않았지만, 이곳에 있던 모두가 직감했다. 십 년 전 전투에 투입된 단 한 명의 성기사. 그가 진짜 트리곤이었다.

리세트 님의 죽음에 우리가 모르는 무언가가 있다.

*　　*　　*

당장 나는 트리곤, 세실리아와 함께 저택으로 이동했다.

세실리아와 트리곤 모두 안색이 창백했다.

세실리아는 몸이 회복되지 않은 상태에서 고집스럽게 나를 쫓아왔기 때문이고, 트리곤은 형제 같던 친우의 부정에 듀블레드가 얽혀 있는 것이 당황스러웠을 터였다.

저택에 들어오자 사람들이 화들짝 놀랐다. 십 년 전 듀블레드를 떠났던 세실리아를 알아본 사람들이 있었기 때문이었다.

그중 가장 황당해하는 것은 그녀와 함께 이리에 몸담았던 레아였다.

"네가 어떻게 아가씨와……."

"아빠는 어디 계셔?"

"집무실에 계십니다."

"레아, 따라와."

나는 즉시 집무실로 향했다. 노스와 대화하고 있던 아빠가 세실리아를 보고 미간을 좁혔다.

"무슨 일이냐."

"드릴 말씀이 있어요. 급한 일이니, 사람들을 물려 주세요."

"……"

아빠가 눈짓하니 노스와 행정관들이 방문을 나섰다. 문을 닫으면서도 다들 의아한 기색이었다.

아빠가 소파의 상석에 앉았고, 나와 세실리아, 트리곤도 그의 주변에 착석했다. 분위기를 살핀 레아 또한 엉거주춤, 한 자리를 차지했다.

아빠가 물었다.

"그래서, 올가까지 데려오며 나와 나눌 이야기가 뭐지?"

아빠는 나와 내가 데려온 사람들이 어딘가 조급해 보여도 평소와 다름없는 태도였다. 권력의 최상층에서 매일같이 난전을 겪는 자의 관록이었다.

하지만 그의 여유는,

"듀블레드가 리세트 님과 아기새를 잃은 그날."

ㅡ내 입에서 '리세트', 그리고 '아기새'가 언급된 순간 꽁꽁 언 호수에 파문이 일듯 산산조각이 났다.

아빠의 눈매가 대번에 굳어졌다. 레아마저 입안의 여린 살을 꽉 깨문 후 "아가씨." 하며 다소 다급한 어투로 날 불렀다.

나는 대답하지 않고 아빠에게 물었다.

"그날을 기억하세요?"

"……르브."

"기억, 하세요?"

잠시 눈을 감은 아빠가 아주 낮은 목소리로 대답했다.

"그래."

"레아는?"

"······기억합니다."

"내게 말해 줘."

레아가 아빠를 홀깃 쳐다봤다. 아빠가 고개를 끄덕인 후에야 그녀는 조심스럽게 그날의 기억을 꺼냈다.

"국경을 마주 본 이민족의 공격으로 주인님께선 급작스럽게 성을 비우셨습니다. 그때를 노려 선대의 공격이 있었고요."

"그래."

"선대의 군사들이 성문을 넘었고, 리세트 님의 호위대와 하녀장이었던 언니가 리세트 님을 모시고 성을 탈출했습니다."

거기까진 듀블레드 사람들 모두가 기억하는 내용이었다.

"듀블레드령을 막 빠져나가려 할 때쯤, 리세트 님께 산통이 시작되었어요. 저희는 어쩔 수 없이 출산을 위해 산으로 들어가야 했고, 언니가 동굴에서 리세트 님의 출산을 돕는 동안 호위대는 산 초입에서 전투를 벌였습니다. 수적 열세를 이기지 못하고 호위대가 쓰러졌죠. 그래서 저만이······."

여기서부터 레아와 세실리아, 두 사람의 기억이 다르다.

나는 연명구를 소파 테이블에 올려놓았다.

"기억해?"

"물론입니다. 리세트 님이 가지고 계셨던 성물이잖아요?"

"그걸······ 어떻게 알아?"

"그야 저는 리세트 님을 지척에서 모신······."

레아가 어리둥절한 표정으로 대답하자, 아빠의 눈매가 일그러졌다.

"아니. 네가 이것을 알 리 없다."

"예?"

"연명구의 사용법은 리세트 사후에 찾은 거야. 그녀는 내게도 연명구의 사용법을 알려 주지 않았어!"

"그런······."

나는 입술을 꽉 깨물었다.

'왜 몰랐을까.'

당시 아빠와 듀블레드 사람들은 연명구의 사용법을 절대로 몰랐을 것이다. 알았다면 아빠처럼 철저한 사람이 연명구를 사용하지 않았을 리 없잖아. 연명구가 있다면 애초에 선대는 아빠를 공격하지 못했을 거다.

이건 훌륭한 목줄이다. 선대를 협박해서든, 무슨 짓을 해서든지 아빠는 선대가 리세트 님과 오빠들에게 해를 가하지 않도록 연명구를 이용했을 테니까.

"레아. 넌 어떻게 기억하는 거야? 리세트 님이 듀블레드에서 네게 이걸 보여 준 적이 있어?"

"아······. 아니요. 그건······."

그녀는 혼란스러운 듯 인상을 썼다. 눈을 가늘게 뜬 채 연명구를 바라보던 그녀가 흠칫, 이마를 잡았다.

"아네요. 그래요. 보여 주신 적이 있어요. 어디서······ 언제였더라. 침······실? 침실이었나. 아아, 그래, 침실이었던 것 같아."

레아가 몽롱한 얼굴로 중얼거리자 트리곤이 희게 질려서 중얼거렸다.

"역시 그 녀석의 금술이 맞습니다."

"확실해?"

"조작된 기억은 반드시 오류가 생깁니다. 오류가 생길 땐 레아 샤바놀경의 경우와 같이 다시 기억이 재정립되죠. 간단하게 말하면 '금술에 당한 자가 기억에 수상한 점을 알아차릴 땐, 실시간으로 재조작된다'라는 뜻입니다."

트리곤이 아득, 이를 갈며 "지금 레아 샤바놀 경처럼 말입니다." 하고 덧붙였다.

아빠는 굳은 얼굴로 내게 물었다.

"조작된 기억이라니."

"레아와 세실리아, 그리고 레아의 언니인 레이나는 연명구를 사용한 적이 있어요."

"뭐라고?"

"리세트 님이 돌아가시던 그날. 막 태어난 아기새를 앞에 두고 그 애를 목숨 걸고 지키겠노라 연명했다고요."

"……."

"세실리아는 그 자리에 있었어요. 하지만 레아도, 세실리아도 모두 금술에 걸려 기억하지 못하는 거예요. 진짜 트리곤이 기억을 조작하는 금술을 걸었으니까요!"

아빠와 레아, 세실리아의 시선이 트리곤에게 향했다.

트리곤은 희게 질린 얼굴로 말했다.

"저는 그 녀석이 실험하는 것을 가장 가까이에서 지켜본 사람입니다. 그 녀석의 기억 조작에 어떤 결점이 있는지도 가장 잘 알죠."

"결점이라니."

"강한 신성력을 가진 자의 기억은 완벽한 조작이 불가능합니다."

레아처럼 기억에 오류가 생기면 실시간으로 재조작되는 것이 아니란 의미다. 그래서 레아와 달리 세실리아는 조작된 기억에 의문을 가질 수 있었던 거다.

거기까지 생각한 나는 흠칫, 세실리아를 쳐다봤다.

"……트리의 어머니, 그러니까 세실리아 님의 언니 말이에요."

"예?"

"정말로 전염병으로 죽은 게 맞아요?"

"무슨, 무슨 말씀을……."

"이상하잖아요. 세실리아 님의 언니가 죽고, 트리가 행방불명된 것. 너무 타이밍이 절묘하잖아……."

내 말에 아빠의 집무실에 모였던 사람들이 모두 낙뢰라도 맞은 것처럼 말을 잃었다.

'그랬던 거야.'

진짜 트리곤은 금술에 실패해 죽었다고 했다. 기사이던 세실리아가 신성력을 가졌을 거라곤 생각하지 못하고, 기억을 조작했기 때문에.

'금술에 실패한 후에 깨달았겠지.'

신성력을 가진 자는 완벽한 기억 조작이 불가능하다. 세실리아가 듀블레드에 있으면, 듀블레드의 사람들이 사건의 진상을 알아차릴지도 모른다. 그래서 세실리아를 떠나게 해야 했던 거다. 그녀의 언니를 죽이고, 조카를 행방불명되게 해서.

세실리아의 표정이 완전히 무너졌다.

"……말도 안 돼. 그럴 리가 없어. 아니에요! 아니야! 나 때문에 언니가 죽었을 리 없어!"

그녀는 처절하게 울부짖었다.

"세실리아!"

레아가 달려와 그녀를 부축했다. 눈의 실핏줄이 자글자글 터져 피가 배어 나온 눈물은 그야말로 피눈물과 같았다.

"아냐……. 아니야. 아, 제발, 언니……!"

아수라장이 된 방 안에서 난 아빠를 쳐다보았다.

마치 시간이 멈춘 것처럼 그는 우두커니 발밑을 바라보고 있었다. 그는 숨조차 제대로 쉬지 못했다. 난 풍화된 것처럼 아스라이 무너질 것 같은 아빠에게 차마 말을 걸 수조차 없었다.

바람이 불었다. 커튼이 휘날리고, 언제나 아빠의 책상 한편을 차지하던 리세트 님의 액자가 쓰러졌다.

아기새의 신발 위로.

*　　*　　*

그날 밤.

사위가 모두 어두웠다. 빛이라곤 거대한 창에서 새하얗게 부서지는 달빛이 전부였다. 나는 트리곤과 레아를 돌려보내고, 듀블레드저 의료실 침대에 시체처럼 늘어진 세실리아를 가만히 바라보았다.

방은 고요했다.

숨소리마저 어둠에 좀먹힌 것 같은 만월의 밤.

난 살짝 세실리아의 손을 잡았다. 차게 식은 그녀의 손을 조심조심 주무르고 있노라니 끊어질 것 같은 목소리가 들려왔다.

"왜 울고 계십니까."

"……."

세실리아는 눈을 꽉 감으며 고개를 돌렸다.

"처음부터 언니의 말을 따랐어야 했어요. ……욕심을 부려선 안 됐어. 기사가 되고 싶다고 생각해선 안 됐던 거예요."

"아니에요……."

"내 바람이 언니를 죽였어요."

"아니에요."

그녀의 실루엣이 가늘게 떨렸다. 서럽고 서러워 어찌할 바를 모르는 가여운 어린 양과 같았다.

"밤이 늦었습니다. 아이는 잠이 들 시간이에요."

"……아이가 아니니까 괜찮아요."

세실리아의 눈동자가 느른히 날 향해 움직였다.

"세 번을 죽고, 네 번을 살고 있어요. 가짜 운명의 아이로 가족들에게 배반당해 제물이 된 적도 있고, 학대당해 죽은 적도 있어요. 거지로 살며 친구에게 배신당한 적도 있지요. 트리에게 말이에요."

"……!"

세실리아의 눈이 일그러졌다.

"당신……."

"하지만 세실리아. 그래도 살 수는 있어요."

"……."

"내 곁에 아무도 없어도, 숨 쉬는 것마저 죄책감이 들더라도, 살아갈 수는 있어요."

"……."

"오늘의 고통, 내가 겪는 이 고통이 제일 큰 것 같지요? 아니요. 내일 은 더 고통스러울 수도 있어요."

내가 펑펑 울면서도 억지로 짓궂은 표정을 짓자 세실리아는 조심스럽 게 몸을 일으켰다.

"그러면 오늘의 고통은 아무것도 아닌 게 돼요. 그리고 생각하죠. 세 상 다 멸망해 버려라."

"……."

"그런데요. 그래도 희망은 생기더라고요. 이상하죠?"

그렇게 말하니 날 지그시 바라보던 그녀가 물었다.

"제가 어떤 희망을 품을 수 있을까요. 언니를 죽이고, 리세트 님을 지 킬 수 없던 제가……."

"제가 세실리아의 희망이 될게요. 검을 들지 않아도 기사가 될 수 있어요."

"······."

"나를 지키세요. 내가 세실리아 님의 언니가, 가족이, 주인이 되어 드리겠어요."

그녀는 작게 웃었다.

"이렇게 작은 언니라니."

"이상한가요?"

"이상하죠. 이상한데, 왜 위로가 될까요."

울지 않으려고 애썼지만, 아무리 참으려 해도 자꾸만 눈물이 샘솟았다. 손바닥으로 눈을 북북 문지르자, 그녀가 살짝 내 손을 밀어내고 젖은 뺨을 닦아 주었다.

침대에서 일어난 그녀가 내 발밑에 무릎을 꿇었다. 그리고 아주 천천히 발등에 입을 맞추었다. 깜짝 놀라 어깨를 움츠리고 있으니, 그녀가 말했다.

"충성의 맹세를."

나는 아마 죽어서도 이 순간을 잊지 못할 거다.

역사에 기록된 평화의 상징, 제국 역사상 가장 강인한 황비가 내 손에 들어오는 순간이었다.

＊　　＊　　＊

테오도르는 조금 열린 병실의 문틈으로 르블레인과 무릎 꿇은 세실리아를 가만히 바라보았다.

"아버님."

요한의 속삭임에 그가 고개를 돌리자, 매우 닮은 부자는 서로 지긋한 시선을 교환했다.

"말씀하신 연명구의 기록을 알아보았습니다."

"……내 생각이 맞느냐."

"예."

요한의 눈에 희미한 이채가 감돌았다.

"막내를 지키기 위해 목숨을 걸기로 연명한 자들이 살아 있다는 것은, 막내 또한 살아 있다는 뜻입니다."

"……."

테오도르는 리세트와 나눈 반지를 꽉 말아 쥐었다.

"리세트가 죽은 산에 수색대를 보내라."

"예."

"그리고……."

잠시 르블레인에게 고개를 돌린 그가 고저 없는 목소리로 말했다.

"르블레인이 있던 보육원을 알아봐."

"르블레인은 무슨 까닭으로……?"

"자꾸만 나답지 않은 상상이 들어."

어쩌면 리세트, 당신이 아기새를 내게 인도했을지도 모른다는, 그런 가능성이 전혀 없는 상상이.

요한의 얼굴이 굳어졌다.

"보육원을 조사한다고 해서 추측이 사실인지 확인할 순 없습니다."

이 세계엔 친자를 확인할 수 있는 별다른 방법이 없다. 기껏해야 부모의 특징과 대조해 보거나, 마법을 이용해 마력이나 신성력의 질이 같은가 확인하는 정도였다.

하지만 르블레인은 청안 외에 듀블레드와 비슷한 특징이 딱히 없었다. 제국민의 3할이 청안을 가지고 있으니 듀블레드의 피를 이은 증거는 되지 못한다.

마력의 질을 비교할 수도 없었다. 듀블레드의 친족은 모두 마력의 소유자이고, 르블레인은 신성력의 소유자였다. 신성력을 지녔던 리세트가 살아 돌아와 질을 비교하는 게 아니라면, 그 아이가 아기새임을 증명할 방법은 전혀 없다.

"트리곤의 금술을 해제하지 않는 한, 우리는 알 수 있는 게 없어요."

"하지만 추측에 신빙성을 더할 순 있겠지."

요한이 시선을 무릎 아래로 내리깔자, 테오도르가 엄중하게 경고했다.

"조사는 네가 직접 해라. 그 누구도 내가 추측하고 있음을 눈치채선 안 돼."

"압니다. 헛된 희망으로 끝난다면 앙리와 이샤크, 그리고…… 르블레인에게도 상처가 될 테니까요."

"그래."

문틈 안의 르블레인을 지그시 바라보던 테오도르는 이내 걸음을 돌렸다.

*　　*　　*

아침 일찍 저택으로 트리곤이 찾아왔다. 후드를 푹 눌러쓰고, 뒷문을 통해 들어온 그는 나를 만나자마자 양팔 가득 끌어안고 온 서류 더미를 내밀었다.

"이게 뭐야?"

"그 녀석의 연구 자료입니다."

"이게 진짜 트리곤의 금술 실험 기록이란 말이야?"

나는 황급히 자료를 들추었다. 곰팡냄새가 날 정도로 삭은 종이 위엔 글씨가 빼곡했다.

'맞아. 그 실험의 기록이야.'

그런데 왜 이런 것을 남겨 두었을까?

내가 기억 조작을 지시한 자라면 이러한 기록을 남겨 두지 않을 것이다. 절대로.

"그분이…… 아라곤 님께서 보관하고 계셨습니다. 아주 은밀하게요."

진짜 트리곤의 부친 아라곤.

선대 수석 궁정 마법사인 아라곤은 웨일이 가짜 트리곤 행세를 할 수밖에 없게 한 은인이었다.

아라곤은 치매를 앓고 있었기에, 진짜 트리곤이 죽은 것이 알려지면 친척들에 의해 그간 모은 재산을 모두 빼앗기고 길거리에 버려지게 될 터였다.

가짜 트리곤인 웨일이 내 손을 잡은 것도 내가 회귀 전에 본 아라곤의 죽음을 알려 주었기 때문이다.

'치매를 앓는 아라곤이 이걸 은밀하게 보관하고 있었다고……?'

트리곤은 입술을 꾹 깨물었다.

"아가씨, 어쩌면 말입니다……. 어쩌면……."

"……너희 부자도 리세트 님의 사건과 얽혔을지 모른다는 거지?"

내가 그의 말을 정확하게 추측하자 트리곤은 마른침을 삼켰다.

"아가씨의 지난 삶에서 제가 가짜 트리곤인 것이 들통나서 죽는다고 하셨죠?"

"그래."

"아라곤 님은 친척들에 의해 재산을 모두 빼앗기고 거리에 나앉게 되는데, 제 사후에 누군가 아라곤 님의 평판을 교묘히 떨어뜨려서 아무도 그분을 거두지 않았다고 하셨습니다."

"맞아."

"만약 리세트 님을 죽인 자가 완벽한 증거의 인멸을 위해 금술의 자료를 가지고 있을지도 모르는 아라곤 님과 저를 죽인 거라면……."

가능성이 전혀 없는 이야기가 아니다. 아니, 너무나 퍼즐처럼 꼭 맞는 이야기였다.

"죽일 겁니다."

붉게 충혈된 트리곤의 눈이 명백한 적의를 띠었다. 그를 가만히 쳐다보던 난 한숨을 내쉬며 의자에 앉았다.

"그러니까 복수를 도와 달라는 의미인 거지? 어렵게도 말한다. 일단 앉아."

트리곤의 눈이 동그래졌다.

난 듀블레드에 각별한 애정이 있으니, 그만큼 흥분하고 있을 거라 여긴 모양이었다. 그러나 난 여상한 태도로 어깨를 으쓱이며 말했다.

"서류를 뭉텅이로 그냥 들고 온 건 아니지?"

"예?"

"진짜 트리곤의 금술을 푸는 방법, 찾아온 거 아냐?"

"……."

나는 꼭 쥔 주먹으로 그의 손등을 탁! 내리쳤다.

"화만 내 봐야 바뀌는 게 뭐야. 주모자를 찾고, 복수할 방법을 찾아야지!"

내가 네 번을 살며 산전수전을 다 겪어 봐서 아는데, 불같이 열을 내서 바뀌는 건 없다. 흥분할 시간에 다음 일을 구상해야지.

'그럼 이제 우리가 할 일은―'

나는 손가락을 척, 펼치며 말했다.

"첫째, 주모자를 찾는다."

"……"

"둘째, 일련의 사건을 벌인 이유를 알아낸다."

"……"

"그리고 셋째, 요절을 낸다. 이 순서야."

그렇게 말하고서 살그머니 주먹을 풀었다. 내가 쥐고 있던 사탕을 본 트리곤이 어리둥절한 표정을 지었다.

"뭡니까?"

나는 트리곤에게 소곤소곤 속삭였다.

"둘이 먹다 셋이 죽어도 그러려니 하는 맛이라고. 이가 썩는다며 레아가 하루에 하나씩밖에 안 주는 거야."

"그러니까 그걸 왜 제게……"

"단 게 필요할 것 같아서 내가 딱 훔쳐 놨지!"

의기양양 고개를 치켜들자 트리곤의 표정이 묘해졌다.

"……제가 흥분해 찾아올 것을 눈치채고 계셨습니까."

"어렴풋이."

"……"

"있잖아. 트리곤은 그냥 수전노인 게 어울려. 돈을 좀 밝히고 속이 좁아도 사람답게 사는 게 어울린다고."

"……"

"살인범은 매우 어울리지 않아. 그러니까 더럽고 치사한 짓은 내게 맡겨. 알겠어?"

트리곤의 동공이 잘게 흔들렸다. 가만히 날 바라보고 있던 그가 벌떡 일어나 무릎을 굽혔다.

"충성의 맹세―"

"그건 어제 세실리아가 했어."

나는 딱 잘라 말하고 손을 휘휘 저었다.

"사람이 다르면 또 받는 거지, 충성 맹세가 어떻게 선착순일 수 있습니까!"

"시끄러워~! 이럴 시간 있어? 얼른 가서 금술을 해제할 방법이나 알아보란 말이야! 세실리아와 레아에게 걸린 금술을 해제하기 전까지 얼씬도 하지 마!"

여느 때처럼 우리는 투닥거렸다.

트리곤은 어쩔 수 없다는 듯 픽 웃어 버렸다.

"아라곤 님께선 진짜 트리곤의 금술 실험 기록과 함께 그 녀석의 일기를 보관하고 있었습니다. 일기에 따르면, 그 녀석은 아마도 협박당한 듯싶습니다."

"그래?"

"예. 진짜 트리곤을 협박한 사람은 '손등에 문신이 있는 자'라고 쓰여 있었습니다."

순간, 세리아가 희망의 집 아이들을 사들인 자를 조사할 때 했던 말이 떠올랐다.

[희망의 집 관리자에게서 아이들을 사들인 자의 실마리를 찾을 수 있었습니다. 손등에 문신이 있는 자입니다.]

그때였다.

똑똑, 가느다란 노크 소리가 들려왔다. 고개를 돌리자 몇 장의 양피지를 쥔 아빠가 요한과 함께 온실 앞에 서 있었다.

"나도 대화에 참여해도 되겠나."

"물론이죠."

나는 활짝 웃고 아빠에게 도도도 달려갔다. 아빠 또한 나의 열렬한 마중을 미소로 화답하며, 양피지를 건넸다.

"이건……."

"세실리아의 조카인 트릴로니, 그러니까 네 친구 트리가 머물던 보육원의 조사 보고서다."

"벌써 조사하셨어요?"

아빠 대신 요한이 내 물음에 대답했다. 아마도 아빠로부터 리세트 님 사망 사건의 진상을 들은 모양이었다.

"듀블레드의 암조는 뛰어나거든. 조사 중에 흥미로운 사실을 발견했다."

"뭔데요?"

"트릴로니를 보육원에 데려온 사람의 손등에 문신이 있었다는 것."

다섯 살 때 야곱을 듀블레드성에 보내 나의 납치를 사주한 자, 발루아 공작의 악마 소환을 도운 자, 마르슈 공작과 발루아 공작의 통로가 된 자.

'모두 손등에 문신이 있었어.'

그렇다면 첫 번째 문제의 정답은 이미 찾은 것이나 마찬가지다. 마르슈 공작 뒤에 있던 자를 나는 알고 있지 않은가.

아빠와 나, 요한이 입을 모아 말했다.

"신전이다."

"신전이야."

"신전이에요."

나는 양피지의 끄트머리를 우그러뜨리며 입매를 비틀었다.

우리는 소리 내어 말하지 않았지만, 모두가 알고 있었다. 전쟁의 화톳불이 타오르고 있음을.

'뒤에서 우리를 휘두르는 게 재미있었지?'

그런데 이젠 아닐 거야.

난 에트왈을 꽉 그러쥐며 생각했다.

'가만두지 않겠어.'

＊　　＊　　＊

이제 신전이 어째서 리세트 님을 죽이고, 듀블레드를 노리는지 알아내야 한다.

'그리고 복수도.'

아빠는 이 일을 앙리와 이샤크에게도 알렸다. 리세트 님과 아기새가 얽힌 일을 가족인 그들이 몰라선 안 된다는 이유였다.

"개자식들……!"

두 눈이 붉게 충혈된 이샤크가 고함을 내질렀다. 앙리는 땅에 뿌리 내린 것처럼 딱딱하게 굳어져 있었다.

이샤크가 으득, 이를 갈았다.

"당장 신전에 처들어가요! 왜 어머니를 해친 건지 알아야겠어!"

앙리가 가라앉은 목소리로 말했다.

"그런다고 해서 신전이 이유를 말해 줄 것 같아?"

"하지만 이대로 있을 순……!"

"이대로 있을 수 없으니까 함께 궁리하는 거잖아. 여기서 너만큼 괴롭지 않은 사람이 있어?"

"……."

"열 받지만, 아직 우리는 신전과 전쟁을 벌여 승리할 수 없어. 신전을 향해 검을 겨눈 순간, 귀족들이 합심할 거라고. 빌어먹을 듀블레드를 무너뜨릴 절호의 기회라며 기뻐하겠지."

"젠장!"

이샤크가 테이블을 내리치며 이를 갈았다.

아빠의 표정도 좋지 않았다.

"이럴 때 큰형은 어디 간 겁니까?"

이샤크가 아빠에게 묻자, 아빠가 몇 초의 침묵 후 대답했다.

"알아볼 게 있어서 영지로 내려보냈다. 두 달 정도 제도를 비울 테니 네 형의 행방은 궁금해할 필요 없다."

"지금 뭐가 중요해서 영지에 형을……!"

이샤크가 울컥 소리쳤을 때, 나는 슬그머니 손을 올렸다.

"저기…… 일단 신전과 황실 사이를 틀어지게 하고 싶은데요."

"뭐?"

"뭐라고?"

"……."

가족들이 날 쳐다봤다.

"신전이 지금껏 제국에서 설칠 수 있는 이유가 뭐겠어요. 황실의 지원 때문이지요."

"그래. 선대 황제들은 민심의 안정을 위해 신전을 끼고돌았지."

앙리의 대답에 나는 씩 웃었다.

"하지만 현 황제 알렉상드르의 생각은 달라요. 신전의 힘이 너무 비대해져서 이제 축소할 때라고 여기고 있어요."

"하지만 꼬맹아, 신전을 비호하던 황태후가 손을 놓았으니 신전은 이제 약해질 수밖에 없지 않아?"

"그건 아니야. 황태후보다 이본느 황비의 세력이 훨씬 강한데, 이본느 황비와 그녀의 친정인 마르슈 공작가는 신전과 결탁하고 있잖아? 그래서 황제도 선뜻 신전을 약화할 수 없는 거고."

"그래서 네 생각은?"

앙리의 물음에 내가 눈을 반짝이며 대답했다.

"제가 새로운 황비로 딱 어울리는 사람을 준비해 놨어요."

"세실리아 올가?"

"맞아요."

"어떻게 황궁에 들여보내게? 마르슈는 널 제 편이라고 생각하고 있을 텐데, 우리가 새로운 황비를 만들면 견제할 거야."

"우리가 만들지 않은 것처럼 하면 되지."

"……?"

나는 히죽 웃으며 통신석을 테이블에 턱, 올려놓았다.

"준비됐어요, 세실?"

[예. 지금 황제가 암행을 나온 거리에 도착했습니다.]

작전명, '내 뺨을 때린 여자는 네가 처음이야.' 시작이다.

* * *

이번 황제의 잠행은 전적으로 르블레인의 주도로 이뤄진 것이었다.

일의 순서는 이렇다.

일단 의장이 황궁 시종장의 손주가 등하교하는 길에 주먹만 한 다이아몬드를 흘렸다. 아이는 냉큼 들고 가서 제 할아버지에게 그것을 건넸다.

그 후, 세리아가 시종장을 찾아가 "모월 모일 다이아몬드, 접니다." 하고 우후훗, 웃으면 마무리. 획기적인 방식으로 뇌물을 받은 시종장은 경악을 금치 못하여 말했다.

> "지난 40년간 받은 뇌물 중 가장 졸렬하고, 치사한 방법이군. 아이를 이용하다니 놀라워! 들킨다고 해도 변명 거리가 아흔아홉 개쯤은 되겠구나!"

부정 청탁, 뇌물 수수의 달인들이 모이면 시종장 하나 구워삶기가 이렇게 간단했다.

그 후, 성의 있는 뇌물에 감격한 시종장은 황제에게 넌지시 말했다.

> "대가뭄의 여파가 제도에까지 미치고 있습니다. 민심이 흉흉하여 각지에서 봉기를 일으키고 있다고 합니다."
> "이제 곧 듀블레드에서 보내온 수원을 각 관할청에 보낼 것이다. 숨통은 트일 테니, 민심도 잠잠해지겠지. 한데, 자네 표정이 어찌 그리 어두운가?"
> "저는 선선대부터 현 폐하까지 세 분의 군주를 모셨습니다. 아둔한 늙은이라도 보고 들은 것이 있지요. 선황제께선 성군으로는 기록되지 못하셨습니다. 그것이 어디 성심이 부족하기 때문이겠습니까? 백성을 향한 성심으로 제 배 불리는 기생충들이 만연하기 때문입니다."
> "요지만 간단히 하게. 무슨 말을 하고 싶은 것인가."
> "권력을 잡으면 부패하는 자들이 생기기 마련입니다. 이 제국엔 고이고 썩은 자들이 많습니다. 수원이 백성들에게까지 무사히

전달되겠습니까?"

"흠, 자네 말도 일리가 있군. 관할청의 장(長)들을 불러 엄중하게 경고해야겠어."

"폐하의 앞에서 욕망을 드러낼 간 큰 인사가 있겠습니까?"

"그도 그래. ……준비하게. 잠행을 나가야겠으니."

"그으런……! 어찌 폐하께서 직접! 말씀 거두어 주십시오!"

"아니야. 자네 말이 맞아. 내 그간 관리들을 너무 풀어 주었어. '고이고 썩었다.' 맞는 말일세. 직접 가 내 눈으로 보아야지."

"성심에 하늘이 감격할 것입니다!"

시종장이 납작 엎드려 "폐에하~!!" 울부짖는 것으로 잠행이 결정 난 것이다.

후드를 깊게 뒤집어쓴 황제는 제도 외곽에 길게 늘어선 줄을 보고 눈살을 찌푸렸다.

"저 줄은 무엇이지? 허가 없는 노점상이라도 열린 것이냐?"

시종장은 미리 세리아로부터 전달받은 대로 대답했다.

"성녀 올가의 치료소로 이어지는 줄입니다."

"치료소?"

"예."

그때, 르블레인의 명을 받고 치료소 주변을 살피고 있던 한스가 대화를 훔쳐 듣고 눈을 번쩍였다.

'황제가 치료소에 도착했다. 일동 준비!'

한스의 신호를 받은 세토가 줄 맨 끝에 있던 연기자(호프 상단의 일꾼)의 옆구리를 쿡 찔렀다. 그러자 연기자는 펄쩍 뛰며 어제부터 달달 외운 대사를 읊었다.

"세, 세실리아 올가 님은 정말로 훌륭한 분이라니까!"

"그럼! 아, 황제가 따로 있나? 백성들을 굽어살펴 주시면 그분이 화, 황제지!"

"세, 세실리아 올가 님이 이 거리의 화, 황제로구만. 껄껄!"

황제의 얼굴이 왈칵 일그러졌다. 하지만 뭣 모르고 지껄이는 백성들을 죄다 황실 능욕죄로 다스리면 이 제국엔 남는 사람이 없을 거다.

황제가 쯧, 혀를 차고 발길을 돌리려 했다. 그 모습을 본 세토가 허둥지둥 한스에게 신호를 보냈다.

'2조 투입!'

한스가 바위 뒤에서 손을 휘젓자, 올망졸망한 꼬마애들이 줄의 맨 끝으로 도도도도 달려왔다.

"여기가 성녀님의 치료소지요?"

"그, 그래!"

"우와, 우와!"

"너희도 성녀님께 치료를 받으러 온 거냐?"

"아니요. 성녀님을 뵈러 왔어요. 훌륭하신 분이래요."

"그, 그렇지."

"황제 폐하도 버린 우리를 성녀님께서 굽어살펴 주신다고 했어요!"

꼬마 애들이 폴짝폴짝 뛰며 동조했다.

"성녀님, 대단해."

"형아, 성녀님이 황제 하면 좋겠다. 그렇지?"

"안 돼. 저기 성에 바보 황제가 살잖아."

"하지만 성녀님이 더 대단해!"

황제의 얼굴이 붉으락푸르락해졌다.

시종장은 슬그머니 눈치를 보며 말했다.

"아둔한 백성들이 하는 말에 성심을 어지럽히지 마십시오."

"짐이 그리 옹졸한 사람인가! 짐은 그저…… 아, 그래. 짐의 허가 없이 치료소를 세운 자에게 분노했을 뿐이네."

"그렇지요. 성녀 올가는 신관도, 의사도 아니니 본래대로라면 백성을 진료해선 안 됩니다."

"맞네! 감히 사이비가 짐의 백성을 희롱하여 돈벌이로 삼아? 백성들 보는 앞에서 요절을 내야 사특한 무리가 기승을 부리지 않을 것이야."

"실로 현명하십니다."

시종장은 세리아에게 부탁받은 대로 은근하게 황제를 부채질했다. 황제는 노한 얼굴로 사람들의 줄을 넘어 세실리아에게 향했다.

세실리아는 낡은 의자에 앉아 노파의 다리를 살피고 있었다. 세실리아의 손이 닿은 부분부터 미약한 빛이 일렁이더니 곧 노파의 얼굴이 한결 편안해졌다.

"당분간 밭일은 나가지 마세요."

"에잉, 곧 추수할 시기인데 밭일을 못 하면 어째?"

노파가 펄쩍 뛰면서 "안 되지. 안 돼." 하며 고개를 젓자, 세실리아는 장난스러운 얼굴로 말했다.

"관절에 이렇게 염증이 심하신데 나가시면 다음엔 다리를 절단해야 할지도 모르는데요?"

"저, 절단?"

그때였다.

굳은 얼굴로 다가온 황제가 말했다.

"이봐."

'왔구나.'

대번에 황제의 정체를 눈치챈 세실리아는 귀에 건 통신용 마도구를 머리칼로 숨긴 후, 고개를 들었다.

[진료를 보려면 줄을 서라고 해요.]

"진료를 보시려면 줄을 서십시오."

르블레인의 말대로 잘 따른 세실리아가 황제를 바라보았다. 황제는 허……, 실소를 터뜨리며 눈살을 찌푸렸다.

"누가 여기서 멋대로 진료관을 세워도 된다고 허가했지?"

[진료관이 아닙니다. 건물도 없이, 하다못해 천막마저 두르지 않은 진료관이 어디에 있나요?]

"진료관이 아닙니다. 건물조차 없고, 하다못해 천막마저 두르지 않았어요. 그런 진료관은 세상에 없지요."

그러고 보니 정말로 천막마저 없다. 국법엔 '진료관'을 세워선 안 된다고 되어 있다. 진료관. 즉, 진료를 보는 집을 세우면 안 된다는 것이다.

'법의 틈새를 노리고…… 간악하게!'

황제의 얼굴이 새빨개졌다.

"자격이 있는 자인가? 자격 없는 자는 진료를 볼 수 없어!"

"그건……."

[쉿, 쉿! 말하지 말아요!]

르블레인이 서둘러 세실리아의 말을 막고 다른 통신석으로 한스에게 신호를 보냈다. 신호 받은 한스가 맨 앞줄의 사람(상단의 일꾼)의 옆구리를 쿡, 찔렀다.

"왜 성녀님의 진료를 방해하는 거야!"

그러자 진료를 받는 사람으로 위장한 상단의 일꾼들이 입을 모아 소리쳤다.

"먼저 진료를 받고 싶어서 수작을 부리는 것 아냐?"

"방해하지 말고 썩 꺼져!"

"꺼져!"

진료를 받는 사람들 속에 숨어든 상단의 일꾼들이 선동하자, 평범한 환자들도 눈을 희번덕 뜨며 황제를 힐난했다. 황제는 사람들의 고함에 당황했다.

"아, 아니, 이 사람들이……. 이 근처엔 황실에서 허가한 병원이 두 곳이나 있고, 신전도 있소! 자격 있는 의사와 신관에게 치료를 받아야지 사이비에 휘둘려서야 되겠소!"

환자로 분장한 상단의 일꾼이 르블레인에게 지시받은 대로 소리쳤다.

"그걸 우리가 몰라서 이곳에 모였겠나! 황실에서 허가한 의료원에서 진료를 받으려면 돈이 얼마나 드는지 알아?"

"그래! 우리 같은 사람들이 문턱을 넘으려면 밭뙈기는 갖다 바쳐야 한다고!"

"병원이나 신전은 귀족 나리들이나 쓰는 곳이라고!"

황제는 점점 더 당혹스러워졌다. 저들이 대체 무슨 말을 하는지 모르겠다.

"민간 병원의 진료비는 황령으로 동결했소. 평민이라도 능히 진료받을 수 있게끔……!"

"황령은 무슨 황령. 황실에서 푸지게 먹고 노는 황제가 무슨 우리 생각을 한다고! 그런 병원에서 진료만으로 돈을 버는 줄 알아? 약값이다, 수술비다, 특진비다 해서 왕창 청구할 게 뻔해, 이 멍청한 인사야! 헛소리 말고 꺼져!"

황제는 화를 참지 못하고 소리치는 자의 멱살을 잡았다.

"황군을 불러와야 정신을 차리겠는가! 멍청한 것들, 내 당장에……!"

[지금이에요!]

"그만하세요!"

세실리아가 황제의 팔을 붙들었다.

"이거 놓지 못해!"

철썩!

세실리아가 황제의 뺨을 올려붙였다.

"뭐, 뭐 하는……!"

"저분은 말을 탈 돈이 없어서 병든 아내를 업고 300km가 더 되는 이 곳을 찾아오셨어요. 본인도 폐병을 앓고 있으면서 말이에요."

실제로 황제에게 멱살이 잡힌 사람은 황제 바로 자신이었다. 황제는 그제야 안색이 새파란 남자를 보고 입을 꾹 다물었다.

"또, 저 아이는 민간 보육원에서 사는데 병원비가 없어서 감기가 폐렴으로 번졌다고요."

"……."

"국법을 어겨선 안 된다는 걸 우리가 모를 것 같은가요?"

"……."

"아는데도 할 수 있는 일이 이뿐인 거예요. 황족과 귀족에겐 푼돈인 병원비가 저들에겐 막막한 거금이니까요."

말하다 보니 서글퍼졌다. 세실리아의 눈동자에 물기가 어렸다.

황제는 겁먹고 병든 자들을 말없이 돌아보았다. 평범하고 선량한 얼굴이다. 법을 어길 수 있을 거라곤 생각할 수 없는 이들.

"……."

시종장이 충격받은 황제를 조용히 끌었다.

"가시죠, 폐하."

"……."

"황군을 부를까요?"

"……아니, 아니야."

황제는 터덜터덜 물러났다. 그가 보이지 않은 후에야 세실리아가 한숨을 내쉬었다. 그것을 신호로 병자들 사이에 숨어들었던 호프 상단의 일꾼들이 와—! 함성을 내질렀다.

각본 르블레인, 연출 르블레인의 로맨스 연극의 1장이 완벽하게 끝이 났다.

*   *   *

며칠 후, 황제는 의료원과 신전을 뒤집어엎었다. 약값, 수술비, 특진비 등으로 황령이 정한 진료비를 교묘하게 부풀리던 이들이 죄 잡혀가 벌을 받아야 했다.

"좋은 일 하셨네요."

세리아가 빙그레 웃으며 말했다. 내가 턱을 괸 채로 대답했다.

"이러려던 게 아닌데. 뒷걸음질하다 쥐 잡았지 뭐야?"

"잘된 게 아닌가요?"

"곤란해. 곤란해. 나빠져야 하는데 이상하게 자꾸 착한 일이 되어 버린단 말이야."

내가 한숨을 내쉬자 세리아는 쿡쿡 웃었다.

'아, 이럴 때가 아니지.'

나는 얼른 트리곤에게 통신을 연결했다.

"시킨 대로 했지?"

[예, 황제가 잠들었을 때를 노려 세실리아 올가를 떠올리도록 마법을 걸었습니다.]

"좋아, 완벽해."

[그런데 이런다고 정말 황제가 사랑에 빠지겠습니까?]

"아니?"

설마. 그렇게 잘될 리가.

[……그럼 저는 헛고생을 한 게 아닙니까?]

"날 믿어 봐. 시킨 대로 결혼하고, 시킨 대로 애를 낳은 사람이 사랑을 알겠어?"

[하면…….]

자꾸 떠오르면 착각할 거다. '내가 그 사람을 좋아하나?' 하고.

지난 삶에서 분명히 봤거든. 황제는 연애 고자였다.

그리고 이튿날, 세실리아가 날 찾아왔다.

"아가씨의 말씀이 맞았어요! 황제는 바보예요!"

"그래? 와서 뭐라고 하던가요?"

"……내 뺨을 때린 여자는 네가 처음이야."

거봐. 연애 고자 맞지?

나는 히죽 웃었다.

'자, 그럼. 이제 황궁을 뒤집어 볼까.'

그런데 그때였다.

의장이 내게로 허겁지겁 달려와 소리쳤다.

"트릴로니…… 아니, 트리가……!"

"왜?!"

나와 세실리아가 벌떡 일어나자, 의장이 새파란 얼굴로 대답했다.

"상점가에서 에뮬린과 서로 머리채를 잡고 있습니다!"

이건 또 무슨 소리야!

나는 황급히 상점가로 향했다. 트리와 에뮬린은 의장의 말대로 정말

머리채를 잡고 있었다.

"이거 놔!"

"너나 놔!"

"하나, 둘, 셋 하면 놓는 거다? 하나, 둘, 셋……!"

"내가 안 놓을 줄 알았어, 이 거짓말쟁이야!"

"너도 안 놨잖아. 악, 악!"

나는 벙찐 얼굴로 서로의 머리채를 잡고 빙글빙글 도는 아이들을 쳐다봤다. 얼마나 난장판을 친 건지, 아이들의 숙소가 있는 깊은 골목에서 메인 스트리트가 가까운 곳까지 머리채를 잡고 온 모양이었다.

"넌 나쁜 애야, 에뮬린!"

"너야말로 끔찍해! 우릴 모두 버리고 가겠다는 거잖아!"

"난…… 나는!"

에뮬린이 트리를 거세게 밀쳤다. 휘청이다가 철퍼덕 주저앉은 트리가 울먹이며 그 애를 올려다보았을 때, 에뮬린은 이를 악물곤 바닥의 모래를 한 움큼 쥐고 트리를 향해 내던지려 했다. 난 얼른 에뮬린의 손목을 잡았다.

"그만해."

"아아, 네가 막스와 다퉜다는 그 계집애야?"

트리가 "에뮬린!" 소리쳤으나, 에뮬린은 잔뜩 상기된 얼굴로 날 노려봤다.

"너와 트리, 저 멍청이 때문에 막스가 안 와. 네가 귀족이라고 생각해서, 너와 다툰 막스가 겁을 먹은 거야."

"그런데?"

"우리 같은 애들은 막스의 보호 없이 못 살아!"

에뮬린이 나를 매섭게 노려보며 말을 이었다.

"우리가 좋아서 막스와 함께 생활했겠니? 막스가 다른 패거리에게서 우릴 보호해 줬기 때문이야!"

"……."

"어떡할 거야? 막스가 이대로 오지 않으면 우리는 동냥한 돈을 다른 패거리에 죄 빼앗길 거야. 그런데 트리, 저 멍청이 같은 계집애는 이렇게 사고를 쳐 놓고 제 이모를 찾았다고 떠난다잖아!"

"……."

"트리를 구해서 넌 영웅이라도 된 것 같아? 아니, 넌 우릴 다 죽게 했어. 트리는 우리를 죄 버리고 제 살길만 급해서……!"

"아이들은 보호소로 옮길 거야."

"뭐?"

"15세가 될 때까지 제대로 된 어른 밑에서 자라도록 귀족 가문이 후원하기로 했어. 그 이후엔 취직처를 주선할 거고. 이제 네가 화낼 이유는 없는 거지?"

에뮬린은 입술을 꽉 깨물었다. 얼마쯤 헐떡이던 그 애가 울컥 인상을 찌푸리며 입을 열었다.

"그게 전부가 아니라……!"

"그래. 네가 화가 난 이유는 그게 전부가 아니겠지. 트리가 먼저 이모를 찾은 게 분한 것 아냐?"

"아니야."

"아니라면 그만해. 네가 계속 이렇게 나오면 다른 사람은 열등감을 트리에게 풀려는 줄 알 테니까."

에뮬린이 흠칫, 입을 다물었다. 안색이 파리한 그 애는 "네가…… 네가 뭘 안다고." 하며 중얼거렸다.

나는 그 애의 손목을 놓고 트리를 일으켰다. 멀리서 상황을 지켜보고 의장을 통해 소식을 전달해 줬던 상단의 일꾼들이 달려와 트리의 옷에 묻은 먼지를 털어 줬다.

"아이고, 귀하신 분이 흙먼지를 뒤집어쓰셨네. 가세요. 의사를 대기시켜 두었습니다."

트리는 에뮬린을 잠깐 쳐다봤지만, 입술을 꾹 깨물고 걸음을 옮겼다. 나는 에뮬린에게 손을 뻗었다.

"가자. 너도 치료를……."

"놔!"

에뮬린이 내 손을 거칠게 뿌리쳤다. 손등에 짝! 하는 날카로운 마찰음이 들리자, 은밀히 날 호위하던 듀블레드의 기사들이 달려왔다.

"아가씨!"

"괜찮아."

"괜찮기는요. 각하와 도련님들께서 아시면 저희가 경을 칩니다."

"의사! 의사!!"

기사들은 새파랗게 질려 허둥거렸고, 에뮬린은 나와 트리를 노려보며 치맛자락을 비틀었다. 그러곤 휙, 몸을 돌려 저 멀리 달려갔다.

나는 한숨을 푹 내쉬었다. 그런 내게 트리가 조심스럽게 말했다.

"저어……."

"왜?"

"에뮬린은 자존심이 강하지만, 나쁜 애는 아니야. 그, 그러니까……."

혹여나 나와 트리를 보호하는 어른들이 에뮬린에게 해를 입힐까 봐 염려되는 모양이었다.

나는 빙그레 웃었다.

"걱정하지 마."

"저, 정말?"

"그래."

트리에겐 이전부터 사람을 붙여 놨다. 한데, 저 애들이 서로 머리채를 잡고 다투는 동안 어째서 나오지 않았겠는가.

"애들은 싸우고, 화해하면서 자라는 거라고."

내가 고개를 척, 치켜들며 말하자 트리가 눈을 동그랗게 떴다.

"에뮬린도 그런 말을 자주 하는데!"

안다. 나도 에뮬린에게서 들은 말이니까.

에뮬린은 내게 정말로 많은 것들을 가르쳐 준 사람이다.

　

"뭐야. 또 맞았어? 르브, 이 바보! 너도 가서 때리란 말이야!"

"그러다가 정말로 크게 싸우면 어떻게 해."

"애들은 싸우고, 화해하면서 자라는 거야. 일방적으로 당하기 만 하면 절대로 화해할 수가 없다고."

"……."

"으이그, 이 바보. 이리 와. 얼마나 다쳤나 보자."

　

첫 번째, 두 번째 삶에서 괴롭힘당하는 게 익숙했던 날 바꿔 준 것도 그 아이였다.

* 　 * 　 *

다리 밑에서 고집스레 무릎을 끌어안은 에뮬린에게 막스 거지 패의 아이들이 슬금슬금 다가왔다.

"에뮬린, 짐 싸러 안 갈 거야? 보호소에 가면 음식도 주고, 옷도 준대. 이제 추운 데서 동냥하지 않아도 되는 거래……."

"너희나 가."

"하지만……."

"가! 가 버리라고!"

에뮬린이 잡초를 뽑아 던지며 소리치자, 아이들은 시무룩한 표정으로 뒤돌아 달려갔다. 홀로 남은 에뮬린의 치마가 눈물로 젖어 들었다.

　"이모가 날 찾아왔어. 난 이제 이모와 살 거야. 있지, 에뮬린.
　같이 가자. 내가 이모에게 부탁하면 우리 같이 살 수 있을 거야."

　"아이고, 귀하신 분이 흙먼지를 뒤집어쓰셨네. 가세요. 의사를
　대기시켜 두었습니다."

　"괜찮기는요. 각하와 도련님들께서 아시면 저희가 경을 칩니
　다."

바보 트리에게도 가족이 찾아왔다. 번듯하게 차려입은 사람들이 저보다 한참 못한 트리를 귀하신 분이라 부르며 어쩔 줄을 모른다.

　그리고 트리를 도운 그 여자애는…….

　'그 목소리……. 포목점에서 남자애와 같이 있던 그 애가 틀림없어.'

　"르블레인이라고 해. 있잖아. 그 애는 아가씨인데 엄청, 어 —
　엄청 멋있어!"

멋지긴. 트리는 정말로 바보다. 누구든 그렇게 사랑받고 자라고, 귀하게 크면 강해 보이는 것이다. 그 계집애는 모르겠지. 동냥한다는 것도, 거지로 산다는 것도, 부모가 없다는 것도…….

　'아냐. 난 아빠가 있어. 아빠가 곧 날 찾아올 거야.'

하지만 언제?

에뮬린이 어머니를 잃은 건 다섯 살 생일의 일이었다.

궁핍한 가정이었지만, 어머니가 돌아가시기 전까지 에뮬린은 가난을 알지 못했다. 어머니가 손이 다 부르터 가며, 밤엔 끙끙 앓으면서도 자신에겐 늘 좋은 것을 입히고, 좋은 것을 먹였다.

손에 물 한 방울 묻히려 하면 상냥하던 어머니가 새빨갛게 충혈된 눈으로 악을 내질렀다.

> "넌 귀한 아이야. 소중한 딸이 고생하는 걸 아버지께서 아시면
> 얼마나 속이 상하시겠니."

어머니가 죽고 보육원에 가서 새로운 가정으로 갈 기회가 몇 번이나 있었다. 귀엽고, 사랑스러우며, 글씨마저 아는 에뮬린을 원하는 부모가 많았다.

하지만 에뮬린은 어머니의 말을 믿고 도망쳤다. 아빠가 자신을 찾아올 수 있도록 이름을 바꾸지 않았다. 막스에게 주어야 하는 돈을 빼돌려서 매달 신전에 헌금으로 내며, 자신을 찾는 사람이 없는지 물었다.

에뮬린이 입술을 사리물며 훌쩍였다. 사실은 알고 있다. 지금까지 자신을 찾지 않는다는 건, 자신의 존재를 모르거나, 찾을 마음이 없다는 것을.

'엄마는 거짓말쟁이야. 결국, 아무도 나를 찾지 않잖아.'

에뮬린은 어머니가 돌아가시며 물려준 목걸이를 꽉 그러쥐었다.

> "이건 에뮬린, 네가 아버지의 딸이라는 증거다. 누구에게도 들
> 키지 말고 가지고 있어야 해."

양 끝이 휘어진 형태의 가는 펜던트를 노려보던 에뮬린이 막 다리 아래로 그것을 던지려 했을 때였다.

"에뮬린!"

낯선 목소리가 들려왔다.

"사제님이세요?"

신관의 예복을 입고 있었기에 정체를 추측하는 건 어렵지 않았다.

'그런데 저건 패랭이꽃 휘장이잖아.'

네리아드교의 신전 서열은 간략하게 말해 이렇다.

〈지역별로 위치한 수많은 지역 신전〉

이곳의 관리는 중앙 신전에서 뽑은 신전장이 맡는다.

〈중앙 신전〉

지역 신전을 관리하는 중앙 신전은 21인의 사제라 불리는 자들이 다수결로 의논하여 관리한다.

〈교황청〉

가장 강력한 신관인 추기경과 네리아드교의 총책임자인 교황만이 소속된 네리아드교의 중심.

그리고 저 패랭이꽃 휘장은 21인의 사제라 불리는 초고위의 신관만이 가질 수 있는 것이다.

"네가 에뮬린이지? 여기에 있었구나. 한참을 찾았단다."

인자한 얼굴로 다가온 사제가 무릎을 굽히고 에뮬린을 바라보았다. 에뮬린은 무심코 목걸이를 주머니에 숨기며 고개를 들었다.

"무슨 일이세요?"

"기뻐하렴. 네 아버지가 너를 찾으신다."

"……예?"

에뮬린의 눈이 가늘게 흔들렸다.

* * *

밤늦게까지 호프 상단의 사무실에 있던 나는 지친 얼굴로 저택에 돌아왔다.

"삭신이 쑤시는구나……."

내가 노인처럼 어깨와 무릎을 툭툭 두드리며 말하자, 함께 마차에서 내리던 의장이 흐릿한 눈으로 날 쳐다봤다.

"보는 늙은이의 기분이 참 그렇습니다만."

"좀 봐줘. 푸르를 소환해 놔서 조금만 과로해도 힘들단 말이야."

"하면 얼른 돌려보내시지요."

"푸르의 고집이 얼마나 센지 몰라. 죽어도 소원이 내 심장이라지 뭐야?"

"2황자에게 신성력을 받아 두지 않았으면 큰일이 났을 뻔했습니다."

"그렇지? 역시 이제 슬슬 푸르에게 수를 써야……."

종알거리고 있는데 나의 세 하녀가 다급한 표정으로 다가왔다.

"요한 도련님이 오셨습니다."

"그래?"

얼굴이 환해진 난 얼른 마차에서 폴짝 뛰어내렸다.

그런데 이상했다.

'분위기가 왜 이렇지?'

나는 미간을 좁히며 물었다.

"무슨 일이야."

"함께 온 사람들이 있습니다."

"누구기에?"

"신관과 아기새로 추정되는 아이입니다."

하녀들에게서 이야기를 전달받은 난 굳은 얼굴로 내전에 달려갔다. 중정에 사람들이 빼곡히 모여 있었다. 나보다 두, 세 뼘이 큰 어른들 사이로 아빠와 신관이 보였다.

'사제 아우구스티노.'

내가 만든 젊음의 약을 훔쳐서 황태후에게 건네 쓰러지게 하였던 아돌프와 같은 21인의 신관 중 한 사람. 추기경을 제외하면 가장 고위의 신관으로 첫 번째 삶에서 나의 신학 수업을 담당했다.

'그 아우구스티노가 왔다고?'

이제 신전도 슬슬 무거운 엉덩이를 들기 시작한 거다.

"듀블레드에 막내 아가씨가 있었다니, 공자님께서 아가씨를 찾고 계신다는 소식을 듣고 얼마나 놀랐는지 모릅니다. 하지만 그랬기에, 이 아이를 듀블레드에 데려올 수 있었지요."

"증거는?"

아빠가 묻자 아우구스티노는 손을 휘휘 저으며 껄껄 웃었다.

"정황상 완벽하게 아기새님께 들어맞는 아이입니다. 귀족가의 시녀로 보이는 여자가 웬 마을에 자리 잡더니 아이를 기르기 시작했답니다. 생일도 아기새님과 같지요. 이 아이는 지금까지 그 여자를 친모로 여긴 듯합니다만……."

"……."

"여자가 매번 주의를 시켰다지요. 귀족 아버지가 언젠가 딸을 찾으러 올 거라고 말입니다. 자, 아이야, 인사드려야지."

사람들을 비집고 아빠와 신관에게 다가간 나는 신관에게 어깨를 잡힌 아이를 보고 헛웃음을 내뱉었다. 신관은 빙그레 미소 지으며 말했다.

"에뮬린입니다."

에뮬린은 굳은 눈의 아빠와 오빠들을 보고 어찌할 바를 몰라 하며 웅얼거렸다.

"아, 안녕하세요……."

실소를 흘리고 있는 날 발견한 신관이 반갑다는 듯 고개를 숙이곤 말했다.

"아기님이 아주 어렸을 적에 한 번 뵌 적이 있는데 기억하실는지요. 사제, 아우구스티노입니다."

"……기억해요."

"새로운 자매를 갖게 되셨으니 이 얼마나 기쁜 일입니까."

"……."

잠깐 침묵하던 난 활짝 웃으며 에뮬린을 끌어안았다.

"반가워, 아기새야! 나는 르블레인이야!"

멍청한 아우구스티노의 표정이 밝아졌다. 나는 그 애에게 속삭였다.

"넌 아기새가 아니야."

"……."

"그리고 나는 네 아버지가 누구인지 알아."

세 번째 삶에서 분명히 보았으니까.

내가 잘 아는 사람이야.

에뮬린의 눈이 커졌다. 그 애는 무어라 말하려는 듯 입술을 몇 번 달싹였다. 난 에뮬린의 어깨를 지그시 잡는 것으로 그 애의 말을 막았다.

"우리는 친하게 지낼 수 있을 거야. 그렇지?"

아우구스티노는 인자한 척 미소 지었다. 그러나 눈빛에 스며든 더러운 욕망만은 도무지 숨겨지지 않았다.

                    *   *   *

아우구스티노는 듀블레드 저택을 떠나기 전, 에뮬린과 단둘만의 인사
를 나누었다.

"네 삶에 신의 축복이 함께하길 기원하마."

"저…… 저어, 사제님……."

안절부절못하던 에뮬린이 아우구스티노의 소맷부리를 움켜잡았다.

"우리 엄마는 하녀가 아니에요. 저는 곧 열한 살 생일이고, 또……."

"에뮬린."

조금 전만 해도 다정하기 그지없던 아우구스티노의 얼굴이 험악하게
일그러졌다. 흠칫 놀란 에뮬린이 그의 소매에서 손을 떼자, 다시 인자한
표정을 가장했다.

"어린 네가 지금까지 어른들의 사정에 휘둘려 진실을 알지 못했으니
이 얼마나 가슴 아픈 일이냐."

"……."

"네 어미가 주인의 딸인 너를 지키기 위해 지금까지 선의의 거짓말을
한 게야."

"그, 그렇지만……."

저택의 문 안을 힐끔 쳐다본 아우구스티노는 무릎을 굽혀 에뮬린과
시선을 맞추었다.

"중요한 것은 네가 아버지를 찾았다는 것이야. 보아라. 저 안은 얼마
나 따뜻하고 다정한 공간이냐."

"……."

"신께서 네 삶에 권세와 재물을 안배하신 게다. 그러니 네가 그 뜻에
보답하여야 하지 않겠니."

아우구스티노가 이를 드러내며 웃었다.

"그렇지?"

"……예, 사제님."

"그래. 날이 차구나. 들어가 보아라."

에뮬린이 우물쭈물 저택 안으로 돌아가자 아우구스티노의 눈빛이 돌변했다. 그의 표정이 차디차게 가라앉자, 신전에서부터 그를 호위하고 온 성기사가 다가왔다.

"아이가 공작에게 허튼소리를 하지 않을까요?"

"저 눈에 일렁이는 욕망이 보이지 않더냐. 다리 밑에서 동냥밥이나 겨우 얻어먹던 아이야. 하룻밤이라도 호사를 누리면 절대로 공작을 놓으려 하지 않을 것이다."

"그럴까요?"

"내기해도 좋아. 다시 저 애를 달랠 일은 없을 게야."

제가 만들어 준 거짓말을 진실이라 믿기 위해 발버둥 치겠지.

아우구스티노의 입매가 비뚜름하게 올라가자 성기사가 픽, 웃었다.

"실로 훌륭한 계획입니다. 이번 일만 잘된다면 천하의 듀블레드를 사제님께서 쥐고 흔들 수 있지 않겠습니까?"

"그리고 곧 현실이 되겠지. 공작은 입양 딸인 운명의 아이에게도 끔찍한 작자이니, 친딸에겐 얼마나 무르겠느냐."

"교황청에서 이번 일을 알게 된다면 올해 추기경 서임은 떼 놓은 당상이 아닙니까."

올겨울엔 추기경 선발이 있다. 중앙 신전의 '21명의 사제' 중 가장 뛰어난 자만이 누리는 추기경 서임의 영예였다.

'이번에 제대로 공로를 세우면 교황청에 들어가는 것은 나다.'

"미리 감축드립니다, 사제님."

"교황청에 나 홀로 들어가겠는가. 자네도 이제 교황청의 휘장을 달 때지."

"사제님만 믿고 기다리겠습니다."

성기사가 꼬리라도 흔들 기세로 앞서 걷는 아우구스티노를 따랐다. 샛노란 치아를 드러내며 끌끌 웃던 그가 성기사의 어깨를 두드렸다.

아마 듀블레드의 저 멍청한 자들은 모를 것이다. 저들이 이용당하고 있다는 것조차.

＊　＊　＊

트리곤은 흥얼흥얼 콧노래를 부르며 조사서를 읽는 날 보고 미간을 좁혔다.

"무엇이 그리 즐거우십니까?"

"의장은 즐겁지 않아?"

"즐거울 리가 없잖습니까. '아기새'는 알고도 당할 수밖에 없는 듀블레드 공작과 공자들의 약점입니다. 신전에 듀블레드의 약점이 노출된 것이 기쁠 리가 없잖습니까."

트리곤과 세리아는 신관이 에뮬린을 아기새라며 데려왔다는 걸 듣고 몹시 놀란 모양이었다.

'그러니까 얘기를 듣자마자 저택에 몰래 달려온 거지.'

나는 히죽 웃으면서 의장을 쳐다봤다.

"의장도 그렇게 생각해?"

"……상황이 생각처럼 심각하지는 않은 것 같습니다만."

"왜?"

"아가씨께서 또 무슨 계략을 꾸미는 표정을 짓고 계시니까요."

역시 의장이라니까. 괜히 듀블레드 원로원의 의장이 아니다.

"우리는 아우구스티노가 에뮬린을 데리고 온 일로 많은 것을 알았거든."

'문신의 남자는 교황청의 사람이다.'

문신의 남자는 발루아 공작을 도와서 한 번 가짜 아기새를 만든 적이 있다. 그러니 우리는 신전에서 새로운 아기새를 데려오면 절대로 쉽게 믿지 않을 거다.

그런데 증거도 없이 새로운 아기새를 데려왔다는 건, 중앙 신전에서는 지금까지 문신의 남자가 듀블레드에 해 온 짓을 모른다는 의미다.

내가 그 점을 설명하자 의장과 세리아, 트리곤이 고개를 끄덕였다.

"하지만 그걸 안다고 해서 우리가 무엇을 할 수 있겠습니까?"

"네, 아가씨. 아무리 듀블레드라고 해서 국교를 무너뜨릴 수 있는 건 아니에요. 교황청은 네리아드의 상징이니까요."

두 사람이 의아한 표정을 짓고 있을 때, 의장이 눈을 부릅떴다.

"설마 네리아드교를 분열시킬 생각이십니까."

"맞아! 신전이 똘똘 뭉치면 강적이지만, 분열하면 그렇지만도 않은걸. 그래서 말인데……."

나는 히죽 웃고서 말을 이었다.

"이본느 황비는 교황청의 도움을 받잖아? 우리의 적 말이야."

"신전에서 만든 아군을 세실리아에게 붙일 생각이십니까?"

"그래."

"하지만 그걸 어떻게……."

그때였다.

똑똑, 노크 소리와 함께 요한이 들어왔다.

"아버지가 부르신다."

"무슨 일로?"

"……신전에서 가짜 아기새를 데려왔으니 방비책을 찾아야지. 아기새는 알고도 당할 수밖에 없는 우리의 약점이니까."

요한의 표정이 차가웠다. 예상대로 한 번 가짜 아기새에게 당한 적 있는 가족들이 에뮬린이 진짜라고 생각할 리 없었다. 나는 내 사람들에게 손을 흔들고서 요한을 따라 아빠의 집무실로 향했다.

나는 조심스럽게 물었다.

"오라버니, 속상해요?"

"뭐가?"

"아기새가 자꾸 이용당하는 게……."

눈썹을 늘어뜨리며 묻자 내 머리를 쓰다듬었다.

"아버지는 네가 그렇게 생각할까 봐 함께 논의하자고 하신 거야."

"네……."

"르블레인."

나를 부른 그가 잠시 주저하며 말했다.

"내가 네게 말없이 아기새를 찾으려고 한 건……."

"아기새는 죽지 않았어요. 연명구가 증거잖아요? 당연히 찾으러 가야지요. 또, 누가 알면 이번처럼 아기새를 이용하려고 할 테니까 비밀에 부쳐야 해요. 아무리 가족이라도 말이 새어 나갈 수 있다면 조심해야 하지요."

"……그래."

요한이 헝클어진 내 머리칼을 귀 뒤로 넘겨주며 희미하게 웃었다.

"이해해 줘서 고맙다."

나는 그와 마주 미소 지었다. 그리고 우리가 아빠의 집무실로 들어갔을 땐, 이샤크와 앙리가 목소리를 높이고 있었다.

"신관이 데려온 아이가 가짜임을 증명한다면 신전과 전쟁할 명분이 생기잖아! 우리에게 명분이 생기면 귀족들도 쉽사리 신전에 붙을 수 없으니 이번 기회에……!"

"그렇다고 해도 신전과의 전쟁이야. 준비 없이 전투를 벌일 상대가 아니라고!"

"그럼 신전이 계속 아기새를 가지고 우리를 흔들려는 걸 묵인해야 한다는 소리야?!"

앙리와 이샤크는 핏대를 세우며 고함을 내질렀고, 아빠는 두 사람을 가만히 지켜보고 있었다.

지금까지 평화로워서 생각하지 못했지만, 사실 앙리와 이샤크는 성향이 너무나 다른 사람이었다. 한 번 언쟁이 벌어지면 두 사람 다 물러나지 않는다.

"겁만 많아서."

"너같이 주먹이 먼저 앞서는 놈들이 제일 먼저 죽기 마련이다."

"뭐라고? 이제까지 약골이라고 봐줬더니!"

"먼저 달려드는 게 싸움의 전부라고 착각해선 안 되지."

두 사람의 손에서 오러가 일렁이기 시작했다. 막 주먹이 서로를 겨누었을 때.

"그만ㅡ!!"

내가 사이에 끼어들었다.

"르블레인!"

"꼬맹이, 미쳤어?"

"다치면 어쩌려고!"

"봐, 다쳤어?!"

굳은 앙리와 펄쩍 뛰는 이샤크를 각각 뒤로 밀친 나는 허리춤에 손을 엎고 소리쳤다.

"못써! 형제끼리 주먹질이라니!"

"……."

"……."

"얼른 사과해."

"……."

"……."

앙리와 이샤크는 고집스레 고개를 돌렸다. 그래서 나는 최후의 수단을 쓰기로 했다.

"르블레인은 이만 진짜 아빠, 엄마를 찾아서……."

"내가 미안!"

"미안하다."

나는 두 사람을 가느다란 눈으로 노려봤다.

"사과는 성의있게 해야지."

"……."

"……."

"안녕, 이샤크. 안녕, 앙……."

"주먹질해서 미안합니다, 형님."

"좋게 말할 수 있었는데, 반성한다. 동생아."

좋아.

나는 서로를 보며 떨떠름한 표정을 짓는 앙리와 이샤크를 각각 자리에 앉히고 말했다.

"그러니까 문제는 신전이 자꾸 아기새를 이용하는 거지?"

가족들이 동의한다는 듯이 날 쳐다봐서 난 에헴, 하고 말을 이었다.

"그럼 방법이 있지."

"방법?"

"그게 뭔데?"

난 비열한 표정으로 히죽 웃었다.

"다시는 이용하지 못하게 하고, 반격까지 할 수 있는 몹시 나쁜 방법 이야."

내가 가족들에게 방법을 속삭이자, 가족들의 눈이 커다래졌다.

"그거라면……."

"정말로 나쁜 짓인데?"

"그래."

난 아빠를 쳐다봤다.

"해도 돼요?"

"……듀블레드는 비열하고 천박한 짓 전문이지."

아빠의 허락이 떨어졌다.

나는 창밖으로 작게 보이는 중앙 신전 건물을 보며 눈썹을 까딱 들어 올렸다.

'지금까지 재미있었지? 이젠 아닐 거야.'

*   *   *

신전의 정원에서 느긋하게 차를 마시던 아우구스티노는 유난히 기분 이 좋은 얼굴이었다.

신전은 추기경 서임으로 패가 갈렸다. 스테파노보다 저를 지지하는 신관이 월등하게 많다. 아무리 백성들의 지지가 있어도, 신관들의 동의 없이는 서임을 받을 수가 없다.

'이런 와중에 에뮬린을 통해 듀블레드가 내 손에 들어온다면⋯⋯.'

듀블레드는 무척 잘해 주고 있었다. 아기새를 오랫동안 기다린 만큼, 에뮬린을 데려가자마자 막내딸이 사실은 살아 있었고, 가문으로 돌아왔다는 소문을 전국 각지로 날랐다. 이제 에뮬린이 입적만 되면 듀블레드는 제 손으로 쥐고 흔들 수 있다.

"사제님!"

멀리서 기분 좋은 고요를 깨는 소리가 들렸다. 수족인 성기사였다. 아우구스티노는 인자한 표정으로 물었다.

"듀블레드에서 에뮬린을 입적시킨 게냐?"

"그, 그게 아니라⋯⋯!"

아우구스티노가 미간을 좁히며 물었다.

"아닌데, 무엇이 그리 급하단 말이야."

"전국 각지에서 자신을 아기새라고 주장하는 아이들이 듀블레드에 몰려들고 있습니다⋯⋯."

"뭐라고?"

"보육원이며 거지 패, 주워 온 아이를 기르는 농부들마저 열 살배기 아이를 데리고 듀블레드에 줄을 섰어요!"

"그게 무슨 말이야! 에뮬린이 있는데 대체 어떻게⋯⋯!"

아우구스티노가 벌떡 몸을 일으켰다.

*　　*　　*

나는 저택 앞에 줄을 이룬 자칭 아기새들을 보고 씩, 미소 지었다.

"아유, 세상에 있는 아기새들이 죄 다 모인 것 같네."

하녀들이 질린다는 얼굴로 고개를 절레절레 저었다.

"남자애도 있습니다."

"누가 봐도 열일곱은 되었을 만한 소녀가 열 살이라고 주장하기도 합니다."

"다들 욕심이 많아서……. 하기야 듀블레드 영애가 될 천재일우의 기회이니까요."

때마침 창밖으로 얼굴이 샛노래져서 저택에 찾아온 아우구스티노가 보였다.

'자, 그럼 이제 시작이다.'

나는 히힛 웃으며 중정 계단을 내려갔다.

* * *

제국 전역에서 모인 욕심쟁이들은 중정 앞에 모여 소리쳤다.

"이 아이가 귀댁의 막내딸이오!"

"헛소리! 보시오. 이토록 눈부신 은발과 청안을! 우리 아이가 듀블레드의 딸이 맞소!"

"아니에요. 저예요. 제가 열 살, 듀블레드령에서 태어났어요. 버려져 있던 저를 지금의 부모님께서 거두셨다고요."

중정에서 사람들을 진정시키고 있던 노스는 드물게 차디찬 얼굴이었다. 내가 소매를 탁, 탁 흔들자 그가 흠칫하여 나를 돌아보았다.

"아가씨께서 보시기에 그다지 좋은 광경이 아닙니다……."

그가 염려 어린 목소리로 말해서 나는 해맑게 웃었다.

"괜찮아."

"하지만……."

노스가 우려할 만도 했다. 듀블레드의 중정은 그야말로 욕심쟁이의 온상이었다. 누가 봐도 찍어 낸 것처럼 닮은 부녀가 찾아와 딸이 아기새라 주장하고, 족히 열다섯은 되어 보이는 아이가 듀블레드령에 버려져 있었다고 주장하기도 했다.

'캬, 남의 자리를 노리는 욕심쟁이들이 이렇게 많구만.'

난 정말로 아무렇지 않았다. 오히려 '그래, 잘한다! 이 귀여운 욕심쟁이들! 더 소리쳐, 더!' 하고 응원해 주고 싶은 기분이었다.

소문을 듣고 득달같이 찾아온 아우구스티노의 얼굴이 점점 더 노래졌으니까.

"보십시오. 이 눈! 귀댁의 작은 도련님과 매우 닮지 않았습니까?"

"하녀의 정장을 입은 여자가 피투성이가 되어 지금의 부모님을 찾아와 저를 맡겼대요. 이건 하녀가 저와 함께 맡긴 주화예요. 듀블레드에서 발행한 게 맞지요?"

"이 아이의 생일이 막내 따님과 같습니다. 제가 듀블레드령의 산에서 홀로 울고 있는 아이를 보육원으로 데려왔습니다. 증인도 있어요. 칼립소, 에릭! 어서 그날의 일을 소상히 말씀드려라."

아우구스티노와 달리 저들은 증거까지 들이밀었다.

'이러다 에뮬린이 쫓겨날 것 같지?'

천하의 21인 사제님께서 가짜 아이를 데려왔다고 난리가 날 것 같아서 무섭지? 듀블레드에서 중앙 신전에 정식으로 항의하면 추기경 자리가 날아갈 것 같을 거야. 안 그래?

나는 속으로 킬킬 웃으며 어찌할 바를 모르는 아우구스티노에게 다가갔다. 물론 몹시 의아한 듯 눈을 동그랗게 뜨고서.

"사제님, 사제님."

"……예, 아기님."

"자꾸 아기새들이 찾아와요. 이상해요."

"……."

"아기새는 에뮬린이잖아요? 무려! 중앙 신전의 21인 사제 중 한 분인 아우구스티노 님께서 데려오셨잖아요?"

그가 으득, 이를 갈고 수많은 아기새들을 노려보며 말했다.

"물론이죠."

"하지만 아니라면 어쩌지요?"

"……예?"

"만약, 정말로 만에 하나 에뮬린이 아니라면 가족들이 상처를 받을 거예요. 너무나 상처받은 아버지께서 신전에 정식 항의를 하고…… 항의를 하다못해 검을 드시면……?"

"……거, 검?"

"왜 사람들이 듀블레드 공작가는 앞뒤를 가리지 않는 불나방이라고 하잖아요? 물론, 저는 오해라고 생각하지만……. 혹시나, 정말 혹시나 해서 말이에요. 그런데 아세요? 로네스 반도에서의 전투도 듀블레드를 조롱한 데에서 비롯되었대요. 3,000명의 군사가 죄 불에 타 죽은 그 전투 말이에요."

사람은 무릇 당황하면 극한을 떠올리기 마련이다. 아우구스티노의 머릿속에선 한 손에 검을 든 듀블레드 공작이 다른 한 손엔 횃불을 들고 신전으로 쳐들어오는 상상이 펼쳐지고 있음이 틀림없다.

샛노란 데에 이어 새파래지기까지 한 아우구스티노는 억지로 입을 열었다.

"여, 염려를 거두십시오. 신의 종이 어찌 거짓을 입에 담겠습니까? 에뮬린이 확실합니다."

'옳지, 지금이다.'

내가 주머니 속의 통신석을 점멸시키자 신호를 받은 자카리가 소리쳤다.

"예, 아가씨, 염려를 거두십시오!"

가뜩이나 가상전으로 유명 인사가 된 자카리가 버럭 소리치자 가짜 아기새들을 데려온 욕심쟁이들의 시선이 모였다.

나는 짝! 하고 손뼉을 쳤다.

"신관은 신의 은총으로 신묘한 능력을 갖고는 한다지요? 미래를 본다거나, 진실을 꿰뚫을 수 있다거나. 맞지요?"

"예? 예, 뭐…… 그렇지요."

"사제님께서도 신의 계시를 받고 에뮬린을 데려오신 거예요! 제 말이 맞죠?!"

사람들이 웅성대기 시작했다. 욕망에 불타는 욕심쟁이들이 아우구스티노를 못마땅한 눈으로 노려봤다.

왜냐면, 내가 '듀블레드에서 비밀에 부쳤던 막내딸이 돌아왔다. 신관이 데려왔다. 증거는 없지만, 신관이 데려왔으니 아마 맞을 거다!' 하고 소문을 냈으니까.

저 욕심쟁이들에겐 증거 없이 단지 신관이 데려왔다는 이유만으로 아기새가 된 에뮬린이 공공의 적이 된 것이다. 그리고 거짓말쟁이 아우구스티노는 불신의 시선에 몹시 당황했다.

죄지은 놈은 찔리기 마련이거든.

나는 마지막 한 수를 두었다.

'그러면 결국…….'

"네리아드 신 앞에 맹세합니다! 에뮬린이 듀블레드의 막내딸이 확실해요!"

'무리수를 두게 되지!'

나는 속으로 쾌재를 불렀다.

그래, 그래. 자꾸 이렇게 일을 키워. 신전이 감당할 수 없을 정도로 말이지.

*　　*　　*

신전으로 돌아온 아우구스티노의 얼굴엔 피로감이 역력했다. 신전은 오전과 달리 뒤숭숭했다. 비척비척 걷는 그에게 신관들이 무리 지어 다가왔다. 추기경 서임에 자신을 지지하는 신관들이었다.

"사제님께서 데려가신 아이가 정말 듀블레드의 딸이 맞습니까?"

"신의 이름을 언급하시며 확신하셨다니요. 어찌 그리 성급한 말씀을 하셨습니까. 혹시라도 아니라면, 어찌 되실지 아실 텐데요."

"막내딸을 찾아 준 일로 그 거액을 기부하였는데, 아니라는 게 밝혀지면……."

아우구스티노가 눈을 홉뜨며 신관들을 돌아봤다.

"기부라니요?"

"모르셨습니까? 듀블레드 공작이 5,000만 프랑을 기부하고 사제님을 추수 감사제의 제사장으로 추천하였답니다. 고마움의 표시겠지요."

아우구스티노는 당황하여 입을 뻐끔거렸다.

"5,000만 프랑이라고요?"

고마움의 표시로 그런 거액을 기부했다니, 믿어지지 않았다.

듀블레드와 신전의 사이가 한겨울 북풍보다 차갑다는 것을 모르는 사람이 없다. 그들은 공작 부인의 사망 사건에 신전이 얽혀 있다고 믿었다.

실제로 사실이었고. 아무리 자신이 딸을 찾아 줬어도 쉽게 풀릴 앙금이 아니었다.

"황제 폐하께서 크게 기뻐하시며 교황청에 사제님을 추수 감사절 제사장으로 지목하신다는 말씀을 전하셨어요. 물론, 제사장이 되시면 추기경 자리는 사제님의 것이나 마찬가지지만 저희는 영 걱정을 지울 수가 없어서……."

'황실과 교황청까지 얽혔다고?'

이젠 정말 돌이키기 힘든 일이 된 것이다. 에뮬린이 아기새가 아닌 것을 들킨다면, 이제 자신 한 사람만의 문제가 아니었다. 네리아드교의 위상이 무너지고, 온 나라가 뒤집힐 것이다.

아우구스티노의 손이 가늘게 떨렸다.

*   *   *

아우구스티노는 은밀히 에뮬린을 어두운 골목으로 불러냈다.

"저택에서 무어라 떠들더냐. 너를 의심하더냐? 찾아온 아이들의 마력을 검증하겠다고 해?"

"저는 잘……."

"괘씸한 것!"

그가 노성을 내질렀다. 에뮬린이 움찔 물러났으나, 그는 잔뜩 성이 난 얼굴로 아이를 끌어당겼다.

"동냥 음식이나 빌어먹던 것이 황궁 다음으로 호화로운 저택에서 지내는 게 가당키나 해? 이만큼 떠먹여 줬으면 알아서 씹을 줄 알아야지!"

아우구스티노의 눈은 욕망과 분노로 번들거렸다.

에뮬린이 잔뜩 기죽은 얼굴로 말했다.

"저, 저는 할 수 있는 게 없어요. 말씀드렸잖아요. 우리 엄마는 하녀가 아니에요. 저는 듀블레드 영애가 아니라고요."

"에뮬린."

"하, 하지만, 거짓말을 할 수는 없잖아요. 사제님은 나빠요! 나쁜 사람이에요!"

에뮬린이 엉엉 울며 고개를 저었다.

"이 멍청한 계집애야. 운명의 아이는 어차피 피 한 방울 안 섞였어. 그러니 친딸일지도 모르는 네가 아양만 잘 부리면 듀블레드가 너와 내 손에 떨어진단 말이다!"

"……."

"다시 동냥 굴로 돌아가고 싶으냐? 돌아가면 전보다 더 끔찍하게 살 거야. 내가 그리 만들 테니까!"

"교, 교황 성하께 이를 거예요."

"고발하면? 이번 일에 황실과 교황청, 중앙 신전이 죄 엮였어. 황제가 듀블레드 공작에게 돈을 받아 날 제사장으로 임명까지 시켰단 말이다. 어린애 헛소리에 황실과 신전에서 자신들의 명예를 먹칠할 것 같으냐? 혀뿌리를 지져서라도 네 입을 막으려 할 거야."

"신전은 백성들을 위해 애쓰는 곳이잖아요……."

"네리아드교를 지키기 위해서라면 그깟 백성 목숨이 문제겠느냐?"

그때였다.

겁먹은 양 펑펑 울고 있던 에뮬린이 주머니 안에서 무언가를 꺼내 매만지고, 인상을 찌푸렸다.

"이제 됐어?"

"그래."

아우구스티노가 흠칫 놀라 골목의 코너를 돌아온 아이를 바라보았다.

‘이 목소린 분명히……!’

로브의 후드를 벗은 르블레인이 에뮬린에게서 무언가를 건네받곤, 아우구스티노를 돌아봤다. 아우구스티노가 이를 악물었다.

"너, 네가 설마 내게 덫을 놓은 것이냐!"

르블레인이 어깨를 으쓱하자, 아우구스티노는 새빨갛게 충혈된 눈으로 두 아이를 노려보았다.

"에뮬린, 이 멍청한 계집애! 네가 지금 누구의 손을 잡았는지 알기나 해?! 순순히 날 도왔으면 듀블레드 영애가 되었을 텐데……!"

"내가 언제 듀블레드 영애가 되고 싶다고 한 적 있어? 난 아버지를 찾고 싶었을 뿐이라고!"

"듀블레드 공작이 그깟 친부에 비할 수 있는 자이냐."

에뮬린이 기가 막힌다는 듯 실소를 흘렸다. 르블레인은 그런 에뮬린의 어깨에 손을 올리며 말했다.

"아저씨. 이 애가 거지로 살았다고 뭘 모를 것 같아?"

"뭐?"

"아저씨 같은 멍청이들보다 훨씬 똑똑하다고. 과한 것을 삼키면 목구멍이든, 위장이든 하나는 찢어진다는 걸 생활에서 체득했단 말이야."

그걸 르블레인에게 가르쳐 준 것이 에뮬린이었다. 에뮬린은 홍, 콧방귀를 뀌며 팔짱을 꼈다.

"아저씨가 조금만 영리하게 굴었어도 듀블레드 영애로 살아 볼까 싶었는데 이렇게 멍청하게 나오면 어떻게 해?"

르블레인이 에뮬린에게 접근한 건, 저택에 온 첫날이었다. 친부를 알고 있다며 그 누구에게도 말한 적 없는 이야기를 꺼냈다.

"어머니가 친부를 ‘헨’이라고 불렀지?"

"그걸 어떻게……!"

"말했잖아. 난 네 친부를 알고 있다고."

물론 르블레인이 이전 삶에서 에뮬린으로부터 그 이야기를 들었기 때문에 나올 수 있는 말이었다.

에뮬린이 듀블레드와 친부 사이에서 잠깐 고민하긴 했다.

듀블레드에서의 며칠은 꿈을 꾸는 것 같았다. 호화로운 식사, 따뜻한 옷, 상냥한 고용인들, 아름다운 가족. 원하는 모든 것이 있는 꿈의 세계였다. 그래서 르블레인과 손을 잡는 것을 주저했다.

그래서 르블레인은 보여 주었다. 신관이 신의 이름을 가지고 맹세하는 장면을. 똑똑한 에뮬린이라면 절대로 가라앉을 가능성이 있는 배에 타지 않을 거란 걸 잘 알고 있었기 때문이다.

'내 처세술은 다 에뮬린에게서 배웠단다.'

그리고 예상대로 에뮬린은 자신의 손을 잡았다.

뻔뻔한 표정을 짓는 꼬마 악당들을 쳐다본 아우구스티노가 이를 악물었다. 저건 녹음용 마도구일 것이다. 마탑에서 판매하고 있으니 어린애라도 구하기 어렵지 않은 마도구였다.

'여기서 저것들을 전부 죽일 순 없다. 최소한 에뮬린은 꼬드겨야 해.'

그렇지 않으면 제 목이 위험했다.

"좋아, 듀블레드 공작에게 건네기 전에 나와 거래해. 나는 추기경이 될 몸이야. 값은 재물이든, 뭐든 원하는 대로 치러 줄 테니……."

"아닌데?"

"뭐?"

르블레인은 허공을 가리켰다. 미간을 찌푸리며 그 애가 가리킨 곳으로 시선을 돌리자 보인 건…… 나무?

"나무가 무슨……. 자, 잠깐 저건!"
나무 위에 작은 무언가가 매달려 있었다.
르블레인이 해맑게 웃었다.
'미나는 저걸 CCTV라고 하더라고.'
그리고 영상이 전송되는 곳은…….

*　　*　　*

[이번 일에 황실과 교황청, 중앙 신전이 죄 엮었어. 황제가 듀블레드 공작에게 돈을 받아 날 제사장으로 임명까지 시켰단 말이다.]

광장에 모인 사람들이 가상전 등의 행사를 위해 설치된 마경을 보며 크게 술렁였다.

[어린애 헛소리에 황실과 신전에서 자신들의 명예를 먹칠할 것 같으냐? 혀뿌리를 지져서라도 네 입을 막으려 할 거야.]

이어지는 아우구스티노의 말을 들은 사람들이 입을 틀어막았다.
"세상에 이런 일이……!"
"말도 안 돼. 어찌 신의 은혜를 전하는 자가 이토록 끔찍한 짓을!"
"아이가 가여워요."
"저기가 어디죠? 가 봐야 하는 게 아닌가요?"
"듀블레드! 듀블레드에 알립시다!"

그 시각, 황궁과 신전에서도 마경을 보며 소란이 일었다.

마경을 통해 상황을 본 황제가 고성을 내질렀다.

"당장 송출을 중지시켜!"

"거기까지로 송출이 끊어졌습니다……."

궁정 마법사들이 샛노란 얼굴로 말했다.

'대체 이게 무슨 조화란 말인가.'

얼마 전부터 제국 곳곳에 비치된 마경에 황실에서 송출하지도 않은 영상이 떠올랐다.

'대체 어떤 마법사가 마경의 코드를 알고……!'

끊으려 해도 도무지 끊어지지 않는 강력한 마력이었다.

황제는 뒷목을 잡으며 소리쳤다.

"교황 들어오라고 해. 저 미친 신관을 당장 잡아 와라!!"

베로니카와 트리곤의 합작. 제국 최초의 해킹이었다.

*　　　*　　　*

나는 온실에서 따뜻한 잔을 쥐고서 그윽한 눈빛으로 향을 맡았다.

"음, 향이 좋군."

"……우유 아닙니까?"

"아주 고소해."

그러자 트리곤이 흐린 눈으로 중얼거렸다.

"고소한 건 다른 일 때문이겠죠."

그렇다. 나는 길가의 진흙을 주워 먹어도 깨소금 맛을 느낄 상태였다. 이유는 저택에 줄을 이루던 욕심쟁이들이 모두 사라졌기 때문이다.

마경을 통해 가짜 아기새를 만들어 듀블레드를 집어삼키려던 아우구스티노의 계획이 만천하에 드러났다. 내가 데려간 듀블레드 군사들에게 잡힌 아우구스티노는 득달같이 들이닥친 황실 기사들에게 인계되었다.

사람들의 이목이 온통 '가짜 아기새를 만들려 한 자'에 쏠려 있기에 욕심쟁이들이 겁을 잔뜩 집어먹었다.

난 낄낄거리며 말했다.

"아우구스티노, 그놈 무척 큰일 났어. 황제가 길길이 날뛰었단 말이야."

마경을 통해 드러난 건 아우구스티노의 민낯뿐만이 아니었다.

[황제가 듀블레드 공작에게 돈을 받아 날 제사장으로 임명까지 시켰단 말이다.]

황제가 듀블레드에 뇌물을 받아먹고, 신성한 추수 감사제 의식에 관여하려 한 것마저 세상 사람들이 모두 알게 되었다. 황제의 진노까지 샀으니 아우구스티노와 그에게 엮인 신전은 아마 죽을 맛일 터다.

"큰일이 난 건 저도 마찬가지가 아닙니까……."

트리곤이 거무죽죽한 얼굴을 감싸며 소리 없이 절규했다. 내가 어깨를 으쓱하니, 손 틈 사이로 날 본 그의 눈썹이 꿈틀, 올라갔다.

"아가씨의 명 때문에 제가 무슨 짓을 했는지 아십니까?"

"황실의 마경 코드를 발설했지. 또, 베로니카와 함께 아우구스티노의 민낯을 불법 송출했고."

"들키면 제가 사지가 찢겨 죽게 되리란 것도 아십니까?!"

나는 우유를 호로록 마시며 아무렇지 않게 고개를 끄덕였다. 트리곤이 복장 터질 것 같은 표정을 지었다.

"넌 남의 신분, 그것도 평민이 귀족 신분을 훔쳐서 사는 주제에 이상한 데서 상식적이더라."

"아아, 맞아. 난 이미 죄인이었어…….."

핼쑥해진 트리곤이 금방이라도 쓰러질 것 같아서 난 그의 어깨를 두드렸다.

"생각해 봐, 트리곤."

"예?"

"내가 글라샬라볼라스 때문에 황궁 결계를 깨뜨렸을 때, 네가 날 돕는답시고 감히 듀블레드에 거액을 뜯어내려고 했지?"

"……그렇긴 합니다만."

"넌 내가 황궁 결계를 깨뜨린 사건을 혼자서 수습하지 못했으면 아빠한테 죽었어. 진짜야. 내기해도 좋아."

거무죽죽하던 그의 얼굴이 어느새 새파래졌다. 그가 온실 문밖을 힐끔 쳐다보며 마른침을 삼켰다.

"그때는 돈에 혼이 팔려서……. 아라곤 님의 평생 숙원을 풀어 드릴 수 있다는 생각이 들자 정신이 나가서……!"

"그래, 아무튼 일이 잘 풀려서 이렇게 살아 있잖아. 이미 한 번 죽을 뻔했는데 뭐가 무서워?"

"위로인 것 같은데 왜 저는 더 괴로워질까요……. 가 보겠습니다."

"그래, 힘내~!"

트리곤이 비틀비틀 일어났다. 마침 온실로 들어오던 의장이 다 죽어가는 그를 보고 눈을 동그랗게 떴다. 트리곤이 그에게 성의 없이 고개를 숙이고 온실을 나갔다. 의장은 인상을 찌푸리곤 물었다.

"저 인사 꼴이 왜 저렇습니까?"

"마경 불법 송출 때문에."

"……이상한 데서 상식적이군요."

"내 말이. 시키면 제일 잘 수행하면서. 양심의 가책이 버릇인가 봐."

의장이 픽 웃곤 내게 웬 서류를 건넸다.

"말씀하신 자의 신상 명세입니다. 세리아에게 듣자 하니, 황태후의 〈젊음의 약〉 사건 때 한 번 조사를 명하신 적이 있다고 하던데요."

"그때도 신전과 얽혔었거든. 그래서 생각이 나더라고."

"예?"

나는 쓸쓸하게 웃으며 서류를 펼치는 것으로 말을 돌렸다. 의장이 조사해 온 신상 명세서를 읽자 절로 한숨이 나왔다.

'아무리 회귀해도 사람은 변하지 않는다는 걸 알면서도 나는 왜 희망을 품고 또 이 남자를 조사한 걸까.'

*   *   *

의장과 헤어진 후에 식당으로 향했다. 식당에선 하녀들에게 들은 대로 에뮬린이 식사 중이었다. 나는 식사 시중을 드는 사람들을 물리고, 아이의 맞은편에 앉아서 말했다.

"연어 맛있지? 나도 처음 먹고 깜짝 놀랐어."

제도의 거지들은 대부분 생선 같은 건 입에도 대지 않는다. 바다와 먼 제도에선 돈 있는 자들이나 생선을 먹을 수 있다. 거지에게까지 돌아오는 생선은 상하거나, 문제 있는 것들이다. 먹으면 백이면 백 탈이 나는 것들 말이다.

그래서 거지 패의 아이들은 쓰레기통을 뒤져야 할 만큼 절박한 날에도 생선은 입에도 대지 않았다. 듀블레드에 오고 나서야 연어가 이렇게 맛있는 음식인 줄 알았다.

에뮬린이 연어를 찍은 포크를 슬그머니 내려놓으며 날카롭게 대꾸했다.

"많이 먹는다고 핀잔주는 거야? 넌 이런 음식은 원 없이 먹잖아. 난 이곳에서 나가면 아빠를 찾지 않는 한 구경도 못 할……!"

"정말로 찾고 싶어?"

고저 없는 질문에 에뮬린이 눈살을 찌푸렸다.

"내가 널 도우면 너는 내게 아빠의 행방을 알려 주는 게 우리의 거래였어."

"거래 전에 네게 배려하는 거야, 에뮬린."

이전 삶에서 내 친구였던 널 위한 배려.

"내게서 행방을 들으면 다시 돌이킬 수 없어. 지금보다 더 괴로워질지도 모른단 말이야."

"말도 안 돼. 어떻게 거지로 사는 지금보다 더 괴로워질 수 있어? 우리 아빠가 내 생각보다 훌륭한 사람이 아니라도 난 지금보다는 행복해질 거야."

확신에 찬 어조였다. 저 애의 마음이 절대로 변하지 않을 것을 느끼고, 또 한 번 이전 삶에서의 착잡함을 경험해야 했다.

"그래, 말해 줄게."

"우리 아빠, 귀족이 맞지? 엄마가 그랬어. 설마 엄마를 속였던 건 아니지? 그렇지?"

"귀족이 맞아."

"아, 역시……! 것 봐. 나는 행복해질 거라니 ─"

"신관이기도 하지. 귀족 출신 신관."

"그런……. 좋은 가문 출신은 아닌가 보네. 그, 그래도 괜찮아! 귀족이라면서, 또 신관이면 집이 부족하지 않을 테고."

"중앙 신전의 21인 사제 중 한 명."

에뮬린의 표정이 얼어붙었다. 똑똑한 이 애는 내 말이 무슨 의미인지 알아들은 것이다.

중앙 신전의 21인 사제의 조건은 세 가지다.

첫째, 중앙 신전에 불려 올 만큼 뛰어난 신성력의 소유자일 것.

둘째, 신관들을 다스리는 만큼 신상과 집안에 문제가 없을 것.

그리고 마지막.

'순결 맹세를 할 것.'

에뮬린은 부정한 아이였다. 이 아이가 아버지를 찾아간다면, 그는 신을 우롱한 죄로 당장에 신전과 가문에서 내쳐질 것이다.

　　　　＊　　　＊　　　＊

중앙 신전이 발칵 뒤집혔다. 아우구스티노의 사건 때문이었다. 황제가 노발대발하며 교황과의 독대에서 부패한 신전의 권한을 축소하겠노라 엄포를 놓았다.

21인 사제들이 원탁에 모였다. 모두 침잠한 얼굴이었는데, 특히 아우구스티노를 지지하던 세력들은 난처함을 감추지 못했다.

"아우구스티노 사제님께선 신복을 벗으셔야겠지요?"

"그자가 신복을 벗는 것만으로 끝난다면 다행이지요! 정말로 신전의 권한이 축소되면……. 미꾸라지 한 마리 때문에 이게 무슨 꼴입니까!"

"교황께서 두고 보시진 않을 겁니다. 아무리 황제라도 신전의 권한엔 함부로 손댈 수 없어요. 그게 국교의 힘이죠."

"모두 관계 좋은 귀족들을 만나 보세요. 황실과 듀블레드를 압박해야 합니다."

"예, 교황께서도 마르슈 공작과 이야기 중이라고 하시니 우리도……."

21인 사제가 바삐 움직이기 시작했다. 회의장을 나선 신관 스테파노는 고개를 절레절레 흔들었다.

"이 무슨 변고인지."

그를 쫓아 나온 사제가 쯧, 혀를 차며 동조했다.

"하여간에 아우구스티노 사제님께서는……. 하지만, 스테파노 사제님껜 그리 나쁜 일만도 아니지 않습니까? 미리 축하드립니다. 추기경이 되신 것을요."

사제가 손을 비비며 아부하자 스테파노의 얼굴이 일그러졌다.

"그게 무슨 말씀이십니까. 신의 종이 부정을 저질렀어요. 신전이 위험하고, 민심이 혼란합니다. 이 와중에 개인의 기쁨이 어찌 중합니까."

"아, 아니, 저는……."

당황한 사제가 어색하게 웃으며 말을 돌렸다.

"역시 사제님께선 신관의 귀감, 제깟 것이 감히 따라갈 수 없는 분이십니다."

"정말이지……. 수양하십시오."

그가 고개를 수그리자 스테파노는 미간을 좁히며 바삐 걸었다.

일단 혼란한 민심을 잠재워야 했다. 대가뭄으로 굶주린 백성들이 길을 잃지 않도록 인도하는 것이 신관의 사명이었다.

그가 막 예배당을 지나던 무렵이었다. 로브를 뒤집어쓴 아이가 두리번거리며 무언가를 찾고 있었다.

"아이야."

"……."

"길을 잃은 것이냐?"

"……고해실을 찾고 있었어요."

"오른편 코너를 돌아 천사상이 있는 곳이란다."

멍하니 그를 쳐다보던 아이가 고개를 숙이자, 스테파노는 겉옷을 벗어 아이의 어깨에 걸쳐 주었다.

"옷이 얇구나."

"……."

그가 걸음을 옮기자, 아이가 소리쳤다.

"……사제님이!"

"음?"

"사제님께서 제 이야기를 들어 주세요."

"고해실에 사제가 있을 텐데."

"다른 사제님은 싫어요."

그는 아이를 물끄러미 바라보다가 이내 미소 짓곤, 근처의 벤치로 자리를 옮겼다. 아이는 자리에 앉고도 한참을 주저하며 입을 열지 못했다.

"어렵다면 다음번에 다시 얘기할까?"

"아니요. 아뇨. 말할 수 있어요."

"그래."

"……만약에 순결 맹세를 한 신관에게 아이가 있다면, 그렇다면 아버지에게 폐가 될 것이라는 걸 알고서도 찾아가야 할까요? 찾아가는 게 죄일까요?"

스테파노의 손에 힘이 들어갔다. 그는 고개를 푹 수그린 아이를 힐끗 쳐다보았다. 마주 잡은 작은 손이 가늘게 떨리고 있었다.

"글쎄. 어려운 이야기로구나. 하지만……."

"……."

"단지 태어난 것이 어찌 죄겠니. 부정을 저지른 신관의 탓이지."

스테파노는 자조 어린 목소리로 "그래, 그녀를 사랑한 신관의 죄야……." 하며 중얼거렸다.

아이가 입술을 꽉 깨문 후에 물었다.

"그, 그럼 만약에, 정말로 만에 하나 사제님이라면……."

"어쩌나, 내겐 아이가 없어서 상상할 수 없구나."

"만약에 말이에요."

"끔찍한 기분이겠지."

"끔찍한 기분이라고요……?"

그가 아이의 머리를 다정하게 쓰다듬곤 일어났다.

"미안하다. 나는 이만 돌아가 봐야겠어."

스테파노는 빠르게 걸음을 옮겼다. 실수라도 아이를 돌아보지 않았다.

"사제님! 사제님! 아 —"

"미안하다."

"……."

"미안해."

에뮬린은 로브를 끌어내렸다. 좁아진 스테파노의 등을 바라보는 아이의 얼굴이 눈물로 젖어 들었다.

저건 거절이었다. 완곡하디 완곡한 거절.

다시는 찾아오지 말라는, 없는 듯이 살아 달라는 부탁 말이다.

*　　*　　*

나는 신전 앞뜰에 무너져 울고 있는 에뮬린을 멀리서 지켜보고 있었다. 스테파노가 신전 안으로 사라질 때까지.

나는 아이에게 다가갔다. 손바닥에 얼굴을 파묻고 흐느끼던 그 애가 인기척을 느끼고 고개를 들었다.

"날 조롱하려고 온 거야?"

"내가 얼마나 우스웠니."

지난 삶에서도 에뮬린에게 친부의 행방을 가르쳐 준 적이 있다.

난 첫 번째 삶과 두 번째 삶에서 운명의 아이로 신전에서 교육받았기에 다른 이들은 만나기조차 어려운 21인 사제를 잘 알고 있었다. 특히 스테파노는 내 선생님 중 하나였기에, 그의 상승과 추락을 모두 목격했다.

첫 번째 삶에서 그는 사제복을 벗는다. 순결 맹세를 한 21인 사제, 그것도 추기경 서임을 앞둔 그에게 사실 자식이 있었다는 게 밝혀진 것이다.

첫 번째 삶에선 그의 딸을 본 적이 없었지만, 세 번째 삶에서 에뮬린에게 친부의 이야기를 듣자마자 알아차렸다.

"우리 아빠의 이름은 '헨'이야. 우리 엄마와 나누어 가진 목걸이에 헨이라고 적혀 있어."

스테파노의 사제복 안에 언제나 숨겨져 있던 목걸이에 새겨진 이름이 에뮬린의 모친과 같다는 걸 나는 알고 있었기 때문이다.

하지만 에뮬린에게 알려 주길 주저했다. 스테파노는 사제복을 벗고서 얼마 지나지 않아 스스로 목을 매었기 때문에. 그리고 가장 먼저 그의 시체를 발견한 사람이 그의 딸이었기에.

에뮬린의 희망은 스테파노의 절망이었다. 그리고 잔인한 아버지는 신복을 벗고서도 딸을 버렸다.

그래서 그 애에게 알려 주지 않으려 했지만, 아이러니하게도 부녀가 만나게 된 것은 나 때문이었다. 날 찾으러 온 신전의 행렬에 스테파노가 있었고, 하필 트리가 그의 목에 걸린 목걸이를 발견했다.

당장에 그에게 달려가려는 에뮬린을 붙들고 사정을 설명했다. 내가 회귀한 것과 스테파노가 에뮬린을 원하지 않는다는 것까지, 모두.

"너는 살아남으려고 필사적이었던 내가 얼마나 우스웠니. 끔찍해. 넌 정말로 소름 끼치는 애야, 르브."

"나는…… 에뮬린, 난 그런 게 아니라……."

"모두 알고 있었으면서 십 년이 넘도록 아빠를 애타게 기다린 나를 보는 건 어떤 기분이었니? 즐거웠어?"

그때도, 지금도 에뮬린은 나를 노려보며 입에 칼을 물고 힐난했다.

지난 삶에선 이 애를 이해할 수 없었다. 그 애를 위한 일이 조롱으로 비약된 것이 억울하고, 화가 났다.

그런데 우습게도 이제 저 애와 친구이지 않은 난 이해할 수 있게 되었다. 내게도 에뮬린처럼 간절한 아버지가 생겼기에 이해할 수 있었다.

하늘이 무너질 것 같은 감정도, 누군가에게 분노의 구실을 만들지 않고서는 숨 쉴 수 없는 비참함도, 스스로 잘못됐다는 걸 알지만 이렇게라도 하지 않으면 무너질 것 같은 애통함도. 내게 소중한 사람이 생겼기에 이해할 수 있었다.

"그래. 우스워."

내 말에 에뮬린이 입술을 꽉 깨물었다.

"너……."

"얼마나 우습니. 네가 필요하지 않은 사람 때문에 오열하는 넌."

"……."

"넌 평생 그렇게 살 거야. 죽을 때까지 아버지라는 단어에 무너질 테고, 인생은 의미가 없어질 거야. 매번 이렇게 비참해지겠지. 왜냐면 넌 아버지에게 버려졌으니까."

나를 호위하기 위해 함께 온 자카리가 흠칫하여 날 돌아봤다.

"아가씨―"

"아버지에게 버려진 넌 아무런 가치가 없어. 안 그래?"

에뮬린이 울컥 소리쳤다.

"아니야! 나는, 난……. 나도……."

그 애는 얼굴을 엉망으로 일그러뜨리며 가까스로 말을 뱉었다.

"나도 행복해질 수 있어……."

"어떻게? 아버지에게 버려졌잖아. 네 인생의 중심은 아버지인데 어떻게 행복해질 수 있어?"

"시끄러워! 시끄러워! 입 닥쳐! 내 인생의 중심은 나야! 그러니까! 그러니까……."

눈을 꽉 감은 채 악을 내지르던 그 애가 무언가 깨달은 듯 멍하니 나를 쳐다봤다. 나는 미소 지었다.

"그것 봐, 에뮬린. 너는 알고 있잖아."

"……."

"이건 단지, 네 인생에 있을 몇 가지 불행 중 하나일 뿐이야."

아미티에 공작에게 버려진 것도, 발루아 공작에게 학대당한 것도 여러 가지 불행 중 하나일 뿐이었다.

에뮬린의 눈에서 다시 눈물이 흐르기 시작했다. 소리 없이 오열하는 그 애에게 내가 미리 불러 둔 트리가 다가왔다.

"에, 에뮬린……."

"……."

"울지 마, 에뮬린. 울지 마……!"

비록 피가 이어지지 않았어도, 누구보다 진실한 에뮬린의 가족이 그 애를 끌어안았다.

나는 우두커니 서서 그들의 모습을 지켜보았다. 자카리가 픽 웃으며 내게 무언가를 건넸다. 손수건이었다.

"다 큰 줄 알았더니 여전히 콧물을 줄줄 흘리시네."

"조용히 해."

"예, 예."

나는 자카리의 손수건에 팽, 코를 풀었다.

그리고 얼마 후, 저택으로 돌아갔다. 그 옛날 그때처럼 에뮬린, 트리와 손을 꼭 마주 잡은 채로.

"안녕, 르브. 난 트리야."

"바보야, 상대가 널 때리면 너도 팔뚝쯤은 물어뜯으란 말이야! 가자, 르브. 복수하러!"

*   *   *

그날 밤, 은밀히 저택을 찾아온 세실리아가 내 방의 침대를 보고서 깜짝 놀랐다. 나는 잠든 트리와 에뮬린에게 붙들려 이도 저도 못 하고 끙끙거리고 있었다.

"얘도 참."

세실리아는 쿡쿡 웃고서 트리를 덥석 안아 들었다. 왜소한 체격의 세실리아가 또래보다 한 뼘은 큰 트리를 아무렇지 않게 든 것을 보고 나는 눈을 홉떴다.

"세실리아, 힘이 세요……."

"이래 보여도 기사 출신인걸요."

"황제, 뺨 맞을 때 목도 돌아간 건 아니죠?"

진지하게 묻자 그녀가 웃음을 터뜨렸다.

"살짝 고민하긴 했지만, 목까지 돌아가게 하진 않았어요. 아, 황제 얘기가 나와서 말인데 아가씨께서 마련해 주신 제 숙소로 시종장이 찾아왔어요."

"시종장이?"

"아가씨가 보내신 게 아닌가요?"

"아니요. 와서 뭐라고 하던가요?"

"불편한 건 없는지, 필요한 건 없는지 묻던걸요."

나는 씩 웃으며 내 옷자락을 잡은 에뮬린의 손을 살짝 밀어 두고 침대에서 폴짝 뛰어내렸다.

때가 무르익었다.

'이제 수확할 차례군.'

난 트리를 안고 저택을 나서는 세실리아를 배웅하고서 아빠를 찾아갔다. 아빠는 집무실에서 오빠들, 그리고 행정관들과 함께 영지의 일을 논의 중이었다.

"아빠, 아빠."

뽀르르 집무실로 들어간 내가 소파에 다가가서 그의 소매를 흔들자, 아빠가 날 옆자리에 앉혀 주며 물었다.

"무슨 일이냐."

나는 두 손을 꼭 모으고 필살의 간절한 표정으로 말했다.

"부탁하고 싶은 게 있어요."

아빠와 오빠들은 놀란 얼굴이었다. 내가 먼저 무언가를 부탁한 적은 거의 없기 때문이다. 듀블레드에선 내가 필요하다고 생각하기도 전에 다른 사람이 챙겨 주는 경우가 많았고, 무엇보다 아미티에 공작 영애로 살며 부탁하지 않는 게 몸에 배어서 쉽사리 말을 할 수 없었다.

이샤크가 반짝반짝한 눈으로 물었다.

"뭔데? 보검? 나도 보검을 많이 가지고 있어!"

앙리도 빙그레 미소 지었다.

"보석이라면 내가 좋은 걸 가지고 있어, 르블레인."

그다음은 요한.

"옷이나 책, 장난감 같은 거라면 내게 말해. 듀블레드에서 물밑에 운영하는 상단이 귀족 꼬마들을 대상으로 장난감 유통을 시작했거든."

아빠가 희미하게 웃으며 내 머리를 쓰다듬었다.

"주인이 있는 건물이나 땅도 괜찮으니 편히 얘기해라."

그래서 나는 정말로 편하게 말했다.

"결혼이요."

"뭐?!"

"뭐라고?"

"결혼이라니."

"……."

나는 해맑은 얼굴로 고개를 끄덕였다.

떡밥은 잔뜩 깔아 놨으니, 이제 거둬들여야지. 세실리아와 황제는 이제 결혼시킬 차례이지 않은가.

'그런데 왜 벼락이라도 맞은 것 같지?'

*   *   *

르블레인이 "그럼 부탁 들어주시는 거로 알고 준비할게요!" 하며 발랄하게 돌아갔다. 집무실에서 시중을 들던 고용인과 행정관들이 침잠한 목소리로 중얼거렸다.

"결혼이라니……. 너무 이른 게 아닙니까?"

행정관의 말에 집사장은 흠, 신음했다.

"이제 슬슬 아가씨께 약혼자가 생길 때이기는 하지."

"그렇습니까?"

"이맘때 약혼해 성년이 된 후 결혼하는 게 대귀족의 관례가 아닌가."

"하지만 아가씨께서 먼저 결혼을 청할 줄은……. 마음에 드는 공자라도 생기셨나."

"그런 감정을 배울 때이기도 하지."

집사가 허헛, 하며 웃자 다른 행정관들이 흐뭇한 얼굴로 고개를 끄덕였다.

"언제 이렇게 자라서서……."

"식탁 의자에도 혼자 못 올라가시던 게 엊그제 같은데 말입니다."

아련한 얼굴로 말하던 행정관이 울먹이자, 그의 상사가 "어허, 이 사람." 하며 다그쳤다.

"아이가 어른의 품 떠나는 건 한순간이야. 아가씨도 이제 첫사랑을 할나이…… 크흑."

"대체 어떤 놈팽이……."

"축하해 드려야겠지."

"아가씨의 첫사랑이 이렇게 빨리 올 줄이야……."

행정관과 고용인들이 "안녕! (안녕!)" 하고 말하며 영지성을 두다다 뛰어다니던 르블레인을 떠올리고 아쉬움과 뿌듯함, 흐뭇함, 슬픔 등의 감정을 느끼고 있을 때였다.

"첫, 사랑."

내핵을 뚫고 들어갈 듯 어둡고 낮은 목소리가 듀블레드의 사내들 사이에서 튀어나왔다. 주먹을 꽉 말아쥔 테오도르가 흡사 악귀 같은 눈으로 바닥을 응시했다.

"어떤 새끼가 감히 꼬맹이를……."

평소 같으면 잔뜩 흥분하여 소리쳤어야 했을 이샤크가 검집을 들며 스르륵, 몸을 일으켰다. 서류의 끄트머리를 매만지던 앙리가 행정관을 차가운 눈으로 응시했다.

"암조를 불러들여. 르블레인 주변을 뒤져줘겠으니."

테오도르가 소파의 팔걸이를 꽉 말아쥐며 말했다.

"전군, 소집해라."

유약한 행정관이 "히익……." 하며 마른침을 삼켰다. 다른 행정관들과 고용인, 집사장들 또한 동공을 격렬하게 흔들었다.

죽이려고? 정말로?

'큰일 났다.'

아가씨는 슬슬 첫사랑을 시작할 때이지만 미친 팔불출들은 아가씨를 보내 줄 때가 아니었다.

듀블레드의 사내들을 제외한 사람들이 와들와들 떨고 있을 때, 한 줄기 광명이 비추었다. 요한이 침착한 표정으로 입을 연 것이다.

"뭘 그렇게 흥분하십니까."

역시 요한 듀블레드! 가히 듀블레드의 이성이라 불릴 만하다.

행정관들과 고용인들이 다행이라는 듯 고개를 끄덕였다.

"요한 도련님이 옳습니다. 동생의 결혼은 축하해야 할 일이죠."

집사장이 어색하게 웃으며 말하자 말도 안 된다는 듯 이샤크가 울컥 소리쳤다.

"큰형은 꼬맹이가 결혼한다는데 침착할 수 있단 말이야?!"

요한은 무슨 소리를 하느냐는 듯 턱을 괴며 말했다.

"내 동생은 나와 결혼하겠다고 했어."

뭐라고요?

다들 어처구니없는 표정으로 그를 쳐다봤다. 요한은 아무렇지 않게 말을 이었다.

"어차피 내 품으로 돌아올 테니, 잠깐의 불장난은 문제가 되지 않는다."

서류를 들고 집무실을 찾아온 의장은 인상을 찌푸렸다.

'이게 뭔 헛소리야.'

세상이 미쳐 돌아가고 있었다.

Chapter 15.

가장 사랑받는 건 나.

자신감 넘치는 요한의 말에 다른 가족들의 표정이 왈칵 일그러졌다.

의장은 서류를 가만히 내려놓고 아는 체도 하지 않는 공작에게 인사 후, 방을 나섰다. 행정관들과 고용인들은 희게 질린 얼굴로 그를 따라 나왔다.

"어찌합니까. 3급 경보입니다."

"아니요. 2급……."

"2급은 3년 전 아가씨께서 신성력 수련을 하시다 다친 일로 터지지 않았습니까. 그에 비하면……."

"아니요. 결혼입니다. 듀블레드를 떠나 남편과 사실 수도 있다고요. 저분들이 아가씨를 품에서 내어 줄 준비가 된 것 같습니까? 이건 2급이에요."

"아아아!"

끔찍하다는 듯 마른세수를 한 행정관이 의장을 쳐다봤다.

"이 일을 어찌합니까⋯⋯."

'이 집안은 미쳤어.'

한숨을 내쉰 의장은 어쩔 수 없다는 듯 해결책을 내주었다.

"아가씨께 일러."

사람들의 눈이 번쩍 뜨였다.

"과연 현명하십니다!"

"당장 이르게!"

"그래. 어서 이르러 갑시다!"

단번에 광명을 찾은 사람들을 본 의장이 떨떠름한 표정을 지었다.

*　　*　　*

다음 날, 아침.

나는 서재에서 얌전히 손을 무릎에 모으고 기죽은 얼굴로 날 쳐다보는 네 명의 사내를 싸늘한 표정으로 쳐다봤다.

"암조와 군사를 소집하셨어요?"

"⋯⋯."

"⋯⋯."

아빠가 시선을 돌리고, 앙리가 어색하게 웃었다.

"르블레인, 그건."

"쉿."

"으응."

앙리가 다정한 표정으로 날 달래려 했지만, 난 엄한 표정으로 그들을 쏘아봤다.

"제 호위들은 왜 다그치셨어요?"

"꼬맹아, 우리는 다그친 게 아니라……!"

이번엔 이샤크가 변명하려 했는데, 내가 눈썹을 까딱 들어 올리자 시무룩 입을 다물었다.

난 한숨을 푹 내쉬었다.

아침에 일어나서 깜짝 놀랐다. 방문 앞에서 사람들이 퀭한 얼굴로 날 기다리고 있었다. 그러곤 "아, 아가씨……." 하며 울먹였는데, 이야기를 듣고 보니 기가 막혔다.

"제 결혼이 아니라 세실리아와 황제요. 우리 어제 아침에도 그 얘기를 했잖아요."

"네 입에서 결혼이 나오니 당황스러워서……."

"그, 그래. 꼬맹아. 다음부턴 정확하게 말해 줘."

"그러면 또 암조를 부르고 전군을 소집하게?"

앙리와 이샤크에게 눈을 부릅뜨자 그들이 고개를 수그렸다.

"오해하게 말한 건 저도 잘못했어요. 하지만 설령 제가 결혼한다고 했다 한들 암조와 전군 소집은 너무 과했어요."

가족들은 할 말이 없다는 듯 신음했다. 나와 눈이 마주치자마자 눈썹이 착 내려가는 것이 마치 비 맞은 강아지 같았다.

'아, 이러면 마음이 약해지는데.'

내가 큼, 헛기침하자마자 눈치 빠른 앙리는 분위기가 조금 가라앉았다는 것을 깨닫고서 슬그머니 다가왔다.

"다음부터 그러지 않을게."

"……정말?"

"정말."

"약속이야. 그럼 일단 아빠가 비상령을 해제했으면 좋겠어."

"그러실 거야. 그렇죠?"

우리가 아빠를 쳐다보니, 아빠는 얼른 고개를 끄덕이고 노스에게 말했다.

"당장 훈련을 취소해."

노스는 웃음을 참지 못하고 손으로 입가를 가린 채 "예…… 풉." 하며 대답했다. 아빠의 눈초리가 날카로워졌다.

"아빠."

"……."

그가 다시 눈을 내리깔았다.

'음, 너무 화를 냈나?'

이제 슬슬 풀어 줄 차례인 것 같아서 난 그의 손을 잡았다.

"저는 결혼하기 싫어요. 평생 아빠랑 살 테야!"

필살의 '아빠가 제일 좋아'로 아빠의 표정이 조금씩 풀어지는 게 눈에 보였다.

"이제 화내지 않으실 거지요."

"……."

"네?"

"……그래."

"그러면 어제 약속한 대로 세실리아와 황제의 결혼을 도와주실 거고요?"

"그래. 내가 황궁에 찾아가 황제와 담판을 지으면 되나?"

아빠의 질문에 난 고개를 저었다.

'굳이 이쪽에서 먼저 움직일 필요는 없지.'

먼저 나서면 조급한 게 우리라고 생각해서 우위에 선 줄 착각할 테니까.

"황제가 먼저 움직이도록 두는 게 좋겠어요. 아마 얼마 걸리지 않을걸요?"

말이 끝나자마자 집사장이 서재로 들어왔다.

"주인님께 입궁하시라는 전갈이 내려왔습니다."

그것 보라지.

내가 입꼬리를 씩 올리자 상황을 이해한 아빠가 빙그레 미소 지었다. 그가 준비를 위해 서재를 나서려 할 때, 내가 얼른 소매를 붙들고 속삭였다.

"우위를 점하고 있는 건 이쪽이란 걸 폐하에게 알려 주세요. 그리고 발루아 공작령을 받아 오시고요."

"무슨 의미인지 알겠다. 하지만 독대에서 공작령 이야기가 나올 수 있겠느냐?"

난 미소 짓는 것으로 대답을 대신했다.

*　　*　　*

황궁 알현실.

듀블레드 공작과 마주 앉은 황제는 눈을 가느다랗게 뜬 채로 팔걸이를 문질렀다.

'저자는 대관절 무슨 생각인가.'

신전이 가짜 막내딸을 만들어 냈다. 교황은 아우구스티노 개인이 벌인 짓이라고 했지만, 그 말을 믿을 사람이 몇이나 있겠는가.

듀블레드 공작의 성정을 아는 사람들은 그가 당장이라도 신전을 향해 검 끝을 겨누리라 여겼건만, 그는 움직임이 없었다. 오히려 초연한 태도로 침묵하고 있었다. 모두 르블레인의 계획이란 것을 모르는 황제로선 답답할 수밖에 없었다.

"자네가 아우구스티노를 정식으로 고발하게."

"무엇을 말입니까."

"짐과 말장난이라도 하고 싶은가? 신전이 자네 막내딸을 만들어 낸 일을 말하는 걸세!"

"글쎄요. 이용하는 것이라면 몰라도 이용당하는 건 취향이 아닌지라."

"뭐라?"

"선수끼리 시간 낭비할 필요가 있습니까? 본론만 간단히 하시죠. 폐하께선 듀블레드를 신전과의 줄다리기에 이용하고 싶으신 게 아닙니까."

테오도르가 눈썹을 들어 올리며 벌게진 황제를 응시했다.

황제의 속이 훤히 보였다. 아우구스티노 사건 때문에 황실이 뇌물을 받은 것을 들킨 것이 언짢았지만 눈이 번쩍 뜨였을 것이다. 황제는 신전의 권력을 약화할 기회만 엿보고 있었다. 그리고 이번 사건은 아주 좋은 명분이 될 터였다.

끙, 신음한 황제가 졌다는 듯 두 손을 가볍게 들었다.

"인정함세. 짐은 이번 사건을 공개 심문에 부치고 싶네. 백성의 시선이 집중된 그곳에서 신전의 부패를 제대로 확정하고 싶단 말일세."

그러려면 피해자인 듀블레드 공작이 직접 황궁에 아우구스티노를 고발해야 한다. 그래야 황제가 움직일 수 있다.

테오도르는 주판알을 두드리듯 느른히 턱을 문질렀다.

황제는 듀블레드 공작이 자신의 손을 잡을 것이라 확신했다. 신전과 듀블레드의 깊은 원한을 모르는 사람이 있는가? 황제의 도움을 구할 수 있다면 듀블레드 공작에게도 나쁜 것 없는 일이었다.

“싫습니다.”

뭐라고? 황제의 표정이 일그러졌다.

“대체 무슨 까닭으로!”

“확실하게 말씀드리죠. 황실과 신전의 싸움은 폐하의 필패입니다. 그리고 듀블레드는 지는 싸움을 하지 않습니다.”

황제의 눈빛이 싸늘하게 가라앉았다.

“만용이군. 어찌 장담하나. 이건 다시없을 기회야. 짐이 기회를 허투루 날릴 만큼 우스운 인사로 보이는가?”

“지금 대귀족들이 어디에 모여 있는지 아십니까?”

“무슨 말인가.”

테오도르가 다리를 꼬며 말을 이었다.

“마르슈 공작저에 있습니다. 교황청의 추기경들과 함께.”

“……!”

“폐하께서 저를 부르자마자 교황은 마르슈 공작에게 일러 귀족을 단속시켰단 말입니다. 귀족들이 왜 이렇게까지 똘똘 뭉쳐 있는지는 아십니까?”

“……안드레 때문이겠지.”

“예, 황제가 될 것이 분명한 황자가 폐하의 권력을 범람한 겁니다.”

“아직 이 제국의 태양은 짐이야!”

“폐하. 제가 마르슈 공작이라면 이렇게 생각할 겁니다. 그깟 황제 갈아치우면 그만이다. 훌륭한 허수아비가 될 황자가 손에 있으니.”

“테오도르 듀블레드!”

황제가 진노하여 고함을 내질렀다. 테오도르가 여상한 태도를 고수하자, 황제는 가까스로 분을 삭인 후 물었다.

“그래서 어쩌자는 건가.”

"그러니 원흉을 제거하셔야죠."

"짐더러 아들을 죽이기라도 하라는 것인가?"

"설마요. 그렇게까지 막돼먹은 인사는 아닙니다, 제가."

"……하면?"

"권력을 양분하십시오. 대귀족들이 분열하도록. 폐하껜 아드리안 황자라는 훌륭한 수단이 있지 않습니까."

황제는 미간을 좁혔다.

"아드리안은 안 돼. 아드리안의 외조부는 마르슈 공작보다 더 음험한 자일세. 아드리안에게 힘을 실어 주자마자 반역을 일으키려 하겠지."

"하면 다른 보호자를 붙여 주시죠."

"다른 보호자?"

"폐하에게 반기를 들지 않고, 아드리안 황자를 훌륭하게 키우며, 이본느 황비를 견제할 수 있는."

"……새로운 황비."

황제의 눈에 이채가 돌아왔다.

"자네가 도와주겠는가?"

새로운 황비를 들일 수 있다면 지금의 권력 구도를 완전히 개편할 수 있다. 발루아가 무너진 4공작가 중에서 마르슈와 견줄 수 있는 가문은 오직 듀블레드뿐. 테오도르의 도움이 필요하다.

"제겐 황비가 될 피붙이가 없습니다. 쟈벨린에게 말이라도 올려 드릴까요?"

"무슨 말을. 자네 동생은 황후의 복수를 하겠다고 날 암살할 인사일세."

"동의합니다."

"자네가 새로운 황비의 후견인이 되어 주게. 듀블레드에 입적시켜, 듀블레드의 새로운 황비로서 내게 보내 줘. 알맞은 사람이 있네."

"누굽니까?"

"성녀 세실이라고 들어 봤나?"

"세실리아의 이름이 나오면 성공이에요, 아빠!"

르블레인의 말을 떠올린 테오도르는 미소를 머금었다.

"하면 폐하께선 제게 무엇을 주시겠습니까?"

"발루아령을 주지. 자네가 그리도 원하던 것이 아닌가."

'그 아이는 여기까지 내다본 것이군.'

모든 것이 자신의 영리한 딸이 의도한 대로 흘러갔다.

황제는 교황에게 한발 양보하겠다는 뜻을 비쳤고, 그 후 새로운 황비
의 간택령을 내렸다. 이본느 황비가 크게 분노했으나, 마르슈 공작은 교
황의 부탁으로 움직이지 않았다.

황제가 한 수 물러난 이때, 간택령마저 반대한다면 신전의 명예를 실
추시킬 아우구스티노의 공개 심문을 고집할 것임이 분명했기 때문이었
다.

황실과 신전은 하나를 얻었으나, 하나는 잃었다. 황제는 새로운 황비
를 얻게 되었으나 민심이 혼란해졌고, 신전은 그들의 부패를 확정 짓지
않을 수 있었지만, 이본느 황비의 분노를 샀다.

호사가들은 신전과 황실의 전쟁을 득보다 실이 크다며 우스워했다.
하지만 그들은 몰랐다. 승리를 독식한 자가 있다는 것을.

듀블레드가 이 전쟁의 완전한 승리자였다.

　　　　　＊　　　＊　　　＊

　보름 후.

　세실리아의 입궁 준비는 착착 진행되었다. 황제가 듀블레드에게 일러
자신이 사랑하는 여자에게 가문의 이름을 내주게 했다는 사실은 모르는
자가 없었다.

　'내가 소문을 냈거든!'

　여론전의 귀재인 앙리는 내가 낸 소문에 살을 붙여 '듀블레드의 기사
출신이라 황제가 듀블레드 공작의 후견을 노리고 세실리아를 품었다.'라
는 이야기까지 만들어 냈다. 그래서 세실의 출신 문제도 해결.

　이본느 황비와 마르슈는 탐탁지 않아 했지만, 모든 분노는 일을 꾸몄
다고 생각하는 황제에게 향했다.

　'꿀이네.'

　제국의 양상은 모두 내가 원하는 대로 흘러가고 있었다.

　……한 문제만 빼고.

　"너어…… 진짜…… 이럴 거야……?"

　[너어나 잘해…….]

　사슴형의 푸르와 나는 다 죽어 가는 얼굴로 서로를 노려봤다.

　문제는 이거였다. 푸르가 고집을 꺾지 않는다. 그는 곧 죽어도 내 심
장을 원한다며 소원을 바꾸지 않았다.

　푸르를 불러낸 지 두 달이 넘었다. 다른 악마가 2 - 3주 이내에 돌아
간 것을 생각하면, 어마어마하게 긴 기간이다. 아드리안의 신성력 덕에
첫 달은 괜찮았지만, 둘째 달이 되니 괴로워졌다.

"난 절대로 심장을 주지 않아. 포기해."

[너나 포기해.]

나는 씩씩거리다가 스르륵 주저앉아 부들부들 떠는 사슴 푸르를 쳐다 봤다. 신성력 고갈이 극한까지 가니, 푸르도 형태를 유지하는 것이 괴로 운 모양이었다.
'나는 이제 사나흘이면 신성력을 전부 소진하게 될 거야.'
그럼 죽거나, 최악의 경우 미쳐 버린다.
나는 한숨을 내쉬고 말했다.
"이유나 들어 보자. 대체 왜 내 심장이야?"

[……]

"푸르."

[……네 심장이 있어야 그분을 뵐 수 있단 말이야!]

푸르가 울먹이며 소리쳤다. 그분이라니? 언젠가 들은 적이 있는 것 같 아서 곰곰이 생각하던 난 "아!" 하고 소리쳤다.
'부네도 그랬어.'
그도 '그분'을 위해 보석을 소원이라고 말했다.
"그분이 대체 누군데?"

[말할 수 없어.]

말할 수 없다? 싫다가 아니고?

'제약당하고 있다는 의미야.'

거기까지 생각이 미치자 자연스럽게 결론이 도출되었다. 감히 악마를 제약할 수 있는 존재는 세상을 뒤집어도 하나뿐이다.

'신.'

내 생각을 읽을 수 있는 푸르가 바닥에 처박다시피 하던 고개를 빼꼼 들었다.

[신기한 녀석이야.]

"뭐가?"

[신을 믿는 사람은 드물지. 인간들은 눈에 보이는 것만 믿지 않나?]

"악마도 있는데 신이라고 없을까. 그리고 요즘 세상엔 신을 믿는 사람은 많아. 그러니까 피죽도 못 먹을지언정 신전에 헌금은 하잖아."

[그런가. '그자'의 시대와는 많은 것이 바뀌었구나. ……님.]

삐이이익 ─ !!!

그가 누군가의 이름을 중얼거리는 순간, 날카로운 이명이 머릿속을 가로질렀다. 뇌를 통째로 뒤흔드는 듯한 충격에 나는 머리를 쥔 채로 숨을 크게 들이켜며 주저앉았다.

"으윽……."

242 아기는 악당을 키운다

[어? 어어? 이봐!]

푸르가 깜짝 놀라 몸을 일으켰다. 나는 얼얼한 귀를 문지르며 인상을 썼다.

'대체 뭐야.'

온몸이 쿵쿵 울리는 것만 같았다. 경고음이 울리는 것처럼. 가뜩이나 힘든 몸이 더욱 괴로워졌지만, 이것으로 하나는 분명해졌다.

'그분이 네리아드 신은 아니야.'

신전이 모시는 네리아드 신의 이름을 모르는 자는 없었다. 누구나 쉽게 부르는 이름이 단지 악마의 입에서 나왔다고 날 이토록 고통스럽게 만들 리 없다. 그렇다는 건 푸르가 말한 이름이 악신이라는 건가.

'하지만 악신을 모시는 푸르가 어째서 네리아드 신이 내린 아이인 미나의 권속이 된 거지?'

고민하던 난 흠칫, 고개를 들었다.

"설마 에트왈이 있으면 악마의 의견 따위 필요 없이 권속으로 만들 수 있는 거야?"

내게 다가오던 푸르가 움찔, 걸음을 멈추었다.

[아, 아냐! 너는 착각하고 있어!]

"아닌 게 아닌 것 같은데."

나는 씩 웃으며 주머니에서 푸르의 통로인 칼세도니아를 꺼냈다. 그러자 절대로 아니라고 고래고래 소리치던 푸르가 [안 돼!] 하며 달려왔다.

하지만 푸르가 내 몸에 닿기 전에 침대로 폴짝 뛰어올라서 칼세도니아를 번쩍 들었다.

"아니라면서 왜 그렇게 놀라?"

[그건…… 그건……! 어쨌든 아니야. 아니라고.]

"응, 그래. 맞았구나."

내가 슬쩍 에트왈에 칼세도니아를 가까이 가져가자 푸르가 펄쩍 뛰며 말했다.

[소원을 바꾸겠어! 심장이 아니라…… 아니라…… 아, 그래. 네 머리카락 한 올이면……!]

"이미 늦었어. 나는 널 더 유지할 힘이 없거든."

그렇게 말하고서 에트왈에 칼세도니아를 겹쳤다. 그러자 세기의 군사 때 그랬듯이 칼세도니아가 에트왈의 공석에 딱 들어갈 크기로 작아졌다.

[안 돼!]

에트왈의 공석에 칼세도니아를 넣자마자 푸르가 번쩍, 빛이 났다. 그리고 얼마 지나지 않아…….

"말도 안 돼. 이 내가 인간 따위의 권속이 되다니……. 이건 '그자' 때에도 없던 일이라고."

"푸르?"

"날 그렇게 부르지 말라고 했잖아!"

머리에 뿔이 달린 미소년이 울먹였다. 일전에 보았던 인간체와는 전혀 다른 모습이었다.

'이게 본모습인가 보지?'

나는 흐뭇한 얼굴로 엉엉 울고 있는 푸르의 머리를 쓰다듬었다.

"이제부터 잘 부탁해."

"지옥에나 떨어져!"

"그래, 그래. 난 지옥에 떨어질 거야. 그런데 사람이 되어서 배가 고프진 않니? 나체로 있으면 추울 텐데 옷부터 입을까?"

"……왜 이렇게 상냥하게 구는 거야. 너 원래 못돼먹은 애잖아."

푸르가 불안한 얼굴로 날 쳐다봤다. 나는 인자하게 허허 웃었다.

"나는 차가운 도시의 어린이지만, 내 사람에게는 따뜻하거든."

이용해 먹을 일이 얼마나 많은데 네게 못되게 굴겠어?

"그래서, 넌 뭘 할 수 있니?"

푸르가 불안한 얼굴로 나를 힐끔힐끔 쳐다봤다. 얘기하고 싶은 얼굴이 전혀 아니었지만 "나는……." 하고 입을 열었다.

'뭐야, 권속이 되면 얌전히 말을 들을 수밖에 없는 구조인가?'

이렇게나 완벽하게 노예 같은 구조일 줄이야.

'멋져.'

나는 황홀한 눈으로 나의 새로운 로또를 쳐다봤다.

*　　　*　　　*

푸르를 권속으로 만든 다음 날, 나는 오랜만에 활기찬 얼굴로 폴짝폴짝 계단을 뛰어 내려갔다.

"오늘은 기운이 좋으시네요, 아가씨."

"응!"

고용인들이 밝은 날 보며 후후 웃었다.

'기운이 좋을 수밖에. 이제 신성력이 회복되기 시작했거든.'

나는 흥얼흥얼 콧노래를 부르며 응접실로 향했다. 문 안으로 빼꼼 얼굴을 내밀자 성장(盛裝)한 고모가 세실리아와 함께 있었다. 고모가 탐탁지 않은 표정으로 세실리아를 바라봤다.

"네가 황비 간택에 참가라…… 세상 살고 보니 이런 일도 다 있구나."

"돌아가신 황후 폐하와 쟈벨린 님의 인연을 잘 알고 있습니다. 미천한 제가 어찌 감히 황후 폐하의 자리를 노리겠습니까. 저는 단지 듀블레드의 도구일 뿐—"

"돌아가신 분의 이야기가 아니야. 너 말이다, 너."

"……."

"잘 살 수 있겠니."

일순 세실리아의 눈이 커다래졌다. 세실리아는 고모에게 힐난받을 각오를 마치고 오는지, 어안이 벙벙한 표정이었다.

"고모는 차가워 보이지만, 사실은 엄청 다정한 분이세요!"

대화에 끼어든 내가 우쭐한 표정을 짓자 세실리아와 고모가 동시에 웃음을 터뜨렸다.

"그래, 나는 다정하지. 특히 나의 귀염둥이에게."

고모가 내 뺨을 살짝 꼬집었다.

'우리는 아주 친해졌어.'

고모는 오빠들보다 내게 더 다정할 정도였다.

세실리아가 쿡쿡 웃으며 말했다.

"쟈벨린 님의 백만 추종자들이 들으면 몹시 부러워하겠군요. 그런데,

오늘 입궁에 영애가 함께 가시나요? 외출복은 왜……."

"네, 제가 함께 가요. 황제 폐하께서 아빠에게 부탁하셨거든요."

황비는 국모인 만큼, 누구나 간택에 참가할 수 있는 게 아니었다. 대귀족 가문의 추천을 받은 빼어난 여성만이 간택에 참가할 수 있다. 대개는 친족이나 후견자가 추천하는데, 추천한 가문의 안주인이 함께 입궁하여 간택에 참가한 레이디를 돕는다.

"폐하께서 왜 아가씨를……."

"안주인을 대체하고 있을 뿐인 내가 가는 것보다, 운명의 아이이자 현재 듀블레드의 상징으로 불리는 이 아이가 함께하는 것이 네 위세를 과시하기에 더 좋을 테니."

"폐하도 참."

"내 생각에도 이 아이가 네 간택을 돕는 것이 더 나을 것 같구나. 우리 귀염둥이는 뱀의 지혜와 사자의 용맹함을 지녔단다."

고모가 내게 뺨을 비비며 말했다. 난 고모 앞에선 순진하게 웃으며 은밀하게 세실리아와 모종의 눈빛을 교환했다.

'황태후와 이본느 황비의 방해가 있겠지만, 기필코 세실리아를 황비로 만들고 말리라.'

*　　*　　*

하지만 적은 황태후와 이본느 황비만이 아니었다.

난 간택이 시작되기도 전에, 그러니까 간택 참가자들이 모인 입궁 파티에서부터 터진 사건을 보고 속으로 헛웃음을 터뜨렸다.

"소, 송구합니다, 레이디! 죽여 주십시오!"

세실리아의 드레스에 와인을 엎지른 시종이 넙죽 무릎을 꿇었다. 삼

삼오오 모여 이야기를 나누던 간택 참가자와 추천인들의 시선이 우리에게 집중되었다.

몇몇은 우리에게 다가와 안타까운 목소리로 종알거렸다.

"세상에."

"괜찮은가요? 곧 황제 폐하와 황태후 폐하께서 오실 텐데, 옷이 이렇게 되면……."

붉은 머리를 정수리까지 틀어 올린 영애가 가늘게 한숨을 내쉬며 세실리아의 얼굴을 흘끗 쳐다봤다.

'오호라. 너구나.'

글로리아 앙부아즈. 앙부아즈 후작가의 차녀였다. 대부인의 말로는 황태후가 밀어주고 있는 영애라고 했다.

> "황태후가 팔촌 조카인 이본느를 직접 입궁시켰잖니. 이본느는 초반엔 저를 입궁시켜 준 황태후를 공손히 받들었으나, 내궁의 권력을 독점하고 난 뒤엔 귀찮은 노인네 보듯 하지."
>
> "그래서 황태후 폐하께서 앙부아즈 영애를 이용해 이본느 황비님을 밀어내려고 하신 건가요?"
>
> "영리하구나, 아가야."

다른 레이디들도 안타까운 표정을 하고 있으나, 눈빛에 스민 적의만은 숨길 수 없었다.

각계각층에서 황실과의 통로를 만들기 위해 보낸 레이디들이다. 앙부아즈 영애처럼 황태후가 미는 사람도 있고, 다른 대귀족 가문에서 미는 사람도 있으며, 신전에서 미는 사람도 있다. 이곳은 각각의 욕망을 짊어진 자들이 벌이는 칼 없는 전쟁터나 마찬가지였다.

앙부아즈 영애가 삐뚜름하게 올라간 입매를 부채로 슬쩍 가리며 말했다.

"어쩌지요? 하필이면 야외 파티장이라 옷을 갈아입으러 갔다 오면 황제 폐하와 황태후 폐하께서 도착해 계실 텐데."

그러자 다른 영애들도 눈썹을 늘어뜨리며 한 마디씩 보탰다.

"아무리 그래도 두 분 폐하를 이 꼴로 뵈는 건 예의가 아니지 않나요?"

"그만들 하세요. 레이디께서도 아시겠지요. 반쪽 귀족이라도 이 꼴로 폐하를 뵐 수 없다는 것쯤은 안다고요."

"앙부아즈 영애! 듀블레드 영애 앞에서 반쪽 귀족이라고 말씀하시다니요!"

"세상에, 제가 이렇게 생각이 짧답니다. 실례했어요, 레이디들. 부디 용서해 주시기 바라요."

평민으로 입양된 나와 아버지만이 단승 작위를 가진 귀족이었던 세실리아를 한 번에 조롱하는 말이었다.

'오오, 이런 돌려 까기는 오랜만이네. 정겹다, 정겨워.'

첫 번째 삶과 두 번째 삶에선 많이 느꼈다. 가짜 운명의 아이이자, 미나의 대체품으로 살았던 난 이런 칼을 문 말이 아주 익숙했다.

하지만 세실리아는 아니었는지 얼굴이 새하앴다.

"제게 그런 말씀을 하시는 건 이해할 수 있지만, 아가씨껜……!"

나는 세실리아의 손을 얼른 잡았다. 그녀가 의아한 얼굴로 쳐다봤지만, 난 생글생글 웃으며 영애들에게 말했다.

"실수이신 거죠?"

"그럼요."

"실수는 용서해야 하는 거고요?"

"맞아요, 영애. 영특하기도 하셔라."

나는 고작 어린이에 불과한 날 둘러싸고 비웃음 어린 표정을 숨기지 못하는 레이디들을 둘러보다가 주스 잔을 잡았다. 그리고.

"꺄악 —!"

앙부아즈 영애에게 주스를 부어 버렸다.

"이게 무슨 짓……!"

"미안해요, 실수했어요!"

"뭐, 뭐라고?"

나는 잔을 내려놓고서 손을 탁탁 털었다.

"용서하실 거죠? 실수니까."

"말도 안 돼. 이게 실수일 리가……!"

그때였다.

"황제 폐하, 황태후 폐하 드십니다."

두 분 폐하의 입장을 알리는 시종의 목소리가 울려 퍼졌다. 나는 세실리아의 손을 잡고 조용히 중앙에서 물러났다.

황제와 황태후가 단상 위에 자리하자 영애와 추천인들이 일시에 허리를 굽혔다.

"제국에 광영을."

"광영을."

황태후는 흐뭇한 표정으로 고개를 끄덕였다.

"모두 고개를 들게."

황태후는 흐뭇한 표정으로 영애들을 바라봤다. 대충 보아도 간택이 이뤄진 것에 기쁜 심사를 숨기지 못하고 있었다.

'하기야.'

선황 시절에는 카밀라 대부인에게 밀렸고, 현 황제의 집권 초기엔 엘자 황후에게 지휘권을 깡그리 내줘야 했으며, 이후엔 이본느 황비가 권력을 독점했다. 그러니 이번에야말로 내궁 권력을 손에 넣기 위해 이를 득득 갈고 있을 터였다.

아니나 다를까 황태후는 은근한 눈빛으로 본인이 밀고 있는 황비 후보인 앙부아즈 영애를 바라봤다. 그러다 흠칫, 중얼거렸다.

"아니, 영애 꼴이……."

당황한 황태후가 점잖지 못한 말을 뱉자 황제가 미간을 찌푸렸다.

"모후."

그러자 황태후는 헛기침한 뒤에 앙부아즈 영애에게 물었다.

"무슨 일이기에 영애의 행색이 이토록 남루한 것이냐."

황태후가 서늘하게 묻자, 앙부아즈 영애가 입술을 달싹였다.

"부디 하문을 거두어 주십시오, 폐하. 아이의 실수를 어떻게 탓하겠습니까?"

말은 사려 깊은 척하지만, 아이를 콕 집어 말한다. 이 자리에 아이는 나뿐이었다. 그 말에 황태후와 황제, 그리고 회장에 있던 모든 이들의 시선이 일시에 내게로 쏠렸다.

"아기가 말해 보려무나. 무슨 일이 있던 거니?"

황태후가 내게 묻자 앙부아즈 영애가 남몰래 쿡, 조소를 흘렸다. 당황한 세실리아가 "저, 폐하. 아가씨께선……!" 하고 나서려 했지만, 난 얼른 한 발짝 앞으로 나섰다.

"제가 실수로 주스를 엎질렀어요. 하지만 염려하지 마세요, 폐하. 앙부아즈 양은 용서하실 거예요."

황태후는 내 뻔뻔한 말에 미간을 찌푸렸다.

"아가야. 실수를 용서하는 것은 배려란다. 당연하게 여겨선 아니 돼. 앙부아즈 양에게 제대로 사과하려무나."

취미는 차별, 특기는 헛소리인 순백의 뇌 황태후가 말씀하셨다. 황제의 표정이 굳어졌다. 사람 많은 자리에서 사과를 종용하는 건 망신을 주는 것과 다름없다. 하필이면 황제와 불꽃 같은 공모 중인 듀블레드의 딸에게.

"모후, 아이의 실수를 너그러이 용서하는 것은 어른의 미덕입니다."

"아이를 가르치는 것 또한 어른의 역할입니다, 폐하."

황제의 말을 뚝 잘라 낸 황태후가 인자한 얼굴로 나를 돌아봤다.

"자, 아가야. 어서."

"폐하. 그렇다면 사과를 먼저 받아야 하는 건 저와 세실리아 올가 양이에요."

"뭐라고?"

"앙부아즈 양이 먼저 실수했지만, 제게 실수는 용서해야 하는 거라고 하시기에 어쩔 수 없이 용서했는걸요."

"그럴 리가 없다. 앙부아즈 양이 얼마나 현숙한 숙녀인데. 이 내가 보증하는 레이디야."

"앙부아즈 양은 저와 세실리아 올가 양을 반쪽이라고 불렀어요. 저희 고모가 그러셨는데 저를 반쪽이라고 하는 사람은 황태후 폐하와 듀블레드를 모욕하는 거라고 했어요."

나는 앙부아즈 영애에게 시선을 고정한 채로 말을 이었다.

"저는 황태후 폐하께서 보내서 듀블레드에 입양된 아빠의 딸이에요. 그러니까 반쪽이라고 불러선 안 돼요."

글로리아 앙부아즈는 내 입에서 '반쪽'이라는 말이 나올 줄은 몰랐는지 당황하여 어쩔 줄을 몰랐다. 그야 그럴 것이다. 사교계에선 제 허물을 수치로 여기기에 절대로 스스로 입에 담지 않는다.

'하지만 난 다르지.'

반쪽이라는 조롱쯤이야 얼마든지 입에 담을 수 있다. 거지로 살며 온갖 쌍욕을 듣던 나다. 첫 번째 삶이나 두 번째 삶에선 나를 적대시하고 하찮게 여기는 사교인들 사이에서 더한 말을 숱하게 들었다.

그런데 반쪽이라는 단어는 얼마나 점잖은가?

"저, 저는…… 전 마, 말실수로…… 하지만 이 아이는 제게 고의로……!"

글로리아 앙부아즈의 말에 파티장 곳곳에서 힐난이 터져 나왔다.

"아이의 실수와 어른의 실수가 같습니까?"

"뺨을 맞지 않은 걸 다행으로 알아야지. 기가 막혀서."

"평소에 대체 어떤 생각을 하고 살았으면 그런 질 낮은 단어가 실수로 나오는 건지……."

어쩔 줄 모르는 앙부아즈 영애를 못마땅한 듯 쏘아보던 황태후가 테이블을 두드렸다.

"그만! 황제 폐하의 앞에서 뭣들 하는 짓인가!"

앙부아즈 영애와 사람들이 고개를 수그리자 황태후는 헛기침한 뒤에 말을 이었다.

"앙부아즈 영애와 아기 사이의 불미스러운 일은 불문에 부치겠다. 서로 하나씩 주고받은 것이니 원통하다 여기지 말라."

파티장의 사람들이 입매를 비틀었다. 황태후가 미는 앙부아즈 영애의 평판이 떨어질까 봐 얼른 수습하는 모습을 보라. 현숙한 숙녀라고 보증한다며 운운하더니. 황태후와 앙부아즈 영애의 면은 완전히 구겨졌다.

'이런 사건이 났으니 이제 아무도 세실리아를 반쪽이라고 못 할 거야.'

상황을 보고 있던 황제는 나를 보며 웃었다. 내가 영특하고 귀여워서 어쩔 줄 모르겠다는 듯이.

          *   *   *

세실리아와 나는 황궁에서 간택 참가자들을 위해 마련된 숙소로 가기 위해 복도를 걸었다.

"저, 아가씨……."

세실리아가 날 염려 어린 표정으로 바라봤다.

"네?"

"앙부아즈 영애의 말은 잊으세요. 누가 아가씨를 그리 보겠습니까."

"반쪽이요? 아무렇지 않은데?"

내가 눈을 동그랗게 뜨며 말하자 세실리아는 입술을 깨물었다.

"하지만 귀족들 사이에선 모욕이나 다름없지 않습니까……."

"사실 반쪽이라는 말이 그렇게 대단한 모욕은 아니잖아요? 질 나쁜 은 어지. 황태후 앞에서 그 일을 꺼낸 건 일부러였어요."

"……그래야 황태후가 앙부아즈 영애를 옹호할 테니까요?"

"맞아요! 예상대로 옹호했지요. 아무리 황태후가 앙부아즈 영애를 밀어준다고 해도 그렇게 대놓고 밀어주면 다른 참가자들이 열 받잖아요."

"앙부아즈 영애는 공공의 적이 되었고요."

'세실리아는 똑똑하단 말이야.'

듀블레드의 끄나풀이 되어 줄 황비로 딱 맞는다니까. 흐뭇한 표정을 짓고 있자 세실리아가 "음……." 하며 턱을 문질렀다.

"좌우지간 행운이었어요. 반쪽이라는 단어에 다른 참가자들과 추천인들이 힐난하지 않았다면 일이 이렇게까지 커지진 않았을 텐데."

"행운이요?"

내가 고개를 갸웃하자 세실리아가 걸음을 우뚝 멈추었다.

"설마 행운이 아니었나요?"

"그럼요."

나는 불행의 상징과 같은 사람이다.

'그러니까 공작가에 입양되고도 두 번을 죽고, 거지로 도망쳐선 아사했지.'

그런 내가 행운을 믿을 리 있겠는가?

"앙부아즈 영애를 힐난한 사람들은 아가씨께서 심어 놓은 것이군요!"

나는 씩, 입꼬리를 끌어당겼다.

"당연하죠."

앙부아즈 영애의 성격상 분명히 이런 모욕쯤은 할 거로 생각했거든. 사람들을 심어 놓는 걸 도와준 건 세상에서 제일 멋진 나의 대모님이시다.

"정말이지 아가씨께선 대단하세요."

"저도 알아요!"

내가 우쭐한 표정으로 어깨를 활짝 펴니 세실리아가 쿡쿡 웃었다.

"이런 훌륭한 어린이는 숙소로 돌아가서 간식을 드셔야겠네요. 파이를 구워 왔답니다. 레몬 파이는 제 특기죠."

"신난다!"

나는 얼른 숙소로 가자며 영애를 끌어당겼다.

그런데 그때였다.

구우웅ㅡ

작은 진동이 느껴졌다. 이건 악마의 통로를 잡았을 때와 비슷한 감각이었다.

'이게 뭐야.'

나는 지금 악마의 통로를 가지고 있지 않다. 통로임이 분명한 자수정은 혹시 모를 사태에 대비해 집에 잘 보관해 두었다.

'잡고 있지 않은데 이런 감각이 느껴질 만큼 강력한 통로가 곁에 있어?'

그렇다면 한시바삐 내 손에 넣어야 한다. 신전이 이것을 찾아내 미나가 권속화한다면, 신전과 적대하는 내게 어떤 불행이 닥쳐올지 모른다.

'빌어먹을. 조사시킬 사람이 없어.'

간택 중엔 가문의 하인이나 기사를 데려올 수 없다. 그렇다고 간택 참가자인 세실리아에게 조사시켰다가 들키면 황비로 가는 길이 영영 사라질 거다.

'어린애 모습인 내가 황궁을 멋대로 돌아다녔다는 게 그나마 나을 거야.'

"세실리아, 먼저 숙소로 돌아가요."

"예?"

"돌아가요."

내가 굳은 얼굴로 말하자, 세실리아의 표정이 어두워졌다. 하지만 눈치가 빠른 사람이라 내게 무슨 일이 생겼음을 대번에 알아차리고 고개를 끄덕인다.

"만찬 전엔 돌아오셔야 합니다."

"네."

그렇게 말한 후, 당장 진동의 진원지로 향했다.

'밖으로 갈수록 진동이 심해져.'

그리고 돌담 정원에 들어서자 허름한 건물이 보였다.

'황태후의 비밀 서고.'

지난번 황태후의 아토피를 해결해 준 데에 대한 보답으로 성서의 원본을 받았던 바로 그곳이다. 하지만 성서의 원본을 받을 땐 이런 감각을 느끼지 못했는데…….

'확인해 봐야 해. 그러려면 일단 저 경비병을 치워야 한다.'

난 주머니에 몰래 숨겨 둔 에트왈을 잡았다.

'푸르.'

공명하듯 에트왈이 가늘게 떨렸다.

어제 나는 권속이 된 푸르로부터 그의 이능을 들었다.

[권속이 된 악마라고 할지라도 모든 것을 다 할 수 있는 건 아 냐. 이능을 사용할 수 있을 뿐이지. 악마 자신이 사용할 때보다 약해지고, 몇 가지 제약이 있긴 하지만. 그리고 내 이능은…….]

'비를 내려 줘.'

그러자 온몸에서 힘이 빠져나가며 순식간에 하늘이 어두워지더니 한 방울씩 비가 떨어지기 시작했다.

서고 앞을 지키던 경비병이 쯧, 하고 혀를 찼다.

"이놈의 기상관들은 날씨를 맞히는 법이 없어."

그리고 우산을 찾아 급히 서고를 떠났다.

나는 온몸이 부들부들 떨렸다.

'세기의 군사를 불러냈을 때와 같은 느낌이야. 쓰러질 것 같아.'

이를 악물고서 결계를 만들어 방 안으로 들어갔다.

[미친 거야? 이러면 신성력이 완전히 고갈되어서 넌 죽을 수도 있다 고!]

머릿속으로 푸르의 고함이 들려왔으나, 무시했다.

'이런 엄청난 악마가 신전 손에 들어가는 것보다 나아.'

그리고 믿는 구석도 하나 있고. 나는 혹시 몰라서 챙겨 온 마나의 결정을 매만지며 서고 안을 샅샅이 살폈다.

'뭐지, 왜 진동이 약해지는 거야?'

분명히 서고 안에 있었는데, 내가 들어가자마자 창문 밖으로 멀어진 것 같았다.

"누가 안에 있었어⋯⋯."

악마의 통로를 가지고 멀어지고 있는 거다.

'대체 누가⋯⋯ 이건 뭐지?'

나는 인상을 쓰고 책장에서 툭 튀어나온 낡은 일지 같은 것을 쳐다봤다.

'누가 읽다가 인기척을 느끼고 급히 나간 게 분명해.'

나는 서고에 있던 자의 행방을 찾을 수 있는 유일한 단서인 일지를 꺼내 보았다.

[바보 같으니. 당장 마나석을 써. 그렇게 시간을 낭비하면⋯⋯! 이봐. 내 말 안 들려? 이봐!]

나는 푸르의 말을 한 귀로 흘리고서 책을 쥔 채로 굳어졌다.

"이게 뭐야."

[뭐?]

"이게 왜 여기에 있는 거야. 아니, 어째서 내 기억과 다른 거냐고."

이 일지는 보육원의 육아 기록이다. 아이를 입양시킬 때 부모에게 쥐여 주는 육아 기록. 일지 앞에 적힌 이름은⋯⋯.

'르블레인.'

이건 내 일지다.

"그런데 왜 내가 있던 보육원의 이름이 아니라 다른 곳의……."

[르블레인 — 세뷸런드 국영 보육원. / 아시탈 작성.]

내가 있던 곳은 에녹의 민간 보육원이다. 세뷸런드 국영 보육원이라니, 나는 이런 곳에 있던 적이 없단 말이다.

나는 떨리는 손으로 일지를 넘겨 보았다.

[눈이 하염없이 내리는 겨울날, 보육원 앞에는 모포에 감싸진 아이가 든 바구니가 놓여 있었다.

바구니 안에 아이의 생시와 이름, 몇 잎의 은화가 들어 있는 것으로 보아, 어느 귀족 댁의 사생아가 아닐까 추측한다.]

귀족가의 사생아라고? 내가?

생각지도 못한 이야기에 가슴이 쿵쿵 뛰기 시작했다. 난 마른침을 삼키며 페이지를 넘겼다.

[아이가 울지 않는다. 태어나자마자 버려진 아이가 으레 그러하듯 병이 들었나 싶어 의사의 왕진을 받았다. 별다른 문제점을 찾지 못했다.]

[아이가 사라졌다. 다른 아이들을 돌본 후 보육사가 돌아왔을 땐 아이의 요람이 비어 있었다고 한다.

보육사들과 경비병이 주변을 샅샅이 뒤졌지만, 아이의 모습이 보이지 않는다.]

[사흘 만에 아이가 돌아왔다.]

[납치되고 돌아온 지 반나절. 아이가 울기 시작했다. 이전과는 다른 반응에 모두 놀라워하였으나, 한편으론 염려를 지우지 못했다.

최근 아이를 인신매매하여 금술의 재료로 쓰는 몹쓸 자들이 있다는 소문을 들었기 때문이었다. 혹시나 하는 마음에 원장 수녀님께서 지원 기구에 마법사를 요청했다.

마법사의 진단으론 아이는 무사했다.]

[아이가 평범하게 보채고 울며 웃는다. 기쁜 일이다.]

'납치당했다가 돌아왔다니 말도 안 돼.'

고아인 갓난쟁이를 납치해서 무얼 한단 말인가? 부모에게 돈을 요구할 수도 없을 텐데. 차라리 기록한 자의 말처럼 금술의 재료로 쓰였다는 것이 더 신빙성 있는 얘기다.

'그런데 왜, 다시 데려다 놓은 거야?'

납치범의 꼬리가 잡힐 위험을 감수하고서 굳이 돌려놓을 이유가 없잖아.

점점 더 이해할 수 없었다. 미간을 좁히며 다음 페이지를 넘기려던 찰나였다. 문밖 멀리서 인기척이 들려왔다.

"마른하늘에 날벼락이라더니. 서고 부근에만 비가 오는 게 말이 되는 일이냔 말이야. 우산을 빌리러 간 내 꼴만 우스워졌어."

"그러게, 졸다가 착각했다는 내 말이 맞다니…… 뭐야. 정말로 빗자국이 있잖아."

서고를 지키던 경비병의 목소리다. 그것도 다른 자와 함께 온 모양이었다. 나는 일지를 끌어안은 채로 책장 뒤에 숨어서 상황을 엿보았다.

"웬 놈이 장난을 친 게 분명해. 이놈, 잡히기만 해 봐라."

"……장난이라고?"

"그래. 그게 아니라면 왜 서고에 있던 내가 홀로 물벼락을 맞았겠나?"

"이 멍청한 인사야! 어떤 간 큰 작자가 감히 황태후 폐하의 서고에서 장난을 친단 말이야! 누군가 서고에 침입하려는 수작을 부린 거다!"

'이런, 들켰다.'

빠져나가야 해!

난 얼른 일지를 책장에 꽂아 놓았다. 그러는 동안에도 경비병의 발소리가 가까워지고 있었다. 창문을 막 뛰어넘음과 동시에 철컥! 하고 서고의 출입문이 열렸다.

"창문이 열려 있다! 침입자다!"

창문 아래로 몸을 숨겨서 재빨리 뛰었다. 필사적으로 코너를 돌았지만, 옷자락이 병사들 눈에 띄고 만 모양이었다. 병사 중 하나가 "저쪽이야!" 하며 소리쳤다.

'아뿔싸!'

벽에 가로막혀 버렸다. 나는 당황해서 어찌할 바를 몰랐다. 앞은 도무지 뛰어오를 수 없는 높은 벽, 뒤는 병사들이 바짝 쫓아오고 있었다.

'어떻게 하지. 어떻게 해야 ―'

그때였다.

"읍……!"

누군가가 등 뒤에서 내 입을 틀어막은 채로 휙 끌어당겼다. 딱딱하게 굳어졌을 무렵, 기어코 병사들이 코너를 돌아서 날 쫓아왔다. 병사들의 시선이 누군가에 의해 입이 틀어막혀진 내게로 향했다.

'큰일이다. 얼굴을 들켰어.'

병사들이 조금씩 나와 가까워졌다.

그런데.

"빌어먹을. 이 생쥐 같은 녀석이 대체 어디로 사라진 거야."

……뭐?

* * *

병사들이 나를 지나쳐 걸었다. 심각한 표정으로 주변을 둘러보던 자들이 일그러진 표정으로 중얼거렸다.

"이건 말도 안 돼. 하늘로 솟은 거야, 땅으로 꺼진 거야? 분명히 이곳으로 향하는 옷자락을 봤는데……. 마법사인가?"

"그럴 리가. 황궁 결계는 반응하지 않았잖아!"

"하지만 그게 아니고서야 이렇게까지 단숨에 사라질 리 있겠어?"

끙, 하고 신음한 경비병이 말했다.

"너는 가서 궁정 마법사들을 불러와라. 나는 사라진 게 없는지 찾아볼 테니."

경비병들은 서둘러 왔던 길을 되돌아갔다. 그들이 보이지 않을 때가 되어서야 나를 붙들고 있던 손에서 힘이 풀렸다. 나는 고개만 조금 돌려서 날 붙잡고 있던 자를 바라봤다.

"……아드리안?"

"응."

"네가 어떻게……. 혹시 결계를 펼친 거야?"

아드리안이 내게서 조금 떨어지며 고개를 끄덕였다.

난 경악을 숨기지 못했다.

'그것도 사람의 시야에서 완벽하게 차단되는 초고위의 마법을 황궁 결계에 걸리지 않는 선에서 쓸 수 있다고?'

나도 서고에 들어갈 때 결계를 펼치긴 했지만, 그건 카멜레온의 보호색 수준이었다. 그것도 사전에 트리곤으로부터 어느 수준이어야 황궁 결계가 반응하지 않는지 아주 자세한 수치를 들었기 때문에 자신 있게 마법을 쓸 수 있었다.

'아드리안이 수석 궁정 마법사에게만 오픈되는 수치를 알 리 없잖아.'

그렇다는 건 완벽하게 황궁 결계에 녹아들었다는 거다.

"너, 어떻게……."

아드리안은 마법을 배우지 않았다. 아니, 배우지 못했다는 게 맞는 말일 터다. 이본느 황비가 제 아들의 즉위에 방해가 될 어떤 것도 허락하지 않았으니까.

"곤란한 것 같아서."

"……설마 너야? 네가 서고에 침입했어?"

나는 아드리안의 재킷을 툭툭, 두드렸다. 악마의 통로에서 나오는 진동은 전혀 느껴지지 않는다.

오히려 짙은 꽃 냄새가 물씬 풍길 뿐이었다.

'으악, 하로꽃 냄새야.'

"약초밭에서 왔어?"

"응."

나는 하로꽃 알레르기가 있다. 벌써 목구멍 안이 간질거린다.

'아드리안이 침입자면 서고에서부터 하로꽃 향이 났겠지.'

나는 하로꽃 향에 몹시 민감해서 못 느낄 리 없다. 거기다 하로꽃이 있는 약초밭은 완전히 반대 방향.

'아드리안은 침입자가 아니야.'

"내가 여기에 있는 줄은 어떻게 알고?"

"이 애가 반가워하기에."

아드리안이 손바닥을 내밀자 작은 빛과 함께 물이 응축된 것 같은 흰 동그라미가 나타났다. 내게 다가온 흰동그라미가 지느러미로 가볍게 내 뺨을 스쳤다.

"나 이 애 알아! 아망드야!"

"맞아."

아드리안을 처음 만났을 때 본 그의 권속. 이런 강력한 권속을 여전히 유지하고 있다니. 볼 때마다 놀라운 일이다.

과연 미래의 최연소 추기경. 신성력으로는 교황을 제친다는 세기의 천재라더니, 사실이었다.

내가 눈을 동그랗게 뜨자 아망드가 꼬리지느러미를 살랑이며 내 코앞을 휘휘 맴돌았다.

"그래, 그래. 귀엽다. 그런데 어떻게 날 알아보고 반가워했을까. 신기해."

"아망드는 마나를 기민하게 느끼거든."

나는 홱 고개를 돌려서 아드리안을 쳐다봤다.

"신성력이 아니라 마나를?"

"응."

이 세계의 사람은 모두 마나를 지닌다. 그리고 생활하며 자신도 모르게 아주아주 소량의 마나를 배출한다. 마치 개미가 페로몬을 흘리는 것처럼.

나는 마른침을 꼴깍 삼키고, 두 손을 모았다.

"그러면 아망드 님은 마나의 흔적으로 혹시 사람도 찾을 수 있나요?"

내가 절로 공손한 태도를 보이자 아드리안의 눈이 일순 커졌다. 그러나 이내 눈매를 가볍게 휘었다.

"반나절 내의 마나라면."

그 말인즉, 아망드가 있으면 나 이전에 서고에 침입했던 자를 찾을 수 있다는 말이었다.

'이 복덩이! 이런 복덩이가 어디서 왔을까!'

신성력도 넘겨주지, 침입자도 찾아 주지, 아드리안이야말로 살아 있는 로또가 아닐 수 없다.

나는 두 손을 꽉 마주 잡은 채로 간절하게 말했다.

"혹시 바빠?"

"……."

"바쁜 거야?"

나를 지그시 보던 아드리안이 고개를 가볍게 저었다.

"한가해."

"나랑 같이 어디에 좀 가 줄 수 있어?"

"그래."

"그러면 지금 당장……! 참, 세실리아가 저녁 전엔 돌아오라고 했는데."

거기다 경비병들이 내 옷자락을 봤으니 옷을 갈아입어야 한다. 내가 가지고 있는 마나석만으론 언제 다시 신성력이 고갈될지 모르니 가방에 넣어 온 마나석을 더 챙겨 와야지.

"잠깐 기다려 줘. 삼십 분 내에 돌아올게."

"응."

황태후에게 일지에 관해서 물어도 잡아떼면 그만이었다. '국영 보육원에서 왔는데, 넌 어려서 몰랐구나.'라고 말하면 난 할 말이 없다.

'그러니까 침입한 놈을 찾아야 해. 왜 내 뒤를 캐고 다니는지, 어떻게 황태후가 내 일지를 몰래 보관하고 있는 걸 알았는지 물어야 한다.'

그러면 나를 둘러싼 이해되지 않는 일의 실마리가 풀릴 것이다.

       *   *   *

르블레인이 "정원에서 만나자. 금방 올게." 하며 달려갔다. 그 아이가 완전히 멀어진 후, 서고와 반대 방향에 몸을 숨기고 있던 자가 모습을 드러냈다. 아드리안은 르블레인이 지나간 자리에서 시선을 떼지 않은 채로 읊조렸다.

"황태후 서고의 경비병들은 네 선에서 정리해라."

"예."

기사의 얼굴이 굳어졌다.

"대체 전하께선 어찌 저 아이에게만 무르신 건지 도무지 이해되지 않습니다."

"이해할 필요 없어."

기사가 고개를 숙이자, 아드리안이 그에게로 시선을 돌렸다. 르블레인은 본 바 없는 차디찬 표정이었다.

그것을 이해할 수 있도록 허락된 것은 오직 자신뿐이었다.

       *   *   *

간택 참가자용 숙소로 돌아온 나는 가방을 열어 안에 있는 것들을 와르르 쏟았다.

'마나석. 빨리, 빨리!'

마나석만 쏙쏙 골라내고 있는데 옆방의 세실리아가 찾아왔다.

"아가씨?"

"네?"

그녀는 뭐 하고 있느냐는 표정으로 눈을 깜빡였지만, 곧 미소 지으며 통신석을 내밀었다.

'이 통신석은 내 건데?'

"이걸 왜 세실리아가……?"

"듀블레드저에서 연락이 왔었거든요."

"누가요?"

"모두요."

난 벽에 걸린 시계를 쳐다보았다. 시침이 5에 걸려 있었다.

"아, 곧 저녁을 먹을 때라 다 모여 있었구나."

"아니요. 따로요."

"네?"

"따로. 전부. 각하와 세 분 도련님, 그리고 쟈벨린 님과 레아 샤바놀
경, 누아노크 의장님, 그리고……."

세실리아가 손가락을 하나하나 접으며 하는 말에 나는 "그만, 그만!"
하고 말했다.

그렇게 많은 사람이 연락하다니. 통신석에 불이 났겠다.

부끄럽게 무슨 짓이야!

나는 약간 붉어진 얼굴로 웅얼웅얼 대답했다.

"아, 알겠어요."

"네."

"그…… 평소에도 이렇게까지 많이 연락하진 않아요. 평상시엔 엄청,
되게, 매우 적당히 하는데……!"

"그렇겠지요. 마치 타국으로 유학을 떠난 것처럼 통신석에 불이 나도
록 연락을 취하는 일은 없다는 걸 전 안답니다."

"……."

"평소엔 총 열두 분께 '아가씨는 잘 있고, 간식을 얼마나 먹었으며, 잠

간 일을 보러 가셨으나 금세 돌아오실 거다'는 말을 앵무새처럼 할 일은 없을 거예요."

세실리아는 입으론 웃고 있지만, 사실은 꽤 지긋지긋했던 모양인지 눈 밑이 퀭했다.

나는 어색하게 마주 웃고서 통신석을 슬그머니 가져왔다. 그리고 아빠에게 통신을 보냈다. 몇 초 지나지도 않았는데, 냉큼 통신이 연결되었다.

[그래.]

[꼬맹이예요? 바꿔 주세요!]

[황태후가 쓸데없는 말로 널 귀찮게 한 건 아니야, 르블레인?]

[아가씨께 드릴 말씀이······.]

[아, 아가씨! 식사는 잘하고 계시나요?]

[오늘 저녁은 꽤 춥다니 이불을 꼭 덮고 자라는 말씀을 전해 주시겠어요? 열두 번째 짐가방에 양털 담요가 있으니, 꼭······!]

주변이 엄청나게 시끄러웠다.

'아니, 이 사람들이 왜 이렇게 호들갑인 거야!'

세실리아의 표정은 마치 세상에서 제일 유난스러운 가족을 보는 것처럼 흐려졌다. 나는 그녀의 눈치를 힐끔힐끔 보며 속삭였다.

"잘 지내고 있어요. 음식도 많이 주고, 따뜻하고, 호위로 황군을 붙여 준다고요······."

[다행이군.]

"네, 그럼 통신은 이제 하루에 한 번만 하시는 거로."

[어째서?]

"통신을 받다가 아무런 일도 못 할 거라고요."

세실리아는 아주 옳다는 듯이 고개를 몇 번이나 끄덕였다.

[흠, 그럼 모두 시간을 정해서 연락해야겠군.]

"하루에 한 번, 딱 한 사람만."

[곤란해, 르블레인. 아버님과 우리 모두 널 걱정해서…….]

"이틀에 한 번으로 할까?"

[하루에 한 번, 한 사람이라니. 좋은 생각이야, 꼬맹이!]

좋아.

나는 고개를 끄덕였다. 그리고 기왕 통신을 연결했으니 가족들과 이야기를 나누기로 했다. 물론 손으론 마나석을 열심히 흡수하고 있었다.

'뭐야. 마나석을 스무 개나 썼는데, 신성력이 고작 이만큼밖에 안 돼?'

마나석으로 힘을 처음 흡수해 봐서 이것밖에 되지 않는 걸까, 아니면 원래 이만큼이 정량인 걸까.

'마나석, 그렇게나 비싼데 고작 이게 정량이면 실망이야, 정말.'

힘이 쥐똥만큼 충전되는 마나석 하나의 가격은 3캐럿 다이아몬드에 육박한다.

'사는데 피눈물이 나올 뻔했어…….'

이 마나석은 사람에게서 추출한 게 아니라, 산과 들에서 자연히 생긴 매우 희귀한 광물이다.

마나가 변질한 두 가지 힘, 그러니까 신성력과 마력의 힘을 추출할 수 있는 특별한 광물이 있다. 신성력은 블루 스피넬, 마력은 마력석을 통해 뽑아낼 수 있었다.

하지만 순수한 마나를 뽑아내는 방법은 알려지지 않았다.

'오직 신전만 알고 있지.'

그랬기에 눈이 튀어나오도록 비싼 마나석을 사들일 수밖에 없는 것이다.

'그래도 머리는 맑아진 것 같아.'

다행이다. 이걸로 침입자를 찾기에 좀 수월해질 것이다.

[……그러니 저녁은 꼭 챙겨 먹고.]

"알겠어요. 그럼 아빠, 저는 이만 나가 봐야 해서 나중에 연락드릴게요."

[그래.]

[몸조심해, 르블레인.]

[꼬맹이, 괴롭히는 놈이 있으면 바로 연락해.]

"네. 아, 그런데 요한 오라버니는 안 계시는가 봐요?"

[큰형은 일이 있다고 또 떠났어.]

"그렇구나. 알겠어요. 그럼 다들 좋은 밤 보내세요!"

[그래.]

[응.]

[닷새 후에 보자.]

통신이 끊어지고, 난 통신석을 주머니에 잘 넣은 후 옷을 갈아입었다.

"세실리아, 전 다시 나갔다가 와야겠어요. 혹시 황궁 사람이 절 찾으면 아드리안과 함께 놀고 있다고 전해 주세요."

"예. 다녀오십시오."

난 세실리아의 배웅을 받고서 숙소를 나섰다. 그리고 아드리안과 약속한 정원으로 향했는데, 그 애는 미리 와 있었다.

"미안. 십 분이나 늦었어……."

"방금 왔어."

"다행이네."

나는 헤헤 웃고서 그 애의 소매를 잡았다. 그러다가 손이 스쳤는데 아주 차가웠다. 깜짝 놀라서 눈이 절로 커졌다.

"아드리안, 거짓말쟁이! 오래 기다렸구나!"

"……."

"얼마나 기다렸어?"

"……십 분."

"안 믿어."

"……십오 분."

"아드리안."

"서고에서 곧장 이리로 왔어."

그럼 사십 분이 넘도록 기다린 것이다. 이제 곧 겨울이 올 때라 날이 춥다. 가뜩이나 얇게 입는데, 이렇게나 오래 기다리다니.

"미안해……."

"생각할 게 있어서 시간 가는 줄 몰랐어."

내가 시무룩해지자, 그 애가 희미하게 웃으며 말을 돌렸다.

"이제 가자."

"응……."

'정말로 미안하네.'

세실리아를 황궁에 들이면 아드리안을 꼭 잘 챙겨 주라고 해야지.

난 그렇게 결심하고서 아드리안과 함께 서고 근처로 갔다. 경비병들이 침입을 눈치챘기에 경비가 삼엄할 거로 생각했는데 웬걸. 오히려 이전보다 더 조용하다.

'창가 쪽에 사람도 배치하지 않았어.'

나와 아드리안 외엔 개미 새끼 한 마리 보이지 않았다.

"왜지?"

내가 인상을 찌푸리며 중얼거리니 아드리안이 대답했다.

"서고에서 없어진 게 없으니 굳이 황태후에게 알리지 않은 걸 수도 있지. 책임을 회피하기 위해."

"하기는. 그럴 수도…… 어? 그런데 내가 서고에서 나온 걸 알고 있었어? 아무것도 가지고 나오지 않았다는 건 어떻게 안 거고?"

아드리안의 손이 잠깐 움찔한 것 같았는데, 그 애의 목소리는 아무렇지 않았다.

"서고 경비병들에게 쫓기고 있었잖아. 서고에 침입한 게 분명했는데, 넌 어떤 책도 가지고 있지 않았어."

뭔가 좀 이상했지만, 납득가는 말이라 고개를 끄덕였다.

"그럼 이제 부탁해."

아드리안이 허공을 바라보자 실금 같은 빛이 모여들더니 그것은 곧 물고기의 형태가 되었다. 그리고 아망드가 나타났다. 그는 가볍게 허공을 유영하는 아망드에게 말했다.

"다녀와."

아망드가 닫힌 창문으로 다가갔다. 그 애는 마치 스며들 듯 창문 틈으로 흘러들었다.

그리고 얼마쯤 후.

아망드가 돌아왔다. 그 애는 아드리안의 눈앞에서 눕힌 팔자의 형태로 유영했는데 아드리안이 미간을 좁혔다.

"……질이 다른 마나가 다섯."

"다섯이나 된다고?"

내가 눈을 홉뜨자 그가 고개를 끄덕였다. 나는 한숨을 내쉬었다.

"그들 모두를 조사해야 하나."

"용의자를 좁히는 건 어렵지 않아. 하나는 너, 그리고 둘은 널 쫓아왔던 기사들, 다른 하나는 황태후니까. 그런데……."

그럼 남은 건 하나뿐이란 거잖아!

"그런데?"

"마지막 마나가 신성력이야."

"……신성력이라고?"

"그래, 그것도 아주 순도 높은. 이 정도로 순도 높은 신성력을 가지고, 오늘 황궁에 있는 사람이라면 하나뿐이야."

"그게 누구기에."

"추기경 블라시오."

"……교황의 최측근."

"그래."

우리는 굳은 얼굴로 서로를 마주 보았다.

*   *   *

난 아드리안의 안내에 따라 '은총의 궁'이라 불리는 추기경들의 집무실로 향했다.

추기경들은 황가의 전도와 유사시 적의 침입을 대비해 번을 정해 황궁에 든다. 아드리안의 말로는 이번 주가 블라시오 추기경의 차례라고 했다.

은총의 궁으로 향할수록 난 블라시오 추기경이 침입자임을 점점 확신하고 있었다.

'통로의 진동이 강해지고 있어.'

문 앞에 다다랐을 땐 가슴이 쿵, 쿵, 뛸 정도로 강력한 진동이 느껴졌다. 난 숨을 크게 들이쉬며 추기경의 집무실의 문을 두드릴 준비를 했다.

그런데,

"이쪽이야."

아드리안은 내 손을 조심스럽게 잡고 은총의 궁 중앙에 있는 기도실로 향했다. 아니, 정확히 말하면 기도실에 딸린 허름한 창고로. 창고에 들어간 아드리안이 허공에 성호를 그리자 책장이 스르륵 움직였다. 그리고 드러난 건 작은 통로다.

'비밀 통로.'

"아드리안, 너 이걸 어떻게……."

"신전에서 날 각별하게 여기니까."

새로운 신성 황제를 옹립하고 싶은 신전이라면 사전에 아드리안에게 접근했을 가능성이 크긴 했다.

"가자."

나는 아드리안을 따라 통로를 걸었다. 얼마쯤 지나자 추기경의 집무실로 보이는 공간이 나타났다. 방엔 아무도 없었다.

'집무실 책장과 연결되어 있구나.'

주변을 둘러보고 있을 때였다.

쿵─!!

심장에 날카로운 격통이 느껴졌다. 시선이 자연스럽게 소파 테이블에 놓인 어떤 상자로 향했다. 난 홀린 듯 다가가 상자를 열었다.

[……가야. 나를…….]

"아……."

[나를 불러 다오, 아가야.]

기이한 목소리가 머릿속에서 울려 퍼졌다.

상자를 열자 갓난쟁이의 주먹만 한 보석이 드러났다.

피를 응축한 듯한 짙고 선명한 붉은색. 얼핏 루비로 보이지만, 첫 번째와 두 번째 삶에 신전에서 생활한 나는 알고 있다.

이건 스피넬. 레드 스피넬이다. 신전이 소유했던 스피넬 광산에서 흔히 채취되는 것으로, 신성력을 담을 수 있는 블루 스피넬과 달리 별다른 기능이 없다. 때문에, 광부들은 레드 스피넬을 찌꺼기라고 불렀다.

"잠깐, 르블레인. 그건―"

아드리안의 목소리가 들렸지만, 나는 보석을 향해 손을 뻗었다. 내 힘을 개방시켰던 뉴이트 때와 같은 느낌이었다. 누군가 몸을 조종하는 것처럼 손이 의지 없이 움직였다.

보석에 손가락이 닿았을 때,

쾅―!

천지가 요동치듯 사방에서 거대한 굉음이 들려왔다. 보석에선 눈 부신 빛이 뿜어져 나왔고, 빛은 곧 족쇄처럼 내 온몸을 칭칭 휘감았다.

순식간에 몸에서 힘이 빠져나갔다. 마나석을 통해 소량이나마 흡수했던 힘이 눈 깜짝할 새에 보석에 삼켜졌다.

"으윽……!"

머리가 깨질 것 같고, 숨이 턱 막힌다. 목이라도 졸린 것처럼 피가 머리에 쏠렸다.

[저 밤톨 같은 건…… 먹으라고…… 건가.]

[안녕, 르블레인…… 탁해.]

[내 꼬맹이…… 까!]

[네 목적과는 관계없이 내가…… 의미다.]

[레아라고 불…… 아기님.]

가족들과 레아의 일그러진 목소리가 차례로 머릿속을 스쳐 지나간다. 나는 이러한 감각을 알고 있다. 너무나도 잘 알고 있는 게 문제였다.

회귀가 시작될 때.

머릿속에 경고음과 같은 이명이 격렬하게 울려 퍼졌다.

'그만, 안 돼……!'

목소리조차 나오지 않았다. 두 눈에 가득 차오른 눈물이 툭, 떨어지려는 그때,

"르블레인!"

아드리안이 나를 끌어안았다.

등 뒤로 따스한 품이 느껴지기 무섭게 머릿속을 점령한 경고음이 뚝, 멎었다. 숨이 돌아오며 온몸을 옭아매던 빛이 사그라진다. 그리고 몸이 붕 뜨는가 싶더니, 시야가 암전되었다.

*   *   *

그 시각, 듀블레드의 장남 요한은 버려진 마을에 도착했다.

영주의 폭정으로 화전민을 자청한 자들, 이민족과의 전쟁으로 인해 터전을 잃은 자들, 죄를 지어 어둠으로 숨어든 자들 등. 머물 곳이 없는 자들이 모여 사는 이 판자촌을 사람들은 '버려진 마을'이라고 불렀다.

요한과 동행한 듀블레드의 기사들이 판자와 피륙을 얼기설기 엮어 만든 집의 문을 두드렸다. 얼마쯤 후, 허름한 모포를 두른 사내가 경계심 어린 얼굴로 천막을 조금 젖혔다.

"뉘시오."

"당신이 버려진 마을의 촌장인가."

"촌장은 무슨……. 이런 마을에 촌장이 있겠소? 이곳에서 제일 오래

산 노인네일 뿐이지."

"뭐라도 좋아. 도움이 필요하다. 난 사람을 찾고 있어."

요한이 로브 안에서 작은 초상화를 꺼냈다.

"5, 6년 전 초상이지만 알아보긴 어렵진 않을 거야."

목에 걸고 있던 부서진 안경을 쓴 사내는 수전증이 일어 덜덜 떨리는 손으로 초상화를 잡았다. 눈을 가느다랗게 뜬 채 초상화를 유심히 살피던 사내가 고개를 저었다.

"글쎄. 이런 사람은 본 적이 없는 것 같은데."

"보육사였던 자다. 들어 본 적이 없나?"

"본 적도 들은 적도 없다니까. 보시오. 이 마을의 태반은 죄짓고 숨어든 자요. 그런 자가 제 신분을 쉽게 토설하겠소? 더군다나 성공한 보육사라면 말이 새 나갈지도 모르는데 털어놓을 리―"

요한은 노인의 말이 끝나기도 전에 한 손으로 그의 목을 움켜잡았다. 쾅! 소리와 함께 벽으로 밀려난 노인이 크게 버둥거렸다.

"왜, 왜 이러시오!"

"난 초상화의 인물을 보육사라고 했지, 성공한 보육사라고 한 적은 없어."

민간이나 공영 보육원엔 누구나 취직할 수 있지만, 국영 보육원은 다르다. 황궁 직속의 국영은 황궁 행정처에서 사람을 보내 관리하므로, 국영의 보육사는 나라의 녹을 받는 관리였다. 그래서 사람들은 국영의 보육사를 '성공한 보육사'라고 불렀다.

"그, 그건……!"

"서둘러 부는 게 좋을 거야. 난 그리 인내가 길지 않으니."

요한의 시선에 예기가 실리자 사내의 눈이 격렬하게 흔들렸다.

"산 아래 오두막이오. 그곳에서 이 마을 아이들을 가르치고 있소······.”

그제야 요한이 손에서 힘을 풀었다.

지도를 확인한 기사들이 고개를 끄덕였다.

“이곳에서 멀지 않습니다.”

“가자.”

바닥에 주저앉아 컥, 컥, 하고 헛기침을 하던 사내가 소리쳤다.

“대체 그를 왜 찾는 거요!”

“······.”

“죄를 지어 이 마을로 도망쳐 오긴 했지만, 그리 나쁜 자는 아니오. 산전수전을 다 겪은 주민들이 믿고 아이들을 맡길 만큼 천성이 바른 자요. ······아시탈은!”

요한은 고저 없이 대답했다.

“해를 끼치진 않을 것이다. 진실을 말해 준다면.”

아시탈 듀발은 겨우 찾은 단서였다.

요한은 르블레인이 지내던 제도 근처 보육원을 샅샅이 뒤졌으나, 별다른 특이점을 찾지 못했다. 아버지의 추측이 역시 사실이 아니었노라 생각할 무렵, 기이한 점을 깨달았다.

보육원의 아이라면 누구에게나 있는 생활 기록이 없다. 정확히 말하면 두 살 때까지의 생활 기록이 존재하지 않았다.

흔히들 일지라고 말하는 그것은 아이가 입양 갈 때 쓰이기도 하지만, 제일 중요한 역할은 나라에서 보육원에 보조금을 지급할 때 증빙 서류로 쓰이는 것이다.

민간은 국영처럼 나라의 관리가 직접 담당하진 않지만, 보조금을 받긴 한다. 보조금을 목적으로 보육원을 만드는 쓰레기들이 있을 정도였다.

그러니 일지는 차라리 위조하여 추가로 만들지언정, 절대로 기록하지 않을 리 없는 자료란 의미였다.

"르블레인은 태어나자마자 보육원에 버려졌다고 했어. 그런데 왜 두 살 때까지의 기록이 없는 거지?"

"그건…… 아니, 공자님, 그렇게 노려보지 마십시오. 저희가 작성하지 않은 것이 아니라 아기님께서 국영에서 이쪽으로 보내졌을 때 누락된 겁니다……."

"국영? 국영에 있었다고? 그런 얘기는 전혀 듣지 못했어."

"별로 좋은 일은 아니니 딱히 얘기할 필요가…… 잠깐, 잠깐! 검은 내려놓으십시오. 말씀드리겠습니다. 하겠다고요! 그러니까 보육원 간에 비밀이 있는데 말입니다……."

"보육원 간에 비밀?"

"국영에선 어떻게든 입양률을 9할 이상으로 유지해야 합니다. 아니면 관리자가 갈려 나가거든요. 그러니까 문제 있는 아이는 민간 보육원으로 보내는데, 이게 민간 보육원에선 나쁜 것 없는 일이란 말입죠. 국영에서 아이를 보낼 때 받는 돈이 꽤 짭짤하거든요."

"……."

"그러니까 국영이든 민간이든 아이를 이리저리 옮긴다는 걸 다들 쉬쉬하는 겁니다. 특히나 황궁엔 절대 비밀이고요."

르블레인이 보육원에서마저 쓰레기 처리하듯 이리저리 옮겨졌다거나, 더러운 어른들의 거래 도구로 쓰였다는 건 끔찍한 일이었다. 울화가 치밀었으나, 그보다 중요한 건 르블레인이 국영 보육원 출신이라는 소리였다.

당장에 르블레인이 지냈다던 국영 보육원을 찾았지만, 그곳은 이미 몇 년 전에 문을 닫았다.

당시의 보육사들은 르블레인을 기억하지 못했다.

"글쎄요. 민간 보육원으로 옮겨 간 아이라고 하셔도 잘······. 꽤 많이 있는 경우거든요."

"기록 담당 말입니까? 그야 아이의 담당 보육사가 하죠. 갓난쟁이를 기르는 건 워낙에 고된 일이라 신입이 합니다."

"어디 보자. 그 당시 신입이······ 아! 아시탈입니다. 그 녀석, 요령이 없어서 고된 일만 맡았죠."

겨우 르블레인을 담당했다던 보육사를 알아냈다. 이자가 마지막 단서였다.

요한은 기사들과 함께 한참을 걸어 산 아래로 향했다. 멀리서 허름한 오두막이 얼핏 보였다.

* * *

"······인. 르블레인!"

누군가가 나를 흔들어 깨웠다.

정신을 차린 난 천근만근 무거운 눈꺼풀을 억지로 들어 올렸다. 주변을 살피기도 전에 절로 끙, 하는 신음이 새어 나왔다. 얻어맞은 것처럼 온몸이 욱신거린다.

'이상하다. 평소에 신성력 부족으로 쓰러졌을 때보다 훨씬 더 아픈데?'

평소엔 감기 몸살에 걸린 것처럼 욱신거리는데, 이번엔 진짜 얻어터진 것처럼 쓰라리다. 제일 아픈 팔을 내려다보자 드레스에 핏물이 비쳤다.

'진짜 다쳤잖아! 아니, 피는 그렇다고 치고, 왜 쫄딱 젖은 거지?'

그러고 보니 온몸이 으슬으슬 떨린다. 나는 팔을 문지르며 고개를 돌렸다. 마찬가지로 물에 온통 젖은 아드리안이 날 보고 있었다.

"괜찮아?"

"응. 그런데 여긴 어디야? 우리 황궁에 있지 않았어?"

주변을 둘러보았다. 여긴 처음 보는 동굴이었다.

"모르겠어. 네가 쓰러지면서 이곳으로 이동했어. 아무래도 네가 만진 블라시오의 보석 때문인 것 같아. 우린 이동하자마자 급류에 휩쓸렸어. 겨우 물에서 나와 이곳으로 온 거야."

"네가 구해 줬구나. 고마워……."

나는 아드리안에게 항상 민폐만 끼치는 것 같아.

시무룩해지자 아드리안이 말했다.

"괜찮아. 그것보다 여기가 어딘지 확인하는 게 우선인 것 같은데."

"나 통신석이 있어. 추적용 마법이 걸려 있으니까 가족들에게 연락하면……."

그렇게 말하면서 통신석을 꺼냈다. 그런데 이상했다. 통신이 연결되지 않는다. 아드리안은 고개를 저었다.

"나도 황궁과 통신하려 했지만, 내내 먹통이야."

"그, 그래도 괜찮을 거야! 보석이 신전의 마도구라면 멀리 이동하진 못했을걸. 그들은 장거리 이동을 못 하니까."

그리고 제도에 있는 산이라면 우리 저택 뒤편의 레드거스산뿐이다.

'내려가서 저택으로 돌아가면 돼.'

"가자."

내가 말하자 아드리안이 날 따라 몸을 일으켰다. 우리는 함께 산길을 걸었다. 그런데 가면 갈수록 기이한 위화감에 사로잡혔다.

'레드거스산이 이렇게 넓다고?'

게다가 하로꽃이 피어 있었다. 그것도 아주 잔뜩.

얼른 소매로 코를 가렸다.

나는 심각한 하로꽃 알레르기가 있었다. 내 건강엔 세상에서 제일 유난한 우리 가족은 근경에 하로꽃 한 송이도 용서할 수 없다며, 산에 핀 하로꽃을 죄 없애 버렸다.

"여긴 제도 근경이 아니야……."

그렇게 말했을 때, 아드리안이 미간을 좁히고 어딘가를 바라보았다. 아드리안을 따라 시선을 돌리자 보인 건…….

'듀블레드성.'

우리 영지에 있는 성 말이다.

이렇게 먼 곳까지 이동했단 말이야?

'그럴 리가. 신전은 장거리 이동을 할 수 없을 텐데.'

그때였다.

"누구냐!"

날카로운 고함과 함께 사방에서 발소리가 들려왔다. 황급히 고개를 돌렸을 때 보인 건.

"……레아?"

피범벅이 된 레아가 우리를 향해 검을 겨누고 있었다.

그런데…….

"왜 이렇게 젊어?"

"무슨 헛소리를……."

인상을 찌푸린 레아는 사납게 말을 이었다.

"어떻게 산에 들어온 거지? 선대의 끄나풀이냐? 내장을 죄 쏟고 싶지 않으면 순순히 불어야 할 거야."

"아기님 앞에서 그런 잔인한 말을 해선 안 돼."

우리 레아가 이런 말을…….

내가 입을 떡 벌리자 동시에 로브를 눌러쓴 어떤 여자가 레아에게 달려왔다.

"뭐 하는 거야. 당장 출산할 곳을 찾아야지!"

"하지만, 언니. 이 녀석들이……."

언니라고? 설마 리세트 님과 아기새를 지키다가 죽었다는 그 레이나?

"그런 어린애가 적이겠니. 서둘러라. 리세트 님의 상태가 심상치 않아."

새파랗게 질린 여자가 입술을 꽉 깨물었다.

그제야 나는 깨달았다. 레드 스피넬이 나와 아드리안을 이동시켰다.

아기새가 태어날 즈음의 과거로!

이게 말이 돼? 말이나 되는 이야기야?

나는 얼떨떨한 표정으로 뺨을 꼬집었다.

'아파…….'

꼬집어 놓고도 믿기지 않아서 멀어지는 레아와 레이나를 멍하니 바라보고 있었다. 내가 정신을 차린 건, 그녀들이 완전히 사라지기 직전이었다.

'이럴 때가 아니지.'

"저기!"

내가 버럭 소리치자 레아와 레이나가 흠칫하여 나를 쳐다봤다. 그러자 아드리안이 내게 속삭였다.

"르블레인, 여기서는 아무것도 하지 않는 게 좋아."

나는 놀라서 그를 힐끗 쳐다봤다.

"어? 설마 너도 여기가 과거란 걸 눈치챘어?"

"네가 예전에 신성력이 부족하여 쓰러졌을 때 듀블레드저에 갔었어. 그리고 저 검을 든 자를 보았었지. 지금보다 훨씬 나이 든 모습이었어. 게다가……"

아드리안이 잠시 뜸을 들이다가 말을 이었다.

"리세트라는 이름. 네 미들 네임이잖아."

아드리안은 놀라운 아이다. 마냥 순한가 싶으면 그 누구보다도 날카로운 구석이 있다.

저 애의 말이 맞았다. 어떻게 된 건지 도무지 이해할 순 없지만, 정말로 과거에 온 것이라면 아무것도 하지 않는 것이 옳다. 내 사소한 행동으로 미래의 무언가가 바뀌게 될지도 모르니까.

특히나 리세트 님과 관련된 일이라면 듀블레드의 일원인 난 어떤 나비효과를 보게 될지 모른다.

'내겐 전적도 있잖아.'

단지 살기 위해 듀블레드령에서 발버둥 친 내가 만든 나비의 날갯짓은, 이전까지만 해도 전혀 관계없던 아드리안에게 폭풍이 되었다.

나와 얽히지 않으면 어떤 것도 변하지 않았을 텐데, 세 번째 삶까지만 해도 늘 반역했었던 그의 외조부가 잠잠하다. 그 탓에 아드리안은 황실에서 쫓겨나지 않았다.

'그러니까 나도 알아. 이게 정말로 위험한 일이라는 걸.'

내 회귀는 항상 네 살 때부터 시작이다. 오늘 까딱 잘못하면 다시는 황태후의 선택지에 듀블레드가 없을지도 모른다.

내가 입양될 때까지 아빠가 신전과 전쟁을 벌이지 않은 건, 리세트 님의 사망 사건에 신전이 관여했다는 명백한 증거가 없어서였다.

하지만 리세트 님이 살아 있고, 레아의 기억이 조작되지 않는다면 이번 사건에 신전이 엮였다는 증거가 될 거다.

아무리 황태후라도 신전과 전쟁을 벌인 듀블레드에 운명의 아이인 날 입양시킬 리 만무했다. 최악의 경우, 듀블레드가 전쟁에 패배해 멸문할지도 모르고.

'그렇지만…… 알지만…….'

밤마다 쉽사리 잠을 이루지 못하는 아빠가 떠올랐다. 아무도 모르게 아기새의 신발을 어루만지던 모습과 리세트 님의 기일이면 시체처럼 허공을 응시하던 모습까지도.

난 치맛자락을 꽉 비틀고, 날 처다보는 레아와 레이나에게 소리쳤다.

"제가 알아요. 이 근처에 동굴이 있어요!"

"동굴? 그럴 리가."

레아가 인상을 찌푸렸다.

"우리 자매는 듀블레드의 토박이야. 이 산을 앞마당처럼 뛰어놀았어. 동굴 같은 건 없다는 걸 알아."

"아니에요. 우리가 동굴에서 왔어요!"

나는 간절하게 손을 모았고, 레아는 못 믿겠다는 듯 눈을 가늘게 좁혔다. 틀렸나 싶었는데 레이나가 말했다.

"어디니. 안내를 부탁할게."

"언니! 헛소리에 신경 쓸 시간이 있어? 이 와중에도 리세트 님과 아기새 님께선……!"

"그러니까. 이런 급박한 상황이니까 지푸라기라도 잡아야지."

레이나가 내게 다가와 어깨를 잡았다.

'레아의 냄새다…….'

과거의 레아는 미래의 레아와는 다른 냄새가 났다. 과거의 레아에겐 피 냄새, 겨울 냄새 같은 차가운 냄새가 나는데 미래의 레아에겐 볕에 바싹 말린 이불처럼 아주 다정한 냄새가 난다.

지금 레이나에게서 나는 상냥하디상냥한 냄새처럼.

"안내해 줄 수 있겠니?"

나는 "응." 하고 고개를 끄덕였다.

"저쪽이에요!"

나는 레아와 레이나를 동굴로 안내했다. 정말로 동굴이 있다는 걸 확인한 두 사람이 숨을 크게 들이켰다.

"맙소사. 정말로…….."

레아가 중얼거리자 레이나는 무릎을 굽혀 나와 시선을 맞추었다.

"고맙다, 아이야."

그러더니 품에서 작은 반지를 꺼내 손에 쥐어 주었다.

"이건 보답이야."

"괜찮아요."

"가지고서 잠시 여기에 있으렴. 지금 이 산엔 괴한들이 있어. 하산하다 마주치면 위험해질 테니 숨어 있어야 해."

"알겠어요…….."

레이나는 내게 다정히 웃고서 레아를 재촉했다.

"얼른 리세트 님을 모셔와."

"그래."

레아가 서둘러 달려갔다. 그리고 얼마쯤 지나 다른 사람들과 돌아왔다.

'세실리아!'

레아와 함께 누군가를 부축하는 저 사람은 분명 세실리아였다. 역시 기억 조작이 맞았다. 출산 중에 세실리아가 함께 있었어.

'그럼 로브를 푹 뒤집어쓴 저 사람이……'

나는 멍하니 레아와 세실리아에게 부축받고 있는 사람을 바라보았다.

'리세트 님.'

듀블레드의 모든 사람이 열렬히 사랑하고, 지금도 잊지 못하는 그 사람.

듀블레드 공작 부인이다.

*　　　*　　　*

레이나는 자신이 입고 있던 로브를 바닥에 깔고, 출산 준비를 시작했다. 세실리아가 근처 강에서 물을 떠 오고, 레아는 모닥불을 만들어 철제 군화에 물을 끓였다. 그리고 손수건과 헝겊을 삶은 후, 새로 끓여서 깨끗한 물을 완성했다.

나와 아드리안도 그들을 도왔다. 나는 땔감으로 쓸 마른 나뭇가지를 모아왔고, 아드리안은 일을 마친 레아와 함께 동굴 앞을 경비했다.

"나뭇가지요! 이거면 물을 식지 않게 할 수 있지요?"

내 말에 레아가 고개를 끄덕였다.

"고마워."

"세…… 아니, 다른 기사님은 동굴 안에 계세요?"

"그래. 언니와 함께 출산을 돕고 있어."

나는 아드리안의 옆에 서며 안을 힐끔거렸다.

'보고 싶다.'

출산 준비를 돕느라 리세트 님을 자세히 보지 못했다. 그리고 아기새가 태어나는 순간을 아빠 대신에 봐 주고 싶기도 했다.

'하지만 나같이 불행한 애가 함께 있다가 출산에 재수가 옴 붙으면 어떻게 해⋯⋯.'

손가락을 꼬물꼬물 매만지고 있는데, 옆에서 조그만 목소리가 들렸다. 레아였다.

"고맙다."

"네?"

"동굴을 알려 준 것. ⋯⋯오해해서 미안하다."

레아는 역시 상냥해. 거칠어 보이지만 다정한 내면을 숨길 수 없다.

"괜찮아요!"

"⋯⋯그래."

히히, 웃고 있을 때였다. 아드리안이 말했다.

"인기척입니다."

레아가 황급히 아래를 내려다보았다. 아주 멀리 있긴 하지만, 분명 군사들이었다.

"빌어먹을!"

레아는 얼른 모닥불을 짓밟아 꺼 버리곤 동굴을 향해 말했다.

"추격자다."

세실리아가 샛노란 얼굴로 튀어나왔다.

"여기서 전투가 벌어지면 안 됩니다. 저도 출산을 돕느라 손을 뗄 수 없어요."

"내가 유인할 테니 너는 리세트 님과 함께 있어."

"예."

"⋯⋯언니도 부탁한다."

세실리아가 고개를 끄덕이곤 동굴로 돌아갔다.

레아는 우리에게 말했다.

"내가 유인하는 사이에 너희는 도망쳐."

그러고서 그녀가 검집을 움켜쥔 채로 달려갔다.

나는 발을 동동 굴렀다.

'어떻게 하지.'

척 보기에도 군사들의 수가 어마어마하다. 레아 홀로 유인하는 건 죽여 달라고 시위하는 것이나 마찬가지였다.

'하지만 가 봤자 도울 수도 없어.'

리세트 님의 출산을 돕기 위해서 몇 번이나 신성력을 쓰려고 했지만, 전혀 마나가 모이지 않았다. 아무래도 과거로 이동하며 신성력이 바닥까지 소진되었거나, 문제가 생긴 듯했다. 신성력을 쓰지 못하는 난 그냥 어린애다. 도움은커녕 방해만 될 거다.

그때, 아드리안이 레아를 쫓아가기 시작했다.

"어디 가려고? 설마 도우려고? 넌 마법을 시전할 수 있어?"

"아니. 하지만 난 검술을 배웠으니 도움이 될 거야."

"우리는 아무것도 하지 않아야 한다고 네가 그랬잖아. 그리고 넌 그렇게까지 도울 이유가 없어."

"네가 바라잖아."

"……어?"

눈을 동그랗게 뜨자 아드리안이 희미하게 웃으며 내 머리를 쓰다듬었다.

"그러니까 이유는 충분해."

내게 "여기에 있어." 하고 말한 아드리안이 서둘러 레아를 쫓아갔다.

'저 바보가…….'

저러다가 죽으면 어쩌지.

레아는 살아남는다. 기억이 조작되고 과거처럼 오러를 회복할 수 없을 지경으로 크게 다치지만, 목숨이 끊어지진 않는다.

'하지만 아드리안은……. 아니, 아드리안은 강한 검사니까 그가 돕는다면 크게 다치지 않을 수도…….'

끙끙거리며 고민하던 찰나였다. 눈앞에 반딧불이 같은 빛이 모이더니 이윽고 한데 뭉쳐져 실루엣이 되었다. '그것'은 나를 지그시 보며 레아와 아드리안이 사라진 방향을 가리켰다.

"가라는 거야……?"

그것이 입을 뻐끔거렸다.

[어서, 안배한 기회, 놓치지, 마라.]

띄엄띄엄이긴 하지만 머릿속으로 전해지는 목소리. 나는 흠칫, 몸을 굳혔다.

"설마 당신…… 악마야?"

그제야 실루엣 같던 모습이 자세히 보이기 시작했다.

은발. 부네와 몹시도 닮은 모습.

"……부네의 주인이구나. 그렇지?"

[그건 중요한 게 아니지.]

정체를 알아내니 목소리마저 정확하게 들린다.

[그분께서 네게 안배한 기회야. 이대로 놓치지 마라.]

"대체 무슨……. 이대로 둬도 레아는 살아남아."

[그럴까?]

뭐?
내가 눈을 동그랗게 뜨자 악마의 눈에 날카로운 예기가 실렸다.

[정말로 저들이 살아남을까?]

"대체 무슨 소리를 하는 거야."

그의 말을 곰곰이 되뇌던 난 흠칫, 놀라 소리쳤다.
'설마 그냥 과거가 아닌 건가.'
"내가 과거로 왔기 때문에, 지금의 미래가 펼쳐졌다는 의미야?"
악마는 서글프게 웃었다.

[그러니, 살, 아 남아, 그분을, 우리를…….]

악마의 목소리가 다시 뭉그러지기 시작했다. 나는 "잠깐!" 하고 소리
쳤으나, 악마는 이내 빛무리가 되어 사라졌다.
의문을 떨치지 못했지만, 이해는 했다. 그러니까 이건 그거다.
'내가 움직여야 레아가 산다.'
이곳에서 리세트 님과 아기새의 비밀을 알아낼 수 있다는 것도.
나는 땅을 박차고 달려 나갔다.
허겁지겁 달려가 겨우 레아와 아드리안을 따라잡았다.

풀숲에 몸을 숨기고 있는 뒷모습을 본 난 그들을 향해 손을 뻗으려다 말고 주먹을 움켜쥐었다.

미치거나 죽지 않은 게 신기할 정도로 신성력은 남아 있지 않다. 마법을 사용할 수 없다. 몸 상태가 최상인 것도 아니다. 게다가 이곳엔 날 돕고 지켜 줄 내 사람들도 없다.

아무것도 없는 상황에서 내가 할 수 있는 것은 무엇일까? 내가 할 수 있는 일이 있기는 한가? 짐만 되는 건 아냐?

그러다 흠칫하고 입술을 꽉 깨물었다.

'바보, 내가 언제부터 가진 게 있었어.'

뉴이트로 인해 신성력이 개화되기 이전엔 매번 비렁뱅이라는 소리를 들었던 나다. 지위, 돈은 물론이고 가족도 없었다. 회귀의 리스크까지 짊어지고 살아왔다. 배가 고프거나, 졸리거나, 몸이 아프면 어른의 사고를 하지 못하는 몸으로 꿋꿋이 살아 냈다.

'내게 언제부터 힘과 가족이 있었다고, 방패막이가 없는 것에 두려움을 느끼는 거야.'

내 모든 것은 내가 이룩해 왔다. 아무것도 없었지만, 나는 언제나 무언가 지키길 포기하지 않았다. 그것이 자신이든, 타인이든 간에.

'생각해. 분명히 방법이 있어.'

머릿속이 심박으로 어지러웠지만, 난 침착하게 주변을 둘러보고, 이 산의 지리를 떠올렸다.

나는 레아의 어깨를 잡았다.

"너……!"

깜짝 놀란 레아가 얼굴을 굳혔다가 주변의 기척을 살피고 목소리를 낮추었다.

"돌아가라고 했잖아. 위험하게 왜 여기까지 온 거야."

"제게 적을 따돌릴 방법이 있어요."

"어린 애가 뭘 안다는 거야. 도움은 이 소년으로 충분하다. 위험하니
넌 어서—"

"유인하는 거예요."

"적들이 유인계를 모를 리 없다."

"유인책을 쓸 수 있을 리 만무한 사람이 나선다면 믿을 수밖에요."

"뭐라고?"

나는 자신만만한 표정으로 스스로 가리켰다.

"아무리 똑똑한 사람이라도 이렇게 작고 어린 여자애는 경계하지 않
아요. 그러니까 레아와 아드리안은……."

내가 이어 속삭이자 두 사람의 눈이 동그래졌다.

*　　*　　*

나는 피에 젖은 어른의 망토를 끌어안고 적군의 앞으로 뛰어갔다. 그
리고 적군들을 마주치자마자 흠칫 놀란 척 어깨를 좁혔다. 나를 향해 달
려온 기사가 인상을 썼다.

"어린애입니다."

"어린애라고? 이런 시간에?"

기마병 사이에서 분주하게 지시 중이던 중갑을 입은 사내가 내게로
다가왔다. 사내의 시선이 내가 끌어안은 로브로 향했다.

"그건 무엇이냐."

"오, 옷이에요."

잔뜩 겁먹은 척 뒷걸음질 치자 중갑의 사내가 내 손목을 거칠게 틀어
잡았다.

"아야!"

"눈이 있으니 옷인 것은 알지. 누구의 옷이냐 물었다. 네 것은 아냐. 그렇지?"

"……."

입술을 옴짝거리던 나는 와앙ー! 하고 눈물을 터뜨렸다. 히끅, 히끅, 딸꾹질까지 하며 울자 후드를 깊게 뒤집어쓴 누군가가 다가왔다.

'손등의 시동인. 마법사다.'

마법사는 꽤 다정한 목소리로 물었다.

"너를 겁박하려는 것이 아니다. 솔직하게 말해 주면, 별일 없이 집으로 돌아갈 수 있을 거야. 누구의 옷이냐?"

"마, 말하지 말라고 했는데……."

사내는 품에서 은화 하나를 꺼내 내게 건넸다.

"누구의 것이냐?"

'옳지. 잘됐다. 이제 털어놔도 어린애가 돈에 구슬려졌다고 생각할 거야.'

나는 은화를 매만지며 말했다.

"이름은 몰라요. 장작으로 쓰려고 잔가지를 모으고 있었는데 어떤 언니가 도와달라고 했어요."

"도와줘?"

"아기가 태어난다고……."

말이 끝나기 무섭게 중갑의 사내와 마법사가 시선을 교환했다. 중갑의 사내는 흥, 웃으며 눈을 가늘게 떴다.

"이 쥐새끼들이 왜 도망치다 말고 산으로 숨어들었나 했더니 애가 나오려고 했구만."

"서두르죠. 험한 산에서 태어난 갓난쟁이가 얼마나 버틸 수 있을지 모르니.”

‘저게 무슨 소리야?’

마법사는 마치 아기새를 살려야 한다는 것처럼 말하고 있었다. 중갑의 사내도 초조한 듯 고개를 끄덕인다.

‘저들이 노리는 게 리세트 님이 아니라 아기새였어?’

어째서?

인질로 잡으려고 했다면 듀블레드 공작 부인으로 충분하다. 그런데 이들은 정작 리세트 님은 죽이고, 기억을 조작했다.

‘설마 기억을 조작한 게 아기새를 손에 넣기 위해서였나……!’

불현듯 깨달은 난 로브를 꽉 말아쥐었다.

마법사가 내게 물었다.

“우리는 산모를 돕기 위해 온 사람들이다.”

“저, 정말요?”

“그럼. 어디에 있는지 안내할 수 있겠니?”

“네!”

내가 고개를 끄덕이자 군사들이 우르르 따라오기 시작했다.

중갑의 사내는 서넛의 기병들을 연락책으로 남겨 두었는데, 저 정도 수라면 레아와 아드리안이 처리할 수 있을 거다.

난 사내들을 이끌고 한참을 걸었다. 그러면서도 중갑의 사내와 마법사가 하는 말을 엿듣는 걸 잊지 않았다.

“통신 방해 결계는 확실히 펼쳐 두셨소?”

“예. 한동안 듀블레드 내에서 통신 마도구와 이동진은 절대 사용할 수 없을 겁니다. 하지만 봉화가 올랐으니 테오도르 듀블레드도 곧 영지에 일이 터졌다는 것을 알게 되겠지요.”

"쓰레기 같은 것들이 오기만 깊어서. 날붙이를 맞았으면 곱게 갈 것을 기어코 봉화까지 올렸군."

"듀블레드 고용인들의 집념이야 유명하지 않습니까."

"이게 웬 고생이오. 하필이면 테오도르 듀블레드가 그 여자를 아내로 들여서……."

'그 여자를 아내로 들여? 리세트 님을 말하는 거야?'

중갑의 사내는 계속해서 투덜거렸다.

"역시 그 계집을 찾았을 때 당장 죽였어야 했지. 도망친 계집이 듀블레드 공작 부인이 되었을 줄이야 누가 알았겠소? 빌어먹을, 신께서 안배한 삶을 그따위로 허비하다니. 역시 죽어 마땅한 계집 —"

"입이 가벼우십니다."

마법사가 싸늘하게 다그치자 중갑의 사내는 머쓱한 듯 헛기침을 했다.

"나는 그게 아니라…… 그런데 왜 이리 으슥한 곳까지 온 거요."

중갑의 사내가 내게 버럭 소리쳤다.

"너, 제대로 가고 있는 것이 맞느냐!"

"마, 맞아요……."

"계집들에겐 이토록 깊숙이 들어올 시간이 없었을 텐데……."

중갑의 사내가 중얼거리자 마법사 또한 미심쩍은 표정으로 주변을 둘러보았다.

"아이야. 산에서 장작을 구하고 있었다고 했니?"

"네."

마법사가 내 손을 물끄러미 쳐다봤다.

"그런데 이제 보니 장작을 주워 살아야 하는 집의 아이라기엔 손이 고와. 고생 한 번 하지 않은 귀한 집 영양처럼."

그가 으득, 이를 갈며 덧붙였다.

"어린아이라서 방심했군."

"무슨 소리요?"

중갑의 사내가 묻자 마법사는 고저 없는 목소리로 말했다.

"아무래도 우리가 어린애라고 방심한 모양입니다. 유인계예요."

'들켰어!'

내가 주춤 물러나자 중갑의 사내는 몹시 노한 표정으로 고함을 내질렀다.

"이 빌어먹을 쥐새끼가 감히 나를 속여?!"

"제, 제대로 온 게 맞아요……."

내가 두 손을 꼭 말아 쥐었을 때였다.

쿠르르…….

땅이 가늘게 진동했다. 곧 무언가 거대한 것이 절벽 위에서 낙하했다. 적군들의 시선이 일시에 절벽 위에서 낙하한 것에게 향했다. 모두 시간이 멈춘 것처럼 얼어붙기를 수 초.

키에에엑 — !!

소름 끼치는 울부짖음과 함께 군사들이 소리쳤다.

"으아아악!! 몬스터다!!"

나는 새파랗게 질린 중갑의 사내와 마법사를 바라보았다.

"그것 봐. 제대로 온 게 맞잖아."

너희들을 위해 나와 레아, 그리고 아드리안이 마련한 함정으로.

"이 빌어먹을 계집애가……!"

"피하십시오, 베네딕트 경!"

날아오른 몬스터가 부리를 쩍 벌리자 셀 수 없이 많은 날카로운 이빨이 드러났다. 그리고 순식간에 중갑의 사내의 어깻죽지를 물어뜯었다.

"아아악!!"

찢어지는 비명이 터지고, 병사들은 혼비백산했다.

'이게 우리 자카리의 전술이었다 이 말이야!'

가상전의 우승을 안겨 줬던 자카리의 비열한 전술. 몬스터로 슈헤일 군을 때려 부순 그 전술 말이다.

이 산의 지형을 차근차근 되돌아보던 나는 이곳에 괴물 새의 둥지가 있음을 깨달았다.

'하로꽃이 피는 곳에 몬스터들이 터를 잡는다.'

그랬기에 제도 듀블레드저 뒤편 레드거스산에도 몬스터가 있던 것이다.

몬스터를 사냥하기 위해선 마법사가 필요하다. 적군에도 마법사가 있으나, 지금 사냥하기엔 무리다. 가상전 때와 같이 군사들의 대형이 완전히 무너져서 마법사가 시전할 충분한 시간을 주지 못하기 때문이었다.

지휘관인 중갑의 사내가 당황했다. 이렇게 되면 전열을 가다듬는 건 불가능했다.

마법사가 외쳤다.

"도망쳐라!"

'그래. 도망쳐, 이것들아!'

이 근방엔 저 마법사가 펼쳐 둔 결계가 있다고 했다. 통신 마도구와 이동진을 사용할 수 없게 하는 결계 말이다.

그 말인즉, 적군이 이대로 도망쳐서 오합지졸이 되어 버리면 다시 연락을 취해 뭉칠 수 없다는 것. 그리고 결계를 풀면 아빠가 이곳으로 올 것이다.

'어때, 너희들 수작에 너희가 당한 기분은.'

나는 혼비백산하여 도망치는 군사들을 보며 히죽 웃었다.

'아이고, 나도 도망쳐야지!'

얼른 로브를 괴물 새의 반대쪽으로 던져 버렸다. 피 냄새에 반응하는 괴물 새는 단숨에 로브를 낚아채 물어뜯었다.

나는 허겁지겁 달렸다.

'도망치는 건 내가 제일 빠르지. 여긴 내 홈그라운드라 이 말이야.'

저 적군들은 어디로 가야 하는지 모를 테니 우왕좌왕하면서 괴물 새를 유인할 것이다.

그런데,

"앗!"

등 뒤에서 중갑의 사내가 나를 끌어안았다. 어깨가 물어뜯겨 다 죽어 가는 와중에도 피를 묻히기 위해 나에게로 달려온 것이었다.

'이런. 피가······!'

중갑의 사내가 스르륵 쓰러지고, 괴물 새의 시선이 내게 향했다. 머리에 달린 여섯 개의 눈알에 날카로운 예기가 실렸다.

푸드덕—!

날아오른 괴물 새가 내게로 달려들었고, 나는 무심결에 눈을 꽉 감았다.

'아빠!'

그런데 이상했다. 아무리 시간이 지나도 아프지 않았다. 슬그머니 실눈을 뜨자 가녀린 등이 내 앞을 막아서고 있었다.

"괜찮니."

말도 안 돼.

나는 딱딱하게 굳어져 나를 감싼 사람을 바라보았다.

"괜찮은 거니?"

"······."

"아가야."

"……리세트 님."

얼굴이 새하얗게 질린 그녀는 천천히 미소 지었다.

주변을 둘러보았다.

거대한 창으로 괴물 새의 정수리를 찍어 누르고 있는 레아, 레아를 보조하는 세실리아, 신성력의 사슬로 괴물 새의 날갯죽지를 제압한 아드리안, 그리고 절벽 위에서 모포를 끌어안고 있는 레이나가 보였다.

'모포…….'

태어났다, 아기새가.

리세트 님이 내 뺨을 감싸며 말했다.

"……아가."

*　　　*　　　*

"다친 곳은?"

"…….."

그녀를 볼 때면 자꾸만 기묘한 감정이 샘솟았다. 내가 미래에 그녀의 남편과 아들들의 가족이 되기 때문일까. 사랑하는 사람들에게 있어 몹시 소중한 존재를 만났기 때문인가.

이유를 알 수 없었지만, 다만 확실한 건 가슴이 간질거리고, 눈가가 뜨거워진다는 사실이었다.

그때, 괴물 새가 크게 버둥거렸다.

"윽!"

레아가 비틀거리며 물러나고, 아드리안은 신성력의 사슬이 끊어져 손목에서부터 피가 뚝, 뚝 떨어졌다. 깜짝 놀란 나는 그를 향해 손을 뻗었다.

"아드—"

"가야 해. 걱정은 나중이야."

리세트 님이 나를 끌고 내달리기 시작했다. 아드리안과 레아, 세실리아가 우리를 쫓아 달렸다.

하지만 한 번 목표물을 정한 괴물 새는 빠르게 날아올라 우리의 뒤를 바짝 쫓았다. 뒤를 돌아본 레아와 세실리아가 걸음을 멈추었다.

"저희가 유인할 테니 먼저 산에서 내려가십시오."

레아의 말에 나는 흠칫했다.

"그건 안 돼요!"

내가 소리쳤으나, 레아는 고개를 저었다. 레아의 얼굴을 지그시 바라본 리세트 님이 고개를 끄덕였다.

"경에게 죽음을 허락하지 않았어. 살아서 내 품으로 돌아와라."

"제 부대가 언제 마님을 실망하게 한 적이 있습니까. 믿으십시오."

레아가 씩 웃자 세실리아도 고개를 끄덕여 동조했다.

'안 돼, 지원군이나 마법사 없이 어떻게 몬스터를 상대하겠다고!'

레아와 세실리아는 괴물 새를 향해 달려 나갔다. 나는 레아를 붙잡기 위해 허겁지겁 손을 뻗으려 했으나, 리세트 님에 의해 가로막혔다.

"아가, 그만……!"

"놔요. 놔주세요! 레아가, 레아!"

그때 내게로 성큼성큼 다가온 아드리안이 나를 휙, 안아 들었다.

"실례."

세차게 버둥거렸는데도 아드리안은 나를 놓아주지 않고 그대로 내달렸다. 리세트 님이 그런 우리를 따라 달려왔다.

괴물 새의 포효가 저 멀리에서 들리는 것으로 보아 레아와 세실리아가 몬스터를 잘 막아 내는 모양이었다.

계곡에 이르러서야 아드리안이 나를 내려 주었다. 나는 안절부절못하는 표정으로 괴물 새의 포효가 들리는 방향을 쳐다봤다. 그러자 아드리안이 내 어깨를 붙들었다. 그러곤 뒤를 힐끔 쳐다봤다.

그를 따라 시선을 돌리니 숨을 거칠게 몰아쉬고 있는 리세트 님이 보였다. 그녀가 뛰어온 길을 따라 피가 떨어져 있었다.

'하혈……'

아기새를 출산하자마자 무리했으니 상태가 나빠지지 않을 수 없을 것이다. 그 증거로 얼굴이 새파랗다. 금방이라도 숨이 꺼질 것처럼.

나는 상태를 묻기 위해 그녀에게 조심스럽게 다가갔다.

"괜―"

"괜찮니."

누가 봐도 상태가 나쁜 건 자신일 터인데, 리세트 님은 간절한 얼굴로 나를 보고 있었다.

"다친 곳은? 피는 어떻게 된 거야. 응?"

"저보다 리세트 님께서……"

그녀는 희미하게 웃으며 내 머리를 쓰다듬었다. 때마침 달을 가린 구름이 걷히고, 새하얗게 부서지는 달빛이 그녀를 비추었다.

이제야 그녀의 얼굴이 제대로 보였다.

'아……'

만월이 담뿍 배어든 것 같은 다정한 블론드, 언 땅에 고개를 내민 것처럼 강인한 녹안. 듀블레드에 남은 초상화에서처럼 눈부시게 아름다운 분이셨다. 다만, 초상화에 담을 수 없는 아주 특별한 분위기가 있었다.

"아가야."

웃는 얼굴이 요한과 똑같다. 그리고 눈은 앙리와 비슷하고 손톱 모양과 목가의 점은 이샤크와 같다.

나는 우물쭈물하며 말했다.

"하지만……."

"걱정하지 않아도 돼. 내게는 남들이 모르는 비밀이 있거든."

"비밀이요?"

"태어나 줄곧 신전에 노려졌지만, 내게도 꽤 도움이 되는 힘이 있지."

리세트 님이 장난스러운 얼굴로 속삭였다.

"나는 미래를 볼 수 있단다."

"네?!"

나는 깜짝 놀라 눈을 동그랗게 떴다.

'정말로 그런 힘이 있다고?'

당황스러운 말이었지만 짚이는 것은 있었다.

그녀는 아빠와 결혼해 듀블레드 공작 부인이 되고 나서도 대외 활동을 전혀 하지 않았다. 사람들은 그녀가 평민이고, 결혼 전에 신분을 샀기 때문에 정체를 철저히 감추기 위해서라고 했지만, 내 생각은 다르다.

"고모도 어머니를 그렇게 보호했잖아!"

그래, 보호.

가족들이 그녀를 신전으로부터 보호하기 위해 대외 활동을 제한했다면…….

이상한 점은 또 있었다.

'아빠는 어떻게 가주가 되었을까?'

물론 아빠가 누구보다 뛰어난 사람이긴 하다. 하지만 당시엔 오빠들이 모두 선대에게 인질로 잡혀 있었다. 그들을 지키기 위해 선대의 도구가 되어 위험한 전쟁을 몇 번이나 치렀지 않았던가.

만약 리세트 님이 미래를 보는 힘으로 아빠를 도왔다면, 그래서 오빠들을 되찾고 가주가 되도록 만들었다면…….

혼란스럽게 생각을 정리하는 내게 그녀가 말을 이었다.

"내일의 날씨를 알 수 있고, 특별한 약초가 어디에 자라는지도 알지, 어느 곳에 가면 사랑받게 될지 알고, 내가 언제 죽을지도 알지."

내가 멍하니 그녀를 올려다보던 찰나였다.

"마님!"

모포를 끌어안은 레이나가 우리를 향해 달려왔다. 헉, 헉, 숨을 몰아쉬던 레이나는 리세트 님을 살피며 다급히 물었다.

"괜찮으십니까? 다친 곳은요? 몸 상태는 어떠셔요? 예?"

"그리 다급하게 굴 것 없어."

"다급하지 않을 리가요! 출산하자마자 그리 달려가는 산모가 어디에 있답니까! 저를 심장 마비로 죽이려고 작정을 하신 거예요. 그런 게 분명해요!"

레이나가 울먹이며 소리쳤고, 리세트 님은 쿡쿡 웃었다. 리세트 님의 미소는 신기한 구석이 있었다. 화가 잔뜩 나 보이는 레이나마저 허탈하게 만들어 버리는 신기한 힘이 말이다.

리세트 님을 새초롬히 노려보던 레이나는 한숨을 터뜨렸다. 그러곤 조심스럽게 모포를 리세트 님에게 넘겼다. 레이나가 빙그레 미소 지으며 물었다.

"아기씨의 이름은 정하셨습니까?"

"그래."

리세트 님이 아이의 **뺨**을 조심스럽게 매만지며 말했다.

"르블레인."

뭐라고?

그녀의 시선이 내게로 향했다. 마치 시간이 멈춘 것 같았다. 이 세계에 오직 나와 리세트 님만이 존재하듯 우리는 하염없이 서로를 바라보았다.

그녀의 낮은 목소리가 계곡 아래로 내리깔렸다.

"나는 알고 있었단다."

"……."

"소중한 아이가 오늘 나를 찾아오게 된다는 것도 난 알고 있었어."

그녀는 다정히 웃었고, 나는 숨이 멎은 사람처럼 우뚝 굳어 버렸다.

"무슨 말씀을…… 무슨……."

내가 쥐어짜듯 묻자 리세트 님의 눈시울이 붉어졌다.

"너를 만날 날을 아주 오랫동안 고대하고 있었으니까."

"……."

"많이 자랐구나, 르블레인."

팔뚝만 한 아이를 품에 안은 리세트 님이 아주 다정한 손길로 모포를 끌어 내렸다. 아이의 모습이 드러난 순간, 사납던 바람이 온유해졌다. 바람이 아이의 붉은 뺨을 달래듯 스치고 지나가자, 아이가 바르작 몸을 움직였다.

옅은 갈색의 머리칼, 목가의 점. 태어난 지 얼마 되지 않아 눈을 뜨지 못했어도 나는 알 수 있었다. 저 눈꺼풀 안에 있는 동공이 나와 같은 색일 것임을.

"아……."

다리에 힘이 풀려 주저앉자 아드리안이 황급히 나를 부축했다.

"르블레인……."

"……나였어."

"……."

"나였던 거야."

왜 몰랐을까. 어째서 알려고 하지 않았을까. 내게 일어난 기적을 어째서 지금까지 몰랐던 것일까.

이 자리에 아빠가 있다면 말해 주고 싶었다. 이제 그 아이의 신발을 들고 홀로 서글피 서 있지 말라고. 지키지 못했노라 가슴 아파하지 말라고. 아빠의 곁에 아기새가 항상 있었다고.

내가 아기새였노라고.

＊　　　＊　　　＊

레이나에게 아기, 그러니까 과거의 나를 넘겨준 리세트 님이 내게로 다가왔다.

"이리 오렴, 아가."

어찌할 바를 모르고 치맛자락만 꽉 비틀고 있는 내게 리세트 님은 빙그레 미소 지었다. 아드리안이 내 어깨를 살짝 밀어 주어서 난 엉거주춤 그녀에게 다가갔다.

"이렇게 많이 컸구나. 배 속에서 발장구도 못 치던 작은 아이가."

"……."

"아버지에겐 태동을 들려주지 않아서 얼마나 서운해하셨는지 아니?"

그녀는 쿡쿡 웃으며 내 코에 자신의 코를 비볐다.

"저는…… 전……."

"곁에 있어 주지 못해서 미안해."

"……."

"오늘 아침에야 네게 올 고난을 알게 되어서 미안해."

"……마."

내 손을 꽉 그러잡은 그녀가 서글피 눈물을 흘리며 말했다.

"곁에 있어 주지 못해서 미안하다, 아가야."

"……엄마."

태어나 한 번도 부른 적 없는 단어를 입에 담았다. 단 한 번도 엄마를 부르며 울어 본 적 없는 내겐 너무나 기묘한 감정이 드는 일이었다.

아드리안과 레이나는 우리의 대화를 통해 상황을 파악한 모양이었다. 나와 함께 직접 과거로 온 아드리안은 침잠한 얼굴로 고개를 수그렸고, 레이나는 믿을 수 없다는 듯 입을 뻐끔거렸다.

"말도 안 돼. 그런 일이…… 그런 건……."

그때였다.

"찾았다."

소름 끼치는 목소리가 계곡에 울려 퍼졌다.

'중갑의 사내!'

내게 피를 묻혔던 그자가 죽지 않고 우리를 찾아낸 모양이었다. 괴물 새에게 물어뜯긴 어깨가 울퉁불퉁하게 붙어 마치 몬스터라도 된 양 소름이 끼쳤다.

엄마가 얼른 나를 등 뒤로 가렸고, 아드리안이 남자를 막아섰다. 손에 힘을 주던 아드리안의 표정이 굳어졌다.

"제길……."

'신성력이 부족한 거야.'

시동인이 떠오르지 않는다. 있는 것은 칼 한 자루.

나는 에트왈을 붙들었다.

'푸르.'

푸르!

아무리 불러도 대답이 없었다.

'어떻게 하지. 어떻게 해야……!'

중갑의 사내가 손을 치켜들었다. 그런데 손등에 본래 없던 무언가가 새겨져 있었다.

'문신…….'

그제야 나는 깨달았다.

지금껏 나와 우리 가족을 괴롭히던 '손등 문신의 남자'의 정체를.

'금술을 써서 살아남았고, 그 부작용으로 금술의 잔재가 손등에 남은 거야!'

문신의 사내가 비틀거리며 우리를 향해 다가왔다.

"그간 쥐새끼처럼 잘도 도망쳤구나. 더러운 계집, 감히 계시를 받은 몸을 진창에 굴렸으니 그분이라 할지라도 너를 구원하지 못하리라."

"입 닫아, 베네딕트."

리세트 님, 아니, 엄마는 그를 잘 아는 듯했다. 그녀가 여상한 투로 대꾸하자 사내의 얼굴이 일그러졌다.

"이 와중에도 입만……."

"한번 말하면 못 알아먹는 멍청함은 여전하구나. 친절하게 다시 말해 줄게. 그 입 좀 닫아. 내 새끼 앞에서 구린내 풍기지 말고."

"뭐라고?!"

나는 헉, 하며 숨을 삼키고 엄마를 쳐다봤다.

"내가 십 년 전에도 여러 차례 경고했을 텐데. 한 번만 더 날 빌어먹을 계집이라고 부르면 낭심을 터뜨려 주겠다고 말이야."

"비, 빌어먹을 계집이……!"

"세 살배기 내 아들도 너보단 단어를 많이 알 거야. 어쩌면 20년을 한 결같이 같은 단어만 반복하는지. 머리가 달렸으면 제발 공부란 걸 하고 살아."

'우와……'

고모가 보관하고 있던 쪽지를 읽었을 때부터 엄마의 비범함을 눈치채 긴 했지만, 실제로 보니 생각보다 더 용감한 분이시다.

사내의 얼굴이 붉으락푸르락 달아올랐다.

"내 손에 목이 비틀려도 입만 살았는지 어디 두고 보자. 저 간댕이 부은 계집애와 나란히 저세상 구경을 시켜 주마!"

잔뜩 흥분한 사내가 엄마에게 달려들었다. 솥뚜껑 같은 주먹이 막 엄마에게 닿으려던 찰나, 엄마는 사내의 발목을 잽싸게 걸어 넘어뜨리곤 가랑이 사이를 가격했다.

"꺼흑……!"

쥐어짜는 듯한 신음이 터졌다.

엄마는 긴 머리를 쓸어 넘기며 받은 숨을 몰아쉬었다.

"한 번만 더 네 더러운 입에 내 새끼를 올리면 칸테움의 광견을 다시 보게 될 거야."

"미친…… 이 미친 계집이……!"

그때,

쾅―!!

굉음과 함께 우리의 뒤편이 불에 타기 시작했다. 멈칫한 엄마가 뒤를 돌아보았다. 계곡 위에서 우리를 내려다보고 있는 건 베네딕트와 함께 보았던 마법사였다. 로브를 벗은 그의 뺨에 네리아드교의 문장이 빛나고 있었다.

그를 본 아드리안이 중얼거렸다.

"……추기경 바울."

그의 이름을 들은 난 흠칫, 고개를 돌렸다.

"바울이라고?"

운명의 아이로 자란 나조차 한 번도 본 적 없는 사내. 추기경 바울은 교황 크리스티앙의 친위대 소속으로 물밑에서 신전을 위해 일하는 자였다.

그리고—

'추기경 중 가장 강력한 힘을 지닌 자.'

성마 전쟁에서 단신으로 고원에서 온 고대 병기를 물리친 공로로 성인의 칭호를 받는 괴물 같은 사내.

'저자라면 나와 아드리안이 평소처럼 신성력을 회복하더라도 절대 이길 수 없어.'

엄마는 나를 등 뒤로 숨기고 바울을 향해 소리쳤다.

"지겹게 쫓아다니는구나, 바울!"

"성녀님께서 남들만큼만 음전하셨더라도 제가 이토록 애타게 찾아다니는 일은 없었을 겁니다."

"멋대로 계시를 내리고, 멋대로 성녀라 부르는 미친놈들이 포진한 곳에서 도망치는 것이야 당연하지. 당장 불을 꺼! 이 아래에 민가가 얼마나 있다고 생각하는 거야!"

"대의를 위한 불가피한 희생입니다."

엄마의 표정이 초조해졌다.

불이 빠르게 나무에 옮겨붙고 있다. 한시바삐 진화하지 못한다면 인명 피해가 심각할 터였다.

'하필 겨울이라 민가마다 기름을 저장해 두었을 터.'

거기다 이 시기엔 추위에 고통스러워하는 영지민들을 위하여 화력석을 보급한다.

'불이 붙으면 도망칠 새도 없이 폭발할 거야.'

평소엔 겨울철에 산불이 붙어나 화력석에 닿지 않도록 결계를 통해 실시간 불씨 감지를 하고 있지만, 적군의 습격으로 혼란스러운 상황에서 감지탑이 제대로 운영되고 있을 리 없다.

"아이를 넘겨주십시오, 성녀님."

바울이 오만하게 말하자 엄마는 모포 안에서 바르작거리는 과거의 나를 끌어안았다.

"새끼를 금수에게 넘기는 어미가 어디에 있느냐."

"어디 성녀님께만 모성이 있겠습니까. 저 산 아래 부모들이 타 죽어가는 아이들을 보며 무슨 생각을 할까요."

"……."

"현명하신 분이시니 잘 생각하십시오. 우리는 아이를 극진히 살필 겁니다. 성녀님께선 잠시 아이를 품에서 떼어놓기만 하면 수많은 영민을 살릴 수 있지요."

"바울!"

오열 같은 고함이 산 중턱에 메아리쳤다. 레이나가 어쩔 줄 모르는 목소리로 "마님……." 하고 속삭였다.

엄마의 손은 떨리고 있었다. 수많은 영민과 자식의 목숨 사이에서 이도 저도 못 하는 것이다. 엄마가 고민하는 동안에도 산불은 점점 더 거대해졌다.

나는 엄마의 손을 살포시 잡고 속삭였다.

"괜찮아요."

"……."

"저는 산전수전을 겪으면서도 그 안에서 즐거움을 찾는 씩씩한 애예요!"

내가 활짝 웃으며 말하자 엄마의 얼굴이 아프게 일그러졌다.

때마침 끙끙 앓던 베네딕트가 몸을 일으켰다. 그의 입매가 비열하게
비틀려 있었다. 그는 오랫동안 엄마를 안 만큼, 영민들을 절대로 버리지
않을 거라 확신하는 모양이었다.

잠시 고개를 푹 수그렸던 엄마는 천천히 얼굴을 들어 바울을 바라보
았다.

"나는……."

그녀의 표정에 단념이 서렸다. 어깨를 늘어뜨린 그녀를 본 바울이 씩
입꼬리를 올렸다.

"예, 성녀님. 옳으신 선택 － "

"현명한 사람은 못 되는 팔자인가 보다. 아무리 생각해도 내 새끼를
네놈들 손에 넘겨줄 수 없어."

"뭐라고요?"

엄마가 내 품에 과거의 나를 안겨 주었다.

"가."

"엄마?"

"산불은 내가 막을 테니 어서!"

엄마가 한 행동의 의미를 깨달은 레이나가 베네딕트에게 달려들어 시
간을 벌어 주었다.

"시, 싫어요."

엄마는 아드리안을 쳐다봤다. 그 후 그에게 무어라 속삭인 뒤, 어떤
것을 쥐여 주었다. 그것을 확인한 아드리안은 고개를 끄덕였다.

"무슨 일이 있어도."

그녀가 빙그레 웃자마자 아드리안이 나를 번쩍 안아 들었다.

"아, 안 돼. 이거 놔!"

"가야 해."

"싫어! 놓으란 말이야!"

엄마! 엄마ー!!

나는 아드리안에게 안겨 가면서 엄마를 향해 손을 뻗었다.

"싫어요! 안 갈래! 엄마ー!"

내 품에 안긴 갓난아이가 울음을 터뜨렸다. 마치 엄마를 다시 만나지 못할 것을 알고 있다는 듯이.

*　　*　　*

콰과과과광ー!!

리세트의 손등에 시동인이 떠오르기 무섭게 우레가 하늘을 울렸다. 이윽고 먹구름이 만월을 가리고 비가 한 방울, 두 방울씩 떨어지기 시작했다.

[이 멍청한 놈……!]

누군가의 목소리가 리세트의 머릿속에 울려 퍼졌다.

[나쁜 계집애, 협잡꾼, 광견. ……이 거짓말쟁이!]

"네겐 미안해, 푸르."

[친구가 되어 주겠다고 했으면서, 절대로 우릴 포기하지 않겠다고 한 주제에 제 목숨을 진창에 처박는 멍청이!]

[그만해, 한심한 놈. 우리보다 원통한 것은 리세트다.]

[…….]

사내의 목소리에 리세트는 고개를 떨구었다.

'아아, 내 친구들.'

리세트 셰이먼은 태어나기도 전부터 계시를 받은 특별한 자였다.

[검은 깃털의 아이. 영속의 달에 태어나, 시작과 끝을 이룰 태가 되리라.]

신전의 어르신들은 이 계시를 그들이 그토록 기다리던 신의 아이를 품을 성모를 가리킨다며 흥분했다.

대를 잇는다면 교단에 영겁의 부흥을 안겨 주리라.

하지만 정작 태어난 그녀의 어깨엔 부정한 문장이 새겨져 있었다. 사제들은 신성한 계시를 받았되, 부정한 존재인 그녀를 꺼림칙하게 여겼고, 그로 인해 그녀는 평생 외로움에 사무쳐야 했다.

그런 자신을 사랑해 주었던 존재는 이들이었다. 신전의 에트왈에 묶인 가엾은 존재. 누구도 말을 걸지 않는 자신에게 말을 걸어 주고, 친구가 되어 주었으며, 세상을 알려 준 나의 천사들. 네리아드 신의 사슬에 묶여 종속의 저주를 받던 이들을 구해 주고 싶어 신전에서 탈출했다.

에트왈에 갇힌 친구 중 한 사람은 말했다. 아둔한 짓이라고. 결국 신전에 붙잡혀 이전보다 더 끔찍한 삶을 살게 될 터라고.

'너희는 틀렸어.'

신전을 벗어난 후에야 그녀의 삶이 시작되었다. 피가 이어져 있지 않아도 서로를 끔찍이 사랑하는 가족을 만났고, 심장을 기꺼이 내어 줄 수 있는 남자를 만났으며, 사랑스러운 아들은 셋이나 낳았다.

그리고…….

'르블레인, 너를 만났어.'

외로움이 고통이 되어 하루하루를 견뎌 내듯 살았던 어린 나의 꿈에 언제나 나타나 준 아이.

"인생 뭐 있어? 못 먹어도 고야!"
"착하게 살아 봐야 뭐가 남는데. 그럴 바에야 나는 몹시 나쁜 어린이가 되겠어!"

오늘 아침에서야 꿈의 아이가 자신의 딸인 걸 알았을 때, 그녀는 곧 헤어질 것이란 슬픔보다 먼저 환희를 느꼈다.

나는 처음부터 너를 알고 있었어. 네가 내 꿈이자 희망이었어. 너처럼 살고 싶었어. 너를 언제나 사랑해 왔어.

밝은 너라서. 그토록 사랑스러운 너라서. 누구에게나 사랑받을 수밖에 없는 아이라서.

'내가 없어도 널 사랑해 줄 사람이 많이 있어서.'

"빌어먹을 년!"

기어이 레이나의 가슴에 검을 꽂아 넣은 베네딕트가 그녀를 향해 다가왔다. 절벽 아래로 도약한 바울 또한 점점 거리를 좁히고 있었다.

'너를 낳을 수 있다니, 나는 얼마나 행복한 존재일까.'

베네딕트의 검이 스르릉, 날카롭게 울었다. 바울의 손에서 뻗어 나온 검은 줄기가 그녀의 목을 향해 다가왔다.

"마님!"

멀리서 레아와 세실리아가 달려오는 것이 보였다.

"컥……!"

"감히 교단의 제1 성물을 훔친 죄인을 신의 품으로."

"신의 품으로."

베네딕트와 바울이 비열한 미소를 머금음과 동시에 리세트가 히죽,
하고 입꼬리를 올렸다.

"잊었어? 나 콘테움의 광견이야."

"뭐?"

바울이 인상을 찌푸렸을 때 리세트가 소리쳤다.

"한 놈은 문다고, 난."

"이런, 미친……!"

"같이 가자, 쓰레기!"

쾅─!!

둔탁한 폭음이 울려 퍼졌다.

"마님!"

"안 돼!!"

바울의 얼굴에서 점점 생기가 빠져나갔다. 마치 미라라도 된 것처럼
점점 쪼그라들던 그는 피를 토하며 리세트의 발밑에 쓰러졌다.

"이, 마……녀."

"그래. 난 마녀야."

"아아……."

"지옥에서 만나자."

나무껍질처럼 말라붙은 바울은 이윽고 먼지가 되어 바람에 날려 사라
졌다.

신성력의 폭발에 말려든 베네딕트의 몰골은 끔찍했다. 얼굴 한쪽이
완전히 일그러진 그는 검조차 잡을 수 없어 바들바들 떨리는 손을 끌어
안고, 벌레처럼 땅을 기었다.

리세트는 스르륵 주저앉았다.

"마님……!"

"리세트 님!"

레아와 세실리아가 그녀를 향해 달려왔다.

"아, 아아……! 마님, 제발……!"

레아가 무너지는 리세트를 끌어안았다.

"너희냐. 내 영민들이 지나는 길목을 막고 자릿세를 받는다는
건달 자매가."

"나와 가자. 한 녀석은 손이 야무지고, 한 녀석은 주먹을 잘 쓰
니 성에서 시킬 일이 있겠어."

"그것 봐. 내가 세상에 태어나고 두 번째로 잘한 일이 너희
를 데려온 거란 말이야. 첫 번째로 잘한 일? 당연히 눈에 넣어
도 안 아플 내 새끼들을 낳은 일이지. 테오를 만난 일은 뭐냐고?
뭐…… 서른두 번째쯤 잘한 일이랄까."

"제발 정신 차리세요, 마님. 마법사가 죽었으니 결계가 사라질 겁니
다. 주군께서 돌아오실 거예요."

"레……아."

"마, 마님……! 세실리아, 너는 의사를……!"

리세트는 오열하는 레아의 손을 붙들었다.

"너희가…… 약……속해 줘. 르블……을, 아기새를 지켜 주겠……다
고, 약속해 줘."

"약속할게요. 약속해요! 그러니까 제발……!"

"나를 대신……해서 그 아이의 머리를…… 빗겨 줘."

"……."

"잠이 들 때……까지…… 노래를 불러 주고…… 넘어질 때면……

손……을 잡아 주고…… 필요할 때면 언제나…… 언제나 곁에 있어 줘."

"……."

"네가 그 아이의…… 어머니가 되어…… 줘."

레아와 세실리아가 다급히 대답했다.

"약속해요, 약속하겠어요."

"평생의 종이 되어 충성할 거예요. 원하는 바가 모두 이뤄지도록."

그 순간, 리세트의 옷깃 안에서 빛이 퍼지며 세실리아와 레아에게 문신 같은 사슬이 생겨났다.

"컥!"

울컥, 하고 튀어나온 선혈이 리세트의 옷깃을 흠뻑 적셨다. 손이 툭, 땅으로 떨어지고 고통스럽게 일그러졌던 얼굴에 평화가 돌아왔다.

레아가 절규하듯 소리쳤다.

"마님! 세실리아, 어서……!"

얼굴이 온통 젖은 세실리아는 리세트의 손등 위로 손을 겹치고 고개를 가볍게 저었다.

"늦었어요……."

바닥에 떨어진 리세트의 손이 칼을 맞아 쓰러져 있던 충성스러운 하녀의 손끝에 닿았다. 레이나의 눈빛이 흐려졌다.

그녀는 태양이요, 빛이며, 삶 자체였다. 비천하게 태어나 음식을 먹는 날보다 배곯는 날이 많은 시궁쥐 같은 인생이 그녀를 만나 의미를 찾았다.

이토록 애끓는 충의가 어떻게 사랑보다 부족할 수 있겠는가.

온 마음을 다해 당신을 존경하고 사랑했어요. 저의 매일은 당신이었어요. 저는…… 마님, 저는…….

스르륵, 눈이 감겼다.

"언니?"

"레이나 님……."

"언니!"

시체 두 구를 끌어안은 레아는 서럽게 울었다.

어떻게 이럴 수 있어. 신이 있다면 어떻게 우리에게 이 사람들을 빼앗을 수 있어.

레아에게 있어 리세트는 목적지였고, 레이나는 삶의 이정표였다. 두 사람이 있기에 결코 길을 벗어나지 않을 수 있었다.

내가 당신들 없이 어떻게 살아야 한단 말이야.

삶이 목적을 잃었다.

'나는…… 난…… 차라리 당신들과 함께…….'

그때였다.

리세트의 목에 걸려 있던 팬던트에서 번쩍, 빛이 나고.

"네아!"

어딘가에서 명랑한 아이의 목소리가 들려왔다.

"네가 그 아이의…… 어머니가 되어…… 줘."

검게 흐려졌던 레아의 눈빛에 이채가 돌아왔다.

"아기님……."

아이를 찾아야 한다. 리세트 님의 딸을, 작은 주인을 찾아야 했다.

레아와 세실리아가 시선을 맞추었던 그때였다. 등 뒤로 인기척이 들렸다.

젖은 땅에 로브 자락을 끌며, 새파란 얼굴의 사내가 모습을 드러냈다. 그가 허공에 손을 젓자 검은 연기가 산을 뒤덮었다. 연기는 곧이어 일렁이는 벽으로 웅축되어 레아와 세실리아의 주변을 감쌌다.

레아와 세실리아가 숨을 크게 들이켰다.

"너는……!"

그러나 그것으로 끝. 주변이 암전되고 두 사람은 시체 주변으로 무너져 정신을 잃었다.

리세트의 시체를 둘러멘 사내가 고저 없는 목소리로 말했다.

"목격자들의 기억을 소거하고 에트왈과 죄인을 찾았습니다."

[네 아버지와 친구는 돌려보내 주도록 하지.]

그리고 통신이 끊어졌다.

한동안 우두커니 서서 쓰러진 자들을 바라본 사내는 눈을 꽉 감았다. 등을 돌리려던 찰나,

탁!

세실리아의 손이 사내의 발목을 잡았다.

"신전의 끄나풀인가."

"……"

"지옥에…… 떨어져라."

그러나 그것으로 끝. 세실리아는 눈을 감았다. 레아와 세실리아에게서 흘러나온 눈물에 마지막 불씨가 사그라들었다.

우두커니 서 그녀를 바라보던 사내는 쓰게 웃었다.

"그래. 난 지옥에 떨어질 거야."

그러니 부탁한다.

'웨일, 너는 부디…….'

이것이 모든 일의 서장임과 동시에 종장이 될 이야기.

어둠 속에서 빛이 보였다.

그 옛날, 길목을 막고 통행세를 빼앗던 어린 건달 자매를 찾아왔을 적의 젊은 리세트가 레이나에게 손을 뻗었다.

두 손을 꽉 맞잡은 그녀들은 빛을 향해 달려갔다. 빛으로 갈수록 점점 어려져 종국에 어린아이가 되어 버렸다.

'아, 참 좋은 삶이었어. 열심히도 살았지.'

'이제 열심히 사는 건 신물이 나요.'

'가자. 영원한 안식으로.'

맑은 웃음소리가 어둠에 흩어졌다.

아이가 출발선에 서기 전 잃어야 했던 소중한 자들의 이야기였다.

*　　　*　　　*

아드리안이 산 초입으로 내려와 나를 내려놓을 즈음, 등 뒤에서 폭음이 들렸다. 빗발에 가라앉은 흙내음이 비강으로 밀려들고, 산이 가늘게 흔들렸다.

사람이란 기이하다. 보지 않아도, 듣지 않아도 알 수 있었다. 이제 다시 엄마를 볼 수 없을 것임을.

"르블레인."

어딘가에서 엄마의 목소리가 들렸다. 나는 입술을 꽉 깨물었다.

"르블레인……."

참으려 해도 자꾸만 눈물이 나와서 나는 어깨에 바짝 힘을 주고 웅얼거렸다.

"나는 괜찮아."

"……."

"미나를 대신해 제단에 누웠을 때도, 발루아 공작에게 가혹하게 매질당할 때도, 사흘을 굶었을 때도 난 괜찮았어."

"……."

아드리안은 나의 말이 무슨 의미인지 모를 텐데도 나는 스스로 되뇌듯 중얼거렸다.

"버티면 좋은 일이 생길 거야. 늘 그랬어. 그러니까……."

등 뒤로 따스한 온기가 닿았다. 나를 끌어안은 아드리안이 아주 낮은 목소리로 말했다.

"버티지 않아도 돼."

"……."

"그래도 돼, 르블레인."

"으……."

참으려 했던 눈물이 봇물 터지듯 새어 나왔다. 쉴 새 없이, 끊임없도록. 어린 나는 아무것도 모른 채로 하염없이 우는 내 품에 안겨 있었다.

얼마나 지났을까.

아드리안이 나를 돌려세워 눈가를 문질러 주었다. 나는 훌쩍이며 손바닥으로 눈을 꾹꾹 눌렀다.

"가자."

"괜찮겠어?"

"응."

서두르지 않으면 신전에서 지원군이 들이닥칠지 모른다. 거기다 어린 나는 태어난 지 얼마 되지 않았으므로 이대로 시간을 지체하다간 돌이킬 수 없게 될지도 모른다.

우리는 산을 벗어나 민가로 내려왔다.

해가 완전히 저물었는데도 사람들이 대문 밖으로 나와 웅성거리고 있었다. 그들이 바라보는 방향을 향해 고개를 돌리자 듀블레드의 군마가 빠르게 달리고 있었다.

가장 선두에서 달리는 사람을 본 난 모포를 꽉 그러쥐었다.

'아빠.'

흔들리는 눈으로 그를 응시하는 나에게 아드리안이 말했다.

"지금 듀블레드 공작에게 아이를 맡기면 넌 이전과 같은 일을 겪지 않아도 돼."

"……."

"아주 괴로운 일이 있었던 거잖아."

아빠를 하염없이 바라보던 난 천천히 등을 돌렸다.

"르블레―"

"지금 내가 돌아가면 듀블레드는 또 한 번 진통을 겪어야 할 거야. 내가 듀블레드에 있다는 걸 알면 신전에서 또 한 번 공격해 올 테니까."

"……."

"지금 전면전을 벌이면 패하는 건 듀블레드야."

듀블레드가 마르슈에 필적하는 강대한 가문으로 성장한 건 지금으로부터 4년 후. 그런데다가 아빠가 가주가 된 지 얼마 되지 않았을 시기라 내부가 혼란스러울 테니, 듀블레드는 절대로 신전을 이기지 못할 거다.

"아빠는 필패라는 걸 알면서도 나를 지키기 위해 필사적으로 움직일 거야."

"……."

"그러니까 갈 수 없어. 아빠가 찾을 수 없도록 아이는 여기서 먼 보육원에 맡길…… 아."

나는 불현듯 떠오른 생각에 쓰게 웃었다.

'나였구나.'

어린 나를 보육원에 맡긴 사람이 나였던 거다.

나는 발을 움직였고, 아드리안은 나를 따라와 주었다. 우리는 상단의 물자를 옮기는 마부에게 부탁하여, 마차를 얻어 탔다. 몇 시간을 내내 달려 도착한 곳은 도시, 콴테움.

짐칸에서 내린 우리는 세뷸런드 국영 보육원으로 향했다. 듀블레드령으로부터 떨어져 있고, 국가에서 운영하므로 신전에서도 쉬이 손댈 수 없는 곳.

아이가 몸을 바르작거리며 작게 칭얼거렸다.

"아드리안, 부탁해."

"정말로 괜찮겠어?"

"그래."

아드리안이 아이의 이마에 손을 얹었다. 따스한 빛이 어린 나의 이마 주변에 어른거렸다. 이윽고 아드리안의 시동인과 같은 문장이 이마에 새겨지고, 아이는 수마에 빠져들었다.

나는 어린 나의 힘을 봉인했다. 설사 신전이 찾더라도 이 아이가 나임을 알 수 없도록.

바울에게 받은 은화를 모포 안에 잘 집어넣은 난 아이의 이마에 나의 이마를 맞대고 속삭였다.

"많이 힘들 거야."

가족이라 믿었던 자들에게 버림받고, 가정의 불순물이 되어 학대받고, 거지가 되어 하루하루 먹고사는 것이 힘에 부칠 거야. 스스로 원망하게 될 수도 있어.

그렇지만, 아가야.

너는 불행 속에서도 작은 행복을 찾는 씩씩한 애로 자라게 될 거야. 절대로 스스로 포기하지 않는, 엄마처럼 강한 애가 돼. 그리고 가족을 만나게 되지.

'행복해질 거야.'

떨리는 손으로 마부에게서 받아 온 종이와 펜을 잡았다.

[르블레인. 2월 29일생.]

그렇게 난 운명 속으로 걸어 들어가게 된 것이다.

*   *   *

나는 보육원 담장 아래에 숨어 어린 내가 보육사에게 발견되는 모습을 지켜보았다.

모포를 들치어 본 보육사들은 허겁지겁 어린 나를 안아 들고 소리쳤다.

"원장님, 갓난쟁이예요!"

"세상에, 아기 상태가 왜 이래. 아시탈, 너는 가서 얼른 더운물을 내와라."

"예, 예……!"

어린 나를 안은 중년의 여성 둘과 젊은 사내가 서둘러 건물로 뛰어 들어갔다. 나는 그들이 사라질 때까지 뒷모습을 하염없이 바라보다가 고개를 돌렸다.

아드리안이 가라앉은 눈으로 나를 바라보고 있었다.

"⋯⋯."

그는 아무런 말이 없었다. 몇 마디의 위로보다도 쓰게 느껴지는 침묵이었다. 난 차마 괜찮다는 말이 나오지 않아서 애써 웃으며 소리쳤다.

"이제 돌아가자. 아, 그런데 어떻게 가야 하지?"

이곳에 온 건 자의가 아니었으니, 우리의 마음대로 돌아갈 수 없었다. 나는 턱을 쥔 채로 끙끙거리며 고민했다.

"추기경이 가지고 있던 보석이 과거로 돌아오게 된 매개였으니까 그걸 찾아야 하는 건가. 아, 하지만 지금은 연고도 없는 어린애일 뿐인데 그걸 어디서 찾아야⋯⋯."

"내가 알아."

"응?"

"돌아가는 방법은 내가 알고 있어."

그렇게 말한 아드리안이 품에서 무언가를 꺼냈다. 자그마한 옥색의 보석과 편지였다.

"그걸 어떻게⋯⋯."

"네 어머니께서 내게 주셨으니까."

"뭐라고?"

"그분께선 모든 것을 알고 계셨어."

나는 땅에 뿌리박힌 듯 굳어져 아드리안을 쳐다보았다. 불현듯 엄마가 나를 떠나보낼 때, 아드리안에게 무어라 속삭이던 것이 떠올랐다.

그는 내게 보석과 편지를 건넸다. 떨리는 손으로 편지를 열어 보자, 빼곡하게 글이 적혀 있었다. 언젠가 고모의 방에서 본 쪽지의 필체다.

[네가 이 글을 읽을 때쯤이면 우리는 이별을 했을까.

아가야. 사랑하는 나의 아기야. 설혹 이별했더라도 너무 슬퍼
하지 마라. 삶에 후회가 없으니 나는 아주 운이 좋은 사람이야.

내가 네게 무엇부터 말해야 할까. 어릴 적부터 신전에 의해
삶의 목적이 정해졌다는 것부터가 좋겠구나.

어릴 때의 나는 꽤 불행한 아이였어. 40프랑에 부모에게 팔
려 와 신전이라는 감옥에서 살았단다. 그때 기쁨이 있다면 오직
꿈에서 보는 명랑하고, 사랑스러운 아이뿐이었어.

달콤한 곱슬머리를 가진 아이는 언제나 활기차고 다정하며
악랄했지. 마음을 나누는 사람이라면 누구 하나 그 아이를 사랑
하지 않는 이가 없었단다. 내가 잘 아는 어떤 노인은 그 아이를
아기님이라고 불렀어.]

나다. 이건 나의 이야기였다.
'노인은 의장이구나.'

[어떤 고난에도 절대 멈춰 서는 법이 없는 아이를 나는 아주
어렸을 때부터 사랑했단다. 그러니 그 아이가 내 자식이라는 것
을 깨달았을 때 얼마나 기뻤겠니.]

이제 울지 않겠다고 결심했지만, 자꾸만 눈시울이 젖어 들어 소중한
편지 위로 눈물이 뚝, 뚝 떨어졌다.

[꿈의 아이 덕분에 나는 용기를 낼 수 있었고, 신전을 나와 비
로소 내 삶을 찾았어.

그리고 신전을 떠나던 내 손엔 아이의 목에 걸린 것과 같은 육망성의 펜던트가 쥐어져 있었단다.]

뭐라고?
신전에서 보관하는 육망성의 펜던트라면…….
'에트왈.'

　　[그것엔 여섯 명의 친구가 있었어. 너를 이곳에 보내 준 다정한 이와 언젠가 너와 함께하게 될 사랑스러운 사슴도 말이지.]

푸르…….

　　[친구들은 내게 아주 많은 도움을 주었지. 그 애들 덕에 내게도 가족이 생겼고, 평생을 함께하고픈 연인이 생겼으며, 소중한 너와 오빠들을 낳을 수 있었어.
　　하지만 나는 알고 있었단다. 친구들이 나를 돕는 이유는 진정한 주인이 어떤 이유로 나를 돕고 있기 때문인 것을.
　　그리고 오늘에서야 그들의 진정한 주인이 누군지 알게 되었지.
　　아가야, 너는 처음부터 마지막까지 내 인생을 구원했구나.]

　　편지는 다음 장으로 이어졌다. 그러나 '가장 중요한 말'을 마지막으로 글이 끊겼다.

　　[……그러니 부탁해. 나를 대신하여 이들을 지켜다오.

아가야, 너는 언제야 내 곁에 와 줄까. 네 이름을 알고 싶―]

편지의 필체가 일전에 본 쪽지에서보다 지저분한 데다 뭉개진 것으로 보아 엄마는 신전의 공격을 피하던 중에 이것을 작성한 모양이었다.

초조한 삶의 끝으로 달려가고 있다는 것을 알면서 편지를 쓰던 엄마는 어떤 기분이었을까.

'엄마는 틀렸어요.'

내가 엄마를 구원한 것이 아니라, 엄마가 나를 구원한 것이었다.

나는 편지를 끌어안고 한동안 숨죽여 울었다.

"르블레인……."

"나, 나는 결국 아무것도 하지 못했어."

아드리안은 얼굴을 일그러뜨린 나를 가만히 안아 주었다.

"그렇지 않아. 분명히 변한 것이 있어."

"그치만……."

"내 말을 믿어, 르블레인."

아드리안이 지그시 나를 바라봤다. 나는 강인하게 빛나는 그의 눈을 정신없이 바라보다가 입술을 꾹 깨물고, 손바닥으로 눈을 문질렀다.

"마, 마지막으로…… 마지막으로 우는 거야……. 도, 돌아가면 울지 않을 테니까, 그러니까……."

"응."

훌쩍, 코를 들이켜고 보석을 꽉 쥐었다.

"돌아가자."

"그 보석은 악마의 통로였던 광물이래. 아마 우리를 이 시간으로 보낸 악마가 아닐까 싶다."

눈치 빠른 아드리안은 목격한 일과 엄마에게서 들은 말로 상황 짐작을 끝낸 모양이다.

"시간에 오류를 만든 악마의 통로를 가지고 있다면 돌아갈 수 있을 거야. 원래의 시간으로."

"응."

"내 예상으론 우리가 이곳으로 오던 그 시간으로 갈 거야. 혹시 추기경과 마주칠 수 있으니 조심해야 해."

내가 고개를 끄덕이던 찰나, 아드리안이 어린 내게 했듯 이마를 맞대었다. 몸이 따스해지고, 바닥을 기던 신성력이 차오르는 것이 느껴졌다.

"……아드리안?"

불현듯 불안해졌다.

왜 추기경을 조심하라고 주의 주고, 내게 신성력을 넘겨주는 거지. 마치 혼자 보낼 것처럼.

그때였다.

쾅—!!

땅이 거칠게 흔들리고, 주변으로 작고 검은 구체가 내게로 밀려들었다. 주변이 소란스러워졌다.

"지진? 지진인가?!"

"꺄악—!"

나는 얼른 아드리안을 향해 손을 뻗었다.

"얼른 잡아!"

하지만 아드리안은 내게서 몇 걸음 물러났다.

"나는 아직 해야 할 일이 남았어."

구체가 나를 마치 모포처럼 감싸 안고 그 안에서 빛이 퍼지기 시작했다. 점점 몸이 부유하고 있었다.

아드리안은 빙그레 미소 지었다.

"조심해서 돌아가."

"아드리안 — !!"

눈앞이 새카매졌다.

그리고 눈을 떴을 땐…….

* * *

나는 황급히 주변을 둘러보았다.

추기경의 방 안.

보석이 들어 있던 상자가 열려 있고, 내 손엔 아드리안이 쥐여 주었던 보석과 과거로 떠나기 전 상자에서 꺼냈던 보석이 각각 들려 있었다. 아드리안은 없었다.

'이 바보……!'

거기서 할 일이 뭐란 말이야!

난 얼른 보석에 신성력을 불어넣었다.

'다시 과거로 보내 줘, 제발!'

아드리안을 데려와야 한다. 악마의 통로는 과거에 있던 것과 미래에 있는 것 모두 내 손에 있다. 이렇게 되면 아드리안은 돌아올 수 없을지도 모른다.

그런데,

"황제가…… 님을 황비로 만들어야…… 황태후는 아직 소식이 없나?"

멀리서 사람의 목소리가 들려왔다.

'추기경이 돌아온 거야.'

추기경의 보석이 사라진 걸 알면 신전에서 범인을 수색하려 할 거다. 그 시간에 내가 숙소에 없었단 걸 알게 되면 신전과는 전면전을 벌여야 할지도 모른다.

'아직은 안 돼. 전쟁은 이쪽에서 준비를 마친 후의 일이야.'

무엇보다 두 보석 모두 탁해졌다. 악마를 돌려보내고 난 후의 통로처럼.

'더 이상 악마의 통로가 아니란 소리지.'

그런 보석은 내게 필요가 없으므로 나는 황급히 상자에 있던 보석을 돌려놓고서 비밀 통로를 통해 빠져나갔다.

황급히 숙소로 되돌아온 난 헉, 헉, 숨을 몰아쉬었다.

"아기님?"

"……세실리아."

"세상에, 아기님. 웬 땀이……!"

나는 얼른 그녀의 손을 잡았다.

"아드리안. 혹시 아드리안의 소식을 들은 것 없어?"

"있죠."

"혹시 아드리안이 성인이 된 거야?!"

과거에서 돌아오지 못했다면 그 시간 그대로 살아가야 할 테니 지금은 성인이 되었을 거다.

"무슨 말씀을……. 그게 아니라 폐하께서 오늘 아침에 국경으로 가라는 명을 내리셨대요."

"국경?"

"네. 아마 지금쯤 출발하셨을걸요? 듣자 하니, 이제 슬슬 1황자와 대적시키기 위해 국경 세력을 2황자님께 붙여 주려는 모양이라고……."

아드리안이 오늘, 날 찾아온 게 이 이야기를 해 주려고 한 건가 보다.

'그럼 국경으로 도착할 때까지 시간은 벌었어. 그 전에 아드리안을 데려올 방법을 찾아야…….'

그렇게 생각하고 있던 때에 무언가 눈에 들어왔다. 숙소를 나갈 땐 테이블에 없던 책이 놓여 있었다.

"……저건 뭐야?"

"잠시 나갔다 오니 놓여 있던걸요. 아기님의 것이 아닌가요?"

나는 황급히 책을 펼쳐 보았다.

'내 것이 아니야.'

이 책은 일지였으니까. 그러니까 황태후의 서고에 있는 나의 일지 말이다.

아드리안.

내가 황태후의 서고에 들어갔던 걸 아는 건 아드리안뿐이다. 그 애의 아망드는 잔여 마나를 감지할 수 있으니, 일지에 내 마나가 잔뜩 묻어 있어서 내가 이것을 보고 있던 걸 알았나 보다.

이상한 건 일지의 내용이 황태후의 서고에서 본 것과 다르다는 것이었다.

[한 달이 지나도 아이는 울지도, 웃지도 않는다. 회의에서 아이를 포기하기로 결정되었다. 안타까운 일이다.]

납치된 내용도 전혀 없다.

'이게 대체 어떻게 된…….'

그런데 그때였다.

일지에 적힌 글씨가 지워지며 새로운 글이 나타나기 시작했다.

[아이가 사라졌다가 돌아왔다. 돌아온 아이는 평범하게 울고 웃는다.]

[아이의 머리맡에 제비꽃이 놓여 있었다.]

[오후 두 시경이면 누군가의 그림자가 창밖에 어른거린다는 이야기를 들었다. 나는 범인을 잡기 위해 몰래 숨어 기다렸는데, 나타난 것은 아주 아름다운 금발의 소년이었다. 소년은 해코지는커녕 아이의 머리를 쓰다듬고 아주 다정히 웃은 뒤에 돌아갔다.]

날 납치했다가 돌려보냈던 자가 아드리안이었던 거다.

날 지켜 주려고 돌아오지 않은 거야?

무심코 책을 내려놓던 난 뒤표지에 적힌 생일에 한 번 지워진 자국이 있다는 걸 발견했다. 아주아주 어렴풋이 '1월 7일'이라고 적힌 것이 보였는데 그 위에 '2월 29일'이라고 덧써져 있었다.

순간, 아드리안의 '남은 일'이 무엇인지 깨닫고 말았다.

"이 멍청이, 바보. 말미잘 같은 게……!"

"아기님?"

내가 어린 나를 놓고 온 날이 1월 7일. 그렇기에 2월 29일이 생일이라고 믿을 리 없으니 서류가 전해질 때 몰래 고친 것이다.

'고아 아이의 생일은 보통 보육원 서류에 올라간 날로 한단 말이야.'

일부러 남아서 지키지 않아도 됐는데.

나는 입술을 꾹 깨물고 세실리아에게 말했다.

"나, 집에 다녀와야겠어요."

"예?"

"가족들에게 할 말이 있어."

Chapter 16.

저택으로 가기 위해 마차에 오른 난 두 손을 꼭 맞잡았다. 차게 식은 손은 아무리 매만져도 온기가 돌아오지 않았다. 마차가 달리는 내내 오직 한 가지 생각만이 머릿속을 맴돌았다.

'뭐라고 말해야 할까.'

아빠가, 오빠들이 나를 믿어 줄까. 레아와 고용인들, 그리고 고모에겐 무어라 설명해야 하는 걸까.

'내가 아기새인 걸 안 가족들이 고통스러워하지 않을까.'

불안이 꼬리에 꼬리를 물었다.

내가 회귀자임을 밝혔을 때처럼 아빠의 얼굴이 고통스럽게 일그러지는 것은 보고 싶지 않다.

신전이 엄마를 노려서 가족들에게 있어 더없이 큰 상처가 된 그 일은 모두 나로 인해 벌어진 일이었다.

그 때문에 아빠는 사랑하는 아내를 잃었고, 안주인의 자리가 공석이기에 앙리가 학대당할 여지가 생긴 것이며, 이샤크는 어머니의 정을 모르고 자랐다. 요한 또한 위태로운 가정에서 필사적으로 발돋움하느라 아픈 것조차 내색하지 못했다.

레아는 존경하는 주인을 잃고 하나뿐인 가족을 지키지 못했고, 고모는 가장 사랑하는 친구를 떠나보내야 했다.

'엄마⋯⋯.'

엄마는 나를 강한 아이라고 했지만, 사실 하나도 강하지 않다.

나는 도무지 죄책감을 지울 수가 없었다.

'가족들에게 말해도 되는 걸까.'

그들이 나를 미워하면 어쩌지. 지금은 재회에 기뻐해도 마음 깊은 곳에선 엄마를 잃게 한 게 나라고 생각하면 어떻게 해야 하지.

'나는 왜 악신의 아이로 태어난 거야. 어째서 신전이 노리는 힘을 타고 태어난 거냐고.'

내가 이 모든 상황의 시초인 것을 나 스스로 용서할 수 없었다.

고민하던 와중에 마차가 저택에 접어들었다. 곧이어 바퀴가 멈추고, 나는 마부의 손을 잡고 마차에서 내렸다.

"아가씨?"

중정을 나서던 의장이 나를 발견하고 미간을 좁혔다.

"밤늦게 무슨 일이십니까."

"의장이야말로 왜 아직 저택에 있어?"

"대회의가 있는 날입니다. 더불어 간택 관련해서도 각하와 논의할 일이 있고요."

"그렇구나."

의장은 나를 빤히 바라보았다. 이따금 그가 나를 이토록 지긋한 시선으로 볼 때면 나는 속마음을 속속들이 들킬 것만 같았다.

"왜 그런 눈으로 보는 거야."

내가 한 걸음 물러나며 눈을 가느다랗게 뜨자, 의장이 말했다.

"또 무언가 곤란한 생각을 하시는 것 같기에."

"곤란하다고?"

가볍게 고개를 끄덕인 의장이 말했다.

"아가씨."

"응."

"반백 년이 넘게 살아서 이제 한 세기를 앞둔 저도 상황을 맞서지 못할 때가 있습니다."

"……뭐라고?"

"사람은 말입니다. 그럴 때면 스스로 탓하게 되지요. 일종의 방어입니다."

"……."

"감기에 걸리면 내가 옷을 가볍게 입어서, 어딘가에서 얻어맞으면 내가 그곳으로 가서, 사소하게는 장미 덤불에 찔린 것조차 내가 관리하지 못했다고 생각하는 겁니다. 내 탓이어야 덜 억울하니까요. 사실은 우연히 일어난 사고일 뿐인데."

"……이상해."

나는 입술을 삐죽이며 말했다.

"무슨 일이 있는지 알지도 못하면서 왜 그런 말을 해."

"아가씨께선 때때로 학대당한 아이의 트라우마가 튀어나올 때가 있습니다. 스스로 탓하는 일 말입니다."

"……."

"이토록 얼굴이 어두운 일은 백이면 백, 죄 없는 자신을 탓하고 있을 때가 아닙니까?"

"의장은 귀신같네."

나는 허탈하게 웃었다.

"그래도 그렇지. 어떻게 고민하는 걸 표정만으로 대번에 안담."

"반백 년을 훌쩍 넘게 산 늙은입니다. 공짜로 경험을 쌓은 것은 아니죠."

"……."

"스스로 탓하는 건 결코 좋은 버릇이 아닙니다."

"……."

"타인에 의한 일은 재해나 다름없습니다. 재해를 어떻게 피합니까? 풍랑에 휩쓸렸어도 무너지지 않은 기특한 자신을 칭찬하지 못할망정 왜 힐난하십니까? 타인에겐 너그러우신 분이 왜 본인에겐 그토록 야멸차신 건가요."

나는 눈을 동그랗게 떴다.

'그런가. 나, 내게는 너무 야멸찼던 걸까.'

생각해 보니 그랬다. 나는 남만 칭찬하지, 나를 칭찬한 적은 없었다.

타인의 악의와 욕망 때문에 삶이 뒤틀렸어도 나는 늘 잘 버텨 냈다. 그리하여 내가 누구인지까지 알아냈는데.

'기특해, 나!'

내가 히히, 웃으니 그가 인자한 노인의 얼굴로 내 머리를 쓰다듬었다.

'나는 아주 잘 살았어.'

단지 아주 어릴 적, 내가 어떻게 하지 못하는 시기에 재해를 만나 우여곡절이 있을 뿐이었다. 그런 고행을 겪으며 의장처럼 좋은 사람을 내 편으로 만들었다.

'이렇게 기특할 수가.'

마음이 편해졌다.

"곧, 해 줄 이야기가 있어."

"기다리겠습니다."

"응."

나는 주먹을 불끈 쥐고, 저택 안으로 들어갔다. 열 시가 넘은 시간이었지만, 저택엔 아직 불이 밝혀져 있었다.

내가 중정으로 들어서자 빨랫감이나 서류 등을 들고 지나던 고용인들이 눈을 동그랗게 뜨고 다가왔다. 중정을 지키던 집사장 또한 의아한 표정으로 물었다.

"아가씨."

"아빠와 오빠들은?"

"서재에 계십니다."

나는 고개를 끄덕이고 서재로 향했다. 문 안으로 들어서자 이야기를 나누던 아빠와 앙리, 이샤크가 몸을 일으켰다.

이샤크가 인상을 쓰며 물었다.

"무슨 일이야. 뭔데. 어? 누가 괴롭혔어? 그래?"

이샤크가 나를 빙글빙글 돌려세우며 "혹시 웬 놈이 해 끼친 건 아냐?!" 하고 눈을 부릅떴다.

앙리도 내 표정을 살폈다.

"간택 후보와 추천인은 허가 없이 나올 수 없을 텐데 어떻게 나온 거야."

"황제가 도와줬어. 세실리아의 간택 때문인 줄 알았나 봐."

"간택 일이 아니란 말이야?"

나는 오빠들과 이야기를 나누면서도 아빠를 바라보고 있었다. 아빠가 그런 날 가만히 지켜봐 주었다. 내가 이야기할 시간을 주려는 것이다.

'엄마는 어떻게 아빠와 오빠들을 두고 눈 감을 수 있었을까.'

이토록 사랑스러운 가족을 두고서 후회가 없노라 당당하게 말할 수 있었던 걸까. 그토록 강한 사람이 나의 엄마라는 기적이 어떻게 내게 일어났을까.

"아빠, 저요……. 제가요……."

괜찮다고, 괜찮을 거라고, 내 탓이 아니라고 생각하려 애썼지만, 막상 입이 열리자마자 목소리가 떨렸다.

이샤크와 앙리가 걱정스러운 듯 나를 쳐다보았다.

"저 있죠……. 황궁에서 악마의 통로를 찾았는데요. 그래서 제가 과거로, 그러니까……."

그때였다.

쾅 — !!

문이 열리고 요한이 굳은 얼굴로 성큼성큼 걸어들어왔다.

"큰형?"

"영지에 갔던 게 아닙니까?"

이샤크와 앙리가 묻던 찰나, 요한이 나를 와락 끌어안았다.

"오라버니……?"

"……."

"무슨 일 있어요?"

그의 몸이 가늘게 떨렸다.

"미안해."

"……."

"미안하다."

나는 자꾸만 사과하는 요한이 어리둥절해서 눈을 끔뻑이며 정면의 아빠를 쳐다봤다.

갑자기 나타난 요한을 보고 미간을 좁히고 있던 아빠의 표정이 아주 천천히 달라졌다. 잔잔한 물결에 파동이 이듯 그는 아주 천천히 무너져 갔다. 무언가를 눈치챈 사람처럼.

'아······.'

말하지 않아도 알 수 있었다.

우리 세 사람 중 어느 한 사람도 입을 떼지 않았지만, 요한이 한 사과의 의미를, 아빠의 표정이 무너진 이유를 알 수밖에 없었다.

요한은 떨리는 손으로 내 뺨을 가볍게 잡았다.

"무사히 살아서 우리 곁으로 와 줘서 고마워."

자꾸만 눈물이 새어 나왔다. 흐려진 시야 속의 요한은 놀라우리만큼 엄마를 많이 닮았다.

"아가야."

어딘가에서 엄마의 목소리가 들려온 것만 같았다.

나는 평소에 내가 아주 말을 잘하는 사람이라고 생각했다. 산전수전을 다 겪으며 말하는 법에 도가 텄다고, 그래서 어떤 순간에도 잘 말할 수 있을 거로 생각해 왔다.

그런데 막상 보니 사실 나는 아주 바보 같은 사람이었다.

이토록 기쁜 날 어떤 말도 하지 못하고 엉엉 우는 것밖에 못 하는 초라한 어린애다. 요한은 얼굴을 엉망으로 일그러뜨리며 우는 나를 보고 희미하게 웃었다.

"네가 태어나면 꼭 하고 싶은 말이 있었다."

요한의 눈에 고인 눈물이 뺨을 타고 툭, 떨어졌다.

"만나서 반가워."

"……"

"널 만나는 날을 아주 오래 기다리고 있었어."

"……"

"아기새야."

서재에 침묵이 내려앉았다.

이샤크와 앙리는 어떤 말도 하지 못하고 굳어져 있었고, 아빠는 땅에 뿌리가 박힌 듯 하염없이 나를 바라보았다.

요한이 품에서 무언가를 꺼내 아빠에게 건넸다.

"확인을 마쳤습니다. 르블레인이 보육원 앞에 놓여 있던 날은 1월 7일. 어머니와 아기새의 실종일로, 신전의 주화가 모포 안에 놓여 있었습니다."

"……"

"아기새예요, 아버지."

아빠는 한 손으로 눈가를 덮었다. 단 한 번도 본 바 없는 모습에 나는 우는 것밖에 하지 못했고, 앙리와 이샤크의 흔들리는 눈시울이 점점 붉어졌다.

"헛소리하지 마. 그럴 리가 없잖아. 어떻게 꼬맹이가, 왜…… 어째서……"

이샤크가 혼란스러운 목소리로 중얼거린 순간.

고개를 수그린 아빠의 잇새로 아주 작은 목소리가 흘러나왔다.

"리세트."

열린 창을 넘어 바람이 불었다. 커튼이 휘날리고, 서재 테이블에 놓인 액자가 툭, 넘어졌다. 밝게 웃는 엄마의 사진이 눈에 들어왔다. 엄마는 마치 말하는 것 같았다.

"그것 봐. 넌 행복해질 거야. 더없이."

─라고.

나는 아빠의 품에 뛰어들었고, 아빠는 나를 끌어안았다. 고난을 넘어 재회한 우리가 할 수 있는 일이라곤 틈 없이 서로를 끌어안는 사소한 일 뿐이었지만, 괜찮았다.

눈물이, 심장 박동이, 숨결이 모두 말하고 있었으니까.

돌아와 줘서 고마워.

기다려 줘서 고마워요.

나는 네 번째 삶 만에 가족과 재회했다.

*　　*　　*

부엉이나 올빼미 따위의 울음소리마저 좀먹힌 깊은 새벽.

테오도르는 그의 침대 위에서 쓰러지듯 잠든 르블레인의 얼굴을 하염 없이 바라보았다.

"날이 밝기 전 돌려보내 달란 황제의 전갈이 있었습니다."

"쟈벨린을 보내 두어라."

"아가씨께선……."

테오도르가 침묵하자 노스는 고개를 수그리곤 방을 나섰다. 세상모 르고 잠든 딸의 머리칼을 그는 조심스럽게 쓸어 넘겼다.

왜 나는 너희를 지키지 못하였나.

오로지 지키기 위해 살겠노라 하였던 맹세는 깨어졌다. 진심은 풍화 되고 녹이 슬어 남은 것은 오직 메마른 껍데기뿐이었다.

결국, 사랑은 가치가 없다고 여겼다. 평생 오아시스 없는 사막을 헤매게 하는 것이 사랑이라는 감정이라면 진심은 존재하지 않는다 여기고 살겠다 다짐했다.

죽지 못해 살았고, 단지 목적 없는 목표만이 시야를 온통 채웠던 삶에 네가 나타났다.

"아바디가 되어 주세요."

그는 간절히 모은 손을 외면했었던 겁이 많은 아비였고, 작은 너는 그토록 우둔한 아비일지언정 포기하지 않았다.

"아빠 딸이라서 좋아요."

그런 너를 사랑하는 만큼, 눈앞에 두고도 자식을 알아보지 못한 우둔한 자신을 용서할 수 없었다.

그런데도 너는 이토록 무지한 아버지에게 다정하여서, 그래서.

'어떻게 너를 품에서 떼어 놓은 채 살았을까.'

"르블레인."

목소리는 짓씹듯 배어 나와 설움과 함께 흩어졌다.

그토록 외면하려 하였던 감정은 종국에 가족을 완성했다. 그를 구원하고, 그가 돌보지 못한 이들을 끌어안았다.

"이 아이가 당신에게 사랑이 얼마나 위대한 감정인지 알려 줄 날이 분명 올 테니까."

귓가에서 평생에 걸쳐 사랑한 여자의 목소리가 들리는 것만 같았다.
당신이 맞았어, 리세트.

"그것 봐요."

그래, 당신이 옳지. 당신은 늘 옳아.
그래서 지금, 이 순간 나는 이 아이를 안아 줄 당신이 간절하다.

*　　*　　*

잠에서 깼을 땐, 해가 쨍쨍한 아침이었다. 그리고 지금 몸이 무척 무겁다.
'끄응.'
아픈 건가 싶어 오만상을 쓰며 슬그머니 눈을 떴는데.
"이게 뭐야."
오른쪽으로 고개를 돌리자 이샤크가 내가 인형이라도 되는 양 다리를 얽고 잠들어 있었다.
왼쪽으로 고개를 돌리니 앙리가 정자세로 숨소리도 내지 않고 내게 딱 붙어 잠들어 있다.
그리고 정면을 바라보니…….
"잘 잤어?"
"악!"
불쑥 얼굴을 내민 요한에게 놀라 비명을 질러 버렸다. 요한은 눈을 동그랗게 뜨곤 말했다.
"놀라게 하려던 건 아니었어."

"어떻게…… 아니, 이 오빠들이 왜 나한테 붙어서 자고 있지요? 그것도 아빠 방에서?"

"아침에 널 깨우러 와선 차마 깨우지 못하고 같이 잠들었어."

"지금 몇 시인데요?"

"열두 시."

나는 다시 한번 비명을 지르며 일어났다.

미쳤어!

아무리 이런저런 일로 피곤했다고 해도 그렇지 이 시간에 일어나다니 미친 게 분명하다.

"황궁에서 날 찾을 텐데. 아이고, 약속한 시각에 못 들어갔으니 간택에……!"

"쟈벨린을 대신 보냈다."

창가에서 아빠의 목소리가 들려왔다. 고개를 돌리자 티 테이블에 자리 잡았던 아빠가 내게로 다가왔다.

"그러니 더 자."

"괜찮은데……."

"더 자도 돼."

우물쭈물하는 내게 아빠가 머리를 쓰다듬어 주었다. 요한은 희미하게 웃었고, 내 옆에 딱 붙어 잠든 앙리와 이샤크는 잠투정하듯 눈썹을 꿈틀거린다.

나는 어쩐지 쑥스러운 기분이 들었다.

'다른 사람들이 보면 진짜 가족 같은 모습일 거야.'

첫 번째 삶에서 미나와 아미티에 공작이 거실 소파에 누워 낮잠을 청하던 모습을 부럽게 바라본 적이 있었다.

아미티에 공작의 팔을 베고 잠든 미나는 아주 안심되는 표정이라 나도 누군가와 이렇게 단란하길 절실히 소망했더랬다.

"그럼 조금만……."

나는 히히 웃으며 침대에 누워 으쌰으쌰, 하고 이불을 발로 차 내게로 끌어왔다. 그러기 무섭게 이샤크의 다리가 턱, 하니 배에 올라오고 앙리가 뒤척이며 내 쪽으로 돌아누웠다.

'단란한 건 생각보다 불편한걸.'

내가 끙끙거리니 요한이 픽 웃고는 이샤크를 밀어 버리더니 그 자리에 쏙 누워 버렸다.

"윽!"

침대에서 굴러떨어진 이샤크가 뒤통수를 문질렀다. 요한은 이샤크를 완벽하게 무시하곤 팔을 쭉 벌리고 내게 눈짓했다.

"누우라고요?"

"똑똑하군. 과연 어머니의 딸이다."

"내 딸이기 때문이겠지."

아빠가 고저 없이 말했지만, 요한은 이번에도 싹 무시해 버린다.

나는 킬킬 웃으며 요한의 팔을 베고 누웠다. 딱딱했다.

'역시 단란한 건 불편해.'

그렇게 생각하고 있는데, 졸음 가득한 눈을 끔뻑이던 이샤크가 "에이씨." 하더니 요한을 툭, 밀곤 그 옆에 자리 잡았다.

아빠는 못마땅한 표정으로 우리를 쳐다봤다.

"네 녀석들 할 일이 있다지 않았나."

"오늘 같은 날은 쉬어도 문제없도록 관리해 왔습니다."

"맞아, 너무 열심히 살면 벌 받아."

전직 거지 출신의 내가 고개를 주억거리자 요한이 소리 없이 미소 지었고, 아빠는 어쩔 수 없다는 듯 의자에 앉아 침대를 모조리 차지하고 뒹

굴딩굴하는 우리를 바라보았다.

거대한 창으로 달콤한 햇빛이 쏟아져 들어오고, 기분 좋게 서늘한 바람이 머리카락을 살랑였다.

'행복하다.'

어제의 나는 괴로웠지만, 오늘의 난 어제가 무색하리만큼 행복했다. 슬픈 일이 생겨도 오늘의 추억이면 또 내일을 살아갈 희망이 생길 것이다. 나는 어쩌면 이건 엄마의 선물이 아닐까, 하고 생각했다.

"엄마는 멋진 사람이었어요."

내가 중얼거리자 요한이 나를 지그시 바라보며 말했다.

"아주."

"저 어제 과거에 다녀왔어요. 엄마가 돌아가신 그날로."

"……가능한 일인가?"

"엄마의 권속이 힘을 남겨 둔 게 분명해요. 신전이 보관하고 있던 그것을 우연히 찾았어요. 기사 시절의 세실리아를 봤고, 다정한 레이나를 봤어요. 레아랑 똑같이 생겼어요!"

"나도 레이나를 기억해."

요한의 말에 아빠는 픽 웃으며 덧붙였다.

"레이나와 결혼할 거라고 했지."

"……애가 뭣 모르고 한 말을 조롱으로 쓰지 마십시오."

"네 조모의 반지를 주지 않았나."

"……"

요한은 조용해졌다. 나는 눈을 동그랗게 뜨고 드레스 주머니를 뒤적거렸다.

"혹시 이거?"

"네가 그걸 어떻게……!"

"레이나가 보답으로 주었어요. 제가 엄마가 출산할 동굴을 찾아 줘서. 그때는 제가 아기새인지 몰랐거든요."

그렇게 말하고서 "오라버니, 드릴게요." 하고 건네주자 요한은 빙그레 미소 지으며 내 손에 다시 반지를 건네줬다.

"그럼 이번엔 내가 네게 주마."

"큰형은 결혼이 쉬워?"

"바람둥이가 따로 없군. 르블레인, 저런 남자를 만나면 고생이니 결혼은 정숙한 나와 하는 게 좋겠어."

어느새 일어난 이샤크와 앙리가 한 마디씩 건네자 요한이 "시끄러워." 하며 앙리의 입을 막아 버렸다. 앙리가 요한의 손을 탁, 쳐 내고 물었다.

"그리고?"

"응?"

"어머니와도 얘기를 나누었어?"

우리 가족은 참 신기한 사람들이다. 못 믿을 이야기를 해도 내가 하는 말이라면 무조건 믿어 주었다. 나는 그게 너무나 행복해서 헤헤 웃으며 말을 이었다.

"그~럼! 엄마가 나를 아기야, 하고 불렀어."

"좋겠네."

"엄마는 엄청 멋진 분이야. 나쁜 놈의 고환을 걷어찼어."

그러자 왜인지 아빠가 쓰린 표정으로 "리세트의 발길질은 아프지." 하고 중얼거렸다. 당해 본 사람처럼.

"아빠도 맞아 봤어요?"

"꼬맹아, 고모가 그러는데 아빠는 단련한 몸이 아니었으면 뼈 몇 개는 우습게 부러졌을 거래."

"엄마는 나쁜 사람만 때리는데!"

내가 말하자 앙리가 입꼬리를 씩 올렸다.

"우리한테나 아버지지, 남에겐 저렇게 나쁜 사람이 없을걸."

"앙리."

아빠가 음산하게 불렀지만, 앙리는 어깨를 으쓱했다.

"뭐든 객관적인 관점으로 해석해야 한다고 가르치셨습니다."

"맞아, 아버지가 그러셨다고!"

"맞습니다."

아빠를 두려워하던 오빠들이 언제 이렇게 변했을까.

나는 킥킥 웃으며 "그렇구나." 하고 고개를 끄덕였다. 아빠가 쯧, 혀를 찼다.

"처음 만났을 때 네 엄마는 살쾡이 같은 사람이었다."

"살쾡이."

"잔뜩 날이 선 주제에 마음 없는 배려에조차 어쩔 줄 몰라 하는 그런 사람."

"아빠가 그랬을 것 같은데."

내 말에 오빠들이 비열하게 웃었다.

"객관적인 관점에서의 옳은 해석이야, 르블레인."

"역시 어머니의 딸이다, 막내야."

"그래."

아빠가 억울한 듯 인상을 찌푸려서 우리 남매는 동시에 웃어 버렸다.

"어쨌든 엄마는 강한 사람이구나. 그럴 줄 알았어. 성인이라고 불리는 바울과 대적할 때도 절대 기죽지 않는 사람이었으니까."

"바울?"

"성인이라고?"

앙리와 이샤크가 몸을 일으켜 나를 쳐다봤다.

"지금은 성인이 아닌가? 어쨌든 추기경 바울 말이야. 교황의 최측근."

"추기경 중에 그런 사람은 없어, 르블레인."

나는 눈을 동그랗게 떴다.

'그럴 리가.'

첫 번째 삶에서부터 지금까지 많은 일이 변화했지만, 바울이 사라진 때는 없었다. 이번 삶만 해도 아주 유명해서…… 설마.

"나는 결국 아무것도 바꾸지 못했어."

"분명히 바뀐 게 있을 거야."

아드리안.

나는 두 손에 얼굴을 묻었다.

"꼬맹아."

"르블레인?"

"막내야."

오빠들이 나를 쳐다보고, 아빠의 시선에도 의아함이 담겼다.

'네 말이 맞았어, 아드리안.'

나와 엄마가 바꾼 일이 분명히 있어. 네게 이걸 알려 주고 싶어. 그는 언제쯤 돌아올까. 돌아올 수 있을까. 내가 그를 돌아오게 할 수 있을까.

행복한 와중에도 머릿속을 가득 채우던 불안이 사라졌다. 나는 무언가를 바꾸었다. 아드리안의 불행 또한 행운으로 바꿀 수 있을 것이다. 그렇게 정리하자 놀랍도록 마음이 편해졌다.

'아, 날씨가 좋다.'

엄마, 여기는 날씨가 무척 좋아요. 그리고 나는 이렇게 날씨가 좋은 날, 엄마를 떠올릴 수 있어서 좋고요.

달콤한 바람이 머리칼을 재차 흐트러뜨렸다. 마치 엄마가 나를 쓰다듬듯이.

＊　　＊　　＊

교황청.

후드를 깊게 뒤집어쓴 노로의 사내는 항아리를 든 채로 성호(聖湖) 근처를 걸었다. 느릿하던 걸음이 성호에 이르렀을 때, 사내가 무심코 물속을 바라보았다.

쩽—!!

항아리를 놓친 사내가 황급히 후드를 벗어 던지며 성호를 감싼 테두리를 부여잡았다.

"성하……. 성하께 소식을 알려라! 계시가 나타났다!"

부리나케 달려 나간 사내의 등 뒤로 희뿌연 글자가 엿보였다.

[신의 아이. 붉은 달이 떠오르는 밤, 그릇된 세상을 벗어나 구원의 세계에 강림할지어다.]

새로운 신의 아이에 관한 계시가 마침내 이 땅에 도래했다.

＊　　＊　　＊

며칠 후.

나는 장서실에서 책을 확인하며 눈살을 찌푸렸다.

"악마에 관련된 이야기는 이게 다야?"

의장이 고개를 가볍게 수그렸다.

"그렇습니다."

"말도 안 돼. 제국은 송사리 잡는 법도 기백 권을 빽빽하게 써내는 나라 아니었어? 악마 하나마다 이론에, 실전에, 상, 중, 하까지는 아니어도 이건 너무하잖아. 듀블레드의 도서관과 장서실을 싹 뒤졌는데 꼴랑 세 권이 뭐야. 세 권이."

"학자의 나라이기 이전에 네리아드교를 국교로 삼고 있는 나라죠. 부정한 책은 아가씨께서 태어나기 백 년도 전에 전부 찾아내 소각했습니다."

내가 끙, 신음하니 의장은 고개를 으쓱했다.

"세 권이라도 있는 게 다행이죠."

"하지만 전혀 도움이 될 것 같지 않은걸. 심지어 이 책의 제목은 〈인간이여, 파이몬의 열정을 가져라〉야. 자기 계발서라고."

장난해?

나는 기가 막힌 얼굴로 허리춤에 손을 올렸다.

'이거 파이몬이 인간 하나 잡아다 쓰라고 한 거 아냐?'

그때 테이블 한편에 놓아둔 통신석에서 밝은 목소리가 들려왔다.

[찾았습니다!]

나는 눈을 동그랗게 뜨고 얼른 통신석으로 달려갔다.

"세리아, 찾았어?"

[한 권뿐이지만요. 〈시간의 악마〉라는 책이 있어요. 과연 발루아의 도서관이군요.]

나는 팔을 번쩍 들며 "만세!"하고 소리쳤다.

아빠가 황제와 거래하며 발루아령이 듀블레드 휘하에 들어왔다. 덕분에 인세의 정보 보고라 불리는 발루아의 도서관 열람도 가능했다.

'발루아 공작가가 쓰레기라 다행이야.'

명예 운운하지만, 사실은 범법을 아무렇지 않게 저지르는 가문이라 악마에 관련된 책도 신전에 넘기지 않고 보관하였으니.

나는 킬킬 웃으며 고개를 끄덕였다.

"좋아, 좋아. 전부 가져와."

[범선 설계도와 오리하르콘 소드 제작법도 있습니다. 옮길까요?]

"물론입니다."

[정말이지 발루아 공작은……]

"그래, 발루아 공작가 만세!"

내가 황홀하게 소리치니 세리아와 의장, 그리고 자카리가 쿡쿡 웃었다. 절레절레 고개를 젓는 건 트리곤뿐이었다.

"아가씨가 도덕과 거리가 먼 건 역시 태생적인 문제였습니다. 이 얼마나 다행인지요."

얼마 전, 나는 내 정체를 아는 측근들에게 과거를 보고 온 일을 말해 주었다. 내게 일어난 불행에 세리아는 마음 아파했고, 트리곤과 자카리는 위로조차 하지 못했다. 그리고 의장은……

"그거 마음의 상처인데, 아무렇지 않게 건드리네……."

내가 아련한 목소리로 말하자 책을 옮기던 트리곤이 움찔했다.

"예?"

"난 그렇게 생각해, 트리곤. 몸에 난 상처도 완전히 지워지려면 몇 년이 걸리고, 어쩌면 영영 지워지지 않을 수도 있잖아. 하물며 눈에 보이지 않는 마음에 난 상처는 어떻겠어……."

"예? 아, 아니, 제 말은 그게 아니라. 그러니까 노, 농담……!"

"트리곤, 사람에겐 농담을 농담으로 받아들일 수 없는 연약한 부분이 있는 법이야……. 그런 얘기를 들었을 때, 얼마나 가슴이 아프겠니……?"

나는 아런한 눈으로 의장을 쳐다보았다.

"의장이."

그러자 의장과 트리곤이 동시에 눈을 홉떴다. 나는 고개를 끄덕이고 말을 이었다.

"노인의 마음은 연약하단 말이야. 나를 지키지 못해서 의장은 매우 마음이 아파. 아아, 선대의 측근이었던 내가 그를 제대로 살폈더라면 이 귀엽고 사랑스러운 아가씨에게 그런 불행은 없었을 텐데······!"

그러며 실눈을 뜨고 의장을 힐끔 쳐다봤다. 의장은 어이없다는 듯 헛웃음을 터뜨렸다. 함께 있던 트리곤과 자카리는 내가 의장의 마음을 풀어 주려고 일부러 재롱을 부렸다는 것을 깨닫고 씩 웃었다.

"그렇군요. 노인의 마음은 연약한 것을 제가 잠시 잊었습니다. 누아노크 공, 정중히 사과의 말씀 올리겠습니다."

의장이 인상을 찌푸렸다.

"시끄럽네. 누가 귀엽고 사랑스러운 아가씨야. 대체 누가."

의장이 고개를 절레절레 젓고는 악마에 관련된 책 세 권을 툭, 내게 안겨 줬다.

"하여간에 아가씨 곁에선 헛생각을 못 합니다."

"미안한 게 있으면 쓸모없는 자책이 아니라 열정적인 과로로 보답해 주길 바라."

"늙은이를 대체 얼마나 부려 먹으시려고."

"아드리안을 데려와야 한단 말이야. 자자, 세리아가 책을 가져오는 즉시 정리해서 가져와."

내가 능청스럽게 말하니 다들 웃음을 터뜨렸다. 그렇게 정리가 되던 때, 복도에서 누군가 달려오는 소리가 들렸다.

"아가씨!"

한스와 듀크, 그리고 세토였다. 이들이 저택까지 찾아올 일이라면 하나다.

'신전.'

이들을 신전의 동향을 살피기 위해 잔심부름꾼으로 투입해 두었기 때문이다.

"무슨 일이야?"

"계시가 내려온 것 같아요!"

"계시라고?"

이 시기에 계시가 내려올 일이 있던가?

곰곰이 생각해 봤지만 이즈음 계시가 내려온 적은 없었다.

"확실한 거야?"

"며칠 전에 교황 성하와 추기경들이 은밀히 신전을 찾았나 봐요. 성호 부근이 봉쇄되었고, 그 안으로 들어가는 교황을 대장간의 필립 아저씨가 보았다고 했어요."

"성호라면 계시가 내려오는 곳이긴 한데……."

한스는 잔뜩 흥분한 얼굴로 대답했다.

"그리고, 그리고! 신어(神語) 해석관들이 전부 안 보여요. 성호에 모여서 해석 중인 게 맞죠? 그렇죠?"

나와 트리곤, 의장이 시선을 교환했다.

"정황은 확실하네. 잘했어, 애들아."

한스와 듀크, 세토는 발그레한 뺨을 감싸며 "우리가 해냈어……." 하고 중얼거렸다. 나는 고개를 끄덕이고서 그들에게 물었다.

"무척 잘했지. 그런데 혹시 계시를 내게 적어서 가져다줄 순 없을까?"

신관들이 신어를 해석하려면 몇 개월은 족히 걸리지만, 나는 첫 번째 삶에서 신어를 확실히 익혔다. 이들이 계시를 적어서 가져오기만 하면 내가 먼저 정보를 독점할 수 있는 것이다.

한스가 어두운 얼굴로 고개를 저었다.

"우리는 신관이 아니라서 성호가 있는 곳엔 들어갈 수 없어요…….."

"역시 그렇겠지."

"죄송해요…….."

"아냐, 이걸 알아 온 것만으로 훌륭해."

나는 훌륭한 꼬마 잠입 수사관들에게 금화를 하나씩 쥐여 주었다. 태어나 처음 금화를 손에 쥔 아이들이 바들바들 떨었다.

"앞으로도 무슨 일이 있으면 바로 전해 줘."

"네……!"

"응!"

"응이 아냐. 아가씨께는 네, 라고 해야지, 세토."

아이들이 우르르 경례하고 사라졌다.

"계시라니, 대체 뭘까요?"

의장이 굳은 얼굴로 나를 쳐다봤다.

"글쎄."

"계시가 내려온 것을 알리지 않는다니. 이런 일은 전무하지 않았습니까? 우리에게 결코 좋은 일이 아닐 듯합니다."

"상관없어."

나는 창밖으로 얼핏 보이는 신전의 첨탑을 바라보며 대답했다.

"우리에게 좋은 일로 만들면 되니까."

"……예?"

"이제 절대로 손 놓고 당하지 않을 거야. 우리도 움직이자."

과거에서 돌아온 후 맹세했다. 다시는 신전에 빼앗기지 않겠노라고.

'온갖 계략을 다 써서라도.'

나는 오랜만에 악당 같은 미소를 머금었다.

＊　　＊　　＊

황궁 티 파티.

간택 후보자들이 모이는 이곳에서 세실리아는 고립되어 있었다.

간택의 책임자인 황태후가 밀고 있는 앙부아즈 영애를 망신 준 일로, 황태후는 세실리아에게 앙심을 품었다.

쟈벨린이 방패막이가 되어 줬으나, 그건 오히려 역효과를 불렀다. 제도 제일의 인기인인 쟈벨린 아리에쥬가 추천인으로 세실리아를 지키자 그녀의 추종자였던 후보들이 한데 모여 세실리아를 헐뜯기 시작한 것이다.

쟈벨린의 앞에선 조심하였으나, 오늘처럼 그녀가 이본느 황비에게 붙들린 날엔 고초를 피하지 못했다.

이번 티 파티에서도 세실리아에게 말을 붙여 주는 이는 없었다.

"듀블레드의 기사였다지요?"

누군가 세실리아에게 말을 붙였다. 세실리아는 찻잔을 내려놓으며 대답했다.

"그렇습니다."

"각하와는 단지 주종관계가 아니었던 듯싶은데."

"……무슨 말씀을 하고 싶으신 거죠?"

"그렇잖아요. 한낱 기사에 불과하던 여자를 간택 후보자로 추천하는 게 말이나 되는 일인가요?"

"이봐요!"

"어머, 왜 화를 내신담. 궁금해서 묻는 거예요. 단지 궁금해서. 떳떳

하다면 열 낼 필요가 있나요?"

간택 후보자는 눈을 동그랗게 뜨며 어깨를 으쓱했다. 세실리아가 입술을 꽉 깨물었다.

"말씀 삼가십시오. 저와 각하의 사이엔 충의와 믿음만이 존재합니다."

"물론 그렇겠지요. 하지만 뭣 모르는 호사가들은 언제나 입을 쉬이 놀린답니다."

부채를 나붓나붓 부친 후보자가 눈매를 휘었다.

"세간에선 막내 아가씨께서 세실리아 양에게 무척 호의로운 것을 의아하게 여겨요. 하필 세실리아 양이 듀블레드령을 떠난 것이 9년 전이기도 하고……."

그녀가 의뭉스럽게 말꼬리를 늘리자 세실리아의 표정이 가라앉았다.

"말씀 삼가시라 하였습니다."

"당연히 우리는 믿지 않죠. 각하께서 입양한 막내 아가씨를 그리 귀히 여기는 건 사실 피 섞인 사생아이기 때문이고, 막내 아가씨를 낳은 게 세실리아 양이라니. 이런 허무맹랑한 말이 어디에 있나요?"

세실리아가 장갑을 꽉 그러쥐었다. 여차하면 결투를 신청하기 위해 던질 태세였으나, 테이블에 가려져 보이지 않았다.

"문제는 세실리아 양의 품행이 아니겠어요? 어떻게 행동했으면 그런 소문이……."

그때였다.

"듀블레드가의 르블레인 님 드십니다."

시종의 목소리와 함께 웅장한 문이 열리고, 붉은 드레스를 차려입은 르블레인이 성큼성큼 파티장을 가로질러 걸었다.

그리고.

"꺄악 ―!"

후보자의 머리 위로 찻물을 부어 버렸다. 후보자는 물에 젖은 생쥐 꼴이 되어 부들부들 떨었다.

"이, 이게, 이게 무슨 짓―!"

"밖에서 듣자 듣자 하니까 별소리를 다 지껄어서."

"뭐, 뭐라고?!"

세실리아에게 빈정거렸던 후보자의 혈육인 사내가 부리나케 달려왔다.

"이게 무슨 짓이오! 안나멜리사, 괜찮으냐. 응? 세상에, 이게 무슨 꼴……!"

"겁 없이 지껄인 게 영애만의 생각은 아닐 거야, 경."

"무, 무슨 말을……."

"듀블레드에 경고는 한 번뿐이야. 알량한 재산이나마 지켜서 입에 풀칠하고 싶으면 제대로 생각해. 그 많은 돈을 듀블레드에서 융통받은 주제에 허튼소리를 지껄이는 멍청함은 가풍인가?"

사내와 후보자가 흠칫하자 르블레인이 이어 말했다.

"분명히 말하지."

후보자의 얼굴이 새빨개지자 르블레인의 눈이 가늘어졌다.

"이 사람한테 손대면 내가 돌아 버려."

회장이 순식간에 얼어붙었다.

아이답지 않은 위압감과 서늘한 눈빛에 몇몇 후보자들과 추천인들이 기함하여 입을 틀어막았다. 저 위압감은 쟈벨린의 그것과 똑 닮았고, 서늘한 눈빛은 테오도르를 판에 박은 듯하였다.

르블레인이 세실리아에게 손을 내밀었다.

마치 로맨스 소설의 한 장면처럼.

"가요."

세실리아는 수줍게 붉어진 얼굴로 조그만 아이의 손을 살포시 잡았다.

"네……."

*   *   *

세실리아와 나는 함께 파티장을 나섰다. 그녀는 내 행동에 감격했지만, 그것도 잠시. 불안한 시선으로 파티장을 돌아보았다.

"괜찮을까요?"

"뭐가요?"

내가 아무렇지 않은 표정으로 물으니 세실리아의 표정에 근심이 담겼다.

"오늘 일로 곤란한 일이 생길 겁니다. 가뜩이나 입에 담을 수 없는 소문이 떠도는 판에……."

"제가 세실리아와 아빠의 사생아라는 소문이요? 걱정하지 마세요. 그것 때문에 일부러 소문을 부채질하려는 거니까."

"부채질이라고요?"

나는 고개를 끄덕였다.

"사실 소문은 아주 힘이 세요. 그냥 두면 살이 붙고 또 붙어서 세실리아가 황비 위에 오른 후 귀족들이 내 출생을 증명해야 한다고 벌 떼처럼 들고일어날걸요. 제국의 기술론 출생을 확실하게 증명할 방법이 없으니 세실리아는 결국 부정한 황비로 낙인찍힐 거예요."

"그런데 왜 소문에 부채질까지 하신 건가요?"

"그러니까 사전에 절대로 말이 나오지 않도록 본보기를 보여야 해요."

나는 눈썹을 까딱 들어 올리며 말을 이었다.

"다행히 본보기가 되어 줄 사람이 있고요."

"본보기라시면……."

"가령 내게 물을 맞은 저 멍청한 남매라든가."

"……설마."

나는 양 주먹으로 입가를 가리고 킬킬 웃었다.

"사람 많은 곳에서 모욕당했으니 저 딱따구리들은 가만히 있지 못할 거예요. 듀블레드 영애가 과하게 감싸려는 걸 보면 세실리아와 공작의 사생아가 분명하다고 떠들겠지!"

"저 가여운 남매는 함정이란 것도 모른 채로 지독하게 당하겠군요."

나는 눈을 동그랗게 뜬 채로 "무슨!" 하며 부정했다.

"반성해서 마음을 고쳐먹고 조용히 살면 그럴 일은 없다고요. 그러니까 이건 함정이 아니라 기회인 거예요!"

세실리아가 쿡쿡 웃으며 고개를 끄덕였다. 전혀 믿지 않은 표정이었지만.

'가서 소문을 퍼뜨려.'

듀블레드가 전면에 나설 수 있도록.

누구도 사생아라는 이야기를 꺼내지 못하도록 철저히 망가뜨릴 생각이었다.

'그래야 안심하고 세실리아를 황비로 만들 수 있어.'

그녀를 황비 위에 올리는 건 일종의 보답이었다. 엄마의 마지막 순간, 함께 있어 주고, 지키기 위해 목숨을 아까워하지 않은 세실리아가 꿈을 펼칠 수 있도록 돕는 것.

물론, 나의 욕망을 위해서이기도 했지만.

"21석의 신관이 아닌 자가 성호에 들어가는 방법이라면 하나 뿐이지요. 국혼에 참관하는 것."

"국혼이라면……."

"예, 국혼엔 황비의 친정 일가가 신전으로 초대됩니다. 세실리 아 님께서 듀블레드 인명록에 이름을 올렸으니, 그녀가 황비가 된다면 각하와 아가씨께서 성호에 들어가실 수 있습니다."

의장의 말을 떠올린 나는 치맛자락을 꽉 그러쥐었다.

현재까지의 동향으로 보아선 해석이 되려면 적어도 몇 개월. 그리고 이전 삶을 미루어 보아 계시의 내용은 짐작이 간다.

'미나의 존재를 알리는 것.'

하지만 계시가 내려온 시기가 너무 이르다. 미나 강림에 관한 계시가 내려오는 시기는 본래 내 나이 열일곱. 그러니까 이건 내가 무언가를 바꾸었기 때문에 계시가 일찍 내려왔다고 보는 게 옳다.

'그건 아무래도 좋아.'

변화가 생기는 것 자체는 환영할 일이었다. 변화 없이는 개선도 없을 테니.

'문제는 시기다.'

진짜 네리아드 신의 아이인 미나가 내려오면 나는 〈운명의 아이〉란 지위를 잃는다.

운명의 아이란 것은 이제까지 내 삶을 옥죄는 족쇄였으나, 동시에 보호막이었다는 사실은 부정할 수 없었다. 마르슈 공작가와 교황이 듀블레드에 손을 대지 않는 것이, 내가 운명의 아이이기 때문이지 않은가.

'미나가 오면 모든 게 바뀔 거야.'

마르슈 공작가와 신전 모두가 완벽한 적이 되겠지. 그러니까 계시에서 미나가 강림하는 시기를 알아내어, 그 애가 오기 전까지 듀블레드 독립의 기반을 다져야 한다.

나는 복도에 걸린 거대한 종교화를 쏘아보았다.

'이제 아무것도 안 뺏겨.'

— 맹세하며.

*　　*　　*

나와 세실리아는 황궁이 후보자들을 위해 내어 준 별실에서 단둘이 이야기를 나누었다.

"아가씨가 오시기 전에 1차 시험이 진행되었어요."

"시험 내용은요?"

"단체로 황태후와 질의를 했습니다. 그런데…….."

"심사자가 황태후였으니 좋은 점수는 받지 못했겠군요. 앙부아즈 영애만 잔뜩 밀어줬겠지."

세실리아가 난처한 듯 한숨을 내쉬었다.

"쟈벨린 님이 애써 주셨지만 역부족이었습니다."

"뭐, 좋아요. 남은 시험에서 점수를 얻으면 되니까. 총책임자가 황태후라도 그다음 시험에서까지 월권을 행사할 순 없을 거예요. 남들 눈치를 아예 안 보는 건 아니거든요."

"예."

"시험 내용을 알 수 있으면 좋을 텐데…….."

내가 중얼거린 순간, 문이 열리며 고모가 들어왔다.

"데글리드 대녀의 마음을 얻는 것이다."

"고모!"

벌떡 일어나자 고모가 미소 짓곤 내 뺨을 살짝 꼬집었다.

"몸은 다 나은 모양이지?"

"네. 대신 자리를 지켜 주셔서 감사해요."

"본래 내가 해야 할 일을 네가 떠맡았는데 이쯤이야. 더 쉬지 않아도 괜찮겠니?"

"건강해요! 그런데 데글리드 대녀라면……."

내가 눈을 깜빡이니 고모가 자리에 앉으며 대답했다.

"선황의 누이다. 황제에겐 고모이며, 황태후의 시누이지. 선황과의 권력 쟁투에서 패배해 뒷방 늙은이로 살았지만, 음지에선 노회한 대귀족 파벌을 움직이는 큰손이야."

"대녀를 끌어들인 건 이본느 황비의 짓인가요?"

"그래. 어떻게든 간택을 망치고 싶었겠지. 데글리드 대녀가 나서면 간택을 파투 낼 수 있다고 생각할 것이다. 황태후와 황제도 쉬이 어찌하지 못하는 분이시니."

나는 "흠." 하고 신음하며 고개를 끄덕였다.

"하지만 최고의 형평성을 가진 심사자예요."

"그래. 대녀는 황제와 황후, 심지어 이본느 황비 어느 쪽에도 붙지 않은 분이니 이번 시험에서 좋은 점수를 얻으면 그 누구도 세실리아의 능력을 의심하지 못할 거다."

좋아.

나는 세실리아와 시선을 맞추고서 말했다.

"이번 시험에선 1등 해 버리자고요!"

"제가 대녀의 마음을 얻을 수 있을까요?"

"그럼요!"

그리고 나는 통신석으로 나의 믿음직스러운 아군을 호출했다.

[예, 아가씨.]

[말씀하십시오!]

[무엇을 하면 좋을까요.]

나의 세 하녀를 말이다.

"데글리드 대녀에 관한 자료. 그녀의 약점이 뭔지 알아봐 줘. 그리고 내 시재금이 얼마인지도 확인해."

[시재금은 어째서요?]

유니가 의아한 목소리로 물어서 나는 상쾌하게 대답했다.

"뇌물을 먹여야지~!"

[아하!]

[영민하기도 하시지.]

[돈다발이 칼보다 예리한 것을 어린 나이에 깨달으시다니, 역시 우리 아가씨야~!]

하녀들이 감격이 담뿍 담긴 목소리로 종알거려서 나는 에헴, 하며 어깨를 으쓱였다. 고모와 세실리아가 어처구니없는 표정으로 날 쳐다봤다.

하지만 이튿날.

나는 게시판에 공지된 내용을 보며 쯧, 혀를 찼다.

[레이디 콘스탄스와 그 추천인 오비르 백작은 부정한 청탁으로 신성한 간택장을 더럽힌바……(중략)…… 황령으로 퇴출한다.]

부정 청탁이면 백이면 백 뇌물일 터.

'어떻게 돈이 안 먹힐 수 있지.'

세상의 더러움에 찌든 나는 기가 막힌다는 표정으로 팔짱을 끼었다.

"뇌물은 안 되겠어요."

함께 게시판을 보던 세실리아의 말에 나는 인상을 찌푸렸다.

"큰일이네요. 난 청렴한 사람과는 안 맞는데."

"이번엔 청렴하고 반듯하게 결과를 내면 어떨까요?"

"세상이 더러운데 혼자 청렴하고 반듯하면 뭐가 남지요?"

내가 순진한 표정으로 물으니 세실리아가 쿡쿡, 웃었다.

"다른 방법을 생각해야 하겠는데……. 으음, 뭐가 좋을까."

"오후에 대녀님과 인사 자리가 마련된다니 기다려 보시지요. 직접 보면 좋은 수가 생각날 수도 있으니까요."

나는 "네." 하고 대답하며 세실리아와 함께 걸음을 돌렸다.

"그런데 인사는 어디에서 한다고 하던가요? 기왕이면 아이인 저도 편히 이야기할 수 있는 자리가 좋겠는데. 술자리는 곤란─"

"어머, 영애!"

내가 종알거리고 있던 찰나, 맞은 편에서 익숙한 목소리가 들려왔다. 황태후가 밀어주고 있는 후보, 앙부아즈 영애였다.

"안녕하세요, 앙부아즈 양."

"네. 잘 지내셨나요?"

"그럼요."

"다행이에요. 지난번 파티장에서의 일로 고민하고 계실까 봐 염려하였어요."

내가 호사가 남매를 망신 준 일로 사람들에게 잘근잘근 씹히고 있는 일을 말하는 것이었다. 다 알고 있었지만, 모른 체 두 손을 내저었다.

"앙부아즈 영애가 저를 반쪽이라고 부른 일이라면 기억에서 지웠으니 걱정하지 마세요!"

그 일로 당신도 망신당했었잖아.

앙부아즈 영애의 얼굴이 붉으락푸르락 달아올랐다.

"그 얘기는 아니었는데, 뭐……. 잊어 주신다니 감사하군요."

"네."

"사소한 기억일랑 지우고 살갑게 지냈으면 좋겠어요. 몸이 아프셨다고 해서 얼마나 걱정하였는지 몰라요. 모두 혹여 요양에 방해가 될까 봐 마음으로 안녕을 빌었답니다."

얼씨구.

저 말은 '너 아프다고 해도 사람들이 편지 한 장 하지 않았지? 아무리 듀블레드 영양이라도 귀족 사회에선 도태되고 있다는 증거란다.'를 돌려 말하는 것이다.

나는 눈썹을 착 늘어뜨리고 대답했다.

"그토록 신경 써 주셨다니 감사합니다. 앙부아즈 영애의 인품이 훌륭하다는 이야기를 또래 친구들에게서 들어 왔기에 평소에 동경하고 있었어요."

너도 사교계에서 관계가 별로 안 좋지 않아? 수양을 도와줄 자매 하나 없다면서. 내 또래 애들은 너 보면 학을 떼더라.

말뜻을 이해한 주변 사람들이 솟아오른 입꼬리를 손수건으로 가렸다. 앙부아즈 영애가 돌덩이처럼 하, 하하, 어색하게 웃었다.

"그런가요. 고마운 분들이시네요."

그러곤 성의 없이 고개를 까딱인 후 나를 지나쳐 걸었다. 내가 어깨를 으쓱하자 세실리아가 놀라운 표정으로 물었다.

"사교계의 말다툼을 무척 잘하시는걸요."

"첫 번째 삶에서 저런 조롱을 수백, 수천 번 당했다고요. 그리고 세 번째 삶에선 에뮬린에게 말싸움 훈련을 받은 몸이에요."

내가 고개를 척, 하고 들자 세실리아가 웃음을 터뜨렸다.

"트리에게 듣자 하니 에뮬린은 대단한 아이라고 하던데요."

"지옥 훈련이었어요……."

"뭐? 지고 왔다고?! 이 바보!"

"그게 아니라 조롱이 아닌 것 같아서……."

"그렇게 순해서야 누굴 이긴단 말이야. 르블레인. 말싸움을 이
기려면 일단 마음가짐부터 달라야 해. 자, 따라 해."

"어떻게……?"

"오늘 난 면도칼을 씹어 먹고 왔느니라. 내 혀끝의 칼날로 너
를 난도질해 주겠다."

"오늘 난 면도칼을 씹어 먹고…… 씹어 먹기 싫은데……."

"빨리 따라 하지 못해! 우리 같은 애들은 한 번 지면 영영 하수
로 보인단 말이야!"

쓰린 추억을 떠올린 나는 팔뚝에 오스스 돋은 닭살을 쓰다듬었다.

세실리아와 나는 휴게실로 이동했다. 한두 시간쯤 후, 시종이 대녀와
의 대면식을 위해 후보자들을 황실의 사냥터로 소집했다. 나는 세실리
아와 손을 잡고 사냥터로 걸으며 고개를 갸웃했다.

'웬 사냥터?'

아무래도 대녀는 특이한 사람인 것 같았다.

사냥터에 이르자 우리보다 한발 먼저 도착한 영애들 사이로 희끗희끗
한 머리를 가진 장신의 노인이 보였다.

"본녀를 만나기 위해 귀한 걸음 해 주었군. 반갑네. 내가 데글리드 루

에르그라네."

처음으로 데글리드 대녀와 마주한 나는 딱딱하게 굳어 버렸다.

"아가씨?"

세실리아가 의아한 표정으로 날 쳐다봤다.

"본 적 있는 분이에요……. 세실리아, 저요. 대녀님을 알고 있어요."

그것도 아주 잘.

세실리아는 어떻게 대녀를 아느냐는 듯한 얼굴로 나를 쳐다봤는데 나는 대답은커녕, 대녀의 시선이 내게로 오자마자 세실리아의 뒤로 후다닥 숨어 버렸다.

'망했다. 이건 진짜, 너무, 매우 망했어.'

나는 비명이라도 지르고 싶은 기분이었다.

이런 게 어디 있어. 왜 하필 미나의 대모가 대녀인 거냐고……!

미나가 진짜 운명의 아이임이 밝혀진 후, 사교계의 귀부인들은 어떻게든 그녀를 수양딸(사교계의 어른이 학식을 가르치는 레이디)로 삼기 위해 혈안이었다.

하지만 미나는,

> "저는 이미 예법을 가르쳐 주시는 분이 있어요. 늘 말괄량이라
> 고 한숨을 쉬시지만, 그분과 함께 있는 시간은 무척 즐겁답니다."

─라는 말로 걸출한 귀부인들을 거절했다.

모두 진짜 운명의 아이인 미나의 대모를 궁금해했는데, 누군지 밝혀지지 않았다. 하지만 나는 몇 번 미나의 대모를 본 적이 있다.

바로 저 사람, 데글리드 대녀를 말이다.

"대모님……! 악!"

"뛰지 마라. 다친다고 그리 말을 해도 어찌 듣지를 않아."

"반가워서요. 반가워서."

친근한 분위기의 두 사람을 떠올리자 없던 두통이 생기는 기분이었
다.

'미나가 이름도 모르는 사람을 대모로 삼았을 때, 사교계의 분위기가
이상하더라니.'

사교계의 모든 공자·공녀는 대모를 기반으로 인맥을 쌓는다. 가르치
는 이 하나 없는 이름 모를 대모를 가진 미나는 도태되는 것이 제국 사교
계의 순리였다.

그런데 도태는커녕, 귀부인들이 이전보다 더 미나를 살뜰히 챙기는
게 이상했다.

'대녀가 뒤에서 미나를 위한 가도를 깔아 줬었구나.'

나는 그녀가 몹시 불편했다. 단지 미나의 대모라서가 아니라, 내가 그
아이의 독살범으로 몰렸을 때 대녀로부터 뺨을 얻어맞은 적이 있었기 때
문이다.

"인간의 탈을 쓰고 어찌……! 제국의 수치라 불리는 너를 위해
오물을 뒤집어쓰길 두려워하지 않은 아이야. 그리도 맑은 아이
를 어찌 이토록 악독하게……!"

당황스럽고 억울하여 어찌할 바를 모르던 그때가 떠올랐다. 더불어
미나에 대한 애정이 담뿍 담긴 대녀의 눈빛까지도.

'애초에 미나의 대모는 나를 별로 좋아하지 않기도 했고.'

마주친 건 딱 두 번뿐이지만, 그때마다 금수 보듯 했다.

"아가씨, 괜찮으세요?"

"아니요……."

"어디가 불편하신가요?"

응. 우리 이번 시험 망한 것 같아.

'일이 안 풀리려니까 이렇게도 악연을 만나네.'

내가 울적한 표정을 짓고 있던 찰나였다.

"그쪽이 듀블레드 영애인가."

대녀의 목소리가 들려와서 나는 흠칫, 어깨를 좁혔다. 그리고 세실리아의 등 뒤에서 살금살금 나와 고개를 수그렸다.

"제국에 광영을. 듀블레드의 딸이 대녀님을 뵙습니다……."

"듣던 것보다 얌전한 아이구나."

대녀는 손을 꼼질대는 나를 지그시 바라보았지만, 이내 시선을 거두었다. 그러곤 사냥터에 모인 후보들을 느른히 둘러보며 시험 내용을 공지했다.

"국모의 덕목이 어찌 내저에 한정되겠는가. 제국의 백성을 아우를 자, 장부보다 용맹하고 현자보다 지혜로워야 할 것일세."

앙부아즈 영애가 치마를 넓게 펼치며 가볍게 무릎을 굽혔다.

"대녀님의 말씀이 실로 옳습니다."

다른 레이디들도 그녀를 따라 허리를 굽혔다.

대녀는 시종이 가져온 검을 가볍게 들곤 말을 이었다.

"시시한 바느질과 입씨름은 되었어. 그대들의 용맹을 내게 증명하게. 이번 시험은 풀어놓은 날짐승을 잡아 오는 것으로 하지."

후보자들의 얼굴이 당혹으로 희멀게졌다. 평생 귀족 부모의 후원에서 포크보다 무거운 것을 들어 본 적이 없는 영애들에겐 꽤 어려운 시험이다.

더욱이 시종들이 준비한 무기는 검.

"활도 아니고 검이라니…….."

누군가 당혹스러운 어조로 중얼거렸다.

대녀는 여상한 얼굴로 대답했다.

"활은 수련을 거듭해야 겨우 쓸 수 있는 무기지만, 검은 더 쉽게 사용할 수 있는 무기지. 일단 쥐여 두면 네댓 살 아이라도 살점을 벨 수 있거든."

'하지만 장거리 무기인 활과 달리 달려들어야 하잖아요.'

코앞에서 사슴의 목을 써는 게 귀하게 자란 이들에게 가능한 일이겠는가.

신성력이나 마력을 가진 이들의 얼굴이 밝았다. 마법을 사용한다면 다른 이들보다 앞서 나갈 수 있기 때문이었다.

하지만 대녀는,

"마법은 사용 금지네."

─라는 말로 그들조차 새파래지게 만들었다.

"토끼는 2점, 사슴은 4점, 그리고 여우는 6점. 추천인의 도움을 받을 경우, 절반의 점수만 획득할 수 있네."

주변이 조용해지자 대녀는 뒷짐을 지었다.

"거두절미하고 시작하지."

대녀가 시종이 마련한 의자에 앉는 순간, 사냥이 시작되었다.

*　　*　　*

"꺄아악─!"

"어머니……!"

사방에서 비명이 난무했다.

후보자들과 추천인들은 사슴을 발견하고도 발을 동동 굴렀다.

사슴은 말만 들으면 귀여운 동물일 것 같지만, 실제로 보면 근육이 우락부락하다. 특히 제국의 사슴은 아주 난폭했는데, 대녀가 풀어놓은 사슴들은 개중에도 무서운 개체였다.

"오, 오라버니, 어떻게 좀 해 보세요……!"

"거, 검으로 하는 사냥은 처음이라 으아악―!"

추천인도 후보자와 함께 사냥할 수 있었는데, 귀하게 자란 남성들은 어찌할 바를 몰랐다.

그리고 우리 세실리아는…….

"저……."

그녀가 손을 올리자 시종이 대답했다.

"예."

"짐승당 한 마리만 잡아야 하는 건가요?"

"예?"

"꼭 한 마리만 잡을 필요는 없죠?"

"대녀께서 수를 제한하시지는 않았습니다만……."

세실리아가 산뜻하게 웃곤 검을 빙글, 돌려 잡았다.

그리고, 돌진했다.

땅을 강하게 딛고 도약한 세실리아가 공중에서 휙, 한 바퀴 굴러 사슴의 등에 올라탔다. 그리고 양다리로 단단히 목을 조르자 사슴이 "꽥―!" 하는 소리를 내며 무너졌다.

"옳지. 얌전히 있으려무나. 멱은 따지 않을 테니."

사람의 멱을 따던 세실리아에게 동물의 멱을 따는 것쯤이야 매우 쉬운 일이었다.

후보자들이 조급한 표정으로 주변을 둘러봤다.

"여우보다 사슴이 사냥하기 쉬울 텐데 우리도 어서……."

"차라리 토끼를……."

"토끼는 잡히지도 않는다고요. 사슴보다 발이 더 빨라요."

그러는 동안 나는 수풀을 샅샅이 뒤지고 있었다.

'대녀님은 꼼꼼한 사람인가 봐.'

다들 쥐고 있는 검에 혼이 팔려 모르고 있지만, 잘 정돈된 사냥터엔 있지 않을 법한 도구들이 곳곳에 널브러져 있다.

'옳지, 그물이다!'

나는 그물을 나무 밑동에 매듭지어 설치하곤 미친 듯이 뛰어다니는 저놈의 토끼들을 그물 쪽으로 몰았다.

"자, 저리 가라! 이놈!"

내가 뒤에서 우다다닥, 달려가니 토끼들이 그물에 알아서 걸려 주었다. 나는 토끼를 번쩍 들었다.

"잡았어요! 해체도 해야 하나요?"

야생 토끼는 꽤 징그럽게 생겼다. 털은 관리되지 않아 꼬질꼬질하고, 발톱도 날카로우며 제법 난폭한 짐승 태가 난다. 내 손에서 버둥거리는 토끼를 보며 사람들이 아연한 표정을 지었다.

시종은 당황해서 "아, 아닙니다." 하고 말했다.

"잘됐다. 가죽이 벗겨지지 않아서."

나는 하핫, 하고 상쾌하게 웃고 시종이 들고 있던 철창 안에 토끼를 휙 집어넣었다.

'여우가 제일 점수가 크니 잡으면 좋겠는데 말이야.'

지난 삶에서 고아로 자란 내게 토끼 사냥은 아주 쉬운 일이었다. 동냥하지 못한 날이면 쫄쫄 굶은 채로 산에 올라가서 들짐승을 사냥해 연명했었다.

'꿀이네.'

세실리아와 나는 아주 날아다녔다. 그러는 동안 허공에서 마석이 반짝이고 있었다.

* * *

"어머나……."

마경 앞에 모인 귀족들이 당황스러운 듯 세실리아와 르블레인을 바라봤다.

다른 후보자들이 어찌할 바를 모르고 있을 때, 저들만 벌써 7점째.

[어, 어! 세실리아! 저쪽으로 갔어요! 여우, 이놈의 새끼. 이리 안 와! 너, 가죽을 벗겨 버려, 아주!]

르블레인은 물 만난 고기 같았다. 눈빛은 난폭한 사냥꾼의 그것과 다르지 않았다.

"듀블레드 영애는 참으로…… 그러니까, 으음……."

저쪽이 짐승 같은데?

말이 이어지지 않았지만, 마경을 통해 사냥을 지켜보던 이들은 모두 수긍했다.

카밀라 대부인이 후훗, 웃으며 고개를 끄덕였다.

"용맹하기도 하지!"

듀블레드 공작과 요한이 똑 닮은 무표정으로 대답했다.

"영지에선 멧돼지 사냥도 함께 가던 아이입니다."

"몬스터 사냥 때면 군사들이 먼저 나서 달라 부탁한 적도 있지."

오만한 얼굴로 막내를 자랑하는 부자들을 본 사람들이 하, 하하, 어색하게 웃었다.

황제는 눈을 흡뜬 채로 마경을 주시하고 있었다.

'그렇지. 옳지, 다 잡아 버려라.'

지난번 시험에선 황태후의 차별로 세실리아가 꼴찌, 앙부아즈 영애가 일등이었다. 이러다 앙부아즈 영애를 비로 들이게 되는 건 아닌가, 잠을 이루지 못했다.

[어허, 어 ─ 디 주둥이를 쩍쩍 벌려. 떽!]

여우의 목덜미를 찍어 누른 르블레인이 소리치자 황제는 환희했다.

'참으로 귀여운 아이가 아닌가!'

신전의 목줄이 될 운명의 아이에, 뭘 부탁해도 완벽하게 해낸다. 성인인 쟈벨린보다 9살 르블레인이 더 의지가 되어, 쟈벨린이 저 애를 대신해 추천인이 되었다고 했을 땐 은근히 불안하던 차다.

'어떻게 황궁으로 데려올 순 없을까.'

안드레와 나이도 제법 맞는 것 같고……. 아니지, 마르슈와 듀블레드가 결탁하는 것보다 골치 아픈 일이 없을 테니 아드리안이…….

'아드리안과 잘 지내는 것 같기도 했고.'

저를 닮아 곱상한 외모의 아들이 이렇게 도움이 되는구나!

황제의 입이 함지박만 하게 벌어졌다.

그가 듀블레드 공작에게 은근한 눈빛을 보냈을 때였다. 공작 주변에 있던 귀족이 슬쩍 입을 열었다.

"한데, 이제 슬슬 영애에게 약혼자가 생길 때가 아닙니까?"

"아닙니다."

요한이 매서운 눈으로 귀족을 노려보며 단호히 대답했다. 귀족이 어색하게 말을 이었다.

"대부분 영애는 10대가 되기 전 혼약을……."

"제 동생은 저와 결혼하겠다고 했습니다."

아들이 오만하게 자랑하자 아비가 오만하게 다리를 꼬았다.

"아니, 나와 평생 살겠다고 했어."

두 팔불출의 말에 카밀라 대부인이 턱을 가볍게 문지르며 말했다.

"하기야 군이 결혼할 필요는 없지."

르블레인의 비혼 결사대가 발족하는 순간이었다.

＊　　＊　　＊

'이쯤 하면 사냥은 그만둬도 될 것 같은데.'

점수는 총 19점이었다.

영애들이 아무리 애써도 우리를 따라오지 못할 거다. 마침 통신석이 울고 있었다. 세리아가 악마에 관한 자료를 모두 정리한 모양이었다.

'쉬면서 자료를 봐야겠어. 어떻게든 아드리안을 빨리 데려와야지.'

나는 흠, 신음하고 휴게실로 마련된 단상 쪽으로 걸었다. 그러다 단상에서 사냥을 주시하고 있던 대녀와 시선이 마주쳤다.

'그나저나 대녀가 미나의 대모였다니. 둘은 어떻게 알게 된 거지?'

신전과 결탁한 것은 아닌 것 같았다. 〈살생하지 말라〉가 그들의 교리. 대녀가 신전과 결탁했다면 사냥을 시험으로 걸었을 리 없다.

그런데…….

'어? 왜 코가 간지럽고 심장이…….'

그런데 그때, 대녀가 이마를 쥔 채 작게 헐떡이고 있었다.

나는 손수건으로 입가를 가린 대녀를 빤히 쳐다보았다.

'몸이 안 좋은가?'

그렇게 생각하던 나는 콜록, 콜록, 몇 번이나 기침하며 인상을 썼다.

대녀가 문제가 아니었다. 내 상태도 점점 더 심해지고 있었다. 익숙한 통증이다.

'이건 분명······.'

주변을 둘러보던 난 단상 뒤로 핀 하로꽃들을 보며 후다닥 물러났다.

하로꽃은 가을 후반에서 겨울 초에만 볼 수 있는 희소한 꽃이다. 서늘한 날씨에만 꽃을 피우나, 우습게도 눈과 서리, 칼바람엔 취약한 데다가 사람의 손길이 닿으면 금세 시들어 버린다.

하지만 번식력은 엄청나서 한 번 싹을 틔우면 금세 주변으로 번져 버린다.

'황태후의 정원에서부터 여기까지 번졌구나.'

하로꽃 알레르기가 있는 나는 양손으로 입을 틀어막고 슬금슬금 뒷걸음질 쳤다.

겨우 내 출생을 알아내고 진짜 가족을 찾았는데 죽을 수야 없지.

"어딜 가나 하로꽃이 있다면 큰일이 날 거야."

중얼거린 난 후다닥 세실리아가 있는 곳으로 돌아갔다.

＊　　　＊　　　＊

다음 날.

"입이 방정······이라고······."

하로꽃 때문에 큰일이 나겠다고 생각한 게 반나절도 지나지 않았는데, 정말로 큰일이 생겨 버렸다. 나는 끄으응, 하고 신음하며 몸을 웅크렸다.

세실리아가 이마에 올려져 있던 물수건을 갈아 주며 눈썹을 늘어뜨렸다.

"정말로 의사를 부르지 않아도 괜찮으신가요?"

"의사는 모르는 병이에요. 게다가 황궁에서 아프면 쫓아낼지도 모르고……."

하로꽃 알레르기는 매우 희귀하다. 백성 중 신성력을 가진 사람은 1할도 되지 않는데, 그 1할 중에서도 순도 높은 신성력을 가진 자 중에서만 발병한다. 확률로 따지면 0.0001 프로 정도가 아닐까.

'혹시 몰라서 치료제를 준비해 놔서 다행이지.'

이것도 상태가 심각하지 않아서 쓸 수 있는 것이다. 심각해지면 신관이나 아주 특별한 의사가 아니면 손 쓸 수 없다.

"각하와 쟈벨린 님께라도 알리시지요."

"안 돼요!"

나는 얼른 세실리아의 손을 잡았다.

"감기만 걸려도 난리가 나는데, 상태가 이렇다는 걸 가족들이 알아 봐요."

'병명도 모를 텐데, 애꿎은 의사들만 고생할 —'

— 라고 생각한 순간, 세실리아가 몹시 진지한 얼굴로 말했다.

"……나라가 두 쪽이 나겠군요."

"그 정도는 아니지 않을까요……."

"아니요. 재앙이 일어날 겁니다."

"그렇지는……."

"재앙입니다."

세실리아가 몹시 단호해서 난 어색하게 웃으며 말을 돌렸다.

"치료제가 있어요. 이 정도라면 약을 먹고 하루 이틀 쉬면 나아요."

"그렇다면 다행이네요."

이불을 목 끝까지 끌어 올려 준 그녀가 가슴을 토닥였다.

"다 나을 때까지 푹 쉬셔요."

"죄송해요. 가뜩이나 중요한 시기에."

"무슨 말씀을. 아가씨 덕이 아니었다면 제가 어떻게 여기까지 왔겠나요."

세실리아는 참 상냥해.

나는 히히 웃으며 이불 속으로 파고들었다.

'일단은 몸 상태를 호전시키는 게 우선이야. 그 전에 간택에 무슨 일이 생기지 않았으면 좋겠는데……'

그렇게 생각한 나는 이내 잠에 빠져들었다. 상태가 내 생각보다 심각했는지 나는 거의 이틀 동안 제대로 눈을 뜨지 못했다.

그리고 사흘째 아침.

겨우 병상에서 일어난 나는 텅텅 빈 게시판을 보며 미간을 좁혔다.

'아직 2차 시험 평가가 붙지 않았네.'

세실리아의 점수를 뛰어넘는 간택 참가자는 없었다. 일등은 떼 놓은 당상. 거기다 2차 시험은 점수로 순위를 매기는 간단한 시험이었기에 이토록 평가가 늦어질 이유가 없다.

'아무래도 이상해.'

나는 숙소로 돌아가서 의장에게 연락했다.

[예, 아가씨.]

"2차 시험 평가가 아직 없어. 혹시 대녀에게 무슨 일이 있는 거야?"

[글쎄요. 황궁에 붙여 놓은 우리 사람에게서 아직 소식이 온 것은 없습니다만.]

"대녀궁에서 입김 세고, 입이 저렴한 궁인이 누구지?"

[대녀궁에 입이 저렴한 자가 있다고 들었습니다. 시종 엘가라고 합니다. 황태후궁에서 왔다지요.]

"내 쪽에서 알아보는 게 빠르겠네."

[직접 말이십니까? 좋은 생각이 아닌 듯싶습니다만. 직접 나서시는 건 위험합니다. 정보는 제 쪽에서 알아봐도 충분하지 않습니까.]

"시간이 오래 걸리잖아."

[애초에 대녀에게 일이 생긴 것이 우리에게 그리 중요한 일입니까?]

"내가 우려하는 건 대녀의 건강이 나빠져서 2차 시험이 무산되는 거야."

2차 시험은 나와 세실리아를 위해 깔아 둔 판 같았다. 그 판에서 우리는 누구도 이의를 제기하지 못할 완벽한 일등을 거머쥐었다. 가뜩이나 1차 시험에서 성적이 좋지 못한 세실리아에겐 절호의 기회나 마찬가지다.

"세실리아를 얼른 황비로 만들어야지. 미나가 곧 올 텐데 그럼 이본느 황비와 철썩 달라붙을 거야. 첫 번째 삶에서도 두 사람은 관계가 좋았어. 그러니까 나도 세실리아를 황비로 만들어서 —"

[정말 그것뿐입니까.]

"무슨 소리야?"

[아가씨답지 않게 조급하십니다. 간택은 늦든 빠르든 결과가 나올 겁니다. 이렇게까지 조급하게 굴 이유가 없지요. 황제가 추천인으로 아가씨를 지목한 데다가 가문에도 간택이 중요하니 빠질 수 없는데, 그 와중에 과거에 있는 2황자가 걱정되시는 게 아닙니까?]

"……."

[그래서 어떻게든 빨리 간택을 마무리하려는 게지요. 2황자 찾기에 집중하시기 위해서.]

"……아드리안이 나 때문에 고생하고 있을 거야."

[아가씨의 마음을 이해합니다. 하지만, 과거에 남은 것은 그의 선택입니다.]

"하지만 나 때문이 아니라면 그 애가 과거에 남을 이유가 없었어."

[예. 그는 아가씨를 위해 남았습니다. 그런데 아가씨께서 막상 그를 찾기 위해 일을 그르치고, 그 결과 위험해진다면 희생이 무의미해지지 않겠습니까.]

"……."

[하루 이틀 빨리 데려오는 것보다, 황자를 데려왔을 때 그가 좀 더 편안하게 살 환경을 만들어 주는 게 더 큰 보답이 될 겁니다. 평소의 아가씨라면 그렇게 생각하셨을 테죠.]

의장이 부드러운 목소리로 [그렇지 않습니까?] 물었다. 나는 시무룩해져서 대답했다.

"맞아……."

정말로 의장의 말이 맞았다. 그 애가 나 때문에 과거에서 고생하고 있을 생각을 하면 조급한 마음을 지울 수 없었다.

나는 통신석을 쥔 채로 뺨을 짝! 때렸다.

"반성했어!"

내가 말하자 통신석에서 희미한 웃음소리가 들려왔다.

[쓴소리를 들었다고 기죽으신 것은 아니시겠지요?]

"우리 엄마가 리세트 듀블레드인데 내가 잠깐 조급했다고 해서 기죽겠어? 나는 세상에서 가장 씩씩한 사람의 핏줄이란 말이야."

[그럼요. 공작 부인의 딸은 이깟 일로 기죽지 않으시겠지요.]

의장과 웃으며 이야기를 마무리하고 통신을 종료했다. 통신석을 주머니에 집어넣고 있을 때였다.

"공작 부인의 핏줄이라니요."

세실리아의 목소리였다.

흠칫, 고개를 돌리자 세실리아가 내게 주려고 준비한 듯 과일 접시를 든 채로 굳은 얼굴로 나를 보고 있었다.

"과거에 가셨단 말씀은 무슨 의미이십니까?"

"……."

"아가씨!"

"간택이 끝나면 이야기해 주려고 했어요."

"무엇을. 대체 어떤 것을……."

"내가 아기새라는 것이요."

세실리아의 손에서 떨어진 접시가 쨍그랑─! 날카로운 소리와 파열했다.

"아주…… 아주, 긴 이야기예요. 세실리아."

내가 과거에 갔었던 이야기를 시작하자 세실리아의 얼굴이 경악에 물들었다.

*　　*　　*

내 손을 붙든 채로 세실리아는 한참을 울었다.

"세실리아……."

"그분께서 제게 기사가 될 기회를 주셨습니다. 리세트 님은 말씀하셨지요. 언제나 꿈에서 보는 소중한 아이는 사내도 못 할 일을 수두룩하게 하고도 늘 씩씩하게 웃었노라고요. 나이나 성별 따위는 의지에 미치지 못하노라 말씀해 주셨습니다."

"……."

"그 말에 용기를 얻어 검을 쥐었습니다."

"……."

"아가씨였군요. 제게 용기를 주신 분이."

세실리아는 젖은 눈으로 나를 바라보며 하염없이 뺨을 쓰다듬었다.

"제가 그 끔찍한 날에 살 수 있었던 것도, 그래서 조카를 만나게 되고 새로운 꿈을 가지게 된 것도, 모두 아가씨의 덕이었군요."

"세실리아가 어린 나를 지켜 줬기에 내가 살 수 있었어요."

나는 왜 엄마가 돌아가셨던 산에서의 일만 떠올리면 눈물이 마르지 않는 것일까.

'아드리안에게 다시 울지 않겠다고 했으면서.'

얼굴을 일그러뜨리고 펑펑 우는 나를 보며 세실리아는 희미하게 웃었다.

"살아계셔 주셔서, 돌아와 주셔서 감사합니다."

하지만 아무리 생각해도 자꾸 눈물이 나는 건 내 탓이 아니었다. 이렇게 좋은 사람들이 있어서지. 나는 펑펑 울며 세실리아에게 안겼고, 그녀는 마치 엄마처럼 나를 따뜻하게 안아 주었다.

그런데 그때였다.

"올가 님, 듀블레드 영애……!"

듀블레드에서 매수한 황궁의 시녀가 허겁지겁 숙소로 뛰어 들어왔다. 내가 훌쩍이면서 고개를 들자, 그녀가 희게 질린 얼굴로 말했다.

"접촉해선 안 된다는 것을 알지만, 급히 알려야 할 일이 있어서 실례했습니다."

"무슨 일이지요?"

"녹스테인 남매가 대녀궁의 시종 엘가를 매수하여 대녀의 정보를 사들였습니다."

얘기를 듣자마자 눈물이 쏙 들어가 버렸다. 나는 헉, 숨을 들이켰다.

'와, 큰일 날 뻔했다!'

시종 엘가라면 조급했던 내가 매수하려던 시종이 아닌가!

'한 발만 빨랐어도 잡혀가는 게 녹스테인 남매가 아니라 내가 될 뻔했어.'

녹스테인 남매라면 내가 지난번에 망신을 주었던 그 후보자와 추천인이 아니던가.

"두 사람은 잡혀갔나요?"

"예. 치안대로 넘어갔습니다. 그런데 문제는……."

"여기서 더 문제가 있단 말입니까?"

세실리아가 미간을 좁히며 말하자 시녀는 마른침을 삼키고 대답했다.

"대녀께서 황태후에게 정식으로 이의를 제기했습니다. 엘가는 황태후궁에서 붙여 준 자라, 황태후가 세작을 심어 둔 것이라 여긴 것일 테지요."

나와 세실리아는 눈이 동그래져서 시선을 교환했다.

"아가씨, 그럼……."

"네, 정식으로 이의를 제기했으니 황태후가 정확한 증좌를 대지 못한다면 이 일에 책임을 지고 물러날 수도 있어요."

"그럼 황실의 하나 남은 어른인 대녀가 전면에 다시 나서게 되는 건가요? 간택 총책임자가 바뀌겠군요."

"그것보다 황태후의 권력이 모두 대녀에게 간다는 게 중요하죠……."

큰일 났다.

황태후는 마르슈 공작가의 사람이나, 이본느 황비와 사이가 좋지 않은 데다가 미련한 구석이 있어서 내가 휘두를 수 있었다. 무엇보다 신전과 척졌다.

그런데 대녀가 전면에 나서게 된다면…….

'신전이 다시 황궁에 침투하게 될지도 몰라. 이 상황에서 미나가 오면 세실리아 한 사람으론 대녀 ─ 이본느 황비에게 맞설 수 없어.'

나는 다급히 시녀에게 말했다.

"증좌는? 증좌는 있죠? 황태후도 반격 준비를 하고 있나요?"

"그게……."

시녀가 어쩔 줄 모르는 얼굴로 말했다.

"황태후가 시종 엘가를 세작으로 심은 것이 맞습니다."

"뭐라고요?!"

"세작이던 엘가가 황태후에게만 정보를 넘기지 않고, 간택 참가자들에게도 정보를 팔아치운 겁니다……."

나는 왜 황제가 황태후만 보면 뒷목을 잡는지 십분 이해했다.

나도 지금 뒷목을 잡았으니까!

난 볼을 적신 눈물을 닦고 번쩍, 몸을 일으켰다.

"아가씨? 어디 가십니까?"

"일을 해결해야죠."

황태후의 일을 해결해 주고 간택에 도움을 받든, 대녀를 꼬드기든 어떻게서든 이번 일을 해결해야 한다.

난 아득, 이를 갈고 위풍당당 숙소를 나섰다.

*　　*　　*

"오해이십니다, 폐하! 어미는 억울해요!"

대전은 난장판이 따로 없었다. 황태후가 숨이 넘어갈 듯 소리치고 있었고, 대녀는 싸늘한 얼굴로 황제와 시선을 마주쳤다. 황제는 골이 아픈 듯, 한 손으로 눈가를 덮었다.

"고모님, 꼭 일을 이토록 크게 만드셔야겠습니까."

"내 궁에 세작을 심은 일이 황제껜 사소한 모양입니다. 아니면, 이번 일에 관여하시기라도 하신 것인지요."

"그런 것이 아님을 아시지 않습니까."

"말이 세작이지, 제 음식에 독을 사주할 수도 있는 일입니다."

"고모님, 어찌 모후께서 그런 일을 벌이시겠습니까."

"그러니 명명백백히 밝히시지요. 이 노인네가 황족의 일을 중앙탑의 안건으로 올리고, 금사원(황족들로 구성된 회의)을 궁에 다시 불러들여야겠습니까."

황제의 얼굴이 샛노래졌다. 금사원이 황궁에 들게 되면 망신을 당하는 것은 물론 기록에 불민한 황제로 남게 될 것이다.

나는 황제의 골 아픈 심정을 이해했다.

'절대 넘어가 줄 것 같지 않은데.'

아, 어떻게 해야 일이 해결된단 말인가.

'그런데 대녀님이 왜 이렇게 핼쑥해 보이는 거지? 어? 잠깐만……'

대녀가 손등으로 이마를 눌렀다. 그리고…….

"고모님!"

"대녀님!"

황제와 대녀의 시종이 소리치기 무섭게 휘청이던 대녀가 쓰러졌다.

황제가 고함을 내질렀다.

"궁정의! 의사를 데려와, 당장!"

시종이 허겁지겁 나서고, 대녀궁의 기사가 그녀를 안아 들었다. 대녀는 기사에게 안겨 가면서도 의식을 찾지 못했다. 대전 밖에서 의사가 기사에게 달려가는 것이 보였다.

대녀가 궁으로 돌아간 후, 아수라장 속에서 사람들의 시선은 한 사람에게 향했다. 어쩔 줄 모르는 황태후에게로.

'설마……'

'정말로 음독을 사주한 것인가.'

대녀가 하필이면 세작이 밝혀진 후 쓰러진 것이라 황태후는 의심을 피하지 못했다.

"아, 아니에요. 아니야. 나는, 난 단지 데글리드가 간택에 관여하는 것을 마, 막으려고 약점을 찾으려 한 것뿐……."

"어머니!!"

황제의 노성이 대전에 울려 퍼졌다. 두 손을 꼭 쥐고 있던 황태후가 흠칫, 어깨를 좁혔다.

"아, 알렉……."

"대체 얼마나 저를 실망하게 해야겠습니까. 제가 언제까지 어머니가 벌인 짓들을 감당해야 하는 겁니까ー!"

"어, 어떻게 그런 잔인한 말을 하는 거니. 네 눈에선 일말의 존경심도 보이지 않는구나. 어찌 나를 이리 홀대하고……."

황태후의 속눈썹이 파르르 떨렸으나, 황제의 눈에 노기가 사그라지지 않았다. 금좌에 털썩 걸터앉은 그가 가저 없는 목소리로 병사들에게 명했다.

"모후를 궁으로 모셔라. 추후 짐의 명 없이 황태후궁의 문이 열릴 일은 없으리라."

"알렉상드르……!!"

황태후가 비명을 지르듯 외쳤으나, 병사들은 묵묵히 황태후에게 다가갔다. 끌려 나가다시피 대전을 나서는 와중에도 황태후의 고함은 멎지를 않았다.

언제나 능글맞던 황제의 얼굴에선 표정이 사라졌다. 기묘한 것은 표정이 사라지자 진짜 그가 보인다는 것이다.

황제가 아니라 지독하게 싸늘하고 외로운 자리에서 버티고 있는 알렉상드르 루에르그. 그의 본질이 잡힐 듯 선명했다.

"하여, 짐에게 할 말이 무엇이냐."

황제의 목소리에 나는 움찔, 그와 시선을 마주했다.

'아차, 나 드릴 말씀이 있다는 핑계로 황제궁 출입을 허가받았지.'

"이 지경의 일이 터진 시점에 짐을 찾은 것을 보면 긴한 일인 모양이지. 네 아비가 전할 말이 있다더냐."

"그러니까…… 어, 그게…….'

수원이나 장거리 이동진을 핑계로 삼으면 될 테지만, 나는 대답을 주저했다.

황제는 황태후로 인해 어릴 적부터 고통받았다. 모 사건 때문에 극 노한 선황이 황제의 교육을 대부인에게 일임한 것만 봐도 그의 고통을 알 수 있었다.

대부인은 좋은 사람이지만, 그녀에겐 친자식인 로카르 대공이 있었다. 대부인이 아무리 황제를 진심으로 대했더라도, 친모자 사이를 바라보는 어린 황자의 심정이 어떠했겠는가.

아미티에 공작과 미나의 모습을 등 뒤에서 보아 왔던 나라서 이해할 수 있었다.

뿐만이 아니었다. 겨우 대부인 손에서 황태후에게 돌아온 후에도 그녀는 끊임없이 사고를 쳤다.

황태후로 인해 선황에게 노여움을 사 다른 황족들과 차별받으며 성장했다. 이를 해결하기 위해 열다섯의 나이에 목숨을 내놓고 전장에서 공로를 세워야 했고, 가장 비천한 곳에서 납작 엎드려 살아야 했다.

발루아 공작에게 인정받기 위해 필사적이던 나이기에 황제의 마음을 짐작할 수 있었다.

내가 문제 있는 부모와 살아 봐서 아는데, 부모가 주는 상처는 그 어떤 아픔보다 더 고약하고 쓰리다. 그 고독한 순간에 필요한 것은 이득보다, 사람의 손길이었다.

'그러니까 지금 황제에게 필요한 건……'

나는 슥, 시선을 돌렸다. 우두커니 서서 황제를 바라보고 있는 세실리아에게로.

"폐하께서 오늘 마음이 아프실 것 같았대요. 그래서 홀로 두고 싶지 않대요. 세실리아는 아픈 사람들을 치료해 줘요. 그러니까 황제 폐하의 마음도 치료해 줄 수 있을 거예요."

"감히 그따위 이유로 황족의 치부를 엿본 것이냐. 기가 막히는군. 이놈이나 저놈이나 짐을 우롱해."

황제의 메마른 시선이 세실리아에게로 향했다. 그녀는 잠시 당황했다.

'가요, 세실리아.'

내가 소리 없이 벙긋거리며 소매를 쭉 잡아당기자 그녀는 조심스럽게 앞으로 나섰다.

"곁으로 가도 되겠습니까."

"짐을 우롱한 주제에."

"가고 싶어요."

"……"

"가겠습니다."

세실리아가 천천히 그에게 다가갔다. 옥좌에 외로이 앉아 있던 그는 그녀가 점점 가까이 갈 때마다 천천히 고개를 수그렸다. 종국에 고개가 완전히 떨어졌을 때, 그는 세실리아의 허리를 끌어안았다.

"자네는 비열해."

당황한 얼굴로 황제를 바라보고 있던 세실리아는 아주 조심스럽게 그의 머리칼을 쓰다듬었다. 그녀의 손가락 사이로 아드리안과 매우 닮은 금색의 머리칼이 부드럽게 흘러내렸다.

"예, 폐하. 저는 비열합니다."

"짐을 우롱한 주제에 가장 약한 순간을 파고들었어."

"예."

"빌어먹을. 곁에 있어 줘."

"……예."

시종들이 살며시 대전을 나섰다. 황제의 시종장이 내게 길을 내어 주곤 "가시지요." 하며 속삭였다. 나는 시종장의 손에 이끌려 대전을 나서면서 조금씩 닫혀가는 문 안을 바라보았다.

오롯한 금좌에서 무너진 황제는 고개를 수그린 채로 세실리아의 허리를 끌어안고 있었고, 세실리아는 등이 굽은 외로운 사내를 살며시 쓰다듬었다.

'제법 잘 어울리는걸.'

나는 빙그레 미소 짓고서 대전의 복도를 떠났다.

*　　*　　*

그날 저녁, 숙소.

난 펜 끝을 입에 문 채로 노트에 엉성하게 쓴 글씨를 노려봤다.

> *[대전에서 대녀가 쓰러진 건 연극이다.]*

하지만 황태후가 세작을 들인 게 발각 난 시점에서 쓰러지면 황제가 당장에 궁정의를 불러들일 게 뻔하다. 궁정의는 황제의 사람이므로 그가 진료하면 음독이 아니란 게 쉽게 밝혀질 터.

'대녀가 그런 무리수를 둘 리 없어.'

나는 고개를 절레절레 젓고 문장에 가위표를 쳤다.

[진짜 음독이다.]

아냐, 황태후가 아무리 생각이 짧더라도 죽이려 했을 리가.

'이유가 없잖아. 간택 때문에 음독까지 시키는 건 말도 안 돼. 3차, 4차 시험도 남았는걸.'

회귀 전에도 황태후는 대녀와 적대하지 않았다.

한 번 더 가위표를 친 나는 마지막 문장을 바라봤다.

[기존에 병환이 있었다.]

2차 시험 당일에 손수건으로 입을 틀어막고 기침하던 모습을 떠올린 난 고개를 끄덕였다.

'아무리 봐도 이거야. 원래 병이 있었는데 타이밍 좋게 쓰러진 거지. 그런데 대체 무슨 병이지?'

뒷방에서 머물고 있더라도 의사들의 극진한 보살핌을 받았을 텐데. 대녀가 아프다면 황제가 그를 모를 리 없다.

'특이한 병인가?'

갑자기 발병하는 특이한 병. 거기까지 생각이 미친 난 흠칫, 노트 끝을 그러쥐었다. 그리고 얼른 통신석을 꺼냈다.

[그래, 르블레인. 잘 지냈니.]

통신석에서 앙리의 다정한 목소리가 흘러나왔다.

"혹시 대녀가 신성력을 가지고 있어?"

마음이 급해서 다짜고짜 캐묻자 앙리는 의아한 목소리로 대답했다.

[아마도.]

"아마도라니?"

[선황 시절에 성기사단을 이끌고 참전한 적이 있거든. 선황은 그녀를 맹렬하게 견제했기에 자세한 내막은 밝히지 않았지만, 중앙군이 아니라 성기사단을 이끌었다는 건 뭔가가 있다는 뜻이지 않겠어? 전장에서 도망치긴 했지만.]

"도망쳤다고?"

[그래. 병환을 핑계로 전장에서 물러났어.]

"그게 언제였는데? 전장은 어디였고?"

[뉴트라 공국, 30년 전 겨울의 일이야. 병환을 핑계로 군사들을 팽개치고 돌아왔지만, 정작 진료했을 땐 문제가 없었지.]

점점 퍼즐이 들어맞기 시작했다.

나는 사악하게 웃었다.

"어쩌면 이번 일, 우리에게 이득이 될지도 모르겠어."

[이득이라니?]

"내가 알거든. 대녀의 병을. 그녀는 전장에서 도망친 게 아니야. 정말로 아팠어."

[하지만 의사들은 밝혀내지 못했어. 지금까지도.]

그야 평범한 의사들은 절대로 알 수 없는 특별한 병이기 때문이지.

"하로꽃 알레르기."

[대녀가 하로꽃 알레르기라고?]

"그래, 마법사들에겐 명약이나 다름없지만, 신성력을 가진 자들은 극히 드물게 하로꽃 알레르기가 생겨. 내게도 있잖아."

[대녀가 알레르기라면 황궁에 하로꽃이 있다는 거잖아.]

[하로꽃?!]

[하로꽃이라니!!]

요한과 이샤크도 듣고 있던 모양인지 일시에 오빠들의 목소리가 들려왔다.

"괜찮아. 치료제를 가져와서. 증상이 심각하지 않으면 치료제로 충분한…… 맙소사."

나는 펜을 툭, 떨어뜨리며 경악했다.

'쓰러질 정도라면 증상이 심각한 거잖아!'

이건 미래의 의사가 필요하다.

'하지만, 미래에서 의사를 데려올 수도 없고 아무리 내가 지식이 있다고 해도 의사처럼 완벽하게 병을 치료할 수는 없는데!'

당황해서 눈을 데구루루 굴리고 있던 찰나에 머릿속에 누군가 떠올랐다.

"삼촌이라고 불러 줬으면 좋겠는데."

"그래서, 생명의 은인인 내게 뭘 해 줄 거지?"

"귀여운 조카의 뽀뽀 정도로 봐줄까."

듀블레드 선대 공작의 하룻밤 실수로 태어난 사생아이자, 아빠와 고모의 배다른 동생. 천 명의 사람을 무단으로 인체 실험했다는 소문의 매드 닥터. 열다섯의 나이로 제 배다른 형제들을 독살한 미치광이인 그라면……

테일러 듀블레드라면 대녀를 치료할 수 있다.

'산 넘어 산이라더니.'

그 테일러 듀블레드에게 어떻게 도움을 얻어 내냔 말이야······!

나는 양손으로 머리를 붙든 채 소리 없이 절규했다.

* * *

하지만 어렵다고 해서 포기할 수는 없는 법. 대녀를 호전시키기만 하면 눈앞에 금광이 있다.

나는 황제의 허가를 받아 출궁했다. 황제는 다 죽어 가는 대녀를 살리고, 음독이 아니란 것을 밝혀내겠다고 했더니 얼씨구나 하며 즉시 나를 내보내 줬다.

"이 일을 해결해 준다면 보은할 것이다. 황제의 이름을 걸고 약속하마."

황제의 이름까지 건 이상 뭐라도 해 봐야 한다. 난 아빠에게 소식을 전하고 테일러 듀블레드가 있는 곳으로 향했다.

"이 미친놈은 영지성에 얌전히 붙어 있을 것이지, 민가에는 왜 내려가고 지랄이야."

"영지성에 붙어 있다면 그거대로 귀찮은 일이 생겼겠지."

······아빠가 붙여 준 이샤크, 앙리와 함께.

나는 믿지만, 테일러 듀블레드는 믿지 못한다며 유사시를 대비해 두 오빠와 찰싹 붙어 있으라고 했다. 나는 영지로 내려올 때부터 표정이 험악했던 앙리와 이샤크를 흐린 눈으로 쳐다봤다.

'하지만 아빠, 오빠들은 유사시를 만들 것 같지 도움이 될 것 같진 않은데요.'

벌써 이샤크는 검집을 그러쥐고 있었고, 앙리의 손등엔 시동인이 생겼다.

"뭐야, 왜 그렇게 귀여운 눈으로 쳐다봐."

"르블레인이 귀여운 건 특별한 일이 아니야."

난 피곤한 얼굴로 고개를 숙였다가 헙, 숨을 들이켜고서 검지를 쭉 폈다.

"우리는 도움을 구하기 위해서 테일러를 꼬드기러 가는 거야. 그러니까 고개를 숙여야 하는 건 이쪽."

검지로 나를 가리키고서 말을 이었다.

"상전은 저쪽."

다시 검지로 테일러가 있는 객점을 가리켰다.

이샤크는 못마땅한 표정을 지었으나, 내가 눈을 흘기자 깍지 낀 손으로 뒤통수를 받치며 "알겠다고." 하며 대답했다.

난 숨을 크게 들이켜서 마음을 다잡은 후, 객점의 문을 열었다. 객점은 텅텅 비어 있었다. 테일러가 객점 전체를 통으로 빌렸다더니 정말인 모양이었다.

'없나?'

고개를 갸웃하고 있는데 주방 쪽에서 인기척이 들렸다. 이샤크가 주방 문을 쾅! 걷어차자 안에서 "꺅!"하는 여성의 비명이 들려왔다. 그리고 이내 누군가 걸어 나왔다. 비명을 지른 사람이 아닌 키가 훤칠한 남성이었다.

반쯤 벗겨진 셔츠, 입가에 번진 립스틱의 흔적, 날카로운 턱선에 헝클어져 감겨 있는 결 좋은 흑발. 그리고 아빠와 비슷하지만, 퇴폐적이고 나른한 느낌의 청안을 가진…….

'테일러 듀블레드.'

앙리는 쯧, 혀를 차고, 이샤크는 "염병하네."라고 중얼거리며 내 눈을
가려 주었다.

"주방에서 뭔 짓을 하는 거야, 미친놈이."

"르블레인이 듣는다."

내가 두 사람의 손을 밀어내자 이샤크가 인상을 찌푸리며 말했다.

"더러우니까 저런 건 보지 마."

"그래, 르블레인."

나는 눈을 가느다랗게 뜨며 말했다.

"나도 다 알아."

이샤크가 헹, 코웃음을 치며 말했다.

"네가 뭘 알아."

"알아. 인류의 번식 행위를 하다가 나온 거잖아."

내가 허리춤에 주먹을 착, 올리고 의기양양한 표정으로 말하자 왜인
지 세 사람 사이에 휘잉, 바람이 불었다.

나는 눈을 도르륵 굴려서 아무런 말도 하지 않는 세 사람을 번갈아 보
았다.

왜 분위기가 이상하담.

"맞잖아. 인류의 번식 행―"

"그만, 그만!"

"……."

이샤크와 앙리가 이번엔 내 입을 막았다. 내가 읍, 읍읍, 읍, 하며 버둥
거리자 옆에서 옅은 실소가 흘러나왔다.

"틀린 말은 아니지."

테일러였다.

나는 테일러를 노려보며 인상을 쓴 앙리와 이샤크를 '그것 봐!' 하는

표정으로 쳐다봐 주었다. 앙리가 한숨을 내쉬곤 자세를 바로 했다. 그리고 삐딱하게 선 테일러에게 고저 없는 목소리로 말했다.

"잠깐 이야기를 나누죠."

"멋대로 내 성역에 쳐들어온 버릇없는 꼬마들과 무슨 이야기를."

이샤크가 헛웃음을 터뜨렸다.

"성역은 무슨. 주방에서 그 지랄을 떠는 성역도 있나?"

"하면, 성이라고 정정하지."

테일러가 싱긋, 웃었다.

'듀블레드의 유전자는 놀랍네.'

나는 속으로 '오……' 하며 감탄했다. 그의 미소는 앙리가 못되게 웃을 때와 몹시 비슷했다. 그리고 보니 아빠보다는 앙리와 더 닮은 것 같다.

아빠나 요한은 단정하고 금욕적인 인상인 데 반해, 테일러는 앙리처럼 화려한 외모를 자랑했다. 앙리를 늘려서 못되게 개량하면 꼭 저런 얼굴이지 않을까 싶었다.

'그럼 선대를 꼭 닮은 거겠네.'

앙리는 삼 형제 중 선대를 가장 많이 닮았으니까.

그리고 보면 앙리와 이샤크의 적대감도 이해가 간다.

단지 미치광이 의사가 나와 대면하는 게 싫다든지, 아빠를 세 번이나 독살하려 한 전적이 있다든지 하는 이유가 아니라 두 사람의 유년기에 가장 끔찍한 기억인 선대를 떠올리게 하기 때문이 아닐까 싶었다.

그렇게 생각하던 찰나, 객점의 문이 열리고 모자를 쥔 노인이 들어왔다.

"주인님, 밖에 웬 마차가……."

테일러는 자신의 심복인 듯한 노인의 어깨에 팔을 걸치곤 앙리에게 다가갔다. 앙리가 눈 하나 깜빡하지 않자, 테일러의 미소가 짙어졌다.

"악몽에서 벗어났나. 아쉽군."

나와 이샤크의 표정이 굳어졌다.

'앙리의 노인 공포증을 알고 있었구나.'

앙리는 노인 공포증 때문에 자신을 불량품으로 여겨 가신에 불과한 테라모어에게 학대받은 일이 있었다.

'하기야, 선대가 살아 있을 적엔 테일러를 곁에 두고 부렸다고 하니 앙리의 트라우마를 알고 있을 만도 하지.'

테일러의 입꼬리가 느른히 올라갔다.

"주름만 봐도 벌벌 떨던 꼴은 제법 귀여웠는데 말이야."

"트라우마에서 벗어나 다행이군요. 쓰레기에게 귀여워 보일 일이 없어졌으니."

"삼촌에게 말버릇은. 테오도르가 그리 가르치더냐."

"그쪽의 노예 어미는 본가의 직계에게 갖춰야 할 예의를 가르치진 못했겠고요."

엄마야.

나는 흠칫해서 패륜적인 말을 아무렇지 않게 교환하는 와중에도 미소를 잃지 않는 두 남자를 바라봤다.

말이 나오기 전에 주먹부터 나가는 이샤크는 독에 물든 신경전에 왈칵 인상을 쓰며 내 귀를 막았다.

"그만해! 꼬맹이의 귀가 썩는다!"

나는 '소리를 지를 거면 왜 귀는 막았지?' 하고 생각했지만, 도움을 구하러 온 입장에서 테일러와 마찰이 길어지는 건 피하고 싶었기에 모른 척 앙리의 소매를 쭉 잡아당겼다. 냉랭한 눈빛으로 테일러와 시선을 맞추고 있던 앙리가 고개를 돌렸다. 테일러는 어깨를 으쓱할 뿐이었다.

"그래서, 나와 할 이야기가 뭐지?"

나는 이샤크의 손을 떼어 낸 후, 입을 열었다.

"저는 테일러 님이 찾고 계시는 것이 어디에 있는지 알고 있어요. 처음 만났을 때, 내가 한 말을 기억하지요?"

> "항생제를 만들려고 찾는 중인 메리아 풀은 아직 단서도 못 잡았나요?"
>
> "······!"
>
> "나는 아는데."

첫 번째 삶에서 테일러 듀블레드가 메리아 풀을 찾는다는 얘기를 들은 적이 있다.

'난 정말로 그 장소를 알고 있고.'

내가 생글생글 웃으며 말하니 테일러의 입매가 느른히 휘었다.

"기억하고말고."

"네! 그러니까 거래―"

"문을 꼭 닫고 가라고 했지, 네가."

예?

테일러가 내 앞에 얼굴을 불쑥 내밀었다.

"그래서 난 문을 닫아 주었고. 아주, 꽉, 말이야."

나는 어색하게 웃으며 "그랬······던가?" 하고 순진한 체했다. 그러자 테일러가 가볍게 내 턱을 쥐려고 했는데······.

스릉―! 서늘한 소리와 함께 검을 빼든 이샤크가 검 끝을 테일러에게 겨누었다. 동시에 앙리의 손끝에서 빠져나온 마력이 가는 실이 되어 그의 목을 휘휘 휘감았다.

테일러가 양손을 가볍게 들며 나에게 눈짓했다. '거래인이 죽는 걸 두고 볼 건가?' 하는 얄미운 표정이다.

"이샤크, 앙리. 봐 줘."

"하지만 —!"

"……."

"봐 줘."

인상을 쓴 오빠들이 이내 손을 거두었다.

테일러는 쿠쿠, 낮게 웃었다.

"재밌어질 줄 알았다니까."

— 하며.

*   *   *

그날 오후.

안경을 쓴 채로 탁자에 자리 잡은 테일러가 책장을 넘기며 말했다.

"커피."

"커피!"

부리나케 대답한 나는 찻잔을 올려 둔 코스터를 비틀비틀 들고서 탁자로 향했다.

"시럽은?"

"시럽!"

얼른 테이블 위에 놓인 각설탕을 풍덩풍덩 커피에 집어넣었다.

"다과가 없는데."

"다과!"

주머니에 쑤셔 넣은 쿠키 봉지를 꺼내 책상 위에 휙, 휙, 내려놓았다.

"뜨거워."

김이 오르는 커피를 후—, 후—, 열심히 불자 그제야 찻잔을 가볍게 들어 한 모금 머금는다.

"뽀뽀."

"뽀…… 이씨!"

참다못한 내가 소리치며 테일러의 얄미운 얼굴을 맹렬히 노려보자, 테일러는 턱을 괴며 눈을 휘었다.

"반쪽짜리 삼촌이라도 귀여운 조카의 뽀뽀 정도는 받을 수 있지 않나?"

"귀여운 조카를 마구 부려 먹는 삼촌이 어디 있어요!"

테일러는 얼굴만 앙리를 닮은 게 아니라 눈치까지 꼭 빼다 박았다.

내가 부탁할 게 있다는 것을 대번에 눈치채더니,

"내가 성에서 쫓겨나듯 나와서 조수가 없어. 날 도와준다면 나도 널 도와줄 마음이 생길지도 모르겠는걸."

—라는 말로 우리를 부려 먹기 시작했다.

옆에서 시중들다시피 하는 나는 그나마 나았다. 앙리와 이샤크는 나무꾼이 되어 열심히 장작을 패는 중이다. 물론 테일러가 있는 이곳을 죽일 듯이 노려보면서.

나는 뾰로통한 얼굴로 말했다.

"한시가 급하다니까요. 이러다 대녀님이 돌아가시면 어떻게 해요!"

"어제 쓰러졌다면 아직 시간이 남았을 텐데."

"하지만……!"

"영악한 꼬마 아가씨께서 나만 믿고 대녀를 내팽개치진 않았을 테지.

네가 안전핀은 꽂아 두고 왔다는 것에 이 책을 거마."

나는 입술을 삐죽였다.

'하여간 눈치는 귀신이라니까.'

혹시 몰라 세실리아에게 내가 가지고 있던 하로꽃 알레르기 치료제를 넘겨주고 왔다. 상태가 더 심각해지지 않도록.

눈을 가늘게 뜨고 테일러를 쏘아보던 난 한숨을 푹 내쉬었다.

"오빠들이라도 안으로 들어오게 해 주세요. 곧 겨울인데 감기 걸린단 말이에요……."

퀄런 케이스를 매만지던 테일러가 날 빤히 쳐다봤다.

"……왜요?"

"신기해서."

"뭐가 신기해요?"

"네 경쟁자의 안위를 생각하는 것이?"

"경쟁자가 아니라 남매예요."

내 말에 테일러는 의자에 몸을 깊게 기대며 흘깃, 창밖에서 나무를 하는 오빠들을 쳐다봤다.

"충고 하나 할까. 사람을 경계하지 않는다면 언제든지 네 쿠키 속에 독이 들어갈 수 있어. 독이 든 쿠키를 삼키고 나서야 알겠지. 순진한 건 죄악이라는걸."

"아닌데요."

"뭐라고?"

나는 테일러의 맞은편 의자에 앉아서 내가 가져온 쿠키 포장지를 부스럭부스럭 찢었다.

"왜 순진한 사람이 죄인이에요? 독 넣은 놈이 죄인이지. 독이 든 쿠키를 삼키는 순간에 나는 내 탓 하지 않을 거예요. 어떤 경우에도 피해자의 책임은 없으니까.”

“듀블레드에서 태어나지 않아서인가.”

“네?”

“테오도르의 양자인 주제에 제법 그럴듯한 말을 하는 게 우습군.”

내가 묘한 얼굴로 쳐다보니 테일러가 물었다.

“그건 무슨 표정이지?”

“가끔 나른한 퇴폐 미남인 척할 때 되게 재수 없…… 멋있습니다.”

얼른 말을 수습하고 쌍 엄지를 들자 테일러가 빙그레 미소 지었다.

“커피.”

“……넹?”

“커피.”

그제야 새로 커피를 타오라는 뜻임을 이해한 난 “커피…….” 하고 대답하면서 울적한 얼굴로 몸을 일으켰다.

우리 남매가 테일러의 손에서 풀려난 건 캄캄한 밤이 된 후였다. 우리는 테일러가 돌려보낸 마차를 기다리기 위해 객점 1층에 옹기종기 모였다.

“빌어먹을 새끼. 아버지 귀에 들어가지 않도록 마차까지 돌려보냈어.”

“그게 아니라 아버지를 조급하게 만들려는 거겠지. 고용인의 눈이 닿지 않는 곳에서 우리에게 무슨 짓을 할지 모른다고 생각하도록.”

“비열한 미치광이 같으니.”

이샤크는 이를 득득 갈았다. 아직 겨울이 오지도 않았는데 얼마나 나무를 시킨 건지 저 괴물 같은 체력의 이샤크가 약간 지쳐 보일 정도였다.

“저 새끼, 저거 이번 일만 해결되면 아주 죽여 버리겠어.”

"그래."

평소 같으면 섣부른 짓은 하지 말라고 했을 앙리가 대뜸 동조했다. 침묵하고 있었지만, 몹시 기분이 상한 듯싶었다. 이샤크가 이를 득득 갈며 테일러가 들어간 2층의 방을 노려보았다.

"꼬맹이, 너는 괜찮…… 뭐 하는 거야?"

이샤크는 어느새 살금살금 까치발을 들고 이동하고 있는 날 보며 미간을 좁혔다. 앙리도 의아한 표정이었다. 나는 "쉿!" 하며 입가를 검지로 꾹 누르며 벙긋거렸다.

'테일러의 수첩.'

―하고.

"뭐?"

난 주변을 돌아보며 오빠들에게 속삭였다.

"테일러의 수첩. 치료 방법이 있을 거야."

"그런데?"

이샤크의 말에 나는 씩, 입꼬리를 올렸다.

"가지고 튀자."

내가 정말로 방법이 없어서 테일러의 말을 고분고분 들었을 리 없잖아. 방법이 없어서 쩔쩔매는 어린이인 척해야 방심하고 이렇듯 자리를 비켜 주기 때문이지.

"치료제만 찾으면 죽었어."

내가 비열한 얼굴로 테일러의 방을 쳐다보자, 앙리와 이샤크의 표정도 나 못지않게 사악해졌다.

＊　　＊　　＊

테일러가 듀블레드 지하 옥사에 갇히게 된 사건의 시작은 선대 듀블레드 공작이었다.

아빠에 의해 강제로 가주 위에서 밀려난 그가 신전과 결탁하여, 아빠가 없는 동안 군사를 도모했다. 그 과정에서 엄마가 돌아가셨고 내가 사라졌다.

아빠는 선대를 절대 용서하지 않았고, 그를 따르는 자들까지도 잔인하게 몰아세웠는데 그 과정에서 테일러 듀블레드가 얽히게 된 것이다.

조사가 진행되며 테일러가 선대의 사냥개로서 해 왔던 잔악한 사건들이 드러났다.

인체 실험, 선대의 권력을 노리는 형제들을 독살, 선대와 대적하던 가신들의 가족을 음독시켜 뒤에서 주무르던 일. 당시 조사관이던 뒤보스 자작은 테일러가 벌인 악행의 증거들을 보고 몇 날 며칠 잠을 이루지 못했다고 한다.

다른 사람이었다면 당장에 제도로 압송되어 사형을 면치 못했겠지만, 테일러가 뛰어난 인재임은 누구도 부정하지 못했다.

'황제가 지방 하나를 통째로 날려 버릴 뻔한 베로니카를 사형시키지 못한 이유와 같지.'

차마 감쌀 수 없는 죄인이나, 세기의 지재였던 테일러는 결국 듀블레드의 지하 감옥에 갇히게 되었다. 그리고 풀려난 것이 내 하로꽃 알레르기 때문이었는데…….

'이전 삶에선 아니었지.'

첫 번째 삶에서 그가 풀려났던 이유는 미나 때문이었다.

내가 범인으로 몰렸던 미나의 음독사건. 미나를 친동생처럼 사랑했던 오빠들은 독에 중독되어 죽어 가는 그 애를 위해 테일러를 풀어 준다. 그러며 다시 테일러의 이름이 세상 밖에 나오게 된다.

테일러 듀블레드의 〈검은 수첩〉이라는 말과 함께.

그럼 그 〈검은 수첩〉이 무엇이냐. 그건 그렇지 않아도 역사상 손꼽히는 천재인 테일러가 제국에선 불법인 인체 실험을 해 가며 얻은 의학 지식을 기록한 수첩이었다.

내가 젊음의 약을 만들 수 있었던 건 첫 번째 삶에서 그것을 만든 의학도가 있었기 때문인데, 의학도는 우연히 테일러의 검은 수첩을 엿보고 젊음의 약을 개발했다고 한다.

호사가들의 말에 따르면 100년쯤 진보한 의학적 지식이 담겨 있다고 할 정도로 특별한 수첩이었다.

'바로 그걸 찾아야 해.'

테일러가 내 하로꽃 알레르기를 치료한 걸 보면, 그 수첩엔 분명 치료법이 적혀 있을 것이다.

"오후에 검은 수첩을 들고 있었어. 하지만 방에 들어갈 때는 가지고 가지 않았잖아. 이 근처에 두었을 거야. 찾자!"

나와 오빠들은 살금살금 객점을 뒤졌다. 그런데 아무리 뒤져도 오후에 보았던 수첩이 어디에 있는지 보이지 않았다.

책상 서랍, 없음.

찬장, 없음.

책장, 없음.

이샤크가 인상을 쓰며 투덜거렸다.

"이 미친놈이 대체 그걸 어디에 둔 거야. 꼬맹이, 방으로 가져가지 않은 게 확실해?"

"응."

"그럼 어디에 있는 건데?"

"그러니까 말이야……. 이상하다. 내가 수프 냄비를 가지러 주방에 가기 전까진 분명히 가지고 있었는데.”

“뭐야?! 수프 냄비까지 너더러 가지고 오라고 했단 말이야?!”

“쉿! 쉬잇 — !”

나는 얼른 이샤크의 입을 양손으로 가렸다. 하지만 이샤크가 버둥거려서 말려 보라는 듯 앙리를 쳐다봤는데.

“앙리?”

“혹시 르블레인, 네가 가져온 냄비가 저거야?”

고개를 돌리자 테이블 위에 있는 커다란 붉은 냄비가 보였다. 그리고 그 밑엔…….

“미쳤나 봐!”

나는 펄쩍 뛰며 얼른 냄비를 밀어 버리고, 그 밑에 깔려 있던 수첩을 들었다. 테일러가 오늘 내내 무언가를 끄적이던 그 검은 수첩이었다.

나는 냄비 열 때문에 조금 일그러진 가죽 커버를 툭툭 털어 소중히 끌어안았다.

“오구오구, 고생 많았지.”

내가 수첩에 뺨을 비비며 상냥하게 중얼거리자 이샤크가 픽 웃었다.

“사람보다 수첩에 더 상냥한 거 같은데?”

“이건 다이아몬드 광산처럼 귀한 거니까. 사람은 다이아몬드 광산이 아니잖아.”

“그럼 난?”

“…….”

내가 슬쩍 눈을 피하자 이샤크가 “설마, 꼬맹이 너……!” 하고 으르렁거려서 나는 검은 수첩을 소중하게 품은 채로 슬그머니 앙리의 뒤로 숨었다.

“꼬맹이, 너 이리 안 와?!”

"그만해."

이샤크가 날 잡으려 하고, 앙리가 막아 주는 동안 나는 수첩을 조심스럽게 열었다.

이샤크가 투덜거리듯 말했다.

"쳇, 이럴 줄 알았으면 그 미친놈을 묶어 놓고 두들겨 패서 수첩을 빼앗을 걸 그랬어."

"묶어 놓고 두들겨 패는 건 이다음에 해도 충분하지. 르블레인, 하로 꽃 알레르기 내용은 있어?"

"……."

"르블레인?"

앙리는 어느새 굳어 있는 날 보고 미간을 좁혔다.

"무슨 일인데 그래?"

앙리와 이샤크가 다가와서 내가 읽고 있던 부분을 살폈다.

[8/21 오후.

베네딕트 이스로뱅 / 화상에서 고름이 보이기 시작. 엘자 나무로는 치료할 수준을 넘어섬.

쉬어모스 3g, 칼라드 12ml, 엘자 나무 뿌리 분말 4g…….]

"베네딕트라면 꼬맹이가 과거에서 보고 왔다던 홍반의 사내와 동명이잖아."

"동명이 아니야."

앙리의 말에 이샤크가 눈살을 찌푸렸다.

"형이 그걸 어떻게 알아."

"암조가 그의 신상을 조사 중이다. 20년 전 멸문한 이스로뱅 자작 가의 차남이라는 것까지 알아냈지."

탁, 수첩을 소리 나게 덮은 난 계단을 올라갔다.

"어디 가는 거야. 야, 꼬맹아!"

"르블레인."

오빠들이 계단 아래에서 날 불렀지만, 난 묵묵히 걸어 2층 테일러의 방으로 향했다.

그리고, 쾅―!!

그의 방문을 걸어찼다.

낡은 침대 헤드에 기대 있던 테일러가 나를 쳐다봤다. 정확히는 내 손에 있는 수첩을.

"안됐군. 그 안에 하로꽃 알레르기에 관한 내용은 없어."

그는 빙그레 미소 짓고서 말을 이었다.

"내일은 새벽부터 스튜가 먹고 싶은데. 닭고기를 넣어서―"

나는 휙, 그의 멱살을 쥐었다. 테일러는 수첩에 하로꽃 알레르기 치료 법이 적혀 있지 않으면 내가 얌전히 굴 거로 생각했는지 드물게 눈이 커져 있었다.

"지금부터 질문은 내가 해."

"대녀가 이대로 죽어도 상관없나?"

"상관없어. 대녀의 길동무는 당신이 될 테니까."

내가 말을 끝내는 동시에 열린 문을 통해 들어온 앙리의 손등에 시동 인이 떠올라 있었고, 검을 그러쥔 이샤크의 온몸에선 날카로운 오러가 일렁이고 있었다.

때마침, 창밖에 불이 켜지고 듀블레드의 마부와 이리가 말에서 내리고 있었다. 힐끗, 곁눈질하여 상황을 파악한 테일러가 가볍게 양손을 올렸다.

"항복. 아직 죽고 싶진 않다고."

나는 테일러의 멱살을 손에서 놓으며 그를 지그시 바라봤다.

* * *

우리 남매와 테일러는 마주 보고 앉아 이야기를 시작했다. 주변을 이리들이 감싸고, 듀블레드의 고용인들은 각각 창문과 문을 닫았다.

"베네딕트와는 언제부터 알게 된 거지?"

"십 년 전. 선대의 소개로."

"그와 다시 재회한 건?"

"내가 영지성의 이 객점에 자리 잡은 후에. 어떻게 알았는지 날 찾아와 화상의 상처를 치료해 달라더군."

나는 입안의 여린 살을 꽉 깨물었다. 그렇게 찾던 홍반의 사내가 우리 가족의 턱 밑에서 활동하고 있었다.

이샤크가 험악한 얼굴로 소리쳤다.

"헛소리하지 마! 신전의 놈이 어떻게 영지로 들어온다는 거야!"

"글쎄. 그건 너희가 알아낼 일이 아니겠어?"

테일러의 말에 이샤크가 왈칵 인상을 쓰며 탕! 하고 손바닥으로 테이블을 짚었다. 팔짱을 낀 채로 묵묵히 앉아 있던 앙리가 "이샤크." 하며 낮은 목소리로 그를 불렀다.

"앉아."

"하지만……!"

"가문에 배신자가 있다는 뜻이다."

이샤크의 얼굴이 굳어졌다.

눈을 꽉 감고 있던 난 툭, 툭, 테이블을 두드렸다.

"베네딕트가 위험을 무릅쓰고 찾아왔다는 건 일반 의사나 신관은 그를 치료할 수 없다는 의미인데. 앞으로도 치료가 필요하다면 테일러, 당신은 그를 불러낼 수 있을 테지?"

테일러가 긍정도, 부정도 하지 않으며 어깨를 으쓱했다.

"불러내."

"그보다 네가 왜 그자를 찾는지 이유를 들어야겠는데."

나는 느른히 눈을 뜨며 빙글빙글 웃고 있는 테일러를 바라봤다.

"착각하고 있는 것 같은데."

"뭐?"

"나는 지금 부탁을 하는 게 아니라 명령을 하는 거야."

내 눈빛을 본 테일러는 쿡쿡 가늘게 웃었다.

"이거 진짜 재미있네."

"……"

"입양된 녀석이 테오도르와 똑같은 눈이라니."

테일러는 퀄런의 케이스를 매만지며 눈썹을 가볍게 들어 올렸다.

"뭐냐, 넌."

그의 눈빛이 검게 흐려졌다.

"아홉 살배기의 표정이 아니야. 너는 누구지? 왜 베네딕트를 찾는 건가. 마치ㅡ"

"〈그날〉의 진상을 알고 있는 것처럼?"

"……"

"있잖아. 나는 이제 대녀의 일은 그다지 중요하지 않아. 그게 무슨 뜻인지 알겠어?"

"……"

"이제 우위에 있는 건 나라는 뜻이야."

나는 테일러의 궐련을 휙, 가로채고서 말을 이었다.

"우리 좋게 해결하자. 나는 당신 같은 종자가 제일 싫어하는 짓을 알아."

"나 같은 종자가 어떤 놈이기에?"

"죽기는 싫지만, 딱히 죽는다고 해도 상관은 없지. 죽는 것보다 재미가 더 중요하잖아? 그래서 말이야. 뒤보스 자작─!"

나는 테일러와 이야기를 시작하기 전에 장거리 이동진을 통해 데려온 뒤보스 자작을 불렀다.

"예, 아가씨."

"내가 지금 테일러 듀블레드를 다시 지하 감옥에 가두면, 저자는 얼마나 갇혀 있어야 하지?"

"원하신다면 죽어 나올 수도 있겠지요. 아니면─"

뒤보스 자작이 싸늘한 표정으로 테일러를 바라봤다.

"─이자를 아는 자가 모두 하늘의 부름을 받은 뒤에도 목숨만은 붙여 놓을 수 있습니다."

위대한 마법사 베로니카의 조카가 단언하자, 테일러의 표정이 바뀌었다. 느물거리던 미소가 사라지고, 그의 차디찬 본질이 드러났다.

반면에 나는 생긋, 미소 지었다.

"제일 싫어하잖아. 머리를 쓰지 않는 삶."

"……"

"그러니까 처음 만났을 때 내게 호의를 가진 것 아냐? 아빠가 당신을 풀어 준 이유니까, 나는."

"……내가 뭘 어쩌면 되는 거지?"

팔꿈치를 테이블 위에 받친 채 깍지를 낀 나는 생글생글 웃으며 말했다.

"첫째, 베네딕트를 내 앞에 데려온다. 둘째, 오늘 당장 제도로 올라가 대녀를 치료한다. 그리고 셋째."

"……"

"우유."

"뭐?"

"우유."

잠깐 인상을 찌푸린 테일러는 이내 내 말뜻을 이해하고 으득, 이를 갈았다.

그가 "우……유." 이 악물고 대답하며 몸을 일으켜 주방으로 향했다.

"그다음엔 나무를 해야 해. 빨리해야 해. 새벽엔 제도로 출발해야 하니까."

주방으로 향하던 테일러의 등허리가 흠칫하자, 오빠들이 악마처럼 미소 지었다.

*　　　*　　　*

그날 새벽, 우리 남매와 테일러는 장거리 이동진을 통해 제도 저택으로 이동했다.

이슥한 새벽임에도 불구하고 저택은 환히 밝혀져 있었다. 우리가 나타나자마자 중정을 서성이던 고용인들이 "아가씨, 도련님!" 하며 달려왔다.

"무사히 돌아오셨어…… 테일러 님."

사람들 사이에서 가장 먼저 달려 나온 노스는 안심한 표정을 짓다가, 내 뒤에 선 테일러를 보고 표정을 굳혔다. 테일러가 빙그레 웃으며 말했다.

"엿 같은 표정은 여전하군, 유진 노스."

"……."

우리 남매 앞에선 다정한 사람이던 노스의 표정이 차갑게 가라앉아 있었다.

"별채에 지내실 곳을 마련했습니다."

"본저 2층에 내가 쓰던 방이 있을 텐데."

"본저는 직계를 위한 공간입니다. 선대 생전엔 테일러 님의 방이었을지 몰라도 지금은 아니죠."

"쟈벨린이 테오도르의 자식이었나 보지? 놀라운 일이군."

테일러가 웃는 얼굴로 직계가 아닌 고모는 본저에서 지내고 있음을 지적했을 때였다.

"빈정거리지 마라."

2층에서 내려온 고모가 나와 오빠들을 등 뒤로 가리며 말했다.

"오랜만에 뵙습니다, 누님. 안 본 새 테오도르와 사이가 꽤 좋아진 모양입니다. 그녀와 막내를 지키지 못한 테오도르에게 저주를 퍼붓던 모습이 눈에 선한데요."

"적어도 네게보단 형제의 정이 있지."

"누님과 다른 배에서 태어난 건 테오도르나 저나 매한가지일 텐데, 그자의 어디에 형제의 정을 붙일 만한 구석이 있더이까?"

"그는 개인의 욕망을 위해 영지민의 배를 갈라 내장을 표본 삼지는 않더구나. 너와 더 말 섞을 생각은 없으니 썩 별채로 가라."

"뭐, 좋습니다. 진짜 본저에 머물 마음은 없었으니. 저도 별채가 좋습니다."

"마음 없는 말로 상대를 긁는 버릇은 평생 가져갈 모양이군. 썩 별채로 꺼져라. 내 조카들에게 쓰레기 같은 악취를 풍기지 말고."

고모는 우리 남매가 테일러와 엮이는 것이 몹시 마뜩잖은 모양이었다. 형제들을 독살한 전적이 있으니 조카라고 해서 안전할 거라고 생각하지 않는 모양이었다. 노스의 적대감도 아마 그 때문인 듯했다.

테일러가 정말로 별채로 향하려는 듯 등을 돌려서 난 얼른 고모의 카디건 자락을 흔들었다.

"고모, 고모."

고모가 나를 향해 시선을 돌렸다. 테일러를 볼 때와는 전혀 다른 다정한 눈빛이었다.

"그래."

"별채로 보내면 안 돼요."

"르블레인, 테일러는 네가 온정을 베풀 만한 사람이 아니 ─"

"도망칠 테니까 옆에 딱 붙여 놓고 감시해야 한단 말이에요."

"……."

고모가 눈을 깜빡였다. 가엽게 여기는 게 아니라, 감시 때문이었냐는 표정이라 나는 단호하게 고개를 끄덕였다.

테일러 듀블레드는 도망의 귀재였다. 첫 번째 삶에서 오빠들이 미나를 치료하라고 잠깐 풀어 놨을 때, 약만 대충 처방하더니 도망쳐 버렸다.

'뭐, 그 약이 효과가 좋아서 미나가 깨어나긴 했지만. 후유증이 있었지.'

미나의 후유증 때문에 열 받을 대로 받은 앙리와 이샤크가 제국을 뒤엎어 가며 찾았지만, 내가 죽을 때까지 그가 붙들렸다는 이야기는 들리지 않았다.

"분명히 도망칠걸요. 그러니까 황궁에 가기 전까지 내 옆방에서…… 아빠의 옆방이어야 하나. 아니, 아니, 그럴 것 없이 아빠의 방에 의자를 놔서……."

"각하와 한 방……."

테일러가 아무리 도망의 귀재라도 아빠의 손이 닿는 곳에서 도망치지는 못할 것이다. 고모와 노스는 묘한 표정으로 시선을 교환했지만, 아빠와 한 방이라는 말에 안심이 되는지 동시에 고개를 끄덕였다.

"그렇다면 아가씨와 도련님들께 해를 끼치진 못하겠군요."

"그래."

우리 남매만 위험하지 않으면 아빠는 알 바 아니라는 표정이었다.

*　　*　　*

테일러는 르블레인에게 끌려 테오도르의 집무실로 향했다. 오랜만에 보는 배다른 형제는 기억 속의 모습과 조금도 달라지지 않았다.

선대에게서 태어난 형제들은 모친의 신분으로 서열을 나누었다. 한미한 자작의 딸에게서 태어난 첫째는 명문 후작가의 영양에게서 태어난 셋째에게 공대하며 극진히 모셨다.

대귀족 어머니를 모친으로 둔 자들은 십수 명의 형제들 위에 군림했다. 단승 작위의 부친을 둔 어머니의 자식은 대귀족 어머니에게서 태어난 자들과 식사조차 함께할 수 없었으니, 이국 노예에게서 태어난 테일러는 어떠했겠는가.

테오도르의 사정도 테일러 못지않았다. 그는 아비의 도박 빚에 팔려 온 평민 여성의 태생이었다.

돈을 받고 아이를 낳았으니 매춘부와 다를 것 없다. 형제들은 테오도르를 낳자마자 세상을 떠난 그의 어미를 늘 조롱거리로 삼았다.

그런데도 테오도르는 절대로 기죽는 법이 없었다. 형제의 계략으로 부친의 눈 밖에 나 마구간에서 잠을 청할 때조차도 억울한 심정을 내비치지 않았다.

다른 형제들은 그를 일컬어 자존심 없는 얼간이라 하였지만, 테일러의 생각은 달랐다.

　'등신들, 자존심이 없는 게 아니라 지독하게 오만한 거다. 네놈들을 사람 취급하지 않는 거야. 까짓 짐승에게 수모를 당했다고 분하게 여기지 않는 것처럼.'

저 눈빛이 기죽은 자의 것일 리 없다. 테오도르는 단지 숨죽이고 있었다. 형제들과 선대의 목전에 칼날을 들이밀 수 있는 찬스를 기다리며.

나이가 들어 당시의 형제들과 비슷한 또래의 자식을 셋씩이나 둔 테오도르는 여전히 오만하고, 여전히 재수가 없었다.

"오랜만이야, 형님."

보라, 여전히 자신을 쓰레기 보듯 하는 저 재수 없는 눈빛을.

테오도르는 대꾸 없이 르블레인의 말을 전하는 노스를 바라봤다.

"별채에 던져 놓고 물샐틈없이 방비해라."

테일러는 그럴 줄 알았다는 듯 픽, 웃었다.

테오도르의 단호한 성정을 모르는 이는 없었다. 한 번 뱉은 말은 목에 칼이 들어와도 바꾸지 않는다. 쓰레기에게 제 방의 일부를 내어 주느니 황궁에 빚을 만들 기회라 할지라도 내던질 자다.

이상한 건 그의 성정을 저만큼 잘 알고 있을 쟈벨린과 노스는 곤란한 기색이 전혀 없다는 것이었다. 그들이 슬쩍 밤톨 같은 조그만 여자애를 쳐다보았다. 아이가 테오도르의 다리에 덥석 매달렸다.

"삼촌을 여기에 있게 해 주세요."

'그런다고 네 양부의 고집을 꺾을 수 있을 리가.'

"안······."

"아빵."

"……빵?"

단 한 마디에 얼음장 같던 표정이 별안간 달라졌다.

"……빵?"

"아빵!"

"나 참, 그런 건 어디서 배운 건지. 누가 이 아이에게 쓸데없는 것을 가르쳤지?"

표정은 냉랭한 주제에 입꼬리가 씰룩인다. 적어도 가르친 자의 먹이 딸일 것 같은 표정이 아니었다. 포상이라면 모를까.

"안 돼요?"

"……돼."

노스와 쟈벨린, 고용인들이며 테오도르의 아들들까지 놀란 기색이 없었다. 저택의 집사장은 그럴 줄 알았다는 듯 이미 쪼그려 앉아 있을 자리를 마련하고 있었다.

테일러가 미간을 좁혔다.

테오도르가 자신을 옥사에서 꺼내 준 이유가 제가 책임지는 아이에게 흠집을 만들고 싶지 않았기 때문이 아니었나?

기어코 허락을 받은 르블레인이 테일러를 돌아보았다.

"얌전히 방에 있어요."

테일러가 대답하지 않자 방 안에 모인 사람들의 표정이 험악해졌다.

'어딜 감히 아가씨께서 두 번이나 말씀하시게 하느냐!'

그제야 테일러는 깨달았다. 제가 지하 감옥에 처박혀 있던 몇 년간 듀블레드의 권력 구도가 뒤집혀 버렸다는 것을.

저 조막만 한 밤톨이 권력의 피라미드 꼭대기에서 군림하고 있었다.

나는 테일러와 한 공간에 있으면서도 아무렇지 않은 표정인 아빠를
보며 손등으로 식은땀을 훔쳤다.

'좋았어, 먹혔다.'

혹시 모를 일을 대비해 로라에게 배워 놓았던 아빵이 성공했다.

> "아가씨, 세상의 모든 아버지는 빵은 싫어해도 아빵은 좋아한
> 답니다."

배울 때까지만 해도 이게 정말 먹힐까 싶었는데 로라의 말이 옳았다.

'비장의 기술을 이렇게 써먹다니.'

아껴 놓았던 아빵을 써먹었으니, 다음엔 어떻게 아빠의 똥고집을 꺾
어야 한단 말인가.

나는 아빠의 곁에 앉아서 턱을 괸 채로 고뇌하다가 무심코 아빠가 보
고 있는 서류를 보고 눈을 동그랗게 떴다.

"그거 고대어잖아요! 설마, 신탁을 알아내신 거예요?"

아빠를 대신해 함께 있던 요한이 대답했다.

"일부지만. 보안 등급이 올라가서 21석의 신관이 아니라면 전체를 알
아내기엔 무리였어. 성서에 자주 등장하지 않는 단어라 신전에서도 해석
이 난조인 모양이야."

성서를 해석할 땐 일단 글자의 빈도수를 통해 글자를 추측한다. 성서
에 자주 등장하지 않는 단어라면 시간이 걸릴 수밖에 없을 것이다.

'하지만 난 읽을 줄 알지!'

나는 얼른 종이에 적힌 네 개의 단어를 살폈다.

"붉은, 달, 강림?"

내 말을 들은 이샤크가 "아." 하며 고개를 끄덕였다.

"그렇지, 꼬맹이는 고대어를 읽을 줄 알잖아."

"응. 첫⋯⋯."

첫 번째 삶에서 배웠어, 라고 말하려다가 테일러와 고모, 그리고 노스를 보고서 얼른 말을 바꿨다.

"난 운명의 아이라서 읽을 수 있나 봐."

'그런데 붉은 달이 대체 무슨 뜻이지?'

고민하던 나는 흠칫, 치맛자락을 그러쥐었다.

'붉은 달이 뜨는 날에 미나가 강림한다는 뜻이다.'

붉은 달이라면 100년을 주기로 생기는 월식이다.

'그렇다면 미나가 오는 건 그날이야.'

나는 분명히 기억하고 있다. 붉은 달이 뜨는 날. 늘 단정한 아미티에 공작이 넋이 빠져 저택으로 돌아온 그 날을.

'그의 첫사랑의 기일이었는데. 날짜가 언제더라. 그러니까⋯⋯ 으으음.'

머리를 양손으로 감싼 채 기억을 떠올리려 애쓰던 난 눈을 동그랗게 떴다.

'8년 후, 4월.'

달라졌다.

미나가 제국에 오는 것은 내가 열아홉 무렵이었는데, 2년이나 빨라졌다.

'어떻게?'

미나는 차원 이동자였다. 이 세계가 아닌 다른 세계에서 넘어온 아이. 그래서 더더욱 이해가 가지 않는다.

미래가 바뀌는 경우는 딱 하나다. 나와 얽혔을 때. 하지만 차원 이동이라는 건 인간의 힘으로 할 수 없는 일이므로 내가 얽히게 될 소지가 전혀 없었다.

짚이는 건 몇 가지 없었다.

첫 번째, 내 해석이 틀렸다. 두 번째, 차원 이동에 사람이 관여했기에 미래가 달라졌다. 그리고 마지막.

'신의 관여.'

다른 사람이 들었다면 말도 안 될 일이라고 생각하겠지만, 신의 아이로 살았던 나는 진정으로 신이 존재한다는 것을 알고 있었다.

첫 번째 삶에서 봉인에 균열이 생긴 악신으로 인해 어떤 재해가 발생했는지 나는 두 눈으로 목격했다. 그로 인해 미나가 나를 매개로 악신을 재봉인하지 않았던가.

가능성이 가장 큰 건 마지막 경우인지라 머릿속이 복잡했다. 내가 모르던 등 뒤의 일이 눈앞에 조금씩 드러나고 있었다. 눈앞에 튀어나온 어둠의 잔재는 생각보다 훨씬 깊고 거대했다.

'신이 인세에 관여한다면 인간에 불과한 내가 이길 수 있을 리 없잖아.'

미나를 손에 쥔 신전을 네리아드 신이 돕게 되면, 그러면 나는 어떻게 되는 거지. 신전은 나를 다시 제물로 쓸 텐데, 가족들은 날 지키려고 죽음도 불사할 게 분명한데, 그러면 어떻게 해야 하지.

내가 내 삶과 가족들을 지킬 수 있는 거야? 나, 지금까지 신의 손에서 놀아난 건 아닐까.

머릿속이 어지럽게 헝클어졌다.

'그만―! 진정해!'

나는 내 뺨을 양손으로 짝! 때렸다.

"뭐 하는 거야, 꼬맹이! 차라리 작은 형을 때려!"

"르블레인?"

"막내야."

그제야 걱정스럽게 나를 보는 오빠들과 아빠, 그리고 아빠의 책상에 놓인 엄마의 사진이 보였다. 나는 숨을 크게 들이켜고, 창밖으로 보이는 신전의 첨탑을 노려봤다.

'그렇다고 내가 포기할 줄 알아?'

나는 갓난아이 때 가족들과 떨어져 온갖 고생을 다 했지만, 기어이 가족의 울타리 안으로 돌아왔다. 맨손으로 시작해 가족을 찾고, 상단을 세우고, 내 사람들을 수두룩하게 만들었다.

악으로는 제국에서 제일이라 이거야.

'신인지 나발인지 잘못 건드렸어.'

조급해할 필요는 없다. 아직 8년이란 시간이 남았다. 아무리 신이 관여한다고 해도 시간은 내 편이었다.

차근차근 하나씩 하는 거야.

나는 주먹을 꼭 말아쥐고 휙, 고개를 돌려 테일러를 쳐다봤다.

"우선 대녀의 회복부터!"

"……뭐?"

"따라와요!"

나는 테일러의 소매를 붙들고 위풍당당 집무실을 나섰다.

*   *   *

황제와 황비, 그리고 대녀궁의 시종들이 염려 어린 얼굴로 의식을 잃은 대녀와 그런 그녀를 진단하는 테일러를 바라봤다. 대녀의 코밑으로 귀를 바짝 붙인 테일러가 이내 고개를 끄덕였다.

"곧 정신이 드실 겁니다."

그제야 황제가 한숨을 터뜨리며 의자에 주저앉았다.

"다행이군. 그래, 다행이야."

이대로 황태후가 대녀의 독살범으로 몰렸더라면 황궁의 위신이 상하는 것은 물론, 귀족과 신전이 들고 일어났을 터. 황제는 한시름 놓았다는 얼굴로 이마를 짚었다.

"듀블레드 영애의 공이 크다."

나는 아니라는 겸손 한마디 없이 고개를 수그리는 것으로 인정했다.

'그래, 내 공이 커. 그러면 어째야겠어?'

그런 눈빛으로 바라보자 황제는 끙, 하며 신음했다.

"금 천 돈을 듀블레드에 내리마."

꼴랑 천 돈? 대녀를 살려서 황제의 체면을 살리고, 황궁에 범람할 원성을 사전에 차단해 줬는데 꼴랑 그거? 내 두어 달 용돈쯤 되겠다.

내가 곁눈질하며 비죽 입꼬리를 올리자 황제의 잇새에서 또 한 번 신음이 흘러나왔다.

"칼레도니의 농토는 어떠하냐."

칼레도니는 풀이나 겨우 나는 메마른 땅이다.

"폐하, 듀블레드는 돈도 땅도 부족하지 않습니다. 부족한 것은 단지 폐하의 성심……."

말끝을 흐리며 다시 곁눈질했다.

"무엇이 필요하단 게냐."

드디어 기다리던 말이 돌아와서 나는 냉큼 대답했다.

"황태후 폐하를 용서해 주세요!"

내 말에 대녀의 침실에 침묵이 가라앉았다.

테일러가 대녀의 병중이 하로꽃 알레르기 때문이라는 말을 하지 않았으니 황태후에 대한 오해가 풀리지 않았을 터였다. 이곳엔 황태후의 짧은 생각에 학을 뗀 이들이 모여 있는지라 다들 마뜩잖은 얼굴이었다.

"듀블레드의 딸이 모후에게 정이 깊구나. 아주."

황태후에게 가장 분노가 큰 황제의 목소리가 낮아졌다.

"황태후 폐하 때문이 아닙니다……."

내가 일부러 울적한 표정을 짓자 황제는 눈을 가느다랗게 좁혔다.

"하면?"

"아빠는 이 일이 밖으로 알려져선 안 되는 일이라고 했어요. 그러니까 사람들은 폐하께서 모후에게 이유 없이 매정하다고 생각할 거예요. 네리아드 신께서 정한 5대 죄엔 불효가 있잖아요? 신전에서도, 귀족들도 폐하가 나쁘다고 떠들 테지요."

"……."

"황제 폐하께서 억울해지는 게 싫어요……."

양손을 꼭 모으고 착한 어린이를 연기하자 황제의 미간 주름이 옅어졌다.

"하지만 이는 모후라 할지라도 넘어갈 수 없는 중죄다. 고모님께서 회복해서 모후를 물고 늘어지면……."

황제는 생각만 해도 골치가 아프다는 표정이었다.

"그건 걱정하지 마세요!"

"걱정하지 말라니?"

"대녀님을 살린 건 삼촌이에요. 대녀님께선 은혜를 아는 분이시니 삼촌에게 상을 내리실 테고, 삼촌은 상으로 황제 폐하께서 곤란한 일이 없기를 바란다고 말씀하실 거예요!"

나는 테일러의 옆구리를 쿡, 찔렀다.

'빨리 동의해.'

그런 표정으로 눈을 부라리자 테일러는 귀찮은 듯 대충 고개를 끄덕였다.

"고모님께서 쓰러진 원인이 모후인데 그를 받아들이시겠느냐?"

"듀블레드는 폐하의 편입니다. 물론 저도."

나는 양손을 가슴에 살포시 포개고 생글생글 웃었다.

'신전의 운명의 아이'인 나 말이야.

신전은 내가 책임지고, 아빠가 귀족들을 단속하겠다는 뜻이다.

대녀가 황태후의 처벌을 요구해도 동조하는 사람이 없을 거다. 그러면 대녀는 테일러의 청을 들어주겠다는 핑계로 입을 다물겠지. 주변을 정리해 줄 듀블레드와 내가 있겠다, 대녀를 잠잠하게 할 핑계도 있겠다.

문제없잖아?

내 표정을 본 황제가 입꼬리를 씩 올렸다.

"이리 귀여운 것이 어디서 나왔을꼬. 누가 널 이토록 사랑스럽게 키운 것이냐."

"황제는 백성의 아비이고, 백성은 황제의 자식이니 폐하께서 저를 키우셨지요~."

인생 4회차의 처세가 유감없이 발휘되자 황제의 입매가 허물어졌다. 그가 껄껄 웃고는 "오냐, 오냐." 하며 내 뺨을 쓰다듬었다.

"네 청을 들어주마. 하지만 짐을 위한 갸륵한 마음을 치하하지 않을 순 없지. 들어라! 듀블레드 영애에게 보주의 칭호를 내리마!"

네?

나는 눈을 데구루루 굴리며 주변을 둘러보았다.

'정말?'

정말.

사람들이 그렇게 대답하듯 고개를 끄덕여서 난 어색하게 웃었다.

보주는 명예직이었다. 백여 년 전쯤 전쟁에서 왕을 구한 모 영애가 수여받았다는 칭호. 누구도 '보주님' 하고 부르진 않지만, 딸려 오는 권한들이 어마어마했다.

그러니까 직계에서 내려온 대부인이나, 잉그리드 공주, 대녀처럼. 즉, 준황족의 권한이 딸려 온다.

일정 나이가 되면 금사원(황실 혈통으로 구성된 회의)에 의결권을 가지게 되는 것. 황궁에 상시 출입이 가능한 것.

그리고…….

'엘리시아노 클래스 입반 허가!'

엘리시아노 클래스란 제국의 황족, 타국의 황족이나 왕족들로만 구성된 국외 학술원의 클래스이다.

대륙 최고의 인재들만 모인 국외의 학술원이 있는데, 요한이 재학 중인 곳이다. 대륙 최고 명문가 자제들만 다니는 이곳에서도 가장 특출난 클래스가 바로 엘리시아노 클래스이다.

위그젠트라 제국의 두 황자, 웨인스의 쌍둥이 왕자, 가흥의 왕녀, 아타르의 부족장 손주. 이런 사람들이 입학을 앞둔 곳이었다.

'그렇다면…….'

나는 황홀한 표정으로 뺨을 감쌌다.

독립에 도움이 될 노다지들이 있는 곳! 황금 인맥의 밭!

'좋은 일 하면 복이 온다더니…….'

이제껏 좋은 일을 안 해서 몰랐지 뭐야.

나는 좋은 일을 한 대가로 난데없이 황금단지를 끌어안게 되었다. 대녀의 궁을 룰루랄라 나선 난 폴짝폴짝 뛰듯이 걸었다. 테일러가 그런 날 보며 비식 웃었다.

"그리 좋은 일만은 아닐 텐데."

"왜 안 좋아요?"

"말은 또 왜 공손해진 거지?"

"도움을 받았으니까요. 어쨌든 엘리시아노 클래스라면 황금 인맥 밭이니까 좋아할 만한 이유로 충분해요."

여기서 제대로 자리 잡으면 신전은 개뿔이 하나도 안 무섭다. 혹시나 독립에 실패하게 되어도 냉큼 사로잡은 인맥의 땅으로 도망칠 수 있다는 거다.

"오빠들도 가면 좋을 텐데. 특히 요한 오라버니……."

독립해서 듀블레드 왕국이 생기면 그는 왕세자가 될 테니까.

내가 아쉬운 듯 입술을 삐죽이자 테일러가 나를 힐끗 쳐다봤다.

"황족이 될 것도 아닌데."

나는 움찔하고서 어색하게 웃었다.

'테일러에겐 비밀이야. 그는 믿을 수 없으니까.'

"좋은 인맥을 알게 되면 그만큼 인생에 도움이 되니까요."

"……이제 보니 선대를 가장 많이 닮은 건 앙리가 아니라 너였군. 피한 방울 섞이지 않았으면서."

"지금 내가 개똥이라고 욕한 거예요?"

"개똥?"

"선대는 개똥보다 못한 사람이잖아요!"

내가 옆구리에 양 주먹을 대고 씩씩거리자 테일러의 눈이 동그래졌다.

"넌 겁이 없는 것인지, 생각이 없는 것인지……."

"뭐가요?"

"선대를 그리 말하는 건 너뿐일 거야."

"나쁜 사람을 나쁜 사람이라고 말하는 게 뭐가 이상한데요? 나도 좋은 사람은 아니지만, 그는 쓰레기예요."

"네겐 호적상 조부야. 그러니까 그의 죄는 네 죄지."

"그게 왜 내 죄예요? 그건 그 망할 할아버지 죄지. 나는 나고, 그 할아버지는 그 할아버지예요. 한데 묶고 싶거든 나 대신 살아 주든가."

내가 흥, 콧방귀를 뀌고 말하자 테일러의 눈이 가늘게 흔들렸다.

"그런가."

"그럼요."

"그랬구나."

"당연하지?"

왜 저런담.

나는 난데없이 "그렇구나……" 하며 혼자 중얼거리다가 픽 웃는 테일러를 보고 미간을 좁혔다. 그러던 찰나, 통신석이 울었다.

'세리아다.'

나는 "잠깐만요!" 하고 얼른 뛰어 인적이 드문 곳으로 향했다.

[아가씨.]

"무슨 일이야?"

[시간 회귀에 관한 자료를 모두 모았습니다. 아드리안 황자를 데리러 갈 수 있겠어요!]

세상에!

나는 입을 틀어막았다. 다행이다. 정말 다행이야. 영영 데려오지 못할까 봐서 얼마나 두려웠는지 모른다. 한숨을 내쉬며 고개를 들었다.

그런데…….

"이게 뭐야……."

[예?]

“세리아, 지금 하늘이……."

나는 떨리는 눈으로 하늘을 올려다봤다.

구름이 완전히 걷히며 드러난 건 붉은 달. 지금 하늘에 붉은 달이 떠올랐다.

[아가씨? 무슨 일이 있으신가요?]

“붉은 달이 떴어……."

내 추측에 의하면 미나를 데려오는 달이었다.

나는 입술을 꽉 깨물고 하늘을 쳐다봤다.

대체 어떻게 된 거지. 붉은 달이 뜨는 건 8년 후다.

'분명해. 첫 번째 삶에서 내가 확실히 봤단 말이야!'

머릿속의 실타래가 마구잡이로 엉키는 것만 같았다. 일이 괴이하게 돌아간다. 미나가 오는 날이 2년이나 빨라지질 않나, 붉은 달이 지금 뜨질 않나.

'이것도 네리아드 신의 농간인가.'

*　　*　　*

나는 테일러를 먼저 저택으로 보낸 후, 서둘러 호프 상단의 사무실로 향했다. 사무실에서 미리 호출해 둔 의장과 세리아, 트리곤이 날 기다리고 있었다.

“아가씨."

세리아가 굳은 얼굴로 다가왔다. 그러곤 희멀게진 내 안색을 살피며 의장, 그리고 트리곤과 시선을 교환했다. 그녀가 나를 이끌어 소파에 앉히는 동안 의장이 입을 열었다.

“이야기는 세리아를 통해 전달받았습니다. 네리아드 신의 아이가 붉은 달과 함께 내려온다고요?"

나는 황궁에서의 통신으로 세리아에게 붉은 달의 이야기를 해 주었다. 나만큼이나 다른 사람들의 표정도 좋지 않았다.

트리곤이 인상을 찌푸렸다.

"이게 무슨 변고입니까. 진짜가 나타난다면 아가씨의 입장은……"

지금까지 신전과 마르슈가 내게 해를 끼치지 못한 이유는 내가 네리아드 신이 보낸 운명의 아이일지도 모르기 때문이다. 신전은 내가 가짜일 수도 있다고 생각하고 있지만, 진짜일 경우도 염두에 두고 있었다.

'그러니까 날 확실하게 공격하지 않은 거고.'

신전이 날 공격하려 들었다면 내가 무사히 자랄 수 있을 리가 없다. 만일 내게 무슨 일이 생겼었다면 보호까지 받을 수 있었겠지. 그게 운명의 아이가 가진 힘이었다.

나는 치맛자락을 꽉 틀어쥐었다.

"우리는 아주 유리한 위치에 있었어. 저들은 절대로 공격할 수 없는 내가 듀블레드의 중심에 있으니, 이제껏 제대로 공격할 수 없었던 거야. 그런데 미나가 나타난다면 이 관계가 완전히 무너지겠지."

"……"

"신전은 마음껏 듀블레드를 공격할 테고 우리는 신전을 막기 위해 독립 준비를 할 여유가 전혀 없을 거야."

의장이 검게 가라앉은 눈빛으로 날 쳐다봤다.

"제일 큰 문제는 그게 아니지요. 아가씨가 악신의 아이임이 드러날 경우, 목숨까지 보장할 수 없습니다."

"……그래."

"전 세계의 모두가 아가씨의 죽음을 바랄 겁니다. 그에 반해 악신을 물리치고 세계의 평화를 도래하게 할 진짜 신의 아이는 이 세계의 사람 모두의 보호를 받으며 승승장구할 터."

"……."

"아가씨와 미나는 애초에 싸움이 되지 않습니다. 두 사람의 싸움은 아가씨의 필패예요."

의장의 말이 맞다.

전 세계의 모두가 죽기를 바라는 아이인 나.

전 세계의 모두가 사랑하는 미나.

나는 양손으로 머리를 쥐고 신음했다.

'왜 하필 악신이 날 선택한 거야! 저 귀퉁이에 있는 실뜨기의 신, 신발 밑창의 신 같은 게 날 선택해 주지!'

그들이 날 선택했다면 적어도 전 세계의 사람들이 내가 사라지길 바라지 않을 거다. 악신은 종말을 몰고 올 신. 사람들에겐 악신의 권속인 나도 쳐죽일 존재일 것이다.

트리곤이 미간을 좁히며 물었다.

"하지만 지금껏 아가씨는 신전의 영향력을 축소했고, 보주의 지위까지 받았습니다. 이전에야 힘이 없어서 진짜 신의 아이에게 당했지만, 지금은 싸워 봐야 아는 게 아닙니까?"

"신전의 지위는 미나가 오면 회복할 거야! 그 애는 나처럼 악마를 부릴 수 있다고. 거기다 신전이 나보다 먼저 '통로'를 회수하고 있잖아. 글라샬라볼라스를 소환했던 노각이 악마의 통로라는 것도 나보다 먼저 알고 있었고, 아드리안과 나를 과거로 보냈던 시간의 악마의 통로까지 가지고 있었다고. 이게 무슨 뜻인지 모르겠어?"

"저들이 악마의 통로가 어떤 광물인지 모두 알고 있다?"

"그래. 그 증거로 엄마의 에트왈에 있던 통로들도 전부 신전에서 먼저 확보했었잖아? 그러니까 에트왈을 사용할 수 있는 미나가 오면 온갖 희귀한 악마들을 갖다 바치겠지! 미나는 보란 듯이 권능을 사용할 테고, 신전엔 미친 듯이 신도들이 몰려올 거야. 평민, 귀족 가리지 않고!"

나는 으득, 이를 갈며 말했다.

"그래서 미나가 오기 전에 독립 준비를 마쳤어야 했는데……."

신전의 손이 닿지 않는 나라를 건국해서 조용히 호의호식하며 살 수 있도록.

나는 피폐한 얼굴로 어깨를 늘어뜨렸다.

"이렇게 된 거 그냥 가족들이랑 다 함께 저 땅끝으로 망명해 버릴까……. 아냐, 그럼 가족들은 나란히 칡뿌리나 캐며 살아야겠지……. 우리가 사라지면 영지민들은 핍박받을 테고…… 내가 미쳐!"

내가 으앙앙, 하고 비명을 지르자 트리곤과 의장이 한숨을 내쉬었다.

그때, 세리아가 조용히 손을 들었다.

"저, 아가씨……."

우리가 모두 쳐다보자 그녀가 말했다.

"붉은 달이 네리아드 신의 아이를 데려오는 달이 확실한가요?"

"아빠가 신전에서 훔쳐 낸 정보에 따르면 그래. 미나가 강림한다는 내용일 가능성이 큰데 붉은, 달, 강림이라는 글자가 신탁에 포함되어 있었거든."

"그런데 제가 알아낸 정보에 의하면……."

세리아가 발루아의 비밀 서고에서 찾아낸 내용을 정리한 서류를 테이블에 내려놓았다.

"붉은 달은 선계의 영향력이 인계를 범람하는 것의 전조라 합니다."

"선계……. 마계나 신계, 천계, 뭐 이런 건가?"

"비슷한 것 같아요. 선계의 힘이 강력할 때 붉은 달이 뜨는 것인데, 일전에 한 차례 그런 일이 있었지요."

"그런 일이 있었다고?"

내가 고개를 갸웃하자 세리아가 고개를 끄덕였다.

"최근에 관측소에서 찰나 간 붉은 달이 두 번 떠올랐다는 보고가 있었어요."

그러자 턱을 매만지고 있던 트리곤이 "아!" 하고 소리쳤다.

"그렇습니다. 제게도 연락이 왔지요. 보름 전의 일이었습니다."

"보름 전……."

내 중얼거림을 들은 세리아가 서류에 손을 올렸다.

"아가씨께서 과거에 다녀오신 날."

"……악마의 힘이 인계를 범람할 정도로 강력했던 날."

"예, 제 생각엔 아가씨를 과거로 보냈을 때, 그리고 현재로 돌려보냈을 때, 두 번 붉은 달이 뜬 것 같습니다."

"그렇다는 건……."

나는 멍하니 서류를 내려다보다가 세리아에게로 시선을 돌렸다.

"강림하는 게 미나가 아닐 수도 있어요."

'아드리안.'

이 붉은 달이 그 애가 보낸 신호라면.

나는 서둘러 세리아의 서류를 살폈다. 그러는 동안 세리아가 알아낸 내용을 짧게 설명했다.

"강림하는 게 미나인지 아드리안 님인지 알 수는 없지만, 이 시대에 속하지 않는 존재를 소환할 때는 문을 열어 줘야 합니다."

"문?"

"예. 그쪽에서 이 세계로 들어올 수 있게 문을 열어 줘야 하는 거예요. 아가씨께선 이 세계에 속하지 않은 존재들을 데려오신 적이 있으시지요?"

"악마…… 하지만 통로 없이는…… 설마."

"예. 통로가 없어도 악마를 불러내는 방법이 있다는 걸 우리는 알고 있잖습니까."

강림 의식.

발루아 공작이 글라샬라볼라스를 불러냈듯이 선택받지 않은 인간도 악마를 불러낼 수 있다.

"그렇다면 제물이 필요해."

그렇게 생각하던 나는 흠칫, 에트왈을 바라보았다.

"설마 푸르가 내 심장을 원하던 게 그것 때문이었나. 이 세계에 속하지 않은 것을 통로 없이 불러오려고."

세리아는 고개를 끄덕였다.

"아주 특별한 영혼을 제물로 쓰는 경우가 있습니다. 하지만 다른 방법도 있죠. 발루아 공작처럼 말이에요. 그는 인신 공양을 하였습니다. 50 인의 목숨으로 말이죠."

"그건……."

"아가씨, 지체할 수 없습니다. 오늘 밤, 붉은 달이 사라지면 황자님을 영영 데려올 수 없을지도 몰라요."

의장이 말을 보탰다.

"듀블레드령에 사형수들이 있습니다. 선대와 얽힌 자들입지요. 죽지도 살지도 못하는 그자들의 수가 마침 딱 오십입니다."

"……"

"시간이 없습니다. 피차 스러질 목숨입니다. 애초에 그들이 선대와 결탁해 아가씨와 공작 부인을 해치려 하지 않았다면 아가씨께서 그 고통 속에 헤맬 일도, 가족을 잃어버렸을 일도, 과거에 다녀올 일도 없었을 겁니다."

나는 갈등했다.

붉은 달이 지면 다시 기회가 오지 않는다. 사형수들이 준비되어 있다. 의장의 말마따나 그들이 아니었다면 나는 고통받지 않았을 거다.

'이건 복수야.'

나는, 우리는 고통받았잖아. 우리를 고통스럽게 한 사람들의 목숨쯤이야 은인을 위해 쓸 수 있는 것 아냐?

머릿속에 사람들의 얼굴이 마구 떠올랐다.

등 뒤에 나를 숨기고 새파란 얼굴로 베네딕트와 맞서던 엄마. 미레유가 진짜 아기새가 아님이 밝혀진 날, 남모르게 울부짖던 레아. 홀로 어두운 방 안에서 엄마의 사진을 바라보던 아빠. 사무치는 외로움 속에서 성장한 오빠들⋯⋯.

'르블레인.'

아드리안.

그 애의 목소리를 떠올린 나는 쓰게 웃고 세리아와 의장, 트리곤을 둘러보았다.

"그건 못 하겠어."

"아가씨!"

"못 해."

"하면 아가씨의 심장으로 2황자를 데려오시겠습니까? 그가 진정 그것을 원할 듯싶으세요? 아뇨! 그건 멍청한 일이에요. 정의, 도덕, 그런 하찮은 것 때문에 목숨을 버리시려고요? 소환했을 때, 나타나는 것이 2황자인지 네리아드 신의 아이인지 확실하지도 않은데!"

"누가 정의, 도덕을 따진대?"

내가 입술을 삐죽이자 트리곤이 미간을 좁혔다.

"하면요."

"나 그런 거 안 따져. 따져서 얻는 게 뭐야. 그런 거 열심히 따졌던 첫 번째 삶에선 제물로 죽었어. 난 이제 돈만 따지는 영악한 어린이야!"

"그러니까요!"

"영악한 어린이니까 발 뻗고 못 잘 일은 하기 싫단 말이야!"

"……예?"

나는 쯧, 혀를 차고 팔짱을 꼈다.

"사형수들은 더 고통받아야지. 사는 게 사는 것 같지 않고, 하루하루 언제 죽을까 고통받아야지. 10년 고통? 그거로는 내 회귀에 발끝도 못 따라와. 한 방에 보내 줄 순 없어."

"……"

트리곤이 어처구니없는 표정으로 날 쳐다봐서 나는 악동처럼 웃었다.

"특별한 영혼. 나도 가지고 있어."

"……설마."

나는 에트왈을 척! 꺼냈다.

"악마에게 잡아먹히지 않지만, 인계의 것보다는 특별한 영혼."

그리고 "나와라, 푸르!" 하고 소리쳤다. 에트왈이 번쩍 빛나고, 튕겨 나오듯 나타난 푸르가 "이익……." 하고 이를 갈았다.

"이 비열한 작자 같으니. 나를 악마의 제물로 써먹겠다고?! 띨띨한 부네처럼 그의 종속이 되란 말이야? 못 해, 난 못 한다고!"

부네가 이렇게 종속이 되었나 보다.

'부네……. 띨띨하긴 했구나. 모두가 다 아네…….'

그 애가 와아앙! 울기 시작해서 나는 인자한 표정으로 어깨를 두드렸다.

"너는 종속이 되지 않아."

"······무슨 소리야?"

"평생 내가 너를 붙들고 있을 텐데 종속이라니. 내가 에트왈에서 풀어 주지 않는 한 너는 내 노예야."

"······."

"잠 — 깐. 어? 아주 잠깐 제단에 올라가 있으면 돼. 사기 계약. 뭐 그런 거야. 알지?"

내가 하핫, 웃자 푸르의 표정이 조금씩 일그러졌다. 그리고.

"으아아아앙!!! 와아아앙 — !!"

바닥에 주저앉아 땅을 치기 시작했다.

"아이고, 아이고! 내가 무슨 죄를 지어서 저런 걸 주인이라고! 아이고 — !"

땅이 꺼져라 우는 푸르를 인자한 표정으로 본 후에 당황해 있는 세리아에게 말했다.

"강림 의식 준비를 서둘러."

"예? 아, 예!"

세리아가 허둥지둥 의식을 준비하기 시작했다.

얼마 지나지 않아 사무실 지하에 제단이 마련되었다. 빠드득, 이를 가는 푸르를 소환인 중앙에 세워 두고 나는 시동인을 만들었다.

'아드리안.'

시동인을 띄워 소환 서클 주변으로 불을 만들었다. 불이 순식간에 소환인에 스며들었다. 푸르의 눈이 새카매지는가 싶더니 이윽고 소환인 안쪽으로 문이 생겼다.

그리고, 문이 열렸다.

'미나냐, 아드리안이냐.'

나는 입술을 꽉 깨물며 문을 쳐다보았다.

"사, 살려 주세요. 웬 미친 악마가……! 악플 몇 개 달았을 뿐인데 지옥이라니, 악마라니……! 난 그냥 방구석 오덕이었을 뿐이라고!"

문에서 튀어나온 건 미나도, 아드리안도 아닌 웬 기이한 차림의 남자였다.

"어우, 살았다. 여기 어딥니까? 서울?"

"……?"

"오우, 여긴 웬 엑X시스트 촬영장이야. 오지고 지리고 레릿고. 근데 님은 누구?"

그러는 너는 누구세요…….

Chapter 17.

나는 고저 없는 목소리로 두 손을 모은 채 고개를 수그리고 있는 세리
아와 트리곤, 의장에게 물었다.

"미나나 아드리안이 나온다면서."

"……."

"……."

"그게, 서적엔 분명히……."

세리아가 떠듬떠듬 변명해서 나는 어두운 눈으로 소파를 가리켰다.

"그럼 저건 아드리안이야, 미나야."

"……."

"……."

"……."

동시에 소파를 쳐다본 세 사람이 꿀 먹은 벙어리가 되어 다시 고개를 수그렸다. 문에서 나온 사람은 아드리안도, 미나도 아니었다. 심지어는 사람도 아니었다.

"그러니까 말이죠. 그날은 게임 이벤트를 달리고 있었죠. 한 일주일쯤 안 잔 것 같습니다. 아니, 쪼렙 몹을 쳐도 신화급 아이템을 토해 내는 이벤트였다고요. 5프로 확률이긴 하지만. 생각해 보세요. 가챠를 돌릴 땐 SSR이 1프로로 뜬단 말이죠? 많아도 3프로야. 그런데 이번 이벤트는 무려 5프로였어요! 이런 이벤트에서 어떻게 자. 먹는 것도 며칠 잊은 것 같습니다."

"그래서 잠깐 정신을 잃었는데 선계였다?"

"지옥이요. 지옥. 어우 씨, 머리에 양, 말, 사자 달린 놈들이 떼로 달려드는데 저는 무슨 동물원인가 했다니까요. 아니, 나처럼 선량한 사람이 무슨 지옥? 말이 안 되지, 이건. 그래서 따졌다. 그러니까 웬 뿔피리 불면서 나타난 놈이 나한테 죄가 있대요. 악플 몇 개 썼다고!"

뿔피리…….

그 악마는 아마도 파이몬인 것 같았다.

"억울하다니까 개 이빨 단 놈이 '하람은 제 해를 모호고 할지. (사람은 제 죄를 모르고 살지.)'라면서 낄낄 웃대요?"

그건 글라샬라볼라스인 것 같았다.

"그러더니 계집애 같은 놈이 '이 권속은 가지고 싶지 않으니 너희들끼리 나누려무나……. 하, 아가야…….' 이러면서 가는 거예요. 띨띨해 보이긴 하지만 제일 착한 놈인 것 같았는데 말이죠."

부네…….

나는 잠깐 두통이 찾아와서 이마를 잡았다.

문을 열고서 나온 건 다른 세계에서 왔다는 영혼이었다. 로또나, 원 등의 단위를 알고 있는 것으로 봐선 아마도 미나와 같은 세계의 사람인 것 같았다.

삐쩍 마른 남자는 날 보고 헤벌쭉 웃더니 테이블 위의 과자를 슬쩍 가리켰다.

"그런데 이거 먹어도 됩니까?"

"……."

내가 말이 없자 눈치를 보며 세리아를 쳐다본다. 세리아가 떨떠름한 표정으로 과자가 든 상자를 밀어 주었다. 얼굴이 밝아진 남자가 과자를 우걱우걱 먹기 시작했다.

"오, 초코렛 파이~! 이런 것도 있네!"

여전히 이해 못 할 말을 하면서.

남자가 하는 꼴을 가만히 지켜보던 의장이 물었다.

"어찌할까요."

나는 이마를 잡으며 고개를 절레절레 저었다.

"돌려보내."

"어떻게 말입니까."

"……내가 미쳐."

악마 강림 의식은 중죄다.

들키는 순간, 사도 재판에 넘어갈 터. 그럼 신전은 좋다고 나를 잡아들이겠지. 이 와중에 미나가 오면 나는 사형을 벗어나지 못할 거다.

그런데 강림한 저놈이, 심지어 나 외에 사람들에게도 훤히 보이는 저 이상한 놈이 대낮에 제도를 쏘다니다가 치안대에 붙잡히면…….

'어디서 온 웬 놈이냐!'

'갈색 머리의 파란 눈을 가진 꼬맹이가 날 소환했습니다. 저기 상단에서!'

가능성 큰 가정이 머릿속에 떠오르자 접싯물에 코를 박고 싶어졌다. 나는 한숨을 푹 내쉬었다. 아마도 영혼인 저자가 사람들 눈에 보이는 건 악마의 문을 열고 나타났기 때문인 것 같았다.

"그런데 영혼이 어떻게 악마의 문을 열었지?"

내가 물으니 사내가 과자를 우걱우걱 먹으며 대답했다.

"악마들이 아무도 나를 가지고 싶지 않대서 결국 떨떨한 놈한테 떠밀려 갔거든요. 아, 그런데 그놈은 착해 보이더니만 부하들이 엄청 무섭더라고요. 막 뿔 달린 채찍을 들고 달려드는 거예요. 도망치고 있는데 멀리서 붉은 빛이 보이길래 냅다 뛰어들었죠."

"뭐?! 그럼 내가 부네를 부를 수도 있었단 말이야?!"

내가 빽 소리치자 트리곤과 의장의 눈이 동그래졌다.

사내는 헤벌쭉 웃었다.

"아, 말이 그렇게 되나? 그쪽도 잘됐네요. 악마 같은 것보다 선량한 내가 오는 게……."

"이 멍청한 놈! 죽어, 그냥! 죽어!"

진짜 트리곤을 만나고 싶어 하는 트리곤이 분개하여 사내에게 발길질했다.

"악! 아악! 경찰 불러, 경찰!"

아들을 만나고 싶어 하는 의장이나, 내가 엄마를 만나길 바라는 세리아도 싸늘한 눈으로 사내를 노려봤다.

……개판이었다.

*　　*　　*

나는 동이 트기 시작한 하늘을 바라봤다. 붉은 달이 지고 있다. 떠 있어도 제물이 될 특별한 영혼인 푸르가 힘을 잃고 보석으로 되돌아갔기에 다시 문을 열 수도 없었다.

내가 한숨을 내쉬자 에트왈이 가늘게 빛나며 푸르의 목소리가 들려왔다.

[인신 공양을 하지 그래?]

'인신 공양은 안 해. 시간에 맞출 수 있을지도 모르고, 다른 악마가 나오면 신전이 눈치챌 거야.'

그렇게 따지면 힘없는 저 사내가 온 게 차라리 다행일 수도 있겠다.

[거짓말. 사실은 무서운 거 아냐? 황자가 아니라 네리아드 신의 아이가 오는 게 무섭지?]

'맞아.'

내가 순순히 대답하자 푸르는 말이 없었다.

[나는 그 애가 빨리 오길 바라. 그래야 그분을 만날 수 있을 테니까.]

'그분이 누구기에?'

[사라진 기억 속에 있는 사람.]

'사람이라고······?'

[아주 따뜻하고, 우스운 바보. 그런 사람이 곁에 있었던 것만 같아. 그 애가 오면 그분을 만날 수 있을지도 몰라. 네 심장이 없어도, 그래도…….]

푸르는 시무룩한 목소리로 중얼거렸다.
나는 에트왈을 꼭 말아 쥐었다.

'친구를 부탁해.'

엄마.
확신할 수 없지만, 나는 푸르가 기다리는 그분이 엄마인 것만 같다는 기분이 들었다.
그러고 보니 이상한 점이 있었다. 푸르는 엄마의 에트왈 안에서 과거에 벌어진 일을 모두 알고 있었다. 그런데 님프의 동굴 안에서 본 푸르는 나를 알지 못했다. 게다가 푸르는 내 생각을 읽을 수 있다.
과거에서 온 지 보름. 그동안 나는 가족들과 내 사람들에게 과거의 일을 공유했다. 그런데 푸르는 아무것도 모르고 여전히 내게 적대적이었다.
만약 푸르의 기억이 지워졌고, 과거의 일을 이 애가 듣지 못하도록 제한당하고 있던 것이었다면…….
'너나 나나 신의 손바닥 안에서 춤추고 있었구나.'

[뭐라고?]

푸르가 의아한 목소리로 물었다.
나는 희미하게 웃었다.

[넌 가끔 희미한 그분과 매우 비슷하게 웃어. ……그래서 미워.]

'정말?'

[당연히 정말이지!]

'비슷하다니 기쁘네.'

[……바보.]

[작은 친구는 이따금 구슬프게 바보라고 부르곤 하지. 애정의 의미란다.]

'내가 그렇게 좋아?'

[아냐, 바보!]

'나도 네가 좋아.'

[뭐, 뭐, 뭐라는 거야! 바보! 바보야! 바보!]

나는 킥킥 웃었고, 푸르의 목소리는 이내 사라졌다. 아무도 없는 고요
한 방 안에서 멍하니 하늘을 바라봤다.
'넌 어디에서 뭘 하고 있니, 아드리안.'
네가 보고 싶어. 아주 많이.

그때의 나는 몰랐다.
붉은 달의 문이 꼭 하나뿐이 아닐지도 모른다는 것을.

*　　*　　*

강림 제단을 정리한 세리아는 내게 어떤 보석을 가져왔다. 아주 탁한 색의 그것은 에트왈의 한 축을 차지한 '세기의 군사'의 광물과 아주 비슷했다.

"제단에 남아 있었습니다. 아무래도 저자의 '통로'인 듯싶습니다만."

"응, 그럴 거야."

"어찌하시겠습니까?"

"돌려보낼 방법을 찾을 때까진 에트왈에 넣어서 권속화해야지, 뭐."

나는 한숨을 푹 내쉬며 에트왈에 그의 광물을 끼워 넣었다.

[이야, 살다 살다 이런 경험도 다 해 보네. 오진다!]

예상대로 그는 세기의 군사나 푸르 때처럼 권속이 되었다.

'권속을 해제할 수 있을지 없을지도 모르는데 여섯 개밖에 없는 자리에 쓸모없는 권속을 넣다니!'

나는 끙끙 앓았고, 다른 권속들처럼 내 속마음을 읽을 수 있던 사내가 [에헤이~.] 하며 능글맞게 말했다.

[저는 김철수입니다. 앞으로 잘해 봅시다, 주인!]

그러며 계속 종알종알 떠들었다.

날이 밝은 후에 아빠와 오빠들이 날 찾아왔다. 황궁에 도착해서도 울적한 표정을 짓고 있자, 마차에서 내린 앙리가 물었다.

"괜찮니, 르블레인. 의장에게 얘기는 전해 들었어."

나는 조용히 에트왈을 잡았고 가족들이 그런 날 빤히 쳐다봤다.

"르블레인."

"꼬맹아……."

"막내야."

"……."

가족들은 대답 없는 내가 마음 쓰이는지 다들 안타까운 표정이었다. 하지만 나는 마음이 좋지 않아서가 아니라 정신이 없어서 대답을 못 하는 거였다.

[그래서 말입니다. 이순신 장군이 학익진을 이용해서 왜놈들을 때려잡았는데 말입니다.]

제발 닥쳐!

진지한 얘기를 하는 와중에도 김철수가 정신없이 떠들어서 나는 거의 혼이 나가기 직전이었다. 김철수는 권속이 된 후로 본인 세계의 역사를 시시콜콜 떠들고 있었다. 한 시도 입을 쉬지 않고.

푸르가 [입 닥쳐, 미친놈아!] 하고 버럭 소리친 후에야 김철수는 시무룩 입을 닫았다.

'아우, 머리야.'

이마를 쥐며 걷고 있을 때였다. 정원에서 바스락, 소리와 함께 나뭇가지가 걷혔다.

그리고…….

"너는……."

　'너는…….'

나는 못 박힌 듯 움직이지 못했고, 눈앞의 사람이 장난스럽게 웃었다.

"안녕, 이샤크."

"……."

이샤크가 어리둥절한 표정으로 날 보며 이샤크라고 말하는 그를 처다 봤다.

"어? 어어어 ─!"

나는 입술을 꽉 깨물었다.

"……르블레인이야."

"반가워, 르블레인."

"……."

왜 몰랐을까.

지난번 과거로 갔을 땐 누가 문을 열어 주지 않아도 나는 돌아왔다. 붉은 달은 선계의 힘이 가장 강할 때가 아니라, 악마가 인계의 인과를 뒤 틀어 버릴 만큼 강력한 힘을 발휘할 때도 뜰 수 있었다.

"아드리안……!"

나는 그에게 달려가 목을 꽉 끌어안았다. 나를 부둥켜안은 그가 희미 하게 웃으며 말했다.

"네가 보고 싶었어. 아주 많이."

"나도, 나도 보고 싶었어."

어허헝. 눈물을 터뜨린 나와 빙그레 미소 지은 아드리안을 번갈아 보 던 가족들이 동시에 노성을 터뜨렸다.

"떨어져!"

"떨어지라고!"

"떨어지란 말이다!"

"떨어져라!"

＊　　＊　　＊

"2년 만이네."

나는 가족들의 격렬한 반응에도 아랑곳없이 아드리안의 손을 붙들고 물었다.

"언제 왔어? 어떻게 왔어? 어제 붉은 달이 뜬 게, 네가 왔기 때문이야? 2년 만이란 건 무슨 소리인데? 그동안 넌 뭘 했어? 응?"

쉴 새 없이 질문하는 나를 보며 아드리안은 빙그레 미소 지었다.

그가 말한 '2년'이라는 건 아마도 그가 과거에서 2년이나 있었다는 소리일 터다.

아드리안은 청소년기의 사람들이 으레 그러하듯 매우 많이 변해 있었다. 이샤크와 비슷하던 키는 요한에 이를 정도로 쑥 커져 있었고, 젖살이 조금 빠져 턱선이 날카로워져 있었다.

무엇보다 목소리! 미성에 가깝던 목소리가 몹시 낮아졌다. 놀랍기도 하고 신기하기도 하며 반갑기까지 하다.

눈을 초롱초롱 빛내자 등 뒤에서 매서운 눈빛이 느껴졌다. 가족들이었다. 가족 중 가장 먼저 이성을 찾은 앙리가 나를 아드리안에게서 떼어냈다.

"황자께서 당황하셔. 천천히 하자."

그러며 주변을 둘러봤다.

'아차.'

주변엔 우리 외엔 아무도 보이지 않았지만, 황궁인 만큼 조심해야 한다. 나는 고개를 끄덕였다.

"네 궁으로 갈까?"

"다른 곳으로 가자. 아직 내가 이곳에 있다는 걸 알리고 싶지 않아."

아드리안이 사라진 지 보름.

황자가 사라졌는데도 이토록 조용했던 건, 이 애가 사라지기 직전 황제로부터 변경으로 떠나란 명을 들었기 때문이었다. 나는 아드리안의 빈자리를 들키지 않도록 아빠에게 부탁해 변경백에게 뇌물을 가져다 바쳤다.

"아, 황제는 네가 아픈 줄 알아. 변경에 도착하고서도 연락이 없는 건 이상할 것 같아서 내가⋯⋯."

속삭이자 아드리안이 "알고 있어." 하며 고개를 끄덕였다.

"그럼 황궁에 온 건 어떻게 설명하려고?"

"내 사람들이 변경백이 이민족과 결탁한 증거를 찾아냈어. 재상과 상의하겠다는 명분으로 왔으니 염려하지 않아도 돼."

"그렇구나⋯⋯. 폐하는 안 보고 가게?"

황제에겐 보름밖에 되지 않았겠지만, 아드리안에게는 2년 만에 보는 아버지다.

내가 눈썹을 늘어뜨리자 아드리안이 내 머리를 쓰다듬었다.

"보름 만에 이만큼 커진 아들은 수상하지."

그러고 그는 아빠와 오빠들에게 고개를 돌리고 "온실로 모시겠습니다." 하고 말했다.

아빠와 오빠들이 매섭게 아드리안을 노려보며 그의 뒤를 쫓았는데, 나는 잠시 서서 아드리안이 쓰다듬은 부분을 매만졌다.

'확실히 어른스러워졌어.'

마냥 꼬맹이 같았는데, 어쩐지 기분이 이상했다. 어린 동생이 훌쩍 큰 것을 보는 누나의 마음이 이럴까. 심란하기도 하고, 뭔가……

'뺨이 간지러워. 왜지?'

벌레에게 물렸나.

그렇게 생각할 찰나, 이샤크가 "안 오냐?!" 하고 소리쳐서 난 뺨을 벅벅 긁으며 그들을 쫓아갔다.

*   *   *

아드리안이 우리를 데려간 온실은 아주 황량했다. 황궁의 온실이라고는 상상할 수 없을 정도로 초라해서 내가 의아한 표정을 짓고 있으니, 앙리가 "황후의 온실이야." 하고 속삭여 주었다.

'아…….'

돌아가신 엘자 황후. 엘자 황후는 아드리안의 모후이자, 현 황제 집권기의 유일한 황후다.

그래서 이본느 황비에게는 정적이나 마찬가지였는데, 그녀는 제 영향력을 과시하고 사람들의 기억 속에서 엘자 황후를 잊히게 하려고 황후궁을 전혀 관리하지 않았다. 그 탓에 온실은 잡초가 무성하고, 지저분하다.

아무렇게나 자란 나무들 가운데 사람 손길이 닿은 것 같은 나무가 딱하나 있었는데, 다 삭은 팻말이 달려 있었다.

[아드리안]

엘자 황후께서 살아 계실 적에 태어날 자식의 이름을 따서 나무를 심은 모양이었다.

이곳은 마치 아드리안의 세계 같았다. 황량한 가운데 오롯하게 선 그처럼 쓸쓸하다.

"귀빈께 접대가 소홀하여 민망합니다."

아드리안이 온실에 덜렁 놓여 있는 테이블을 우리 가족에게 내어 주었다.

"알기는 하는군."

이샤크가 투덜대며 앉아서 나는 그를 매섭게 노려봤다.

"……좋은 곳입니다."

이샤크가 흠칫하고 얼른 말을 바꾼 후에야 난 시선을 거두었다. 아드리안이 날 보며 희미하게 웃곤 품에서 무언가를 꺼내 테이블에 올려 두었다.

"서로 일정이 있을 테니 거두절미하고 말씀드리겠습니다."

아드리안이 꺼낸 것을 본 난 눈을 휘둥그레 떴다.

"엄마의 인장!"

나는 과거에서 분명히 봤다.

엄마의 손에서 결혼반지와 함께 나란히 빛나던 듀블레드 공작 부인의 인장. 태양과 달이 서로 맞물렸고 그 중앙에 듀블레드의 문양과 보석이 달려 있다. 아빠가 준 나의 인장과 보석만 다른 형태라 똑똑히 기억하고 있었다.

아빠와 요한 또한 그것을 알아보는지 눈매가 굳어졌다.

"이걸 황자께서 어떻게 가지고 계신 겁니까."

요한의 말에 아드리안이 대답했다.

"영애를 이곳으로 보낸 후 저는 공작 부인과 하녀의 시체를 묻어 주기 위해 듀블레드령으로 되돌아갔습니다. 그런데 시체는 사라지고 남은 건 이것뿐이었습니다."

엄마의 인장을 쥔 아빠가 고개를 끄덕였다.

"시체가 사라졌다?"

"예. 제가 산에 갔을 적엔 듀블레드의 군사들도 공작 부인과 영애를 찾아 헤매고 있었습니다만, 아시다시피 누구도 시체를 찾지 못했습니다. 추기경의 시체조차도."

"신전에서 그 일을 숨기기 위해 정리했을 것임은 우리 또한 알고 있습니다. 황자께서 하고자 하시는 말씀이 무엇입니까."

"제가 공작 부인의 인장을 찾은 것은 결코 우연이 아닙니다."

"……무슨 뜻입니까."

"보란 듯이 피가 비치는 곳에 놓여 있었습니다. 마치 힌트라도 주듯이 말입니다."

우리 가족이 모두 얼굴이 굳어져 아드리안을 쳐다봤다. 아빠와 시선을 교환한 아드리안이 다시 입을 열었다.

"신전이 자신들이 공작 부인을 죽였노라 힌트를 줄 이유가 전혀 없습니다."

"……그 사건을 마무리한 자가 신전의 편이 아니다?"

"공작 부인의 시체를 수습한 건, 어떠한 이유로 신전을 따랐지만, 완전히 그들의 편이 아닌 자가 아닐는지요."

'진짜 트리곤.'

레아와 세실리아의 기억을 지운 그자가 마지막 순간, 산에 있었다. 나는 얼른 아빠를 쳐다봤다. 아빠도 내 생각과 같은지 고개를 끄덕였다.

'트리곤의 말로는 진짜 트리곤은 가족을 사랑하는 성실하고 선량한 사람이라고 했어.'

"그 녀석이 신전을 따르다니, 말도 안 됩니다! 간이 얼마나 작은 녀석인데요! 쥐 새끼 한 마리 해하지 못하는 바보란 말입니다!"

"하지만 레아와 세실리아는 진짜 트리곤의 금술에 당한 게 확실하잖아. 잘 생각해 봐. 당시에 수상한 점은 없었어?"

"글쎄요. 워낙 오래된 일이라…… 아아, 당시에 아라곤(진짜 트리곤의 부친) 님께서 마차 사고를 당하셨습니다. 저도 우연히 다친 터라 병간호하지 못해 애가 탔죠."

가짜 트리곤과의 대화를 떠올린 나는 치맛자락을 꽉 말아쥐었다.

"가족이야."

"뭐?"

이샤크가 무슨 소리냐는 듯 나를 돌아봤다. 나는 입술을 꽉 깨물었다.

"신전이 가족으로 진짜 트리곤을 협박한 거야. 그래서 어쩔 수 없이 따른 것이겠지."

아빠가 덧붙였다.

"아라곤의 아들은 효심이 깊기로 유명했으니. 한데 인장을 남겼다, 라."

"어쩔 수 없이 신전을 따랐지만, 선량한 진짜 트리곤은 양심의 가책을 견디지 못했을 거예요. 그러니까……."

내가 아드리안을 돌아보자, 그가 말했다.

"똑똑한 사람이라면 증거를 남겼겠죠. 그리고 힌트를 준 겁니다. 이 인장으로."

그래, 필시 신전에 감시당하고 있었을 테니 확실한 말은 남기지 못했을 거다. 그러니까 우연히 인장을 흘린 것처럼 산에 두고 왔겠지.

"대체 그 힌트가 뭘까……."

내가 중얼거리자 아드리안이 말했다.

"르블레인."

"응?"

"태양과 달. 뭔가 떠오르는 것 없어?"

"태양과 달이라고……? 그건……."

나는 눈을 동그랗게 뜨고서 벌떡, 몸을 일으켰다.

"지하 제단! 아빠, 신전의 지하 제단 태피스트리에 맞물린 태양과 달이 있어요!"

첫 번째 삶에서 내가 죽은 그 장소. 나는 죽어 가며 그 태피스트리를 내내 보고 있었다.

"그런데, 아드리안. 너는 그걸 어떻게 알았어?"

"나도 그 제단에 간 적이 있었기 때문이야. 그리고 봤지. 그곳에서 오물처럼 무너져 가던 남자를."

"……진짜 트리곤이 살아 있다고?"

"그자인지는 모르겠어. 네가 왜 그자라고 생각하는지도. 하지만 분명한 건, 이 인장이 신전을 무너뜨릴 힌트라는 거야."

나는 아빠의 손에 놓여 있던 인장에 손가락을 올렸다.

'재미있게 됐네.'

아드리안이 무사히 돌아와서 이제 신전에 갈 필요가 없어졌다. 그런데 진짜 트리곤을 찾기 위해 다시 신전에 갈 이유가 생겼다.

마치 누군가 나를 신전으로 이끌듯이.

'그게 네리아드 신인지, 악신인지 몰라도 분명한 건 있지.'

지하 신전에 들어갈 수 있으면 진짜 트리곤을 찾을 수 있다.

'그리고 진짜 트리곤을 찾으면 신전을 무너뜨릴 수 있다.'

우리 가족의 눈빛이 매섭도록 낮게 가라앉았다.

* * *

성기사와 신관들이 추기경 블라시오의 뒤를 쫓으며 목소리를 낮추었다.

"교황께서 근심이 크십니다."

"알고 있네."

"레드 스피넬은 진정 반응이 없습니까?"

"그래."

"하지만 찾았을 적만 해도 '통로'임이 분명하지 않았습니까. 난데없이 왜……. 교황께서 무슨 수를 써서든 에트왈의 조각을 찾아내라 엄포를 놓으셨습니다."

"알고 있다지 않아!"

추기경 블라시오가 우뚝 멈춰 고함을 내질렀다. 고요한 복도를 지나던 궁인들이 흠칫, 그를 쳐다보았다. 자애롭던 추기경에게서 노성이 터진 것이 의아한 모양이었다.

성기사는 당황하여 얼른 손을 내저어 궁인들을 물렸다. 그러는 동안 추기경 블라시오가 머리를 거칠게 쓸어 넘겼다.

어렵게 찾아낸 레드 스피넬이 보름 전부터 빛을 잃었다. 마치 악마가 사라지고 난 후처럼.

'내 집무실에 침입의 흔적이 있었다. 누군가 들어왔던 것이야. 한데 대체 누가? 대관절 누가 감히 은총의 궁에 침입하여 나의 물건에 손을 댔단 말인가.'

좀도둑은 아닐 것이다. 도둑이라면 레드 스피넬을 훔쳐 갔겠지, 빛을 잃게 하진 못했을 터.

'에트왈의 사용자가 손을 댄 것인가. 하지만 그 시각, 에트왈은 분명 신전에……'

까닭을 알 수 없는 것은 저도 마찬가지였다. 교황은 재촉하지, 레드 스피넬은 다시 빛을 찾을 낌새조차 보이지 않지, 침입한 자는 누구인지 모른다. 사면초가가 따로 없는 상황이었다.

'이런 와중에 황태후의 투정까지 들어줘야 한다니. 빌어먹을 노친네.'

신전에 감정이 상한 그녀는 여전히 교황의 독대 요청을 물리고 있었다. 황제는 신전의 영향력을 축소하려 눈이 벌겋고, 마르슈는 왜인지 최근엔 교황의 명을 따르지 않는다. 이런 와중에 황태후까지 붙잡지 못한다면 신전의 상황은 점점 악화될 터였다.

블라시오의 주먹에 핏줄이 불거졌다.

그때였다.

"블라시오 님!"

복도 끝에서 밝은 목소리가 들려왔다. 탐스러운 갈색의 곱슬머리를 가진 조그만 숙녀가 저를 보며 도도도 달려와 고개를 수그렸다.

"안녕하세요?"

"운명의 아이……"

"르블레인이에요!"

밝게 웃는 르블레인의 속내를 짐작하는 사람은 아무도 없었다.

저 조그만 여자애의 속에 독니를 드러낸 독사가 수백 마리 있다는 것도, 그녀가 점찍은 오늘의 희생양이 그들이라는 것도.

"압니다, 아기님. 한데 은총의 궁엔 무슨 일이십니까?"

"블라시오 님을 뵈러 왔어요."

"아기님께서 저를 말입니까? 무슨 일로……."

"황태후 폐하께서 추기경님을 초대하셨어요! 황태후의 궁에서 조촐한 다과회를 여신다고요!"

"황태후 폐하께서 저를요?"

황태후는 만나 달라는 제 부탁을 내내 거절하고 있었다. 한데 무슨 일로……. 성기사와 신관들은 크게 기뻐했다.

"폐하께서 드디어 신전에 앙금을 터신 모양입니다! 예, 아기님. 저희는 참석을 기쁘게 받아들이겠다고 전해 주십시오."

신관이 껄껄 웃으며 말하자 르블레인이 손을 꼼질거리며 블라시오를 힐끔힐끔 바라봤다.

"저…… 그게……."

"예?"

신관들의 말에 아이가 눈썹을 늘어뜨렸다.

"초대하시는 건 블라시오 추기경님뿐이라고 하셨어요……."

"예? 아니, 왜……. 황태후 폐하의 병을 다스릴 치유 신관들을 대동할 터인데……."

'지난번에 아토피 때문에 그렇게 속았는데, 황태후가 아무리 바보라도 너희를 또 믿겠니.'

르블레인은 그렇게 생각했지만, 모른 체 고개를 저었다.

"저는 몰라요. 폐하께서 블라시오 추기경님만 부르시기에 제가 추기경님께 전하겠다고 했을 뿐이에요."

신관과 성기사들이 어리둥절한 표정으로 서로를 쳐다봤다. 하지만 황태후를 영영 보지 못하는 것보다는 신전의 대표인 블라시오 추기경과 독대나마 가지는 것이 좋았기에 조용히 물러났다.

추기경과 르블레인은 함께 황태후의 궁으로 향했다.

"제국의 어머니께 신의 축복이 깃들기를."

추기경이 황태후의 장갑 낀 손등에 입 맞추며 인사하자 황태후는 마뜩잖은 듯 말했다.

"앉게."

추기경이 흘깃, 황태후를 바라보며 자리에 앉았다.

황태후는 신전에 앙금이 풀린 것이 아닌 것 같았다. 저를 보는 시선에 반감이 가득하다. 블라시오 추기경에겐 눈길도 주지 않은 그녀는 르블레인에게 인자하게 손짓했다.

"자, 우리 아기는 이리 오려무나. 아기가 좋아하는 과자를 준비해 두었지."

"감사합니다, 폐하!"

"오냐, 오냐. 시종을 시키면 될 것을 무얼 은총의 궁에까지 귀한 발걸음 하였느냐."

그녀는 듀블레드의 꼬마 숙녀가 어여뻐 어쩔 줄 몰랐다. 르블레인은 황태후가 쥐여 준 쿠키를 오독오독 씹으며 상황을 파악하기 위해 애쓰는 블라시오를 힐긋 쳐다봤다.

'황태후가 날 왜 이렇게 예뻐하는지 모르겠지?'

황제는 대녀의 혼절이 신전의 귀에 들어가지 않도록 주의를 기울였다. 대녀의 혼절 전엔 간택 건으로 황태후는 르블레인에게 심기가 상해 있었기에, 저들로선 왜 갑자기 황태후가 손바닥 바꾸듯 다시 르블레인을 귀여워하는지 모를 터였다.

'그야 내가 황태후를 도와줬으니까!'

대녀의 회복을 돕고, 황태후가 음독을 사주한 것이 아님을 밝혀낸 건 모두 듀블레드와 자신을 위한 일이었지만, 황태후는 달리 알고 있었다.

이 귀여운 꼬마 아가씨가 자신을 위해 나선 것이라고.

그 증거로 처음 황태후의 궁을 찾았을 때, 그녀는 르블레인의 손을 잡고 울먹였다.

"네가 나의 은인이다. 대녀의 비열한 농간에 놀아날 뻔한 나를 아기가 구해 주었구나."

제가 대녀궁에 세작을 붙인 것은 잊고, 모두 자신의 위세를 질투한 대녀의 간계라고 생각하는 게 딱 황태후다웠다.

'어쨌든 내겐 좋은 일이지.'

르블레인이 생글생글 웃으며 말했다.

"맛있어요, 폐하!"

"그러하냐. 내 아기가 이리 기뻐하는 간식을 만들어 온 자들에게 큰 상을 내려 주어야겠어."

황태후는 정말로 자신을 예뻐했다. 정말로······.

황태후가 주방에 나눠 주라며 금화 주머니를 시종에게 건네주는 동안 르블레인은 블라시오 추기경을 쳐다봤다.

"있지요. 블라시오 님."

"예, 말씀하십시오."

"아드리안이 그랬는데, 추기경님은 좋은 분이시래요. 아, 그러니까 2황자님이요! 우리는 친구거든요. 아빠가 그러시는데 2황자님과는 절친하게 지내야 한대요."

블라시오의 눈이 날카롭게 빛났다.

'듀블레드는 황위에 2황자를 밀고 있는 모양이군.'

그리고 르블레인은 생각했다.

'우리가 황위에 아드리안을 밀고 있는 거라고 생각하지?'

아닌데! 우리는 우리가 황족을 해 먹을 거다.

르블레인이 생글생글 웃으며 황태후에게 말했다.

"폐하, 폐하."

"오, 그래, 아가야."

"일전에 폐하에게 나쁜 약을 준 신관 말이에요."

"……그래. 그런 자가 있었지."

황태후가 못마땅한 눈으로 같은 신전 소속인 블라시오를 쳐다봤다. 블라시오가 고개를 수그리자 르블레인이 말했다.

"블라시오 님은 그 나쁜 신관의 처벌을 주장했대요."

"……그래?"

"예! 고모가 그러셨는데요. 블라시오 님께서 감히 황태후 폐하께 몹쓸 약을 쥐어 준 탐욕에 눈먼 신관을 벌해야 한다고 가장 먼저 나섰다고 했어요."

황태후의 눈빛이 약간 누그러졌다. 그녀가 블라시오를 보며 "그런가?" 하고 은근한 목소리로 물었다.

"예? 아……. 예, 그렇습니다."

황태후를 위한 일은 아니었지만.

블라시오가 황태후에게 젊음의 약을 훔쳐다 준 그자의 처벌을 주장했던 건, 단지 꼬리 자르기에 지나지 않았다. 그자를 감쌌다가 혹여나 제게 여파가 미칠까 봐서.

황태후는 달칵, 찻잔을 들며 말했다.

"신전에 제정신 박힌 자가 하나쯤은 있었구나."

"황공합니다."

"폐하, 폐하. 그리고요. 블라시오 추기경님께선 이번에 큰 시험을 앞두고 계신다고 해요."

"시험이라니?"

황태후가 묻자 블라시오가 대답했다.

"추기경마다 맡는 소임이 다릅니다. 대부분은 교황 성하의 명에 따라 신민들을 위해 애쓰지만, 일등 추기경의 경우 지방 하나를 통솔하게 되지요."

"하여 자네가 일등 추기경 자리를 노리고 있다는 게로군."

"그렇습니다."

블라시오가 대답했다. 르블레인이 슬그머니 쿠키를 내려놓고선 손을 모았다.

"폐하께서는 황제 폐하 다음으로 가장 힘센 분이시니 블라시오 님을 도우실 수 있지요?"

"……교황에게 말 한마디 건네는 것쯤이야 어려운 일이 아니지. 한데, 아가야. 내가 저 이를 도울 이유가 없지 않으냐."

"폐하, 저는 평소에 블라시오 추기경님을 흠모해 왔어요. 블라시오 님께서는 다른 추기경처럼 권위만 밝히는 분이 아니고, 백성들을 위해 애쓰신대요. 그리고, 그리고……."

"그리고?"

"저도 이제 신전에서 교육을 받을 건데, 블라시오 님께서 제 스승이 되어 주신다면 좋겠어요……. 그런데 저는 운명의 아이라서 일등 추기경 쯤 되는 높은 분이 아니면 스승님이 될 수 없대요."

아이의 말에 황태후와 블라시오 추기경이 눈을 홉떴다. 황태후는 고심했다.

'스승이라……. 얄미운 카밀라가 이 아이의 대모가 되어서 내 손이 닿을 데가 없었는데, 신전의 스승을 내 사람으로 둔다면 카밀라를 밀어내

고 내가 이 아이의 대모가 될 수도 있겠어.'

듀블레드 공작의 애정을 듬뿍 받는 운명의 아이. 말 그대로 군침이 도는 아이인 것이다. 이 아이 덕에 카밀라 대부인의 사교계 영향력이 나날이 커지고 있었다.

그런데 이 아이가 제 손에 들어온다면……

'간택 건도 더는 신경 쓸 필요가 없지. 세실리아는 듀블레드에서 만든 황비다. 듀블레드가 애면글면 아끼는 이 아이가 내 손에 있으면 세실리아저 내 치마폭 아래에 삼킬 수 있어.'

황태후가 빙그레 웃었다.

"그래. 아기의 부탁인데 내 무엇을 못 하겠니. 은혜를 모르는 늙은이가 아니란다, 나는."

"제게 할머니가 있으면 폐하와 같을까요?"

르블레인이 눈을 깜빡이며 말하자 황태후가 껄껄 웃었다.

"물론이지. 그럴 것 없이 나는 할머니라 부르거라."

"하지만……."

"보주는 황실의 일원이다. 보주의 칭호를 받은 네가 나를 할미라 부르는 것에 누가 무어라 하겠느냐. 혹여 뒤에서 입을 놀린다면 내게 말해 다오. 내 요절을 낼 터이니."

황태후는 정말이지 르블레인이 귀여워 어쩔 줄을 몰랐다. 르블레인은 '아이고, 황제가 들으면 또 뒷목을 잡겠네.'라고 생각했지만 아무렇지 않게 활짝 웃었다.

황태후가 아이의 뺨에 제 뺨을 비비며 블라시오에게 말했다.

"교황에겐 내 뜻을 전하겠네."

"가, 감읍, 또 감읍합니다. 폐하!"

블라시오가 몇 번이나 허리를 굽혔다.

'이게 무슨 행운이란 말인가!'

그렇지 않아도 일을 그르쳐 일등 추기경 자리는 제 것이 아니라 여기고 있었는데, 황태후의 마음을 잡는다면 교황도 고개를 끄덕일 수밖에 없을 것이다.

＊　　　＊　　　＊

나와 함께 황태후궁을 나온 블라시오는 얼떨떨한 표정이었다.

"어째서 저를 도우십니까?"

나는 모른 척 고개를 기울였다.

"네?"

"아기님께서 저를 도우실 이유가 없지 않습니까."

"저는 정말로 블라시오 님을 흠모해서……. 혹시 곤란하신가요?"

내가 눈썹을 늘어뜨리며 어쩔 줄 모르는 척하자 블라시오가 양손을 내저었다.

"아닙니다. 그럴 리가요!"

"와아 ─!"

나는 몹시 기뻐하는 어린이인 척 폴짝폴짝 뛰고서 블라시오 추기경에게 양손을 내밀었다.

"잡아 주세요."

"예?"

"손이요. 다리 아파요……."

"아아, 예!"

그가 껄껄 웃으며 내 손을 잡았다. 나는 그의 곁에서 뽀짝뽀짝 걸으며 기쁜 얼굴의 그를 힐끔 쳐다봤다.

"그런데요, 추기경님."

나는 주변을 둘러보고 속삭였다.

"추기경님께만 보여 드릴게요."

"예?"

나는 살짝 미나의 몸에 나타났던 신의 문양을 카피한 문양을 보여 줬다.

"갑자기 이런 게 생겼어요."

"……."

블라시오 추기경의 시선이 가늘게 흔들렸다.

"소문이 정말이었습니까……. 아직도 신전에 연락이 없기에 이번에도 뜬 소문이라 여겼건만……."

응. 가짜야. 트리곤에게 시켜서 만들었어.

그렇지만 나는 아무것도 모르는 척 말했다.

"저는 진짜 운명의 아이인가요?"

"그럼요. 신의 문양까지 발현한 아기님을 누가 감히 가짜라 부르겠습니까."

"그럼 이제 신전에서 교육을 받는 게 맞지요?"

"그렇습니다. 제가 일등 추기경이 된다면 꼭 아기님의 스승이 되도록 노력하겠습니다."

그야 그렇겠지. 운명의 아이의 스승이란 누구나 탐내는 자리였다.

'이전 삶에선 다들 날 가짜라고 여겨서 싫어했지만 미나의 스승 자리를 두고는 난리가 났었지.'

"꼭 블라시오 님이 제 스승님이 되어 주셨으면 좋겠어요."

"물론입니다."

블라시오의 눈이 탐욕으로 일렁였다.

'좋아, 좋아. 그래서 널 택했지. 추기경 중에 가장 욕심 많은 놈이잖아, 당신.'

"그런데 궁금한 게 있는데요……. 신탁이 내려왔다고……."

"아아, 예. 그랬지요. 아직 해석 중입니다만."

"사실은 저, 읽을 줄 알아요. 신어."

"예?! 아기님이 그것을 어떻게……!"

"모르겠어요. 저는 그냥 읽혀요. 그런데 사람들은 못 읽더라고요. 제가 운명의 아이라 그런가 봐요. 혹시 읽어 드릴까요? 그러면 추기경님께 도움이 되나요? 스승님께 도움이 되는 거라면 읽을래요!"

내가 밝게 말하자 추기경이 감격한 표정을 지었다.

"실은 은밀히 적어 둔 것 있습니다. 따로 해석해 보려고요."

추기경이 품에서 천 자락을 꺼냈다. 안엔 신어로 빼곡하다.

[신의 아이. 붉은 달이 떠오르는 밤, 그릇된 세상을 벗어나 구원의 세계로 강림할지어다.]

역시 미나의 강림일을 나타내는 신탁이었다. 나는 눈을 동그랗게 뜨고서 말했다.

"붉은 달이 뜬 날에 선계의 악이 인계로 흘러든대요! 그래서 문을 꼭 닫아 놔야 한대요! 큰일이다! 몬스터가 오려나 봐요!"

신인지 뭔지. 내가 계속 당할 줄 알고? 나는 절대로 그냥은 안 당해.

블라시오의 표정이 굳어졌다.

"그게 사실입니까?"

"네!"

내가 우렁차게 대답하자 그가 얼른 천을 품 안에 갈무리하고서 말했다.

"저는 이만 가 보겠습니다."

주변을 둘러본 그가 덧붙였다.

"신탁의 원문을 외부에 반출하는 것은 금기입니다. 반출한 저도, 본 아기님도 무사할 수 없지요. 그러니……."

블라시오는 내가 해석해 준 것을 그대로 들고 가서 제 공인 양 떠벌릴 생각인 것 같았다.

그가 은근한 눈빛으로 날 바라봤고, 나는 눈을 동그랗게 뜨고 입술에 검지를 붙였다.

"쉿! 알고 있어요."

"과연 영민하십니다."

뭘요. 다 나를 위한 일인데.

미나가 오지 않는 게 제일 좋겠지만 혹여나, 만에 하나 오게 된다면 신탁의 해석이 틀렸다는 것이 드러날 터.

블라시오가 저 해석을 들고 가면 모두 저놈의 탓이다. 그 뒤에 저 작자가 '르, 르블레인이 날 속였소!'라고 해 봐야 세상엔 블라시오의 해석으로 공표될 텐데, 누가 그걸 믿겠는가?

"하면 아기님, 들어가십시오."

"네. 안녕히 가세요!"

나는 허겁지겁 신전으로 가는 블라시오의 등을 지켜보며 양 주먹으로 히죽히죽 올라가려는 입가를 가렸다.

'욕심이 많은 작자라서 이용해 먹기 딱 맞다니까.'

그래, 이 욕심쟁이야. 가서 네리아드 신의 안배인지 뭔지 홀랑 말아먹어 버려라!

＊　　＊　　＊

아드리안은 예정대로 변경으로 향했고, 나는 한결 편해진 마음으로 일을 착착 진행했다.

가장 먼저 한 일은 황태후에게 세실리아를 붙여 놓는 것이었다.

"……하여 부모가 남긴 재산은 모두 언니에게 주었다? 아쉬웠을 터인데."

황태후의 말에 세실리아가 나를 흘끔 쳐다보았다. 내가 고개를 끄덕이자 그녀가 답했다.

"돌아가신 부모님께서 남기신 것은 낡은 집 한 채, 그 집에 딸린 밭 몇 뙈기가 전부입니다. 아쉬울 만한 금액도 아니고, 어릴 적 돌아가신 부모님을 대신해 언니가 저를 키우다시피 하였으니 응당 제 몫이 아니었습니다."

"욕심이 없는 점은 마음에 드는구나."

황제의 마음은 세실리아에게 있다. 거기에 대녀 사건으로 내게 홀딱 빠진 황태후는 세실리아에게도 유하게 굴었다. 황제와 황태후가 온통 세실리아를 점찍고 있으니, 간택은 당연히…….

"말도 안 돼! 어떻게 반쪽 귀족 따위가 최종 후보에 든 거야!"

"심지어 황태후께서 점찍어 났다는 앙부아즈 영애는 최종 후보에 들지 못했습니다."

"세실리아 올가가 최근 황태후궁에 자주 드나들었다더니……. 아무리 그래도 반쪽 귀족이 최종 후보라니. 황비라니! 흉조이네. 제국에 흉조가 든 게 분명해."

세실리아는 최종 후보 2인에 당당히 이름을 올렸다. 이 모든 공이 내게 있음을 아는 황제는 내가 어여뻐서 어쩔 줄을 몰랐다.

470 아기는 악당을 키운다

"듀블레드의 딸은 어찌 짐을 이토록 기쁘게 하느냐. 오냐, 오냐. 이리 오너라."

나는 황제가 쥐여 준 쿠키를 들고서 어색하게 웃었다.

'황제는 황태후를 그렇게나 싫어하지만, 행동은 꽤 비슷하단 말이야.'

나는 황제의 옆자리에 앉아서 쿠키를 오독오독 씹어 먹었고, 황제는 불룩한 내 뺨을 쿡, 쿡, 찌르며 껄껄 웃었다. 세실리아가 그런 우리를 보며 픽, 실소를 흘렸다.

그녀가 황제를 힐끔 쳐다보며 말했다.

"한데, 폐하. 어제 꽤 무리하셨는데 옥체는 어떠십니까. 제가 너무 괴롭힌 것은 아닐는지요."

"어, 어린아이 앞에서 무슨 말을……!"

황제는 새빨개져서 마구 헛기침을 했다.

'세실리아가 황제를 괴롭혔어? 왜?'

내가 어리둥절한 표정으로 주변을 둘러보자 시종들이 음흉한 표정을 지었다. 세실리아를 보니 그녀는 빙그레 웃을 뿐 말이 없었고, 황제를 보니 그는 커흠, 어흠, 으흠! 헛기침하고 자리에서 일어났다.

"짐은 돌아가 볼 터이니 한 가문 사람끼리 정답게 지내도록 하라."

그러며 내빼듯이 도망쳐 버렸다.

내가 고개를 갸웃하니 세실리아가 웃으며 손을 내밀었다.

"가실까요?"

"네? 아, 네."

나는 세실리아의 손을 잡고 볕 좋은 황궁 정원을 가로질러 걸었다.

세실리아가 최종 2인에 이름을 올리고 숙소가 바뀌었다. 그곳엔 전담 궁인들이 딸린 데다가 세실리아가 황궁 정원 중 가장 아름답다고 좋아하는 프리지어 정원 인근에 있었다.

"겨울에도 꽃이 만발했군요. 지지 않는 강인한 꽃들이 아름답네요."

세실리아가 퍽 감성적인 어투로 말해서 나는 아무렇지 않게 대답했다.

"마력석을 띄워 놓았어요. 정확히 말하면 지지 않는 꽃이 아니라 인위적인 꽃인데?"

"아가씨는 감성보다는 이성이 발달하신 모양이에요……."

그녀가 시무룩하게 말했다.

'그렇기야 하지.'

난 글자보다는 숫자고, 사람의 진심보다는 현실을 우선한다. 그래서 지금도 꽃구경은 뒷전에 두고 머리가 터지게 앞날에 대해 고민하고 있었다.

세실리아가 의아한 표정으로 날 쳐다봤다.

"무슨 고민이 있으신가요?"

"간택이요. 세실리아가 황비가 되어야 하는데……."

"저를 믿지 못하시나요?"

세실리아가 빙그레 웃으며 물었다.

"믿죠. 세실리아야 믿는데, 남들이 안 믿길달까……. 최종 간택에서 분명히 이본느 황비가 방해할 거예요."

마지막 시험을 주관하는 건 황태후이지만, 분명 이본느 황비의 입김이 작용할 거다.

날이 갈수록 황제와 애정이 끈끈해지는 세실리아는 이본느 황비에게 있어선 눈엣가시나 다름없다. 그러다 세실리아가 덜컥, 애라도 낳으면 이본느 황비의 자식인 안드레에게 정적이 생길 테니까.

심지어 세실리아는 듀블레드의 지원을 받고 있으니, 막강한 뒷배가 있는 것이다. 그러니 이본느 황비로선 절대로 달갑지 않을 터.

'마지막 시험을 제대로 치러야 하는데 어떻게 하면 이본느 황비를 견제할 수 있지? 아, 황태후의 도움을 받을……!'

―까지 생각하던 난 고개를 절레절레 저었다.

'어쨌든 황태후는 마르슈 공작의 친척 누이이니 마르슈 공작가의 사람. 아무리 이본느 황비를 견제하고 싶어도 제 가문을 버리면서까지 날 돕진 않겠지.'

나는 투덜거렸다.

"방해만 없으면 뭘 해도 우리 세실리아가 황비 위를 차지할 텐데."

"기쁜걸요."

"진짜예요. 세실리아는 듀블레드의 지원을 받지, 똑똑하지, 기사 출신이라 무예에서도 떨어지지 않지, 또 듀블레드를 오래 모셔서 귀족 소양도 잘 알지. 그에 비하면 상대방은 좀 떨어지는 편이죠. 그러니까 이본느 황비가 황태후를 압박해 후보에 둔 거겠지만."

휘두르기 편한 한미한 집안 출신이고, 말도 제대로 못 하는 소심한 사람이라 이본느 황비의 입맛엔 딱 맞는 사람이다.

"정말이지 방해만 없으면……! 방해?"

머릿속의 전구에 번쩍 불이 들어왔다.

'좋은 생각이 떠올랐어! 방해를 못 하게 하면 되잖아!'

내가 눈을 부릅뜨자 세실리아가 "아가씨?"하고 나를 불렀다.

"저 잠깐 어디 좀 다녀올게요. 세실리아는 숙소에 돌아가 있어요!"

나는 세실리아를 두고 우다다 달렸다.

그렇게 도착한 곳은 대녀궁이었다. 내가 대녀궁의 시종 앞에서 손을 맞잡고 헤헤 웃자 시종이 당황한 듯 눈을 도르르 굴렸다.

"영애께서 무슨 일로……."

"대녀님을 뵙고 싶어요."

"일정을 잡지 않고서는 불가합니다."

그것참 빡빡하다. 나는 핑계 댈 것이 없나 고민하다가 주머니에 불룩한 것을 매만지고 핫! 하고 소리쳤다.

"약이요!"

"예?"

"그러니까 삼촌이 대녀님 병세에 좋은 약을 주셔서요. 전달해 드리려고……. 되게 비밀스러운 병이잖아요? 황제 폐하께서 발설을 허가하지 않은 은밀한 병을 주변에 새 나가게 할 순 없으니까 제가 직접 왔어요."

이 약은 혹시 내게 하로꽃 알레르기가 발병할 때를 대비해 테일러의 가방에서 슬쩍한 것이다.

"그건……."

말꼬리를 늘린 시종은 약을 보곤 어쩔 수 없다는 듯 고개를 끄덕였다.

"잠시 기다리시죠."

내궁으로 들어갔던 시종은 얼마 지나지 않아 돌아왔다.

"입궁을 허가하셨습니다."

"네!"

나는 시종의 뒤를 졸졸 쫓아 대녀궁에 들어갔다.

황태후의 궁과는 달리 소박하다. 횃대 하나, 장식물 하나 호화로운 것이 없지만, 잘 관리되어 깨끗하고 고풍스러운 느낌이었다.

시종이 열어 준 방문으로 들어가자 한쪽으로 땋은 머리를 늘어뜨린 대녀가 나를 힐끗 쳐다보았다.

"대녀님을 뵙습니다."

"듀블레드의 딸이 내 궁에 심부름이라. 네 아비는 아는 일이냐?"

"아뇨. 약은 제가 대녀님을 뵙고 싶어서 낸 핑계예요."

"……."

대녀는 말없이 날 바라보았다.

'우와, 압박감이 장난 아냐.'

내가 손을 꼼질대자 대녀가 물었다.

"하여 듀블레드의 딸이 핑계까지 댄 이유는?"

나는 잠깐 고민했다.

어떻게 말할까. 어떻게 해야 이 사람의 마음을 잡을 수 있지? 거래를 제안할까? 뇌물을 바쳐야 하나?

고민하던 난 불현듯 첫 번째 삶에서 미나와 함께 있던 대녀를 떠올렸다. 나는 즉시 대녀 앞에 부복했다.

"헛된 수작은 부리지 않겠습니다. 대녀님의 인정과 청렴, 드높은 이상을 믿기에 호소합니다. 도와주십시오."

첫 번째 삶에서의 대녀는 미나의 곁에서 당당하게 미소 짓고 있었다. 제 인생에 확신을 가진 자들만이 지을 수 있는 표정이었다. 나는 그런 표정을 지을 수 있는 또 한 사람을 안다.

'아미티에 공작.'

정의를 가장 우선한 그는 제 선택이 틀리지 않았노라 확신했다. 그랬기에 언제나 당당하고, 기품이 넘쳤다.

대녀가 아미티에 공작 같은 사람이라면 수작은 먹히지 않는다.

"듀블레드의 딸이, 내게 도움을 구한다……. 무슨 연유로."

"세실리아 올가는 훌륭한 사람입니다. 그녀는 결코 듀블레드 사람들처럼 욕망에 물들지 않았어요. 확신합니다. 좋은 국모가 될 거예요."

"해서?"

"대녀님께서 최종 심사가 올바르게 이뤄질 수 있도록 힘써 주십시오."

"황태후에게 부탁하지 그러니. 너라면 입에 문 것도 내어 주겠더구나."

"황태후 폐하께서 이본느 황비님을 견제하시긴 하지만, 결국 둘은 같은 목표를 가지고 있습니다. 마르슈의 사람이니까요."

의자에 앉아 있던 대녀가 지팡이를 짚고 일어났다.

"내가 그들과 목표가 같다면 어찌할 테냐."

나는 대녀를 올려다보았다.

"……목표가 같을지언정 방식은 다를 겁니다. 대녀님은 그런 분이시잖아요. 결코 사도(私道)를 걷지 않으실 거예요."

"십 년도 못 산 네가 반백 년을 훌쩍 넘게 산 나를 속속들이 아는 듯하구나."

대녀의 시선이 날카로워졌다.

"너는 뭐지? 네 눈빛은 결코 아홉 살배기의 것이 아냐."

"도와주신다면 대녀님께 영광을 되돌려 드리겠습니다."

"영광이라……."

나는 주먹을 꽉 쥐고서 말했다.

"대녀님께서 병으로 전장에서 물러날 수밖에 없었던 그 일을 도망친 것이라 떠들지요. 그 치욕을 해결할 기회를 제가 드리겠습니다."

"……!"

대녀의 시선이 가늘게 흔들렸다.

'됐다.'

나는 대녀와 같은 사람을 잘 안다. 아미티에 공작이 딱 그런 사람이었으니까. 그들은 물질에 욕심을 내지 않는 대신, 명예를 목숨처럼 여기지.

"대녀님, 곧 바다 건너 웨스트리아와의 전쟁이 터질 겁니다."

이전 삶에선 늘 그랬거든.

"해전이 일어날 거예요. 제가 대녀님께서 선봉에 서 전쟁을 종식하도록 돕겠습니다."

"······다 늙은 몸으로 어찌 웨스트리아의 젊은 장군을 이기겠느냐."

나는 주머니 속에 넣은 에트왈을 살짝 잡았다.

'철수.'

[예?]

'너, 어제 떠들던 얘기 계속해 봐. 이순······ 무슨 장군 얘기 말이야. 거북선 어쩌고 하던 것!'

[아아, 이순신 장군 말입니까? 거북선이요? 그게 말입니다. 이 이순신 장군이 얼마나 개쩌는 사람이냐면요······!]

철수가 종알종알 떠드는 얘기를 들은 난 대녀를 똑바로 직시했다.

"대녀님껜 아직 열두 척의 배가 있습니다."

"······."

대녀는 내 시선을 피하지 않았지만, 흥분으로 떨리는 그녀의 눈을 본 난 확신했다.

'먹혔다.'

먹힌 건 좋은데요······.

진짜 배 열두 척으로 해전에서 승리한 거 맞아? 그렇게 대단한 장군이 있을 수가 있는 거야?

                    *   *   *

대녀와 이야기를 마친 난 얼른 저택으로 향했다. 그리고 아빠의 방으로 뛰어 들어갔다.

"아빠! 아빠!!"

내가 소리치자 안경을 끼고 서류를 보던 아빠가 고개를 들었다. 그는 안경을 벗어 내려놓곤 나를 바라봤다.

"무슨 일이냐."

"아빠, 거북선이요. 거북선 만들어 주세요."

"거북…… 뭐?"

아빠와 함께 있던 요한과 앙리, 그리고 이샤크가 무슨 소리냐는 듯 나를 쳐다봤다.

"선이면 배? 왜 하필 거북인데? 꼬맹아, 거북이보다 상어가 훨씬 세. 차라리 고래로 하든가."

"나도 알아. 그런데 거북선이어야 한대."

왜인지는 모르겠는데 철수가 그랬어.

내 말에 가족들이 어리둥절한 듯 시선을 교환했다. 가장 먼저 입을 연 건 아빠였다.

"배가 갑자기 왜 필요한 거지?"

"대녀님의 마음에 들어야 하는데요. 그러려면 소원을 이뤄 줘야 하잖 아요?"

내가 늘 악마에게 소원을 이뤄 주고 이능을 쏙쏙 빼먹었듯이 말이다.

"대녀님의 소원은 명예 회복이에요. 그래서 웨스트리아와의 전쟁에서 이기게 해 주려고요."

"선봉에 세우기도 어려울 텐데 이기게 해야 한단 말이야? 르블레인, 대녀님은 예순이 훌쩍 넘으신 분이야. 기사도 아니고 황녀로 곱게 사신 분이 선봉에 선다면 누가 허락을 하겠어. 무엇보다 지금 배를 만들어서 웨스트리아와의 전쟁에 언제 참전할 수 있을지도 모르고."

앙리가 나를 달래듯 말했다.

아빠는 테이블을 툭, 툭, 두드렸다.

"발루아의 함선을 개조한다면 시간이 오래 걸리지는 않을 것이다. 베로니카를 비롯해 실력 좋은 마법사 몇을 투입하면 더 단축할 수도 있겠지."

내가 밝은 표정으로 "와!" 하고 소리치자 아빠가 날 빤히 바라봤다.

"하지만 전쟁은 장난이 아니야. 장수는 수백, 수천의 목숨을 책임지는 자다. 단지 명예를 위해 장정들의 목숨을 걸 순 없어."

이것이 아미티에 공작과 아빠의 차이였다.

아미티에 공작은 정의와 대의, 명예를 가장 최우선에 두지만, 아빠는 철저하게 숫자를 따지는 사람이었다. 누가 더 좋은 사람이냐, 하면 모두 아미티에 공작의 손을 들 것이다. 그러나 누구의 밑에서 살고 싶으냐, 하면 다르겠지.

'나라도 아빠의 영민이 되고 싶은걸.'

나는 아빠의 집무실에 있던 양피지를 가져와 펜으로 무언가 삐뚤빼뚤 그렸다.

"뭐야, 이 이상한 건."

턱을 괴고 있던 이샤크가 눈살을 찌푸렸다.

"학익진이래. 철수…… 그러니까, 새로 들인 내 권속의 말에 따르면 아주 뛰어난 병법이랬어."

"원진 포위?"

이샤크의 말에 나는 "그게 뭔뎅?" 하고 어리숙하게 물었다.

그러자 이샤크가 어처구니없는 표정을 지었다.

"제대로 알지도 못하면서 전술로 쓰겠다고? 원진 포위는 원형으로 적을 감싸는 거야. 국지전에선 꽤 쓰이는 병술이지. 하지만 해전에선 결코 쉽게 쓸 수 없어."

미래의 듀블레드 기사단 총괄자인 이샤크가 원진 포위의 단점을 설명했다. 그러곤 문밖에 대기하고 있던 자카리를 향해 "안 그래?"하고 묻는다. 내 그림을 본 자카리가 고개를 끄덕였다.

"그렇습니다. 원진은 광활한 공간에선 쓰이기 어렵습니다. 상대의 원군이 한 곳만 뚫어도 전열을 가다듬는 데 시간이 걸립니다. 그동안은 오합지졸이 되어 버리겠죠. 게다가 아군의 수가 적군보다 많지 않은 한은 감싸기조차 어려울 겁니다."

[그렇다면 —]

"이곳은 어떻습니까!"

에트왈이 밝게 빛나며 흥분한 얼굴의 철수가 튀어나왔다. 가족들은 콧김을 뿡뿡, 내뿜는 흑발과 흑안의 사내를 보고 인상을 찌푸렸다. 철수는 아랑곳하지 않고 내 손에 있던 지도를 꺼내 한곳을 가리켰다.

"이곳이 놀랍도록 한산도 대첩 때의 지형과 비슷하거든요. 그리고 중요한 것이 포탄! 해전에서 배를 대고 상대측으로 들어가 싸운다? 댓츠 노노. 신속, 정확, 철저한 포탄빨로 적들이 멘붕하게 만들어야 합니다. 그리고 중요한 게⋯⋯!"

"이 미친놈은 뭐야."

철수가 고개를 척, 치켜들고 엄숙하게 말했다.

"사극 덕후입니다."

"⋯⋯."

"⋯⋯."

"⋯⋯."

방 안의 사람들이 모두 철수를 미친놈 보듯 쳐다봤다.

*　　*　　*

하지만 철수의 말이 영 쓸모없지는 않은 모양이었다. 일단 학익진이란 것이 해전에 쓰인다는 것 자체가 놀라운 발상인 모양이라 자카리와 이샤크는 고개를 주억거렸다.

즉시 대녀에게 듀블레드의 지원 소식을 알렸다. 그리고 대녀와 독대를 가진 난…….

"돈 주세요."

두 손을 쭉 내밀며 말하자 대녀가 미간을 좁혔다.

"뭐라?"

"배를 개조해야 한단 말이에요. 그것도 발루아의 함대라고요. 아빠가 공짜로 드릴 순 없다고 하셨어요. 발루아를 차지하기 위해 듀블레드가 엄청나게 애썼기 때문이에요."

대녀는 "허……." 하고 실소를 흘리며 눈을 반짝이는 날 쳐다봤다.

하지만 정말로 전쟁 자금을 듀블레드에서 다 댈 순 없었다. 아무리 세실리아를 황비로 만들기 위해서라지만, 그건 배보다 배꼽이 더 큰 일이다.

'내 돈, 공으로 줄 수 없다.'

물욕의 화신인 내가 진심을 담아 두 손을 살랑살랑 위아래로 흔들자 대녀가 고개를 저었다. 그러나 곧 시종에게 일러 무언가를 내오게 했다. 서류와 작은 주머니였다.

"땅문서? 이걸로 전쟁 자금을 모두 해결할 수 있을까요……."

"3만 제곱킬로미터에 이르는 광활한 땅이다. 오염된 땅이지만, 향후

10년이면 정화가 끝나겠지."

"그래도 공터잖아요."

"공터라는 건 뭐든 할 수 있다는 뜻이지 않니. 주머니를 열어 보아라."

주머니를 열자 보석이 가득했다. 작년 생일 선물로 보석 창고를 받았던 내가 감흥 없는 표정으로 눈을 깜빡이자 대녀가 말했다.

"그건 아주 특별한 보석이다. 루에르그 황실의 장자들에게 대대로 내려오는 것이지."

'그래?'

확실히 질 좋고, 특이한 보석이긴 했다. 내가 주머니 안에서 보석 하나를 매만졌다. 그런 날 본 대녀가 미간을 좁혔다.

"마음에 들지 않는 게냐? 하면 내 사재 목록을 살펴서……."

"아니요! 좋아요! 이게 좋아요! 감사합니다!"

나는 얼른 주머니를 끌어안고 허리를 반으로 몇 번이나 접었다. 대녀는 손바닥 바꾸듯 태도를 바꾼 날 의아한 듯 쳐다봤지만 "마음에 든다니 다행이군." 하며 고개를 끄덕였다.

"전할 말은 그것으로 끝이냐?"

"……."

"이봐, 듀블레드 영애."

"……."

"아가야."

"……네?!"

보석을 만지느라 정신이 팔려 있던 난 몇 번이나 불린 후에야 고개를 번쩍 들었다.

"매우 마음에 드는 모양이로구나."

"예……."

"좋아. 가 봐라."

"예!"

나는 얼른 대답하고서 황궁을 나섰다. 그리고 내가 향한 곳은 호프 상단이었다. 사무실에 모여 이야기하고 있던 세리아와 의장, 트리곤이 나를 보고서 몸을 일으켰다.

"아가씨? 세상에, 얼굴이 너무 붉으셔요. 감기라도 드셨나……."

세리아가 걱정스러운 얼굴로 내 이마를 짚었다. 나는 보석 주머니를 꼭 끌어안은 채 말했다.

"세리아……."

"네."

"내가 악마의 통로를 찾는다고 모아 두라던 보석 있잖아. 그거 다 내다 팔아. 우리 이제 고생할 필요 없어."

"무슨 말씀을……. 설마 찾으셨나요?"

나는 세리아에게 대녀가 준 주머니를 불쑥 내밀었다. 의장과 트리곤이 반가운 듯 말했다.

"다행이군요. 신전보다 먼저 통로를 찾았어야 했는데 말입니다."

"예. 그래서 이 중 악마의 통로가 무엇입니까?"

의장의 말에 나는 멍한 표정으로 말했다.

"다."

"……?"

"예?"

"네?"

소중하게 주머니를 품에 안고 힘주어 재차 대답해 줬다.

"이게 다 악마의 통로야."

심봤다. 아니, 로또 맞았다.

'아냐. 그보다 더해. 이걸 뭐라고 하지?'

그러자 에트왈이 빛나며 철수가 말했다.

[파워볼! 파워볼에 당첨되셨군요!]

'그게 로또보다 더 좋은 거야?'

[훨씬이요.]

그럼 파워볼이다! 난 파워볼에 당첨되었다.

"대녀님 만세!!"

＊　　＊　　＊

테이블에 보석 주머니를 두고 나와 의장, 세리아, 트리곤, 그리고 마차 점검을 마치고 온 자카리가 둘러앉았다.

의장이 물었다.

"지금 신성력은 어느 정도입니까?"

"하나 정도는 불러낼 수 있을 것 같은데."

그러자 세리아가 얼른 마나석을 꺼냈다.

"확보한 마나석이 꽤 됩니다. 미리 마나를 흡수해 두시면 하나쯤은 더 불러낼 수 있지 않을까요?"

"좋아."

세리아가 준 마나석의 마나를 모조리 흡수하자 몸 안이 뜨거운 기운으로 충만해졌다.

세리아는 고개를 끄덕였다.

"기록에 따르면 도움이 되는 악마도 있지만, 그렇지 않은 쪽도 있습니다. 현재 암살이나, 전쟁 계열의 악마는 필요하지 않으니 그들도 탈락으로 봐야겠지요."

"파이몬처럼 정보를 알려 주거나, 부네처럼 죽은 자들을 만날 수 있게 하는 게 좋아. 시간의 악마면 더더욱."

둘러앉은 사람들이 모두 고개를 끄덕였다. 나는 손바닥을 비비며 말했다.

"뭐부터 열까."

"제일 비싼 놈으로 하죠."

트리곤이 엄숙하게 손바닥만 한 다이아몬드를 가리켰다.

부네 나와라. 아니면 시간의 악마라든가.

나는 마른침을 꼴깍 삼키고 다이아몬드를 잡았다. 그리고 아주 조심스럽게 신성력을 흘러 넣었다.

쿠구구구궁ー!

땅이 가늘게 진동하며 눈앞에 빛의 기둥이 생겼다.

'자, 너는 누구냐.'

나는 눈을 반짝이며 빛의 기둥과 함께 나타난 자를 바라봤다.

[나는 서른여섯 번째 기둥, 스토라스. 나를 불러낸 자가 누구냐.]

사람들을 둘러본 그가 에트왈을 쥐고 있는 내게 시선을 고정했다.

[버려진 신의 딸이여. 불쾌한 것과 함께 있구나.]

그러자 에트왈이 빛나며 푸르가 튀어나왔다.

[부정한 것의 하수인인 주제에 감히 뉘더러 불쾌하다는 거야!]
[몇 세기가 지나도 네놈의 멍청함은 도무지 나아지지를 않는구나. 통탄할 따름이야. 여태껏 시류를 읽지 못하다니, 네 머리는 부네보다도 쓸모가 없어.]
[감히 날 부네와 비교하다니. 나의 불이 너를 용서치 않으리라!]
[절망보다도 검은 살의를 맛보여 주겠다.]

둘의 싸움을 가만히 지켜보고 있노라니 에트왈이 다시 한번 빛나며 철수의 목소리가 들려왔다.

[제가 살던 세상에도 저런 병이 있습니다.]

'병?'

[중2병입니다.]

그게 무슨 병인지는 모르겠지만, 스토라스와 푸르의 말투가 결코 정상적이진 않았다.
푸르와 스토라스는 서로를 찢어 죽일 듯 노려보고 있었다. 이제는 몸의 윤곽을 따라 검은 기운이 일렁였는데, 난 그것을 보고 흠칫 놀라서 둘사이에 끼어들었다.
"그만, 그만."
둘이 싸우면 사무실이 박살 날 거다.

'내가 이 건물을 얼마에 사들였는데.'

푸르는 끙, 하고 신음하며 물러났다.

[고작 인간에게 매이다니. 너는 이반 때와 조금도 성장하지 않았구나. 우매한 것.]

푸르는 으득, 이를 갈며 스토라스를 쳐다봤다.

[그는 창조주를 따르는 자다. 내가 그를 돕는 것이 무슨 문제…… 크 악!]

푸르의 말이 끝나기도 전에 그의 몸에서 불길이 일었다.

"푸르!"

나는 소리치며 그를 잡으려 했으나, 그 전에 재가 되어 사라졌다. 내 얼굴이 새파래졌을 때, 다행히 에트왈의 한끝을 차지한 푸르의 보석이 빛났다. 에트왈로 무사히 돌아간 모양이었다.

하지만 괜찮냐는 물음에 답이 없었다. 마치 통신이 끊어진 것처럼.

[계율을 어겼으니 마땅히 벌을 받아야지. 그 녀석은 당분간 너와 소통 할 수 없을 거다.]

"계율? 악마들에게 계율이 존재한다는 건가요?"

스토라스가 눈썹을 까딱 들어올렸다. 스스로 알아내란 듯이.

'대체 계율이 뭐야? 다른 악마들은 내게 이런 걸 얘기해 주지 않았어.

……아니, 못 한 건가.'

이야기해 줄 수 없었던 거다. 푸르처럼 제약되고 있었기에. 그러면 스토라스는 어떻게 이야기할 수 있는 거지?

[부정한 것의 하수인인 주제에……!]

푸르의 말을 떠올린 나는 스토라스에게 다가가 말했다.

"악마 중에서도 악신과 네리아드 신을 따르는 자들이 나뉘어 있는 거예요. 악신을 따르는 자들은 제약당하고 있어요. 악신이 네리아드 신에게 패배했기 때문에. 그렇죠?"

[생각보다 영리한 꼬마로군.]

그러고 보니 이상했다. 나는 파이몬을 권속화할 수 없었지만, 푸르는 내가 원한다면 권속화가 가능했다.

'푸르가 악신을 따르는 악마이고, 내가 악신의 아이이기 때문이야.'

악신을 따르는 악마는 악마 본인이 원하지 않더라도 권속화가 가능한 것이다.

악마를 보지 못하는 사람들이 어리둥절한 얼굴로 날 쳐다봤다.

"아가씨, 그곳에 무언가 있습니까?"

"……그래."

"소환에 성공하셨군요!"

세리아가 기쁜 얼굴로 말하자 트리곤 또한 흥분한 듯 몸을 들썩였다.

"하면 어서 이능을 여쭤십시오."

"이능을 얻어 내는 건 어려울 것 같은데. 권속화는 시킬 수 없고, 내게 이런저런 말을 모두 해 주는 걸 보면 소원이 꽤나 어려운 모양이야."

[정말로 영리한 아이야, 너는.]

스토라스가 비죽, 입꼬리를 올렸다. 나는 한숨을 쉬고서 물었다.
"그래서 소원이 뭔가요?"
내가 묻자마자 그의 몸이 붉게 빛났다. 이윽고 올빼미가 된 그가 획,
날아올라 창틀에 내려앉았다.
"찢어 죽일 그 계집의 흔적을 인계에서 모두 지워다오."
마침내 악마를 보게 된 사람들이 어리둥절한 표정으로 시선을 교환했
다.
'찢어 죽일 그 계집?'
미간을 좁힌 내가 물었다.
"흔적이 무엇인데요?"
"메리아 풀."

"메리아 풀은 아직 단서도 못 잡았나요?"

내가 테일러를 협박했던 그 메리아 풀? 이게 이렇게 얽힌다고?
"그럼 스토라스가 그토록 원망하는 여자는 메리아 여신이란 말이에
요?"
"이 시대의 것들은 정말이지 우습구나. 고작 선각자 따위를 여신이라
부르느냐."
"여신이 아니에요?"
"그 계집은 신이 세상을 이롭게 하라 빛을 나눠 준 자. 선각자이다. 신

의 힘을 고작 풀 따위를 만드는 데에 허비한 우매한 자이지."

스토라스와 나의 대화를 듣고 있던 세리아가 말했다.

"메리아 풀은 전설의 약초가 아닙니까. 그것을 어떻게……."

"어디에 있는지 내가 알고 있어."

"그렇다면 다행이군요."

"다행이 아니야……."

내가 인상을 찌푸리자 사람들이 어째서냐는 듯 눈을 동그랗게 떴고, 나는 머리를 붙들었다.

'그건 항생제를 만들 수 있는 풀이라고!'

미래에 항생제는 누구에게나 흔히 쓰이게 되는 약이다. 그건 약효가 뛰어나지 않은 저렴한 약이어서 아니라, 아주 흔히 쓰일 만큼 효용이 뛰어나기 때문이다.

이 시대엔 감기로 죽어 나가는 사람들이 천지다. 그건 폐렴으로 쉽게 번지기 때문인데, 항생제는 2차 감염을 억제한다. 검상을 입은 사람들이 죽는 이유도 2차 감염 때문인 탓이 크다.

2차 감염 억제는 물론 세균성 질환에도 효과가 있는 약물. 누군가는 의학은 항생제의 발명 전과 후로 나눌 수 있다고 할 만큼 소중한 약이다.

끙끙 신음하는 나를 보고 메리아 풀이 매우 중요하다는 것을 눈치챈 의장이 물었다.

"일단 이능부터 물으십시오. 이능이 쓸모가 없다면 저 악마의 소원은 저울에 올릴 필요조차 없지 않겠습니까."

맞다, 그래!

내가 스토라스를 쳐다보자 그가 다시 빛나며 낭창한 선을 가진 장신의 미남으로 변해서 창틀에 걸터앉았다. 그가 느른히 입꼬리를 끌어당겼다.

"나는 네게 필요한 지식을 모두 알고 있지. 파이몬이 모르는 아주 특별한 것들도."

"특별한 것이라고요?"

"악마를 소환할 수 있는 영석과 그들의 이능에 대해 알려 주마."

"설마 신전이 악마의 통로를 먼저 확보하고 있던 것도……."

"나의 힘이다."

나는 슬쩍 사람들을 돌아보았다.

"항생제 같은 거 없어도 되지 않을까? 의지로 살아남아 보자, 인류."

"항생……제라는 게 뭔지는 모르겠지만 인류에 몹시 중요한 약인 것이 아닙니까?"

"하지만 나 저 이능 필요하단 말이야!"

내가 땡깡 부리는 애처럼 입술을 삐죽 내밀자 사람들은 어처구니없는 표정을 지었다.

＊　　＊　　＊

저택으로 돌아온 난 양손으로 관자놀이를 짚고서 고민했다.

'메리아 풀을 없애는 건 지금이라면 가능해. 하지만 없애면 소중한 항생제가…….'

머릿속에서 천사 뿔을 단 첫 번째 삶의 르블레인과 악마 뿔을 단 현재의 르블레인이 싸우는 것만 같았다.

항생제가 없으면 얼마나 많은 사람이 죽어 나가겠니. 그들을 생각하렴.

여긴 항생제가 없어도 비슷한 효과가 있는 치료법이 있잖아. 신관에게 정화받으면 돼.

신관에게 정화받는 비용이 얼마나 고액인지 알지? 평민들은 평생 벌어도 정화 한 번을 못 받을 거야. 항생제가 없으면 그들은 손도 쓰지 못하고 죽겠지.

남이 무슨 상관이야? 네 가족, 친구들은 신관의 정화를 받을 수 있다고.

"뭐야, 꼬맹이. 왜 그러고 있어?"

내가 치열하게 고민하고 있을 때, 이샤크의 목소리가 들려왔다. 나는 한숨을 내쉬며 책상에 볼을 문댔다.

"고민할 일이 있어서……. 그런데 이샤크, 왜 예복을 입고 있어?"

"병문안 가려고."

"이샤크가 병문안을 간다고?"

죽이러 가는 게 아니라?

내가 눈을 가느다랗게 뜨자 이샤크는 "왠지 꼬맹이의 눈빛이 기분 나쁜데……." 하고 인상을 썼다. 그의 정수리를 툭, 하고 가볍게 친 앙리가 말했다.

"슈헤일 후작이 다 죽어 간대."

"마르슈 공작의 끄나풀이었던 슈헤일 후작? 이샤크 친구 에드거의 부친 말이야?"

이샤크는 "친구 아냐." 하고 말했지만, 앙리가 고개를 끄덕였다.

"고문의 여파로 다리를 끊어 내야 한다더라고."

"신관의 정화를 받지 않았어?"

"받았는데도 그 모양이다."

이샤크가 어깨를 으쓱했다. 나는 턱을 쥐고 중얼거렸다.

"……정화가 안 통했나."

"그럴 수도 있고…….."

앙리가 의뭉스럽게 말꼬리를 늘렸다.

"아니면?"

"신전의 꼬리 자르기일 수도 있지. 슈헤일 후작쯤이면 고위 신관을 불렀을 텐데, 정화가 안 통했을 리는 없잖아."

"마르슈 공작 밑에서 신전의 더러운 일을 죄 했나 보네. 에드거는 속상하겠어……. 아무튼 잘 다녀와."

이샤크가 고개를 기울였다.

"꼬맹이, 너도 가야 하는데?"

"내가 왜?"

"후작 부인의 초대. 신의 축복을 받은 운명의 아이가 곁에 있으면 제 남편의 병환이 나아질까 봐 지푸라기라도 붙잡고 싶은 거겠지."

슈헤일 후작이 고신받은 건, 나 때문이기도 했다.

마르슈 공작이 듀블레드를 노리고 귀족 습격 사건의 범인으로 요한을 지목했었다. 나는 요한을 구해 내기 위해 슈헤일 후작에게 죄를 뒤집어씌웠다. 그가 요한을 거짓 발고한 인물 중 한 사람이었으니 복수 겸으로.

'그런데 나를 부르는 걸 보면 정말로 다 죽어 가는가 본데…….'

앙리가 내 어깨에 외투를 덮어 주며 말했다.

"슈헤일 후작가에 우리 또래의 공자, 공녀들이 모여 있어. 가면 인맥을 쌓는 데에 도움이 될 거야."

"그래? 그럼 가 보지 뭐……."

나는 고개를 끄덕이고서 그들을 따라나섰다.

슈헤일 후작가는 생각보다 더 화려한 곳이었다. 하기야, 아빠와 마르슈 공작가를 제외하면 거부로 손꼽히는 사람이니 그럴 만도 했다. 응접실에 들어가자 앙리의 말대로 어린 공자, 공녀들이 모여 있었다.

'대박…… 앙리가 오자던 이유가 있었구나.'

헤링턴 후작의 장남, 테네도모르 백작의 외아들, 마탑주의 막내아들, 그리고 최연소 추기경 후보까지.

'신전에서까지 사람을 보냈어?'

뛰어난 용모의 소년들이 날카로운 눈으로 나를 바라보았다.

"이샤크!"

붉은 머리의 소년이 우리를 향해 다가왔다. 테네도모르 백작의 외아들 빅토르였다. 이샤크는 인상을 쓰며 쯧, 혀를 찼다.

"뭐 얻어먹을 게 있다고 우르르 몰려온 거야. 날벌레처럼."

빅토르 뒤에 있던 소년 중 몇이 인상을 찌푸렸다. 빅토르는 하하, 하고 퍽 상쾌하게 웃으며 말했다.

"글쎄. 뭘 얻어먹을지는 부모님들께서 정해 두셨을 테고, 우리야 심부름꾼에 불과하지. 너처럼."

그렇게 말한 빅토르가 나를 향해 정중하게 허리를 굽혔다.

"처음 뵙겠습니다, 듀블레드 영애. 테네도모르의 빅토르입니다. 우리는 모두 영애의 성격 나쁜 두 오라버니와 같은 아카데미에 다니고 있지요."

빅토르는 본체만체하고 먼저 소파에 앉은 이샤크가 옆자리를 두드리며 내게 말했다.

"기억해 둘 것 없어. 화통한 척하면서 혓바닥이 제일 날카로운 기분나쁜 놈일 뿐이야. 앉아, 꼬맹아."

앙리도 이들은 신경 쓰지 않고 소파로 걸어갔다. 하지만 나는 아무렇지 않을 수가 없었다.

'그야 이들은 앞으로 듀블레드에 영향을 끼칠 가문의 후계들인걸.'

현재 제국의 권력 구도는 이러하다.

〈국교 네리아드〉〈제국의 황가〉〈4공작가〉

본래라면 발루아 공작가를 포함한 5공작가겠지만, 그들이 멸문하여 4공작가가 되었다.

그리고 내 나이 15세를 기점으로 이 트라이앵글이 크게 변화하는데 4공작가를 밀어내고 〈듀블레드 공작가〉 단 하나의 가문이 삼각형의 한 축을 모조리 차지하게 된다.

그러면 다른 귀족들은 이대로 쇠락하느냐?

아니다. 고여 있던 권력가가 쇠퇴하고 신진 가문이 권력을 잡게 된다. 저들이 바로 신진 권력의 중심들이다. 즉, 훗날 귀족의 구심점이 될 자들이었다.

'우리 가문이 독립하기 위해 거쳐야 할 권력자들이란 소리지.'

나는 빅토르 테네도모르에게 묵례한 후, 오빠들이 있는 소파로 향했다. 그리고 앙리의 소매를 흔들고서 속삭였다.

"신전에서는 왜 최연소 추기경 후보까지 보낸 거야?"

"클로비스 말이야? 저 녀석도 올해 아카데미에 들어온다고 하니까. 아카데미 원생 교류회에도 왔어."

"신전이 클로비스를 아카데미에 보냈다고? 신전의 교육 기관이 따로 있잖아."

"글쎄. 모르긴 몰라도 노리는 바가 있긴 하겠지."

나는 응접실 한구석에 우두커니 서 있는 클로비스를 힐끔 쳐다봤다.

그는 조용하고 소심한 사람이었다. 결국 최연소 추기경이 되는 건 아드리안이었지만, 능력으로만 따지면 신전의 그 누구보다도 뛰어난 인물이다. 신전이 클로비스쯤 되는 사람을 외부로 돌릴 일은 없을 텐데…….

고개를 갸웃하던 나는 별안간 떠오르는 생각에 핫, 숨을 들이켰다.

'새로운 운명의 아이가 온 뒤를 준비하는 거구나.'

나를 진짜 운명의 아이라고 확신하지 않기에, 미나가 온 뒤를 준비하는 것이다.

현재의 나는 제국 깊숙이 자리를 잡았다. 스승으로 카밀라 대부인을 두고 있고, 황태후도 나를 어여삐 여기며, 듀블레드는 나날이 세를 불리고 있었다.

그런 와중에 미나가 오면 내게 짓눌릴까 봐 우려하여 미래 권력의 중추인 아카데미에 그녀를 보낼 준비를 하는 것이다. 클로비스가 먼저 아카데미에 자리를 잡아 놓으면 그녀가 스며들기 편할 테니까.

'비열하긴.'

하지만 신전의 생각이 틀린 건 아니었다. 아카데미는 미래 권력의 구심점. 황금 인맥의 밭이다.

미나는 워낙 밝고 사랑스러운 아이라 이전에 그러했듯 모두가 그녀를 사랑할 게 틀림없다. 그러면 훗날 듀블레드가 4공작가를 밀어내도 미나에겐 귀족 회합이라는 새로운 길이 열리겠지.

나는 앙리와 이샤크에게 속삭였다.

"있잖아. 저들을 내 편으로 만들려면 어떻게 해야 해? 내 편으로 만들 수 없다면 적어도 적이 되지 않고 싶어."

"뭐?"

"무슨 소리야?"

앙리와 이샤크가 어리둥절한 표정으로 날 쳐다봤다. 이샤크는 내내 의아한 모양이었지만, 그보다 눈치가 빠른 앙리는 이내 내 속내를 눈치채고서 말했다.

"저들이 미래에 중요한 열쇠인 모양이구나."

"맞아."

"르블레인, 넌 알고 있잖아. 진심이나 우정, 인연 같은 건 전혀 쓸모가 없어. 결국 중요한 건 '저자가 내게 얼마나 도움이 되느냐'이지."

"……."

"저들에게 네가 탐나는 인물이라는 걸 보여 줘. 네 능력이 우려되어 쉽게 새로운 사람의 손을 잡지 않도록."

"방법이 있을까?"

"마침 때가 좋잖아. 에드거 슈헤일은 우리 반 교류회의 중심이야. 슈헤일 후작에게 도움이 되는 건 네 능력을 증명할 완벽한 광고 수단이 될 거야. 왜냐면."

앙리는 주변을 슥, 둘러보고 내 뒷머리를 잡고서 속삭였다.

"그렇게 되면 목숨이 위험한 최악의 순간, 저들은 모두 너를 떠올릴 테니까. 그럼 새로운 운명의 아이 손을 쉽게 잡지 못할 테지."

"……목숨으로 협박하라는 소리야? 미나의 손을 잡으면 네가 죽어 갈 때 도와주지 않겠다고 말이야."

앙리가 빙그레 웃었다.

"영리하구나."

"앙리는 정말이지……."

이샤크도 질린다는 표정으로 앙리를 쳐다봤다. 그가 "작은형은 진짜 나쁜 새끼야." 하고 속삭이던 찰나, 내가 버럭 소리쳤다.

"똑똑해~!"

앙리와 이샤크가 눈을 동그랗게 뜨고 날 쳐다봐서 나는 방긋 웃었다. 이게 듀블레드의 방식이고, 이러한 방식은 어느 순간에나 먹혔다.

진심? 정의? 선?

그런 것을 믿었던 선량한 르블레인은 첫 번째 삶에서 제물이 되어 비참하게 죽었다. 그리고 난 이제 절대로 그렇게 죽지 않을 거다.

마침 초췌한 얼굴로 에드거 슈헤일이 응접실에 들어왔다. 나는 양손을 번쩍 들며 후다닥 그에게 달려갔다.

"얼마나 상심이 크십니까."

"……듀블레드 영애가 할 말은 아닌 듯한데요."

네가 내 아버지를 거짓 밀고했잖아, 라는 표정이다. 나는 뻔뻔하게 눈썹을 늘어뜨리고서 말했다.

"괜찮으시면 제가 아버님을 살펴도 될까요? 사실은 제게 아주 특별한 능력이 있답니다."

"특별한 능력이라고요? 치유력이 있으십니까?"

나는 빙그레 웃었다. 내 침묵을 오해한 에드거 슈헤일이 숨을 크게 들이켜고 문밖의 하인에게 말했다.

"영애를 아버님의 병상으로 모셔라!"

사실 치유력이 개뿔도 없는 나는 산뜻한 표정으로 그의 뒤를 쫓았다. 치유력은 없지만, 내겐 의술로 이름난 삼촌이라는 노예가 하나 있었으니까.

*　　*　　*

치유를 위해선 집중해야 하니 모두 자리를 비켜 달라는 말에 슈헤일가의 사람들은 모두 꺼림칙한 표정을 지었다. 하지만 지푸라기라도 잡고 싶었던 후작 부인이 앞장서 그들을 몰아내 주었다.

에드거 슈헤일이 제 모친에게 등 떠밀려 나가면서 입술을 짓씹었다.

"슈헤일은 원수를 잊지 않습니다. 절대로."

제 아버지에게 무슨 짓이라도 했다간 가만히 있지 않겠다는 협박이었다. 그 후에도 후작 부인이 내 손을 꽉 부여잡고 몇 번이나 고개를 수그렸다.

"신의 축복을 나누어 주십시오. 부디⋯⋯ 부디."

울먹이는 그녀에게 안심하라고 말하고서 문을 꽉 닫았다. 그리고 난 장거리 이동진을 이용해 저택에서 테일러를 불러왔다. 식사 중이었는지 포크를 쥔 채로 떨어진 그가 인상을 찌푸리며 관자놀이를 눌렀다.

"아가, 너 나를 대체 뭐로 보는 것이냐."

"슈헤일 후작을 봐주세요. 사경을 헤매고 있어요."

"너⋯⋯."

"아, 빨리~!"

내가 발을 쿵, 구르며 재촉하자 기가 막힌다는 듯 헛웃음을 터뜨렸다.

"듀블레드령의 감옥은 편안하던가요? 다시 갇히면 이전보다 편하지는 않을 텐데요."

내가 묻자 그가 쯧, 혀를 차며 몸을 일으켰다. 테일러는 꼼꼼하게 슈헤일 후작을 살폈다. 이불까지 들쳐서 문제가 있다는 오른쪽 다리를 살핀 후, 그가 말했다.

"2차 감염된 다리가 심각하다. 절단하지 않고서는 방법이 없어."

"신관에게 축복을 받았대요. 정화 말이에요. 그런데도 2차 감염이 될 수 있어요?"

"정화는 무슨. 정화를 했다면 상태가 이렇게 될 리 없어. 신전은 이자가 하루빨리 뒈지길 바란 것이다."

"절단하면 살아날 순 있어요?"

"수술 중 정화가 가능하다면. 하지만 이 꼴이 되도록 놔둔 신전이 수술에서라도 제대로 정화를 해 줄까?"

절단하나 안 하나 신전의 도움 없이는 살아날 수 없다는 소리다.

"……메리아 풀이 있다면?"

"살 수 있겠지. 다리를 절단하지 않고서도. 왜, 메리아 풀이 어디에 있는지 알려 줄 테냐?"

테일러가 씩, 입꼬리를 올렸다.

나는 한숨을 푹 내쉬었다. 이제 문제는 악마와의 계약이 우선인지, 슈혜일 후작을 살리는 게 우선인지 결정해야 한다.

'악마의 정보가 담긴 책이냐. 미래의 권력 중추들과의 인맥이냐.'

나는 끙끙, 신음하며 고민했다.

그때, 눈앞에 올빼미가 나타났다.

[어리석은 결정을 내린다면 인력으로 해결할 수 없는 폭풍우 속에 놓이리라.]

스토라스의 눈이 분노로 가라앉고, 온몸에서 날카로운 기운이 일렁였다. 위압감에 폐부가 꽉 짓눌린다. 내 안색이 새파랗게 질리자 테일러가 인상을 찌푸리며 물었다.

"이봐. 아가!"

그제야 나는 밭은 숨을 토해 냈다.

'메리아에 대한 원한이 생각보다 더 깊은 모양이야.'

나는 테일러에게 말하는 척, 스토라스를 바라보았다.

"내가 당신이 원하는 결정을 내린다면, 날 도와준다고 약속할 수 있나요?"

메리아 풀의 위치를 알려 주면 슈혜일 후작을 살릴 수 있다고 이해한 테일러가 고개를 끄덕였다.

"그래."

스토라스 또한 무겁게 고개를 끄덕인다.

"하면 '계약'을 해요. 절대로 벗어날 수 없는, 영혼을 건 계약이요."

[내 이름에 걸고 약속한다. 인계에서 메리아의 흔적을 지울 수 있다면 그 어떠한 대가라도 지불하겠노라.]

테일러도 고개를 끄덕였다.

"메리아 풀을 내어 준다면 네가 원하는 것을 무엇이든 간에 이루어 주마. 약속한다."

그러자 내 양손 등이 붉게 빛나며 각각 다른 두 개의 계약인이 떠올랐다. 하나는 스토라스의 소환인, 또 하나는 테일러의 것으로 보이는 시동인이었다. 그리고 난 두 사람의 계약 중 어떤 것을 이행할지 결정을 내렸다.

"저는 메리아 풀을……."

두 사람의 시선이 내 입술에 집중되었다.

"삼촌에게 드릴게요."

[계집 ― !!]

스토라스가 노성을 지르자 땅이 울리고 돌풍이 방 안으로 불어닥쳤다. 커튼이 사납게 휘날렸다. 잠깐, 인상을 쓰고 창문을 바라보던 테일러는 "지진인가." 하고 중얼거렸다.

나는 스토라스의 일렁이는 눈을 피하지 않고 테일러에게 말했다.

"단, 그 풀의 소유권은 저에게 있어요. 메리아 풀로 만들게 될 약의 유통권 또한."

"······네 양부보다 지독한데. 세간에선 그런 걸 노예 계약이라고 하지."

나는 힐끗, 테일러를 보며 말했다.

"제국엔 그런 계약을 다스릴 법이 없어서 아쉽겠네요. 그래서, 싫다는 건가요?"

"아니."

테일러가 나를 지그시 바라보며 입꼬리를 비죽 올렸다.

"좋아. 그렇게 하지. 메리아 풀을 내게 내어 줘라."

테일러와 나의 계약인이 붉게 빛났다.

[이 빌어먹을······! 다른 손을 잡은 것을 자손 대대로 후회하게 되리라!]

스토라스가 비명 같은 고함을 내지르며 날아올랐다. 이내 먼지처럼 사라진 그를 본 나는 어깨를 으쓱했다.

그 후, 테일러를 저택에 되돌려 놓고 나는 방을 나섰다. 방을 나선 뒤에 제일 먼저 한 일은 은밀히 세리아에게 연락을 취하는 것이었다.

"세리아, 일전에 말했던 풀을 저택으로 가져와."

[풀이라시면······. 아아, 예. 알겠습니다.]

세리아의 대답을 듣고서 슈헤일 후작 부인과 그 아들 에드거를 찾아갔다.

"어찌 되었습니까, 영애. 제 남편은 살 수 있는 겁니까······!"

후작 부인은 내 손을 잡고 애걸하다시피 했다.

"진정하세요, 부인. 부군께선 무사히 일어나실 거예요. 어쩌면 다리를 절단하지 않아도 될 수도 있고요."

"예?"

후작 부인의 얼굴이 밝아졌을 때, 에드거 슈혜일이 인상을 쓰며 물었다.

"그걸 어떻게 확신하십니까?"

"그건, 그러니까……."

내가 메리아 풀이 어디에 있는지 알고 있는데, 그것으로 항생제를 만들 수 있으며, 혹시 테일러라면 더 굉장한 약도 만들 수 있을지도 모른다.

'─라는 말을 할 수는 없잖아.'

눈을 도르륵 굴리던 나는 가슴에 양손을 곱게 포갰다.

"어쩐지 누군가 그렇게 속삭이는 것 같아요. 제가 각하를 도울 수 있다고……."

아련한 눈으로 주변을 둘러보자, 에드거는 헛웃음을 터뜨렸다.

"그게 말이 되는 소리라고 생각─"

"에드거."

후작 부인이 아들을 한 손으로 저지하며 내게 말했다.

"의사도, 신관도 믿을 수 없습니다. 저희가 의지할 사람은 오직 영애뿐이에요."

후작 부인의 말에 나는 빙그레 웃었다.

사람은 최악의 순간에 신을 찾는 법이다. 나는 에드거를 힐끔 쳐다봤고 그는 입안의 여린 살을 꽉 깨물며 고개를 돌렸다.

그래, 운명의 아이가 신의 목소리를 들었다는데 어쩔 거야.

'아, 운명의 아이 타이틀은 정말이지 도움이 된단 말이야.'

미나, 내가 운명의 아이 타이틀을 마음껏 이용해 먹을 수 있도록 최대한 늦게 와 줘. 아니, 안 와도 좋아. 넌 항상 원래 세계로 돌아가고 싶어

했잖아.

난 산뜻하게 웃고 후작 부인의 손을 잡았다.

"노력할게요. 부디 희망을 잃지 마세요, 부인."

"아아, 영애……."

후작 부인이 울먹였다.

*   *   *

나와 오빠들은 저택으로 돌아왔다. 평소엔 내가 오거나 말거나 관심도 없던 테일러는 중정에서 나를 기다리고 있었다.

"그래서 풀은 언제 찾으러 갈 거지? 장거리 이동진을 쓰면 그리 오래 걸리지 않을 테지만, 깊은 산 속에서 수색 작업을 하려면 적어도 사나흘은……."

"안 갈 건데요?"

"뭐?"

테일러가 왈칵 인상을 찌푸리곤 말했다.

"넌 내게 메리아 풀을 주고, 내가 슈헤일 후작을 살리는 것이 우리의 계약이었어."

그 말에 앙리와 이샤크, 그리고 막 귀가한 우리를 찾아 중정으로 내려오던 요한이 나를 쳐다봤다. 요한이 나를 보며 물었다.

"계약?"

이샤크가 내 손목을 휙, 끌어당겼다. 테일러와의 계약인을 본 오빠들은 기함했다.

"미쳤어? 꼬맹이, 너 '계약'이 얼마나 위험한 건지 알기나 해? 계약이 제대로 이행되지 않으면 얽힌 자 모두가 끔찍한 꼴을 봐야 한다고!"

이샤크가 소리치자, 앙리는 굳은 얼굴로 그를 밀어냈다.

"메리아 풀이라니. 신화 속에나 나오는 전설의 풀을 네가 대체 어떻게 찾는단 말이야."

요한은 중정을 지키던 기사들에게 명을 내렸다.

"기사단을 집결시켜라. 신화에 기록된 부분을 모두 훑는다."

앙리는 요한을 바라봤다.

"에녹스산으로 가야 해. 신화에는 에녹스산에서 나는 풀이라고 적혀 있었으니ㅡ"

"뭐야! 에녹스산이면 마르슈 공작령이잖아! 아, 빌어먹을. 슈헤일 후작이 죽기 전에 공작령 출입 허가를 받을 수 있어?!"

소리친 이샤크가 "아!" 하며 앙리를 가리켰다.

"작은형을 제물로 바치자. 마르슈 공작의 작은딸이 미혼이잖아. 작은형이 사위가 되면 마르슈 공작령에 갈 수 있어!"

"……마르슈 영애는 나보다 열세 살 연상이야."

"그게 뭐가 중요해. 꼬맹이가 계약에 얽혔는데! 자칫 잘못하면 피부가 녹거나, 시력을 빼앗길 수도 있다고!"

요한이 거들었다.

"잠깐 약혼만 한다면……."

미쳤나 봐!

나는 헛소리를 하는 오빠들 사이로 파고들어 낑낑, 모여 있는 그들을 뒤로 밀쳤다.

"아니, 안 가도 된다고!"

"뭐?"

"뭐라고, 꼬맹아?"

"응?"

나는 양손을 허리춤에 올리며 소리쳤다.

"메리아 풀은 근처에 있단 말이야!"

마침 세리아가 보낸 한스, 듀크, 세토가 도착했다. 나는 그들로부터 건네받은 것을 휙, 내밀며 말했다.

"이게 메리아 풀이야. 이 바보들아!"

내 손에 들린 것을 본 오빠들과 테일러가 미간을 좁혔다. 테일러는 내 손에서 메리아 풀을 빼앗아 살폈다. 그리고 도무지 모르겠다는 표정으로 날 쳐다본다.

"이건 버섯이 아니냐."

"예."

"풀이 아니라 버섯이라고."

"아, 그렇다니까요."

다들 테일러처럼 메리아 풀의 '풀'에만 집중하니까 못 찾은 거다. 메리아 풀은 그냥 버섯 이름이 '메리아 풀'인 거다.

"그게 메리아 풀이에요. 풀은 그냥 메리아의 성씨라고요. 내가 르블레인 '듀블레드'인 것처럼 그녀의 이름이 메리아 '풀'이었어요."

테일러의 손에서 버섯이 툭, 떨어졌다.

*　　*　　*

나는 아빠와 함께 소파에 나란히 앉은 채로 밤늦게까지 불이 켜져 있는 별채를 쳐다봤다. 아빠는 테일러에게 별채를 내주었다. 대신에 도망칠 수 없도록 그의 곁에 이리 분대 셋을 붙여 놓았다.

나는 양손을 턱에 괸 채로 창 안에 어른거리는 테일러의 그림자를 지그시 바라봤다.

"참 열심이란 말이야⋯⋯."

중얼거리자 서류를 확인하던 아빠가 나를 힐끗 쳐다봤다.

"무엇이."

"삼촌이요. 그냥 보면 세상에서 제일 못된 사람이잖아요? 그 많은 수의 인체 실험을 하고, 형제를 해치고, 선대의 명에 따라 만찬에 초청된 사람을 죄 죽였다고도 하고요. 그런데 의술엔 열심인 게 이상해요."

나는 눈을 깜빡이며 말을 이었다.

"의술은 사람을 살리는 일이잖아요. 지금까지 많은 사람을 죽여 온 그가 살리는 일에 저렇게 열심인 게⋯⋯ 아."

중얼거리던 나는 불현듯 무언가를 깨닫고 고개를 주억거렸다. 아빠는 왜 그러냐는 듯이 날 쳐다봤다.

"삼촌은 그렇게 나쁜 사람인 건 아닌가 봐요."

"왜 그렇게 생각하지?"

"지금까지 사람을 많이 죽여 왔으니, 더 많은 사람을 살리는 것으로 보상하고 싶은 게 아닐까요?"

아빠는 다시 서류로 눈을 돌리며 대답했다.

"보상한다고 해서 죽은 사람이 돌아오진 않지."

"그렇지요⋯⋯."

"죽은 사람이 저를 죽였으니 다른 수많은 사람을 살려 세상에 보상하라 테일러에게 바라기라도 했나."

"⋯⋯아뇨."

"하면 자기 위안일 뿐이다. 죄지은 것은 변하지 않아. 악인에게 이유를 주지 마라. 안쓰럽게 여기지 마."

"아빠에게도요? 그리고 저나 오빠들, 듀블레드의 악인들 모두에게도 이유를 주어선 안 되나요? 안쓰럽게 여겨선 안 돼요?"

"그래. 그게 남들과 다른 방식을 택한 우리가 짊어져야 하는 대가지."

내가 시무룩하게 고개를 숙이자 아빠는 내 머리 위에 손을 툭, 올려놓았다.

"르브. 세상엔 여러 가지 가치가 있지. 정의, 대의, 선의. 그런 것들 말이다."

"알아요."

"그것이 가치가 있는 이유는 무엇이냐?"

"……네?"

"어렵기 때문이야. 눈앞에 떨어진 돈을 주인에게 찾아 주는 일, 수많은 사람을 위해 희생하는 일, 욕망에서 눈 돌리는 일은 기실 어떤 무엇보다 어렵다."

"네……."

"우리는 남들보다 쉬운 수단을 택했다. 남의 것을 빼앗고, 때로는 목숨을 가지고 협박하며, 우리를 지키기 위해 서슴없이 타인의 평화를 위협한다."

"……."

"수단에 이유를 만들 수 없는 것이 우리가 짊어진 것의 무게야."

"……그건 너무 외롭지 않은가요."

"그 또한 내가 치러야 하는 대가지."

나는 아빠의 허리를 꽉 끌어안았다.

"그래도 저는 아빠를 사랑해요."

아빠가 우뚝 굳어졌다. 시무룩한 표정으로 입술을 삐죽이는 나를 바라보던 아빠가 조심스럽게 내 뺨을 감쌌다.

"그거면 됐어."

내가 소파 위에 서서 아빠의 목을 끌어안자 그는 아주아주 조심스럽게 내 등을 쓰다듬었다.

"사랑한다고 말해도 돼요! 제가 들어 드릴게요."

"……그래."

아빠는 도무지 사랑한다고 말하지 못하는 가여운 악인이었다.

그가 최선을 다해 끌어낸 말은 '그래.' 하는 무미건조한 대답뿐이지만, 나는 이제 알고 있다. 저 짤막한 말에 얼마나 많은 애정이 담겨 있는지.

나는 히힛, 하고 웃으며 그의 목에 얼굴을 비볐다.

*　　　*　　　*

이튿날 아침.

테일러는 손바닥으로 초췌한 얼굴을 덮었다.

'생각보다 까다롭군.'

항생제를 만드는 게 하룻밤으로 되지 않을 일이란 건 제가 제일 잘 알고 있었지만, 진도가 너무 더디다.

그때, 문 열리는 소리가 들렸다.

"이봐. 실험실엔 들어오지 말라고 했……."

중얼거리던 그가 흠칫, 손을 내렸다. 익숙한 발소리였다.

"여긴 무슨 일이지. 테오도르."

무미건조한 눈으로 자신을 바라본 테오도르가 책상 위에 무언가를 내려놓았다. 글씨가 빼곡한 서류와 돈주머니였다.

"……뭐야."

"선대와 발루아의 서고에 있던 자료다. 네 실험에 도움이 될 수도 있으니 확인해라."

"……당신이 내게 이런 호의를 베푼다고? 해가 서쪽에서 떴나? 무슨 심경의 변화라도 있었어? 그래?"

빈정거리는 말에 테오도르는 오만하게 말했다.

"내 딸이 나를 사랑하니까."

"……뭐?"

"그 애가 원하는 건 뭐든 하고 싶거든. 빌어먹을 원수에게 호의를 베푸는 것쯤은 아무것도 아냐."

그가 테일러의 턱을 쥐며 말했다.

"살려라. 슈헤일 후작."

*　　　*　　　*

아침.

잠에서 깬 나는 졸린 눈을 비비며 침대에서 일어났다.

"안녕히 주무셨어요. 아가씨?"

"안녕."

내가 손을 흔들자 세 하녀가 분주하게 빗, 세숫물, 옷을 가져왔다. 나는 달리아가 내온 세숫물에 얼굴을 씻고, 유니가 내온 옷을 입었으며, 의자에 얌전히 앉아 린다의 빗질을 받았다.

린다의 사촌 동생인 로라는 내 머리를 빗기는 제 언니를 힐끔힐끔 쳐다봤다. 달리아와 유니도 오늘은 유난히 조용했다. 나는 손을 꼼질거리며 거울을 통해 린다를 슬그머니 쳐다보았다.

일전에 귀족 피습 사건의 용의자로 지목된 요한을 지키기 위해 나는 슈헤일 후작에게 원한이 있는 린다를 이용해 후작을 밀고했다.

린다가 1년 치 예산을 들고 튀었다는 영지는 슈헤일 후작령이었는데 정확한 사정은 모르지만, 내 하녀 중 가장 이성적인 린다가 그런 어마어마한 일을 벌인 것으로 봐선 원한이 상당히 깊은 것일 터다.

"린다, 저기…… 슈혜일 후작은……."

내가 기죽은 목소리로 말하자 린다는 아무렇지 않게 양손에 든 리본을 보여 줬다.

"오늘은 무슨 색으로 하시겠어요? 보라색? 분홍색? 저는 보라색을 추천해요."

상냥한 린다는 내가 슈혜일 후작의 일을 신경 쓰지 않도록 부러 쾌활한 목소리로 말해 주었다.

"……나도 보라색이 좋아."

"탁월한 선택이에요."

노련한 솜씨로 리본을 매어 준 린다가 빗을 내려놓았다. 그러곤 내 손등에 얼굴을 비비며 언제나처럼 애정이 듬뿍 담긴 목소리로 말한다.

"오늘도 귀여우시네요. 아아, 단풍잎 같은 손……."

"……."

내가 눈썹을 늘어뜨리자 그녀가 우후훗, 웃으며 손마디로 내 눈가를 문질렀다.

"저는 괜찮아요."

"……."

"아가씨의 고민에 제가 잠시 있었다는 것만으로 얼마나 큰 위안이 되는지 모르실 거예요."

"……."

그녀가 장난스럽게 내 뺨을 톡, 건들며 말을 이었다.

"애초에 저의 힘으론 슈혜일 후작의 머리카락 한 올 상하게 하지 못했을 테죠. 그가 잔뜩 고신당하고, 죽을 듯이 고통받고 있는 것만으로도 아가씨께선 제게 큰 은혜를 베푸셨어요."

"린다……."

"혹여나 제게 미안한 마음이 있다면 오늘, 내일, 그리고 내일모레…… 쭉 행복하세요. 저희에겐 그게 가장 큰 기쁨입니다."

유니와 달리아도 나를 보며 배시시 웃었다.

'아, 나는 얼마나 운이 좋은 사람인지.'

나는 린다의 목을 꽉 끌어안고서 그녀의 뺨에 얼굴을 비볐다. 린다가 "하아앙……." 신음하자 유니와 달리아가 "저도요! 저도!" 하며 소리쳤다.

'내가 지금까지 운이 없었던 건 모두 이 사람들을 만나기 위해서일 거야.'

"그럴 거야. 비밀인데, 나 린다랑 달리아, 유니 제일 좋아하니까!"

언젠가 이들에게 몰래 속삭이던 말을 하자 하녀들이 쿡쿡 웃었다.

하녀들은 내 옷매무새를 다듬어 주곤 "오늘도 열심히 노세요!" 하고 쾌활하게 날 배웅했다.

나는 로라의 손을 잡고 쫑쫑 방을 나섰다. 그러고서 샥, 샥, 주변을 훑어보고 로라에게 속삭였다.

"린다는 왜 슈헤일 후작을 미워해?"

"그건……."

"아무리 생각해도 이상하단 말이지. 린다가 1년 치 예산쯤 되는 돈을 가로챘으면 슈헤일 후작가에서 뭔가 해야 하잖아? 아무리 린다가 듀블레드에 있다고 해도 말이야. 그런데 이때까지 붙잡히지 않은 건 뭐가 있어서 그런 거지?"

고모가 세 하녀를 제도에 불러온 뒤라면 접촉하기도 쉬웠을 거다. 거짓 발고를 당한 뒤에 린다에게 그 어떤 수작을 부리지 않은 것도 이상하다.

로라는 쓰게 웃었다.

"저들이 먼저 빼앗았거든요. 그런 돈 몇 푼 빼앗겼다고 언니에게 복수할 수 없을 만큼 소중한 것을요."

"소중한 것?"

"……언니는 아가씨 덕에 큰 위안을 받았다고 했어요. 아가씨를 키우며 그 아이에게 해 주지 못한 것들을 해 줄 수 있었다고."

"……!"

"제가 말씀드릴 수 있는 건 여기까지예요……."

로라는 "앗, 세탁물을 그냥 두고 왔네!" 하며 서둘러 1층으로 내려갔다. 나는 입을 틀어막고서 린다가 있는 내 방을 돌아보았다.

"후작 내외가 외아들을 끔찍하게 아끼지요. 결혼 후 내내 아이가 서지 않다가, 겨우 생긴 아들이니까요. 오죽했으면 후작 부인이 출산할 때까지 저 먼 변경에서 머물며 신께 치성을 드렸겠습니까."

의장의 말이 떠올랐다.

'그러면 에드거 슈헤일이…….'

맙소사. 이건 무슨…….

내가 고개를 절레절레 젓자, 에트왈에서 철수의 목소리가 들려왔다.

[막장 드라마가 따로 없군요! 사랑과 전쟁이다!]

'시끄러워.'

나는 에트왈을 주머니에 쑤셔 넣으며 생각했다.

'그러면 린다를 위해 내가 해 줄 일이 있겠는걸?'

팔짱을 끼며 내려가자 막 중정으로 들어오던 노스가 "아가씨!" 하고 날 불렀다.

"좋은 아침입니다."

"응!"

"마침 잘됐네요. 발루아령에 있는 베로니카 님으로부터 편지가 도착했습니다. 배의 개조를 마쳤다고 합니다."

과연 세기의 천재 마도사! 베로니카가 나서니 서너 달은 족히 걸렸을 배의 개조가 순식간에 끝났다.

"잘됐네!"

"곧 대녀게 소식을 전할 겁니다. 그리고 황궁에 계신 쟈벨린 님으로부터 전갈입니다. 수일 내로 마지막 간택 시험이 열릴 거랍니다."

타이밍이 좋다. 나는 고개를 끄덕이고, 노스에게 손을 내밀었다.

"베로니카 보고서는 내가 아빠에게 전할게."

"예."

그가 순순히 보고서를 넘겨줘서 나는 콧노래를 부르며 폴짝폴짝 아빠의 집무실로 향했다. 집무실에 들어가자 오빠 셋과 함께 있던 아빠가 나를 번쩍 안아 옆에 앉혀 주었다.

"이거 베로니카의 보고서예요. 그리고 황궁에서 곧 마지막 간택이 시작될 거래요."

턱을 괴고 있던 이샤크가 픽 웃었다.

"언제 집배원이 된 거야?"

"오늘부터!"

그가 짓궂게 웃으며 내 코를 가볍게 쥐고 흔들었다.

"이렇게 조그만 집배원이 어디에 있는데?"

앙리가 그의 손등을 철썩, 내리쳤다.

"죽고 싶으면 다시 손대. 르블레인, 잘 잤니."

"응."

나는 코를 매만지며 이샤크를 향해 입술을 삐죽였고, 앙리에 이어 요한에게 쥐어박힌 이샤크는 칫, 혀를 찼다.

"장난친 거지."

요한은 "상대방이 싫어하는 일은 장난이 아니지." 하며 싸늘하게 경고했다.

"나 별로 안 싫었는데!"

그러자 이샤크가 의기양양한 표정을 지었다.

"그렇다잖아."

난 음흉한 표정으로 이샤크를 쳐다봤다.

"그래서 말인데, 부탁 하나 해도 돼?"

"……부탁?"

눈을 동그랗게 뜨던 그가 씩, 웃으며 말했다.

"좋아. 뭐든."

"약속한 거다? 뭐든 다 들어주기로 했어."

"그래, 가문의 명예를 걸지."

"그러면 슈헤일 공자를 초대해 줘. 둘이 친구지?"

"뭐?!"

이샤크가 버럭 소리쳤고, 내게 과일을 쥐어 주던 앙리가 멈칫했으며, 아빠와 요한이 눈을 홉뜬 채로 날 쳐다봤다. 이샤크가 눈을 부릅뜨며 양손으로 소파 테이블 모서리를 잡았다.

"그 새끼를 왜!"

"보고 싶으니까 그렇지."

린다가 아들을.

나는 소파에서 일어나서 "그럼 부탁할게." 하며 손을 팔랑팔랑 흔들었다. 아빠의 집무실을 나서는 동안 왜인지 등이 따끔따끔했다.

＊　　＊　　＊

르블레인이 떠난 집무실엔 한차례 서늘한 바람이 불었다. 커다란 손으로 이마를 짚고 있던 공작이 싸늘한 표정으로 집무실에 있던 사람들을 돌아봤다.

"어떻게 된 일이야."

"……."

"……."

"……."

각기 다른 표정으로 굳어 있던 아들들에게선 대답이 돌아오지 않았다. 눈치 없는 가신 하나만이 껄껄 웃으며 고개를 주억거렸다.

"아가씨께서 벌써 그럴 나이시로군요. 에드거 슈헤일이라면 용모는 물론, 재주도 뛰어나지 않습니까."

그러자 집사장과 행정관들이 움찔, 그를 쳐다봤다.

'하지 마! 말하지 마!'

"지난번 가상전과 이번 슈헤일 후작 치료 건까지 이상하게 얽히는 일이 많더라니, 이렇게 되려고 했던 모양입니다."

'그만해!'

"제가 보는 눈이 좀 있습니다. 여러 차례 중매를 섰던 적도 있지요. 제 눈엔 아가씨와 슈헤일 공자는 실로 어울리는 한 쌍이 될 겁니다."

'닥쳐, 인마!'

공작과 세 공자의 가라앉은 시선이 눈치 없는 가신에게 향했다. 공작이 낮게 가라앉은 목소리로 말했다.

"내 밑에 이토록 뛰어난 중매쟁이가 있는 줄은 몰랐군."

"하핫! 과찬이십니다. 저는 그저 보이는 대로 말씀드렸을 뿐이지요!"

"누가 이 뛰어난 중매쟁이의 눈을 찢어 버려라. 다시는 보이는 대로 지껄이지 않도록."

"……예?"

공작의 시선이 매서워지자 행정관과 고용인들이 그의 양팔을 잡은 채로 그를 집무실에서 끌어냈다.

"각하! 각하! 다시는 보이는 대로 지껄이지 않겠습니다! 각하! 생각해 보니 두 분은 전혀 어울리지 않는 것 같습니다!"

집무실엔 "각하~!" 하는 목소리만이 메아리쳤다.

공작이 소파 팔걸이를 툭, 툭, 내리쳤다.

"설명해라. 왜 내 딸이 슈헤일의 잡놈을 보고 싶어 하는 게냐."

이샤크가 음산한 표정으로 말했다.

"이유는 중요하지 않습니다. 그 개잡놈, 오늘로 죽을 테니까요."

검집째로 검을 든 이샤크가 포효했다.

"빌어먹을 자식! 감히 내 눈을 피해 꼬맹이를 꼬드겨?!"

앙리가 그의 어깨를 잡았다.

"진정해."

"진정? 진정이 된단 말이야?"

"르블레인의 마음을 되돌리는 게 우선이다. 그자가 이유 없이 다치거나, 죽으면 수습하기 어려워."

이샤크가 칫, 혀를 찼다. 하지만 제 형의 말이 틀린 건 아니었다. 이대로 갑자기 에드거 슈헤일이 사라지면 제1 용의자는 제가 될 터였다.

'아빠, 오빠 미워요.'

'미워.'

'미워~!'

앵돌아진 르블레인의 목소리가 환청처럼 귓가에 파고들었다. 밉다는 소리만은 들을 수 없다. 으득, 이를 간 네 남자가 주먹을 움켜쥐었다.

그날 오후.

네 남자는 소거실 소파에 앉아 옴뇸뇸, 아이스크림을 먹는 르블레인에게 접근했다.

"꼬맹아."

"응?"

"내가 연락해 봤는데, 그 새…… 에드거는 바빠서 저택으로 올 수 없대."

최대한 상냥한 목소리로 말하자 르블레인이 탁, 하고 스푼을 내려놓았다.

"이샤크. 난 이렇게 생각해. 약속을 지키지 않는 오빠는 멋진 오빠가 아니야."

르블레인이 그를 빤히 쳐다보며 말을 이었다.

"이샤크는 멋진 오빠가 아냐?"

"나는 멋진 오빠야!"

"좋아. 그럼 에드거를 초대하자!"

르블레인이 생글생글 웃자 이샤크가 시무룩한 표정으로 어깨를 늘어뜨렸다.

이샤크의 1차 패배.

이어서 다른 도전자가 링에 올랐다. 앙리는 책을 읽기 시작한 르블레인에게 다가가 빙그레 웃었다.

"르블레인."

"응?"

"슈헤일은 아마 부친의 일로 정신이 없을 거야. 네가 부친의 치료에 도움을 주는 이때 부르는 건 우호보다는 강요 같은 느낌이 들 테고. 다정한 너라면 에드거 슈헤일이 강제로 오는 것을 바라지 않겠지?"

상냥하기 그지없는 어투였다. 르블레인이 생각을 정리하듯 눈을 도르륵, 굴리다가 대답했다.

"괜찮아!"

"……뭐?"

"강요여도 나는 괜찮아."

모든 사람을 다 위할 수는 없으니, 내 사람을 우선 위하리라.

린다는 자신을 위해 죄를 뒤집어쓰고도 "아기님께서 구해 주시길 기다리기만 하면 된다니 이 얼마나 쉽고 설레는 일인가요." 하고 웃어 주던 사람이다. 그런 소중한 사람을 위해서라면 얼마쯤 배려 없고, 또 얼마쯤 못돼먹은 어린이가 되어도 좋았다.

르블레인이 해맑게 웃자 앙리가 조용히 물러났다.

2차 패배였다.

다음 도전자는 듀블레드 공작이었다. 만인지상, 불세출의 권력자가 엄중한 목소리로 선언했다.

"현재 저택엔 은밀히 진행되는 일이 많아. 그러니 —"

"아차!"

짝, 손뼉을 친 르블레인이 제 아버지의 목을 끌어안았다.

"오늘 인사를 깜빡했어요. 안녕히 주무셨어요."

"……그래."

"그런데 은밀히 진행되는 일이 많아서요?"

눈을 동그랗게 뜬 채로 제 목에 대롱대롱 매달린 딸을 본 테오도르의 입매가 헤벌쭉, 풀어졌다.

"……아니야."

"네!"

역시나 패배.

마뜩잖은 눈으로 공작을 쏘아보던 앙리와 이샤크가 요한의 옆구리를 쿡, 찔렀다.

'이대로 두고 볼 겁니까?'

'뭔가 해 봐.'

두 동생의 열렬한 시선에 듀블레드의 이성이 한 발짝 앞으로 나섰다.

"막내야."

르블레인이 고개를 돌리자 요한이 무미건조한 눈으로 막냇동생을 바라보았다. 멀찍이서 사태를 지켜보고 있던 고용인들이 긴장된 얼굴로 마지막 도전자의 공격을 기다렸다.

요한이 천천히 입을 열었다.

"잠깐의 불장난은 괜찮아."

"……네?"

애처로운 말에 앙리와 이샤크의 얼굴이 험악하게 일그러졌다.

'미친…….'

'큰형 미쳤어? 왜 또 헛소리야!'

그때, 르블레인이 억울한 표정으로 말했다.

"나 불장난 안 했는데!"

— 하며.

집사장은 이마를 짚었다. 그리고 폭풍의 신호를 느끼고 희멀게진 고용인들에게 속삭였다.

"그분을 모셔 와라."

듀블레드의 비상시엔 언제나 옳은 답을 내주는 그, 누아노크 의장이 호출되었다.

　　　　　*　　　*　　　*

나는 서재 의자에 얌전히 앉아 두 손을 모으고 힐끔힐끔 의장을 쳐다봤다.

"아니, 나는 요한 오라버니가 그렇게 진지한 얼굴로 헛소리를 할 줄은 몰랐지……."

"슈헤일 공자는 왜 부르셨습니까."

린다의 개인사를 쉽게 말할 수는 없어서 입을 꾹 다물자 의장의 눈빛이 매서워졌다.

"아가씨. 함선 개조 건부터 신전 감시, 상단 총괄, 간택 마무리까지 저는 몸이 열 개라도 부족합니다. 그런데 일이 터질 때마다 하던 일을 놓고 저택으로 쫓아오고 있지 않습니까."

"……."

"선대도 사람을 이렇게 부려 먹지는 않았어요!"

초췌한 얼굴을 들이미는 의장을 보고 나는 헤헤, 어색하게 웃었다.

"조금만 있어 봐. 인원 충당해 줄게."

"그 말씀이 벌써 1년이 넘었습니다."

"아, 그래도 트리곤 하나 얻어 왔잖아."

"매번 황궁에 있어야 하는 수석 궁정 마법사가 제 업무에 도움이 될까요?"

"……아니요."

지은 죄가 있는 터라 나는 어쩔 수 없이 우물쭈물 입을 열었다.

"의장만 알고 있어야 해?"

"제가 언제 아가씨의 말씀을 다른 데 고한 적이 있었습니까?"

"린다에게 아들이 있어. 그런데 그 아들이 에드거 슈헤일이야."

"……!"

의장의 손에서 펜이 툭, 떨어졌다.

"……각하와 도련님들께선 모르십니까?"

"알았다면 아빠 성격에 에드거를 이용해 먹지 않았을까?"

"그렇군요……. 모르시는 걸 겁니다."

"린다에게는 고마운 일이 많아. 내게는 너무나 소중한 사람이라 아들을 만나게 해 주고 싶어. 린다의 개인사이니까 가족들에게 말하고 싶지 않고."

"……린다에게는 여러모로 신세를 졌죠."

고개를 끄덕인 의장이 말을 이었다.

"알겠습니다. 이번 일은 제가 도련님들을 만나 수습하지요. 한데, 스토라스는 어떻게 돌려보낼 생각이십니까?"

"응?"

"메리아 풀이 효과 좋은 약의 주성분이 된다면 수요가 폭증할 겁니다. 인계에서 메리아의 흔적을 지우는 건 불가능해질 테지요. 알고서 메리아 풀을 테일러 님께 드린 게 아닙니까? 저희는 아가씨께서 스토라스의 소원을 들어줄 생각이 없다는 뜻으로 알고 있었습니다."

"그건 나한테 맡겨. 아, 그래서 말인데 암조 좀 움직여 줄래? 나는 앙리에게 도와달라고 부탁할게."

내가 히죽, 음흉하게 웃자 의장이 인상을 찌푸렸다.

"또 무슨 영악한 생각을 하고 계시는 건지……. 이런 표정이실 땐 의지가 된다는 게 우습긴 합니다만."

의장은 눈썹을 까딱, 들어 올리곤 "알겠습니다." 하고 물러났다.

"가 보겠습니다. 아, 요새 제대로 주무시긴 하십니까?"

"응?"

"제대로 주무십시오. 걱정일랑 밀어 두시고요."

그렇게 말한 의장이 방문을 나섰다. 나는 피, 하고 입술을 삐죽이며 얼굴을 문질렀다.

'요새 밤잠을 설치는 걸 어떻게 알았담.'

의장은 이상한 데서 감이 좋다. 신기할 정도로 눈치가 빠르고.

'내게 할아버지가 있다면 의장 같지 않을까.'

그렇게 생각하던 나는 무심코 서재 벽면에 붙은 역대 가주들의 초상화 중 얼굴이 그을려 있는 선대의 초상화를 쳐다보고 인상을 찌푸렸다.

'나쁜 할아버지 말고요. 좋은 할아버지 말이에요.'

나는 초상화에 혀를 삐죽 내밀고 폴짝, 의자에서 내려왔다.

'자자, 일하자. 의장을 과로사로 일찍 보내면 안 되지!'

그날 오후, 의장이 어떻게 말한 것인지 오빠들의 표정은 내내 밝았다. 식사 자리에서 이샤크가 내 접시에 큼직하게 자른 고기 한 덩이를 올려 주었다. 그러더니 어흠, 헛기침하며 말했다.

"……그래서 내가 뭐가 그렇게 자랑스러운데?"

양고기를 뜯어 먹는 데에 집중하던 난 "엥?" 하며 고개를 들었다. 이샤크가 재차 헛기침하고서 말했다.

"아니, 뭘 그렇게 우리 자랑을 하고 싶어 하냐고. 에드거보다 우리가 뛰어난 건 당연한 거 아냐?"

그러자 앙리가 이샤크를 툭, 치며 말했다.

"그만해. 르블레인이 민망해하잖아."

나 민망해한 적 없는데?

요한이 이샤크가 준 고기를 잘게 잘라 주며 말했다.

"아카데미에서의 일이 듣고 싶었다면 우리에게 물어보면 되지. 굳이 그 녀석을 부르지 않아도 돼."

이제야 의장이 무슨 말로 오빠들을 다독여 놨는지 이해가 되었다. 아무래도 '아가씨께서 슈헤일 공자를 부르는 건, 도련님들을 자랑하기 위해섭니다.' 라거나 '학교생활이 궁금하기도 하셨겠지요. 소중한 오라버니들이시니.'라는 말을 한 모양이었다.

나는 어색하게 웃으며 말했다.

"으응. 오빠들 자랑스럽지……. 아카데미에서 어떻게 지내는지 궁금해. 나도 곧 아카데미에 갈 테니까."

"참 나. 꼬맹이는 우리를 너무 좋아한다니까. 아, 이거 부담스러워서 학교생활 하겠나, 이거."

그러면서 왜 자꾸 히죽히죽 웃는 건데요?

부담스러워서 눈을 도로록, 굴리자 아빠가 요한이 자른 고기를 포크에 찍어서 내게 내밀었다.

"내 졸업 사진이 서재에 있다."

"……."

"……왜."

"아니에요."

남들이 우리 가족은 비정상이라고 할 땐 몰랐는데, 지금 보니 그 말이 아예 틀린 말은 아닐지도 모른다. 왜인지 불길한 기분이 들었다.

그리고 그 불길한 기분은 며칠 후, 현실이 되었다.

*　　　*　　　*

나는 응접실에서 들려오는 시끄러운 목소리를 듣고 이마를 잡았다.

'에드거 슈헤일만 초대해 달라고 했지, 누가 동기 모임을 열라고 했어!'

이샤크와 앙리의 클래스 학생들이 죄 초대되었다. 하나같이 어마어마한 집안의 공자, 공녀들이라 단순한 반 교류회 수준이 아니었다.

"아, 앙리는 지혜롭고 사, 사교적인 성격으로 반의 중심입니다. 도, 동경하는 사람도 많고……."

"이, 이샤크, 오, 오, 오늘도 기운이 좋구나! 아, 안녕하십니까. 영애, 저, 저는 평소 이샤크의 도움을 받고 있습니다. 이샤크는 배, 배려심이 깊은 친구라 소극적이라 활동량이 적은 저를 위해 항상 빵을 사 오게 하지요……!"

나는 어디서 외워 오기라도 한 것처럼 앙리와 이샤크의 칭찬을 떠드는 아카데미 학생들을 흐린 눈으로 쳐다봤다. 이샤크는 의기양양하게 제 칭찬을 한 학생의 어깨에 팔을 걸쳤다.

"내가 진짜 도움을 많이 준다고. 그렇지?"

"그, 그렇지!"

"지난번 훈련에서 네가 멧돼지에게 잡혔을 때 구해 줬잖아!"

"마, 맞아! ……멧돼지 우리에 네가 던지지 않으면 더 좋았겠……아, 아니, 이샤크는 생명의 은인이야!"

"그래. 웃어, 웃어."

나는 한숨을 푹 내쉬고, 이샤크에게 손짓했다.

"이샤크."

"응?"

"친구한테 빵을 사 오라고 하면 안 돼. 멧돼지 우리에 던져 넣는 건 더더욱 안 돼."

"어?"

"안 돼."

"응……."

내가 매섭게 노려보자 이샤크가 시무룩하게 고개를 떨구었다. 나는 가엽게도 기계적으로 말하는 이샤크의 학우에게 말했다.

"또 괴롭히면 내게 연락하세요. 제 통신석 코드는……."

그러자 학우의 표정이 몹시 밝아졌다.

"예! 영애! 코드, 코드…… 메모지!"

"저도!"

"예, 저도 연락드리고 싶습니다!"

학우들이 우르르 메모지를 찾기 시작해서 고용인들이 정신없이 메모지를 들고 뛰어다니기 시작했다.

그중엔 린다도 있었는데, 그녀는 적보라색 머리카락의 의기소침한 소년에게 메모지를 건네다가 실수로 메모지 뭉치를 떨어뜨렸다.

"아, 죄송합……."

"됐어."

적보라색 머리칼 소년의 옆에 있던 에드거가 메모지를 주워 그녀에게 건넸다. 고개를 든 린다와 에드거의 시선이 공중에서 부딪쳤다.

"……."

"뭐 하지. 받아라."

메모지를 든 에드거가 그녀에게 말하자, 린다가 입술을 꽉 깨물었다. 그때였다.

쾅쾅광─!!

커다란 굉음과 함께 저택이 흔들리기 시작했다.

'뭐야?!'

고개를 돌리자 허공에 떠오른 스토라스의 온몸에서 살기가 떠올랐다.

[너를 죽일 순 없어도, 죽을 만큼 고통받게는 할 수 있단다. 어리석은 신의 딸아.]

'저 미친놈이!'

어째 조용하다 싶더라니, 이때를 노리고 있던 모양이다.

스토라스는 확실히 다른 악마보다, 아니, 악마답게 비열했다.

나는 스토라스를 소환한 후, 슈헤일가로 외출한 것 외엔 전부 내가 악마를 소환한다는 것을 아는 사람들과 함께 있었다. 스토라스가 공격해와도 푸르를 소환해 맞설 수 있는 환경이었다는 뜻이다.

하지만 여긴 보는 눈이 많다. 게다가 귀족 중에서도 꼭대기 층을 차지한 권력가들의 자식들이 있는 자리. 내가 푸르를 소환하게 되면 분명 말이 새 나갈 터.

신전은 푸르의 존재를 알고 있으니, 악마인 것 또한 금세 알아차릴 것이다. 그렇게 되면 네리아드교가 기존의 위상을 잃게 된 사건들이 나의 짓임을 추측하는 것도 어렵지 않을 터.

'미나가 오기도 전에 내가 악신의 아이라는 게 탄로 난다.'

부네나 푸르는 상상하지도 못할 비열한 방식이었다.

나는 이를 악물었다. 이샤크와 앙리는 핏기가 가신 나와 내가 바라보고 있는 허공을 번갈아 쳐다봤다. 일전에 글라샬라볼라스로부터 공격받았던 그들은 이게 악마의 짓이라는 것을 눈치챈 모양이었다.

"꼬맹아, 이건……!"

이샤크의 말에 내가 고개를 끄덕이자, 앙리가 얼굴을 굳혔다.

"일단 이들을 세이프티 존으로—"

"지금 내게 말을 걸어선 안 돼!"

스토라스와 나는 생각을 공유할 수 있다. 저들에게서 어떤 이야기를 듣는다면 스토라스에게도 고스란히 전해진다. 금세 내 말뜻을 이해한 앙리가 입을 다물었다.

그즈음, 굉음의 진원지를 찾아 가신들과 기사, 그리고 아빠와 요한이 대응접실로 들이닥쳤다. 응접실은 아비규환이었다. 난데없는 지진에 놀란 영애, 영식들이 벌벌 떨며 웅크려 있었다.

"막내야!"

"르브!"

아빠와 요한이 내게로 달려왔다. 아빠 또한 앙리, 이샤크와 마찬가지로 글라샬라볼라스에게 공격당한 적이 있었으므로 어렵지 않게 악마의 짓임을 추측했다.

앙리는 서둘러 고용인과 기사들을 움직여 학생들을 보호했다. 그리고 아빠와 요한, 이샤크는 학생들이 기사들에게 부축받아 응접실을 떠나는 도중에 나를 감쌌다.

"위치는."

아빠가 내게 물었다.

"세 시 방향. 바닥에서 약 2미터예요."

아빠의 눈앞에서 생성된 마력의 구가 스토라스를 향해 날아갔다. 그러나 스토라스는 약간 몸을 비트는 것으로 아빠의 공격을 피하고, 마력의 구는 그대로 벽에 부딪혔다.

쾅—!!

굉음과 함께 벽 일부가 무너졌다.

"오른쪽으로 피했어요!"

다음은 앙리.

바닥에 시동인이 떠오르며 작은 마력구가 연이어 쏟아졌다. 스토라스는 가볍게 결계를 세워 앙리의 공격을 막아 냈다.

소파를 딛고 도약한 이샤크는 마나가 응축된 곳을 향해 검 끝을 내질 렀다. 순간, 스토라스의 결계에 균열이 생겼다. 미약했으나, 평범한 사람들 눈에도 보일 정도의 균열이었다.

"보인다!"

기사들과 함께 왔던 이리가 소리치자, 궁병들이 오러를 실은 화살을 내질렀다. 작은 균열 사이로 끊임없이 오러의 화살이 파고들자 파열음과 함께 스토라스의 결계가 사라졌다.

"뒤로 물러났다, 11시 방향!"

쾅—!

"그 자리에서 오른쪽 15센티!"

콰과과광—!

내 지시에 따라 오러를 실은 날붙이와 응축된 마력이 스토라스에게 작렬했다.

[잘한다, 그래! 공격해! 저 멍청한 놈을 죽여 버려!]

옷 속에 감춘 에트왈이 뜨거워지며 신이 난 푸르의 목소리가 들려왔다. 나는 식은땀이 흐르는 손을 치맛자락에 문질렀다.

조금만 더.

스토라스가 공격할 수 없을 만큼 몰아붙여야 해. 학생들이 무사히 대피호로 가면 푸르를 꺼낼 수 있 ─

'안 돼, 생각해 버리면……!'

나와 시선이 마주친 스토라스의 입꼬리가 휘었다고 생각했을 때, 스토라스의 손에서 새빨간 에너지의 응축 원이 대피호로 향하는 복도와 이어진 문으로 날아갔다.

꽝음과 함께 벽이 무너졌다. 거대한 파편이 그 아래서 이동 중이던 에드거를 향해 떨어졌다.

"안 돼!"

누군가의 절규 같은 고함이 들려왔다.

* * *

한쪽 팔로 몸을 감싼 채 웅크렸던 에드거가 천천히 손을 내렸다.

이상하다.

'아프지 않아.'

감았던 눈을 뜨자 머리 위로 작은 그림자가 져 있었다.

"……영애."

"괜찮아?"

"……그래."

르블레인의 이마를 따라 새빨간 선혈이 뚝, 뚝 떨어지고 있었다.

"르블레인 ─!"

욕망에 얼룩진 괴물 같던 듀블레드 사내들의 낯빛이 일시에 새파래졌다. 악마를 상대하던 테오도르와 요한, 이샤크, 학생들을 인도하던 앙리,

기사들과 고용인들마저 누가 먼저랄 새도 없이 달려왔다.

허겁지겁 파편을 치우고 그 아래 깔린 작은 몸을 들었다.

"르블레인…… 제발 정신 차려. 정신을 잃으면 안 돼……."

언제나 정답을 알고 있는 것처럼 이성적이던 앙리는 앵무새처럼 정신을 잃어선 안 된다는 말만을 반복했다.

"아, 의사, 의사를…… 누가, 제발 —!"

이샤크의 절규가 귓속을 파고들었다.

아름다운 드레스가 피에 물들고, 아이의 몸이 축 늘어졌다. 에드거는 멍하니 옮겨지는 르블레인을 바라보았다. 모든 게 비현실적으로 느껴졌다. 피의 감촉만이 생생하다.

저 애는 왜 나를 구했지? 그리고, 어째서…….

"아, 아아."

와들와들 떨리는 손으로 입가를 가린 하녀가 자신의 무사를 확인하고, 바닥에 주저앉았다.

저 눈빛은 테오도르 듀블레드의 것과 비슷했다. 르블레인을 끌어안은 채로 단 한마디 말조차 못 한 채 입을 뻐끔거리는 그의 눈빛 말이다.

끔찍한 살육자라 단언하던 저 괴물 같은 남자는 늘어진 제 딸을 끌어안은 채 세상에서 가장 초라하게 웅크렸다. 신음조차 흘리지 못한 채로, 바보처럼…… 바보처럼.

저 하녀는 그와 비슷했다. 어둠이 깊은 날이면 언제나 제 곁을 지켜주는 어머니의 것과도 비슷했고, 한여름이면 언제나 제 몫의 찬물까지도 내어 주는 아버지의 것과도 비슷했으며, 열병에 꼬박 사흘을 앓다가 눈을 떴을 때 저를 바라보는 부모님의 눈빛과도 비슷했다.

'왜 나를 그렇게 보는 거야.'

묻고 싶을 정도로.

겨우 소년의 뺨에 닿은 차디찬 손끝이 떨리고 있었다. 무사한 것을 재차 확인한 뒤에야 린다는 정신을 차리고, 엉금엉금, 르블레인에게 기어 갔다.

어느새 바닥에 뉘어진 르블레인이 적막만이 가득한 오지에 떨어진 것 같은 차디찬 그녀의 손을 가까스로 짚었다.

"내가 구했어, 린다의 소중한 사람……."

아이는 말갛게 웃었다.

"린다는 항상 나를 구해 줬으니까, 그러니까, 내가 이번엔 린다의 소중한 사람을 지켰어."

"아가씨……."

"나, 린다 좋아하니까. 그러니까……."

"아가씨!"

눈 감은 아이를 잡은 린다가 울부짖었다.

'그러니까 린다 주께. 비미린데, 나 린다 제일 조하하니까!'

그녀의 일상은 무채색이었다. 사랑하는 남자에게 배신당했고, 가까스로 낳은 아이를 빼앗기고, 남은 것은 비열한 위명뿐이던 껍데기. 죽지 못해 살았다. 죽는 것보다 사는 것이 제 삶을 빼앗은 자들에게 복수가 되리라는 것을 알고 있었기 때문이었다.

그녀를 구원한 건 제 아이와 비슷한 또래의 작은 여자애였다. 몸에 맞지 않는 커다란 옷을 입은 여자애, 제게서 아이를 빼앗아 간 남자를 도운 신전이 내세운 운명의 아이. 제 아이를 생각나게 하는 미운 계집애였다.

처음부터 르블레인이 좋았던 게 아니었다. 제 아이를 떠오르게 하는 게 신물 나도록 싫었다. 주인이 시키는 대로 씻기고, 밥 먹였으나, 그뿐.

제대로 보살피려 한 적은 없었다.

나는 귀족이 아니라는 이유로 내 새끼마저 빼앗겼는데, 평민으로 태어나 공작가에 보내진 저 아이는 얼마나 운이 좋은가.

보고 있으면 너무 미워서, 세상을 향한 증오가 죄 없는 아이에게 흘러들어서 때론 못 할 짓도 했다. 제가 담당하는 날엔 방에 처박아 두고 끼니만 챙겨 줄 때도 있었다.

"물 마시고 시퍼요……. 잘못했어요. 물이요……."

눈치 보는 아이에게 싸늘한 눈으로 물 한 잔 던져 주고 나와 시간을 죽일 때도 있었다.

그런데 항상 저를 보면 쫓아오는 것이다. 품이 큰 옷을 입고, 성인의 걸음을 따라오지 못해 몇 번이나 넘어지면서, 그러면서도 늘 제 뒤를 쫓아왔다. 삶이 지긋지긋해 그만 모든 것을 끝내고 싶은 순간에도.

"저기요. 애쁜 꽃 있어요."

"……."

"왜냐면은요. 링다가 지금 꽃이 필요할 꺼 가타서요."

그런 아이를 어떻게 사랑하지 않을 수가 있어? 어떻게 당신을 사랑하지 않을 수가 있지?

이 아이는 구원이었다.

애정을 주는 만큼 달라지는 게 신기해서 하루 더 살아 볼까 싶었다. 비루먹은 조랑말 같던 모습이 조금씩 달라지는 게 보기 좋아서 내일은 머리를 땋아 줄까, 그러니까 내일까지만 살아 볼까 싶은 것이었다.

온통 무채색이던 일상이 조금씩 색을 찾았다.

아이의 머리카락 색, 눈의 색, 리본의 색, 그리고 '린다가 좋아.' 하고 건네는 이름 모를 들꽃의 색……

그런 당신은 어쩌면 이렇게도 다정한가. 이미 제 삶을 구원해 놓고도, 애정이 고마워 몸을 내던져 주는 네 숨은 어쩜 이토록 사랑스러울까.

린다는 아이의 손을 끌어안은 채로 숨죽여 울었다. 하염없이, 하염없이.

*   *   *

나는 끙, 신음하며 몸을 뒤척였다.

'으악!'

뒤척이는 순간 등이 찢어질 듯 아파져 왔다.

'찢어질 듯? 아냐, 찢어졌을지도 몰라! 망할 스토라스!'

으득, 이를 갈며 눈을 뜨자.

"……아."

주변이 사람으로 빼곡했다.

"……"

"……"

나는 눈앞에 있는 아빠를 보고 헤헤, 웃었다.

"안녕히 주무셨어요?"

"……"

아빠의 곁에 있던 이샤크가 으득, 이를 갈았다.

"안녕? 너 지금 안녕이라고 했어? 이 멍청이가!"

그가 내 머리를 쥐어박았다.

"아파!"

"누가 몸을 던지래! 네가 무슨 용사야? 영웅이야? 너는 네 몸이나 지켜!"

이샤크는 굳어진 얼굴로 고함을 내질렀다. 이렇게까지 화가 난 건 처음 보는 터라 나는 꼬물꼬물 이마를 매만지며 말했다.

"잘못했어요……."

"알긴 해? 내가 얼마나……!"

"그런데 스토……가 아니라 그건? 어떻게 됐어?"

악마라고 말할 순 없어서 얼버무리자 앙리가 한숨을 내쉬며 말했다.

"사라졌어."

'아하. 나와 동화되어 있으니 내 상태가 좋지 않자 사라졌구나.'

그렇게 생각한 나는 쯧, 혀를 찼다.

'이럴 줄 알았으면 그냥 확 벽을 들이받고 기절할…… 어라.'

머릿속의 전구에 번쩍 불이 들어왔다.

"어쨌든 꼬맹이 너, 아주 혼나! 내가 말이야. 너 깨어나면 아주 큰 벌을 주려고……!"

"좋은 생각 났다."

"뭐?"

"……복수해야지."

내가 히죽, 입꼬리를 올리자 사람들이 어리둥절한 표정을 지었다.

나는 침대에서 내려오다가 무심코 비명을 내질렀다.

"아파!"

에드거를 구하려고 했을 때, 파편을 맞은 등이 욱신욱신 쓰라렸다. 울상을 짓고 있으니 이샤크가 버럭, 소리쳤다.

"이 바보! 움직이지 마!"

요한이 나를 얼른 잡아 다시 침대에 눕혔다. 이샤크는 씩씩거리며 나를 쏘아보았다.

"등이 찢어졌다고. 이만큼! 너 말이야. 그렇게 몸 생각 안 하고 그러면 아주 혼나! 얼마나 놀랐는지 알—"

"……이샤크."

앙리가 소리치는 이샤크를 끌어당겼다. 그러곤 아빠를 힐끔 쳐다보며 그에게 눈치를 주었다. 아빠의 표정이 매우 좋지 않았다. 이샤크는 입을 다물었고, 나는 아빠의 눈치를 보며 손을 꼼지락거렸다.

"그게……. 아빠, 있잖아요. 제가 막 뛰어든 게 아니라 먼저 결계를 딱 펼쳐 가지구…… 푸르, 아니, 아니, '그것' 있잖아요. 그것한테 부탁해서, 그러니까 크게 다치지 않을 거란 걸 저는 알고 있었거든요. 정말로 크게 다치지는 않았고요. 그러니까—"

"결과가 전부이냐."

"네?"

"네게 생각과 뜻이 모두 있었으니 난 네가 이만큼 다친 것이 기특하다고 여겨야 하는 것이냐."

"그게 아니라……."

"르블레인 듀블레드!"

벼락같은 고함이 터져 나왔다. 나는 흠칫, 어깨를 움츠리고 이불을 꼭 부여잡았다.

아빠가 내게 소리를 지른 건 처음이었다. 종종 혼이 날 때가 있긴 했지만, 그땐 어투가 아주 부드럽고 '다음부터는 조심해라' 정도의 다정한 말이었다.

"불구덩이에 뛰어들어도 다 뜻이 있으려니 생각해야 하는 게냐."

"……."

어쩔 줄 모르고 고개만 움츠리고 있으니, 외려 이샤크가 당황하여 내 손목을 흔들었다.

"빨리 잘못했다고 말씀드려!"

그래야 한다고 생각하는데 몸이 얼어서 도무지 입을 열 수가 없었다. 무너지는 벽으로 뛰어들 때조차 하나도 안 무서웠는데, 화가 난 아빠는 너무 무섭다.

"르블레인."

"……."

나를 빤히 쳐다보던 아빠가 의자에서 일어나선 그대로 뒤돌아 나가버렸다. 흠칫한 난 얼른 침대에서 일어나 아빠의 다리에 매달렸다.

"잘못했어요! 엉엉! 내가 잘못했어! 허어어엉―!"

막 복도에 나서던 아빠가 다리에 대롱대롱 매달려 서럽게 우는 날 쳐다봤다.

"무엇이."

"벽에, 딸꾹! 벽에 뛰어들어서 다쳤어요……. 허어엉!"

"그리고."

"잘못했다고 안 하고 벼, 변명하고……. 허어어엉."

"또."

"또…… 또…… 어허어엉, 죄송해요. 모르겠어요. 허엉―! 잘못했어요, 잘못했어요!"

아빠는 깊게 한숨을 내쉬고 나를 안아 들었다. 내가 홀짝홀짝 코를 들이켜며 울상을 짓자, 그가 말했다.

"저택의 누구 하나 네 걱정을 하지 않은 자가 없다."

고개를 돌리자, 복도까지 쫓아 나온 사람들이 걱정 어린 얼굴로 나를 쳐다보고 있었다.

"미안해……. 잘못했어요."

"너를 아끼겠다고 했던 나와의 약속을 어겼어."

"……죄송해요."

아빠가 이마를 툭, 맞대곤 말했다.

"약속해라. 다시는 모두에게 이런 기분을 느끼게 하지 않겠다고."

"네……. 네!"

내가 다시 엉엉 눈물을 터뜨리자 요한과 앙리, 이샤크가 어쩔 수 없다는 듯이 웃었다.

*　　*　　*

나는 며칠간 안정을 취했다.

아빠에게 말했던 대로 뛰어들면서 나름대로 푸르에게 결계를 쳐 달라 부탁했기 때문에 등이 찢어진 것으로 끝났지만, 오히려 푸르가 내 신성력을 이용해 강력한 결계를 만든 것 때문에 몸 상태가 좋지 않았다.

등에 약을 발라 준 유니가 "아휴…… 아유!" 하고 발을 동동 굴렀다.

"상처가 없어지지 않으면 어쩐대요! 열두 바늘이나 꿰매셨다고요, 아세요?"

"……미안."

"저는 주인님께서 돌아가시는 줄 알았어요. 쓰러진 아가씨를 끌어안고서 아무 말도 못 하고 입만 벙긋거리시는 거예요. 아가씨보다 주인님께서 먼저 돌아가실까 봐 얼마나 마음을 졸였는지!"

내가 시무룩하게 고개를 수그리자 달리아가 유니의 어깨를 두드렸다.

"그만하면 많이 했어. 얼마나 더 미안하단 말씀을 들어야겠니."

"하지만 심장이 멎을 뻔했다고요!"

로라가 옆에서 고개를 빠르게 끄덕였다. 유니는 연고 통을 닫으며 나를 흘겨보았다.

"안정을 취하셔야 해요. 외출은 안 돼요! 영지에 계시는 레아 님께서 매일매일 울며 통신하신다고요."

"알겠어! 그런데 의장은?"

"오셨어요. 또 잔뜩 혼나실 거예요. 표정이 무시무시하시던걸요?"

"으으……."

마주치는 사람마다 나를 잔뜩 혼냈다. 나를 대신하여 세실리아의 간택을 돕기 위해 황궁에 있는 고모마저 저택에 찾아와 한바탕 훈계를 하고 갔다.

나는 한숨을 푹 내쉬고 옷을 입었다. 그리고 의장이 기다리고 있다는 온실로 가기 위해 문고리를 잡았다.

"……안 가면 안 될까?"

"잔뜩 혼나고 오셔야지요."

"피하실 수 없습니다."

유니와 달리아가 킥킥 웃으며 문을 열어 주었다. 한숨을 내쉬며 온실로 향했다. 들어가자마자 노성이 들려왔다.

"아가씨 ─!!"

"잘못했어!"

서둘러 싹싹 빌자 의장과 함께 있던 세리아가 웃으며 그를 말렸다.

"무사히 일어나셨으니 되었습니다. 그만하세요."

"자네가 이리 무르니 아가씨께서 천지 분간을 못 하시는 거야!"

"예, 예. 다 제 탓입니다. 아가씨, 안녕히 주무셨나요?"

"응! 세리아 최고야!"

세리아가 빙그레 웃으며 내게 편지와 서류 더미를 내밀었다.

서류는 내가 준비시킨 것이었는데, 편지는 뭘까?

편지를 봉한 실링 왁스엔 슈혜일의 문양이 찍혀 있었다.

"슈혜일?"

"호프 상단에 슈혜일 후작 부인의 의뢰가 들어왔습니다. 아들을 구해준 아가씨께 감사의 선물을 보내 달라고요."

내 상단에 내 선물을 부탁해?

나는 킥킥 웃으며 고개를 끄덕였다.

"그래서 내 선물은 뭔데?"

"어디 평범한 것이 듀블레드 영애의 눈에나 들겠습니까? 후작 부인과 상의해 아주 특별한 것을 준비했지요."

"특별한 게 뭘까."

"슈혜일의 서고에 재미난 게 있더군요."

세리아가 내게 책을 건넸다.

[자애의 여신 메리아]

"이건……!"

내가 책을 끌어안고 눈을 동그랗게 뜨자 세리아가 고개를 끄덕였다.

"슈혜일 후작의 몸 상태가 그 지경이 되면서 온갖 의술 자료를 모은 듯합니다. 그중에 끼어 있던 것이라더군요. 신비의 약초 '메리아 풀'에 관한 자료 말입니다."

"그냥 동화인데?"

내가 책을 넘기면서 말하자 세리아가 "온갖 자료라고 말씀드렸잖습니까." 하며 어깨를 으쓱였다. 좌우지간 잘됐다. 나는 의자에 앉아 다리를 붕붕 흔들며 책을 읽었다.

'메리아가 원래 불치병을 갖고 있던 아가씨였어? 어린 나이에 죽은 그녀가 주신에 의해 부활하여 신이 되었다고?'

스토라스는 그녀는 신이 아니라 선각자라고 했는데.

'뭐, 주신이 힘을 준 선각자라면 그 시대 사람들 눈엔 신으로 보였겠다.'

동화책은 글씨가 큼지막해서 금세 읽었다. 팔랑팔랑 종이를 넘기던 난 어느 부분에 멈칫했다. 내가 헛웃음을 터뜨리자, 세리아가 고개를 갸웃했다.

"재미난 내용이라도 있나요?"

"……스토라스, 이 망할 악마 같으니."

"스토라스에 대한 내용이 있나요?"

"그래."

나는 책을 탁, 덮고 세리아와 의장을 쳐다봤다.

"그래서 말인데, 날 이렇게 개고생시킨 이 새대가리에게 복수를 하고 싶거든. 도와줄래?"

두 사람이 동시에 고개를 수그렸다.

"하명을."

"하명을."

나는 두 사람에게 복수의 내용을 속삭였다. 그리고 눈을 반짝이며 주의시켰다.

"최대한 빨리 진행해야 해. 몸 상태가 계속 좋아지고 있으니 스토라스가 다시 형태를 만들 거야. 그럼 내 생각을 읽을 수 있을 거라고."

"예."

"명심하겠습니다."

나는 은혜도, 원한도 두 배로 갚는 악랄한 어린이다.

가만두지 않겠다, 새대가리.

이튿날, 저택에 손님이 찾아왔다. 슈헤일 후작 부인과 에드거였다. 후작 부인은 내 손을 꼭 잡고 몇 번이나 고개를 숙였다.

"감사합니다, 영애. 제 아들을 구해 주신 은혜를 어떻게 갚아야 하는지요."

"공자가 무사하니 다행이에요!"

"어쩜 이토록 훌륭한 성품을 지니셨는지……. 호프 부상단주는 가문의 책을 선물로 보내라 하였으나, 그것만으론 도무지 마음이 편하지 않습니다. 받아 주세요."

슈헤일의 짐꾼들이 어마어마한 양의 보석과 금화, 옷을 내려놓았다. 나는 "괜찮은데……." 하고 중얼거렸지만, 솔직한 내 몸은 이미 커다란 보석함을 끌어안고 있었다.

'이게 다 얼마야! 사람 구할 만하네!'

최고야, 슈헤일! 통도 크지!

내가 눈을 반짝이자 후작 부인은 "마음에 드신다니 다행입니다." 하고 기뻐했다. 그녀는 빙그레 웃으며 말했다.

"각하께도 인사를 드리고 싶은데요."

"네, 모셔 올게요!"

"감사합니다."

나는 보물을 슬그머니 내려놓으며 후작 부인을 쳐다봤다.

'에드거를 데려온 걸 보면 린다가 여기에 있는 걸 모르나 봐.'

하기야 안다면 지난번에 에드거를 보냈을 리 없다.

'어쨌든 잘됐어.'

지난번엔 스토라스 때문에 일이 생겨서 린다와 에드거가 대화할 짬이 없었다.

"아빠를 모셔 올게요. 저는 공자님과 놀아도 되나요?"

"물론이에요. 에드거."

후작 부인이 부르자 그가 "예, 어머니." 하며 고개를 끄덕였다. 나는 에드거와 함께 복도로 나섰다. 그리고 집사에게 아빠를 불러 달라고 한 뒤, 린다가 있는 정원으로 그를 은근슬쩍 이끌었다.

나는 기분이 좋았다. 내가 에드거를 구해 준 뒤로 린다는 나와 눈도 마주치지 못했다. 자신 때문에 내가 다쳤다고 생각하는 게 틀림없다.

"듀블레드 사람들은 너무 착해."

내가 무심코 중얼거리자 에드거가 일그러진 얼굴로 날 돌아봤다.

"방금 무슨 말씀을…… 예? 누가 착해요?"

"듀블레드 사람들이요. 너무 착해요. 곤란해, 곤란해."

"……범죄자가 많다고 하던데요."

"네!"

"살인범이나 사기꾼도 있다고……."

"맞아요!"

내가 해맑게 말하자 에드거가 "아, 예……." 하며 슥, 시선을 돌렸다. 얘기하고 있자니 꽃을 끌어안고 종종걸음으로 걷는 린다가 보였다.

"아가씨? 몸도 안 좋으신데 왜 밖에 ─"

당황하던 린다가 내 곁의 에드거를 보고 입을 꾹 다물었다. 린다가 허리를 굽히자 에드거가 여상하게 고개를 끄덕였다.

"그래."

그 말을 끝으로 린다는 걸음을 옮겼다.

'진짜로? 여기서 가 버린다고?'

내가 당황해서 린다를 붙잡으려는데 에드거가 먼저 "아." 하며 그녀를 돌아보았다.

"그런데 너, 아이가 있나?"

"……예?"

"부모는 제 자식 또래의 아이를 보면 비슷하게 안쓰러워한다기에. 지난번에 날 보는 눈빛이 어머니와 비슷했거든."

"……."

나는 마른침을 삼켰고, 린다는 입술을 사리물었다. 얼마간의 침묵 후, 린다가 고개를 들었다.

"있습니다."

그래, 린다! 네가 엄마라고 밝혀!

내가 눈을 반짝이고 있으니, 린다가 나를 돌아보며 아주 다정하게 웃었다. 지난번, 다칠 뻔한 에드거를 바라볼 때보다도 더욱 깊은 눈빛으로.

"자식처럼 사랑하는 귀한 아가씨가요."

나는 눈을 동그랗게 뜨고 린다를 바라봤다.

"아가씨께서 살리신 목숨, 귀하게 여겨 주십시오. ……후작 부인과 함께이신 것을 보았습니다. 좋은 어머니를 두셨습니다."

"좋은 어머니지. 아마 내 어머니가 세상에서 가장 훌륭하실 거다."

린다는 고개를 깊이 수그리고, 걸음을 옮겼다. 나는 얼른 린다를 쫓았다. 에드거가 보이지 않는 곳까지 그녀를 따라가서 말했다.

"괜찮아? 린다, 에드거는……!"

"사고가 난 날. 공자를 데리러 후작 부인께서 오셨습니다. 짝이 다른 구두를 신고, 마차에서 허겁지겁 내리다 넘어지며, 무릎에서 피가 배어 나오는데도 공자가 무사한지 먼저 살피셨습니다. 그리고 말씀하시는 겁니다."

"……."

"아아, 다행이다. ……다행이다, 내 새끼."

"린다……."

"저는 그것으로 됐습니다."

"……."

린다가 나를 끌어안았다.

"아가씨가 계시니까 저는 되었어요."

나는 응, 응, 몇 번이나 대답하며 그녀의 앞치마를 그러쥐었다.

나한테 린다가 있어서, 린다에게 내가 있어서 정말로 다행이었다.

Chapter 18.

에드거는 눈이 퉁퉁 부어 돌아온 나를 보고 미간을 좁혔다.

"영애 눈이……."

"……."

내가 민망한 표정으로 눈을 벅벅 비비자 그는 헛웃음을 터뜨렸다. 그러고는 손수건을 건네려 했다.

……오빠들이 방해만 하지 않았다면.

"치워."

어느새 이샤크와 앙리가 나타났다. 이샤크는 슈헤일의 손을 쳐 내고, 앙리가 내게 제 손수건을 건넸다.

"눈이 부었네. 누가 너를 울렸지?"

"울어?! 왜 울어!"

"누구야."

"왜 울었는데!"

힐끔 허공을 쳐다본 나는 고개를 붕붕 저었다. 사실 에드거가 린다의 아들인데, 아들을 위해 제 정체를 숨기는 린다가 안쓰러워서 펑펑 울었다는 말은 할 수 없었다.

"눈에 뭐가 들어가서."

"거짓말!"

이샤크는 펄펄 뛰었지만, 눈치 빠른 앙리는 내가 이유를 말하고 싶지 않다는 걸 깨닫고 손수건으로 조심스럽게 눈물이 말라붙은 눈가를 닦아 주었다.

"요새는 바람이 많이 부니까."

"응!"

"그런데 왜 정원에 두 사람만 있을까? 시중은?"

묻기는 내게 묻는데 시선은 에드거에게 꽂혀 있다. 찢어 죽일 놈을 쳐다보는 눈빛이라 에드거가 떨떠름한 표정으로 가볍게 고개를 저었다.

"중증이군, 정말."

"묻는 말에 대답."

앙리의 말에 에드거는 한숨을 내쉬었다.

"영애가 내 어머니께 나와 놀고 싶다고 했어. 나는 어머니의 부탁을 거절하지 못하고 따라온 거고. 해명은 이 정도면 되지 않나, 동생 바보들?"

"엄마 바보가 어디서."

이샤크가 눈을 부라리자 에드거는 인상을 찌푸리며 항의했다.

"헛소리하지 마."

"야, 꼬맹아. 저 녀석이 얼마나 마마보이인지 아냐? 재작년에 기숙사에서 탈출했는데 이유가—"

에드거가 황급히 이샤크의 입을 틀어막았다. 그러곤 날 쳐다보며 어색하게 웃더니 이샤크에게 속삭인다.

"기숙사를 탈출한 건 나뿐만이 아니잖아. 너나 나나 서로 입 열면 곤란하지 않겠어?"

이샤크가 에드거의 손을 거칠게 떼어 내며 소리쳤다.

"내가 왜 곤란해? 난 당당해."

"당당하게 외쳐 보든가, 그럼."

"꼬맹이가 보고 싶었다—!!"

그만해! 당당하지 마!

나는 경악한 표정으로 한 걸음 물러났다.

미친 거 아니야?

왜 내가 보고 싶다는 이유로 기숙사를 탈출한단 말인가. 한심한 건 이샤크인데 부끄러운 건 나였다.

"나는 유령 얘기를 듣고 무서워하는 꼬맹이가 보고 싶었을 뿐이야. 그렇지, 형? 형도 그날 통신에서 르블레인이 유령 이야기에 시무룩하다니까 꼭 보고 싶다고 했잖아."

"그렇다고 너처럼 정말 기숙사를 탈출하진 않았지. 충분히 한심하니까 변명할 필요 없어."

"어쨌든 꼬맹아. 에드거, 저 녀석도 그날 나와 함께 탈출했어. 엄마가 보고 싶다고."

에드거가 다시 한번 황급히 이샤크를 끌어안고 입을 틀어막았다. 이를 악문 그는 억지로 웃었다.

"난 어머니가 아프셨잖아. 이유가 있지. 너처럼 단지 동생이 보고 싶다는 한심한 이유가 아니었다고."

"사감에게 외출 신청도 하지 않고 후작 부인이 아프다는 얘기를 전해 듣자마자 창문을 깨고 아래로 뛰어내린 주제에, 읍! 읍읍!"

"조용히 해. 제발. 돈 줄게."

두 사람의 이야기를 듣고 있자니, 몇 년 전에 앙리와 이샤크가 떠들던 말이 떠올랐다.

"빌어먹을 능구렁이 같으니. 그 마마보이만 아니었으면 나도 조기 졸업할 수 있었는데."

"어쨌든 테스트에서 1등 하지 못한 건 너야."

"그 새끼가 훈련에서 죽기 살기로 달려들지만 않았어도 내가 1등이었어! 개자식들, 자기들이 점수가 부족하면 포기할 것이지……."

"너는 네 점수가 부족하다고 남 좋은 일을 두고 볼래?"

"미쳤어? 내가 못 하면 남도 못 해."

"그런 거지."

"아, 빌어먹을 마마보이."

아아, 이샤크의 조기 졸업을 죽기 살기로 저지했다던 사람이 에드거 구나.

"마마보이……."

"아닙니다. 저는 단지 약간, 아주 약간 효심이 깊을 뿐이에요."

"아, 예……."

내가 떨떠름하게 고개를 주억거리자 에드거가 한숨을 내쉬었다.

"여기서 더 이미지를 망치고 싶지 않으니 이만 돌아가겠습니다."

"얼른 꺼져."

"넌 개학 후에 두고 보자."

"난 한 학기밖에 안 남았어. 등신."

"너도 학술원으로 갈 거잖아."

에드거가 손수건을 집어넣으며 앙리에게 말했다.

"학술원에서 보자."

"네가 올 때쯤엔 난 졸업하고 없을지도 모르지."

"불세출의 천재라는 네 형도 어려운 조기 졸업을? 가련한 둘째가 이번에야말로 첫째를 이길 수 있는지 흥미롭게 지켜봐 주지."

"뭐 하나도 우리 형제를 당해 낼 수 없으니 형제 싸움을 붙이고 싶은 네 마음을 이해 못 하는 건 아니다."

앙리가 생글생글 웃자 에드거가 "듀블레드 싸가지들." 하고 공격하고, 앙리와 이샤크는 "슈헤일의 마마보이." 하며 응수했다.

'오, 사이가 더럽게 나쁘구나.'

그렇게 생각하며 고개를 끄덕이자 에드거가 내게 정중하게 고개를 숙였다.

"그럼."

"조심해서 돌아가세요."

안녕!

내가 손을 팔랑팔랑 흔드니 앙리와 이샤크가 "인사해 주지 않아도 돼!" 하고 소리쳤다.

*   *   *

그날 저녁, 테일러의 약이 완성되었다.

"이 항생제만 있으면 슈헤일 후작을 구할 수 있어요?"

"그럴 리가. 그건 만능 치료제가 아니야. 2차 감염에선 지켜 줄 수 있겠지만."

"그럼 소용이 없잖아. 나한테 메리아 풀을 얻어 내려고 속인 거예요?"

내가 눈을 부릅뜨자 테일러가 씩 웃으며 다른 약병을 꺼내 흔들었다.

"재미난 걸 발견했지."

그러고는 어떤 글라스를 꺼냈다. 상처가 곪아 온몸이 썩어들어가고 있는 병아리였다. 움직이지도 못한 채 눈만 겨우 뜨고 있다.

끔찍한 광경에 내가 인상을 찌푸리자 그가 그 옆의 글라스를 들었다. 그 안에도 병아리가 들었는데, 처음 글라스의 병아리보다는 확연히 상태가 좋았다. 다리를 절긴 하지만 쫑쫑 걸어 다닌다.

"두 번째 약을 지속적으로 주입한 병아리다. 5일 차부터 몸을 움직이기 시작했지."

"이것도 메리아 풀로 만든 약이에요?"

"정확히 말하면 엘자 나무에서 떨어지지 않은 메리아 풀을 이용했지."

"네?"

그는 메리아 풀이 돋은 엘자 나무 그루터기를 보여 주었다. 이건 내가 테일러의 실험을 위해 나무째로 가져와 정원에 옮겨 심은 엘자 나무였다.

"메리아 풀은 엘자 나무에서 떨어지자마자 성분이 변해. 엘자 나무와 함께 약을 만들면 썩은 부위를 회복시킬 수 있다."

"그럼 슈혜일 후작……."

그가 고개를 끄덕였다.

"회복 가능성은 충분해."

그때였다.

노스가 별채로 뛰어 들어왔다.

"아가씨! 황제로부터 대녀의 참전 허가가 떨어졌습니다!"

"대녀의 반응은?"

"세실리아 님의 간택을 물심양면 돕겠다는 답변을 들었습니다."

준비는 끝났다. 나는 고개를 끄덕이고 테일러에게 말했다.

"내일 후작저로 가요."

대사기극의 서막이 올랐다.

*　　*　　*

후작저 별실에 마경이 설치되었다. 치료에 들어가는 것은 르블레인과 테일러, 단둘뿐이므로 미연의 사태를 대비해 마경을 통한 중계를 요청받은 것이었다.

운명의 아이의 첫 치유라니.

신의 딸이 처음 행사하는 기적은 신전부터 대귀족, 평민에 이르기까지 온 백성의 관심이 집중되었다.

슈혜일 후작저의 별실엔 초청을 청한 대귀족들로 빼곡했다. 혹여 문제가 생길 시 대비하겠노라는 명목하에 교황청의 추기경과 대신전의 치유 신관이 몇 명 자리하고 있었다.

마경 속에 흰 로브를 갖춰 입은 르블레인이 등장했다.

교황의 명으로 첫 치유를 참관하기 위해 온 추기경 레지날드는 헛웃음을 삼켰다.

"등엔 신의 문양, 선각자의 로브. 모습은 신의 사자와 다름없군."

함께 온 추기경 블라시오가 입매를 비튼 레지날드를 힐끔 쳐다봤다.

"신의 딸이 아닙니까."

"지난번부터 대체……!"

소리치던 그가 대귀족들의 시선을 느끼고 목소리를 바짝 낮추었다.

"왜 이리 계집의 편을 드십니까. 저 계집이 운명의 아이라 발표한 것은 교단을 위한 교황 성하의 눈물겨운 고육지책임을 우리만은 잊지 말아야지요."

"2월 29일생, 신의 문장을 발현한 자. 악신을 잠재울 신의 사자이리라. 신탁의 조건을 모두 충족한 아이입니다. 진짜라고 봐도 무방합니다."

"저 애를 '감정'했을 때 교황의 의식에 혼돈이 스며들었다고 하셨습니다. 검은 안개에 감싸진 아이를 의식의 저편에서 보셨노라 하시던 말씀을 잊으셨습니까?"

"그야 성하의 말씀일 뿐이고……."

"블라시오 님!"

"그렇지 않습니까. 감정 당시엔 신성력이 턱없이 낮던 아이입니다. 성하의 감정이 틀렸다면 제국이 뒤집혔을 테지요. 그를 대비한 성하의 변명이라 하시던 제2 사제(추기경의 대표)의 말씀도 잊지 마십시오."

"감히 성하의 말씀을……!"

레지날드가 분노로 어깨를 떨던 그때였다.

"기도를 시작했소!"

마경을 지켜보던 자들이 소리치자 추기경들은 말을 멈추고 아이에게 집중했다. 아이의 몸에서 빛이 일렁이자 거센 바람이 휘몰아쳤다. 로브가 벗겨지며 이마에 신의 문양이 선명히 떠올랐다.

"문양―!"

"진정이었소. 진정 신의 문양을……!!"

별실 안에서 함성이 터졌다.

황제의 명으로 르블레인의 '기적'을 참관하기 위해 온 수석 궁정 마법사 트리곤은 남몰래 웃음을 삼켰다.

'문양을 이마로 옮겨 달라고 하시더니 이것 때문이었군.'

저 신의 문장은 르블레인의 명으로 제가 발등에서 이마로 옮겨 둔 것이다. 바람은 푸르의 도움을 받았을 테고, 온몸의 빛은 신성력으로 만든 것이다.

가까이서 지켜보면 추기경들이 금세 눈치를 챌 테니 오직 홀로 후작의 방에 들어가야 한다고 생떼를 부린 게 틀림없다.

마경 속의 르블레인은 누가 봐도 특별한 모습이었다. 단 한 번도 미나를 본 적 없지만, 진짜 운명의 아이라 하더라도 저 특별함엔 비할 수 없으리라 확신했다.

르블레인의 손이 빛났다. 그는 슈헤일 후작의 가슴에 빛을 모았다.

'아차. 나도 할 일을 잊어선 안 되지.'

참관의 명은 황제가 내렸으나, 트리곤이 이곳에 온 목적은 달리 있었다. 그가 슬쩍 마력을 흘려 마경의 화면이 이지러지게 만들었다.

"뭐야?!"

"어찌 된 일이오!"

"트리곤!"

사람들이 소리치자 트리곤이 "이런!" 하며 놀란 체 다시 마경의 화면을 선명하게 만들었다. 그동안 르블레인은 테일러의 약을 슈헤일 후작에게 먹였을 터였다.

마경이 다시 선명해졌다. 후작의 표정이 눈에 띄게 좋아졌다.

"아, 아아……"

후작 부인이 안도의 한숨을 흘리자, 에드거가 그녀를 부축했다.

"어머니."

"네 아버지가…… 아아, 에드거."

그런데 그때.

[컥─!!]

후작이 격렬하게 몸을 떨며 각혈하기 시작했다.

르블레인은 당황한 표정으로 후작을 붙들었다.

[각하! 자, 잠깐, 이게…… 이게 무슨……!]

슈혜일 후작이 경련했다. 몇 차례 각혈한 그가 축 늘어지자, 르블레인이 황급히 마경으로 고개를 돌렸다.

'큰일이다.'

마경을 주시하던 트리곤은 이를 악물었다.

각혈이라니. 이런 상황은 얘기된 바가 없었다.

'문제가 생긴 것이다.'

아무리 불세출의 천재인 테일러 듀블레드라 하더라도 약을 개발한 후 충분한 임상을 진행하지 않았다.

'일이 잘 풀리더라니, 빌어먹을. 너무 서둘렀어!'

트리곤은 황급히 송출을 중단했다. 마경이 새카맣게 변하고, 별실 곳곳에서 원성이 터져 나왔다.

"이게 무슨 일이야! 마경을 확인하시오!"

"마경? 이 모자란 자를 보았나! 당장 후작에게 사람을 보내야지! 듀블레드 영애가 후작을 죽였네!"

별실에 고함과 비명이 난무했다. 슈혜일의 가신들이며, 대귀족, 신관들마저 소란스럽게 소리쳤다.

"그러게, 내 뭐라 했소. 운명의 아이라는 타이틀에 눈멀기 이전에 본질을 봤어야지! 눈에 띄기 좋아하는 아홉 살 계집애라지 않았소!"

"머리에 피도 안 마른 아홉 살배기의 손에 후작의 목숨을 맡긴 거요. 이게 가당키나 한 일이오?"

"그보다 의사! 아니, 신관을……!"

"후작 부인, 뭐 하고 계십니까!"

후작 부인이 새파래져 발발 떨자, 에드거는 이를 악물며 소리쳤다.

"당장 사람을 보내!"

슈헤일의 고용인과 의사들이 치유가 진행 중인 후작의 방으로 부리나케 달려갔다. 막 문으로 뛰어들려던 찰나, 누군가 문 앞을 가로막았다.

테일러 듀블레드였다.

"운명의 아이가 후작을 치유 중이다."

"마경을 통해 문제가 생긴 것을 보았습니다!"

"치유되는 과정이다."

잠시 실랑이가 이어지자 뒤이어 귀족들이 몰려왔다. 슈헤일과 이권이 얽힌 귀족들, 단지 호기심을 이기지 못한 자들, 듀블레드의 추락을 바라는 이들. 빼곡히 몰려온 자들 눈엔 르블레인을 향한 불신이 가득했다.

"썩 비키지 못할까!"

노귀족이 혐오감 가득한 표정으로 테일러를 꾸짖었다.

"듀블레드 공작은 대관절 무슨 생각으로 아홉 살배기의 치유를 허락했단 말인가!"

"연유야 빤하지요. 이번에야말로 제 딸에게 신성한 힘이 있음을 공인하고 싶었을 겁니다."

"암만 욕심에 눈먼 듀블레드의 종자라도 사람 목숨을 가지고 장난질할 생각은 말아야지. 끔찍해. 끔찍한 일이야."

후작 부인이 후들거리는 몸으로 뒤늦게 달려왔다.

"남편은…… 내 남편은 어떻게 되었습니까……."

그러자 슈헤일의 가신들이 분기탱천하여 후작 부인을 몰아붙였다.

"이 모든 것이 운명의 아이라는 알량한 이름에 기댄 후작 부인의 나약함 탓입니다. 후작 부인의 어리석음이 가주를 죽였어요!"

"난…… 나는……."

후작 부인이 새파란 얼굴로 입안의 여린 살을 깨물었다. 차마 말조차 꺼내지 못하고 입을 틀어막는 어머니를 본 에드거가 가신에게 소리쳤다.

"어머니께 책임을 전가하지 말라! 운명의 아이 도움을 받는 것은 우리가 모두 동의한 일이 아닌가!"

"가주께서 이 지경이 되었는데도 여태 후작 부인의 치마폭을 벗어나질 못하십니까. 후계로서 자각을 가지세요!"

후작의 방 앞에선 한바탕 난리가 벌어졌다. 치맛자락을 꽉 말아 쥔 후작 부인은 조용히 방문 앞에 다가섰다.

똑. 똑.

몇 번의 노크 후 그녀가 입을 열었다.

"내가 영애를 계속 믿어도 되겠습니까."

[……]

대답이 돌아오지 않았다. 후작 부인은 마른침을 삼켰다.

아무리 운명의 아이라도 아홉 살배기에 불과한 어린 애를 완전히 신뢰했던 건 아니었다. 저 어린아이에게 기댈 수밖에 없을 만큼 절박한 상황이었다. 아들은 어렸고, 자신에겐 아들을 지킬 힘이 없었다.

남편은 의심이 많은 사람이었다. 권력은 오직 자신이 독점했고, 누구에게도 곁을 허락하지 않았다. 그건 다시 말하면 남편 사후에 모자를 지켜 줄 그 무엇도 없다는 뜻이었다.

가구처럼 가정에 헌신하던 삶의 종착역은 아들을 지킬 한 자락 힘도 없는 유약한 어머니였다. 가신들은 호시탐탐 남편의 권력을 약탈하려했고, 그녀에겐 시간이 필요했다.

남편이 하루라도 더 살아 주어야 한다. 아들이 한 살이라도 더 자라도록. 눈에 보이지 않는 신에 기대는 것만이 그녀가 할 수 있는 전부였다.

그때, 문틈으로 조그만 목소리가 들려왔다.

[후작 부인이 믿어 주시면……]

"……."

[믿어 주시면 저는 믿음에 보답할 거예요. 어떤 방식으로든.]

"……."

주변에서 헛웃음이 터져 나왔다.

"당장 듀블레드 영애를 끌어내십시오!"

"가주의 목숨이 경각에 달렸습니다."

"후작 부인."

"……그만!!"

후작 부인이 노성을 내질렀다. 유약하기만 했던 여자의 고함에 놀란 사람들이 눈을 흡뜬 채로 그녀를 바라보았다. 후작 부인은 방문을 등지고 주변을 돌아보았다.

"손님들께선 별실로 돌아가 주십시오."

"어리석은 생각……!"

"내가 영애를 택했습니다. 책임도 내가 집니다."

"……."

"가주께서 계시지 않은 본가의 주인은 나일세. 가신들은 본가의 명을 따르게."

가신들은 무어라 말하려 입을 벙긋거렸으나, 후작 부인이 낮은 목소리로 말했다.

"한마디라도 더 해. 새끼가 절벽에 놓인 어미는 어디까지 할 수 있는지 내 친히 알려 줄 테니."

후작 부인의 서슬 퍼런 시선에 슈헤일의 가신들은 결국 누구도 입을 떼지 못했다.

에드거가 "어머니……."라고 부르며 그녀의 손을 잡았다. 아버지가 쓰러진 직후, 내내 파리하던 손에 열기가 감돌았다. 흔들림 따윈 없었다.

가신들은 마뜩잖은 표정으로 하나둘 뒤돌았고, 상황을 주시하던 귀족들이 하나둘 통신석을 들거나, 시중인을 불러들였다.

"슈헤일과 얽힌 사업을 중단해라."

"듀블레드에 넣은 투자금을 회수해."

"지금 당장 마르슈 공작을 뵈어야겠다. 흐름을 탔으니 제도에서 듀블레드의 당파를 몰아내자."

제도에는 전에 없는 긴장이 감돌았다.

＊　　＊　　＊

나는 지친 얼굴로 후작의 방을 빠져나왔다. 방을 나왔을 땐 아무도 없었는데 후작 부인이 방문을 단단히 지키고 있기 때문이었다.

"어떻게 되었습니까."

"……."

내가 기죽은 얼굴로 고개를 수그리자, 후작 부인과 에드거가 희게 질린 얼굴로 방 안에 뛰어 들어갔다.

복도 끝엔 사람들이 바글거렸다. 그들을 비집고 나온 자는 익숙한 얼굴이었다. 의장과 앙리, 그리고 이샤크였다. 앙리와 이샤크는 내게 다가오려는 다른 사람들을 저지하고 서둘러 나를 끌고 저택을 나섰다.

슈헤일의 내저 바로 앞에 듀블레드 마차가 대기하고 있었다. 먼저 의장과 테일러가 착석하고, 앙리와 이샤크가 얼른 나를 태웠다.

"서둘러 저택으로 돌아가자. 아버지께서 기다리고 계셔."

"응······."

"너는 아직 어려. 네가 무슨 잘못을 하더라도 책임은 우리가 져."

앙리의 표정이 드물게 굳어져 있었다. 이샤크가 애써 웃으며 내 등을 두드렸다.

"간식 잔뜩 준비해 놓으라고 했다. 배 터지게 먹고 푹 자. 오늘 같은 날은 양치 한 번쯤 빼먹어도 돼!"

이샤크가 내 손을 꽉 쥐며 말을 이었다.

"꼬맹아. 넌 나쁘지 않아. 어린 애에게 기댈 수밖에 없는 상황을 만든 자들이 나쁜 거야."

그리고 문이 닫혔다. 나보다 한발 먼저 마차 안에 자리한 의장이 물었다.

"어떻게 된 겁니까."

나는 씩 웃으며 말했다.

"─잘됐지."

그러자 앙리와 이샤크, 의장이 어리둥절한 표정으로 날 쳐다봤다.

"뭐라고?"

"뭐?"

"예?"

나는 창밖에 빼곡히 모인 호사가들을 보고 얼른 커튼을 닫으며 "쉿! 쉬잇─!" 하며 입가를 검지로 꾹 눌렀다.

"남들이 들어. 더 심각한 척해야 소문이 일파만파 퍼지지."

의장은 어처구니없는 표정으로 물었다.

"그러니까 이게······."

"원래 좋은 소문보다 나쁜 소문이 더 빨리 도는 법이잖아? 다들 최악을 떠올렸을 때, 후작이 짠! 눈을 떠 봐. 다른 사람들도 최악의 상황에선 나를 떠올릴걸.”

“허…….”

의장은 기가 막힌 듯 이마를 짚었다.

“다 쇼였단 말입니까?”

“연출이지, 연출.”

“얼마나 놀랐는지 아십니까!”

의장이 버럭 소리쳐서 난 어깨를 으쓱했다.

“하지만 이렇게 해야 내가 여기저기 불려 다니지 않을 거라고. 생각해 봐. 내가 신전도 못 하는 기적을 이뤘어. 죽어 가는 사람들은 세상천지에 널려 있지? 그러면 다 나를 찾을 것 아냐.”

“그래서요?”

“그러니까 이런 거라고. 나는 기적을 행한 게 맞지만, 사람들이 각혈만 보고 오해해서 나를 욕하는 거야. 그러면 어떻게 되겠어? 가련한 어린아이인 나는 가문까지 얽혀 욕먹은 데에 트라우마가 생겨서 치유를 시행하지 못하는 거지.”

“대체 아가씨는 어떻게 그런 생각을……. 하면 언질이라도 해 주시든가요!”

“각혈은 나도 생각지 못한 일이었어. 각혈한 후에야 삼촌이 ‘그럴 수도 있다’라고 말해 줬단 말이야. 하지만 당황하고 나니 꽤 상황을 재밌게 돌아가게 할 수 있더라고?”

나는 진짜 치유력이 있는 운명의 아이가 아니다. 미나처럼 정말 사람을 살리는 힘 같은 건 없다. 그리고 테일러의 약은 만병통치제가 아니었다.

이런 상황에서 여기저기 불려 다니면 언젠가는 내가 진짜 치유력을 가지고 있지 않음이 들통날 터.

한 가지 안전핀을 꽂아 놔야겠다는 생각에 미친 것이다.

"또 이 기회에 열 받게 하는 놈들 코도 납작하게 눌러 줄 수 있고. 봐, 벌써 들썩들썩 난리가 났잖아."

그러자 이샤크가 얼빠진 얼굴로 앙리에게 말했다.

"……꼬맹이는 천재였던 거야?"

"몰랐어?"

앙리가 픽 웃으며 내 머리를 쓰다듬었다. 나는 기분 좋은 표정으로 앙리의 쓰다듬을 받으며 발을 까딱까딱 흔들었다.

'자. 신나게 떠들어라, 촉새들아.'

— 생각하며.

*　　*　　*

교황청.

황급히 모인 추기경들은 원탁에 둘러앉아 시끄럽게 소리쳤다.

"기회가 왔소! 이제 운명의 아이를 우리 손에 넣을 기회가 말이오!"

르블레인의 낚싯바늘에 걸린 줄도 모르고 물고기들이 신나게 펄떡이고 있었다.

"진짜 신의 아이인지 확신할 수 없으니 손에 넣어 봐야……. 우리가 나서면 아이의 힘을 착각하는 자들이 나올 거요. 듀블레드만 이득을 보는 모양이 될까 저어되오."

"진짜든 아니든 그 아이가 필요하지. 아니라면 더더욱. 진짜 신의 아이가 오기 전까지 제물을 확보해야 하오."

"아무리 듀블레드라도 운명의 아이가 슈헤일 후작의 명줄을 자른 것은 쉬이 수습하지 못하겠지요. 서둘러 움직입시다."

"기실 지금껏 지나치게 아이를 풀어놨소. 우리 품에 끼고서 교리를 가르치고, 정도(正道)를 걷도록 하였다면 아홉 살 계집애가 이토록 겁이 없지는 않았을 터인데. 슈헤일 후작만 가엽게 되었구려."

"그렇습니다. 훗날 신께서 인계에 내리신 '옳은 은총'이 그림자로 인해 빛바래서는 아니 됩니다. 그림자는 과하게 자만하고 있어요. 아무리 듀블레드 공작의 비호 아래 있더라도 선을 가르칠 필요가 있습니다."

추기경들의 대화를 지켜보던 블라시오가 말을 얹었다.

"그 아이가 진짜일 가능성도 있지 않습니까."

일시에 원탁의 모든 이가 블라시오를 쳐다봤다.

"블라시오 님께서는 논지를 흐리지 마십시오. 교황 성하께서 그림자를 보신 것을 잊으셨소!"

"하지만 문양을 발현했습니다. 신의 문양이 지금껏 발표된 적이 있습니까? 우리만이 아는 문양을 그 아이가 발현해 냈다면 진짜일 가능성도 충분하다는 겁니다."

"그건……."

"생각해 보십시오. 르블레인 듀블레드가 '옳은 은총'이고, 성하의 말씀이 틀렸다면 우리는 우리 손으로 옳은 은총을 제단에 바치게 되는 겁니다. 이보다 뼈아픈 실책이 어디에 있겠습니까?"

추기경들이 혼란스러운 기색으로 저마다 신음했다.

지금껏 르블레인을 진짜 운명의 아이라 믿는 추기경은 없었다. 그 아이가 신의 문양을 발현하기 전까지는. 이 혼란의 시작은 그 아이가 신의 문양을 발현하고서부터였다.

지금껏 발표된 적 없는 신의 문양, 추기경들 가운데서도 교황의 충복들만이 알던 그 문양. 악신의 아이라면 발현할 수 없는 그것이었다.

아이를 감정할 적에 악신을 뜻하는 '그림자'를 보았다던 교황은 아이가 신의 문양을 발현한 이후로 칩거하고 있었다.

"성하를 의심하시는 겁니까?"

"현시점에선 모든 가능성을 열어 두어야 한다는 의미입니다. 좌우지간 아이의 신변을 우리 쪽에서 확보해야 한다는 말엔 깊이 동의하는 바입니다. 모든 것은 우리의 신을 위해."

원탁에 침묵이 가라앉았다.

"……우리의 신을 위해."

"신을 위해."

떨떠름한 기색의 몇몇조차 고개를 수그렸다.

＊　　＊　　＊

난리도 이런 난리가 없었다. 신실한 신도들이 저택 앞에 진을 치며 신의 힘을 오용한 나를 벌해야 한다며 소리쳤다.

"신전이 벌써 나선 모양입니다."

내게 상황을 전하기 위해 온 세리아가 창밖을 내다보며 말했다.

"기회가 좋잖아. 잘만 하면 나도 손에 넣고, 눈엣가시 같은 듀블레드의 위상도 추락시킬 수 있으니 발 빠르게 움직인 거겠지. 마르슈 공작의 반응은?"

"그는 신중합니다. 영애의 처벌을 주장하는 귀족들이 마르슈 공작의 지원을 요청했지만, 말을 아끼고 있습니다."

"마르슈의 초대가 이반의 수하였던 것을 우리가 알고 있으니까. 약점을 쥔 거나 마찬가지인데 쉽게 나설 리 없지."

내가 외투를 걸치며 일어나자 세리아가 의아한 표정으로 날 바라봤다.

"설마 외출하시려고요?"

"응. 우리 세실리아의 마지막 시험이 코앞인데 내가 도와야지."

"계획이 있으시다지만, 너무 진행이 빠른 것은 아닐는지요. 염려됩니다. 아무리 연출을 위한 일이라 해도 마경 중계 중에 신성력을 쓰셨습니다. 악마를 유지하는 와중에요. 게다가 몸 상태가 좋지 않으신데⋯⋯."

"그러니까 힘들어도 움직여야지. 여기서 몸이 더 회복되면 다시 스토라스와 '연결'될 텐데."

이대로 그와 동화되면 그것보다 위험한 일이 없다. 내가 듣는 것, 보는 것, 생각조차 공유되지만, 나는 상대의 그 무엇도 알지 못한다.

내 쪽이 매우 불리한 형국이었다.

"세리아, 나는 황궁으로 출발할 테니 너는 지시한 일을 오늘 내로 모두 처리해. 내 상태를 봐선 내일, 못해도 오늘 저녁엔 스토라스와 동화될 것 같으니까."

"예."

그렇게 말한 난 방을 나섰다. 마차에 올라타 고용인들의 배웅을 받으며 황궁으로 떠났다.

황제로부터 '보주'의 칭호를 받은 후, 입궁 절차가 간소해졌다. 마차 내에서 얼굴만 슬쩍 보이는 것으로 성문을 통과할 수 있었다. 황궁에 도착해 간택 참가자들이 모인 곳으로 갔을 땐, 분위기가 묘했다.

이전과는 판이한 분위기였다.

"아가씨⋯⋯."

막 정원으로 들어가자 세실리아가 나를 발견하고 다가왔다. 세실리아와 함께 있던 고모의 표정도 좋지 않았다.

"아가, 왜 쉬지 않고⋯⋯."

"저는 괜찮아요."

사람들은 슈혜일 후작을 치유하려다 실패했다고 알고 있으니, 그 여파로 내가 충격을 받지 않았을까 염려하는 것이다.

"고모는 황태후 폐하를 만나 주세요. 마지막 간택엔 제가 세실리아와 함께 있을게요."

"하지만……."

"세실리아도 그게 더 편하지요? 그렇지요?"

내 말에 세실리아가 조그맣게 고개를 끄덕였다.

고모는 한숨을 쉬며 정원을 떠났다. 고모의 뒷모습을 지켜보던 세실리아가 조그맣게 물었다.

"정말로 괜찮으시겠어요?"

"그럼요!"

내가 빙그레 웃자 세실리아와 함께 최종 후보가 된 프랜시스 아라벨 쪽에서 마뜩잖은 헛기침이 터져 나왔다.

"영애가 괜찮은 것이 문제예요?"

프랜시스와 함께 앉아 있던 14세가량의 어린 소녀가 날카롭게 말했다. 블레이크 아라벨. 그녀는 프랜시스의 동생이었다.

"블리……."

소심한 프랜시스가 동생을 말렸지만, 블레이크가 입매를 우그러뜨리며 말했다.

"내 말이 틀렸어? 황궁은 최종 간택을 앞두고 있잖아. 이런 때에 사람을 죽인 꺼림칙한 자가 드나드는 건 언니에게도 좋지 않다고."

"그만해……. 조심스러운 자리에서 이 무슨 소란이니."

블레이크는 가늘어진 눈으로 제 언니를 쳐다보며 입술을 삐죽였다.

"왜 우리만 조심해야 해? 언니도 최종 간택 참가자야. 저쪽은 완전한 귀족조차 아니니, 우위를 점한 건 우리인데 왜 언니가 저쪽의 눈치를 보냔 말이야."

프랜시스는 어찌할 바를 모르고 희게 질린 손을 꽉 부여잡았다. 프랜시스 아라벨은 현명한 사람이었다. 돌아가는 상황을 정확히 인지하고 있었다.

황태후가 밀던 앙부아즈 영애를 대신해 프랜시스가 최종 2인에 이름을 올린 건 자신이 소심하고 조용한 사람이기 때문이었다.

감히 이본느 황비에게 대항하지 못할 사람. 황비는 최종 간택을 피할 수 없으니, 대신에 휘두르기 편한 상대로 프랜시스를 점찍은 것이다.

'하지만 아라벨 백작가의 성향은 파악하지 못했구만.'

아라벨 백작은 마르슈 공작 앞에서는 사자 앞의 생쥐처럼 언제나 덜덜 떨지만, 사실 아주 오만한 사람이었다. 강자 앞에서 고개를 숙이고, 약자에겐 그 누구보다 지독하고 비열한 종속이 바로 그다.

그의 작은딸인 블레이크를 어떻게 키웠는지만 봐도 빤하지 않은가.

'블레이크는 오랜만이네.'

제 아비와 똑 닮아서 미나 앞에선 입안의 혀처럼 굴지만, 나를 지독하게 괴롭히던 영애였다. 보라. 고모가 사라지자마자 상황이 안 좋은 내게 날카로운 말을 잔뜩 뱉어 내는 것을.

"블리, 제발 그만해. 운명의 아이는 나름대로 최대한 슈혜일 후작 각하를 도우러 한 거야……."

"정말로 그래 보이는 건 아니지? 저 애는 그냥 눈에 띄고 싶었던 거야. 관심받고 싶었던 거라고."

"……."

"신의 문양도 발현해 냈겠다, 가짜라고 부르는 사람들에게 보여 주고 싶었던 게 틀림없어. 본인은 정말로 신의 힘을 이어받은 운명의 아이라고. 우스운 일이지."

블레이크가 킥킥 조소했다. 세실리아가 "이봐요, 영애 —" 하고 블레이크에게 인상을 찌푸렸다. 나는 얼른 세실리아를 막았다.

"괜찮아요."

"하지만……!"

"마지막 간택은 뭔가요?"

"……자선 파티예요."

"언제부터 시작하는데요?"

"초대장은 보냈어요. 저는 쟈벨린 님께 도움을 받아서 그분께서 잘 아시는 분들에게 보냈는데, 오실지는…….."

아무래도 이본느 황비의 눈치가 보일 테니까. 내가 "음……." 신음하며 고개를 끄덕이자 세실리아가 말을 이었다.

"오늘 황태후 폐하의 다과회에 아라벨 영애와 함께 초대받았어요. 쟈벨린 님께서 가서 직접 사람들을 만나 보는 게 좋겠다고 하셔서…….."

자선 파티라면 아마 초청자들이 낸 자선기금이나, 파티에 참석한 사람의 수로 순위를 정할 터다.

'그래, 세실리아는 사교 행사에 참여한 적이 없으니 직접 가서 얼굴을 보이는 게 좋겠어.'

황태후의 다과회에 초청받은 자들이 세실리아가 이본느 황비를 견제할 훌륭한 수단이라는 판단을 한다면, 이본느 황비를 적대하는 자들이 움직일 것이다. 이본느 황비의 눈치를 볼 수밖에 없다면, 그들을 노리는 게 좋겠다.

"다과회는 언제지요?"

"곧 시작합니다. 그렇지 않아도 이제 슬슬 황태후궁으로 향할 생각이었어요."

"가요!"

나는 세실리아의 손을 잡았다. 막 정원을 나서려 할 즈음, 마찬가지로 황태후의 궁으로 향하려던 프랜시스와 시선이 마주쳤다. 프랜시스가 황급히 고개를 수그렸고, 나는 까딱, 묵례 후 먼저 정원을 나섰다.

황태후궁은 벌써 시끌벅적했다. 황태후와 관계가 좋은 사교계의 거두들이 여럿 참석했다.

'고모가 미리 황태후를 구슬려 놨나 봐.'

황태후의 다과회는 늘 소수로 이뤄지는데, 이번엔 초청객이 꽤 많다. 그것도 입이 가벼운 자들 위주로 참석했다.

나는 황태후의 파티장 입구에서 세실리아에게 속삭였다.

"오만할 필요는 없지만, 그렇다고 소심하게 굴면 안 돼요. 이본느 황비의 훌륭한 견제 수단이 될 거라는 것을 보여 줘야 하니까."

"쟈벨린 님께 주의 들었습니다."

"다행히 제 대모님과도 관계가 좋은 귀부인들이 꽤 와 있어요. 제가 일전에 대모님과 함께 인사드렸었는데, 좋게 봐주셨으니 세실리아에게도 친절하게 대해 주실 거예요."

"감사합니다."

"이제 들어가 — 앗!"

픽!

누군가 내 어깨를 밀치며 파티장에 들어섰다. 균형을 잃은 내가 바닥에 엉덩방아를 찧었을 때, 발랄한 블레이크의 목소리가 들려왔다.

"선진을 뵙니다. 이런 자리에 초대되다니 영광, 또 영광…… 어머나. 조심하지 않고."

블레이크가 멸시의 시선으로 나를 흘끔 쳐다봤다.

"괜찮은가요?"

……이게 진짜.

파티장엔 노회한 귀부인들 외에 그녀들의 손주나 딸, 아들 같은 어린 공녀, 공자들도 있었다. 사교계를 제집처럼 여기는 블레이크와 다들 안면이 있는지 그녀에게 다가왔다.

"세상에……."

주저앉은 내게 조롱의 시선이 쏟아졌다. 나는 헛웃음을 삼켰다.

사교계는 누가 뭐래도 약육강식의 세계. 내가 치유에 실패했다고 여겨 위상이 추락하자 잡아먹으려 드는 자들이 이렇게나 많다.

"아가씨, 괜찮으세요?"

세실리아가 걱정 어린 표정으로 날 쳐다봤고, 나는 그녀의 손을 잡은 채로 일어났다.

듀블레드의 힘보다 개인의 흥망이 우선되는지 아는 어린 짐승들은 나를 보며 비웃음을 숨기지 못했다.

'이렇게 나온다 이거지?'

[이것이 바로 사교계! 밀림, 세렝게티가 따로 없는 치열한 전투의 현장!]

철수의 목소리가 귓가로 들려왔다. 밀림, 세렝게티가 뭔지는 모르겠으나, 치열한 전투의 현장임은 깊이 동감하는 바이다.

이곳은 그 어느 곳보다 힘과 서열이 중요한 공간이었다. 칼만 없을 뿐이지 가문을 위해 전투를 벌인다는 것만 따지면 전장이나 다름없는 것이다.

스스로 지키기 위해선 완벽해야 하고, 잠깐의 뒷걸음질조차 허락되지 않는다. 치욕은 패배로 이어지고, 패배하고 싶지 않거든 상대를 무릎 꿇려야 하는, 그야말로 약육강식의 세계였다.

부모 형제를 통해 그런 세계를 보고, 겪은 아이들이니 이렇게 치졸하게 나오는 것이 이해 못 할 바는 아니었다. 듀블레드의 힘이나 위상을 생각하지 않고, 내게 대뜸 공격을 취한 것도 그럴 만했다.

지금껏 듀블레드와 운명의 아이라는 타이틀에 가려져 있었지만, 귀족들 의식 깊은 곳엔 내가 평민이라는 생각이 있었을 것이다. 내가 가문의 힘이나, 운명의 아이라는 명패로 승승장구할 때야 영애님이고 아기님이지, 추락하면 그저 평민에 불과한 어린애일 뿐.

치유한답시고 슈혜일 후작이라는 고위 귀족을 죽였으니, 신전이나 듀블레드에서 버림받을지도 모른다는 생각도 있었을 것이다.

신전은 듀블레드를 압박하기 위해 슈혜일 후작을 치유하지 못한 일을 크게 번지게 만들고 있고, 듀블레드는 소문을 수습하지 않고 있었으니까.

'아무리 그래도 너무 반응이 살벌하긴 해. 이렇게까지 대놓고 배척하기 시작한다는 건 주동자가 있다는 뜻인데.'

누군지는 뻔했다. 세실리아의 간택을 막기 위해 이본느 황비가 사교계를 들쑤신 것일 터다. 황비가 뒷배로 있으니 블레이크가 저만큼 날뛰는 것일 테고.

어린 공자, 공녀들이야 가뜩이나 평민의 신분으로 승승장구하는 얄미운 나를 끌어내릴 기회이니 얼씨구나 블레이크에게 동조하고 있을 터였다.

"아가씨, 괜찮으신가요?"

세실리아가 내 치마를 털어 주며 걱정 어린 얼굴로 날 쳐다봤다.

"네. 괜찮아요."

내가 생긋 웃으니, 블레이크 무리가 입매를 비틀었다. 무리 중 한 사람인 살집 있는 소년이 은근한 목소리로 물었다.

"한데 레이디 올가는 어째서 듀블레드 영애를 아가씨라 부르십니까?"

블레이크가 대답했다.

"올가 님께선 듀블레드의 분가 인명록에 이름을 올리셨잖아요. 분가가 본가의 자식에게 아가씨, 도련님하고 부르는 일은 종종 있었어요."

"아무리 분가라고 해도 올가 님은 최종 간택 참여자가 아닙니까? 황비가 될지 모르는 몸으로 아가씨라니. 좀 우스꽝스럽지 않습니까?"

"올가 양은 듀블레드의 종자였잖아요? 주인의 자식에 대한 경의겠지요."

"하면 간택된 후에도 듀블레드 공께 경의를 표할 겁니까? 고용인처럼 주인님이라고 칭하면서요? 황비는 국모입니다. 일국의 국모가 자식인 백성에게 주인님, 아가씨⋯⋯. 말이 되는 상황이 아니지요."

"그건⋯⋯."

블레이크가 의뭉스러운 표정으로 말끝을 흐리며 날 쳐다봤다. 떠벌떠벌 말하던 소년은 블레이크의 앞으로 나서며 나를 쳐다봤다.

"지혜로운 영애라면 모르는 바가 아닐 텐데, 레이디 올가께 호칭을 지적하지 않은 이유가 뭡니까? 황비가 될 사람의 지나친 대접을 받으며 즐겼던 게 아닌가요?"

"⋯⋯."

"평민으로 태어나 황족이 될 가능성이 큰 분에게 공대받는 것이 기뻤던 거예요. 그렇죠?"

그렇게 말하며 소년은 히죽히죽 웃었고, 세실리아는 얼굴을 굳혔다.

"아가씨께선 저를 그런 식으로 생각하신 적이 —"

나는 세실리아를 한쪽 팔로 가로막고 소년을 빤히 쳐다보았다.

"그러니까⋯⋯ 음, 누구였더라?"

"예?"

"죄송합니다. 기억할 필요가 없는 자는 굳이 이름을 알아 두지 않거든요."

너 내 기억에 없는 걸 보면 한미한 집안 출신이지? 재능 있는 애도 아닐 거야. 그렇지?

그런 뜻의 말에 소년의 얼굴이 붉어졌다.

"제 아버지는 마르슈 공작 각하의 팔촌으로, 저는 이본느 황비님의 조카뻘 되는—"

"조카뻘······. 조카는 아니시다?"

"황비님께선 평소에 저를 무척 아끼시고, 오늘도 황궁에 초대를 받은—!"

"마르슈 공작님의 조카뻘 되시는 공자님. 중앙 귀족과 거리가 머신지라 예법에 무지하신 모양이니 친절하게 알려 드릴게요."

"무, 무슨······!"

"최종 간택에 이름을 올렸다고 해서 황족은 아닙니다. 저는 황제 폐하께 보주의 칭호를 받은 몸. 준황족인 제게 세실리아 님께선 예를 다하는 것이 옳지요."

"그건—"

"공자님의 말씀대로라면 황족 예정자이신 세실리아 님의 앞에서 감히 출신 운운하는 불충한 말씀을 하신 공자님부터 사지를 찢어야 하는 게 아닌가요?"

나는 생긋 웃으며 말을 이었다.

"공자님은 생각이란 걸 하시는 게 좋겠어요. 입에서 나온다고 다 말인 건 아니랍니다."

"무례하십니다!"

"내가—!"

버럭 소리치자 공자가 움찔, 입을 다물었다.

"내가 정말로 예의를 따지게 하지 마세요, 공자. 사문화된 규약의 한 줄까지 찾아내 공자께서 다신 제도에 발붙이지 못하도록 하는 것은 내겐 귀찮은 일이랍니다."

"무, 무슨, 무슨 말씀을……."

"덤비려면 제대로. 유치하게 말꼬나 잡지 말고 장갑을 던지세요."

생긋 웃은 나는 공자를 지나쳐 걷다가 "아." 하고 그를 돌아보았다.

"앞으로 어디서도 마주치고 싶지 않아요. 이건 경고예요."

귀족 소년, 소녀들이 누구 하나 그를 감싸지 않았다.

가만히 앉아서 '어, 어떻게 그런 말을……! 저는 그런 뜻이 아니라……!' 하고 와앙, 눈물을 터뜨릴 꼬마 계집애는 보고 싶지만, 눈 돌아간 듀블레드 영애는 무서운 것이다.

그리고 저 약육강식의 짐승들에겐 나를 비난한 소년을 감쌀 의리 따위는 없었다.

나는 블레이크에게 다가가 손을 뻗었다. 그 애가 움찔, 물러나서 난 빙그레 웃으며 어깨에 묻은 실밥을 떼어 주었다.

"사람을 가려 사귀는 게 좋겠어요."

"뭐, 뭐라고요?"

"더는 나를 자극하지 마시고."

나는 영애의 귓가에 속삭였다.

"오 분 줄게. 꺼져."

"……!"

얼굴이 새빨개진 영애가 입을 뻐끔거렸다. 그러나 더 지껄이지는 못했다. 부모 형제가 만들어 준 안전한 울타리 안에서 떠들기만 하는 것이 이 애가 아는 싸움의 전부였을 것이다.

하지만 나는 첫 번째 삶에서 이보다 더한 사교계 최전방에 있었고, 지난 삶에선 뒷골목에서 자랐다. 이 애는 나를 상대할 깜냥이 되지 못한다는 의미였다.

겁먹은 블레이크를 보며 생긋 미소 지은 나는 그녀 등 뒤의 귀부인들에게 시선을 돌렸다.

"안녕하세요, 부인. 일전에 대모님의 파티에서 뵀었지요?"

"아아, 맞아요."

"황궁에서 다시 뵈니 너무 반가워요. 세실리아 님, 인사드리셔요. 에슈와르 후작 부인이세요!"

내가 명랑하게 말하자 세실리아가 빙그레 웃으며 다가왔다.

등 뒤에서 나를 찢어 죽일 듯 노려보고 있던 블레이크가 입술을 꽉 깨물었다. 제 언니인 프랜시스가 그녀를 조용히 달랬으나, 눈가가 붉어진 블레이크는 파티장을 떠났다.

세실리아는 나를 따라다니며 정신없이 귀부인들과 이야기를 나누었다. 잠시 틈이 생겼을 때 그녀가 걱정스러운 얼굴로 내게 속삭였다.

"괜찮을까요?"

"뭐가요?"

"협박 말입니다……. 뒤에서 떠드는 입들이 있을 겁니다."

"괜찮아요. 그렇지 않아도 이제 슬슬 성격 드러낼 때라고 생각했거든요."

"예?"

"에뮬린, 트리와 함께 뒷골목에서 지낼 때요. 골목에 미치광이가 하나 있었어요. 정말로 정신이 나가서 허공에 손가락질하며 싸우질 않나, 눈이 마주치면 달려들질 않나."

"……?"

"근데 정작 실제로 싸운 적은 별로 없단 말이에요? 왜인지 아세요?"

"왜죠?"

"미친놈은 이길 수가 없거든요. 사람이든, 짐승이든 질 것 같으면 절대로 안 덤벼요."

귀족들이 지금껏 도에 넘치는 듀블레드에게 싸움을 걸지 않는 이유가 무엇이겠는가.

듀블레드가 한번 물면 안 놓거든.

그리고 나도 그렇다.

나와 눈이 마주친 아이들이 움찔, 고개를 수그렸다.

*　　*　　*

아라벨저로 돌아간 블레이크는 눈물을 터뜨렸다. 그녀 주변에 모인 소년, 소녀들이 훌쩍이는 블레이크가 안쓰러운 듯 한마디씩 말을 건넸다.

"너무 그렇게 울지 마세요, 영애……."

"운이 나빴다고 생각하시고ー"

손수건을 꽉 틀어쥔 블레이크가 소리쳤다.

"운이 나빠요? 아뇨! 르블레인 듀블레드는 미치광이예요. 어떻게 사교계의 선진들 앞에서 그토록 망신을 주고…… 천박해!"

"피부터가 질이 낮으니까요."

"하지만……."

곱슬머리 소녀가 쯧, 혀를 찼다.

"슈혜일 후작을 그렇게 만들고서 정신이 나간 게 분명해요. 영애, 왜 미친 사람과 황소가 지나가면 길을 비켜 주라는 말도 있잖아요. 이성이 있는 영애가 용서하세요. 미치광이를 상대해서 무엇하나요?"

블레이크가 입술을 꽉 깨물며 주변을 둘러보았다.

"왜 평민 계집애 따위에게 우리가 고개를 숙여야 하나요? 저는 처음부터 운명의 아이라는 말 따위 믿지 않았어요. 신탁, 신의 문양……. 그런 건 다 신전의 말뿐이잖아요?"

"그야……."

"신의 문양이 어떤 것인지 신전밖에 모른다고요. 신전이 저희가 만든 운명의 아이를 위해 문양을 조작했다면?"

"……끔찍한 일이에요."

"그 애가 듀블레드에 입양된 건 전부 운명의 아이이기 때문이에요. 만약 황태후 폐하께서 신전에 속았고, 그 때문에 듀블레드 공작이 어쩔 수 없이 아이를 받아들였다면?"

아라벨저에 모인 어린 귀족들이 기함했다.

"공작님이 가여워요. 공자님들은 또 어떻고요. 그 애를 친자식처럼 아껴 주셨잖아요!"

"생각해 보면 그래요. 신탁에선 운명의 아이가 제국에 빛을 도래하게 할 존재라고 했잖아요? 그래서 모든 백성이 그 애를 그렇게 떠받든 거고요. 한데, 그 애가 나타나고서 제국에 빛이 도래했나요? 발전하기는 했어요?"

"발전은 무슨. 그 애 때문에 분란이나 잔뜩 생겼죠. 발루아 공작이 악마를 소환하질 않나, 대녀님이 쓰러지시질 않나. 황태후 폐하께서도 그 애가 제도에 올라오고 나서 병환이 생긴 적이 있죠?"

"치유한답시고 슈헤일 후작을 죽일 뻔하기도 했어요!"

블레이크가 고개를 끄덕였다.

"지성인인 우리가 나서야 해요. 백성들이 신전의 수작에 놀아나게 둘

수 없다고요."

"방법이 있나요?"

블레이크는 빈 찻잔을 뒤집었다.

"사교계에서 분란 거리를 처리하는 방법이야 뻔하죠."

완벽한 무시. 소년, 소녀들의 입가에 음험한 미소가 떠오르자 블레이크는 팔짱을 끼며 의자에 깊게 몸을 기댔다.

"우리는 우리만의 방법으로 제국을 지키자고요."

그날로부터 르블레인을 향한 따돌림이 시작되었다.

                    *   *   *

상점가에 나온 나는 주변을 둘러보다가 우뚝 걸음을 멈추었다. 나와 눈이 마주친 귀족들이 흠칫, 고개를 수그리고 없는 사람인 것처럼 빠르게 걸음을 옮긴다.

며칠 전부터 계속 이 꼴이었다.

나와 함께 호프 상단에 가기 위해 나선 의장이 인상을 찌푸렸다.

"사교계의 시위입니다."

"투명 인간 취급 말이야? 패륜이나 불륜을 저지른 자들이나 받는 사교계의 형벌이잖아."

"그렇습니다."

"진원지는?"

"……블레이크 아라벨이겠지요."

"치졸하네."

나는 고개를 슥, 돌렸다. 평민들까지도 얼른 고개를 수그린다. 사교계에서 시작된 따돌림이 평민들에게까지 번지기 시작한 것이다.

"아가씨."

의장은 한숨을 삼키며 말을 이었다.

"곧 자선 파티입니다. 이번 자선 파티로 최종 간택이 결정되겠지요. 시기가 좋지 않습니다."

"내가 계속 따돌림당하면 아무도 세실리아의 파티에 오지 않겠네. 가뜩이나 이본느 황비가 세실리아를 견제하고 있으니."

"각하와 도련님들께 도움을 청하십시오. 적어도 쟈벨린 님 정도는 나서 주셔야 진화될 겁니다."

나는 손끝으로 치맛자락을 툭, 툭, 두드렸다.

"큰일이네."

"가족들이 걱정하실까 봐 우려하시는 마음을 이해 못 할 것은 아닙니다만."

"아니."

"예?"

"이러면 정말로 봐주고 싶어지지 않잖아?"

"……."

"내가 또 개싸움에 재능이 있단 말이야."

나는 의장을 쳐다보며 말을 이었다.

"상단으로 가지 말고 상점가를 돌아보자. 의장은 레인에게 연락해."

"무슨 말씀을 전하면 되겠습니까?"

"귀족들을 제대로 부추겨 보라고. 기왕이면 무시 정도가 아니라 괄시까지 받을 수 있도록."

내가 히죽히죽 웃자 의장이 미간을 찌푸렸다.

"또 무슨 안 좋은 생각을 하시는 것인지……. 말씀은 전하겠습니다."

"부탁해."

그리고 난 룰루랄라 상점가를 돌아보았다.

＊　　　＊　　　＊

하루도 되지 않아 사교계가 들썩였다. 내 명을 받은 구체 관절 인형 레인이 퍼뜨린 소문 탓이었다.

'르블레인 듀블레드가 운명의 아이라는 말은 거짓이다. 그 애는 고아로 생시가 정확하지 않다. 듀블레드에서는 운명의 아이라기엔 미묘한 구석을 느끼고, 아이와 신전의 접촉을 원천 차단했다. 신전이 아이를 재감정하고 말을 바꿀 시, 운명의 아이로서 누리는 권리를 모두 포기해야 하기 때문이다.'

덧붙여 화룡점정.

'레인에게 그 애가 운명의 아이가 아니라는 증거가 있다!'

슈헤일 후작의 치유 실패 건과 더불어 내가 운명의 아이가 아닐 가능성이 있다는 이야기는 금세 부풀었다. 호사가의 소문이란 것이 늘 그렇듯이.

그러고 보니 수상해. 그 애가 왜 그렇게 세실리아 올가를 감싸지? 그 애가 세실리아 올가의 딸일지도 몰라.

듀블레드 공작이 신전에서 보낸 운명의 아이를 끼고도는 것도 수상하지. 아아, 그래. 르블레인은 듀블레드 공작과 세실리아 올가의 사생아야.

아냐, 내가 사돈의 팔촌의 그 친구의 조카에게서 들었는데 공작도 속고 있다더라고. 세실리아 올가가 애먼 데서 낳은 아이를 공작의 딸이라고 속였다잖아.

세상에, 끔찍해라.

사교계를 시작으로 백성들에게까지 헛소문이 퍼졌다. 성격 급한 자들은 신전 앞에서 진을 치고 해명을 요구했다. 일이 크게 번지기 시작한 것이다.

　그리고 교황청에서 듀블레드로 사람이 찾아왔다. 추기경 레지날드였다. 그는 아빠와 인사를 나누기 무섭게 본론을 꺼냈다.

　"아기님의 섣부른 행동으로 교단이 얼마나 큰 피해를 보고 있는지 아십니까?"

　"섣부른 행동이요?"

　잔뜩 움츠린 척 물으니 레지날드의 입매가 비틀렸다.

　"검증도 되지 않은 치유라니요. 지금도 상황이 좋지 않은데 슈헤일 후작께서 이대로 신의 부름을 받는다면 얼마나 큰 풍파를 맞겠습니까."

　나와 함께 추기경을 맞이한 요한이 찻잔을 들며 말했다.

　"하어."

　"……예?"

　"서론은 그만하면 되었으니 원하는 바를 말씀하십시오."

　"금일 부로 아기님의 교육을 비롯해 신변 보호까지 신전에서 맡겠습니다."

　"불가."

　요한의 차디찬 시선과 추기경의 오만한 눈빛이 허공에서 격렬히 부딪쳤다.

　"아기님께서 이만큼 제멋대로 행동하신 데엔 듀블레드의 책임이 없지 않습니다."

　"신의 품에 안긴 자, 약자를 살피라. 신전의 교리가 아닙니까? 동생은 운명의 아이로서 신의 말씀을 따랐을 뿐입니다."

　"그도 능력이 있을 때의 일이지요."

이샤크가 울컥, 몸을 들썩였다.

'안 돼, 안 돼!'

급히 눈짓하자 내게서 미리 절대로 나서지 말라는 언질을 들은 앙리가 이샤크의 손목을 붙들었다.

나는 기죽은 척 말했다.

"저는 슈혜일 후작을 치유했어요. 아직 일어나지 않으셨지만, 그렇지만······."

"아기님, 가족과 함께이고 싶은 어린 마음을 이해하지 못하는 게 아닙니다. 하지만 그렇다고 해서 거짓에 불과한 변명을 입에 담으시면 되겠습니까?"

옳지. 안 믿을 줄 알았어.

추기경은 내게 불쑥 얼굴을 들이밀었다.

"아기님을 위한 교황청의 결단을 거절하신다면 저희로서도 더는 방법이 없습니다. 교단에 대한 백성들의 신뢰를 흐린 아기님께 책임을 무는 수밖에요."

"······."

"그리되시면 사랑하는 가족들이 얼마나 곤란해질는지요. 미욱한 신의 종은 아기님께서 지혜롭게 성장하시길 고대하고 있습니다."

아빠가 "그만." 하고 낮게 말하며 추기경을 바라봤다.

"아이를 겁박하지 마라."

"부디 옳은 결단을."

아빠 앞에 고개를 수그린 추기경이 음험하게 미소 지었다. 나는 겁에 질린 척 아빠의 등 뒤로 숨었다.

추기경이 저택에 들른 일은 소문을 더욱 부풀렸다.

'찔리는 게 있으니 추기경쯤 되는 이가 직접 나서 듀블레드와 은밀한

이야기를 나눈 것이다.'가 부풀린 소문의 골자였다.

듀블레드의 상황은 점점 더 나빠졌다. 추기경 레지날드가 노린 것이 아마 그것일 터였다.

듀블레드를 압박해 결국 나를 내놓을 수밖에 없도록.

＊　　＊　　＊

이튿날, 나는 부득불 파티에 나섰다.

나와 함께 파티장에 온 카밀라 대부인이 걱정 어린 얼굴로 말했다.

"시선이 곱지 않을 거야. 오늘은 저택으로 돌아가는 것이 어떻겠니."

"숨으면 더 이상하게 볼 거예요. 제 소문 때문에 세실리아의 자선 파티 초대가 번번이 거절당하고 있으니, 이쯤에서 불식시킬 필요가 있어요."

내가 주먹을 가볍게 쥐며 말하자 대부인은 가늘게 한숨을 쉬었다.

"네가 용감한 것이 때론 걱정될 때가 있단다. ……들어가자."

나는 대모님의 손을 잡고 파티장에 들어갔다.

오늘은 파티는 사교계의 거두 중 하나인 월트로 백작 부인이 주최자였다. 내가 이번 삶에서 처음 발루아 공작 부인과 그 아들 닐스를 만났던 파티도 그녀의 결혼 10주년 축하 파티였다.

월트로 부인은 대부인과 함께 온 나를 보고 깜짝 놀라 다가왔다.

"세상에, 듀블레드 양이 올 줄은 몰랐습니다."

대부인은 내 손을 꽉 잡으며 술렁이기 시작한 파티장을 둘러보았다.

"대모에게 초청장이 있다면 수양딸(귀부인에게 교육받는 레이디를 이르는 사교계의 은어)의 참석을 굳이 알릴 필요가 없지."

"대부인의 재치는 따를 수 없습니다. 저 또한 수양딸을 여럿 두고 있답니다. 설마 그를 몰라 질문하였겠습니까. 반가운 마음에 나온 말이었지요."

월트로 대부인이 나를 향해 상냥하게 웃으며 파티장 한쪽에 있던 이사벨라 하델로로에게 손짓했다.

"이사벨라. 영애께 리치 주스가 있는 곳을 알려 주렴."

"예, 대모님."

월트로 부인의 수양딸인 하델로로 양이 얼른 내게 다가왔다. 내가 하델로로 양을 따라가자 월트로 부인이 몸을 틀며 대부인에게 바짝 다가갔다.

"듀블레드 양을 데려오시다니요."

"왜, 말은 그리했어도 사실 곤란한가?"

"대부인께 은혜를 입은 몸입니다. 어찌 대부인의 수양딸을 그리 생각하겠습니까. 듀블레드 양의 소문이 워낙에 흉흉하니 염려가 되어 그러하지요. 가뜩이나ー"

나와 함께 속삭임을 들은 하델로로 양이 어색하게 웃었다.

"영애, 그⋯⋯ 다들 헛소문을 믿는 건 아녜요."

"리치 주스는 어디에 있어요? 저 리치 주스 좋아해요!"

일부러 말을 돌린다는 것을 눈치챈 하델로로 양이 눈썹을 늘어뜨렸다.

"저쪽이에요."

나는 하델로로 양과 함께 주스가 쭉 늘어선 테이블로 다가갔다.

제국에서 제일 큰 과일 농장을 가졌다는 월트로 백작 부인이 준비한 주스는 하나같이 달고 맛있었다. 리치 주스를 홀짝홀짝 마시던 나는 흠칫, 주스 잔을 그러쥐었다.

귓가에 노이즈 같은 소리가 들리고 약간 부유하는 기분이었다.

'몸이 완전히 회복되었구나. 스토라스와 연결되었어.'

소문 때문에 신경 쓸 일이 많아서 하루, 이틀 정도 늦어지긴 했지만.

'무심. 나는 지금 무심하다. 아무런 생각이 없다.'

눈을 꽉 감고서 주문을 외듯이 생각했다. 내 생각을 스토라스가 읽으면 곤란하다.

'나는 생각이 없어. 지금 바보인 거야. 생각하지 마. 생각하지─'

"하델로로 영애!"

등 뒤에서 익숙한 목소리가 들려왔다. 한 무리의 소녀, 소년들이 나와 하델로로 양을 보고 있었다. 무리에 있던 오렌지색 곱슬머리의 소녀가 하델로로 양에게 손짓했다.

"뭐 하시는 거예요."

"네?"

소녀는 얼른 하델로로 양의 팔뚝을 잡고 무리 쪽으로 끌어당겼다.

"지침을 못 들으셨어요?"

"하, 하지만 그건 따돌리는 거잖아요. 저는 그런 건 싫─"

그러자 중심에서 팔짱을 끼고 있던 블레이크 아라벨이 입을 열었다.

"하델로로 양은 상냥하기도 하지. 하지만 영애, 상냥함과 무지는 구분해야 한답니다. 아무리 혼약이 깨졌다고 해도 슈헤일 공자는 영애의 약혼자였잖아요? 또, 슈헤일 후작께서 하델로로가를 얼마나 물심양면 도우셨나요."

"그건……"

"우리야 어릴 때부터 영애의 지나친 다정함을 보아 왔으니 그러려니 생각하겠지만, 모르는 사람이 본다면 은혜도 모르는 금수라 입방아를 찧을 거예요."

그러자 다른 이들이 블레이크에게 동조했다.

"순정도 이런 순정이 없지."

"순정이요?"

"듀블레드의 작은 공자를 향한 연심이 어찌나 깊으신지요."

"아아, 들었어요. 하델로로 양이 앙리 님을 스토킹하던 얘기 말이죠?"

풋.

실소가 터져 나오자 하델로로 양의 얼굴이 희멀겋게 질렸다.

"스, 스토킹…… 아니에요! 저는, 저는……."

블레이크가 상냥한 척 웃으며 하델로로 양의 어깨를 잡았다.

"오해하지 마세요. 그런 소문이 있는데 섣불리 행동하시는 것은 하델로로 양에게 하등 도움이 되지 않을 거라는 상냥한 조언이었을 뿐이랍니다."

"그런…… 하, 하지만, 저는……!"

나는 하델로로 양의 어깨를 쥔 블레이크의 손목을 틀어쥐었다. 블레이크가 순식간에 눈을 치켜뜨고 내 손을 쳐 냈다.

짝!

소리와 함께 손등이 불에 덴 듯 뜨거워지며, 파티장의 시선이 온통 내게 집중되었다. 블레이크는 내게 잡혔던 손목을 쓰다듬으며 인상을 찌푸렸다.

"허락 없이 남을 만지는 건 결례라는 것을 배우지 못했나요?"

"배웠어요. 하지만 아라벨 영애가 하델로로 양의 몸을 허락 없이 만지기에 제가 모르는 새에 예법이 바뀐 줄 알았죠."

그러자 그녀가 입술을 꽉 깨물었다.

"하델로로 양과 저는 어머니의 배 속에서부터 교류한 사이예요."

"그러면 허락 없이 몸을 만져도 돼요? 하면 마부도, 집사도, 아라벨 백작님이 불법으로 타국에서 사들인 노예도 아라벨 양을 막 만져도 되나요?"

"무슨……! 천박한 말꼬리 잡기는 그만하세요!"

"헛소문을 만들어서 사람을 따돌리는 것보다 말꼬리 잡는 게 천박한가요?"

내가 눈을 동그랗게 뜨며 묻자 블레이크가 헛웃음을 터뜨렸다.

"대체 저희를 어떻게 보시고 따돌림이라니……. 기가 막혀서."

나는 벽면에 붙은 괘종시계를 잠깐 쳐다봤다.

'7시 54분.'

시간을 가늠하고서 블레이크를 바라봤다.

"그럼 왜 저를 무시하세요?"

사교계에선 제 처지를 토로하는 것은 부끄러운 일이었다. 블레이크의 무리는 비웃음을 숨기지 못했다. 블레이크는 어깨를 으쓱이며 제 무리를 돌아보았다.

"저희가요?"

"네. 방금도 하델로로 양을 데려가셨잖아요. 그녀를 걱정하신다면서."

"영애, 사교계의 선진으로서 가르침을 드릴게요. 아무래도 영애께선 상황을 잘 모르시는 것 같아서요. 영애에겐 아주 천박한 소문이 따라다닌답니다. 운명의 아이가 아닐지도 모른다는."

"그래서."

나는 고개를 모로 꼬며 블레이크를 지그시 바라보았다.

"운명의 아이가 아닌 나는 평민에 불과하니 고귀한 피를 가진 귀족들은 나를 상대할 수 없다? 있지요. 영애, 저는 제도에 온 후로 그 평민 따위라는 말은 수도 없이 들었어요."

"어머나, 가여워라."

전혀 가엾지 않은 얼굴로 쿡쿡, 웃는다. 조롱에 가까운 행동이었다.

나는 아무렇지 않게 말했다.

"왜 그런지 아세요?"

"출신 때문이겠죠. 영애, 너무 속상하게 생각하진 말ㅡ"

"아뇨. 그것밖에는 저를 공격할 방법이 없기 때문이에요."

"……뭐라고요?"

"듀블레드 영애, 운명의 아이, 보주의 칭호. 모든 것이 저보다 못하니까 그것밖에 공격할 게 없는 거라고요."

"……자신감이 대단하시네요."

"그럼 말씀해 보세요. 영애가 저보다 나은 점이 뭔가요?"

내가 순진한 척 눈을 깜빡이자 블레이크가 입을 벙긋거렸다.

"그런 질 낮은 비교는 하고 싶지 않아요!"

"내가 없을 때, 내 뒤에서 평민에 불과하다고 떠든 적 없어요? 정말? 그 외에 다른 말은 못 하지 않았나요?"

블레이크에게 그런 말을 들었던 귀족 아이들의 표정이 미묘해졌다. 블레이크의 얼굴이 붉어졌다. 우위에 섰다고 생각한 시점에서 쏟아지는 따가운 시선은 사람을 당황하게 한다.

당황하면 이성보다 감정이 앞서는 법. 철수가 중2병이라고 부르는 열네다섯의 소녀가 흥분하기에 충분한 조건이었다.

"이래서 출신은……!"

"그것 봐. 그것밖에 할 말이 없지."

그리고 나는 흥분한 그녀를 절벽에 밀어붙였다.

"나도 이해는 해요. 영애가 신성력이 있어요, 운명의 아이길 해요? 번번이 사고를 해결하고 보주의 칭호를 받은 것도 아니잖아요? 귀족이라는 포장지를 벗기고 보면 그냥 내가 툭, 치면 쓰러질 가련한 어린애일 뿐이죠. 사실은 내가 되게 무섭죠? 그렇죠?"

그러자 멀리서 누군가 쿡, 비웃었다. 얼굴이 붉어진 블레이크가 "이익 ─!" 하며 손을 치켜들었다.

블레이크는 원래 손버릇이 좋지 않은 애였다. 기분 나쁜 날이면 고용인에게 매질한다는 건 그녀 주변 사람이라면 누구나 다 아는 사실이었다. 궁지에 몰렸을 때 버릇이 나오는 법이었다.

나는 그녀의 손목을 틀어쥐고서 속삭였다.

"선빵은 네가 날렸어. 여기 사람들 다 증인이다, 응?"

"……뭐?"

짝!

뺨을 올려붙이자 블레이크가 비틀, 뒷걸음질 쳤다.

"나, 날 때렸어? 감히 ─ ! 감히 평민 따위가 귀족을……!"

"글쎄 평민 아니래도."

"사람들이 다 그래. 넌 평민이라고! 운명의 아이가 아니라고! 네가 슈 헤일 후작을 죽였어! 이 살인마! 운명의 아이가 아닌 넌 평민으로 되돌아 갈 거야!"

그때, 뎅 ─ 뎅 ─ 괘종시계가 8시를 알렸다. 나는 회장의 문을 쳐다봤고, 타이밍 좋게 누군가 문 안으로 뛰어 들어왔다.

"슈헤일 후작이 깨어났습니다!"

"……뭐라고?"

블레이크가 눈을 홉뜨며 소리친 남자를 쳐다봤다. 남자는 말했다.

"썩은 다리가 완전히 회복했습니다. 운명의 아이가 치유에 성공했어 요! 전무후무한 능력이라고요 ─ !"

그러자 블레이크를 비롯해 나를 조롱하던 무리의 얼굴이 희멀겋게 질렸다.

"치유에 성공했어? 그럼 정말 운명의 아이라는 거야?"

"하지만 레인 경이 운명의 아이가 아니라는 증거를 가지고 있다고……!"

"블레이크, 이게 어떻게 된 거예요!"

그리고 마지막 한 방. 회장으로 한 무리의 듀블레드 행정관이 쏟아져 들어왔다. 그리고 허둥지둥 블레이크에게 다가가는 아라벨 백작에게 웬 서류 한 장을 들이밀었다.

행정관의 우두머리인 노스가 낮은 목소리로 말했다.

"블레이크 아라벨은 듀블레드 공녀를 향한 악의적인 소문을 퍼뜨린 바, 정식으로 황궁에 고발합니다."

회장이 크게 술렁였다.

아라벨 백작은 입을 뻐끔거리다가 노스를 바라보고, 또 눈을 끔뻑끔뻑 비비다 주변을 둘러보는 등 당황으로 어찌할 바를 몰랐다.

"말도 안 돼. 사교계의 험담을 황궁에 죄 고발한다면 황궁은 일찌감치 마비되었을 거요!"

아라벨 백작의 말에 회장의 몇몇이 고개를 끄덕였다. 사교에 몸담은 자들이니 저들도 험담 한두 마디는 꼭 입에 담았을 터. 뜨끔한 자들에게서부터 옹호의 말이 흘러나왔다.

"듀블레드의 대응이 과하오."

"사람 모인 곳에서 입방아를 찧는 일이야 흔하지 않습니까. 소문 따위로 열넷밖에 먹지 않은 아이를 고발하다니요."

사람들은 치졸한 처사라며 웅성거렸다.

'하지만 이쪽에선 이번 일을 절대로 쉬이 넘길 수 없는 명분이 있지.'

내가 노스에게 눈짓하자 그가 아라벨 백작에게 대꾸했다.

"간택 참가자의 친족이 상대 참가자와 듀블레드 공녀님을 얽어 악의적인 소문을 퍼뜨렸습니다. 간택을 좌지우지하기 위한 뒷공작이겠지요."

내가 세실리아와 아빠의 사생아일지도 모른다는 소문을 의미했다.

뒷공작이라는 말이 아주 틀린 이야기는 아니었다. 아라벨 백작이 감히 듀블레드에 관한 헛소문을 떠들고 다니며 사교계를 들쑤시는 딸을 묵인한 이유는 간택 때문이었다.

소문을 퍼뜨리고 나를 몰아붙인 건 블레이크지만, 방관으로 일을 키운 건 아라벨 백작이니 그 또한 책임을 피할 수 없는 것이다.

아라벨 백작이 "그건……!" 하며 다급히 변명하려 했으나, 내가 재빨리 말을 가로챘다.

"저는 아라벨 영애가 퍼뜨린 헛소문으로 인해 추기경 레지날드 님께 추궁당했어요. 그들은 저의 신변을 신전에서 관리 감독하겠다고 했고, 제가 따르지 않는다면 신전의 신뢰를 흐린 책임을 묻겠다고 했어요."

이 헛소문이 수습되지 않는다면 내게 피해가 어마어마할 거란 소리다. 즉, 소문을 수습하기 위해 다소 과한 반응을 해야 한다는 말이었다.

'고발에 명분이 생긴 거지. 그리고 –'

내가 노스에게 다시 한번 눈짓했고, 그는 나를 힐난하던 블레이크 무리의 소녀를 쳐다봤다.

"각하께선 소문과 관계된 자들에게도 역시 이와 같은 수준으로 대응하시겠노라 말씀하셨습니다."

"단, 소문에 관련된 제보를 하는 자들에겐 관용을 베풀 거예요."

"저희는 제도에서 나고 자라 사교계를 겪은 자들이 상황이 이처럼 크게 번지리란 것을 예상하지 못했을 것으로 생각하지 않습니다."

"번질 상황을 충분히 예상하였음에도 한때의 재미와 개인적인 욕망을 위해 입을 놀린 자들은 용서하지 않을 생각이에요."

"결코."

노스와 내가 주거니 받거니 하는 말에 맨 앞에서 나를 힐난하던 소녀의 안색이 새파랗게 질렸다.

"에콰도르 공자, 필리아 공녀, 루시테리알 공자."

너희 내가 다 기억해 놨어.

"다음을 기약하죠."

내가 희번덕 눈을 뜨자 조금 전만 해도 신이 나서 나를 힐난하던 자들의 안색이 희멀게졌다. 아라벨 백작과 블레이크의 표정은 말할 것도 없었다.

"가자."

내가 획, 등을 돌리니 노스가 험악하게 콧김을 뿜으며 "예!" 하고 대답했다.

*　　*　　*

저택엔 부모를 대동한 사과 행렬이 이어졌다.

"아이가 어려 헛소문에 휘둘렸습니다. 부디 용서를……."

"이 모든 것은 아라벨 양의 탓이에요. 그렇지 않고서야 선량한 제 아들이 어찌 영애를 의심할 수 있었겠습니까?"

"입이 열 개라도 할 말이 없습니다. 하지만 제 아들의 나이가 고작 열셋인 점을 고려해 주십시오. 고발만은……!"

"원로원과 친족회에서 항의가 빗발치고 있습니다. 이대로라면 제 자리까지 보전할 수 없습니다. 영애, 부디 자비를 베풀어 주십시오."

어른들은 내 앞에서 절절맸고, 그런 부모를 바라보는 아이들은 금방이라도 눈물을 터뜨릴 기세였다. 몇몇은 모두 블레이크의 탓이라며 서럽게 울기도 했다.

아빠는 저들에게 절대로 용서한다고 말해 주지 않았다. 그들은 아빠의 집무실 앞에서 온종일 애걸하다가 패잔병의 몰골로 돌아갔다.

그리고 블레이크 부녀는…….

"각하, 각하! 제 이야기를 들어 주십시오. 조금이라도, 단 몇 마디뿐이라도 괜찮습니다. 아아, 각하―!"

아라벨 백작은 저택에 입실을 허락하자마자 털썩 무릎을 꿇고 아빠의 바짓단에 매달렸다. 아빠는 기어코 블레이크 부녀를 황궁에 고발했다. 그뿐만 아니라 아라벨과 얽힌 모든 사업을 중단시켰다.

"제가 이번 무역 건에 얼마를 투자했는지 아시잖습니까. 이렇게 갑작스레 출항을 허가하지 않으시다니요. 이대로라면 저는 길거리에 나앉습니다. 블레이크, 공녀님께 어서 사과드리지 못하느냐―!"

그가 제 딸을 내 앞에 거칠게 끌고 왔다. 수치심으로 새파랗게 질린 블레이크가 몇 번이나 입술을 짓씹었다.

"블레이크!"

고개를 홱, 돌린 블레이크가 억지로 말을 뱉었다.

"……죄송합니다."

"이 녀석이! 고개를 조아리지 못하겠느냐!"

"죄송하다고 했잖아요! 죄송하다구요! 얼마나 더 빌어야 마음에 찬단 말이에요?! 정말 너무해! 저도 영애 때문에 피해를 보았어요. 대모님께 버려지고, 사교계에 출입하지 말라는 경고를 받았……!"

짝!

블레이크의 얼굴이 돌아갔다. 솥뚜껑 같은 손으로 블레이크의 뺨을 올려붙인 아라벨 백작이 씨근덕거리며 말했다.

“일을 이 지경으로 만들어 놓고 아직도 정신을 못 차려?!"

“아, 아버지가 어떻게……. 어떻게 제게!"

“너 때문에 가문이 입은 피해를 봐라!"

싸우기 시작한 아라벨 부녀를 보고 이샤크와 앙리는 헛웃음을 터뜨렸다.

“생쇼를 하는구만."

“이샤크."

요한이 낮은 목소리로 다그치자 앙리는 “틀린 말은 아니잖습니까." 하며 희멀겋게 질린 블레이크를 흘끔 쳐다봤다. 수치심에 붉게 달아오른 블레이크가 저택을 뛰쳐나갔다.

아라벨 백작은 제 딸을 잡지도 않고 아빠에게 들러붙어 입에 발린 소리를 떠들었다.

나는 블레이크를 쫓아갔다. 정원 근처에 쪼그려 앉은 블레이크는 소리도 내지 못하고 울고 있었다.

“이봐."

“……."

“이봐, 아라벨 영애."

그러자 블레이크가 슬그머니 고개를 돌렸다.

“왜요. 날 더 조롱하려고요?"

“응."

“뭐라고요?! 그런데 왜 반말을……!"

“안 돼?"

“안 되죠! 내가 영애보다 훨씬 나이가 많다고요. 연장자에게 허락 없이 반말하는 건 무례한……!"

나는 블레이크의 옆에 털썩 주저앉으며 말했다.

"그럼 허락해 줘."

"······제가 왜요?"

"그래야 내가 널 용서할 테니까."

블레이크가 눈을 동그랗게 떠서 나는 씩 웃었다.

"나는 르블레인이야. 만나서 반가워."

안면 있는 사이에 첫인사를 하는 건 인연을 다시 시작하고 싶다는 의미였다.

"······무슨 수작이에요?"

"싫어? 싫으면 말고."

그러며 몸을 일으키자 블레이크가 얼른 내 손목을 잡았다.

"······싫다곤 안 했어요."

나는 픽 웃고 다시 자리에 앉았다.

"너 자존심 때문에 엄청나게 손해 입는 타입이지? 약한 사람에겐 강하고, 강한 사람에겐 약하고."

"사람은 다 그래요."

"너는 유난히 더 그럴걸."

"정말로 조롱하려는 거예요?!"

"그렇다니까."

블레이크는 나를 팩, 노려봤지만 별말은 하지 않고 입을 꾹 다물었다. 치맛단을 꼼질꼼질 매만지던 그 애가 날 힐끔 쳐다봤다.

"내가 밉지 않아요?"

"밉지."

"그런데 왜 용서해 주는 거람."

"용서한다고 안 했는데? 너 이제부터 내 부하야."

나는 자비심 같은 건 조금도 없는 못돼먹은 애다. 그런 내가 나를 깔고 뭉개려고 악의적인 소문을 퍼뜨린 블레이크를 아무렇지 않게 용서할 리 없지 않은가.

"네가 할 일이 있어."

"……뭘요?"

"나는 귀족들이 네 말을 믿어서 내 헛소문을 입에 담았다고 생각하지 않아. 듀블레드에서 나서면 어떻게 될지 뻔히 알면서 그런 짓을 저질렀 겠어? 네 아버지만 하더라도 우리 아빠와 사업으로 얽혀 있는데, 아무리 네 언니가 황비가 되길 바랐다고 하더라도 네가 주동자가 되는 걸 그냥 묵인했을 리 없지."

"……."

"소문의 주동자는 너지만, 귀족들을 들쑤신 다른 사람이 있는 거지?"

블레이크가 흠칫, 치맛자락을 비틀었다.

'그럴 줄 알았지.'

블레이크는 처음부터 내게 너무나 적대적이었다. 처음 만난 자리에서 부터 마치 나를 몰아붙이려고 작정한 사람처럼 날을 세웠다.

처음엔 슈헤일 후작의 치유 실패로 내가 만만해져서 그런 거라고 여겼는데, 곰곰이 생각하자 누군가 떠올랐다.

"이본느 황비."

"……!!"

"황비가 시켰지? 네 언니를 황비로 만들고 싶거든 나를 노리라고. 그렇지?"

"……."

"듀블레드가 뒷공작을 부리면 마르슈와 이본느 황비가 막아 주겠다고 한 거야. 그러니까 겁 없이 날 물고 늘어질 수 있었던 거고. 황궁에 정식 으로 항의까지 하니까 황비가 말을 바꾼 거 아냐?"

"영애가 그걸 어떻게……."

무심코 중얼거리던 블레이크가 황급히 입을 틀어막았다.

'그럼 그렇지.'

내가 팔짱을 끼자 블레이크는 얼른 내게 매달렸다.

"황비에겐 항의하지 마세요. 내가 말했다고 하지 말아요. 그렇지 않으면 우리 언니……!"

블레이크는 아주 오만한 사람이었다. 강약약강에, 저보다 못한 자들에게는 쉬이 손을 휘두르는, 결코 좋은 사람이라고 말할 수 없는 타입이다.

하지만 제 언니만큼은 끔찍하게 아끼기로 유명했다.

"황비가 뭐라고 협박했는지 말해. 그럼 너희 자매는 건드리지 않을 테니."

"……."

"나는 약은 애지만, 말한 건 지키는 어린이야."

머뭇거리던 블레이크가 나를 힐끔 쳐다봤다.

"이본느궁은 어떻게든 언니를 황비로 만들 거라고 했어요. 문제는 그다음에 생길 거라고……. 감히 자신과 같은 선상에 선 언니를 뭉개 버릴지, 자비를 베풀지 고민하고 있다고요. 하지만 내가 이본느궁을 도와준다면 언니가 안온해질 가능성이 커질 거라고 했어요."

그래서 내 악의적인 소문 뒤에 세실리아를 붙인 거다. 황제와 달콤한 사이인 세실리아가 절대로 황비가 될 수 없도록.

'야비하긴.'

나는 자리에서 일어나 먼지가 묻은 치마를 툭, 툭, 두드리며 말했다.

"일어나."

"……예?"

"나는 널 용서하지 않을 거야. 너한테 이유가 있다고 하지만, 네 언니 때문에 아무런 상관없는 나를 구렁텅이에 빠뜨리려고 했잖아?"

"……용서 같은 거 바라지 않거든요?!"

그 애가 빽, 소리쳐서 난 빙그레 미소 지었다.

"하지만 상황을 수습해 줄 순 있지. 이번엔 내 손을 잡아. 네가 해 줄 일이 있어."

"그게 대체 뭔데요?"

나는 허리를 굽혀서 블레이크에게 얼굴을 불쑥 내밀었다.

"황비에게 복수하러 가자."

"어떻게요?"

내가 귓가에 무어라 속삭이자 블레이크의 눈이 커다래졌다.

"말도 안 돼! 그런 일을 했다간……!"

"된다니까. 날 믿어."

나는 이제부터 제대로 된 독립 준비를 시작할 예정이다. 그러려면 방해꾼이 될 신전, 그리고 마르슈와 이본느 황비를 조용히 만들 필요가 있었다.

'일단 일을 만들어 준 이본느 황비에게서 땅부터 빼앗을까.'

듀블레드의 영지도 광활한 편이지만, 왕국을 세우려면 약간 부족하거든.

나는 악랄하게 미소 지었다.

*　　*　　*

창 앞에 선 이본느 황비는 눈이 내리기 시작한 하늘에 시선을 고정한 채로 물었다.

"아라벨 둘째의 동태는."

"제 아비와 함께 듀블레드저로 향했습니다. 듀블레드에서 다른 반응이 없는 것으로 보아 아라벨 부녀의 사과를 받지 않은 모양입니다."

"나에 관련한 이야기는 나오지 않았느냐."

"간이 배 밖에 나오지 않고서야 어찌 감히 황비님을 입에 담겠습니까."

"궁지에 몰린 자는 이성을 상실하는 법이지."

황비의 말에 시녀장이 협탁 위의 양피지를 힐끗 쳐다보며 대꾸했다.

"하여 안전핀을 꽂아 두셨잖습니까."

황비는 이번 일을 지시하며 마르슈가 물밑에서 운영하는 상단을 통해서 아라벨에 상당한 액수를 투자했다.

이번 일에 입이라도 벙긋하는 즉시, 제도에 터를 둔 귀족 가문이라 할지라도 갚지 못할 거액을 황비에게 즉납해야 했다.

가뜩이나 아라벨은 듀블레드가 사업에서 발을 빼 기둥뿌리가 통째로 날아갈 판국. 아라벨 백작이 입을 열 리 만무하다.

"제 언니에게 끔찍한 아라벨 영애라면 황비님과의 약속을 저버리지 못할 겁니다. 무엇보다 아라벨은 큰딸인 프랜시스가 황비가 되지 않고는 이 일을 수습할 수 없을 겁니다. 어떻게든 황비님의 도움이 필요한 이때 쉬이 나설 수 있을 리 없지요."

황비의 입매가 삐뚜름히 올라갔다.

"폐하를 뵈어야겠다."

"준비하겠습니다."

일이 잠시 어그러졌다지만, 애초의 목적은 이루었다. 세실리아 올가와 듀블레드에 흙탕물을 뒤집어씌웠으니 이제 그 둘을 끌어내릴 차례였다.

황제궁.

황비가 입실하자 집무를 보던 황제가 안경을 내려놓으며 그녀를 바라봤다.

"해가 서쪽에서 떴던가. 그대가 짐에겐 무슨 일이오."

"격무로 다망하신 중에 실례하겠습니다. 폐하의 고견이 필요합니다."

"무엇이."

황비가 소파에 앉으며 그를 힐끗 쳐다보았다.

"간택 말입니다."

"그대가 간택에 말을 얹을 이유가 있소? 간택은 모후와 대녀의 소관일 텐데."

황비의 입매가 굳어졌다.

간택을 총괄하는 것은 본래 황태후였고, 총괄자가 황태후라면 최악의 경우는 피할 수 있었다.

황태후가 이본느를 견제하기 위한 새 황비를 만들려 한다는 건 알고 있었지만, 생각 짧은 노인네 하나쯤 휘두르는 건 일도 아니었다.

하지만 여기에 대녀의 혼절 사건이 얽히더니, 황태후가 난데없이 이성을 상실하고 세실리아 올가를 지지하기 시작했다.

황태후라면 어떻게든 구슬릴 수 있으리라 여겼는데, 형평성을 위한 심사자였을 뿐인 대녀가 최종 심사에도 관여하게 되었다.

황태후를 휘둘러 봐야 그 뒤에 대쪽 같은 대녀가 있다면 원하는 결과가 나오지 않을 터였다. 그래서 아라벨을 들쑤셔 사건을 만든 것이다. 어떻게든 세실리아 올가의 황비행을 저지하기 위해.

빠르게 표정을 수습한 이본느 황비가 입을 열었다.

"간택으로 인해 분위기가 뒤숭숭합니다. 듀블레드에선 아라벨에 정식 항의하였고, 내궁을 지휘하는 제가 어찌 이를 가만두고 볼 수 있겠습니까?"

"하고 싶은 말이 뭐요."

"최종 간택에 나선 가문 간에 문제가 발생했습니다. 어느 쪽이든 간택을 위해 움직인 것일 테지요. 이러한 때에 폐하께서 듀블레드의 항의를 수용하시어 아라벨을 벌하신다면 폐하의 의중이 세실리아 올가에 있노라 여겨질 겁니다."

"……."

"세실리아 올가가 황비가 된다면 간택의 투명성을 의심하는 자들이 나오겠지요. 폐하께서 연심에 눈이 어두워졌노라 입방아를 찧는 자들이 나올 겁니다."

"하여 세실리아 올가는 간택할 수 없다?"

황제가 코웃음 치며 황비를 쏘아보았다.

"하면 프랜시스 아라벨은 간택하기에 적합하오? 아라벨은 간택에 승기를 잡기 위해 뒷공작을 펼쳤소. 아라벨가의 프랜시스를 간택하여도 말이 나오는 건 매한가지요."

"간택을 백지로 돌리십시오."

"황비!"

"두 후보 모두 자격이 없습니다."

"세실리아 올가에게 자격이 없는 것은 짐이 연심을 품은 자이기 때문이오? 그게 말이나 되는 이유라 생각하오?"

"두려운 소문을 가진 자이기 때문입니다. 듀블레드 양이 공작과 세실리아 올가의 혼외자라는 소문을 아시지 않습니까? 듀블레드에서 정식 항의한 이유가 바로 그것입니다."

"사실이 아니오."

"사실이 아니란 건 중요하지 않습니다. 사실이 아닌 일에 황궁의 명예가 실추될 가능성이 있다는 것이 중요하지요."

황제의 얼굴에 노기가 떠올랐다. 황비는 안쓰러운 체 황제의 손을 쥐며 말했다.

"저 또한 폐하께서 맘 기댈 수 있는 상대가 생기기를 고대하였습니다만, 국모의 신분으로 황실의 미래를 헤아리지 않을 수 없습니다."

"……."

"제가 금사원(황실 혈통으로 구성된 회의)에 도움을 구하지 않도록 통촉하여 주십시오."

금사원을 통해 황제를 압박하겠다는 의미였다. 황제의 얼굴이 굳어지자 황비의 얼굴에 요요한 미소가 떠올랐다.

그녀가 떠난 후, 황제가 책상을 내리쳤다.

쾅 — !!

둔탁한 마찰음에 시종장이 고개를 깊게 수그렸다. 금사원은 황제가 폭정할 수 없도록 견제하기 위한 기구. 금사원이 나서는 것만으로 후대에 망신스러운 기록으로 남을 것이다.

"듀블레드 공작을 불러들여!"

"당분간 입궁할 수 없다는 말을 전해 들었습니다."

"항의로 일을 꼬아 두고 대체……!"

황제가 소리치자 시종장이 말했다.

"한데, 폐하. 듀블레드에서 입궁할 수 없노라 소식을 전하며 영애의 말 또한 전했사온데, 기이한 말이었습니다."

"기이하다니?"

"이번엔 무슨 상을 주실 건가요?"

"뭐라?"

"영애의 말이 그러했습니다."

상이라니?

일이 꼬였는데, 어째서?

"그 말이 전부였나?"

"예."

황제의 표정이 오묘해졌다.

그런데 그날 오후. 이상한 소문이 떠돌기 시작했다.

"황비가 간택을 백지화하기 위해 아라벨의 둘째를 이용했다지요?"

"제 언니를 두고 협박했답니다. 우애가 대단한 자매가 아닙니까."

"세상에나, 가엾어라."

"소문이 이상하긴 했지요? 내용이 너무나 악의적이었으니까요."

"예. 기실 문제는 '듀블레드 양이 운명의 아이가 아닐지도 모른다.', '신전이 평민을 운명의 아이로 가장시켜 듀블레드가 입양하게 했다.' 였는데 거기에 듀블레드 공작과 세실리아 올가 님의 혼외자라는 소문이 어째서 붙습니까?"

"맞아요. 애초에 앞뒤가 안 맞는 소문이었다고요. 아무리 어린애들이라고 해도 이만큼 소문을 나르기도 어려웠을 텐데."

"들으셨어요? 황태후 폐하의 티 파티에 참석한 마르슈의 먼 친척이 일을 크게 만들 생각으로 귀부인들 앞에서 듀블레드 영애를 힐난했다지요."

"듀블레드 양이 가여워요. 황비에게 휘말려 얼마나 마음고생이 심했을지……."

르블레인의 때처럼 소문은 빠르게 부풀어졌다.

황비의 귀에 들어왔을 때, '황비가 세실리아 올가를 투기하여 간택을 망치기 위해 온갖 흉계를 저질렀다. 대녀가 쓰러진 것도 간택을 저지하기 위한 황비의 수작이라더라'까지 부풀어진 상태였다.

쨍 —!!

황비가 집어던진 찻잔이 날카로운 파열음을 내며 산산조각이 났다.

"이게 무슨 말이야!"

"화, 황비님, 고정하십시오."

"고정? 내가 고정하게 생겼느냐! 아라벨의 둘째냐? 그 계집이 겁을 상실하고 입을 연 것이냔 말이다!"

"아닙니다. 소문의 시작은 아라벨이 아니었습니다. 아라벨에선 황비님과의 계약을 어긴 사실이 없었습니다."

"뭐라고?"

그럼 대체 이게 어찌 된 일이란 말인가!

     * * *

나는 흥얼흥얼 콧노래를 부르며 상점가를 돌아보았다. 사람들은 둘만 모였다 하면 황비의 이야기를 떠들었다.

'좋아, 좋아. 잘한다! 더 떠들어! 잔뜩 떠들어!'

내가 쾌활한 얼굴로 폴짝폴짝 뛰듯 걷자 로브를 뒤집어쓴 세리아가 물었다.

"이게 대체 어떻게 된 일입니까? 블레이크는 황비와의 계약 때문에 입을 열지 못할 거라면서요."

"꼭 블레이크가 입을 열어야 하는 건 아니잖아?"

내가 눈을 동그랗게 뜨고 말하자, 세리아와 의장이 이해할 수 없다는 표정으로 서로를 쳐다봤다. 나는 씩 웃으며, 보석상을 막 나오고 있는 아라벨 백작에게 턱짓했다.

"정말로 이번엔 그 돈을 상환하실 수 있겠지요?"

"아, 그렇다니까!"

"보물섬이라도 발견하셨습니까? 난데없이 그런 큰돈을 상환하시겠다 니요. 보석을 이렇게나 많이 매입하시질 않나……"

아라벨 백작은 껄껄 웃으며 상인의 어깨를 두드렸다.

"자네는 이자 셀 생각이나 하게."

"예, 예. 들어가 보십시오."

아라벨 백작과 상인의 대화를 들은 세리아가 눈을 크게 뜨곤 나를 쳐 다봤다.

"그렇군요!"

"그래. 블레이크에게 제 아비를 들쑤시라고 했지."

"제가 아버지께 무어라 전하면 되는데요?"

"아빠, 황비님은 이대로 저희를 두고 보지 않으실 거예요. 지 금은 소문이 두려워 침묵하고 계시지만, 일전에 황비궁을 나오다 가 언뜻 들은 것 같아요. 일이 틀어지면 마르슈의 차명 상단을 통 해 우리를 도우라고요."

"……그런 말씀은 한 적 없으신데요?"

"네가 진짜 들었는지 아닌지는 상관없어. 네 아버지가 안심하 고 돈을 펑펑 쓰는 게 중요하지."

나는 호프 상단을 통해 돈을 전달했다. 아라벨 백작은 그게 황비가 전 달한 돈인 줄로 알고, 안심한 채 돈을 펑펑 썼다.

"듀블레드 때문에 자금줄이 막힌 아라벨이 끙끙거리긴커녕 돈을 펑펑 써. 사람들이 어떻게 생각할까?"

"믿는 구석이 있다고 생각하겠지요!"

"그리고 블레이크에게 '황비님이 우리를 그냥 두고 보시지 않을 거다' 라는 말을 퍼뜨리라고 했지. 그럼 이번엔 어떻게 생각할까?"

"믿는 구석이 황비다?"

"봐, 블레이크가 황비와의 계약을 어긴 게 있어?"

"아니지요~!"

세리아가 뛸 듯이 기뻐하며 소리쳤다. 의장은 픽 웃었다.

"황비의 먼 친척 아이가 노린 것처럼 아가씨를 힐난했다는 말까지 함께 퍼졌으니 상황을 추측하기 쉬웠을 겁니다."

"세상에나. 우리 아가씨, 영악하기도 하시지!"

나는 뿌듯한 얼굴로 주억거렸다.

'나만 소문에 당할 줄 알아?'

그리고 멀리 작게 보이는 황궁을 쳐다보며 재차 홍얼거렸다.

'이제 소문에 당하는 건 황비님일 거예요.'

생글생글 웃던 세리아가 흠칫 물었다.

"황비가 블레이크 아라벨에게 캐물으면 어찌하시려고요? 아가씨가 주동자인 걸 안다면⋯⋯."

"상관없어."

"예?"

"나는 아홉 살인걸. 이게 아홉 살 어린애 머리에서 나올 생각이야? 아라벨이 토설한다면 황비는 되레 블레이크를 의심할걸."

"아하."

"애초에 황비는 날 의심할 생각도 못 할 거야."

'왜냐면 ─'

나는 보석상 옆에 있는 찻잎 가게로 들어가며 말했다.

"황비님께 선물할 만한 고급 찻잎을 부탁해!"

그리고 다음 날 오전.

나는 황비궁에 들어갔다. 초췌한 황비를 마주하자마자 난 손을 와들와들 떨며 입을 막았다.

"황비님……."

"영애가 무슨 일로 나를 다 찾았지?"

난 찻잎을 슬그머니 내밀며 말했다.

"고모가 그러시는데 이번 일, 어쩌면 제가 도와드릴 수 있을지도 모른 대요."

"뭐라?"

"제가 황비님을 도와드릴게요. 왜냐면 저 황비님을 제일 좋아하니까 요!"

그러니까 땅 좀 주라. 듀블레드는 독립해야 하거든.

'그리고 미나가 와도 친하게 지내지 마? 나랑 더 친하게 지내자. 내가 알뜰하게 이용해 줄게!'

황비는 묘한 표정으로 내 눈을 빤히 들여다봤다. 내가 시선을 피하지 않자, 그녀가 느른히 입을 열었다.

"아무래도 본궁이 듀블레드에 퍽 쉬이 보인 모양이야."

말씨는 부드럽지만, 눈빛은 날카롭다. 기분이 단단히 상하기라도 한 것처럼.

나는 펄쩍 뛰며 손을 내저었다.

"그럴 리가요!"

"되었으니 돌아가라. 아홉 살 아이와 나눌 이야기는 없으니."

정말로? 절호의 기회인데 날 이렇게 놓칠 거야?

축객령을 내린 황비가 시녀장에게 눈짓하자, 시녀장이 내게 다가왔 다.

"영애."

'만만치 않네.'

사람은 절벽에 몰리면 지푸라기라도 잡기 마련이고, 이성을 쉽게 상실한다. 블레이크와 마찰을 빚은 장본인인 내가 돕겠다고 나오면 냉큼 내 손을 잡을 줄 알았더니, 아직 이성이 남은 모양이었다.

어린애인 건 방심시키기에 딱 좋은데, 이럴 땐 방해가 된단 말이지.

시녀장이 "가시죠." 하며 나를 붙들려던 찰나, 얼른 소리쳤다.

"제 대모님이라면······!"

머리가 아픈 듯 이마를 잡던 황비가 멈칫 나를 쳐다봤다.

"뭐라고?"

"카밀라 대부인이라면 소문을 단속할 수 있다고 고모가 그러셨어요. 대모님은 저를 아끼세요. 수양딸(예법 등 귀족으로서의 덕목을 가르치는 레이디를 뜻하는 사교계의 은어)인 제 부탁이라면 거절하지 않으실 거예요."

황제가 카밀라 대부인을 통해 사교계를 단속시킨다는 것은 누구나 다 아는 사실이었다. 대부인은 나를 아끼는 데다가, 제 손주와 며느리를 찾아 준 빚까지 있었다.

'황비가 그 점을 파악하지 못했을 리 없다.'

예상대로 이본느 황비의 표정이 변했다.

"대부인이라면 확실히······."

황비가 중얼거렸다. 나는 속으로 씩 웃었다.

'그래. 하지만 대모님은 내 부탁이 아니라면 절대로 움직이지 않을 걸.'

이본느 황비가 한 손을 들어 시녀장을 물렀다.

"대부인은 네게 곤란한 소문이 붙었을 때도 움직이지 않았잖니."

"그때는 제가 대부인께 움직여 달라 부탁하지 않았어요. 소문이 퍼진 지 나흘도 안 된 시점이었기도 하고, 일이 더 커졌다면 아마 대모님께서 나서 주셨겠지요."

"한데?"

"제가 부탁드리면 황실의 명예를 위해서라도 못 이긴 척 나서 주실 거예요."

"……"

황비의 눈이 가늘어져서 난 얼른 뒷말을 덧붙였다.

"ㅡ라고 고모가 그랬어요!"

"아리에쥬 백작이 너를 내게 보냈구나."

"네?"

눈을 도르륵 굴린 내가 해맑게 "네!" 하고 고모를 팔아먹자 황비의 입매가 삐뚜름하게 올라갔다.

"하여 그녀가 내게 무엇을 바라더냐."

"없어요."

"그럴 리가."

"왜냐면 제가 황비님을 좋아해서요. 황비님을 돕고 싶다고 했더니 고모가 답을 주신 거예요."

내가 꼼질꼼질 손을 매만지며 말하자 황비는 의아한 표정으로 나를 응시했다.

"네가 나를 왜?"

"가장 멋진 레이디가 황비가 되는 거래요. 저는 멋진 게 좋은데 황비님은 최고로 멋진 분이잖아요?"

내가 두 팔을 번쩍 들며 말하자 황비가 픽 실소를 흘렸다. 그녀가 내뺨을 가볍게 두드리며 말했다.

"네가 멋진 것을 좋아하는 만큼, 나는 솔직한 것을 좋아한단다. 욕망을 거리낌 없이 드러내는 아이는 특히."

"저는 세상에서 제일 욕심 많은 애예요!"

정말로.

내가 서늘하게 가라앉은 눈을 숨기고 헤헤 순진하게 웃자 황비가 미소 지었다.

"하면 우리는 절친한 사이가 될 수 있겠구나. 아주, 말이야."

"황비님과 제가 친구가 될 수 있어요?"

"그래. 그리고 난 친구에겐 매우 다정한 사람이란다."

그것참 좋은 일이다.

나와 황비는 마주 보고 웃었다.

*　　*　　*

나는 대부인에게 사교계 단속을 부탁했다. 그녀는 내 청대로 사교 파티에서 황비의 소문을 옮기는 딱따구리를 크게 꾸짖었다. 물론 그것만으로 소문을 완전히 가라앉히기엔 무리였다.

그래서 난 블레이크를 불러들였다.

"당분간 제국을 나가 있어."

"싫어요. 겨우 일이 수습되어 가는데 제가 왜……!"

"수습된 후에 넌 쥐도 새도 모르게 죽을 테니까 하는 말이야."

"……네?"

"이 일이 수습되면 황비가 널 가만둘 것 같아? 네 아버지든, 너든, 누구 하나는 저 루이자강의 시체로 떠오를 거야."

블레이크는 낯빛이 새파랗게 질렸고, 그날 오후 바로 제도를 떠났다.

사람들은 아라벨 백작에게 쥐도 새도 모르게 사라진 블레이크의 행방을 물었지만, 그는 한순간에 시체처럼 파리해져 입만 꾹 다물었다.

아라벨 백작이 파리해진 이유는 블레이크에게 상황 설명을 들었기 때문이었다. 딸의 말을 증명하듯 호프 상단은 한순간에 지원을 딱 끊었고, 아라벨 백작은 이제야 상황 파악을 했다.

황비의 눈 밖에 나고, 제도에선 황비 자리에 눈멀어 딸자식들을 죄 사지로 밀어 넣은 쓰레기로 소문나 아무도 상대해 주지 않았으며, 듀블레드에 미운털이 박힌 신세. 완전히 고립되었다는 것을 깨달은 그는 침묵밖에 할 수 있는 것이 없었다.

소문은 가라앉았다.

블레이크의 행방불명으로 의아함은 더 커졌지만, 사람들은 몸을 사렸다. 분노한 황비가 블레이크에게 해를 가했다고 여기기 때문이었다.

여기서 더 큰 분란이 일었다간 저 또한 어떤 꼴을 당할지 모른다. 사람들의 입을 막기에 공포보다 효과가 좋은 건 없었다.

소문은 서서히 가라앉았고, 모 귀부인의 불륜 소식이 터지자 언제 황비의 이야기를 떠들었냐는 듯 사람들의 시선은 온통 불륜 소식에 집중되었다.

며칠 후, 이본느 황비궁.

만면이 환히 밝아진 황비가 내게 찻잔을 건네며 말했다.

"블레이크 아라벨을 타국으로 보낼 생각을 어떻게 한 거니."

"앙리가, 아니, 작은 오라버니가 알려 주셨어요. 사람들이 블레이크가 제국을 떠난 게 황비님 탓이라고 여겨도 별 상관없대요. 누군가 옳지 못한 일이라 항의해도 사실이 아니잖아요?"

고모에 이어 앙리까지 팔아먹은 내가 천진난만하게 말하자 황비가 쿡쿡 웃었다.

"듀블레드 둘째 공자의 비범함은 익히 들었지. 그래, 누군가 항의하는 것이 내겐 더 이롭겠구나."

"네. 그럼 황비님이 억울하다는 것을 안 사람들이 이전 소문도 '사실은 헛소문 아니야?' 하고 생각할 테니까요."

황제가 소문에 휘둘려서 황비를 몰아붙이려고 하면 더더욱 좋을 거다.

'블레이크 아라벨은 단지 유학 중이었을 뿐, 저는 그녀를 위협한 적이 없습니다.' 하고 억울한 척 손수건을 쥐어짜기만 해도 비난의 화살은 황제에게 향할 거다.

'물론 황제는 나서지 않겠지만.'

황비는 황제가 나서길 바라나, 황제는 아빠가 단속 중이다. 절대 나설 리 없지.

"황비님께서 기뻐하시니 다행이에요!"

"영애가 애써 주었구나."

황비는 몹시 다정한 얼굴로 내게 쿠키를 쥐어 주었다. 이본느 황비궁의 시녀들이 냉큼 쿠키를 받아서 옴놈놈 먹는 날 보고 쿡쿡 웃었다.

"아기님은 참으로 신묘하십니다."

"덕분에 황비궁에 웃음이 돌아왔습니다."

그러더니 저들끼리 밉살맞은 얼굴로 창밖에 보이는 정원에 모인 귀족들을 노려봤다.

오늘은 겨울제 행사로 황비와 귀족들이 만나는 날이었는데, 황비의 일로 입방아를 찧던 이들은 저들도 블레이크의 꼴이 될까 봐 겁먹어 있었다.

"입 놀리는 데에 재미 붙은 것들은 공포로 다스리는 것이 지당하지요."

[폭군들이 그랬지요. 제가 살던 세계에서도 말입니다. 꼭 난세에 저렇게 민초들의 입을 막고……!]

철수가 떠들기 시작해서 나는 주머니 속의 에트왈을 꽉 부여잡았다.
'그래. 우리 세계에도 폭군들이 꼭 그래. 아니까 조용히 해.'

[저들이 선량한 민초는 아니지만, 황족이란 사람이 저렇게 공포로 백성을 다스려도 됩니까. 예?!]

철수가 흥분해 씩씩거렸다. 나는 반쯤 남은 쿠키를 입에 쏙 던져 넣으며 생각했다.
'당연히 안 되지.'

[알면서 도우신 겁니까?]

'내가 이걸 도와서 우리 영지민이 올해 겨울을 훈훈하게 날 수 있었어.'
겨울제 행사를 위해서 귀족들은 매년 돈을 걷는다. 그것이 관례이기 때문이었다. 내야 하는 돈은 정해져 있는데, 올해는 큰 가뭄의 여파로 다들 사정이 어려웠다.
수원을 가장 많이 확보한 듀블레드에서 가장 많은 금액을 떠안아야 했는데, 황비가 날 귀엽게 봐준 덕에 행사 규모를 축소했다.
먹고 죽을 돈도 없다고 뒤집어져도 모른 척했을 황비가, 단지 내가 저를 도왔다는 이유로.
'소문에 눈 벌건 제국 귀족이야 알 바야? 우리 영지민이 이번 겨울을

무사히 넘길 수 있는데.'

거기에 잘만 하면 영지민마다 밭 몇 뙈기씩 만들어 줄 수도 있다.

'그럴 수만 있으면 난 더한 짓도 할 수 있어.'

아빠가 그랬다. 권위엔 대가가 따른다고.

우리 가족은 영지민의 세금으로 이만큼 누리고 살았다. 그러니 우리는 어떤 방법으로든 영지민이 배불리 먹고, 안락하게 살게 해야 한다. 부도덕하다 할지라도, 더러운 협잡꾼이라 욕먹어도 상관없다.

그게 듀블레드의 신념이다.

'물론 살아남고 싶다는 개인적인 욕망도 있지만.'

그건 사람이니까 어쩔 수 없잖아?

나는 뻔뻔하게 생각하며 에트왈을 주머니 깊숙이 밀어 넣었다.

황비는 쿠키 부스러기가 묻은 내 입가를 다정히 털어 주었다.

"영애도 오늘 간담회에 함께 가겠니?"

"그래도 돼요?"

"물론."

나는 와ㅡ! 하고 기뻐했다.

'황비의 측근들만 초대되는 자리인데 잘됐다! 간택 때문에 자리를 비운 고모 대신 오늘 무슨 일이 있었는지 자세히 들어야지.'

끄나풀 자리 만만세다!

나는 황비와 함께 정원으로 나섰다. 황비를 기다리던 귀족들은 그녀가 등장하자마자 허리를 굽히고 일시에 소리쳤다.

"제국에 광영을!"

"광영을! 황비님을 뵙습니다."

그들 중엔 훗날을 대비해 교육할 목적으로 자식을 데려온 자들도 꽤 있었다. 이전 소문으로 나를 힐난하던 자들이 불편한 기색으로 고개를 돌렸다.

'얼씨구. 우리 저택으로 사과하러 와 놓고는 이제 와 자존심이 상하신다?'

나는 속으로 콧방귀를 뿡뿡 뀌었다.

그때, 황비가 내 손을 잡았다. 그러곤 시녀장에게 눈짓하여 말했다.

"내 옆에 아기의 자리를 마련해라."

황비의 옆자리는 언제나 국무 의장인 오올스톤 후작 부인의 몫이었다. 후작 부인이 흠칫, 황비를 쳐다봤다.

"화, 황비님."

황비는 들은 체 없이 상석으로 이동했다. 의자가 놓이고, 내게 자리를 가리킨 그녀가 빙그레 미소 지었다.

"자, 아가야."

나는 눈을 도르륵 굴려 회장을 둘러봤다. 황비 측근 귀족들 모두가 사색이 되었다. 자리를 바꾸는 건 제대로 자신을 보필하지 못한 측근을 물갈이하겠다는 의미였다.

그리고 황비 옆자리는 나의 것. 사교계에서의 내 서열이 수직으로 상승하는 순간이었다.

'잠깐만, 그러면 이거⋯⋯.'

나는 슬그머니 내게 몹시 인자한 표정의 황비를 쳐다보고서 생각했다.

'이제부터 마음껏 난장판을 쳐도 된다는 뜻이잖아?'

내 뒤에 황비가 있는데 무엇이 두렵단 말인가.

귀족들이 마른침을 삼키며 자리에 앉았다. 황비가 입을 열었다.

"올해 겨울제는 듀블레드에 맡겨 보는 게 어떨는지."

귀족들이 또 한 번 당황한 표정으로 황비를 쳐다봤다.

겨울제는 저주받은 땅을 정화하는 행사이다. 봄철에 새순이 돋아날 수 있도록. 정화한 땅은 주관한 가문에서 갖는 것이 관례였다.

'맙소사. 나 정말 땅 가지려나 봐.'

나는 황홀한 표정으로 입을 틀어막았다. 정말이지 *끄나풀 만만세*가 아닐 수 없었다.

폭군의 *끄나풀*을 이 맛으로 하는 거구나!

'영지민들, 기다려. 내가 밭 몇 뙈기가 아니라 몇십 뙈기 가져갈게. 우리 내년부터 배 터지게 먹자!'

　　　　　*　　　*　　　*

그날 오후, 듀블레드저.

"기특하시고, 자랑스러우시고!"

"듀블레드의 복덩이!"

"햇살!"

"귀염둥이!"

가신들과 행정관들의 열렬한 환호가 쏟아졌다. 나는 오만하게 턱을 척 치켜들었다.

"나도 알아."

오늘은 이런 칭찬을 받을 만하다, 나!

내 뻔뻔한 행동에 소파 쪽에서 웃음이 터져 나왔다.

오빠들이었다.

"영민들이 땅이 없는 탓에 귀족들의 소작농이 되곤 했는데, 다행이네."

"땅을 정화한 첫해엔 풍작하는 법이잖아. 내년엔 정말로 배부르게 먹을 수 있겠네."

앙리와 이샤크가 칭찬했고, 요한이 머리를 쓰다듬었다. 뒤보스 자작과 노스는 거의 울먹이고 있었다.

듀블레드에선 매년 막대한 구휼 자금이 빠져나간다. 평민이 귀족의 소작농이 되면 과한 이자를 귀족에게 내므로 사실 소작하더라도 남는 게 별로 없는 탓이었다.

그렇다고 해도 적법한 절차를 거쳐서 소작농을 거둔 귀족들을 벌할 순 없었고, 해가 갈수록 소작농의 수가 증가했다.

원인은 농토의 부족이었다. 듀블레드는 제국에서 가장 큰 영지를 소유했지만, 대부분이 전투 마법의 피해로 병든 땅이었기에 농토는 부족했다.

농토 부족을 해결하면 구휼 자금을 줄일 수 있을뿐더러, 수많은 영민이 고통으로 시름에 잠기지 않아도 된다.

뒤보스 자작과 노스가 매년 머리를 싸매던 고민거리가 해결된 것이다.

'그리고 거기에⋯⋯.'

의장이 다가와 내게 속삭였다.

"쟈벨린 님으로부터 연락입니다. 세실리아 님의 자선 파티, 만석입니다."

"프랜시스 아라벨은?"

"지시하신 대로 프랜시스 아라벨은 파티 구색만 맞추게 하고 병을 핑계로 일찌감치 파하도록 하였습니다. 뭐⋯⋯. 아가씨의 지시가 아니었더라도 아라벨 백작가가 그 꼴이 되었으니 파티가 성공적일 순 없었겠지만요."

세실리아의 간택은 확정이나 마찬가지였다.

호프 상단에서 아라벨 백작에게 지원한 금액이 2만 프랑. 고작 2만 프랑으로 내년 풍작이 예정된 땅과 세실리아의 황비 위를 확정시켰다.

'이번 간택엔 적어도 공 두 개쯤은 더 들 거라 여겼는데, 돈 굳었다!'

나는 킬킬 웃으며 오렌지 주스를 쭙쭙 빨아 먹었다.

그리고 며칠 뒤, 황궁에서 최종 간택자 발표가 있었다. 가장 하단에 기록된 문장은 세실리아 베릴 루에르그. 그토록 사랑했던 언니의 이름과 함께 세실리아는 책봉식을 치른다.

＊　　＊　　＊

듀블레드엔 파티가 있었다. 듀블레드에 적을 둔 세실리아의 간택을 축하하기 위한 파티는 사흘에 걸쳐 진행되었다.

나는 화환 가운데 가장 먼저 배송된 화려한 화환을 바라보며 씩 웃었다.

"그건 어디서 온 겁니까?"

의장의 질문에 나는 손끝으로 꽃잎을 툭 치며 대답했다.

"이본느 황비."

"황비가요? 속이 쓰렸을 텐데요. 이번 소문으로 황제가 크게 노했다고 하잖습니까."

"황제야 당연히 화를 내지. 이본느 황비에게 협박당했잖아. 그런데 그녀를 찍어 누를 기회를 놓치겠어? 황비는 이번 사건으로 세실리아의 간택을 피할 수 없을 테니, 대신 다른 방법을 택한 거야."

"아가씨 말이군요."

"세실리아는 어차피 듀블레드 없이는 아무것도 못 할 사람. 듀블레드 공작이 사랑하는 딸인 나를 제 손에 넣는다면 세실리아를 견제하기 어렵지 않으리라 여긴 거지."

"감축드립니다. 두 황비 모두 손에 넣으셨습니다."

나는 히죽 웃으며 파티장을 돌아보았다. 발 들일 틈 없을 정도로 초청객이 빼곡하다.

대륙에서 가장 많은 재화를 소유한 듀블레드, 뛰어난 기사들로 구성된 제국 최고의 마기사 집단 이리, 발루아를 통해 손에 넣은 함대, 호프 상단을 통해 독점 소유한 스피넬, 그리고 그 어떤 가뭄에도 끔쩍없이 할 수원, 뛰어난 군사력의 기반이 될 장거리 이동진.

거기에 황족들의 애정을 한 몸에 받는 운명의 아이.

내가 걷는 곳마다 귀족들이 우르르 고개를 수그렸다. 듀블레드의 세가 대륙 정점에 올랐다.

'첫 번째 준비는 끝났어.'

나는 떼지어 다가오는 귀족들을 보며 싱긋 미소 지었다.

"영애, 오랜만에 뵈어요."

"끔찍한 헛소문에 얼마나 곤란하셨나요. 염려하지 마세요. 영애를 힐난하던 자들은 당분간 고개를 들지 못하게 단속하였답니다."

"영애, 타국에서 유학 중인 제 아들입니다. 델파사, 어서 인사드리렴."

그때였다.

주머니 안의 에트왈이 뜨거워지며 허공에 스토라스가 떠올랐다.

[멍청한 계집, 네 몸이 회복되면 내가 돌아올 텐데 또 한 번 사람들을 모이게 했구나.]

'너 올 줄 알았다, 인마!'

나는 짝! 손뼉을 쳤다. 내가 신호하자마자 회장의 조명이 모두 꺼지며 창밖에 설치해 둔 별자리 모양의 조명이 밝게 빛났다.

"와아—!"

"세상에, 아름다워라!"

사람들의 시선이 모두 창밖으로 향하자마자, 푸르가 튀어나와 내게 다가오려는 스토라스를 가로막았다.

'네가 또 사람 모일 곳을 노리리란 건 충분히 예상했단다.'

예상했으니, 준비했고.

푸르의 몸에서 파직, 파지직—! 스파크가 피어올랐다. 멀리 변방에 있는 아드리안으로부터 전달받은 신성력, 더불어 마나석으로 힘을 잔뜩 충전한 푸르가 씩 웃었다.

[이, 이…… 어떻게!]

어떻게 소환한 악마 중에 하나를 특정하여 힘을 몰아 줄 수 있었느냐는 의미였다.

'내가 미쳤다고 추기경에게 알랑거렸겠니. 다 이런 때를 대비해 끈을 만들어 둔 거지.'

나는 스토라스가 없는 동안 추기경 블라시오에게 신성력을 조절하는 법을 배웠다. 물론 이전에도 듀블레드의 마법사들이 나를 위해 개발한 신성력 수련을 따르긴 했다.

하지만 천 년에 걸쳐 신전이 독자적으로 발전시킨 수련법은 마법사의 가르침과는 궤가 달랐다.

그리고 알았지. 이전 삶에서 내가 신전에 받은 수업은 사실 수박 겉핥기에 불과했다는 걸.

[이 악마 같은……!]

'칭찬 고마워.'

이어서 스토라스를 위해 준비한 또 하나의 똥이 드러났다.

"어라, 저 버섯은 뭐죠?"

"듀블레드 정원에 버섯이라고?"

사람들이 떠들기 시작하자, 테일러가 말했다.

"메리아 풀입니다."

"전설의 약초? 하지만 저건 풀이 아니라······."

"여신 메리아의 풀네임을 따라 메리아 풀. 운명의 아이 도움으로 개량하면 항생제를 만들 수 있는, 신의 선물입니다."

스토라스가 그토록 지우고 싶어 한 메리아의 흔적이 세상천지에 드러나는 순간이었다.

[빌어먹을 계집!!]

악의에 찬 커다란 목소리가 머릿속을 울렸다. 그러자 푸르의 입매가 비틀렸다.

[멍청한 놈, 쟤가 얼마나 성격이 더러운지 알아? 쟤는 뺨을 맞으면 상대 치아를 죄다 털어 버리는 애야!]

어째 욕인 것 같아서 기분이 이상했지만, 나는 고개를 척 치켜들었다.

'까불고 있어.'

— 하고 생각하며.

      *   *   *

파티가 파했다.

나와 가족들, 그리고 의장은 아빠의 집무실에서 푸르의 힘으로 만들어진 새장에 갇힌 올빼미 스토라스를 쳐다봤다.

"이게 꼬맹이를 공격한 그 찢어 죽일 새끼란 말이지?"

"감히 인간 따위가 뉘게……!"

스토라스가 버럭 소리치자 이샤크가 사악한 표정으로 나뭇가지를 들었다. 이샤크는 스토라스를 나뭇가지로 쿡쿡 찌르기 시작했고, 스토라스는 삑삑 울었다.

그리고 사슴 모습의 푸르는 이샤크에 의해 괴롭힘당하는 스토라스를 보며 낄낄 웃었다.

"계집, 너를 용서치 않으리라! 지옥의 겁화가 네 피와 살, 영혼을…… 악, 그만 찔러! 아프단 말이야!"

한 편의 촌극 같은 광경에 의장은 고개를 절레절레 저었다.

"하여 어찌하실 생각이십니까, 아가씨."

"응? 뭘?"

"복수를 위해서라긴 하나, 악마의 소원을 영영 이뤄 주지 못하게 되었습니다. 에트왈에 거두지 않은 한, 저자는 돌아가지 않을 겁니다. 하면 아가씨께선……"

"소원 안 들어줄 거라고 안 했는데."

삑삑 울던 스토라스, 그리고 가족들과 의장, 푸르가 나를 돌아봤다.

스토라스는 샛노란 눈으로 날 노려봤다.

"얼마나 더 나를 능멸할 생각이냐. 일이 이만큼 틀어졌는데 어떻게 메리아의 흔적을 지울 수 있다는 게야!"

"할 수 있어. 왜냐면 이제 곧 이런 기사가 발표될 테니까."

나는 이 순간을 위해 세리아에게 명해 작성해 둔 기사가 적힌 양피지를 들었다.

표제는 [신화 속 여신의 진실, 마녀는 어떻게 여신이 되었나].

"메리아 풀은 신화 속의 이름. 제대로 된 학명은 '스토라스'가 될 거야."

"너……."

나는 새장을 잡으며 말했다.

"메리아 동화에는 이렇게 적혀 있더라고. 만인을 위해 수련을 거듭하는 선량한 약제사 메리아. 그리고 그녀의 조수 라스."

"……."

"라스 스토. 그게 너지?"

"……."

"선각자 중 한 사람. 메리아를 사랑하여 그녀의 모든 것을 만들었지만, 결국 배신당한 남자. 그녀와 같은 선각자 라스."

"……."

"고대의 선각자들이 지금의 악마가 된 거지."

스토라스의 몸이 희게 빛나며 새장이 쾅ㅡ!! 부서졌다. 사람의 모습이 된 스토라스가 나를 노려보았다. 그러나 곧 처연히 고개를 수그렸다.

"말해, 스토라스. 신과 악신, 그리고 악마들. 고대에서부터 이어져 온 이 전쟁의 전말을."

고개를 푹 수그렸던 스토라스는 몇 번이고 입술을 달싹였다. 이윽고 낮은 목소리가 흘러나왔다.

고대엔 신과 인간은 함께 생활했다.

인간은 신의 보호 아래 평화로웠으나, 신의 눈이 미처 닿지 못하는 곳에선 문제가 발발했고 모든 곳에 존재할 수 없음을 안타까워한 신은 몇몇 인간에게 지혜를 내려 주어 신을 대신하여 인간을 보호코자 하였다.

이가 바로 72인의 선각자라.

수백 년간 평화가 이어졌다. 하나, 지혜를 가진 인간들은 곧 탐욕을 배웠고, 인간 위에 군림하였다.

신은 선량한 자들을 곳곳에 내려보내 인간의 탐욕에 희생된 자들의 쉼터를 만들어 주었으며, 인간들에게 언어를 내려 불온한 자들을 고발토록 하였다.

이가 바로 신전의 시작이었다.

인간에게 지혜와 언어가 생긴 뒤로 인계는 번영하였다. 농작물을 수확하게 되고, 수확하는 법을 널리 가르쳤으며, 신이 휴식을 취하는 겨울엔 수렵과 채집 등으로 연명하는 방법을 알게 되었다.

그리고 시간은 이 모든 일이 시작된 밤으로 흐른다.

별이 쏟아지는 시린 겨울밤으로.

신은 사막에서 굶주린 어린 목동 남매를 보았다. 남매를 위해 앙상한 가지에 열매를 맺어 주었으나, 남매는 주린 배를 끌어안고 있을 뿐이었다.

신은 남매에게 물었다.

'너희는 어찌하여 내가 내린 열매를 먹지 않은 것이냐.'
'겨울의 열매는 까마귀를 위한 것입니다.'
'네 목숨보다 미물과의 약속이 중한 것이냐.'
'신의를 지키지 않는다면 인간과 미물이 다를 것이 무엇입니까.'

　　신은 굶주린 남매를 거두었다. 남매는 신의 곁에서 더욱 깊은
지혜를 배우고, 자연의 이치를 깨달았다.
　　신은 남매에게 각각 이능을 나눠 주어 널리 베풀도록 하였다.
남매는 배곯은 자에겐 신선한 물과 빵을 내어 주었고, 병마에 물
든 자들에겐 치유의 기적을 선사했다.
　　인간은 신과 같은 지혜와 이능을 가진 목동을 깊이 존경하였
다. 신에게 바치는 공물을 남매에게 나누어 바치고, 남매들을 더
가깝게 마주할 수 있는 쉼터를 건설했다.
　　남매는 오래도록 신의 가르침을 세상에 펼쳤다.
　　그러나 어느 순간 사내는 의아해졌다. 신은 어째서 인간을 평
등하게 사랑하는가. 인간이 평등해야 한다면 성품과 지혜의 차
이가 있는 까닭은 무엇인가.
　　사내는 좋은 공물과 깊은 신심을 바친 자들만을 위해 이능을
펼쳤고, 신이 그를 꾸짖었다.
　　사내가 물었다.

'완전한 존재인 신이 세상을 인간과 나누어 쓰는 이유는 무엇입니까.'
'세상을 함께 나누어 쓰는 신과 인간에겐 어째서 차이가 있는 것입니까.'
'신의 존재를 위해 인간의 믿음이 필요한 것이 아닙니까.'

인간은 멀리 있는 신보다 가까이 있는 사내를 받들었다. 인간의 관심을 비껴간 신전은 거미줄이 무성했고, 반면 사내의 쉼터엔 밀과 보리, 고기와 채소, 갖은 금은보화가 넘쳐났다.

신의 일부에 불과했던 이능이 신을 범람했음을 깨달은 사내는 묻는다.

'오래도록 신의 가르침을 펼쳤으나, 전쟁은 끊이지 않고 가진 자들은 가지지 못한 자들을 핍박하여 배를 불립니다.'

'절대자인 신이 피조물에 불과한 인간을 통제할 수 없는 이유는 무엇입니까.'

'신의 가르침대로 인의와 사랑이 세상을 구원한다면, 신은 어째서 인간에게 인의와 사랑만을 내리지 아니하셨습니까.'

'신은 어찌하여 인의와 사랑 앞에서 언제나 승리하는 탐욕을 인간에게 주셨습니까.'

질문 끝에 사내는 깨닫는다.

인세가 탐욕에 고통받는 이유는 신이 완전한 존재가 아니기 때문이다.

하여 사내는 결단했다.

'탐욕에 물든 인세엔 완전한 신이 필요하다.'

가진 자들이 가지지 못한 자들을 핍박하지 않는 세상을 만들 수 있도록. 아이가 부모를 먼저 보내지 아니하도록. 굶주려 사막을 헤매지 않도록. 배곯아 눈물짓는 누이를 보며 고개 돌리는 것

외에 할 수 있는 일이 없지 않도록.

그리하여 사내는 신을 참칭한다.

사내는 인간의 탐욕을 먹이로 신에게 맞섰다. 72인의 선각자는 분열해 각각 신과 사내의 휘하에 들어갔다.

인간은 때론 다정하며, 때론 악독한 선각자를 천사, 혹은 악마라 명명했다.

종국에 인간마저 얽히게 된 신과 사내의 전쟁은 오래도록 이어져 태양이 그림자에 가려진 날, 사내의 승리로 끝이 난다. 사내 앞에 스러진 신은 마지막 숨결로 말미암아 72인의 선각자를 기둥에 가두었다.

먼 훗날, 신의 뜻을 이은 후예가 전쟁에 새로운 장을 여는 그날까지.

[잊힌 기록 중에서.]

＊　　＊　　＊

스토라스가 건넨 책을 닫자, 모서리에 생겨난 불씨가 순식간에 책을 뒤덮었다. 바닥에 떨어진 재를 빤히 바라보던 나는 이내 스토라스에게 눈을 돌렸다.

"사내가 네리아드 신이고, 악신이 창조주인가."

"……그래. 두 신의 전쟁으로 고대 국가는 멸망했고, 신의 기록은 사라졌다. 선각자의 기록도 마찬가지지. 하여 인간, 너희들은 우리를 단지 악마나 천사 따위로 부르는 것이다."

"너는 네리아드를 따르는 악마일 텐데, 어째서 이런 기록을 내게 보여 주는 거지? 메리아에 대한 복수가 그만큼 간절한 거야? 복수 후엔 소멸해도 좋아? 네리아드 신이 너를 소멸시키면 어떻게 하려고?"

"네리아드 신은 나를 소멸시키지 못해."

"어째서?"

"전쟁에서 승리한 건 네리아드 신이지만, 그 또한 큰 상처를 입었지. 인간일 적의 육신을 잃고, 스러진 창조주를 봉인하기 위해 제힘의 대부분을 소진해야 했다."

"인계에 함부로 간섭하지 못한다는 거구나."

"영리하구나, 인간."

머리가 복잡했다.

인간이 지금껏 믿고 따르던 신은 결국 창조주의 자리를 가로챈 인간이었다. 인간의 욕망이 네리아드 신을 만든 것이다.

'욕망으로 이뤄진 신. 그게 악인 거잖아.'

기가 막혀 헛웃음만 뱉어내는 나를 보고 이샤크가 "꼬맹아……." 하며 어깨를 잡았다. 나는 이마를 짚으며 아빠를 쳐다봤다.

"이 책이 사실이라면 악마를 불러낼 수 있는 나는 악신…… 아니, 창조주의 후예라는 거고 미나는 네리아드 신의 후예라는 거예요."

"……."

"네리아드의 목적은 완전한 신이 되는 것……."

거기까지 생각이 미치자 나는 흠칫했다.

"혹시 말이에요. 의식이란 거, 그러니까 내가 제물이 되는 의식 말이에요. 그게……."

내가 말끝을 흐리자 앙리가 싸늘하게 말했다.

"봉인이 아니었던 거지."

"그게 무슨 소리야, 작은형?"

가만히 앙리와 이샤크의 대화를 듣고 있던 요한이 말했다.

"완전한 신이 되기 위한 의식이었던 것이다."

이샤크의 얼굴이 굳어졌다.

"첫 번째 삶의 의식은 네리아드 신으로선 실패였던 거야? 악신이 깨어났으니 실패인 거잖아."

나는 미간을 좁힌 채 이마를 잡았다.

'첫 번째 삶의 의식이 왜 실패했지?'

나라는 제물이 준비되어 있었고, 네리아드 신의 후예인 미나가 의식을 주도했으며, 의식은 신탁에서 지시한 대로 일식이 있는 날에 이뤄졌다.

'그런데 어째서……'

나는 눈을 동그랗게 떴다.

"내 힘이 봉인되어 있었기 때문에!"

"뭐라고?"

"뭐?"

앙리와 이샤크가 나를 돌아봤다.

"아드리안이 갓난아기인 나를 보육원에 맡기기 전에 힘을 봉인했잖아. 내 부탁으로! 그래서 의식이 실패했던 거야!"

"그럼 꼬맹아, 설마……."

"그래, 어쩌면 내가 회귀하게 된 건 악신의 힘이 아닐지도 몰라."

"뭐?"

"의식에 실패했기 때문에 네리아드 신에게 내가 다시 필요해진 거야. 그래서 회귀시켰다면?"

앙리와 요한이 싸늘한 시선을 교환했다. 앙리가 말했다.

"내가 악신이라면 르블레인을 죽게 내버려 뒀을 겁니다. 그래야 네리아드 신의 계획을 막을 수 있었을 테니."

모든 퍼즐이 맞춰졌다. 나는 처음부터 끝까지, 지금까지도 네리아드 신의 손아귀에서 놀아난 것이다.

"회귀는 새로운 기회 따위가 아니었어. 나는 또 한 번 제물로 바쳐지기 위해 살아오고 있었던 거야……."

악신은 네리아드 신에 한 번 패배했다. 그는 제 후예인 나를 지키지 못한다. 내 모든 삶은, 나의 발버둥은 모두 네리아드 신의 제물이 되기 위해서였던 거다.

신전의 말이 맞았다.

"인계에 도래한 악. 멸운의 아이. 그게 너인 것이다, 르블레인."

정말 그랬어. 내가 살아 있는 것조차 이 세계엔 커다란 위기였던 거야. 애초에 살아나선 안 됐던 목숨. 세계를 파멸로 이끌 악당…….

'그게 나였어.'

"아……."

머리가 핑 돌았다. 내가 스르륵 소파에 주저앉자, 요한이 서둘러 나를 잡았다.

"르블레인."

"……."

"막내야."

"……게 뭐야."

"……."

"이런 게 어디 있어……."

방 안에 짙은 침묵이 가라앉았다. 가족들은 얼굴을 잔뜩 일그러뜨리고 어린애처럼 눈물을 터뜨린 나를 가만히 쳐다볼 뿐, 그 어떤 말도 하지 못했다.

"나는 그냥 먹히기 위해 길러진 돼지였던 거잖아⋯⋯!"

"⋯⋯."

"그런 게 어디 있어. 왜 나만 이래야 해! 나는 그냥 살고 싶을 뿐인데, 행복해지고 싶을 뿐인데⋯⋯!!"

"⋯⋯."

"이런 게 어디 있어⋯⋯ 어허어엉⋯⋯."

내가 죽어야 네리아드 신이 완전한 신이 되지 않는다. 내가 죽어야 세상이 평화로울 수 있다. 가족들과 내 사람들이 안전할 수 있는 것이다.

내가 죽어야⋯⋯.

"나, 나는 억울해. 억울하다고! 아, 악신의 후예 같은 거 내가 원해서 된 게 아, 아니란 말야! 어허어어어어헝⋯⋯."

이샤크가 "꼬맹아⋯⋯." 하고 손을 뻗었으나, 나는 그의 손을 뿌리치고 방을 뛰쳐나갔다.

"르블레인!"

"막내야."

뒤에서 오빠들의 목소리가 들렸다. 그리고 "혼자 있게 두어라." 하는 아빠의 낮은 목소리 또한.

＊　　＊　　＊

정원에 있는 작은 토굴에 들어간 나는 몸을 웅크리고 훌쩍훌쩍 울었다. 억울해서 살 수가 없다. 악신, 아니, 창조주와 네리아드 신의 이야기를 모두 알고 나니, 언젠가 꿈에서 보았던 두 사람이 창조주와 네리아드 신인 것을 깨달았다.

> [가여운 아이. 여전히 고단한 사명에 매어 있구나. 너를 위해 길을 안배해 놓았단다.]

그게 네리아드 신.

> [돌아…… 가…… 가족이 있는……아가, 부디……!]

그게 창조주.
'네리아드 신이 그를 뭐라고 불렀더라.'

> [세르가!]

그래, 세르가랬어.
나는 내 앞을 가로막던 허름한 차림의 신을 떠올리며 코를 훌쩍 들이 켰다.
'어차피 세르가 신도 내가 죽기를 바랐던 거야.'
내 신세는 왜 이 모양, 이 꼴이란 말인가…….
자꾸만 서러워져서 코가 새빨개지도록 눈물이 배어 나왔다.
나는 사실 조금 기대했었다.
어쩌면 악신은 사실 정의로운 신이고, 네리아드 신이 악한 신이라 나는 정의로운 신의 아이일지도 모른다고. 내 목숨에도 가치가 있을 거라고. 내가 가족들과 내 사람들을 행복하게 만들어 줄 수 있을 거라고.

'이 얘기를 알게 되면 모두 나를 죽이려 들겠지. 내가 가족들까지 위험하게 만들 거야.'

무릎에 얼굴을 파묻고 훌쩍훌쩍 울고 있노라니, 어느 순간 까무룩 잠이 왔다.

그리고…….

[아가야.]

그 목소리가 들려왔다. 고개를 돌리자 이곳은 작은 토굴이 아니었다. 옆에 보이는 건 17세가량의 소년.

[참나. 무슨 잠을 그렇게 자?]
[누구…….]
[아직 잠에서 덜 깼어? 일어나. 세르가 님이 부르신다.]
[아니, 누구신데요…….]

허리춤에 손을 올린 소년이 내 머리를 쥐어박았다.

[네리아드. 네 오라버니시다.]

뭐라고?
나는 날 보며 픽 웃는 소년을 보며 눈을 흡떴다.
나는 멍청한 표정으로 그를 쳐다봤고, 소년은 고개를 절레절레 젓곤 나를 끌어냈다. 소년에게 손목이 잡힌 채로 밖으로 나서자, 처음 보는 광경이 나를 맞이했다.

별천지가 따로 없는 세상이었다.

황금으로 둘러싸인 건물은 으리으리하고, 처음 보는 마도구들이 허공을 감싸고 있었으며, 사람들은 남녀노소 할 것 없이 겨우 무릎까지 오는 바지를 입고 팔과 목, 손가락마다 마도구를 착용하고 있었다.

소년은 서둘러 달려 신전으로 보이는 건물에 이르렀다. 안으로 들어가자 얼굴이 보이지 않는 자들이 내부를 빼곡하게 차지하고 있었다.

우리가 가장 앞줄에 자리하자, 등 뒤에서 밉살맞은 목소리가 들려왔다.

[……은 오늘도 푹 주무신 모양이군.]

오만한 표정, 주변에 선 자들 손에 하나씩 들린 화려한 악기. 빈정거리는 듯한 말.

'파이몬!'

소년이 뒤를 힐끔 쳐다보며 싸늘하게 말했다.

[넌 일찍 일어나는 재주밖에 없고 말이다.]

[뭐라?!]

[그만하여라. 너희는 어찌 눈만 마주치면 다투는 것인지. 자, 아가. 손수건을 주마. 눈곱을 떼려무나.]

'……부네.'

소년은 내가 손을 뻗기도 전에 부네의 손을 쳐 냈다. 그리고 내 얼굴을 붙들고 소매로 벅벅 문지르기 시작했다.

[아팟!]

내가 깜짝 놀라 소리치자 소년이 내 코를 쥐고 흔들었다.

[그러니까 조금만 일찍 일어나서 세수했으면 좋았잖아.]
[오라버니가 늦게 깨워 놓곤.]

나는 깜짝 놀라 입을 틀어막았다. 처음과 달리 입이 저절로 움직인다. 마치 다른 의지를 가진 것처럼.
소년은 눈을 가느다랗게 뜨고 말했다.

[뻔뻔한 건 아나 보지? 일찍 자라고 입이 닳도록 말했어, 난.]
[하지만, 하지만! 부네가 니쿠르 아저씨와 아델테바 아주머니를 불러 주었는걸.]
[부네와 놀지 말라고 누누이 말했다. 혼령을 보는 게 좋은 일이 아니라고 몇 번을 말해야 넌……!]
[오늘도 사이가 좋구나.]

문이 열리고 또 하나의 익숙한 목소리가 들렸다.
허름한 로브를 입은 자가 입실하자 신전 안에 모인 자들이 일시에 허리를 굽혔다.
나는 인사하지 않고 허름한 로브를 보며 그저 에헤헤 웃고 있었는데, 소년이 얼른 내 머리를 꾹 눌렀다. 얼떨결에 인사한 나는 고개를 빼꼼 들고 허름한 로브와 눈을 마주친 후 헤헤 웃었다.
이 또한 내 의지가 아니었다. 이 '몸'의 의지였다.

'그러니까 나 지금 꿈을 꾸고 있는 거지? 꿈을 통해 이 여자애의 삶을 보고 있는 걸 거야.'

허름한 로브의 얼굴은 보이지 않았다.

[네리아드와 ……의 우애는 언제나 보기 좋아.]

로브의 말에 소년은 쓰게 웃었다.

[……가 철부지라 눈을 뗄 수 없는 것뿐입니다.]

누군가 여자애의 이름을 말할 때면 목소리가 우그러졌다.
나, 그러니까, 여자애는 입술을 삐죽인 채로 투덜거렸다.

[오빠는 잔소리쟁이예요.]
[너……!]
[매일매일 잔소리. 딱따구리도 오빠보다 시끄럽지 않을 거야.]

소년의 표정이 험악해졌다. 나는 얼른 허름한 로브에게로 달려가 그의 등에 쏙 숨어 버렸고, 소년은 [너 이리 안 와?] 하며 씨근덕거렸지만 다가오진 못했다.

주변에서 웃음이 터져 나왔다. 파이몬이 입매를 비틀었다. 부네는 주먹으로 입가를 가볍게 가리곤 쿡쿡 숨죽여 웃었으며, 저 멀리 보이는 글라샬라볼라스가 송곳니를 드러내며 그르렁 유쾌한 소리를 냈다.

허름한 로브가 빙그레 미소 지으며 의자에 착석했다. 나는 그의 무릎에 얼굴을 기대고 재잘재잘 떠들었다.

[어제 부네가 니쿠르 아저씨를 불러 주었어요. 니쿠르 아저씨는 아들이 아파서 안식에 들지 못한대요. 세르가 님께서 병든 아이에게 산수유를 내어 주세요. 네?]

'세르가?'
이 로브가 세르가라고?
지난번 꿈에서 보았던 네리아드가 악신을 세르가라 부르던 것을 떠올린 나는 경악하고 말았다.
세르가, 네리아드…… 네리아드의 동생과 72악마.
'고대야. 세르가와 목동 남매가 있었던 고대의 꿈을 꾸고 있는 거야!'

＊　　＊　　＊

나는 떨떠름한 표정으로 눈앞에 불쑥 들이밀어진 구황 작물을 쳐다봤다.

[자, 아가. 내 관할지의 인간들이 수확에 성공한 작물이란다. 네 입맛에 꼭 맞을 듯하여 챙겨 왔지.]
[제발 부탁이니 그 떨떨한 얼굴 좀 내 동생에게 들이밀지 마, 부네. 널 닮을지도 모른다고 생각하면 벌써 머리 아프니까.]
[너와 피 나눈 형제가 떨떨한 건 당연한 게 아닌가, 네리아드.]
[……는 세르가 님의 손을 잡고 사막을 건넜을 때부터 떨떨한 면이 있었지.]

부네와 네리아드, 파이몬과 이름 모를 남색 머리칼의 선각자. 서로 밉살맞은 말을 나누지만, 말투와는 달리 꽤 익숙하게 나에게 몰려들어 있었다.
'정확하게 말하면 내가 아니라 이 여자애지만.'
나는 부네가 건넨 고구마를 한입 베어 물며 소리쳤다.

[달콤해!]

그렇게 말하며 활짝 웃는다.
'의식을 여자애와 나눠 쓰니 불편해 죽겠네.'

[마음에 들어 할 줄 알았단다! 자, 그리고 아가가 좋아하는 딸기!]
[신난다. 부네, 멋져. 최고야. 눈부셔!]

내가 부네와 마주 보며 시시덕거리니 소년이 내 손목을 홱, 끌어당겼다. 고구마를 씹다가 일어난 내가 켁! 하고 기침하자 소년은 한숨을 내쉬곤 등을 두드렸다.

[물?]

내가 고개를 끄덕이며 손바닥으로 입가에 묻은 고구마 부스러기를 문지르니, 소년이 내 손을 입가에서 떼어 내며 소매로 살살 입가를 털어 줬다. 그러곤 물주머니의 마개를 열고 내게 물을 먹인다.
소년은 동생 시중에 몹시 익숙했다.

[됐으면 집에 가 있어.]

[오빠는?]

[난 세르가 님을 모시고 강 건너에 다녀와야 해. 며칠 걸릴 테니까 얌
전히, 제발 얌전히 기다려. 알겠어?]

[또 오빠만……! 나도 가면 안 돼? 얌전히 있을게. 이렇게 입을 딱 다
물고, 어?]

내가 양손으로 입을 막으며 말하자 미간을 좁힌 채로 날 빤히 보던 소
년이 입을 열었다.

[안 돼.]

[씨…….]

마침 세르가의 말을 전하러 온 자가 소년에게 손짓했다.

[가. 얼른.]

심부름꾼을 따라가는 소년을 보며 나는 와와 소리쳤다.

[쫌팽이! 네리아드는 쫌팽이야!]

내가 시무룩해지자 부네는 안절부절못하며 날 달랬다.

[강 건너엔 전쟁이 한창이란다, 아가. 네리아드는 네가 전투에 휘말릴
까 염려하는 게다.]

[하지만 오빠는 가잖아. 매번, 매번. 걱정하는 건 나도 마찬가지란 말

이야. 오빠가 돌아올 때까지 나는 매일매일 두려워. 부네, 나는 언제 선각자가 돼?]

[때가 되면 힘을 발현할 거란다.]

[부네가 죽은 자들을 불러내는 것처럼?]

[그래, 이능 말이지.]

[오빠는 이능이 없지만, 선각자가 되었잖아……. 내가 떼쟁이라서 선각자로 만들어 주시지 않는 걸까?]

내가 우울한 표정을 짓자 파이몬이 내 이마를 튕겼다.

[아파!]

[선각자는 인도하는 자. 인간을 인도하기엔 너는 미욱하지. 주제넘은 자리를 바라지 마라.]

[파이몬도 맨날 악기만 연주하면서!]

[시끄럽기는.]

[물개, 제비, 바보!]

[뭐얏?! 너 그런 말을 어디서 배웠어!]

[파이몬이 괴롭힌다!]

[이리 못 와?!]

내가 파이몬과 다투기 시작하자 남색 머리의 사내가 [자, 자.] 하며 우리 사이를 가로막았다.

[가자. 집까지 데려다주마.]

나는 파이몬에게 흥! 하고 콧방귀를 뀌며 고개를 돌렸고 파이몬은 [저 녀석이······!] 하며 길길이 날뛰었다. 부네가 그런 파이몬의 양팔을 끌어 안아 저지하며 나를 향해 헤벌쭉 웃었다.

나는 남색 머리 사내의 손을 잡고 노랗게 익은 벼가 가득한 들판을 걸었다.

[다들 나를 어린애로 봐. 나는 이제 여덟 살이란 말이야. 다 컸어.]

[여덟 살은 충분히 어리지.]

[오빠는 여덟 살에 나를 업고 사막을 건넜는걸.]

[그게 네리아드의 대단한 점이고.]

[나는 왜 대단하지 않은 거지······. 왜 오빠의 혹인 걸까?]

걸음을 멈춘 사내가 한쪽 무릎을 굽히고 나와 시선을 맞추었다.

[어째서 네가 네리아드의 혹이지?]

[사람들이 그랬어. 오빠가 선각자임에도 불구하고 아직 이능을 발현하지 못한 건 나 때문이래. 내가 부모를 잡아먹은 저주받은 아이라 오빠의 영험함마저 빛바래는 거라고.]

[사람의 마음엔 벌레가 있단다. 사람이 강인할 때면 웅크리고 있다가 약해질 때 마음을 파고들어 병들게 하지. 그리하여 질투와 탐욕, 이기가 생기는 것이다.]

[······.]

[그런 말을 한 사람들은 필시 연약한 자들임이 분명하다. 벌레에 좀먹혀 제 고통을 남에게 분풀이하는 것으로 떠넘긴 것일 테지.]

[······.]

[네리아드도 너를 혹으로 생각하나?]

나는 남색 머리 남자의 목을 끌어안고 울먹였다.

[아니.]
[그러면?]
[오빠는 깊은 밤이면 언제나 내 머리칼을 쓰다듬으면서 다정한 목소리로 말해 줘. 나를 위해 좋은 세상을 만들고 싶다고, 다시는 배곯게 하고 싶지 않다고.]
[하여 너는?]
[나는 잠든 척하면서 생각해. 얼른 커서 나도 오빠를 도와줄 테야.]

남색 머리칼의 사내가 내 코에 제 코를 가볍게 비볐다.

[이토록 기특한 동생이 어떻게 혹일 수 있지?]
[……정말?]
[그럼.]

나는 두 주먹으로 입가를 가린 채 히힛 웃었다.
바람이 다정하게 머리를 쓸어 넘겼다. 마치 신이 머리를 어루만지듯이.

소년이 신과 함께 강 건너로 떠나고, 나는 매일매일 강 앞에서 소년과 신이 돌아오길 기다렸다.
장면이 빠르게 지났다. 추수의 계절이 지나 겨울이 되었다.

꽁꽁 언 강을 바라보며 쪼그려 앉은 '나'의 어깨에 담요가 올라왔다. 옆에는 김이 오르는 소쿠리, 나무 열매, 흰 토끼, 하나둘 무언가가 더 생겨 갔다.

감자와 고구마가 든 소쿠리는 부네가, 나무 열매는 푸르가, 흰 토끼는 파이몬이. 선각자들은 돌아가며 '나'를 챙겨 주었다.

'사랑받고 있구나.'

또 한 번 장면이 쏜살같이 지나고 새싹이 움트고 봄이 왔다. 언 강이 녹고 강 건너편의 불길이 사그라들었다. 그리고 비가 폭우처럼 내린 어느 날, 멀리서 넘실거리는 강물을 타고 조각배가 보였다.

웅크려 있던 '나'는 헐레벌떡 손을 흔들었다.

[오빠, 오빠!]
[거기 있……. 물살이 불…… 위……!]

한참 멀리 있는 탓에 소년의 목소리가 잘 들리지 않는다.

[이번엔 일찍 왔네! 오빠! 나 착하게 기다렸어. 얌전히 있었ー]

반가운 마음에 강 가까이 간 '나'는 발을 헛디뎠다.

몸이 기우는가 싶더니 순식간에 물살이 나를 덮쳤다. 코안으로 물이 밀어닥친다. 숨을 쉴 수 없어 괴로웠다. 죽음의 기운이 발목을 붙들고, 두려움에 '나'는 몸부림쳤다.

몸에 힘이 들어가면 들어갈수록 나는 계속해서 가라앉았다. 머릿속으로 '나'의 목소리가 들려왔다.

엄마, 아빠……. 세르가 님.

'오빠……!!'

물속에서 몸이 축 늘어졌다. 시야가 온통 새카맣게 변하고, 어둠 속에서 미약한 빛이 보였다.

'안식의 세계……'

그렇게 생각할 즈음, 부유하던 몸이 홱, 끌어당겨졌다.

[정신 차려!]

애가 타는 이 목소리는 '나'를 부르는 소년의 목소리였다.

'오빠…….'

다급한 손이 눈 뜨지 못하는 나를 흔들었다.

[정신 차려, 제발!]

소년이 울부짖었다.

[르블레인……!]

— 하고.

그는 나를 '르블레인'이라고 불렀다.

*　　*　　*

그리고 시간이 흘렀다.

나는 몸에서 벗어난 영혼이라도 된 것처럼 허공을 떠다녔다. '나', 그러니까 여자애는 강물에 휩쓸린 뒤로 죽은 듯이 잠만 잤다. 소년은 하염없이 동생의 곁을 지켰다.

[일어나, 르블레인. 네가 좋아하는 제비꽃이 들에 잔뜩 피었어. 빵을 굽고, 신선한 우유를 들고서 나들이 가자. 이번엔 약속을 어기지 않을게…….]

애처로운 목소리에 마음이 아렸다. 마치 내가 여자애와 동화된 것처럼.
하지만 아무리 시간이 흘러도 '나'는 눈을 뜨지 않았다. 봄이 가고, 여름이 오도록. 그날은 비가 쉴 새 없이 내리는 날이었다.
먹구름에 태양이 가려지고 낮과 밤이 애매한 날.
소년은 집을 뛰쳐나갔다.

[르블레인을 살려 주세요.]

비에 젖은 소년이 새파란 입술을 덜덜 떨며 신 앞에 울부짖었다.

[세르가 님께선 제 동생을 살리실 수 있잖아요……!]
[정해진 운명을 비틀 순 없다.]

신이 희게 질린 소년의 뺨으로 손을 뻗었다.
탁!
손을 쳐 낸 소년이 신을 날카롭게 노려보았다. 신의 곁에 있던 선각자가 [네리아드!] 하고 소리쳤으나, 소년은 이를 악물 뿐이었다.

[하면 신이 존재하는 이유는 무엇입니까.]

[인도하기 위해.]
[궤변! 궤변!! 늘 궤변만……!!]

소년이 악을 내질렀다. 분노로 일그러진 눈이 악귀의 그것처럼 새빨
갛게 달아올랐다.

[인간들은 당신을 아버지라 부릅니다. 우스운 일이죠. 세상에 어떤 아
버지가 고통받는 자식을 내버려 둡니까?]
[네리아드 −!!]

선각자가 노성을 내질렀으나, 네리아드는 입매를 비틀었다.

[인도하는 자? 웃기지 마. 당신 뜻에 따라 걸어 도착한 곳은 결국 나락
이야. 전쟁은 끊이지 않고, 휩쓸린 아이들은 짐승보다 처참하게 살아간
다고! 당신은 어린애 하나도 구원하지 못하는 무능한 자야!!]
[……]
[르블레인은 처음부터 끝까지 당신 뜻에 따라 걸었는데, 저만큼 바보
같이 순수한 애가 없는데! 저 애는 태어나자마자 부모를 잃고, 불과 다
섯 살에 살기 위해 사막을 건너야 했어. 제게 풀뿌리 하나 먹여 주지 못
하는 못난 오빠를 위해 사흘을 꼬박 굶고도 동냥해 먹을 것을 구해 왔다
고. 얻어 온 것을 고스란히 내게 주고 멍청하게 웃는 애란 말이야!]
[……]
[매번 며칠이라고 거짓말하는 나를 믿어 주고, 기다려 주고…… 기다
리고, 또 기다리고……!]

악을 내지르던 그가 바닥에 주저앉았다. 엉금엉금 바닥을 기어가 신의 신코 아래 고개를 조아렸다.

[살려 주세요…….]
[…….]
[살려 주세요, 제발…….]

소년은 신의 다리에 매달려 어린애처럼 엉엉 울었다. 살려 주세요, 제발 동생을 살려 주세요, 한마디만을 반복하며. 소년이 흠뻑 젖은 눈으로 신을 올려다보았다. 신은 천천히 입을 열었다.

[수없이 많은 귀한 혼들이 그리 사그라들었다. 내 너희 남매를 귀히 여기지만, 너희만을 특별히 사랑할 순 없노라. 네 동생의 명이 아직 남았다면 살아날 것이고, 그렇지 아니하다면 내 품에서 안식을 찾을 것이다.]
[왜 인간을 유한하게 만드셨습니까…….]
[유한한 것이 아름답기에.]

소년은 신의 눈을 멍하니 바라보며 말하였다.

[당신을 저주합니다.]

순간, 천둥이 천지를 울렸다. 분노한 선각자의 목소리가 신전에 울려 퍼졌고, 신은 눈을 감았다.
소년은 다른 자들에 의해 감옥으로 끌려갔다. 빛이 손바닥만큼 드는 어두운 감옥 안에서 그는 하염없이 허공을 바라보았다. 하루, 이틀, 사흘, 나흘…… 시간이 하염없이 지났다.

　소년이 신의 자비로 옥사에서 풀려난 가을의 어느 날, 소년은 삐쩍 곯은 몸으로 비틀비틀 신전을 나섰다. 그리고 마주한 것은,

　[오빠……!]

　밝게 웃으며 뛰어오는 '나'. 소년의 동공이 크게 흔들렸다. '나'는 쉴 새 없이 달려가 그의 품에 뛰어들었다.

　[오빠는 바보야. 내가 얼마나 걱정했는지 알아?]
　[너, 르블레인…… 어떻게……]
　[나는 아까 아까 깨어났어. 그런데 오빠가 없잖아!]

　내가 입술을 쭉 내밀고 투정을 부리니, 옆에서 쿡쿡 웃는 소리가 들렸다. 부네였다.

　[아가가 너를 위해 세르가 님께 호소하였단다. 성치 않은 몸으로 어찌나 애썼는지, 선각자 모두가 아기에게 감화하여 탄원하였단다. 앞으론 두 번 다시 불경한 말을 입에 담지 말거라.]
　[……]

　소년은 크게 헐떡였다. '나'는 그의 허리를 끌어안은 채 해맑게 웃었다. 그의 눈빛이 전과 다르다는 것을 인지하지 못한 채로.
　그날, 소년의 이능이 발현했다.
　소년은 이전처럼 세르가를 보필했다. 뛰어난 능력의 그는 성년이 된

후, 다른 선각자처럼 관할지를 돌보는 역할을 맡지 않고 인계 곳곳을 둘러보며 신의 은총을 베풀었다.

'나'는 짧게는 몇 달, 길게는 몇 년이나 집을 비우는 소년을 하염없이 기다렸다. 그러는 동안 '나'는 무럭무럭 자랐다.

등 뒤에 살랑이던 머리칼이 허리까지 길어지고, 동그랗던 얼굴이 갸름해졌으며, 완연한 성인의 태가 났다.

어느 날, 신이 물었다.

[나를 원망하지 않느냐.]

[예.]

[어이하여. 나는 고통에 신음하는 인간을 구원하지 않고, 단지 희망만을 주는 나약한 부모이다.]

[그것은 부모가 아이에게 걸음마를 가르치는 것과 같아요. 넘어질 때면 일으켜 주지 않은 대신, 일어나는 법을 가르쳐 주셨어요.]

[나는 인간의 삶을 유한하게 하여 영원한 이별을 만들었다.]

[끝이 없는 존재는 삶의 가치를 알지 못해요. 하지만 유한하기에 들에 핀 꽃 한 송이, 맞잡은 손의 온기가 소중한 거예요. 그러하기에 인간은 아름다워요.]

신이 '나'의 정수리에 입 맞추었다.

시간이 유수처럼 흘렀다. 어느 날을 기점으로 인계엔 크고 작은 사건이 발발했다. 신과 멀리 떨어진 나라에서부터 균열이 시작된 것이다.

스스로 임금이라 명명한 자들이 인간의 신분을 나누었다.

귀족과 평민, 그리고 노예.

전쟁에서 진 자들은 물건이 되어 사고 팔렸다. 곡식을 위해 서로 연합하여 벌이던 전쟁과는 궤가 달랐다.

인계가 열 개가 넘는 나라로 분열되었을 때, 선각자들은 깨달았다. 신이 지혜를 나눠 준 자들 중 욕망에 집어삼켜진 자가 있다는 것을.

그가 '나'의 오빠, 네리아드였다. 나는 네리아드를 붙들고 소리쳤다.

[어째서? 왜 그랬어, 왜!]

[모든 자를 구원할 수 없으니, 차등을 둔 것이 왜 문제이지?]

[신께서 오빠에게 〈지혜〉를 준 건 배곯은 자들을 구원하기 위해서야!]

[신조차 저들을 제대로 구원하지 못해. 하지만 왕이 생기고, 귀족이 생기면 다르지. 그들의 휘하에 들어가면 적어도 녹을 받는다. 굶어 죽는 일은 없어.]

[오빠!]

[신이!]

네리아드가 '나'를 향해 소리쳤다.

[신이 구원자라고 생각하지 마라! 이 땅의 시름은 모두 신의 손에서 생겨났다. 시간이 유한하기에, 재물이 유한하기에 저들은 빼앗고, 싸우는 것이다.]

[……무슨 말이 하고 싶은 거야?]

[르블레인, 넌 그렇게 생각한 적 없니. 인간을 구원하기 위해선 보다 강력한 신이 필요하다고. 더 강력한 힘으로 모든 인간을 제게 맞는 자리에서 태어나게 하고, 순종하도록 한다면 이 땅엔 욕망이 사라질 거다. 전쟁 또한.]

[그건 인간에게서 기회를 빼앗는 거야. 스스로 행복해질 기회를 말이야. 신이 모든 운명을 정해 준다면 가축과 다를 바 없어.]

[봐라. 가축과 인간. 종에도 차등이 있어. 한데, 인간에 차등이 생겨선 안 된다니 이상하지 않으냐.]

네리아드에게서 떨어진 '나'는 믿을 수 없다는 표정으로 그를 바라봤다.

[……미쳤어.]

[모든 것은 가엾은 인간을 위한 일이다.]

그가 내 이마에 입 맞추며 읊조렸다.

[르블레인, 네게 욕망이 없는 세상을 선물하고 싶어.]

[…….]

[네가 더는 울지 않는 세상. 너를 잃을까 봐 두려움에 몸서리치지 않아도 되는 세상.]

[오빠가 뜻을 버리지 않는다면 내가 오빠를 버릴 거야.]

[언젠가 너도 날 이해할 거다.]

그때야 '나'는 비로소 깨달았다. 톱니바퀴가 어긋났고, 바퀴는 이미 길을 벗어났다는 것을.

네리아드를 따르는 인간들이 많아졌다. 땅엔 세르가의 신전보다 네리아드를 기리는 쉼터가 많아졌다. 이 땅은 끊임없이 욕망이 꿈틀거리는 산지옥으로 바뀌고 있었다.

시간이 흐르고, 네리아드의 뜻에 동조하는 선각자들이 생겨났다. 신이 내린 〈지혜〉는 빛이 나는 만큼 그림자가 지기도 쉬웠던 것이다.

'나'는 신에게 물었다.

[어찌하여 오빠를 막지 않으시나요?]

[그 또한 운명이기에.]

[신에게도 운명이 있나요?]

[인간과 섞인 자가 어찌 인간과 다르겠느냐.]

[그런가요.]

[너는 어찌하여 신을 원망하지 않느냐. 구원하지 않음을 신의 유희라 여기지 아니하고, 단지 수긍하는 이유가 무엇이냐.]

[그럼에도 신께서 우리를 사랑하는 것을 아니까요.]

[……]

[이름 없는 작은 목숨이 사그라들 때조차 숨어 눈물지으심을 알기에요. 그리하여 신께 매일이 시름이고 고통임을 알아서요. 당신께서 관여하지 않으시매 기회를 주신다는 것을 아니까요.]

세르가는 내 뺨을 쓰다듬었다.

[어찌 이다지도 귀한 혼이란 말인가.]

[……]

[너는 내게 피조물을 포기하지 않도록 만들어.]

신은 언제나처럼 다정하였으나, 세계는 점점 더 어두워졌다. 집 안에서 몇 날 며칠을 고민에 빠졌던 나는 로브를 집어 들었다.

[어디 가십니까. 네리아드 님께서 아시면…… 르블레인 님!]

[오빠가 싼 똥은 내가 치워야지.]

[무슨 그런 천박한 말씀을……!]

'나'는 여행을 떠났다. 고민을 잊기 위해 일에 몰두하는 것처럼 시름하는 자들을 거두는 데에 집중했다.

대부분은 병든 자들을 치유하는 일을 했다. 신의 곁에서 배운 신묘한 약초들을 이용해 병든 자들을 거둔 지 몇 달, 사람들은 '나'를 치유의 여신이라고 불렀다.

[아니래도 그러네.]

[하면 이름이라도 알려 주시든지요. 에델호프 아저씨가 마을에 여신님 동상을 세운다고 하셨는데, 이름도 모른다고 속상해하신다고요.]

[동상은 무슨.]

[여신님께서 에델호프 아주머니의 자식들을 다 살펴 주셨잖아요. 네? 이름이라도 알려 주세요. 지난 마을처럼 훌쩍 떠나실 건 아니시지요?]

고민하던 '나'는 '음…….' 신음하며 말했다.

이 마을은 네리아드의 추종자들이 휩쓸고 간 버려진 곳이었다. '내'가 네리아드의 동생인 르블레인임을 밝힌다면 모두 원망과 감사 사이에서 혼란할 터였다.

슬쩍 주변을 돌아보자, 저 멀리 글씨가 흐려진 간판이 보였다. 메리 안두레아스. 다른 글씨가 흐려져 보이는 이름은…….

[메리아. 난 메리아야.]

'이 시간의 나'의 입에서 나온 말을 듣고 나는 흠칫, 놀랐다.
뭐라고? 메리아가 '나'였단 말이야?
그때, 등 뒤에서 버럭! 노성이 튀어나왔다.

[감히 신을 참칭하는 자가 누구냐!]
[당신은……]
[내가 바로 영면에 들어가신 휴가르트 님을 대신한 선각자! ……가 되
기 위해 수련 중인 라스 스토다.]

'맙소사.'
저 멍청이가 사랑한 그 메리아가 '나'였단 말이야?
'내가 쟤를 배신했다고? 말도 안 돼!'
왜냐면 난 저 녀석한테 콩만큼도 관심이 없었으니까!

〈다음 권에 계속〉